btb

Buch

Nach über vierzig Jahren treffen sie sich als Vierundsiebzigjährige durch Zufall im belgischen Kurort Spa wieder, die Zwillingsschwestern Anna und Lotte. 1916 in Köln geboren, werden sie nach dem frühen Tod der Eltern auseinandergerissen. Anna kommt auf den westfälischen Bauernhof des Großvaters, wo sie ein karges, liebloses Leben erwartet. Die lungenkranke Lotte wird von niederländischen Verwandten gesund gepflegt. Doch mehr noch als die räumliche Entfernung sind es die politischen Turbulenzen der Zeit, die ein Wiedersehen der beiden Schwestern verhindern. Und so widerfährt Anna ein für die Zeit typisches deutsches Schicksal, während Lotte denken und fühlen lernt wie eine Holländerin. Behütet wächst sie im Kreis einer großen Familie auf, die während des Zweiten Weltkriegs untergetauchte Juden aufnimmt. Einen von ihnen, den Geigenbauer Ernst Goudriaan, heiratet Lotte nach dem Krieg, glücklich aber wird sie nicht. Anna hingegen, die von ihrer Pflegefamilie als billige Arbeitskraft ausgebeutet wird, nimmt ihr Leben frühzeitig selbst in die Hand. Sie lernt einen österreichischen Soldaten kennen, doch mit seinem Tod hat auch ihr kleines Glück ein jähes Ende. Zweimal treffen sich Anna und Lotte als junge Frauen. Aber erst beim dritten Wiedersehen im winterlichen Spa gelingt ihnen eine vorsichtige, wenn auch von großer Skepsis begleitete Annäherung. Tessa de Loos hinreißend lebendiger Roman zeichnet ein einzigartiges Porträt der dunkelsten Zeit unseres Jahrhunderts und erzählt zugleich eine sehr persönliche Geschichte von Zorn und Anteilnahme, unnachgiebiger Härte und allmählichem Verstehen.

Autorin

Bereits mit ihrem ersten Erzählband *Die Mädchen von der Süßwarenfabrik* hat sich Tessa de Loo, Jahrgang 1946, in den Niederlanden als erfolgreiche Schriftstellerin etabliert. Nach ihrem Studium der niederländischen Sprache und Literatur war sie zunächst mehrere Jahre als Lehrerin tätig, bevor sie sich ganz dem Schreiben widmete. 1994 wurde ihr Roman *Die Zwillinge* mit dem Von-der-Gablentz-Preis und Publieksprijs für das Lieblingsbuch des Jahres ausgezeichnet.

Tessa de Loo bei btb
Feuertaufe. Erzählungen (72054)

Tessa de Loo

Die Zwillinge
Roman

Deutsch von Waltraud Hüsmert

Februar 002

btb

Die niederländische Originalausgabe
erschien 1993 unter dem Titel »De Tweeling«
bei Uitgeverij De Arbeiderspers, Amsterdam

Umwelthinweis:
Alle bedruckten Materialien dieses Taschenbuches
sind chlorfrei und umweltschonend.

btb Taschenbücher erscheinen im Goldmann Verlag,
einem Unternehmen der Verlagsgruppe Random House GmbH.

Einmalige Sonderausgabe Oktober 2001
Copyright © 1993 by Tessa de Loo
Copyright © der deutschsprachigen Ausgabe 1995
by C. Bertelsmann Verlag, München, in der
Verlagsgruppe Random House GmbH
Umschlaggestaltung: Design Team München
Umschlagfoto: TIB / Close
Satz: IBV Satz- und Datentechnik GmbH, Berlin
RM · Herstellung: Augustin Wiesbeck
Made in Germany
ISBN 3-442-72875-4
www.btb-verlag.de

Für meine Mutter und Maria Hesse

Die Welt ist weit,
die Welt ist schön,
wer weiß, ob wir uns
wiedersehn.

TEIL 1

Zwischen den Kriegen

1

»Meine Güte, was ist denn das? Ein Sterbehaus?«

Lotte Goudriaan schreckte aus einem wohligen Schlummer hoch, einer leichten Betäubung: alt sein und doch den Körper nicht spüren. Durch ihre Wimpern verfolgte sie die rundliche Gestalt, die, nackt wie sie selber unter einem Bademantel von unschuldigem Himmelblau, geräuschvoll die Tür hinter sich schloß. Mit sichtlichem Widerwillen schaukelte die Frau in den halbdunklen Ruhesaal, zwischen zwei Reihen Betten hindurch, die leer waren bis auf das eine, in dem Lotte lag – ihr Körper eine alte, langwierige Krankengeschichte zwischen makellos sauberen Laken. Instinktiv zog sie sich noch ein Stück weiter unter die Bettdecke zurück. Die Sprache, in der die Frau ihre unpassende Bemerkung gemacht hatte, war Deutsch. Deutsch! Was hatte eine Deutsche hier in Spa zu suchen, wo auf jedem Platz, in jeder Grünanlage ein Mahnmal stand, auf dem Namen von Gefallenen aus zwei Weltkriegen in Stein gemeißelt waren? In ihrem Land wimmelte es doch von Kurorten. Weshalb ausgerechnet Spa? Lotte schloß die Augen und versuchte, sich die Frau wegzudenken; krampfhaft lauschte sie dem Gurren der Tauben, die sich, unsichtbar hinter den Raffrollos aus weißer Seide, auf den Dachsimsen und Innenhöfen des Thermalbades versammelten. Aber jede Bewegung der Deutschen war eine akustische Provokation. Sie hatte sich für das Bett direkt gegenüber dem von Lotte entschieden und schlug deutlich hörbar die Decken zurück. Gähnend und mit einem tiefen Seufzer streckte sie sich aus; als sie endlich im Bett lag und sich der verordneten Ruhe hinzugeben schien, schmerzte sogar noch die Stille, die von ihr ausging, in den Ohren. Lotte schluckte. Eine innere Spannung kroch ihr vom Magen in den Hals, eine seelische Übelkeit, die sie schon am Vortag einmal überfallen hatte, als sie bis zum Kinn im Moorbad saß.

Während sie die Wärme des säuerlich riechenden Torfbreis genossen hatte, der ihre steif gewordenen Gelenke auftaute, war durch einen Türspalt ein altes Kinderlied ins Badezimmer gedrungen, gesummt von einem unsicheren Altfrauensopran. Dieses Lied, das aus einem der benachbarten Räume zum ersten Mal seit siebzig Jahren wieder in ihr Bewußtsein getreten war, hatte eine Mischung aus unbestimmten Ängsten und Ärger in ihr ausgelöst – Gefühle, vor denen eine betagte Patientin in einem vierzig Grad heißen Moorbad auf der Hut sein mußte. In dem braunen Brei, zwischen herumschwimmenden kleinen Klumpen, Körnern und halb zersetzten Pflanzenteilen, lauerte ein Herzanfall. Plötzlich hatte sie die Wärme nicht mehr vertragen und sich mühsam hochgestemmt, bis sie schwankend mitten in der Metallwanne stand; ihr Körper war wie mit einer Schicht flüssiger Schokolade überzogen, die alle Unebenheiten kaschierte. Als ob ich schon tot und begraben bin, hatte sie gedacht. Als ihr bewußt wurde, daß sie in dieser Haltung einen verwirrten, hilflosen Eindruck auf die Frau machen würde, die gleich käme, um sie abzuspülen, hatte sie sich mit beiden Händen am Rand der Wanne festgehalten und sich langsam wieder in den Modder sinken lassen. Im gleichen Augenblick war das Lied so abrupt verstummt, wie es begonnen hatte, als sei es nicht mehr gewesen als das Aufflackern einer verloren geglaubten Erinnerung.

Die Deutsche hielt es nicht lange aus im Bett. Minuten später schlurfte sie wieder über das abgetretene Parkett zu einem kleinen Tisch, auf dem neben einem Turm aus ineinander gestapelten Plastikbechern zwei Flaschen Mineralwasser standen. Unwillkürlich verfolgte Lotte alles, was sie tat, als müßte sie auf der Hut sein.

»*Excusez moi, madame*...« Mit einer leichten Modulation, in mühsam artikuliertem Schulfranzösisch, wandte sich die Frau unerwartet an Lotte. »C'est permis... daß wir... dieses Wasser trinken?«

Zu allem weiteren wäre es wahrscheinlich nicht gekommen, wenn Lotte auf französisch geantwortet hätte. Aber in einer Anwandlung von Verwegenheit sagte sie auf deutsch: »Ja, Sie können das Wasser ruhig trinken.«

»Ach so!« Die Frau vergaß das Wasser, machte auf dem Absatz kehrt und kam zu Lottes Bett. Erfreut rief sie aus: »Sie sind Deutsche!«

»Nein, ja, nein...«, stammelte Lotte. Aber da war die Lunte bereits angezündet, unaufhaltsam kam die Frau auf sie zu. Alles an ihr war breit und rundlich, eine betagte Walküre, die nicht weichen würde. Sie blieb am Fußende stehen, ihr Schatten fiel auf Lottes Bett. Offenherzig sah sie sie an: »Woher kommen Sie, wenn ich fragen darf?« Lotte versuchte, ihre Impulsivität ungeschehen zu machen: »Aus den Niederlanden!« »Aber Ihr Deutsch ist tadellos!« beharrte die Frau und spreizte die molligen Finger. »Aus Köln«, gab Lotte im matten Ton eines erzwungenen Geständnisses zu, »jedenfalls ursprünglich.« »Köln! Aber da komme ich auch her!«

Köln. Während der Name der Stadt noch im Ruhesaal nachhallte, in dem sonst immer absolutes Schweigen geherrscht hatte, schien es Lotte für einen Augenblick so, als sei Köln eine verdammte Stadt, aus der man besser nicht stammte, eine Stadt, die für den Hochmut eines Volkes mit völliger Zerstörung bestraft worden war.

Die Tür ging auf. In sich gekehrt kam ein Mann mittleren Alters hereingeschlurft; er suchte sich ein Bett aus und schlüpfte geräuschlos unter die Decke, so daß im Dämmerlicht nur noch seine Totenmaske vage zu sehen war. Alles war wieder so, wie es sein mußte; nur die Deutsche fiel aus der Rolle. Sie beugte sich vor und flüsterte: »Ich warte in der Halle auf Sie.«

Verwirrt und gereizt blieb Lotte zurück. In ihren Ohren klang es wie ein Befehl: Ich warte auf Sie! Sie beschloß, nicht darauf zu reagieren. Aber je länger sie liegenblieb, desto unruhiger wurde sie. Die aufdringliche Deutsche hatte es geschafft, sie um ihre teuer bezahlte Ruhe zu bringen. Sie konnte ihr nicht entkommen: Der Ruhesaal hatte nur eine Tür, und die führte in die Halle.

Schließlich stand sie energisch auf, schlüpfte in ihre Badeschuhe, zog sich den Gürtel straff um die Taille und ging zur Tür, fest entschlossen, die Frau so schnell wie möglich abzuschütteln. Wenn man die lichtüberflutete Halle betrat, kam man sich wie in einem der Göttin der Gesundheit geweihten Tempel vor. Der Fußboden aus großen, diagonal verlegten Marmorplatten in gebrochenem Weiß und der offene Raum mit freier Sicht auf die Balustrade des ersten Stocks erweckten die Illusion einer immensen Weiträumigkeit. Dieser Eindruck wurde noch durch ein Deckengemälde verstärkt, auf dem eine marzipanfarbene Venus in einer Muschel von den Wellen angespült wurde, umringt von molligen Putten. Ständig plätscherte Wasser, denn an beiden Seiten der Halle befand sich ein Springbrunnen aus graubraun geädertem Marmor, flankiert von massiven griechischen Säulen. Aus einem vergoldeten Frauenkopf ragte wie eine ausgestreckte Zunge ein kleiner, glänzender Wasserhahn, aus dem ein dünnes Rinnsal lief. Der eine Brunnen, braun verfärbt vom eisenhaltigen Wasser, von dem sich die reiche europäische Aristokratie in besseren Zeiten eine Heilung ihrer Blutarmut versprochen hatte, stand in direkter Verbindung mit der Source-de-la-Reine, der andere mit der Source Marie-Henriëtte, einer Quelle, aus der samtweiches Wasser floß, das alle Giftstoffe aus dem Körper schwemmte.

In diesem Heiligtum der ewigen Jugend hatte die betagte Deutsche einen antiken Sessel in Beschlag genommen. Sie blätterte in einer Illustrierten, nippte an einem Glas Mineralwasser und wartete auf Lotte, die sich ihr widerstrebend mit der Ausrede näherte: »Entschuldigen Sie bitte, ich habe keine Zeit.« Die Frau stemmte sich aus dem schmalen Empiresessel hoch, und man sah ihr an, daß sie dabei Schmerzen hatte. »Bitte hören Sie doch«, sagte sie, »Sie kommen aus Köln. Ich möchte gern wissen, in welcher Straße Sie gewohnt haben.« Lotte suchte Halt an einer der Säulen, die Riffel drückten sich durch den Frotteestoff in ihren Rücken. »Das weiß ich nicht mehr, ich war erst sechs Jahre alt, als man mich in die Niederlande holte.« »Sechs Jahre«, wiederholte die Frau aufgeregt, »sechs Jahre!« »Ich erinnere mich nur daran«, sagte Lotte zögernd, »daß wir in einem Kasino gewohnt haben... oder in einem Haus, das früher einmal ein Kasino war.«

»Das kann doch nicht wahr sein! Das kann einfach nicht wahr sein!« Die Stimme der Deutschen überschlug sich, sie hob ihre Hände zum Kopf und drückte die Fingerspitzen an die Schläfen. »Das ist doch nicht möglich!« Ihr Geschrei erfüllte respektlos den geweihten Raum, sprang über den Marmorboden und stieg empor, um die friedliche Szene an der Decke zu stören. Mit weit aufgerissenen Augen starrte sie Lotte an. Voller Entsetzen? Voller Freude? War sie wahnsinnig geworden? Sie breitete die Arme aus, ging auf Lotte zu und umarmte sie. »Lottchen«, ächzte sie, »begreifst du denn nicht? Begreifst du es nicht?« Lotte, eingeklemmt zwischen der Säule und dem Körper der Deutschen, wurde schwindlig. Sie hatte nur noch den Wunsch, dieser absurden Intimität zu entrinnen, sich in Luft aufzulösen, unsichtbar zu werden. Aber sie war gefangen zwischen ihrer Herkunft und ihrem selektiven Gedächtnis, die schon vor langer Zeit ein feindliches Bündnis eingegangen waren. »Du... meine Liebe«, sagte die Frau ihr ins Ohr, »ich bin's doch, Anna!«

Die Laterna magica aus dem frühen zwanzigsten Jahrhundert überläßt vieles der Phantasie. Die Lücke zwischen der Projektion von zwei Bildern müssen die Betrachter selbst füllen. Sie bekommen einen Jugendstilerker zu sehen; ein Stockwerk hoch hängt er über der Straße. Zwei Nasen drücken sich am Fenster platt, zwei Augenpaare verfolgen ängstlich die Passanten in der Tiefe. Von dort oben sehen sich alle Frauen ähnlich: ein Hut auf dem hochgesteckten Haar, ein langer, taillierter Mantel mit kleinen Knöpfen, Schnürstiefel. Aber nur eine ist darunter, die eine kleine Schatztruhe aus glänzendem Aluminium unter den Arm geklemmt hat. Jeden Abend beobachten sie, wie sie auf der anderen Straßenseite die doppelte Tür mit der Aufschrift *Die Hoffnung* hinter sich abschließt und mit den Tageseinnahmen in der Kassette die Straße überquert. Sobald sie zu Hause ist, verlieren die Mädchen ihr Interesse an der Kassette; wichtig ist ihnen nur ihre Mutter, die zuerst tausend Knöpfe aufmachen muß, bevor sie sie auf den Schoß nehmen kann. Nur ausnahmsweise dürfen sie mit in den Laden, dessen Name dem Passanten verrät, daß es sich um eine sozialistische Genossenschaft handelt. Ihre Mutter, die wie eine Königin hinter der hohen, braunen Kasse thront und für sie einen Negerkuß aus der Schachtel nimmt, ist der Mittelpunkt aller Geldhandlungen. Seitdem sie an der Kasse sitzt, hat sich der Umsatz verdoppelt. Sie ist intelligent, fleißig und zuverlässig. Außerdem ist sie krank, aber das weiß noch niemand. Die Krankheit höhlt sie langsam aus, während sie äußerlich eine mollige, blonde Westfälin bleibt.

Ein anderes Bild wird in die Zauberlaterne gesteckt – vorsichtig, sie müssen ja in der richtigen Reihenfolge bleiben. Im Haus gibt es ein Zimmer, das sie nur an der Hand des Vaters betreten. Das dort herrschende Halbdunkel ist von einem bittersüßen Duft durchtränkt. In einem Bett aus Eiche, unter einem bedrohlich wirkenden Stich mit schwarzen Felsen und hohen, schlanken Tannen, liegt die Mutter – eine Fremde mit eingefallenen Wangen und blauen Schatten unter den Augen. Sie schrecken zurück vor dem verzweifelten, duldsamen

14

Lächeln, das auf ihrem Gesicht erscheint, als sie sich ihr nähern. Der Vater, der sie immer wieder sanft zur Bettstatt hinschiebt, liegt eines Tages selbst in einem improvisierten Bett im Wohnzimmer. Sie sollen mucksmäuschenstill sein, weil er krank ist und schlafen muß. Bedrückt knien sie nebeneinander auf dem Sofa im Erker, das Kinn auf die Fensterbank gestützt, blicken sie auf die Straße hinunter – trotz der Frau unter der Felslandschaft warten sie auf die Erscheinung der kleinen Kassette, die der bedrückenden Stille ein Ende bereiten soll. Es wird langsam dunkel. Sie haben kein Zeitgefühl; daß die Zeit verrinnt, ist für sie das gleiche wie die Tatsache, daß die Schatztruhe nicht erscheint. Dann wird zaghaft geklingelt. Sie rennen zur Tür. Anna, seit ihrer Geburt von dem instinktiven Willen getrieben, immer die erste zu sein, stellt sich auf die Zehenspitzen und schiebt den Riegel zurück. »Tante Käthe, Tante Käthe«, sie zieht sich an ihr hoch, »kommst du uns holen?« »Kommst du uns holen…«, echot Lotte.

Mit dem nächsten Bild will uns die Laterna magica allem Anschein nach eine larmoyante Geschichte zumuten. Auf dem Sofa steht eine längliche Holzkiste, und darauf sitzen, mit dem Rücken zu einem Zimmer voller fremder Leute aus der Verwandtschaft, Anna und Lotte. Dank der Kiste können sie die Füße auf die Fensterbank legen. Sie haben herausgefunden, daß sie die Klagelaute und das Gemurmel übertönen können, wenn sie mit den Sohlen der engen schwarzen Lackschuhe, die ihnen Tante Käthe angezogen hat, gegen den Fensterrahmen trampeln – zugleich verbannen sie mit ihren Tritten dieses Gefühl einer rätselhaften Verzögerung aus ihrem Leben und versuchen so zu bewirken, daß alles wieder normal wird. Zuerst neigen die Anwesenden noch zu Toleranz – es gibt ja auch keine Benimmregeln für Dreijährige, die ihre Mutter verloren haben –, aber als das Getrampel gar nicht mehr aufhört und die Mädchen für freundliche Ermahnungen taub bleiben, schlägt die Geduld in Ärger um. Hat das Getrampel nicht etwas von dem primitiven Getrommel, mit dem, wie man aus illustrierten Monatsschriften weiß, die Wilden in Afrika den letzten Gang ihrer Toten begleiten? Wenigstens einen Funken christlicher Andacht kann man unter diesen Umständen ja wohl von den Kindern erwarten. Man befiehlt ihnen, von der Kiste herabzusteigen, aber sie weigern sich störrisch, sie schlagen nach den Händen, die sie herunterheben wollen. Erst als die Träger des Bestattungsinstituts in ihrem düsteren Aufzug kommen und die Kiste hochwuchten wollen, lassen sich die beiden Mädchen von Tante Käthe auffangen. Danach betragen sie sich mustergültig, bis auf einen kleinen Zwischenfall in dem langen Zug, der unter einer unpassend warmen Frühlingssonne hinter dem Sarg schreitet. Im letzten Augenblick verhindert Tante Käthe, daß sie die schwarzen Wollmäntel ausziehen, die ihnen ihre Mutter noch eigens zu diesem Anlaß im Bett genäht hat. Sie hat die Zähigkeit ihres Körpers unterschätzt und sich in der Jahreszeit verrechnet.

Der große Abwesende bei der Beerdigung liegt im Krankenhaus. Jeden Abend um halb sieben stellt sich Tante Käthe vor einem der Seitenflügel auf, an jeder Hand ein Kind. Dann erscheint hinter einem der vielen Fenster ein Gesicht, gerade deutlich genug, um Anna und Lotte davon zu überzeugen, daß der Vater sich nicht auf die gleiche tückische Weise wie die Mutter in Luft aufgelöst hat. Sie winken, und er winkt zurück mit einer großen, weißen Hand, die sich vor seinem Gesicht hin und her bewegt, als wolle er sich selbst wegwischen. Danach gehen sie beruhigt ins Bett. Eines Tages kommt er nach Hause, abgemagert und von der Krankheit gezeichnet. Als sie an ihm hochklettern, um ihn zu umarmen, stellt er sie mit einem verlegenen, traurigen Lächeln wieder auf die Erde. »Ich darf euch keinen Kuß geben«, sagt er matt, »sonst werdet ihr auch noch krank.«

Die Bilder bekommen nun einen unbeschwerteren Charakter. Der Vater arbeitet wieder in dem ehemaligen Kasino als Leiter einer dort untergebrachten sozialistischen Einrichtung im Dienste der Arbeiter, die sich von ihrer Unwissenheit befreien möchten – *Wissen ist Macht* steht in Frakturschrift über dem Eingang zur Bibliothek. Es gibt praktisch keine Grenze zwischen ihrer Wohnung im ersten Stock und dem restlichen Teil des Gebäudes. Anna und Lotte, die zusammen mit den Kindern des Hausmeisters durch eine glückliche Schicksalsfügung in diesem proletarischen Kulturpalast aufwachsen, spielen in den breiten Marmorfluren Fangen, verstecken sich hinter massiven Säulen und in den Kulissen des Theaters, übertrumpfen sich gegenseitig beim Bockspringen in dem riesigen, runden Vestibül, in dem ihre Schreie aufsteigen zu einem hohen, bleiverglasten Fenster; wenn die Sonne hindurchscheint, werden sie in karminrotes und pfauenblaues Licht gehüllt. Lotte hat die Akustik entdeckt; sie steht genau unter dem höchsten Punkt der gewölbten Decke und singt mit dem Kopf im Nacken das Lied von der Kölschen Bummelbahn. Zu quirlig, um stillsitzen zu können, benutzt Anna, angefeuert vom Nachbarsjungen, ein satinbezogenes Biedermeiersofa als Trampolin, bis die Federn quietschen und sie schwindlig vom Springen mit dem Mund auf die Armlehne aus Mahagoni fällt. Das Sofa steht im Foyer, welches noch immer mit dem mondänen Luxus des Fin de siècle kokettiert. Über einem reich verzierten Schanktisch mit Kupferhähnen funkeln Kristallüster unter der Decke, von der die Vergoldung abblättert; an den Wänden hängen Dutzende von stockigen Spiegeln, die, außer einem rot angelaufenen Mädchenkopf mit blutender Lippe, immer noch die Spielleidenschaft in den Augen des alten Geldadels und seiner Parasiten reflektieren. Der Vater hat ihnen streng verboten, diesen Raum zu betreten. Schuldbewußt läuft Anna in sein Büro. Mit ihrer verletzten Oberlippe ist sie seinem forschenden Blick gnadenlos ausgeliefert. »Wie ist denn das passiert?« fragt er, einen Zeigefinger unter ihrem Kinn. In diesem Augenblick erfindet sie die Lüge. Spontan denkt sie sich einen anderen Hergang aus, der so einleuchtend ist, daß er ihr sofort viel wahrscheinlicher vorkommt als der tatsächliche. Sie habe im Garten gespielt, beichtet sie mit gesenktem Blick, und sei auf die Kante des Holztisches gefallen, der dort im Gras steht. Nachdem der Vater in aller Ruhe die Blutung gestillt hat, geht er mit ihr in den Garten. »So«, sagt er, »nun zeig mir mal, wie es passiert ist.« Jetzt erkennt sie das Verräterische an der Lüge: Der Gartentisch ist so hoch, daß ein Mädchen von ihrer Größe geradewegs vom Himmel fallen müßte, um sich die Oberlippe an der Tischkante aufzuschlagen. »Ach sooo…«, sagt der Vater in melodischem Tonfall – eine Melodie, die sie mißtrauisch macht. Er nimmt ein Stückchen Haut an ihrem nackten Oberarm zwischen Daumen und Zeigefinger, und sie spürt das Gefühl von tausend Nadelstichen. Es ist die einzige Strafe, an die sie sich Jahre später noch erinnert, eine Strafe, die sie für den Rest ihres Lebens zu einer starrköpfigen Wahrheitsliebe verurteilt.

Aber ihr unbändiges Temperament läßt sich nicht so leicht zügeln. Kurze Zeit darauf bricht sie sich bei einer Balgerei auf der Marmortreppe im Vestibül den Ellbogen. Sie schreit Zeter und Mordio wie eine hysterische Gräfin, die ihren gesamten Besitz verspielt hat, und auch Lotte stimmt in das Gejammer ein, denn ihre Fähigkeit, Panik und Schmerz zu empfinden, erstreckt sich symbiotisch auch auf den Körper der Schwester. Anna bekommt einen Gipsverband und muß den Arm in der Schlinge tragen. Als sie mit diesem Schmuck aus dem Krankenhaus kommt, bricht Lotte erneut in Tränen aus – ob aus Solidarität oder aus Neid, ist nicht ganz ersichtlich. Sie beruhigt sich erst wieder, als sie ebenfalls einen improvisierten Verband und ein Geschirrtuch als Schlinge um den linken Arm bekommt.

Nun ein Weihnachtsbild. Seitdem sich Tante Käthe um die Kinder kümmert, ist sie nicht mehr von ihrer Seite gewichen. Als der Vater aus dem Krankenhaus entlassen wurde, weil die Ärzte mit ihrer Kunst am Ende waren, heiratete er sie im stillen, damit man ihn nicht zwingen konnte, die Kinder wegzugeben: ein Mann mit einer ansteckenden Krankheit, auf deren Verlauf nur die Zeit Einfluß – ob zum Guten oder zum Schlechten – haben konnte, galt als ungeeignet, Kinder großzuziehen. Anna und Lotte nehmen alles als selbstverständlich hin. Tante Käthe ist einfach da und stellt einen beschneiten Baum ins Zimmer, dessen Äste sich unter einem anarchischen Gewimmel von Hexen, Nikoläusen, Schornsteinfegern, Schneemännern, Zwergen und Engeln biegen. Der würzige Duft nach Tannengrün und Harz gibt ihnen eine Vorstellung von der Natur, die da anfängt, wo Köln aufhört. Der jüngste Bruder des Vaters, Heinrich, ein grobknochiger Junge von siebzehn, ist aus seinem Dorf am Rand des Teutoburger Waldes gekommen, um das Fest des Baumes mit ihnen zu feiern. Auch er hat natürliche Aromen mitgebracht: den Geruch von Heu und Schweinemist, gewürzt mit einem Hauch von Moder. Seinen Bonus als junger, kameradschaftlicher Onkel verspielt er, als er beim Singen der Weihnachtslieder mutwillig den Text verhunzt. Kichernd macht sein Bruder mit; schon bald wetteifern sie, wer die unsinnigsten Reimwörter findet. »Aufhören, aufhören«, schreit Anna und trommelt mit den Fäusten verzweifelt gegen die Brust des Vaters, »so geht das Lied doch nicht!« Aber die Männer lachen sie wegen ihrer kindlichen Orthodoxie aus und übertreffen sich selbst in Wortspielen. Nach einem vergeblichen Versuch, mit zitternder Stimme der richtigen Fassung zu ihrem Recht zu verhelfen, rennt Anna verzweifelt in die Küche, wo Tante Käthe Brot schneidet. »Sie machen das Weihnachtslied kaputt«, ruft sie, »Papi und Onkel Heini!« Tante Käthe rauscht wie eine Rachegöttin ins Wohnzimmer. »Was habt ihr mit dem Kind gemacht?« Anna wird auf den Arm genommen und getröstet, Taschentücher, ein Glas Wasser. »Es war doch nur ein Spaß«, sagt ihr Vater beschwichtigend, »vor neunzehnhunderteinundzwanzig Jahren wurde das Christkind geboren; wenn das kein Grund ist, fröhlich zu sein!« Er setzt sie auf seine Knie und rückt die große Schleife auf ihrem Kopf gerade, die durch die ganze Aufregung verrutscht ist. »Ich bringe dir jetzt ein richtiges Lied bei«, sagt er, »hör zu.« Mit heiserer Stimme, hin und wieder durch den Husten unterbrochen, singt er das melancholische Lied *Nach Frankreich zogen zwei Grenadier, Die waren in Rußland gefangen.*

Die Laterna magica projiziert eine Theaterbühne, das Bühnenbild ist ein Wald aus hochgewachsenen Baumstämmen. Der Regisseur des Stücks braucht eine kleine Schauspielerin, sie darf nicht viel größer als einen Meter sein. »Herr Bamberg«, sagt er, »ich suche ein Mädchen für die Rolle eines armen Kindes, das sich im Wald verirrt hat. Ich dachte dabei an eine Ihrer Töchter...« »Welche von den beiden hatten Sie denn im Auge?« »Welche ist älter?« »Sie sind gleichaltrig.« »Ach so, Zwillinge... sonderbar...« »Welche hatten Sie im Auge?« wiederholt der Vater. »Tja, ich hatte gedacht... die Dunkelhaarige. Die Blonde kommt mir zu mollig vor, um ein ausgehungertes Kind zu spielen.« »Aber die ist wirklich gut im Auswendiglernen.« Stolz streicht er sich über den Schnurrbart. »Sie ist... in dieser Hinsicht wirklich ein Phänomen.« Getreu dem anspornenden Motto über der Bibliothekstür widmet er seine freien Abende meist der Lektüre klassischer Schriftsteller und Dichter. Zwischendurch, als spielerisches Experiment, hat er ihr ein Gedicht beigebracht. »Unsere Anna«, erklärt er, »hat ein Papageiengedächtnis. Sie kann Schillers ›Lied von der Glocke‹ vortragen, ohne auch nur eine Verszeile auszulassen.« »Gut«, kapituliert der Spielleiter, »Sie sind der Vater, Sie können das besser beurteilen als ich.«

»Davon halte ich aber gar nichts«, protestiert Tante Käthe, »das Kind ist noch zu klein für so einen Auftritt.« Aber gegen den Ehrgeiz dieses Vaters ist kein Kraut gewachsen. Trotzdem sitzt sie am Tag der Vorstellung mit Lotte und dem Vater strahlend in der ersten Reihe, flankiert von ihren sieben Schwestern. Hinter den Kulissen versteckt die Garderobiere Annas Kleid unter einem grauen, mottenzerfressenen Wintermantel und bindet ihre weiße Haarschleife lose hinten am Gürtel fest. Ohne zu ahnen, daß es eine Generalprobe für das wirkliche Leben ist und sie diese Rolle zehn Jahre lang ohne Publikum und ohne Applaus spielen wird, mimt Anna ein so glaubwürdig mitleiderregendes Kind, daß den Stieftanten die Tränen in den Augen stehen. Nachdem zwei Männer in Jägerkleidung sie in ihrer Mitte aus dem imaginären Wald geführt haben, lugt sie aus den Kulissen neugierig in den Zuschauerraum. Das Publikum, nicht mehr als eine Ansammlung von Köpfen, interessiert sie nicht. Sie sieht im Halbdunkel nur ein einziges, zur Bühne erhobenes Gesicht – das des kleinsten Menschen im Saal, winzig und unbedeutend zwischen den Erwachsenen. Anna starrt auf dieses Gesicht, und plötzlich überfällt sie eine bisher ungekannte Bangigkeit. Durch das Theaterstück und die Rolle, die sie darin spielt, sind Lotte und sie zum ersten Mal zwei voneinander getrennte, eigenständige Individuen, jedes mit seiner eigenen Perspektive – Lotte vom Saal aus, sie von der Bühne herunter. Dieses Bewußtsein von Trennung, von unerwünschter Zweiheit, beunruhigt sie plötzlich so sehr, daß sie mitten in der Szene, in der sich ein lange getrenntes Liebespaar wiederfindet, über die Bühne stürmt – das aufgeknöpfte Armeleutemäntelchen flattert um sie herum, und der Gürtel mit dem Haarband schleift hinter ihr her über den Boden. Aufgeregt ruft Tante Käthes jüngste Schwester in breitem Kölsch: »Ach süch'ens, dat Klein!« Im Saal erhebt sich brüllendes Gelächter. Die Zuschauer applaudieren, als handle es sich um einen besonders originellen Einfall des Regisseurs. Anna springt unbeirrt von der Bühne. Schnurstracks läuft sie zu Lotte und beruhigt sich erst wieder, als sie sich neben sie auf denselben Sessel gequetscht hat.

Die Laterna magica beleuchtet wie ein Strahl des Mondlichts ein Bett mit hellblauer Decke. Anna und Lotte schlafen abends darin ein, Arme und Beine ineinander verschlungen wie zwei Oktopusse bei der Paarung. Ohne daß sie es merken, entwirrt die Nacht umsichtig diesen Knoten, so daß sie morgens mit dem Rücken zueinander jede auf einer Seite des Bettes aufwachen.

Die Zauberlaterne hat überall Zugang – sie zeigt uns ein Klassenzimmer. Fast können wir hören, wie die Federn übers Papier kratzen. Annas überschäumendes Temperament hindert sie am Schönschreiben. Während sich Lotte mit ruhiger Hand das Alphabet aneignet, wollen die Buchstaben unter Annas Regie nicht gehorchen. Nach der Schule sitzt sie neben ihrem Vater im Büro und kratzt Buchstaben auf ihre Tafel, die er mit den Worten »So nicht, noch einmal« immer wieder wegwischt, bis sie seinen Maßstäben genügen. Ab und zu dreht er sich zur Seite und spuckt in eine kleine blaue Flasche, die er sofort fest verschließt, damit die bösen Geister nicht entweichen können. Als Belohnung für ihre Mühe darf sie anschließend beim Kassensturz helfen. Mit flinken Fingern sortiert sie die lappigen Inflationsgeldscheine in Zehnerstapel – die Einnahmen belaufen sich auf Billionen –, bis ein brennender Ausschlag an ihren Fingerspitzen diesem Zeitvertreib ein Ende macht.

Jeden Montagmorgen vor dem Unterricht durchbohrt die Lehrerin die Schüler mit ihrem Blick und fragt in drohendem Ton: »Wer von euch war gestern nicht in der Kirche?« Es bleibt still, kein Kind rührt sich, bis Anna den Finger hebt: »Ich.« Sofort folgt Lottes hohe, helle Stimme: »Ich auch.« »Dann seid ihr Kinder des Teufels«, sagt die Lehrerin spitz.

Die Blicke der anderen Kinder lassen die Schwestern fühlen, daß sie nun exkommuniziert sind. »Aber ihr seid doch noch viel zu klein dafür«, protestiert der Vater, als sie ihm erzählen, daß die ganze Klasse verpflichtet sei, am Sonntagmorgen den Kindergottesdienst zu besuchen, »ihr würdet ja gar nichts verstehen.« Weder ihn noch Tante Käthe haben sie jemals in die Kirche gehen sehen. Jeden Sonntag betteln sie darum; sie können den vernichtenden Blick der Lehrerin und die Hänseleien der Klassenkameraden nicht mehr ertragen. Schließlich stellt der Vater seinen Becher mit verquirltem Ei auf den Tisch und legt seine Hände auf ihre Schultern. »Morgen«, verspricht er ihnen, »komme ich mit in die Schule.«

Aber als sie unterwegs sind, der Vater in der Mitte, scheint es eher so, als ob sie ihn beschützen müssen, so fiebrig und verletzbar sieht er aus in dem schwarzen Mantel, der ihm um den abgemagerten Körper schlottert. Schwer auf seinen Stock gestützt muß er nach zehn Schritten pausieren, um wieder zu Atem zu kommen. Das Klopfen des Stocks auf dem Kopfsteinpflaster hallt hinter ihm wider – eine Kette von Echos, die ihn davor bewahrt, zu stürzen. Sie betreten das Schulgebäude; er läßt sie im Flur warten und klopft an die Tür des Klassenzimmers. Die Lehrerin, völlig fassungslos durch das ungewöhnliche Intermezzo, bittet ihn mit gespielter Höflichkeit herein. Anna und Lotte lehnen eng aneinandergedrückt an der Wand; den Blick starr auf die Tür gerichtet, lauschen sie. Plötzlich übertönt die heisere Stimme des Vaters die um Selbstbeherrschung ringende der Lehrerin. »Wie können Sie es wagen! Gegenüber Kindern, die schwächer sind als Sie!« Verblüfft sehen sich Anna und Lotte an. Ihre Körper straffen sich, sie brauchen sich nicht mehr anzulehnen. Eine herrliche, aufrührerische Kraft durchströmt sie. Stolz, Triumph, Selbstvertrauen – sie haben keinen Namen dafür, aber sie spüren es. Das haben sie ihm zu verdanken.

Die Tür geht auf. »Kommt nur herein«, sagt er und hustet

unterdrückt. Anna geht als erste über die Schwelle, Lotte im Schlepptau. Vor der Tafel bleiben sie stehen. Die Lehrerin liegt nicht in Scherben auf dem Boden. Allerdings sieht sie so aus, als sei ihr Rückgrat an einigen Stellen geknickt. Mit gesenktem Kopf und hängenden Schultern klammert sie sich an ihr Pult. Die Schulkinder, reglos in ihren Bänken, blicken respektvoll zu dem Vater von Anna und Lotte auf, der nun ganz die Regie übernommen hat. »So«, sanft schiebt er die beiden Mädchen zur Lehrerin, »und jetzt entschuldigen Sie sich vor der ganzen Klasse bei meinen Töchtern.« Die Lehrerin sieht die beiden mit schiefem Blick an und schaut gleich wieder weg, als hätte sie etwas Schmutziges berührt. »Ich möchte mich bei euch entschuldigen«, sagt sie tonlos, »für das, was ich zu euch gesagt habe. Es soll nicht wieder vorkommen.« Schweigen tritt ein. Was nun? Kann die Lehrerin noch mehr gedemütigt werden? »Und jetzt nehme ich sie mit nach Hause«, hören sie über sich die Stimme des Vaters, »aber morgen sind sie wieder in der Schule. Wenn mir so etwas noch einmal zu Ohren kommt, bin ich wieder hier.«

Zum Glück hält die Lehrerin das ihr abgerungene Versprechen, denn er könnte seine Drohung gar nicht wahrmachen. Zusehends schwindet seine Widerstandskraft gegen den Grabenkrieg, der in seiner Lunge wütet. Ein neues Bild: Auf dem Sofa hingestreckt wie ein Dichter aus der Zeit der Romantik erledigt er keuchend die Büroarbeit. Zwischendurch empfängt er seine Freunde, die ihre Besorgnis allzu offensichtlich hinter munterem Geplauder verbergen – seine vielversprechenden Töchter, in karierten Kleidern mit weißen, gestärkten Kragen, sind mit ihren Gedichten und Liedern eine willkommene Ablenkung. Daß Lotte beim Singen dreimal durch einen trockenen Husten unterbrochen wird, alarmiert nur Tante Käthe. Durch Erfahrung mißtrauisch geworden, läßt sie Lotte vom Hausarzt untersuchen. Minutenlang klopft er ihren mageren Brustkorb ab; zugleich mit dem Stethoskop nähert sich sein Schnurrbart ihrer blassen Haut. Er fordert sie auf, zu husten, was ihr sehr leicht fällt, als hätte sie den Husten wie ein Lied eingeübt. »Das gefällt mir aber gar nicht«, murmelt er hinter ihrem Rücken, »ich höre ein schwaches Geräusch im rechten Lungenflügel.« Lotte steht vor einem künstlichen Menschen aus Plastik und faßt mit leichtem Schaudern an das rosa Herz. Mit einer Flasche Hustensirup und einem Röntgentermin läßt der Hausarzt sie gehen.

Es sind nicht nur die letzten Tage des Vaters, die wir auf dem staubigen, goldgelben Bild sehen, sondern auch die der Familie in dieser Zusammensetzung. Vom Kasino geht der gleiche Einfluß aus wie damals, als dort noch gespielt wurde: alles oder nichts, auf Leben und Tod. Es war ein Gebäude, das man erwartungsvoll betrat und gebrochen verließ, ein alchimistischer Trick, dessen geheime Anleitung in den vier Wänden des Heiligtums bewahrt blieb. Mit seinem langen, dünnen Zeigefinger winkt der Vater die Töchter zu sich. Schwer atmend sitzt er auf der Sofakante. »Hört mal«, sagt er langsam, als wäre seine Zunge geschwollen, »was meint ihr wohl, wie lange lebe ich noch?« Anna und Lotte runzeln die Stirn – für sie ist das eine Rechenaufgabe mit astronomischen Zahlen. »Zwanzig Jahre!« rät Anna. »Dreißig!« setzt Lotte noch eins drauf. »So, glaubt ihr das«, sagt er langmütig. Er sieht sie mit offenem Mund und fiebrig glänzenden Augen an, als wolle er noch etwas sagen, aber dann überfällt ihn ein rasselnder Hustenanfall, und er scheucht sie mit flatternder Hand weg.

Als sie ein paar Tage später aus der Schule kommen, führt Tante Käthe sie gleich ins Schlafzimmer. In der Wohnung riecht es nach Rotkohl mit Äpfeln und Zimt. Einen irritierenden Kontrast zu dem würzig-süßen Duft bildet die Gesellschaft, die sich um das Bett des Vaters versammelt hat. Onkel Heinrich, die Hände mit der zerknüllten Mütze vor dem Bauch verschränkt, starrt mit bäurischem Mißtrauen auf seinen schlafenden Bruder. Ist das hier ein so besonderes Schauspiel, daß sie alle dabei zugucken müssen? Tante Käthe schiebt Anna und Lotte zum Bett. »Johann«, sagt sie, den Mund dicht an seinem Ohr, »hier sind die Kinder.« Als er seine Töchter erblickt, blitzen seine Augen, als amüsiere er sich insgeheim über das lächerliche Theater ringsum. Bestimmt steht er gleich auf, denkt Lotte, und schickt sie alle nach Hause. Aber dann schlägt seine Stimmung um. Sein Blick geht gehetzt von einem zum andern, er hebt den schweißnassen Kopf – aus seiner geheimen Innenwelt scheint er ihnen etwas mitteilen zu wollen, das keinen Aufschub duldet. »Anneliese…«, stößt er heraus. Der Kopf fällt sofort auf das Kissen zurück, und er versinkt wieder in einen Dämmerzustand. Auf den eingefallenen Wangen liegt der Schatten eines beginnenden Bartes. »Warum sagt er Anneliese zu uns?« fragt Anna beleidigt. »Er hat an deine Mutter gedacht«, sagt Tante Käthe.

Nach dem Essen holt eine der sieben Schwestern die beiden Mädchen von dem Fest weg, das kein Fest ist. Sie werden in ein fremdes Bett gesteckt, ein Floß auf einem unbekannten Ozean, das sie nur dann vor dem Sinken bewahren kann, wenn sie eng umklammert und ohne sich zu rühren genau in der Mitte liegenbleiben. Nachts träumen sie, daß Tante Käthe sie weckt und mit nassem Gesicht küßt, aber als sie am Morgen erwachen, ist sie nirgends zu sehen.

Sieben Paar Hände holen Anna und Lotte morgens aus dem Bett und heben sie auf einen Stuhl, damit man sie leichter anziehen kann. »Euer Vater«, bemerkt eine der sieben Personen und zieht dabei einen Unterrock gerade, »ist heute nacht gestorben.« Zuerst löst diese Mitteilung keine Reaktion aus, aber als die Stiefel umständlich zugeschnürt werden, seufzt Anna: »Dann braucht er nie mehr zu husten.« »Und die Brust tut ihm auch nicht mehr weh«, pflichtet Lotte ihr bei.

Das letzte Bild zeigt den Abschied. Was man nicht sieht, ist die Beerdigung und auch das ständige, verhaßte Knicksen, das bei diesem Anlaß von den Mädchen erwartet wird. Nicht zu sehen sind auch die Auseinandersetzungen, die Tränen von Tante Käthe, ihr Drohen mit einem Prozeß, die gepackten Koffer. Das letzte, was Lotte von Anna sieht: Sie steht mitten auf der Treppe im Vestibül, umringt von Verwandten, die von weither gekommen sind. Etwas abseits, bereits verstoßen, steht Tante Käthe, im Gesicht Spuren des vergeblichen Jammerns und Klagens. Anna ist voller Selbstvertrauen, in ihrem Trauerkleid und mit einer großen, schwarzen Schleife, die aussieht, als hätte sich eine Krähe auf ihre blonden Haare gesetzt. Neben ihr steht der Onkel, der die Weihnachtslieder verhunzt hat, auf der anderen Seite eine Tante mit einem Busen von faszinierendem Umfang, auf dem funkelnd ein goldenes Kreuz ruht. Einige schlecht zu erkennende Personen ohne besondere Merkmale schließen die Reihe ab. Hinter Anna, die knochigen Hände auf ihren Schultern, als hätte er sie sich schon angeeignet, steht ein alter, steifer Mann im Sonntagsanzug; er hat einen zerfransten Schnurrbart, und aus seinen Ohren wuchern verdorrte Grasbüschel.

Das letzte, was Anna von Lotte sieht: Sie steht schon an der Tür, genau unter dem bleiverglasten Fenster. Nur an ihrem Gesicht erkennt man, daß sie es ist, der Rest ist eingemummelt, als würde sie zum Nordpol reisen. Neben ihr, auf einen Regenschirm gestützt, steht eine kokett wirkende alte Dame; sie trägt einen eleganten Hut mit Schleier und hält die dünnen Lederhandschuhe locker zwischen den Fingern. Den ganzen Tag hat sie den alten Mann, dessen Hände schwer auf Annas Schultern lasten, in einem überlegenen, neckenden Ton »mein lieber Bulli« genannt.

Weder Anna noch Lotte machen sich Sorgen. Sie fallen sich nicht um den Hals, sie weinen nicht, sie nehmen in keiner Weise voneinander Abschied – wie sollten sie auch, ihnen fehlt jedes Vorstellungsvermögen für das Phänomen Distanz, sowohl räumlich als auch zeitlich.

Die einzige, die für einen Hauch von situationsgemäßem Abschiedspathos sorgt, ist Tante Käthe; in letzter Sekunde stürzt sie quer durch das Vestibül und drückt Lotte tränenüberströmt an ihre Brust.

2

»*J'ai retrouvée ma soeur, madame!*« Anna sprach einfach einen vorbeigehenden Kurgast an, der erschrocken zurückfuhr. Unangenehm berührt erkannte Lotte das ungestüme, laute Wesen wieder, das sie noch von ganz früher in Erinnerung hatte.

»Ich kann es einfach nicht glauben.« Anna faßte sie mit ausgestreckten Armen bei den Schultern. »Laß dich anschauen.«

Jeder Muskel in Lottes Körper spannte sich. Jetzt wurde sie auch noch gemustert! Diese familiäre Zudringlichkeit war ihr zuwider – sie wurde in etwas hineingezogen und brachte nicht die Kraft auf, dem Sog zu widerstehen. Aber vor vierundsiebzig Jahren fast gleichzeitig von derselben Mutter geboren worden zu sein war etwas, wovor sie nicht weglaufen konnte, wie raffiniert der Verdrängungsmechanismus auch funktionieren mochte, den sie im Laufe eines halben Jahrhunderts entwickelt hatte. Zwei kluge, hellblaue Augen sahen sie neugierig und leicht ironisch an.

»Du bist eine richtige Dame geworden«, stellte Anna fest. »Noch immer so schlank und mit dem hochgesteckten Haar, ich muß schon sagen, du siehst wirklich gut aus.«

Lotte blickte reserviert auf Annas üppige Figur und die kurzen Haare, die ihr etwas Junges und Eigenwilliges gaben.

»Mir ist das nie gelungen«, sagte Anna, und aus ihrem kurzen Lachen waren sowohl Selbstironie als auch Stolz herauszuhören. Sie faßte Lottes Arm, sah ihr mit einem strahlenden Blick fest in die Augen und näherte ihr Gesicht dem von Lotte. »Und du hast die Nase von Vati, wie wunderbar!«

»Was ... hat dich hierhergeführt?« versuchte Lotte, in die Enge getrieben, abzulenken. Gott sei Dank, Anna ließ sie los.

»Ich leide unter Arthrose. Der ganze Bewegungsapparat ist verschlissen, weißt du.« Sie deutete auf ihre Knie, ihre Hüften. »Jemand hat mir von den Moorbädern in Spa erzählt – und von Köln aus ist es ja nicht so weit. Und du?«

Lotte zögerte, denn sie ahnte schon, daß sie der Schwester mit ihrer Antwort eine Freude machen würde. »Auch Arthrose«, murmelte sie.

»Also eine Familienkrankheit!« rief Anna begeistert. »Komm, wir suchen uns irgendwo einen Platz, ich kann nicht so lange stehen.«

Es war nichts zu machen. Etwas Unabwendbares nahm seinen Lauf, Widerstand war zwecklos.

»Meine Schwester, stell dir mal vor!« jubelte Anna im Flur. Ein Greis, der auf einer Bank an der Wand gedöst hatte, die gekrümmten Finger um seinen Stock geklammert, fuhr erschrocken hoch.

Mit einem Becher Kaffee aus dem Automaten gingen sie in den Aufenthaltsraum, der von einem mächtigen Gemälde beherrscht wurde, das eine junge Frau mit einem Schwan zeigte. Als sie endlich bequem saß und ein paar Schlucke Kaffee getrunken hatte, fand Lotte ein wenig zu ihrer alten Gelassenheit zurück.

»Wer hätte je gedacht, daß wir uns wiedersehen würden.« Anna schüttelte den Kopf. »Und dann noch an einem so merkwürdigen Ort, das hat bestimmt einen tieferen Sinn.«

Lotte umklammerte ihren Plastikbecher fester. Sie glaubte nicht an einen tieferen Sinn, nur an den blinden Zufall, der sie ziemlich in Verlegenheit gebracht hatte.

»Spürst du schon eine Linderung durch die Moorbäder?« Anna wußte nicht, wie sie anfangen sollte.

»Ich bin erst drei Tage hier«, sagte Lotte zögernd, »bis jetzt spüre ich nichts als bleischwere Müdigkeit.«

»Das sind die Toxine, die frei werden.« Anna maßte sich einen ärgerlich professionellen Ton an. Plötzlich fuhr sie hoch:

»Erinnerst du dich noch an unsere Badewanne in Köln? Mit den Löwentatzen? In der Küche?«

Lotte zog die Augenbrauen zusammen. Ihr fiel ein anderes Badezimmer ein. Gedankenverloren blickte sie aus dem Fenster. Die Wintersonne ließ die Häuser nackt erscheinen. »Jeden Samstagabend hat mein Vater uns nacheinander in einer Zinkwanne gewaschen.«

»Dein Vater?«

»Mein holländischer Vater.« Lotte lächelte verlegen.

»Wie war er… ich meine, was waren das für Leute… Als Kind habe ich mir alles mögliche vorgestellt…« Anna griff mit beiden Händen in die Luft. »Weil ich überhaupt nichts von dir wußte, habe ich mir eben etwas ausgedacht. Ich habe davon geträumt, dich zu besuchen, du kannst dir gar nicht vorstellen, wie schlimm das für mich war, nichts von dir zu hören. Und alle haben so getan, als gäbe es dich gar nicht. Ja, also, was für Leute waren das eigentlich…?«

Lotte preßte die Lippen zusammen. Von der Idee, alte Erinnerungen auszugraben, ging eine beunruhigende Anziehungskraft aus. In einem entlegenen Winkel ihres Gedächtnisses waren sie tief verborgen, wie unter einer dicken Schicht Staub und Spinnweben. War es nicht besser, sie in Ruhe zu lassen, statt darin herumzustochern? Dennoch waren sie ein Teil von ihr, es hatte etwas Verführerisches, sie zum Leben zu erwecken. In einer so absurden Umgebung wie dem Thermalbad und ausgerechnet auf Annas Bitte hin. Herausgefordert vom Widersinnigen, ja sogar Unstatthaften, das darin lag, schloß sie die Augen halb und begann leise vor sich hin zu murmeln.

Jeden Samstagabend schrubbte er seine vier Töchter in einer mit warmem Seifenwasser gefüllten Zinkwanne sauber, wobei er von Zeit zu Zeit »Still gesessen!« brummte. Seine Frau nutzte währenddessen die langen Öffnungszeiten der Läden.

Zum Abschluß des Rituals gab es ein Glas Milch, die er ihnen pfeifend warm machte. Vier Nachthemden, acht bloße Füße – so langsam wie möglich trinken, das Schlafengehen so lange es ging hinauszögern. Nachdem er vier Gutenachtküsse entgegengenommen hatte, schickte er sie resolut ins Bett. Im Sommer sah das Szenarium anders aus. Auf dem verwilderten Fußballrasen vor dem Haus traf sich eine Gruppe von Mädchen aus dem Dorf, die schon etwas älter waren, zur rhythmischen Gymnastik. Nebelschwaden, die aus dem Gras aufstiegen, umgaben sie. Vor dem rotgefärbten Abendhimmel zeichnete sich die Silhouette eines Kleintransporters ab, der sich auf dem Sandweg schnell näherte und Staubwolken aufwirbelte. Er hielt an der Gatterpforte vor dem Fußballplatz, die Ladeklappe wurde geöffnet, und dann vollzog sich das Wunder, das Lotte jeden Samstagabend den Atem raubte: Muskulöse Arme luden ein Klavier ab und stellten es, zwischen Butterblumen und Sauerampfer, an einen akustisch günstigen Platz auf der Wiese. Ein junger Mann in einem eierschalenfarbenen Sommeranzug setzte sich ans Klavier und sandte im Marschtempo klassische Melodien in den Abend.

Die Mädchen vom Turnverein warfen die Beine hoch und bogen sich weit nach hinten; mit hoch über den Kopf gestreckten Armen standen sie auf Zehenspitzen, als landeten sie gleichzeitig an unsichtbaren Fallschirmen auf der Erde. Alles im unerbittlichen Viervierteltakt des Pianisten. Mies, Maria, Jet und Lotte, noch warm vom Baden, schauten vom Zaun aus zu, bis sie in einiger Entfernung ihre Mutter auftauchen sahen, kerzengerade auf ihrem Gazelle-Rad, dessen Lenker sich unter dem Gewicht prall gefüllter Einkaufstaschen durchzubiegen schien.

Kein Bad für Anna. Schon in den ersten Tagen auf dem Gehöft ihrer Vorfahren an der Lippe mußte sie feststellen, daß Baden dort als etwas Sonderbares galt und auf allgemeines Mißtrauen stieß. Ihr Großvater – gleich nachdem sie angekommen waren, nickte er in seinem vertrauten Sessel ein, die Füße in den verfilzten Wollsocken auf dem Rand des gußeisernen Ofens, so daß sich beißender Schimmelgeruch in dem kleinen, vollgestellten Wohnzimmer verbreitete – würde vermutlich sterben, ohne seine bleiche Brust je mit einem Stück Seife behelligt zu haben. »Ich will baden«, quengelte Anna. Tante Liesl ließ sich erweichen durch die Hartnäckigkeit, mit der die kleine Nichte an ihren Grundsätzen festhielt, setzte einen großen Kessel Wasser aufs Feuer und füllte dann eine Zinkwanne auf dem Steinfußboden. Das war der Auftakt für eine jahrelange Gewohnheit, die Anna eigenmächtig beibehielt, nachdem Tante Liesl das Haus verlassen hatte. Als sie sich Jahre später dabei einschloß, rüttelte Onkel Heinrich einmal an der Tür und rief mit einem gereizten Lachen: »Du mußt ja furchtbar schmutzig sein, wenn du so ein Trara machst.«

Die Kinder aus dem Dorf begegneten Annas städtischen Umgangsformen und ihrer gebildeten Art zu reden voller Mißtrauen; einmal hefteten sie ihr einen Zettel an den Mantel mit der Aufschrift: »Hau ab!« Sie war Klassenbeste – die Mitschüler, die ihre Glanzleistungen mit einer Mischung aus Angst und Neid beobachteten, mieden ihre Gesellschaft. Langsam dämmerte ihr die Erkenntnis, was tot sein bedeutete: Jemand war für immer fort, und nicht einmal der heiße Wunsch, er würde durch sein energisches Auftreten kurzen Prozeß mit den Quälgeistern machen, konnte ihn zurückbringen. Nach dieser Definition war auch Lotte tot. Anna drang immer wieder auf ihre Rückkehr und lief dabei um den Großvater herum, bis er lospolterte: »Sei doch nicht so ungeduldig! Wenn sie sich nicht richtig auskuriert, stirbt sie auch, willst du das vielleicht?« Verzweifelt drehte sie sich zu Tante Liesl um, die am Spinnrad saß und mit hoher, dünner Stimme sang: »Ich weiß nicht, was soll es bedeuten…« Ihr weicher Busen wogte mit den Bewegungen des Rades. Über ihrem Kopf hing ein Bild an der Wand; die Familie hatte den Kupferstich im Krieg bekommen, nachdem einer der Söhne gefallen war. »Es gibt keine größere Liebe, als sein Leben für das Vaterland hinzugeben«, stand in verschnörkelten Buchstaben unter einem sterbenden Soldaten und einem Engel, der ihm die Siegespalme reichte. Anna trollte sich in der vagen Hoffnung, daß Onkel Heinrich etwas Licht in das Dunkel um Lotte bringen könnte. Doch der saß im Garten hinterm Haus auf dem Klosett, einem hohen, schmalen Verschlag aus dunkelgrün gestrichenem Holz, der wegen eines unterirdischen Arms der Lippe teilweise abgesackt war. Die Tür mit dem ausgesägten Herz stand weit offen. Breit thronend war er in ein Gespräch mit dem Nachbarn verwickelt, der jenseits eines kleinen Rübenackers in die gleiche Tätigkeit vertieft war, ebenfalls mit weit offener Tür. Das Gespräch von Mann zu Mann drehte sich um das Schützenfest und die Mädchen – in dieses Schußfeld wagte Anna sich nicht vor.

Mutlos trottete sie zum Fluß, ging über die Brücke und blieb mit hängenden Schultern vor einem Bildstock im Schatten eines überhängenden Holunderstrauchs stehen. Zu Füßen der Muttergottes stand ein Strauß dunkelroter Pfingstrosen. Maria blickte andächtig auf das Kind; von der Statue ging die Suggestion einer geheimnisvollen, verborgenen Intimität aus, die alle neugierigen Blicke ausschloß. Anna spürte den Impuls, diese Beschaulichkeit zu stören und das fromme Gesicht zu beschädigen. Statt dessen riß sie die Blumen aus der Vase, rannte damit auf die Brücke und warf sie mit einem wütenden Schwung in die Lippe. Sie sah ihnen nach, wie sie langsam in Richtung Holland trieben. Eine Pfingstrose verhielt sich anders als die übrigen: Sie drehte sich in einem Strudel wild im Kreis und wurde dann in die Tiefe gerissen. Neiderfüllt starrte Anna auf die Stelle, wo sich die Blume ihrem Blick entzogen hatte. Von einer Sekunde zur anderen verschwinden, das wollte sie am liebsten auch – um wieder bei den Menschen sein zu können, die sie liebte. Ein heftiger Wind kam auf, der den Geruch von feuchtem Gras und Schilf mit sich trug. Sie wehrte sich nicht, als er sie erfaßte und mit flatterndem Kleid hochhob. Immer höher trug er sie, in ein ohrenbetäubendes Rauschen, geradewegs in den strahlend blauen Himmel. Tief unter sich, halb versteckt unter der Krone einer Linde, sah sie den Bauernhof des Großvaters. Sie sah die Felder, die grasbewachsenen diluvialen Sandwälle, auf denen Kühe weideten, die Schule, die Landelinuskirche – die ganze Ansiedlung zu beiden Ufern der Lippe. In verzweifelten Windungen versuchte der Fluß dem unbedeutenden Nest zu entkommen, dessen Bewohner die Geschichte des Fleckens mit Legenden über Widukind aufpolierten – angeblich hatte er mit seinen sächsischen Horden genau an dieser Stelle dem König des fränkischen Reiches blutigen Widerstand geleistet. Anna schwebte hoch über alledem und hatte nichts damit zu schaffen.

Lotte lag im Garten, in einer weißgestrichenen Laube, die auf einer drehbaren Achse ruhte, so daß man sie nach Belieben in die Sonne oder auch von ihr weg drehen konnte. Im Bett ausgestreckt drehte sie sich mit dem Wetter mit – das schmale Gesicht auf einem weißen, mit Spitze umrandeten Kissen. Ihre holländische Mutter stellte einen Küchenstuhl neben das Bett und brachte ihr Niederländisch bei; sie gab ihr aber auch ein Märchenbuch der Gebrüder Grimm mit romantischen Illustrationen, auf deutsch, »damit du deine Muttersprache nicht verlernst«. Sie sah selbst so aus, als sei sie einem Märchenbuch entsprungen, groß, kerzengerade und stolz, und sie lachte gern – ihre Zähne waren so weiß wie die Tauben, die beim Taubenschlag am Waldrand aus und ein flogen. Alles an ihr glänzte: die Wangen, die blauen Augen und die langen braunen Haare, die sie mit geschickt gesteckten Schildpattkämmen bändigte. Ihre überschäumende Lebenslust teilte sich jedem mit, der ihren Weg kreuzte. Aber das Märchenhafteste an ihr war ihre unweibliche Kraft. Wenn sie sah, daß sich ihr Mann mit einem Sack Kohlen abschleppte, eilte sie herbei und nahm ihm die Last liebevoll ab – um sie wie einen Sack Federn zum Schuppen zu tragen.

Lotte hatte bald gemerkt, daß sie bei einem verwandten Stamm gelandet war: dem der Langnasen. Das Stammesoberhaupt sah ihrem Vater zum Verwechseln ähnlich. Der gleiche scharfsinnig-melancholische Blick, die schmale, gebogene Nase, das dunkle, nach hinten gekämmte Haar und der Schnurrbart. Er war ja auch ein direkter Cousin ihres Vaters und hatte seine genetischen Eigenschaften unverschnitten an seine Töchter weitergegeben; die rundlichen Kindernasen ließen schon jetzt das gleiche stolze und empfindliche Riechorgan ahnen. Später, als es gefährlich wurde, mitten im Gesicht eine so lange Nase zu tragen, hätte diese simple biologische Gegebenheit eine von ihnen fast das Leben gekostet.

Je nach dem Stand der Sonne bekam Lotte in ihrer Loge einen anderen Teil des Universums zu sehen. Dort, hinter dem breiten Wassergraben, der den Garten an zwei Seiten begrenzte, war der Wald. Eine Koniferengruppe neben dem Taubenschlag bildete eine natürliche Pforte, eine dunkle Höhle, die Lottes Blick in sich hineinzog – über einen bemoosten Steg direkt in das Halbdunkel zwischen den Bäumen. Aus einem anderen Blickwinkel sah sie den Obstgarten und die Gemüsebeete, wo die Kürbisse so schnell dicker wurden, daß Lotte – empfänglich durch die Märchen, in denen Äpfel und frisch gebackene Brote reden konnten – glaubte, sie vor Wachstumsschmerzen stöhnen zu hören. Dann gab es den Ausblick auf das Haus und einen massiven, achteckigen Wasserturm mit Zinnen – Mauerwerk mit Zierbogen aus grün glasierten Klinkern über Fenstern und Türen. Eines Tages sah sie, wie ihr holländischer Vater hinaufkletterte und eine große Fahne hißte. Ihr stockte der Atem – war es nicht das Schicksal von Vätern, plötzlich aus der Welt geweht zu werden?

Nachts schlief sie im Haus, in einem eigenen Zimmer. Dann entfaltete sich die Landschaft der Nacht: nie geschaute Berge und Felsen, Tannenwälder und Almen, Wildbäche. Darüber schwebte ihr Großvater auf den Schößen seines Beerdigungsrocks; in seinen Klauen hing Anna, mit lautlosem Schrei. Lotte rannte hügelauf und hügelab, um dem Schatten zu entkommen, den er auf sie warf. Das Geröll unter ihr geriet in Bewegung, sie stolperte über Felsbrocken – schreiend und hustend schreckte sie aus dem Schlaf auf. Jemand hob sie hoch und trug sie in ein anderes Bett, wo sie sich in die Achselhöhle ihrer holländischen Mutter schmiegte und ohne Unterbrechung weiterschlief.

»Warum haben sie uns damals Hals über Kopf mitgenommen, wie Diebe in der Nacht«, fragte sich Lotte, »gleich nach der Beerdigung?«

Anna lachte trocken. »Weil es ein Racheakt war. Und es hatte noch den willkommenen Nebeneffekt, daß sie eine zusätzliche Arbeitskraft für den Bauernhof bekamen. In dem Dorf lebten nur stockkonservative, katholische Bauern – so war das damals. Vater war mit neunzehn aus diesem Milieu geflohen. Er ging nach Köln und wurde Sozialist. Das hat der kurzsichtige Alte nie verwinden können, verstehst du. Und darum hat er uns gleich nach dem Tod seines abtrünnigen Sohnes aus dieser Brutstätte des Heidentums und Sozialismus gerettet. Eine Blitzaktion, weil er nicht wollte, daß Tante Käthe uns behielt.«

Lotte verspürte ein leichtes Schwindelgefühl. Sie konnte kaum glauben, daß diese groteske Familiengeschichte auch von ihr handelte. Plötzlich brach, einfach so, das Siegel eines bitteren Mysteriums, das sie vor unendlich langer Zeit fest verschlossen hatte: Psssst, nicht mehr daran denken, es ist ja gar nicht geschehen.

»Aber…«, wandte sie kleinlaut ein, »warum hat er…

mich... dann mit in die Niederlande gehen lassen?« Ihr war, als ob sie nur das Echo ihrer Stimme hörte, als ob jemand anders für sie redete.

Anna beugte sich vor und legte ihre mollige Hand auf die von Lotte. »Es gefiel ihm nicht, daß du krank warst. Ein gesundes Kind ist eine gute Investition, aber ein krankes... Ärzte, Medikamente, ein Sanatorium, eine Beerdigung: Das hätte nur Geld gekostet. Deshalb war es ihm ganz recht, als seine Schwester Elisabeth anbot, dich mitzunehmen – auch wenn er sie überhaupt nicht leiden konnte und ihr in ihrer mondänen Trauerkleidung nur mißtraute. Sie hatte ihm erzählt, ihr Sohn wohne in einer trockenen, waldreichen Gegend unweit von Amsterdam, wo das Klima heilsam sei für Tbc-Kranke, in der Nähe sei sogar ein Sanatorium. Na ja, das alles weißt du ja viel besser als ich. Diese Tante war selber im vorigen Jahrhundert – stell dir vor, vor fast hundert Jahren – dem Landleben entflohen; sie war als Dienstmädchen nach Holland gegangen und hatte dort geheiratet. Ich habe das alles von Tante Liesl erfahren, Jahre nach dem Krieg. Opa war nichts mehr an dir gelegen, auch nicht, als du wieder gesund warst. Eine Katze, die als junges Tier kränkelt, wird nie richtig gesund und stark, das war sein Standpunkt.«

»Ich frage mich«, Lotte lächelte krampfhaft, »ob er mich auch hätte ziehen lassen, wenn er gewußt hätte, daß ich bei einem Stalinisten aufwachsen würde, der mich mit Schimpftiraden gegen die Pfaffen und die Kirche erzog.«

»Mein Gott, ist das wahr...?« Bestürzt schüttelte Anna den Kopf. »Was für eine Ironie des Schicksals – ohne die Kirche gäbe es mich längst nicht mehr.«

Brot und Nägel, Wurst und Sicherheitsnadeln, nichts war undenkbar in dem reich sortierten Laden mit angrenzendem Schankraum, in dem Anna mit heller Stimme ihren Einkaufszettel vorlas. »Willst du dir einen Groschen verdienen,

Kind?« lispelte die Frau hinter dem Ladentisch; daß in ihrem verfallenen Gebiß ein Schneidezahn fehlte, hielt sie nicht davon ab, mit Krämerschläue zu lächeln. Anna nickte. »Dann komm und lies meiner Mutter vor, zweimal die Woche.« In einem Hinterzimmer saß die durch grauen Star erblindete Mutter zusammengekauert in einem abgewetzten Sessel am Fenster; vor ihr auf dem Tisch lagen die mystischen Betrachtungen der Katharina von Emmerich. Jede Vorlesestunde mußte mit der Lieblingspassage der alten Frau beendet werden: der Geißelung Jesu, bevor er gekreuzigt wurde. Ohne jede Zurückhaltung beschrieb die fromme Katharina die verschiedenen Stufen der Geißelung: Zuerst wurde der Heiland mit einer gewöhnlichen Peitsche geschlagen, dann nahm ein anderer, gut ausgeruhter Soldat mit einer neunschwänzigen Katze den Platz des vorigen ein, der wiederum, als sein Arm erlahmte, von einem Soldaten mit einem Flagellum abgelöst wurde, dessen Widerhaken tief in die Haut drangen. Bei jedem Schlag klopfte die alte Frau mit ihren knochigen Fingern auf die Sessellehne und stieß Laute aus, die zwischen Schmerz- und Ermunterungsrufen lagen. Auch Anna erreichte jedesmal einen Höhepunkt: das Verschmelzen ihres Mitleids mit Jesus und ihrer Wut auf die römischen Soldaten und die eigentlichen Anstifter, die Juden. Wenn sie das Buch mit zitternden Fingern geschlossen hatte, ließ ihre Empörung langsam nach. »Komm mal her...«, winkte die alte Frau. Widerwillig näherte sich Anna dem Sessel. Die alten Finger, die kurz zuvor noch rhythmisch auf die Sessellehne getrommelt hatten, betasteten Annas pummelige Arme und Hüften. Ungerührt registrierte Anna die Zeichen des Verfalls – Leberflecken in dem blassen Gesicht, Tränensäcke unter den glanzlosen, stieren Augen, schütteres Haar, durch das die Kopfhaut schimmerte. »Ach, streichle mir doch mal über den Kopf...«, sagte die Frau leise und drückte Annas Hand. Anna rührte sich nicht. »Bitte, bitte... streichle mir doch über den Kopf...«

Gehörte das auch zum Vorlesen, als Zugabe? Schließlich tat Anna schnell und mechanisch, was von ihr verlangt wurde. »Unsere Anna betet gegen Bezahlung«, erzählte Onkel Heinrich kichernd jedem, der es hören wollte, »bis sie Schaum vor dem Mund hat.«

Anna ließ die Geißelung Jesu, der längst den Platz ihres Vaters eingenommen hatte, keine Ruhe. Jeden Sonntag saß sie zwischen Großvater und Tante in der romanischen Kirche, deren Fundamente noch aus der Zeit stammten, als sich die Germanen scharenweise zum Christentum bekehren ließen. Ihr umherschweifender Blick hatte längst an einer der weißgetünchten Wände ein Relief mit einer Darstellung des Ereignisses entdeckt. Eines Tages beobachtete der Pastor Alois Jacobsmeyer, als er in einem Seitenschiff gerade im Brevier las, wie sie mit einem Holzschemel in der Hand durch den Mittelgang marschierte. Zielstrebig bog sie nach rechts ab und ging zu den jahrhundertealten Reliefs, die den Kreuzesweg Christi darstellten. Sie kletterte auf den Schemel und begann, Jesu Peiniger kräftig mit den Fäusten zu bearbeiten. »So!« hallte es rachsüchtig durch die Kirche. »So!« Jacobsmeyer kratzte sich besorgt am Kopf und überlegte, ob das Relief wohl einem derartigen Bildersturm gewachsen war.

3

Einen Augenblick drohte das Gespräch einen hitzigen Ton zu bekommen. Lotte war gereizt wegen der Szene in der Kirche, die Anna nicht ohne Rührung geschildert hatte. Plötzlich loderte ein messerscharfes, grimmiges Gefühl in ihr auf, das schon die ganze Zeit geschwelt hatte.

»Da hat euch die Kirche ja ein wunderbares Alibi verschafft, sechs Millionen Menschen zu ermorden«, sagte sie. Auf ihren Wangenknochen zeigten sich rote Flecke.

»Genau«, sagte Anna, »das ist es ja gerade! Ich erzähle dir das alles, damit du verstehst, daß schon in unserer Kindheit der Boden dafür vorbereitet wurde.«

»Ich glaube nicht«, Lotte stand langsam auf, »daß ich das Bedürfnis habe, es zu verstehen. Zuerst habt ihr die Welt in Brand gesteckt, und jetzt verlangt ihr auch noch, daß wir uns in eure Beweggründe vertiefen.«

»Ihr? Du redest von deinem eigenen Volk.«

»Ich habe mit diesem Volk nichts zu schaffen!« rief Lotte voller Abscheu, mahnte sich dann jedoch zur Ruhe und setzte hochmütig hinzu: »Ich bin eine Holländerin, mit Leib und Seele.«

Lag ein Anflug von Mitleid in dem Blick, den Anna ihr zuwarf? »Meine Liebe«, sagte sie begütigend, »wir haben sechs Jahre lang beim selben Vater auf dem Schoß gesessen, du auf dem einen, ich auf dem anderen Knie. Das kannst du doch nicht wegwischen. Schau uns doch mal an, alt und nackt unter unseren Bademänteln, mit unseren Plastikschlappen. Alt und um einiges klüger, hoffe ich. Statt uns gegenseitig zu beschuldigen, sollten wir lieber unser Wiedersehen feiern. Ich schlage vor, daß wir uns anziehen und in eine Konditorei gehen, in der Straße, die nach Königin Astrid benannt ist. Dort gibt es...«, sie küßte ihre Fingerspitzen, »phantastische Törtchen.«

Lottes Zorn war verraucht. Beschämt, daß sie sich so hatte gehen lassen, nickte sie. Zusammen gingen sie durch den imposanten Korridor zu den Umkleidekabinen. Zusammen – was für ein Wort.

Eine Viertelstunde später stiegen sie die Treppen des monumentalen Kurhauses hinab. Unwillkürlich hielten sie sich aneinander fest, denn es schneite, und die Stufen waren glatt.

Der Weg war nicht weit. Sie betraten einen unauffälligen Laden und gingen an einer Vitrine mit verlockenden Köstlichkeiten vorbei in den hinteren Raum, ein veredeltes Wohnzimmer, wo sich betagte Damen mit Pelzmützen auf dem Kopf in stillem Genuß dem matriarchalischen Ritus von Kaffee und Kuchen hingaben. Von der Decke hing ein Wagenrad mit elektrischen Kerzen herab, die ein schmeichelndes Licht auf die Gäste warfen, an der Wand verstärkten Gemälde mit Phantasielandschaften in unnatürlichen Farben die beruhigende, kitschige Atmosphäre.

Sie bestellten Merveilleux, die raffinierte Variante eines Bissens Luft, zusammengehalten durch Eischnee, Schlagsahne und Mandelblättchen.

»Jetzt ist mir auch klar, wen ich gestern singen gehört habe.« Das Stückchen Baiser, das sie gerade zum Mund führen wollte, kam auf halbem Weg zum Stillstand, und Lotte sah nachdenklich aus.

»Wen denn?«

»Als ich gestern mein Moorbad nahm, sang jemand das Lied von der Kölschen Bummelbahn.«

Anna lachte. »Hin und wieder kann ich die Badewannenkoloratur nicht lassen, wenn ich das Gefühl habe, daß mich niemand hört. Aber... früher warst du doch diejenige, die so gern gesungen hat.«

Lotte runzelte die Stirn. Ringsum ertönte kultiviertes Geplauder; ab und zu bimmelte die Ladenglocke, und ein schneenasser Gast trat ein. »Richtig mit dem Singen angefangen habe ich erst«, korrigierte sie ihre Schwester, »nachdem ich damals im Eis eingebrochen war.«

Lotte stand auf der von Rauhreif überzogenen Wiese am Rand des breiten Wassergrabens. Ihre Schwestern fuhren winkend auf Holzschlittschuhen vorbei; zusammen mit den Gärtnerstöchtern von einem benachbarten Landgut und einer Cousine aus Brabant, die gerade bei ihnen zu Besuch war, bildeten sie eine lange Schlange. Auch die Mutter der Cousine erschien auf dem Eis, eine stämmige Frau mit einem braunen Filzhut, auf dem ein Fähnchen aus Entenfedern die Windrichtung anzeigte. Aus einer großen Tüte verteilte sie meergrün und rosa gestreifte Pfefferminzbonbons unter den Kindern. »Ich geh mal eben eure Mama besuchen«, sagte sie und nahm Lotte an die Hand, »kommst du mit, Lütte?« Sie nahm Anlauf und schlitterte ausgelassen schreiend über den zugefrorenen Graben. In ihrem Überschwang riß sie Lotte einfach mit. Sie fuhren und rutschten auf das Haus zu, und die Frau plapperte die ganze Zeit in ihrem kaum verständlichen Dialekt. So kamen sie zu dem dunkelgrünen, halb gesunkenen Ruderboot, das den Anfang der Gefahrenzone markierte, wo das überschüssige Wasser aus dem Turm in den Graben geleitet wurde; die Kinder waren davor gewarnt worden. »Halt, nicht weiter!« rief Lotte, aber die Brabanterin bewegte sich genauso mechanisch weiter wie die aufziehbare Lokomotive zu Hause, die niemand von ihrer eigensinnigen Route zwischen den Tischbeinen abbringen konnte.

Als das Eis zu bersten begann, riß sich Lotte instinktiv los. Sie hatte keine Angst. Der feste Grund unter ihren Füßen verschwand, und der kristallene Boden tat sich auf, um sie einzulassen in das Territorium eines süßen, vorzeitigen Todes, ausgekleidet mit Farn und Seegras, das sich mit einem Strom von Luftblasen mitbewegte. Über ihrem Kopf schloß sich das Eis gewissenhaft. Während sich die verschiedenen Formen langsam in Hellgrün, Türkis und Silber auflösten, dachte sie mit Bedauern an das winzige Nähetui, das sie seit dem Nikolausabend in einer Tasche ihres Unterrocks immer bei sich trug. Schade auch um ihren neuen roten Pullover und um das Baby, das gerade geboren war. Wie Perlen einer Kette reihten sich die Gesichter ihrer holländischen Mutter, ihres Vaters, ihrer Schwestern aneinander – erst ganz zum Schluß kam Anna, nur verschwommen zu erkennen in einem Bündel diffusen Lichts. Nie mehr, dachte sie. Nie mehr Zwieback mit bunten Zuckerstreuseln.

Die Brabanterin stieß einen Todesschrei aus, der die schlittschuhlaufenden Kinder alarmierte. Sie eilten zu der Frau, die bis zu ihrem voluminösen Busen, steif vor Schreck, im Wasser stand – kein Wort kam mehr aus ihrem aufgesperrten Mund. Der Hut saß noch immer gerade auf ihrem Kopf; nur die Feder bewegte sich noch. »Lotte... wo ist Lotte?« rief Jet, die Jüngste, schrill. Sie band die Schlittschuhe los, rannte nach Hause und kam im Trab mit ihrer Mutter zurück. Die schob sich auf dem Bauch übers Eis zu der glücklosen Frau, deren untere Körperhälfte schon ertrunken war. Mit den Händen unter den Achseln der Frau versuchte sie den schweren Körper aus dem Wasser zu ziehen. Aber sie bekam den versteinerten Koloß, der bereits ein Stück im Schlamm eingesunken war, keinen Zentimeter von der Stelle. Nun kam auch die Gärtnersfrau schreiend angerannt. Vollkommen hilflos beobachtete sie vom Ufer aus die Rettungsaktion und raufte sich die Haare. Auf ihr Gejammere hin kam schließlich auch ihr Mann angelaufen, der Sanitäter gewesen war, bevor er sich auf die Anzucht von Oleandersträuchern und Orangenbäumchen verlegt hatte. Vom Ufer aus zerstampfte er das Eis und bahnte sich so einen Weg zu der Ertrinkenden. Im gleichen

Augenblick gellte Jets hohe Stimme durch die dünne Frostluft. »Mijnheer, Mijnheer… hier liegt Lotte… meine Schwester Lotte liegt hier!« Mit zitterndem Finger zeigte sie auf eine Stelle im Eis, wo ein Dreieck von Lottes Teddymantel durchschimmerte. Der Gärtner warf einen fachkundigen Blick auf seine Schwägerin, ließ sie stehen und tauchte unters Eis. Eine Ewigkeit später kehrte er mit Lottes triefendem Körper in die Welt der Lebenden zurück. »Da ist nichts mehr zu machen«, sagte er wasserspuckend zu ihrer Mutter, die immer noch verzweifelt am Körper seiner Schwägerin zerrte, aber nicht mehr retten konnte als eine Tüte klebriger Pfefferminzbonbons, »sie ist schon längst tot.« Mit der freien Hand deutete er auf den dünnen Faden Blut, der aus ihrem linken Mundwinkel rann.

Ein Blick auf Lottes leblosen Körper genügte, jede Hoffnung fahrenzulassen. Aber der Gärtner gab nicht auf; er wollte sie nicht umsonst der Lethe entrissen haben. Sie wurde nackt auf den Eßtisch gelegt. Man schätzte, daß sie etwa eine halbe Stunde lang unter dem Eis gelegen hatte. Er wechselte zwischen Mund-zu-Mund-Beatmung, Schlägen auf den ganzen Körper und Abreiben mit einem Tuch, das ihre Mutter am Ofen anwärmte. Verbissen machte er weiter, bis ein röchelndes Geräusch den ersten Atemzug ankündigte. So wurde Lotte langsam wieder ins Leben gerieben und geschlagen, durch die störrische Beharrlichkeit eines Mannes, der eigentlich darauf spezialisiert war, Pflanzen und Bäume am Leben zu erhalten.

Wirklich zu Bewußtsein kam sie erst im Bett ihrer Mutter, umringt von Neugierigen, die das medizinische Wunder besichtigen wollten. Sie selbst wunderte sich kaum. Vor Jahren hatte sich Tante Käthe ihrer erbarmt, später war sie an der Hand einer Unbekannten nach Holland gebracht worden, und diesmal hatte eine Wildfremde sie in die Welt auf der anderen Seite des Eises mitgerissen. Wie hätte sie anders als mit

45

Gleichmut auf ein Muster reagieren können, das sich mit fast ästhetisch zu nennender Hartnäckigkeit wiederholte?

Im Erdgeschoß lag nun die andere Ertrunkene auf dem Eßtisch. Den Hut hatten sie ihr auf den Bauch gelegt und die Hände obendrauf, so daß sie aussah, als meldete sie sich ziemlich betreten an der Himmelspforte. »Es ist meine Schuld, daß sie tot ist«, rief die Gärtnersfrau und wiegte sich gequält auf einem Küchenstuhl hin und her, »Gott hat mich gestraft! Ich habe Lotte die ganze Zeit da liegen sehen und nichts gesagt. Ich dachte: Wenn ich es sage, lassen Sie meine Schwester los, und sie ertrinkt.« Lottes Mutter wies sie zurecht: »Reden Sie sich doch so etwas nicht ein! Ihre Schwester hat einen Herzschlag bekommen, weil sie kurz vorher eine warme Mahlzeit zu sich genommen hatte, Ihr Mann hat es mir genau erklärt. Lottes Rettung war, daß sie noch nicht gegessen hatte.« »Dabei hatte ich doch so was Leckeres gekocht«, jammerte die Frau, »Hühnerleber mit Sauerkraut und ausgebratenem Speck, davon stirbt man doch nicht.«

Zurück in der Schule, durfte das Mädchen, das ertrunken gewesen war, direkt vor dem Kanonenofen sitzen. Sie war wieder ganz die alte bis auf einen kleinen Schönheitsfehler: Ihr Sprachvermögen war nicht richtig aufgetaut. Sie stotterte so stark, daß der Vorteil, am Ofen sitzen zu dürfen, durch den Nachteil aufgehoben wurde, daß die Lehrerin sie bei mündlichen Beiträgen überging. Sie ausreden zu lassen, hätte zu lange gedauert. Zwischen Lottes Gedanken und deren Äußerung saß ein kleines Ungeheuer, das die Silben zurückzog, kurz bevor sie ihren Mund verließen. Es erforderte eine übermenschliche Kraftanstrengung, dagegen anzugehen und trotzdem zu reden; ihr Kopf stand unter Hochspannung, ihr Herz raste, ihre verkrampfte Zunge wand sich vor Ohnmacht. Am Eingang stand ein grausamer Zensor, der fast nichts hinausließ.

Ihre Mutter entdeckte, daß sie nicht stotterte, wenn sie zusammen mit den anderen sang. Ihre helle Stimme war überall herauszuhören, sie kannte sämtliche Strophen auswendig und improvisierte zu allen Liedern mühelos eine zweite Stimme, ohne auch nur über ein Wort zu stolpern.

Der Sandpfad neben dem Fußballplatz mündete in eine von Buchen gesäumte Allee, die durch ein altes Villenviertel zu den Rundfunkstudios führte. Lottes Mutter radelte auf ihrem Gazelle-Rad zum Sender und überredete den Dirigenten des Kinderchors, der jede Woche im Radio sang, Lotte eine Chance zu geben. Daß sie die Kleinste war, wurde mehr als wettgemacht durch ihre Stimme, die sogar im Korsett eines einfachen Kinderliedes nichts an Reinheit einbüßte.

Jede Woche wählte der Dirigent eine Debütantin aus, die mit einem selbstgewählten Lied als Solistin auftreten durfte. Lotte wurde auf eine Apfelsinenkiste gestellt, damit sie ans Mikrophon reichte. Das Künstliche an der Situation machte ihr nichts aus; die diffuse Angst vorm Stottern, die immer an der Schwelle ihres Unterbewußtseins – ein Auge offen, eines geschlossen – döste, verschwand mit einem Schlag, als sie zu singen begann. Den Blick auf den Dirigenten gerichtet, dessen graue Mähne mit dem Taktstock mitwippte, sandte sie ohne zu stottern ihr Lieblingslied »In Holland steht ein Haus« in die Wohnzimmer. Ein paar Tage später brachte ihr der Postbote eine Ansichtskarte. »Du hast eine wundervolle Stimme«, stand in schnörkeliger Handschrift darauf, »hoffentlich helfen Dir Deine Eltern, sie weiter auszubilden.«

»Ach ja«, seufzte Lotte, »der Dirigent wurde im Krieg deportiert. Er war Jude.«

Eine unbehagliche Stille trat ein. Wie könnte jemals von Vergessen die Rede sein, fragte sich Lotte und sah Anna verstohlen an – man mußte stets auf der Hut sein vor jedem Abgesandten dieses Volks.

»Ich weiß eigentlich nicht, ob es richtig ist«, sagte sie zögernd, »hier mit dir im Café zu sitzen und so zu tun, als ob nichts wäre.«

Anna fuhr hoch. »Wer sagt denn, daß wir so tun müssen, als ob nichts wäre? Ich bin in einer Kultur aufgewachsen, die du verabscheust. Du bist ihr gerade noch rechtzeitig entkommen. Laß dir erzählen, wie dein Leben ausgesehen hätte, wenn du dageblieben wärst. Laß dir...«

»Eure Vorgeschichte kennen wir schon«, unterbrach Lotte sie müde. »Das Diktat von Versailles. Die Wirtschaftskrise.«

Anna schüttelte den Kopf. »Laß dir etwas erzählen über den Platz, den die Juden in unserem Leben einnahmen, in meinem Leben, vor dem Krieg. Auf dem Land. Wir bestellen noch eine Tasse Kaffee. Hör zu.«

Das Sterben des Großvaters zog sich über mehrere Jahre hin. Er kam kaum noch hinter dem Ofen hervor – nur in einer Wolke warmer Luft stießen seine Knochen nicht klappernd aneinander. Noch ein einziges Mal, an einem drückend heißen Tag, humpelte er nach draußen und setzte sich auf die Bank vorm Haus. Anna leistete ihm Gesellschaft. Eine schwarze Kalesche kam vorgefahren; auf dem Bock saß eine alte Frau in Witwenkleidung, graue Strähnen klebten ihr auf dem verschwitzten Gesicht. Es war eine seiner Schwestern. Sie wohnte sechs Kilometer weiter auf einem großen Gehöft. Die Geschwister hatten sich seit zwanzig Jahren nicht mehr gesehen. »Aber Trude, was machst du denn hier«, krächzte er. »Tja, wenn du dich nicht bei mir sehen läßt«, sagte sie schnippisch und entblößte drei einsame Zähne, »dann muß ich dich wohl mal besuchen.«

Onkel Heinrich, der wie sein verstorbener Bruder lieber Bücher las als Kühe molk, trug nun die ganze Last des notleidenden Hofes. Über den Stalltüren des niedersächsischen Fachwerkhauses stand seit dem Baujahr 1779: *Giebst du o*

48

höchster Gott – was du von uns erheissen – das wollen wir in Pflicht – mit höchster Ehrfurcht leisten. Ein prophetisches Motto, mit der Betonung auf »Pflicht.« Während Tante Liesl zwischen Haushalt, Hühnerhof und Gemüsegarten immer auf Trab war, hatte Onkel Heinrich die größte Mühe, seine Aufmerksamkeit zu teilen zwischen den Verlockungen des gedruckten Wortes und fünfzig Schweinen, vier Kühen mit Kälbern, einem Zugpferd, fünfundzwanzig Morgen eigenem und sechs Morgen gepachtetem Land.

Sogar wenn er einen Handel abschloß, unterbrach er nur ungern seine Lektüre. Wenn Papa Rosenbaum erschien, der Viehhändler, weil er gewittert hatte, daß eine Kuh verkauft werden sollte, saß Onkel Heinrich mit einem Buch in der Küche und las während der üblichen Zeremonie des Feilschens weiter. »Was soll das Tier kosten?« Papa Rosenbaum schlug sich in die fleischigen Hände. Sein Hut hing ihm im Nacken wie bei einem Gangster aus Chicago. Auf seinem massiven Brustkorb prangte eine altmodische Uhrkette. »Sechshundert«, murmelte Onkel Heinrich ohne aufzublicken. »Sechshundert? Verzeihung, Bamberg, das ist doch wohl nicht dein Ernst! Ich lach' mich schief!« Er brach in homerisches Gelächter aus, Onkel Heinrich war gerade in einen spannenden Abschnitt vertieft, Anna machte sich in einer Ecke der Küche unsichtbar. Als er sich wieder eingekriegt hatte, schwang Rosenbaum eine Rede über die Viehpreise in Anbetracht der miserablen Wirtschaftslage. Wohin sollte das noch führen? Vierhundert könne er bieten, keinen Pfennig mehr. Onkel Heinrich ließ sich nicht erweichen. »Vierhundertfünfzig.« Keine Reaktion. »Du willst mich ruinieren! So kann ich doch keine Geschäfte machen!« Papa Rosenbaum stiefelte aus der Küche und knallte die Tür hinter sich zu. Ein in der Tür eingeklemmter Mantelzipfel zwang ihn, die Tür wieder aufzureißen. Schnaubend zog er seinen Mantel zurück. Sie hörten ihn laut lamentierend in der Diele auf und ab gehen. »Ich gehe bankrott! Meine Familie muß verhungern!« Er stieg in seinen *Wanderer*, ließ den Motor an, stieg aus, trat wieder ein. »Meine Seele, meine arme Seele stirbt!« Die ganze Litanei von Drohungen und Klagen prallte an der unsichtbaren Mauer rings um den unbeeindruckt Lesenden ab. Nachdem sich das Ritual dreimal wiederholt hatte, zog Rosenbaum seine Uhr aus der Westentasche. »Jetzt versuche ich es schon eine geschlagene Stunde, auf die Art kann ich mein Geschäft gleich an den Nagel hängen. Gut, du kriegst deine sechshundert Mark.« Später, als sie diese Zeremonie schon etliche Male miterlebt hatte, begriff Anna, daß das Ergebnis des Kuhhandels für die beiden Kontrahenten von vornherein feststand und das Feilschen nur ein Spiel war, das beiden zur Unterhaltung diente.

Ein Fotograf kam in die Schule und machte ein Klassenfoto. Zwischen vierundfünfzig Kinderköpfen war Annas der neunte von links in der dritten Reihe. Noch immer in einem schwarzen Kleid, auf dem Kopf die schlaff herabhängende schwarze Schleife, blickte sie starr in die Kamera. Während die anderen Kinder dicht beisammen standen, war rings um Anna eine Leere, als befürchteten die anderen instinktiv, daß Heimweh ansteckend sei. Trotzdem hatte sie das Scherbengericht der Dorfjugend überlebt und dank ihres furchtlosen Charakters das Vertrauen ihrer Klassenkameraden gewonnen. Als das Trauerkleid aus allen Nähten platzte, bekam sie ein kragenloses Kleid aus taubengrauem Stoff, das mitwuchs und das sie das ganze Jahr über trug. Mit jedem Zentimeter, den sie größer wurde, nahm auch die Zahl ihrer Pflichten auf dem Bauernhof zu. Es gab nur einen Urlaubstag im Jahr: den Ausflug zur Wewelsburg, einer mittelalterlichen Festung unweit des Dorfs. Vor die mit Birkenrinde und buntem Krepppapier geschmückten Heuwagen wurden Kaltblüter gespannt, und jeder kämpfte um einen Platz in der Kutsche von Lampen-Heini, einem reichen Bauern mit schnellen, leichten

Pferden. Unterwegs vergaßen sie das Alltagsleben, das immer kärglicher wurde, und sangen aus voller Kehle Wanderlieder.

Sie hatten eine Menge zu vergessen. Die Millionen Arbeitsloser in den Städten beispielsweise, die kein Geld zum Einkaufen hatten, so daß die Butter, die Kartoffeln und das Schweinefleisch andauernd wieder zurückgeschickt wurden. Daß aus diesem Grund das Geld für die Pacht, den Kunstdünger und die Steuern fehlte und sie von einem Paar neuer Schuhe oder einem Knäuel Wolle zum Strümpfestopfen nur noch träumen konnten. Im Ruhrgebiet herrschte große Not. Die Arbeitslosen wurden aufs Land geschickt, um für Essen und Unterkunft bei den Bauern zu arbeiten. Danach kamen die Kinder – die Kirche vermittelte sie an jede Bäuerin, die sich meldete. Die mysteriöse Herkunft der blassen, lustlosen Kinder und die fast metaphysische Vermittlerrolle der Kirche regten die Phantasie Annas und ihrer Freundinnen so sehr an, daß sie sich ein Spiel ausdachten: *Die Ruhrpottkinder kommen.* Mit einem Stock zeichneten sie ein imaginäres Dorf mit einer Kirche und ein paar verstreut liegenden Gehöften in die festgestampfte Erde. Abwechselnd spielten sie dann die Mutter. Die holte sich bei der Kirche so ein Ruhrpottkind, ging mit ihm durchs Dorf und führte es in ein selbst entworfenes Haus. Was danach geschah, interessierte sie weniger – es ging ihnen nur darum, ein armes Kind in Empfang zu nehmen; das sprach ihren erwachenden Mutterinstinkt an. Anna, die sich den entwurzelten Kindern verwandt fühlte, spielte begeistert mit, bis das Spiel unerwartet Realität wurde, als auch Tante Liesl ein Kind aufnahm: Nettchen.

Nettchen war ein Ruhrpottkind aus Fleisch und Blut. Schmächtig und schmuddelig, mit abgelaufenen Schuhen, trat sie an Tante Liesls Hand ein. Zwei lange, braune Zöpfe waren auf ihrem Kopf festgesteckt, und an den Lippen hatte sie Krusten, von denen sie die Finger nicht lassen konnte. Wenn man etwas zu ihr sagte, schwieg sie und lächelte nur geheimnisvoll. Anfangs vermuteten sie, daß Nettchen stumm sei, aber als sie sich schließlich freistammelte, stellte sich heraus, daß sie nicht besonders viel im Kopf hatte. In der Schule kam sie nicht mit. Die Lehrerin schrieb einmal unter Nettchens korrigierte Hausaufgaben: »Liebe Anna, schämst du dich nicht, Nettchen mit solchen Hausaufgaben in die Schule gehen zu lassen? Meinst du nicht, daß es Zeit wird, ihr zu helfen?« Das ließ Anna nicht auf sich sitzen. Mit eiserner Disziplin widmete sie sich Abend für Abend der Wiederherstellung von Nettchens verwahrlostem Intellekt. Zu ihrer Bestürzung blieben ihre Anstrengungen vollkommen fruchtlos. Nettchens geheimnisvolles Lächeln bei jeder Frage, auf die sie keine Antwort wußte, brachte sie zur Verzweiflung. »Warum gibst du dir eigentlich so viel Mühe?« sagte Onkel Heinrich lakonisch. »Ist Nettchen so denn nicht viel glücklicher als du und ich?«

Für die Liebe dagegen zeigte Nettchen mehr Interesse. Der hübscheste aller jungen Männer, die in weitem Umkreis an den Ufern der Lippe wohnten, hatte sich in Tante Liesl verliebt. Jeden Sonntag kam Leon Rosenbaum mit einem Blumenstrauß zum Bauernhof. Auf einer rostigen Gartenbank mit Aussicht auf ein Beet mit jungen Kohlpflanzen eilte ihre aussichtslose Liebe dem vorzeitigen Ende zu. Über das, was sie einander zu sagen hatten, schwiegen sie. Statt dessen hielten sie die Hand des anderen und stammelten Gemeinplätze, die sich sofort verflüchtigten. Anna und Nettchen lagen hinter den Stachelbeersträuchern auf der Lauer und warteten auf handfestere Liebesbeweise. Manchmal gab Leon Tante Liesl einen scheuen Kuß. Schmachtend bewegte sich ihr Busen auf und ab, das Goldkreuz wogte mit, und Nettchen kniff Anna in den Arm.

In der Karfreitagsmesse beschlich Anna die vage Ahnung, daß es einen Zusammenhang geben mußte zwischen der Halbherzigkeit der Annäherungsversuche und dem Schluß des ständig wiederkehrenden, kniend gesprochenen *Flecta-mus genua*: »Lasset uns beten für die heilige Kirche, den Papst, die Bischöfe, die Regierung, die Kranken, die Reisen-den, die Schiffbrüchigen...« Keine Kategorie wurde ausge-lassen, nicht einmal die ungläubigen Juden. Wenn diese – als allerletzte – an der Reihe waren, richteten sich die Gläubigen beim Levate alle zugleich aus ihrer knienden Haltung auf – schließlich hatten die Juden spottend vor Jesus gekniet mit den Worten: »Gegrüßest seist du, der Juden König.« Das Ge-bet endete: »Gott, unser Herr, möge den Schleier von ihren Herzen wegnehmen, auf daß auch sie unsern Herrn Jesus Christus erkennen.«

Als Leon merkte, daß alle seine Bemühungen an dem gol-denen Kreuz scheiterten, stellte er die Besuche ein. Tante Liesl verfiel in dumpfes Schweigen. Wochenlang wirkte sie abwesend, bis sie einen Entschluß faßte, der eigentlich nur in Groschenromanen vorkam: Sie zog sich in ein Klarissenklo-ster zurück.

Beim Abschied drückte sie Anna stürmisch an sich und küßte sie zärtlich auf die Stirn. Nervös fischte sie ein kleines Foto mit gezackten Rändern aus der schwarzen Handtasche, die sie an der Klosterpforte abliefern mußte, und drückte es Anna in die Hand.

Ihr Auszug setzte eine Reihe tiefgreifender Veränderungen in Gang. Nettchen wurde der Kirche zurückgegeben. Der Großvater, dessen allsehendes Auge auch in den letzten Le-bensjahren noch eine symbolische Kontrolle ausgeübt hatte, dämmerte aus seinem pflanzenartigen Dasein in die Ewigkeit hinüber. Er wurde auf einem verschneiten Friedhof begra-ben, neben seiner Frau, die ihm vor fünfzehn Jahren voraus-gegangen war.

Zurück auf dem Bauernhof, legte Onkel Heinrich seine Hand auf Annas Schulter. »So, Anna, jetzt sind nur noch wir beide da und das Vieh. Und dabei sind wir überhaupt keine

Bauern, du und ich. Komm, machen wir uns an die Arbeit.«
Die heroische Haltung, mit der er sein Schicksal annahm, erinnerte Anna an ihren Vater, der sich in ähnlicher Weise mit
seiner Krankheit abgefunden hatte. Unwillkürlich faßte sie
ihn an seinem Beerdigungsrock. Wenn er auch noch stirbt,
dachte sie, bin ich ganz allein.

4

»Dutzende von Briefen habe ich dir geschrieben«, seufzte Lotte. »Ich lag in meiner Laube und schrieb. Meine Mutter hatte mir sogar extra dafür Briefpapier geschenkt, mit Veilchen in der linken oberen Ecke. Jeder Brief endete mit den Worten: ›Liebe Anna, warum antwortest Du mir nicht? Wann sehen wir uns wieder?‹«

»Sie haben bestimmt alle Briefe abgefangen und weggeworfen – sicher nicht, ohne sie in ihrer Bauernneugier vorher zu lesen. Und ich dachte immer, du hättest mich vergessen.«

Ihre Blicke schweiften über die anderen Tische. Sie schwiegen. Hier saßen sie nun, fast siebzig Jahre später, und fühlten sich noch immer getäuscht und betrogen; sie wußten nicht, wie sie mit diesen Gefühlen umgehen sollten. War das Leben all dieser Damen hier mit den Seidenblusen, den goldenen Ohrklipps, den sorgfältig geschminkten Lippen auch schiefgelaufen wegen solcher Mißverständnisse? Anna lachte sarkastisch.

»Warum lachst du?« fragte Lotte mißtrauisch.

»Weil ich jetzt noch so empört darüber bin, als wäre es erst gestern gewesen.« Anna trommelte mit den Fingern auf die Tischplatte. Ihr fiel wieder ein, wie sie eines Tages beschlossen hatte, daß Lotte an der Krankheit gestorben war, von der sie in Holland kuriert werden sollte. Und niemand hatte daran gedacht, ihr eine Todesanzeige zu schicken. Vielleicht hatte ihr Großvater ja eine bekommen, aber geschwiegen, um sie nicht in Aufruhr zu versetzen. So hatte sie Lotte getötet, denn eine tote Lotte konnte sie leichter ertragen als eine, die ihre Schwester einfach vergessen hatte. Außerdem lag Sterben in der Familie.

»Das klingt ja alles wie in einem Roman«, sagte Lotte. Die Zeit rauschte an ihr vorbei. Sie hatte noch im Ohr, wie ihre Mutter, wenn sie von Anna anfing, mitleidig sagte: »Das arme Kind, daß es bei solchen Barbaren aufwachsen muß.« Durch diese Sicht der Dinge, die sie, ohne sie zu hinterfragen, von ihrer deutschen Schwiegermutter übernommen hatte, wurde Annas Schicksal immer rätselhafter. Ob Anna jetzt wohl auch eine Barbarin war? Besaßen Barbaren kein Briefpapier? So dachte sie sich mancherlei Entschuldigungen für Anna aus, um nicht mit dem Gedanken leben zu müssen, daß Anna einfach nichts von sich hören ließ.

Zwischen Onkel Heinrich und der zarten, blonden Tochter eines Gutsbesitzers standen strenge, ungeschriebene Gesetze, die sich am besten in Zahlen ausdrücken ließen: die Größe des Viehbestandes, die Zahl der Knechte, die Hektare Land. Mit Martha Höhnekopp, die in allem ihr Gegenteil war, versuchte er seine Auserwählte in sich selbst zu töten. Er lernte Martha auf dem Schützenfest kennen. Aus Rebellion gegen den Terror des Kapitals und Kategorien wie Rang und Stand warf er sein Auge auf eine, die nichts zu verlieren hatte. Sie war die Älteste in einer Familie mit vierzehn Kindern. Ihr Vater hatte eine Kneipe, die jeder mied, der noch einen Funken Selbstachtung besaß. Aber Onkel Heinrich war betrunken und Martha Höhnekopp verfügbar.

Eines Tages trat sie in Annas Leben. Mit großen, kiebigen Schritten, die mit dem cremefarbenen Spitzenbesatz ihres Brautkleides aufs gröbste kontrastierten, betrat sie das muffig riechende Wohnzimmer, warf ihr Brautbukett aus Rosen und Phlox auf den Tisch und ließ sich schnaufend in den Sessel des Großvaters plumpsen. Sie atmete auf: Standesamt, Kirche, Hochzeitsessen, sich gesittet und charmant geben, das alles hatte sie sehr angestrengt. Anna musterte sie von oben bis unten. Eine gedrungene, stämmige Frau mit großflächigem

Gesicht, schmalen Lippen und breiten Wangenknochen, darüber schräge, tiefliegende Augen, geheimnisvoll und uner-
gründlich. Die glatten, schwarzen Haare hatte sie hochge-
steckt, die Rose, die sie seit dem Morgen im Haar trug und die
den ganzen Tag standgehalten hatte, rutschte nun langsam
heraus. Ihre Wangen waren unnatürlich rot. Anna dachte, das
käme vom Heiraten, aber wie sich später zeigte, war die Wan-
genröte eintätowiert, als litte sie unter einer permanenten Erregung, die kein Ventil fand. »Schick doch das Kind ins Bett«,
sagte sie zu Onkel Heinrich, wobei sie eine scheuchende
Handbewegung machte. »Jetzt sind wir frisch verheiratet und
haben schon so ein großes Mädchen«, erwiderte der Bräutigam mit einem schiefen Lächeln, »das macht uns so schnell
keiner nach.« Aber die Braut, die genug davon hatte, daß
Anna sie so offen anstarrte, wußte nicht, was es da zu lachen
gab.

Martha Höhnekopp hielt nichts vom Arbeiten. Das einzig
Produktive an ihr war ihre Gebärmutter; jedes Jahr kam ein
Kind zur Welt. Ansonsten erfüllte sie keine der in sie gesetzten
Erwartungen. Wenn sie morgens um neun gähnend aufstand
und sich erst einmal ausgiebig den Kopf kratzte, war Onkel
Heinrichs Arbeitstag schon vier Stunden alt. Täglich von
neuem verstand sie es, durch ihr rechthaberisches Auftreten
den Eindruck zu erwecken, sie kümmere sich um den Haushalt; in Wirklichkeit jedoch wälzte sie sich mit ihrem unge-
schlachten Körper wie eine Naturgewalt durch die kleinen
Zimmer, ohne irgend etwas zustande zu bringen. Viel Arbeit
wäre ungetan geblieben, wäre da nicht ein vogelfreies Mädchen von elf Jahren gewesen. Ein Mädchen, das eigentlich zu
niemandem gehörte, aber mit ihnen aß und unter demselben
Dach schlief. Wer faul ist, muß schlau sein. Tante Martha
hatte erkannt, daß ihr mit dieser angeblichen Nichte eine un-
entbehrliche Arbeitskraft in den Schoß gefallen war.

Mit jedem Baby, das geboren wurde, schrumpfte das Kind

in Anna, und das Lasttier nahm an Umfang zu. Sieben Tage ihrer Woche begannen mit Kühemelken – um sechs Uhr morgens mußten die Milchkannen an der Straße stehen. Dann fütterte sie die Schweine, die Pferde, die Kühe, die Kälber und die Hühner. Sie holte das Trinkwasser für die Tiere von der Pumpe, mistete die Ställe aus und kochte das Schweinefutter, sie striegelte die Kühe. Diese Abfolge von Aufgaben wurde als »Früharbeit« bezeichnet; das Pendant dazu war die »Spätarbeit«. Nachmittags um vier – nach der Schule – fing alles wieder von vorn an. Hätten die Pendants als Skulpturen auf dem Kaminsims gestanden, wären es zwei in die Knie brechende Sklaven mit krummem Rücken gewesen, zwischen denen die Uhr unerbittlich weitertickte.

Ihr geträumtes Leben als Gymnasiastin rückte in immer weitere Ferne. Darin verlief alles noch nach dem ursprünglichen Plan – ihr Vater hatte hohe Forderungen an ihren Intellekt gestellt, der sich nun zwischen den Kühen und Schweinen selbst im Weg war. Zwei Lehrer waren in ihrer Naivität zu ihnen nach Hause gekommen, um Onkel Heinrich zu überreden, sie aufs Gymnasium zu schicken. Aber die Lobeshymne auf ihre Begabung konnte nichts ausrichten gegen jenes eine, primitive Argument: »Nein, wir brauchen sie auf dem Hof.«

Onkel Heinrich hatte sich von dem Schock seiner impulsiven Heirat nicht mehr erholt. Außer einer Flucht war seine Blitzaktion vielleicht auch ein pubertärer Versuch gewesen, das abgebröckelte Familienleben wiederherzustellen. Daß er damit ein viel größeres Unheil heraufbeschworen hatte, war unübersehbar. Er kämpfte gegen seine Desillusionierung, indem er sich mit grimmiger Verbissenheit in die Arbeit stürzte. Er bekam die strenge, verschlossene Miene eines Bauern, der schon früh weiß, daß sein Schicksal unabänderlich ist, wie sehr er sich auch abrackert, und der es deshalb aus reinem Masochismus mit der Schinderei noch übertreibt. Wäre Anna, sein kleiner Kompagnon in Unheil und Trübsal, nicht gewesen, hätte er den Kampf aufnehmen müssen gegen die Urgewalt, die sich seine Frau nannte, um auch sie endlich zum Arbeiten zu bewegen – ein Kampf, bei dem der Verlierer von vornherein festgestanden hätte.

Das Hochamt am Sonntag befreite das Haus für einige Stunden von Tante Marthas Anwesenheit. An einem warmen Sommertag nutzte der jüngste Sohn von Papa Rosenbaum diese Gelegenheit, um Anna zu überraschen. Sie schnitt gerade Kartoffeln und Möhren in die Brühe aus ausgekochtem Schweinespeck. Plötzlich sah sie durch den Dampf einen Jungen in der Tür stehen. Als er ein paar Schritte in die Küche trat, erkannte sie Daniel Rosenbaum, der in ihre Klasse gegangen war. »Ich wollte ein bißchen in der Lippe schwimmen«, sagte er beiläufig, »könnte ich mich hier vielleicht umziehen?« Anna sah ihn zerstreut an. »Meinetwegen«, sagte sie und deutete flüchtig auf eine Tür. »Du kannst in das Zimmer da gehen.« Schwimmen im Fluß, dachte sie verwundert, wer macht denn so was. Sie kannte niemanden, der schwimmen konnte. Während sie auf die Luftblasen und Wirbel an der Oberfläche der kochenden Suppe schaute, sah sie die lebensgefährlichen Strudel der Lippe vor sich. Als sie ein Geräusch hinter sich hörte, drehte sie sich mechanisch um. Der junge Rosenbaum stand nackt im Türrahmen, sein aufgerichtetes Geschlecht war in einen Sonnenstrahl gehüllt, der durchs Fenster hereinfiel. Mit herausforderndem Ernst starrte er sie an. Der Kochlöffel fiel ihr aus der Hand. Von dem mageren Jungenkörper unabhängig, der sich dunkel abhob, schien es das Ding mit dem Auge an der Spitze direkt auf sie abgesehen zu haben, wie eine sich aufrichtende Kobra, die gerade zum Angriff übergeht. Sie wußte nicht, daß es so etwas gab, und sie wollte es auch nicht wissen. Vor der Ehrung, die ihr zuteil wurde, floh sie nach draußen, bis hinter die Ligusterhecke. Sie zitterte. In der Ferne ragte der strenge Turm der Landelinuskirche über die Baumwipfel. Der zeigte auch schon nach oben. Sie bückte sich, riß ein Grasbüschel aus und zerrupfte Halm um Halm. Wie war es möglich, daß dort das Hochamt zelebriert wurde und sich hier zur gleichen Zeit so etwas abspielen konnte – beides in ein und derselben Welt?

Jesus hatte gesagt: »Ihr sollt also vollkommen sein, wie es auch euer himmlischer Vater ist.« Anna versuchte sich ängstlich an diesen Auftrag zu halten, obwohl ihr guter Wille zu Allerseelen auf eine harte Probe gestellt wurde. An diesem Tag im November wurden alle Gebete für das Seelenheil der Verstorbenen erhört. Manche Leute gingen sechsmal in die Kirche, um die Gelegenheit so gut wie möglich zu nutzen. Aber man betete nicht nur für die geliebten Toten. Das größte Opfer war ein Gebet für die Gottlosen: »Gewähre ihnen Vergebung aller Sünden.« Sie hatte schon für ihren Vater gebetet, für ihre Mutter, ihren Großvater und zur Sicherheit auch für Lotte. Für wen könnte ich jetzt noch beten, überlegte sie, was würde mir am allerschwersten fallen? Da erschien unaufgefordert der nackte Rosenbaum vor ihr, in einen Sonnenstrahl gehüllt stand er im Türrahmen. Schlagartig wurde ihr klar, welches Opfer von ihr verlangt wurde: Warum sollte sie nicht für einen – beliebigen – toten Juden beten?

Lotte nippte an ihrem Grand Marnier, den sie sich zur dritten Tasse Kaffee bestellt hatte. »Es hätte ebensogut ein nichtjüdischer Junge sein können.«

»Natürlich! Ich erzähle dir das ja auch nur, damit du siehst, wie zwiespältig meine Haltung gegenüber den Juden war und wie die Kirche das ihre dazu beigetragen hat. Aber jetzt kommt das Schlimmste.« Anna kippte den letzten Rest in ihrem Gläschen hinunter. »Eines Tages waren sie verschwunden, es gab keine Juden mehr in unserem Dorf. Kein Rosenbaum kam mehr, um Vieh zu kaufen; ein christlicher Viehhändler nahm seinen Platz ein, ohne große Zeremonie. Trotzdem habe ich nie gefragt: Wo ist eigentlich die Familie

Rosenbaum geblieben? Nie, verstehst du. Keiner hat je Fragen gestellt, auch mein Onkel nicht.«

»Was ist denn mit der Familie passiert?«

»Ich weiß es nicht! Wenn die Leute sagen ›Wir haben es nicht gewußt‹, dann stimmt das. Aber warum haben wir es nicht gewußt? Weil es uns überhaupt nicht interessiert hat! Heute mache ich mir Vorwürfe, daß ich nicht gefragt habe: Wo sind sie geblieben?«

Lotte war warm geworden, und ihr war schwindlig. Annas Selbstbezichtigung empfand sie als hohl – was nützte das schon? Die Pelzmützen ringsum waren verschwunden. Die elektrischen Kerzen in dem Wagenrad brannten nur noch mit halber Kraft. »Ich glaube, wir sollten jetzt gehen«, murmelte sie.

Anna bestand darauf, für beide zu bezahlen. Lotte wollte nichts davon wissen. Aber Anna war schneller. Sie hatte schon gezahlt, als sich Lotte noch mit ihrem Mantel abmühte. Die Deutschen kamen mit ihrer harten Mark immer allen zuvor.

Nachdem sie noch vor wenigen Augenblicken in den dreißiger Jahren umhergestreift waren, betraten sie nun eine weiße, zeitlose Welt – die zwingende Stille, die dort herrschte, gab ihnen ein Vorgefühl des großen Nichts. Anna reichte Lotte den Arm. In der Annahme, daß sich ihre Wege hier trennen würden, blieben sie beim Denkmal der *Lanciers* auf dem Place Royale stehen – ein heldenhafter Reiter mit einem Helm aus Schnee zog in den Krieg.

»Bis morgen.« Anna sah Lotte feierlich an und küßte sie auf beide Wangen.

»Bis morgen…«, sagte Lotte matt.

»Wer hätte das gedacht…«, sagte Anna noch.

Dann überquerten beide die Straße und gingen in dieselbe Richtung.

»Wohin gehst du?« fragte Anna.

»Zu meinem Hotel.«

»Ich auch!«

Wie sich herausstellte, wohnten sie beide in einem Hotel auf der anderen Seite der Bahngleise. »Das kann kein Zufall sein!« lachte Anna und hakte sich wieder bei Lotte unter. So gingen sie weiter, der Schnee knirschte anheimelnd unter ihren Füßen. Auf der Eisenbahnbrücke blieben sie stehen, um einen Blick auf die beschneiten Dächer zu werfen.

»Stell dir mal vor«, sinnierte Anna, »welche Berühmtheiten hier im Laufe der Jahrhunderte alle zur Kur waren. Sogar Zar Peter der Große.«

»Die Stadt hat noch immer etwas Vornehmes«, pflichtete Lotte ihr bei und schob mit ihrem behandschuhten Finger einen Streifen Schnee vom Brückengeländer. Sie liebte die Atmosphäre aristokratischen Geistes und vergangener Pracht, die die Häuser in der Tiefe umgab. Das neunzehnte Jahrhundert war dort noch gegenwärtig und weckte die Sehnsucht nach einem harmonischeren und übersichtlicheren Leben, das für immer verlorengegangen war. Wenn ihr im Thermalbad jemand vom Personal die Hand reichte, um ihr aus der Wanne und in ihren vorgewärmten Bademantel zu helfen, fühlte sie sich für Sekunden wie eine adlige Witwe oder eine Gräfin, die mit ihrer Kammerzofe angereist war.

Sie stapften weiter, von einer Laterne zur nächsten, von einem Lichtkreis zum nächsten, bis sie vor einer Villa mit zwei runden Türmen standen. »Hier wohne ich«, sagte Lotte. Das Haus wie aus weißem, mit Puderzucker überstäubtem Marzipan machte einen unwirklichen, traumhaften Eindruck. Dieser Tag mit all seinen unwahrscheinlichen Begebenheiten war nur geträumt, und Anna neben ihr war nicht real.

»Ein Palast«, stellte diese nüchtern fest, »ich wohne gleich dahinter, da ist alles etwas schlichter.«

Lotte spürte die Kritik, hatte aber keine Lust zu erklären, daß sich hinter der prunkvollen Fassade ein einfaches Fami-

lienhotel verbarg. »Ich wünsche dir… noch einen angeneh-
men Abend«, stammelte sie.

»Ich kann es kaum noch erwarten bis morgen«, seufzte
Anna und drückte sie fest an sich.

Es dauerte lange, ehe Lotte einschlief. Eine schmerzfreie
Stellung zu finden war schwierig. Und ob sie nun auf der Seite
oder auf dem Rücken lag, ständig gingen ihr die Begegnung
und die Bekenntnisse, die darauf gefolgt waren, durch den
Kopf. Ein Gemisch widerstreitender Gefühle ließ sie nicht zur
Ruhe kommen. Wie soll ich das meinen Kindern erzählen,
war ihr letzter Gedanke, als sie gegen Morgen endlich ein-
dämmerte.

5

Lotte erwachte mit düsteren Vorahnungen. Das Hotelzimmer kam ihr fremd und feindlich vor, und die beschneiten Zweige vor dem Fenster konnten keine poetischen Gefühle in ihr wecken. Alles tat ihr weh. Sie haßte ihren Körper, nicht nur, weil sie ihn bei jeder Bewegung spürte, sondern auch, weil sie seine Herkunft nicht verleugnen konnte. Eine Holländerin in einem deutschen Körper. In Belgien. Am liebsten hätte sie sich sang- und klanglos davongemacht, aber die Kur war ein Geschenk ihrer Kinder – sie konnte doch nicht ihrem Geburtstagsgeschenk entfliehen? Sich von Anna verführen zu lassen war eine Form von Verrat, der Schmerz in ihren Gliedern eine Warnung, daß sie schon zu weit gegangen war. Die ersten Lebensjahre, auf die sich Anna berief – was bedeuteten sie schon in einem ganzen Menschenleben? Sie waren gleichzeitig auf die Welt gekommen, mitten im Ersten Weltkrieg, während keine hundert Kilometer weiter massenweise gestorben wurde. Es hatte etwas Unstatthaftes, in einem solchen Moment das Licht der Welt zu erblicken, und dann noch zu zweit. Darauf mußte ein Fluch liegen. Ganz zu Recht war es zu der großen Entfremdung zwischen ihnen gekommen, und dabei sollte es auch bleiben. Vielleicht lastete eine unpersönliche, historische Schuld auf ihnen, die sie, unabhängig voneinander, im Laufe ihres Lebens durch eine von den Umständen bestimmte Dosis Unglück abtragen mußten.

Während sie im Souterrain wartete, bis ihr Moorbad vorbereitet war, erschien Anna. Sie hatte bereits etwas Vertrautes – wenn das nur nicht das erste Anzeichen einer Art Familiengefühl war! Anna setzte sich neben Lotte auf die weiße Bank.

»Wie hast du geschlafen, meine Liebe?«

»So lala«, sagte Lotte von oben herab.

»Ich habe wunderbar geschlafen«, Anna rieb sich über die Schenkel.

Eine Frau in weißem Kittel winkte Lotte. Anna legte ihr die Hand auf die Schulter. »Nebenan ist ein gemütliches Lokal, *Relais de la Poste*, da können wir uns treffen. Heute nachmittag!«

Lotte nickte unbestimmt und schlüpfte ins Badezimmer. Wie kam das nur? Immer wieder gelang es Anna, sie zu überrumpeln, sie vor vollendete Tatsachen zu stellen!

Im *Relais de la Poste* war die Zeit seit Anfang der dreißiger Jahre stehengeblieben. Dunkelbraune Stühle, weiße Tischdecken unter Glasplatten, kupferne Lampen mit einer Glaskugel: Alles stammte aus jener Zeit. Die Moden der Nachkriegszeit – Stahl, Kunststoff oder Pseudorustikales – hatten den Inhaber nicht veranlassen können, etwas zu verändern. Es herrschte Stille, bis auf ein paar leise plaudernde Stammgäste am Tresen. Passanten mit hochgestelltem Kragen stapften durch den Schnee, von dem sich die Mauern des Thermalbades auf der gegenüberliegenden Straßenseite grau abhoben. Die Frau hinter der Theke empfahl den Damen zum Aufwärmen eine regionale Spezialität, Ratafia de Pommes. Mit süß-saurem Raffinement untergrub dieser Apfellikör Lottes Widerstand gegen das Beisammensein. Nach dem zweiten Glas entdeckte sie in einer dunklen Ecke ein uraltes Radio mit hübschem Holzgehäuse. Entzückt ging sie hin und fuhr liebkosend mit den Fingern über das polierte Holz. »Schau doch mal«, rief sie, »so etwas hatte mein verrückter Vater auch!«

Mit der Anschaffung eines Plattenspielers bei der Firma Grammophon en Polyphon in Amsterdam kam außer einer Quelle des Genusses auch ein Anlaß für Streit und Schlaflosigkeit ins Haus. Der endgültigen Kaufentscheidung waren Stunden musikalischer Schlemmerei vorangegangen. Mit geschlossenen Augen lauschte Lottes Vater der göttlichen Stimme von Caruso, der mit seinem *Hosianna* und dem Part des Canio im *Bajazzo* die luxuriöse Tonhalle der Firma Polyphon an der Leidsestraat fast aus den Fugen gehen ließ. Das neue Möbelstück hatte oben eine Klappe, unter der sich der Plattenteller befand. Es bekam einen Ehrenplatz im Wohnzimmer; fortan war das Haus erfüllt mit den Symphonien Schuberts und Beethovens, mit der Stimme des berühmten Tenors Jacob Urlus – der *Murmelndes Lüftchen* sang –, aber auch mit dem erhabenen Klang der Stimme von Aaltje Noordewier in den *Passionen* von Bach. Bis tief in die Nacht hinein bediente Lottes Vater den Apparat, der die vollkommene Symbiose seiner Liebe zur Musik und seiner Begeisterung für die neuesten Errungenschaften der Elektrotechnik verkörperte. Seine Frau leistete ihm bis zum Ende seiner nächtlichen Sitzungen Gesellschaft, seitdem sie entdeckt hatte, daß er in seinem Rauschzustand vergaß, vor dem Schlafengehen Öfen und Lampen zu löschen. Die Musik konnte ihm gar nicht laut genug sein. Durch den Überfluß an himmlischen Klängen bekamen die Kinder Schlafstörungen. In der Schule dösten sie über ihren Rechenheften; mitten in der Leseübung hörte Lotte in anschwellenden Wogen die schmelzenden Lieder aus *Orfeo*.

Das Magazin der Firma Polyphon beherbergte einen Vorrat von viertausendfünfhundert verschiedenen Schallplatten. Lottes Mutter wurde in regelmäßigen Abständen von einem Abgesandten der Firma überrascht, der ihr eine Rechnung präsentierte. Abends störte dann ein lautstarkes Wortgefecht über die Finanzen der Familie den Musikgenuß. »Ich hatte die Rechnung doch schon bezahlt.« »Du hast sie nicht bezahlt, es war wieder jemand an der Tür, das ist doch keine Art!« Jet und Lotte schlüpften aus dem Bett und setzten sich, einen Arm um die Schultern der anderen, auf die oberste Treppenstufe. Was sie von ihrem Schlafzimmer aus noch als Bedrohung empfunden hatten, wuchs sich hier zur Gefahr aus. Die Schallplatte drehte sich erbarmungslos weiter, die wütenden Stimmen der Eltern übertönten die Musik. Manchmal fiel polternd ein Gegenstand zu Boden. Schließlich stiegen sie weinend auf bloßen Füßen die Treppe hinunter und betraten, aufs Schlimmste gefaßt, die Arena. »Wir hatten so einen schlimmen Traum«, war ihr Alibi. Lotte hielt sich am Ärmel von Jets Nachthemd fest. Sofort kam es zu einem Waffenstillstand. Der Vater ging zu dem Wundermöbel, um eine andere Platte aufzulegen, und die Mutter drückte die Kinder schuldbewußt an sich.

Noch größer als der Hunger ihres Vaters nach neuer Musik war nur seine Sucht nach technisch perfekter Wiedergabe. Schon nach kurzer Zeit genügte die Tonqualität des Grammophons nicht mehr seinen Ansprüchen. Das Concertgebouw in Amsterdam war sein Maßstab – so sollte die Musik auch im Wohnzimmer klingen. In seinem Arbeitszimmer, mitten in einem heillosen Durcheinander von Trafos, Verteilern, Schalttafeln, Lautsprechern und Erdelektroden experimentierte er so lange, bis er den Klang verbessert hatte – er war so vertieft, daß er sich beim Löten die Schnurrbartspitzen versengte. Nachdem er bereits als Radiobastler sehr erfolgreich gewesen war, übertraf nun sein selbstgebautes Chrystalphon sogar das der Edison-Werke. Er nahm so viele ausgeklügelte Änderungen an dem Grammophon vor, daß von dem ursprünglichen Gerät fast nichts mehr übrig blieb. Als unerwartet ein Ultraphon auf den Markt kam, stürzte er sich von neuem in die Arbeit. Dieser Apparat, der sogar den zurückhaltendsten Kritiker zum Schwärmen brachte, besaß zwei Tonarme und zwei Nadeln, so daß die Musik etwas zeitversetzt zweimal ausgesendet wurde – ein vorweggenommener Stereoeffekt. Das Grammophon mit einer menschlichen

Stimme, schrieb die Presse. Lottes Vater faßte das als Kriegserklärung an ihn persönlich auf. Von neuem ging er in seinem Arbeitszimmer in Stellung und ruhte nicht eher, bis er eine Anlage mit zwei konischen Lautsprechern gebaut hatte. Der Klang kam nicht nur wie im Konzertsaal aus mehreren Richtungen, auch im Wettlauf um die Verminderung des Rauschens lag Lottes Vater an der Spitze. Die beiden stattlichen Buchenholzgehäuse, die das Zimmer beherrschten, machten ihn sogar bis in den Süden des Landes berühmt. Ingenieure aus der Glühlampenindustrie kamen im Firmenwagen in den Norden gefahren, um das akustische Phänomen mit eigenen Ohren zu hören. Es folgten Tontechniker vom Radio, Musiker, Tüftler, entfernte Bekannte – Abend für Abend genossen neue Interessenten die großartige Klangwiedergabe und die sich ständig erweiternde Plattensammlung. Den Urheber all dieser technischen und musikalischen Glanzleistungen, der ein vollkommener Autodidakt in der Welt des Tons war, versetzte die Überdosis an Interesse und Anerkennung in einen Dauerzustand geistiger Trunkenheit. Er legte seine Platten mit der gleichen eitlen Liebe auf, mit der sich ein Geigenvirtuose die Violine unter das Kinn schmiegt. Sein Schnurrbart war wieder in alter Pracht nachgewachsen und glänzte wie nie zuvor.

Wegen der aufreibenden Abende war die Energie- und Wasserversorgung der Gemeinde gefährdet, für die Lottes Vater verantwortlich war – diesen Posten hatte er dank seines jahrelangen Selbststudiums der Elektrotechnik erlangt. Morgens schlief er aus. Weil es sonst niemanden gab, der die Arbeit machen konnte, verließ seine Frau an dunklen Wintermorgen das Bett, in dem sie höchstens vier Stunden gelegen hatte, um noch in Nachthemd und Morgenrock die Pumpen im eiskalten Wasserturm anzustellen. Ab und zu wurde es ihr zu bunt. »Du denkst immer nur an dich«, warf sie ihm an den Kopf, wenn er, die Augen noch vom Schlaf geschwollen, endlich nach unten gepoltert kam, »Hauptsache, dir geht es gut, was? Du Egoist! Du Salonsozialist!« Eher kleinlaut muckte er auf, suchte vergebens nach Argumenten zu seiner Verteidigung. Zur Verzweiflung getrieben, weil er sich plötzlich hinter einer Art Unzurechnungsfähigkeit versteckte, versetzte seine Frau ihm einen Hieb. Die Kinder sahen, wie er schwankte; sie flohen über die kleine Brücke in den Wald, um sich, als Alternative zum Elternhaus, eine Hütte zu bauen. Die Bauarbeiten dehnten sie so lange wie möglich aus, in der Hoffnung, daß sich der Krieg ausgetobt hätte, wenn sie die Brücke wieder in die andere Richtung benutzten. Etliche Stunden später kehrten sie, hungrig und voller Unruhe, zaghaften Schrittes nach Hause zurück. Schon vom Wald aus sahen sie die Eltern auf der Gartenbank unterm Spalierbirnbaum sitzen; sie hatten einander den Arm um die Schulter gelegt und lächelten selig – offenbar war das Machtgleichgewicht wiederhergestellt.

Im Hinterzimmer machten die Kinder ihre Hausaufgaben; das Grammophon schwieg, solange ihr Vater auf Inspektionsfahrt war. Eine Harley Davidson des Betriebs brachte ihn bis in die entlegensten Winkel der Gemeinde. In seinem langen Ledermantel, mit Gamaschen um die Waden, die Augen mit einer großen Staubbrille geschützt, raste er durch die schmalen Alleen, die Klappen seiner Mütze schlugen wie Fittiche eines betrunkenen Vogels gegen seinen Schädel. Wenn er nach Hause kam und seine Kluft abgelegt hatte, nahm er einen Band der gesammelten Werke von Marx oder Lenin aus dem Bücherschrank und ließ sich damit in einen Sessel fallen.

Plötzlich öffneten sich die Schiebetüren. »Was macht ihr da?« sagte er in barschem Ton. »Schularbeiten.« »Für welches Fach?« »Geschichte.« »Schlagt eure Bücher ruhig zu, aus diesem könnt ihr viel mehr lernen. Hört mal zu: ›Überall, wo ein Teil der Gesellschaft das Monopol der Produktionsmittel besitzt, muß der Arbeiter, frei oder unfrei, der zu seiner Selbsterhaltung notwendigen Arbeitszeit überschüssige Arbeitszeit zusetzen, um die Lebensmittel für den Eigner der Produktionsmittel zu produzieren, sei dieser Eigentümer nun atheniensischer Aristokrat, etruskischer Theokrat, römischer Bürger, normannischer Baron, amerikanischer Sklavenhalter, walachischer Bojar, moderner Landlord oder Kapitalist.‹« Über den mit Blumenranken verzierten Einband von *Das Kapital* hinweg warf er ihnen einen vielsagenden Blick zu.»Versteht ihr, der Arbeiter schuftet im Schweiße seines Angesichts, damit sich der Reiche von morgens bis abends dem Müßiggang widmen kann; so geht das in der Welt zu, schreibt euch das hinter die Ohren!« Und er setzte seinen Vortrag fort, der Stunden dauern konnte, wenn er erst richtig in Fahrt war, bis ihre Mutter eingriff und sie mit einem imaginären Auftrag erlöste. Wenn sie murrten, weil sie den Gemüsegarten jäten sollten, rieb er ihnen das Schicksal ihrer Altersgenossen aus dem vorigen Jahrhundert unter die Nase: »›Um 2, 3, 4 Uhr des Morgens werden Kinder von 9 bis 10 Jahren ihren schmutzigen Betten entrissen und gezwungen, für die nackte Subsistenz bis 10, 11, 12 Uhr nachts zu arbeiten, während ihre Glieder wegschwinden, ihre Gestalt zusammenschrumpft, ihre Gesichtszüge abstumpfen und ihr menschliches Wesen ganz und gar in einem steinähnlichen Torpor erstarrt, dessen bloßer Anblick schauderhaft ist.‹«

Bei Gästen ging er raffinierter vor. Zuerst verführte er sie mit himmlischen Klängen; wenn er sie vollkommen eingelullt hatte und ihre Seele vor Ergriffenheit schwach war, drehte er die Lautstärke zurück und schlug wie absichtslos ein Buch auf, das die ganze Zeit zufällig bereitgelegen hatte. Manchem gelang es noch rechtzeitig, sich mit einer höflichen Floskel zu empfehlen, andere ließen sich auf heiße Diskussionen ein, die bis tief in die Nacht dauerten. Auf ernstzunehmenden Widerstand stieß er erst, wenn er sich, die imposanten Lautsprecher im Hintergrund als Zeuge seines erfindungsreichen Intellekts, in den frühen Morgenstunden als Gegner der Monarchie profilierte. Durch den Genever stimuliert, waren die Gäste bereit, ihm in seinen Plädoyers für den historischen Materialismus weitgehend zu folgen, sogar seine Philippiken gegen das Christentum sahen sie ihm nach, aber sobald das Königshaus zur Sprache kam, überschritt er eine Grenze, und es kam zu empörten Protesten. Seine Musik, seine geistigen Getränke und seine Überredungskunst kamen gegen ihre Liebe für das Haus Oranien nicht an. Er fuhr sich mit dem ausgestreckten Zeigefinger über den Schnurrbart und gab sich alle Mühe, seine Verachtung nicht zu zeigen. Einer der Gäste wurde so süchtig nach den Disputen, daß er jeden Samstagabend wiederkam, um zu philosophieren, bis der Boden der Geneverflasche in Sicht kam: Professor Koning, Hochschullehrer für Kolonialgeschichte an der Universität Amsterdam. Lottes Vater, der eine kindliche, unsozialistische Ehrfurcht vor Autoritäten im Bereich der Wissenschaft hatte, fühlte sich sehr geschmeichelt durch diese Freundschaft, die sogar so weit ging, daß sich der Professor jenseits des Waldes ein Haus mit Reetdach kaufte.

Zum Geburtstag der Königin weigerte sich der Vater, auf dem Wasserturm die Fahne zu hissen. Aber ein prominenter Abgeordneter des Provinzialparlaments, der in der Gegend wohnte und jeden Tag einen Waldspaziergang machte, meldete seine Nachlässigkeit. »Los!« sagte seine Frau im Jahr darauf, »hiß die Fahne, sonst bekommen wir Schwierigkeiten.« »Wie lächerlich«, sträubte er sich, »für eine ganz gewöhnliche Frau die Fahne zu hissen.« »Du sprichst von der Königin.« Sie sah selbst wie eine Königin aus in ihrem Kleid aus Schantungseide: stolz, charmant und unerbittlich. Die Kinder, die ihre Fahrräder mit Tannenzweigen und kleinen, orangefarbenen Lampions verziert hatten, pflichteten ihr bei: »Alle hissen die Fahne, Papa!« Er schnaubte: »Die Masse!« »Wenn du es nicht machst, dann mache ich es.« Seine Frau stiefelte los, und er folgte ihr wutentbrannt. An der Tür des

Wasserturms holte er sie ein und schob sie beiseite. Die Zähne grimmig zusammengebissen, ging er hinein.

In Lottes Schule kam ein Schulrat, um das Schülerverzeichnis auf den neuesten Stand zu bringen. Er stand mit einer Liste vor der Klasse, und jedes Kind mußte aufstehen und seinen Namen nennen. In ausdruckslosem, routinemäßigem Ton fügte er hinzu: »Und was macht dein Vater?« Alle Kinder antworteten wie aus der Pistole geschossen. Lotte eignete sich ohne groß nachzudenken den Familiennamen ihrer holländischen Eltern an: Rockanje. Aber als sie nach dem Beruf ihres Vaters gefragt wurde, starrte sie ihn mit offenem Mund an und schwieg. »Lotte«, sagte die Lehrerin freundlich, »du weißt doch wohl, was dein Vater von Beruf ist?« Es bedeutete eine große Kraftanstrengung, die Worte herauszupressen: »Ich w-weiß es n-noch nicht.« Ihr schwirrte der Kopf. Sollte sie vielleicht aufzählen, was ihr Vater alles machte? Wo sollte sie anfangen? Der Schulrat überging das streikende Rädchen im Getriebe und setzte seine Kontrolle mit gleichgültiger Miene fort. Plötzlich kam Lotte eine Erleuchtung. Sie meldete sich: »Ich w-weiß es jetzt.« »Na also«, sagten die Lehrerin und der Schulrat im Chor, »und was ist dein Vater?« Ohne zu stottern, rief sie: »Turmwächter bei der Königin!«

»Wenn Großvater gewußt hätte, daß du in einem kommunistischen Nest landen würdest…«, rief Anna mit großer Heiterkeit, »das ist wirklich ein Witz!«

»Aber meine Mutter gab ihm Kontra. ›Glaub nur nicht‹, sagte sie zu ihm, ›daß die Arbeiter, wenn *sie* an die Macht kämen, humaner handeln würden.‹ Manchmal, wenn er mit der Verherrlichung von Marx gar nicht mehr aufhören konnte und stundenlang auf der gerechten Verteilung von Geld und Arbeit herumritt, zog sie ihn kratzbürstig von seiner rosa Wolke herunter. ›Versuch doch erst mal selbst, danach zu leben, Schatz, aus deinem Mund sind das alles nur schöne Worte.‹«

72

Ein alter Mann trat ein; er stampfte mit seinen Stiefeln auf den Boden, auf den buschigen Brauen hatte er Schnee. Seine wäßrigen blauen Augen musterten scheu die anderen Gäste. Auf dem Weg zur Theke hinterließ er eine Spur von schmelzendem Schnee. Vom Ratafia de Pommes hatte Lotte rote Flecken auf den Wangen. Annas Augen glänzten. Lottes altmodisches Deutsch, in das hin und wieder ein längst nicht mehr benutztes Wort auf kölsch einfloß, klang wie Musik in ihren Ohren.

»Diese Schickimicki-Tante«, sagte sie, »die dich aus Köln weggeholt hat, wer war das eigentlich?«

Lotte starrte aus dem Fenster. »Ich war manchmal ein paar Tage zu Besuch bei ihr in Amsterdam. Wenn man vom Wohnzimmerfenster aus in den Spiegel außen am Fensterrahmen sah, blickte man auf den Albert Cuypmarkt. Morgens, während Opa sich beim Friseur rasieren ließ, gingen wir zusammen auf den Markt. Zuerst kaufte sie Fleisch und Gemüse. Aber ihr eigentliches Ziel war ein Stand mit Perlen, Knöpfen, Spitzen und Bändern aus Samt und Seide. Sie konnte ewig davorstehen und träumen, und sie mußte alles berühren. Nach langem Zögern kaufte sie dann eine winzige Kleinigkeit, ein paar Perlmuttknöpfe oder so. Sie war sehr kokett für ihr Alter. ›Schau‹, sagte sie einmal, ›so habe ich ausgesehen, als ich jung war.‹ Mit den Fingerspitzen zog sie ihre schlaffe Haut glatt. Ich bekam einen Schreck, so kannte ich sie nicht. ›Kann ich Anna nicht mal besuchen?‹ habe ich sie eines Tages gefragt. ›Ach, mein kleiner Schatz, du hast ja keine Ahnung, wie stur und beschränkt unsere Verwandten in Deutschland sind. Wir haben gar keinen Kontakt mehr mit ihnen. Später, wenn du groß bist, kannst du Anna ja mal auf eigene Faust besuchen. Dann könnt ihr gemeinsam auf die ganze Sippschaft pfeifen.‹«

Anna lachte. »Als Großvater noch lebte, hing ein Foto von ihr über seinem Sessel – als junges Mädchen, in einem weißen Kleid, das Gesicht im Schatten eines Strohhutes. Ein wunderschönes Bild. Das Foto dürfte jetzt hundert Jahre alt sein. Stell dir vor, Lotte, hundert Jahre! Die Welt hat sich noch nie so einschneidend verändert wie in den letzten hundert Jahren. Kein Wunder, daß wir beide ein bißchen durcheinander sind, komm, laß uns noch was trinken.«

Knirschend schoben sich die Schichten der Zeit übereinander. Vor dem Krieg, nach dem Krieg, die Jahre der Wirtschaftskrise, vor hundert Jahren... es waren die unterschiedlichsten Landschaften, durch die Anna, vom Alkohol leicht benebelt, wie in einem Zug ohne Lokführer dahinraste. Zuerst in einer Dampfeisenbahn, Rauchschwaden trieben am Fenster vorbei; aber schon im nächsten Augenblick saß sie auf dem giftgrünen Kunstleder in einem modernen Schnellzug. In den Bahnhöfen, durch die sie donnerten, ohne zu halten, standen Gestalten aus der Vergangenheit. Sie winkten nicht, sondern schauten mit halb zugekniffenen Augen und gerunzelten Brauen auf den Geisterexpreß. Der Bahnhof in Berlin stand in Flammen, die Bahnsteige waren mit Rauch und Staub gefüllt. Wo endete die Fahrt? Am Rand der Zeit? Es ließ sie kalt. Sie stieß ihr Glas an Lottes und sagte: »Auf deine Gesundheit.«

»Einmal habe ich sie auch gefragt...«, sagte Lotte.

»Wen?«

»Oma... Tante Elisabeth... Ich habe sie gefragt: Hast du meinen Vater gekannt, als er jung war? Ich meine: meinen richtigen Vater. ›Dein Vater‹, hat sie geantwortet, ›war ein netter, intelligenter Kerl, der Revolutionär der Familie. Ich habe ihn sehr gemocht. Deshalb war ich auf seiner Beerdigung, und deshalb bist du jetzt hier, meine Kleine. Ach ja, die sensiblen Naturen sterben zu früh, und die Schweinehunde werden steinalt – so ist die Welt...‹« Gerührt fuhr Lotte fort: »Oma liebte es, sich drastisch auszudrücken.«

»Wenn damals auch für mich so eine Zauberfee erschienen

wäre«, sagte Anna nicht ohne Bitterkeit, »wäre mir viel Elend erspart geblieben.«

Für Anna wurden monatlich fünfunddreißig Mark Waisenrente gezahlt. Das war viel Geld – trotzdem tat Tante Martha so, als sei sie ein Parasit, ein Blutegel, der sich mit seinen beiden Saugnäpfen fest an die junge Familie heftete. Die chronische Unzufriedenheit, die sie als Aussteuer mit in die Ehe gebracht hatte, ließ sie an Anna aus, die, zermürbt und abgestumpft von der Arbeit, ihren Schikanen schutzlos ausgesetzt war. Wenn Anna in den gesprungenen Rasierspiegel von Onkel Heinrich blickte, sagte Tante Martha verächtlich: »Warum guckst du in den Spiegel, du stirbst doch sowieso. Dein Vater hatte Tuberkulose, deine Mutter Brustkrebs, und eins von beidem kriegst du auch. Bild dir bloß nichts ein.« Anna, die viele Märchenbücher gelesen hatte, erkannte in ihr den Typus der bösen Stiefmutter wieder; aber das Gute, das in den Märchen immer siegte, ließ in der Wirklichkeit lange auf sich warten. »Wozu brauchst du ein neues Kleid, warum überhaupt willst du Milch trinken, du stirbst doch sowieso.«
Da nun alle irdischen Bedürfnisse im Keim erstickt und lächerlich gemacht wurden, schlich sich die alte Sehnsucht, für immer zu verschwinden, wieder bei ihr ein. Aber wie stellte man es an zu sterben? Wenn man eine Krankheit bekam, ging es von selbst. Vorsätzlich den Übergang zwischen Da-Sein und Nicht-da-Sein zu bewerkstelligen war schwieriger. Die Ungewißheit trieb sie in die Kirche – Zeit, die den Kühen und Schweinen gestohlen wurde und später aufgeholt werden mußte. Indem sie so vollkommen wie möglich betete, hoffte sie auf das Wunder ihrer Himmelfahrt. Aber Gott, ihr zweiter unerreichbarer Vater, machte sich nicht die Mühe, sich in die schlichte Landelinuskirche hinabzubegeben. Doch wenigstens ließ er Alois Jacobsmeyer aus dem Halbdunkel erscheinen; der hatte eine Schwäche für Anna, seit sie es den Römern

gegeben hatte. Auch er hatte ihren Onkel beschworen: »Schick sie doch aufs Gymnasium! Sie ist die beste Schülerin im ganzen Dorf. Wir bezahlen auch alles!« Anna zupfte ihn an der Soutane und bedrängte ihn, ihr ein Mittel zu geben, mit dem sie aus der Welt verschwinden könnte, ohne irgend jemandem Umstände zu machen. Schockiert flüsterte er: »Mach bloß keine Dummheiten! Gott hat dir dieses eine Leben gegeben, es ist alles, was du hast. Er will, daß du es bis zum natürlichen Ende lebst. Hab Geduld, mit einundzwanzig bist du frei.« Aber die Zeit bis dahin kam ihr unerträglich lang vor. »Das halte ich nie durch«, sagte sie zornig. »Aber sicher doch«, er nahm ihren Kopf in die Hände und schüttelte ihn sanft. »Du mußt!«

Nicht lange danach schien ihr Körper, geschwächt durch die pausenlose, zermürbende Arbeit und die mehr als kargen Mahlzeiten, selbst einen Entschluß gefaßt zu haben: Sie bekam eine Erkältung, die nicht wieder wegging. Jacobsmeyer legte ihr ans Herz, zum Arzt zu gehen, aber Tante Martha winkte ab – so eine Erkältung würde sich schon von allein wieder geben. Um etwas gegen ihren Husten zu unternehmen, ohne sich dem Vorwurf der Einmischung auszusetzen, griff Jacobsmeyer zu einer List. Nach dem Gottesdienst machte er einen Spaziergang zum Bauernhof. Anna war gerade im Stall, als Tante Martha den Kopf um die Ecke streckte, die Wangenknochen rot vor unterdrücktem Ärger. »Der Pastor ist da, für dich.« Jacobsmeyer saß in der Küche und hatte das glucksende Baby auf dem Schoß. Er holte ein schmales, braunes Fläschchen aus seiner Soutane. »So geht das nicht mehr weiter«, sagte er zu Anna, »du hustest ja die ganze Zeit in der Messe, ich kann kaum noch mein eigenes Wort verstehen.« Mit einer Mischung aus Triumph und Empörung rief Tante Martha: »Die da? Die hat ja auch keine Manieren, das wissen wir doch!« »Ich habe ihr Medizin mitgebracht«, sagte Jacobsmeyer unbeirrt, »Frau Bamberg, würden

Sie bitte dafür sorgen, daß sie dieses Mittel regelmäßig einnimmt?« Tante Martha nickte überrumpelt. »Und wenn ihre Sachen naßgeschwitzt sind«, fuhr er fort, »muß sie sich umziehen, damit sie sich nicht von neuem erkältet.« »Ja«, höhnte Tante Martha, »dann muß sie eben draußen auf der Wiese ihr Hemd in die Weiden hängen und im Evaskostüm warten, bis sie wieder trocken ist. Das wird den Männern hier sicher gefallen.« Pikiert, weil er ihrer platten Phantasie ungewollt Nahrung verschafft hatte, wies er sie zurecht: »Sie könnten ihr ein paar Hemden zum Wechseln kaufen, Frau Bamberg.« Würdevoll stand er auf und hielt ihr das Baby hin. »Vergessen Sie nicht, Ihr Kleines hier, aber auch Anna... es sind alles Kinder Gottes.« An der Tür drehte er sich um: »Und sie muß viel Milch trinken, mit Rahm.« »Wenn er das bezahlen will«, schnauzte Tante Martha, als die Tür hinter ihm zugefallen war.

»Und?« erkundigte sich Jacobsmeyer. Anna, an eine Säule im Mittelschiff gelehnt, blickte zu Boden. »Tante Martha hat mir eins von ihren alten, verschlissenen Hemden gegeben. Aber Milch trinken darf ich nicht, die ist nur für den Verkauf.« »Gott vergebe mir«, seufzte er, »wenn du Milch zentrifugierst, Anna, dann halte den Mund ab und zu unter den Ausguß. Aber du mußt dabei einfach weiterdrehen, sonst kommt sie und sieht nach, was los ist.«

Onkel Heinrich errichtete zwischen sich und seiner Frau einen Schutzwall aus Arbeit, Kartenspielen mit Kumpeln aus dem Dorf, Zeitung lesen und in Büchern aus der Bibliothek schmökern, die Anna in gestohlenen Viertelstunden auch las. Im großen und ganzen hatte er nichts dagegen; nur *Im Westen nichts Neues* wollte er ihr nicht geben. Er verbot ihr die Lektüre nicht etwa wegen der Kriegsgreuel, sondern wegen einer unsittlichen Szene, die Anna gar nicht entdecken konnte, als sie das Buch heimlich doch las, weil sie überhaupt kein Gespür dafür hatte. Die Erlebnisse der vier neunzehnjährigen

Burschen im Schützengrabenkrieg von 14/18 bestärkten sie in ihrem Glauben, daß ein Menschenleben nichts wert sei. Das Leben eines Soldaten war so etwas wie eine Kerze vor der Marienstatue – war sie abgebrannt, wurde eine neue in den Halter gesteckt.

Sie unterhielten sich über die Bücher, die sie gelesen hatten – morgens, wenn Tante Martha noch schlief, mittags, wenn sie ihr Nickerchen machte, abends, wenn sie schon wieder in den Federn lag. Obwohl es immer nur kurze Gespräche zwischen Tür und Angel waren, schufen sie so eine heimliche Vertrautheit zwischen sich, die beiden letzten Nachkommen einer Familie, mit der Frau im oberen Stockwerk als drohendem Hintergrund, die für sie beide noch immer eine Fremde war. Erst viel später begriff Anna, daß Tante Martha dieses Bündnis durch die Wände hindurch gespürt haben mußte – in ihrem krankhaften Mißtrauen hatte sie es vielleicht sogar als unausgesprochene Verliebtheit gedeutet. Jedenfalls wartete sie im stillen auf eine Gelegenheit, einen Keil zwischen die beiden zu treiben. Bernd Möller wurde, ohne es zu wollen, zu ihrem Werkzeug.

Anna suchte ihn in seiner Werkstatt auf, um sich zu erkundigen, ob er die Achse des Leiterwagens schon repariert habe. Er blickte nicht auf von der Mähmaschine, an der er herumschraubte; sie mußte ihre Frage zweimal wiederholen, ehe er eine verständliche Antwort von sich gab. Nein, er sei noch nicht dazu gekommen. Auf seiner Werkbank lag zwischen Bolzen und Muttern eine aufgeschlagene Zeitung. Versessen auf alles Gedruckte vertiefte sich Anna neugierig in die Artikel. In die Werkstatt kehrte wieder Stille ein, bis auf die prosaischen Geräusche der Reparaturarbeiten. »Du bist ja immer noch da«, sagte Bernd Möller nach einer Weile verwundert, »was machst du denn?« »Ich lese.« »Was liest du?« Anna blätterte zur Titelseite zurück. »Den ›Völkischen Beobachter‹.« »Das ist nichts für dich, darin geht es nur um Politik.« Anna nahm die Zeitung und hielt sie ihm vor die Augen: »Wer ist das?« Mit einem schwarzen Fingernagel, unter dem sich Reste von Hühner- und Schweinemist gesammelt hatten, zeigte sie auf das Porträt eines Mannes, der mit geballter Faust und einem gequälten, zornigen Blick unhörbar schrie, hinter ihm eine Fahne mit schwarzen Spinnenbeinen in einem weißen Kreis. »Adolf Hitler«, sagte Möller und wischte sich die Nase am Ärmel ab. Sie rümpfte die Nase. »Er sieht so aus, als ob er kämpfen will.« »Das will er auch.« Der Mechaniker legte seinen Engländer auf den Boden und richtete sich langsam aus der Hocke auf. »Für mich, für dich, für uns alle. Gegen Arbeitslosigkeit und Armut.«

Er vergaß die Arbeit, in die er soeben noch vertieft gewesen war, und setzte sich auf die Werkbank, um ihr zu erklären, welche Pläne der Mann auf dem Foto mit dem deutschen Volk hätte. Endlich Arbeit, eine neue Ordnung – auch für den einfachen Mann, der tagaus, tagein für einen Teller Erbsensuppe schuftete. Schau, hier steht es. Eine Aura von Optimismus umgab Bernd Möller. Es sei jemand am Horizont erschienen, der auf große Veränderungen hinarbeite und der Armut und dem Chaos im Land ein Ende machen würde. Anna ließ sich von seiner Begeisterung anstecken – vielleicht würde sich dann ja auch ihre Situation verbessern, und sei es nur ein wenig. Endlich eine Vaterfigur, die für sie eintrat und die Kette von Schinderei, Erschöpfung und Hunger zerreißen würde. Sie betrachtete das Foto eingehend. Das, was sich in seinem Gesicht ausdrückte und was sie zuerst mit Widerwillen erfüllte, war bei näherer Betrachtung genau das, was sie hinter der Fassade sklavischen Gehorsams empfand: Wut und Aufsässigkeit.

In verschwörerischem Ton sagte sie abends zu ihrem Onkel: »Es gibt jemanden, der mit der Armut Schluß machen wird...« Er saß in dem Sessel, in dem sein Vater gestorben war, sie auf dem Sofa unter dem Bild des gefallenen Soldaten.

»Na, das sind ja gute Nachrichten«, sagte er und sah sie über sein Buch hinweg mit ironischem Blick an, »wie kommst du denn darauf?« »Es steht im ›Völkischen Beobachter‹. Adolf Hitler hat gesagt…« »Was?« rief er. Das Buch glitt ihm aus der Hand. »Dieser Depp? Du weißt nicht, was du sagst. Nur dumme, kopflose Leute laufen dieser Schießbudenfigur nach. Bei wem hast du denn diesen Unsinn gelesen?« »Bei Bernd Möller«, sagte sie beleidigt und verwirrt. »Ach so, jetzt wird mir einiges klar, das ist also seine Art zu rebellieren. Der ›Völkische Beobachter‹! So was liest man doch nicht! Keiner hier liest diese Zeitung. Jeder vernünftige Mensch, jeder rechtschaffene Katholik wählt die Zentrumspartei. In der Enzyklika von Papst Pius XI. ist genau beschrieben, wie, vom christlichen Standpunkt aus, die Armut bekämpft werden kann. Hör mal zu, Mädchen – dieser Hitler mit seiner Großsprecherei will nur eines: Krieg.« Er bückte sich, um sein Buch aufzuheben, und sah sie an, als horchte er angespannt auf irgend etwas. »Ich möchte nicht, daß du mit Bernd Möller Umgang hast, merk dir das.«

Aber so leicht ließ sich Anna dieses Stückchen Hoffnung nicht nehmen. Bereits am folgenden Tag eilte sie zur Werkstatt. Bernd Möller schüttelte den Kopf über die Reaktion ihres Onkels: »Ich werde dir mal genau erklären, warum er das sagt – damit du mich nicht mehr so entsetzt mit deinen schönen blauen Augen ansiehst. Das kann ich nicht ertragen.« Er lächelte. »Laß sie einfach reden, die biederen Bauern, die gehorsamen Katholiken. Sie wissen es nicht besser. Sie sind wie Tiere, die zu lange eingesperrt waren: Macht man die Käfigtür auf, bleiben sie trotzdem drin. Wenn wir warten sollen, bis die Zentrumspartei unsere Probleme löst, sind wir alle verhungert.« Seine Selbstsicherheit flößte ihr Vertrauen ein. Sie war darauf angewiesen, an die Möglichkeit einer Veränderung zu glauben, es gab keinen anderen Weg. Und Bernd Möller hielt diesen Glauben mit seinen Lobeshymnen lebendig. Sie machte ihre Arbeit noch schneller, nur um zwischendurch in seiner Werkstatt vorbeizuschauen und mit ihm zu reden oder ihn dabei zu beobachten, wie er am Motor einer landwirtschaftlichen Maschine herumwerkelte. Sie redeten nicht nur über Politik. Die Fallstricke des täglichen Lebens, die Haltung, die man sich ihnen gegenüber am besten zu eigen machte, die Bücher, die Anna gelesen hatte, ihr Husten – kein Thema war tabu, wenn sie in der Intimität der alten, zugigen Scheune halb auf dem eingekerbten Holz der Werkbank und halb auf der aufgeschlagenen Zeitung saß.

»Du bist zwar erst sechzehn, aber ein außergewöhnliches Mädel«, sagte Bernd. Er hob sie in den Himmel; in seinen Augen war sie eine kleine, philosophische Madonna mit einem großen Herzen, das für alle Verstoßenen und Pechvögel auf der Welt schlug. Wenn es von solchen jungen Frauen mehr gäbe, würde das neue Deutschland leichter vorankommen. Sie habe eine große Zukunft vor sich, versicherte er ihr und drückte dabei ihre rissigen Hände mit den abgesplitterten Nägeln fest in seinen ölverschmierten Pranken. Diese Zukunft nahm im Laufe der Zeit mehr und mehr die Form eines Hauses an, das er für sie bauen wollte. Ein ländliches, altmodisches Haus mit einem Satteldach, Fensterläden, einem Balkon über die ganze Vorderfront, wie in Bayern, und einer Tür aus massiver Eiche, die er, sobald sie achtzehn geworden war, aufstoßen würde, um sie über die Schwelle zu tragen. Anna ließen diese Phantasien gleichgültig. Über eine Heirat hatte sie noch nie nachgedacht, schon den Gedanken selbst fand sie lächerlich. Wenn er ihr solche Traumbilder vorgaukelte, blickte sie starr auf den mit Werkzeugen und Maschinenteilen übersäten Fußboden – wahrscheinlich war das ein Opfer, das hin und wieder für die Freundschaft gebracht werden mußte.

Als der Roggen geerntet wurde, hatte sie keine Zeit für diese Intermezzi. Ein kleiner Junge aus dem Dorf drückte ihr einen Zettel in die Hand: »Heute abend um halb neun hinter dem Heiligenhäuschen bei der Brücke.« Um diese Zeit begann es bereits zu dämmern, und es roch betäubend nach feuchtem Heu. Zuerst erkannte sie ihn nicht, als er über die Brücke kam. Er trug eine braune Uniform, die eine Idee zu eng war, und er hatte sich einen Scheitel gezogen. Mit einer amtlichen Miene, die nicht zu ihm paßte, faßte er sie bei den Handgelenken. »Dein Haus wird gebaut, Anna! Ein Architekt aus Paderborn hat einen Entwurf gemacht. Jetzt warten wir auf dich, du mußt sagen, ob dir die Zeichnung gefällt!« Anna starrte ihn wortlos an. Plötzlich wußte sie nicht mehr, was sie bei der Marienstatue zu suchen hatte, mit einem Wildfremden, der sie mit einem Haus belästigte, das Phantasie bleiben mußte, statt auf einem Stück Papier zu landen und, schlimmer noch, Stein für Stein erbaut zu werden auf diesem sandigen Boden, zu dem sie keinen Bezug hatte. Überwältigt von seinen starken Gefühlen schlang er die muskulösen Schlosserarme um sie und verlangte dabei Unmögliches von seinen Ärmeln. Sie hörte die Nähte reißen und sah über seine Schulter hinweg die Nachbarin mit einer jungen Ziege am Strick vorbeigehen. Verschämt versteckte sie ihr Gesicht an seiner Brust; er deutete das als Zeichen ihrer Zuneigung und drückte sie noch fester an sich. Als er sie endlich losließ, rannte sie über die Brücke zum Bauernhof, über die eigenen Füße stolpernd, als wäre sie nur mit knapper Not einer großen Gefahr entronnen.

Die Nachbarin versäumte ihre Bürgerpflicht nicht und meldete Annas Techtelmechtel am nächsten Tag Tante Martha. Die begriff sofort, daß endlich ihr großer Augenblick gekommen war. Sie verbarg ihren Triumph hinter täuschend echt gespielter moralischer Entrüstung und setzte ihren Mann von dem Stelldichein in Kenntnis, nicht ohne ihren Bericht mit schockierenden Einzelheiten auszuschmücken, die mit Sicherheit einen wunden Punkt bei ihm trafen. Anna tränkte gerade nichtsahnend die Schweine. Als sie sich umdrehte, stand Onkel Heinrich auf der Schwelle. Obwohl er nicht besonders stämmig war, schien er die ganze Türöffnung auszufüllen. Warum wirkte er so bedrohlich? Die Gestalt setzte sich in Bewegung, verkrampft vor verhaltener Spannung, und näherte sich ihr bis auf einen Meter. Plötzlich spürte sie, daß irgendein Mißverständnis zwischen ihnen flimmerte, das so schnell wie möglich aus dem Weg geräumt werden mußte.

»Was hätte dein Vater wohl gesagt«, begann er mit schauerlich beherrschter Stimme, »wenn er dich mit diesem Schürzenjäger, diesem Aufwiegler erwischt hätte? Na? Hättest du das auch gewagt, wenn er noch leben würde?« Anna erstarrte, mit einem Schlag war ihr die ganze Verkettung von Ursache und Wirkung klar. »Hättest du das gewagt?« wiederholte er und unterstrich seine Frage mit einer Ohrfeige. »Nun?« Während sie sich ungläubig ans Gesicht faßte, schlug er sie auf die andere Wange. Sie drehte den Kopf weg und duckte sich, um seinen Händen auszuweichen; diese reflexhafte Bewegung brachte ihn erst richtig in Rage. Blindlings prügelte er auf sie ein. Als sie auf den glitschigen Boden fiel, zog er sie an den Haaren hoch und stieß ihr seine Faust in den Bauch. Der Zorn, der sich auf sie entlud, war größer als er selbst und größer als der Anlaß. Sein ganzer Groll gegen eine Welt, der er machtlos gegenüberstand, war darin geballt; aber auch die Geistesverwandtschaft zwischen Anna und ihm und ihre Schicksalsgemeinschaft schwang darin mit – vielleicht sogar seine Wehrlosigkeit gegenüber der jungen Frau, die sie war, ohne sich dessen bewußt zu sein. Von all diesen dunklen und undurchsichtigen Beweggründen hatte Anna nicht die leiseste Ahnung – für sie existierten nur die Schläge und Stöße und die Schreie, die er ausstieß, als litte er bei der Züchtigung mehr als sie. Bald sah sie die eine Seite des Stalls an sich vorbeisausen, bald die andere, und die Schweinerüssel an beiden Seiten bewegten sich wie stille, verwunderte Zeugen mit. Sie verlor jedes Zeitgefühl, bis sie, unter ihrem schützend über den Kopf gehobenen Arm hindurch, Tante Martha auf der Schwelle stehen sah, die sich an der Strafmaßnahme ergötzen wollte. Ihr Erscheinen holte Onkel Heinrich aus seinem Rausch. Er hörte abrupt auf und sah mit glasigen Augen erstaunt auf Anna hinunter. Seine Frau würdigte er keines Blickes; er stieß sie beiseite und verschwand nach draußen.

Anna rappelte sich mühsam auf – ein brennender Schmerz breitete sich im ganzen Körper aus. Tante Martha war ein schwarzer Fleck, der sich hünenhaft vom Tageslicht dahinter abhob. »Was sollen die Nachbarn denken«, knurrte sie, »du hast ja das ganze Dorf zusammengeschrien.« »Wieso geschrien?« wimmerte Anna. Wer hatte bei jedem Schlag geschrien? Sie nicht, sie hatte die Zähne fest zusammengebissen. Es mußte alles seine Ordnung haben, auch mitten im Chaos. Mit letzter Kraft schleppte sie sich zu ihrer Tante, ihre zersplitterten Fingernägel näherten sich der Haut der weichen, nackten Arme. Die große, so kräftig wirkende Frau verschränkte ängstlich die Arme vor der Brust; über den breiten Wangenknochen schienen sich die tiefliegenden Augen noch weiter in die Höhlen zurückzuziehen. Sie floh rückwärts aus dem Stall, Anna stolperte hinterher und fiel mit ausgebreiteten Armen vornüber ins Gras.

Kein Waffenklirren mehr, sondern absolute Stille. Schuldbewußt stellte Onkel Heinrich Essen und Trinken auf den Boden neben ihr Bett; wie ein wildes Tier rührte sie nichts an, bevor er gegangen war. Die ersten Tage lag sie auf dem Bauch, weil die Rückenschmerzen am schlimmsten waren; dann tauschte sie das eintönige Panorama von Holzmaserung und Astlöchern des Fußbodens gegen das der Wand und drehte sich halb auf die Seite, weil nun ein mal dumpfer, mal stechender Schmerz im Bauch alle anderen Schmerzen überwog. Statt besser wurde es schlimmer. Ein unerträgliches Paradox; sie konnte es nicht mehr aushalten und ertrug es doch.

Bei jeder Schmerzwelle begann sie leise zu jammern; ihr Wimmern drang durch den Rauchfang mit Schinken und Würsten bis in die Küche. Schließlich polterte Onkel Heinrich die Treppe hinauf und fragte, was er tun könne, damit das Gejammer aufhöre. Mit heiserer Stimme klagte Anna über Stiche im Unterleib. Das jagte ihm einen Schrecken ein, denn die Fortpflanzungsorgane waren heilig: Seid fruchtbar und mehret euch. Was man bei ihrem Husten nicht für nötig gehalten hatte, geschah jetzt: Sie gingen zum Arzt. Anna mußte ihrer Tante hoch und heilig versprechen, nichts von den Prellungen und blauen Flecken zu sagen. Neue Qualen standen ihr bevor. Das Gesetz verlangte, daß eine innere Untersuchung nur im Beisein einer erwachsenen Frau als Anstandsdame vorgenommen werden durfte. Anna lag auf ihrem zerschundenen Rücken und spürte den kühlen Gummifinger des Arztes in ein Gebiet eindringen, von dessen Existenz sie bis dahin nichts geahnt hatte. Tante Martha mit ihrem Aasgeierblick ließ sie nicht aus den Augen. Ein beißender Schmerz riß Anna entzwei. »Es ist einen Augenblick unangenehm«, ertönte die Stimme ihres Wohltäters. Unangenehm! Hatte man seinen Körper schon einmal gespalten? Gegen ihren Willen rannen ihr die Tränen über die Wangen; ein Triumph, den sie ihrer Tante nicht gönnte. »Na, na«, sagte der Arzt, »wir wollen doch kein Drama daraus machen. Deine Gebärmutter ist verdreht, ich will versuchen, sie wieder an den richtigen Platz zu bekommen.«

Die Schmerzen ließen allmählich nach. Tante Martha war herrschsüchtiger denn je, als hätte sie an einem Initiationsritus teilgenommen, der ihr eine neue Macht über Anna gab. In der Messe steckte Anna hinter Tante Marthas steifem, geradem Rücken einer alten Schulfreundin einen Zettel zu, der für Jacobsmeyer bestimmt war und eine einfache, aber dringende Botschaft enthielt: »Hilfe! Anna.« Während des Gregorianischen Gesangs schweiften ihre Blicke unwillkürlich zu dem Relief mit der Geißelung Jesu. Ihr stockte der Atem. Schnell richtete sie ihren Blick auf das mit Ranken verzierte Deckengewölbe, wo die Singstimmen auf das Echo der Gebete trafen. Der Zettel erreichte den Pastor mit wundersamer Schnelligkeit; als sie die Kirche verlassen wollte, wurde sie zu ihm gerufen. Sie streifte die Ärmel ihres Sonntagskleides hoch und sagte: »Mein Rücken sieht genauso aus.« Obwohl Jacobsmeyer mit der Gewalt auf vertrautem Fuß stand – sowohl durch die Bibel als auch durch den christlichen Gedanken, daß das Leiden der kürzeste Weg zu Gott sei –, war er nun, da er in der Realität damit konfrontiert wurde, völlig außer sich, Er nahm seine kleine, runde Brille ab, setzte sie wieder auf und nahm sie erneut ab, bevor er Anna zitternd die Hand auf den Kopf legte.

6

»Non... je ne regrette rien...«

»Haha!« rief Anna. Unsanft aus seinen Grübeleien gerissen, zwinkerte der alte Mann an der Theke mit seinen wäßrigen Augen; unter dem Barhocker hatte der geschmolzene Schnee eine kleine Lache gebildet. »Haha! Je ne regrette rien... die Königin der Liebe bereut nichts. Als sie schon mit einem Bein im Grab stand, hat sie sich einen jungen Liebhaber genommen – ihren musikalischen Erben, ihre Nachtigall, die sich als Krähe entpuppt hat...« Sie lachte spöttisch. »Der Spatz von Paris, aus der Gosse aufgelesen... Ich war auch ein Spatz, der in der Gosse gelegen hat – und jetzt bin ich eine alte Frau, die von ihren Erinnerungen gequält wird. Eine alte Frau, die noch einen nimmt.« Sie schnippte mit den Fingern in Richtung Theke.

»Ach ja«, sagte Lotte beruhigend und versuchte, Annas Emotionalität zu neutralisieren, »je älter man wird, desto mehr lebt man in der Vergangenheit. Was gestern war, vergißt man.«

Anna runzelte die Stirn; diese Bemerkung war ihr zu klischeehaft. Für Lotte aber war es die gewohnte und immer erfolgreiche Eröffnung eines Klageliedes auf das Alter, eine Konversationsübung, damit das Gespräch in sicherem Fahrwasser blieb. Lächelnd stellte ihnen die Wirtin neue Gläser hin. Vielleicht war sie im Krieg auf der falschen Seite gewesen, wie so viele Belgier? Lotte fiel es schwer, sich Anna, die so wohlgenährt und aufgeweckt vor ihr saß, als mißhandelte, kränkliche Siebzehnjährige vorzustellen, im Sonntagskleid, mundtot gemacht durch eine Stieftante, die so viele schlechte

Eigenschaften hatte, daß es schon wie eine Karikatur wirkte. Ob Anna nicht übertrieb? Hatte die Zeit ihre Erinnerungen verfälscht? Plötzlich schämte sie sich ihrer ständigen Skepsis. Barbaren, hatte ihre Mutter gesagt. Jetzt erst begriff sie, warum. Es war alles so extrem. Boshaftigkeit und Gewalttätigkeit betrachtete Lotte als eine Art Krankheit – so konnte sie sich davon abgrenzen und einen sicheren Abstand wahren. Aus dieser Haltung heraus stellte sie die Diagnose, Tante Martha müsse eine gefährliche Irre gewesen sein – kein Wunder, daß Onkel Heinrich unter ihrem Einfluß allmählich verrückt geworden sei.

»Deine Tante war ein pathologischer Fall.« Sie nahm einen tollkühnen Schluck.

Anna lachte trocken. »Aber nein! Sie war einfach eine Frau, die nichts taugte. Solche Menschen gibt es. Nach der christlichen Moral sind sie schlecht, nach der Psychologie krank. Wo ist da der Unterschied, wenn man ihr Opfer ist? Aber laß uns über etwas Erfreulicheres reden. Über dich.«

Lotte entging die Unterstellung nicht: Im Vergleich zu Annas Kindheit war die ihre, in Annas Augen, ein Muster an Sorglosigkeit. Anna war von ihnen beiden diejenige, die ein Recht auf Verständnis hatte. Auch wenn sie scheinbar mit Distanz und Ironie von früher sprach, appellierte sie im Grunde genommen raffiniert an ihr Mitleid. Das Mitleid, das man ihr immer vorenthalten hatte, erwartete, nein forderte sie jetzt von ihrer Schwester. Aber in diese Rolle wollte sich Lotte nicht drängen lassen.

»Über deinen Gesang«, schmeichelte Anna, »deine wunderbare Stimme.«

»Mein Gott, wie warm es hier ist«, sagte Lotte. Schwankend stand sie auf, um ihre Jacke auszuziehen. Ein Kampf mit den Ärmeln – der Apfellikör hatte ihr Koordinationsvermögen aus dem Takt gebracht. Es gab zwei Möglichkeiten: Anna zu geben, was sie verlangte, oder zu schweigen. Letzteres fiel ihr schwer, im Grunde genoß sie es, darüber zu reden. Wen sonst interessierte es schon? Ihre Kinder nicht. Und wenn sie darüber schwieg, ginge alles verloren, als hätte es sich niemals ereignet.

Nach und nach verdrängte der Gesang das Stottern; Lotte sang so gern, daß sie die Angst vor dem ersten Buchstaben überwand. Ihr Körper wuchs, und ihre Stimme wuchs mit – eigentlich war ihre Stimme immer etwas älter als sie. Als sie in einen berühmten Mädchenchor aufgenommen wurde, gehörte sozusagen nur ihre Stimme dazu. Chorleiterin war Catharina Metz, eine dunkelhaarige, melancholische Frau mit einem flaumigen Schnurrbärtchen, das sie manchmal abrasierte, öfter jedoch aus Gleichgültigkeit stehenließ – die feinen Härchen zitterten mit ihrem Vibrato mit. Einige vergilbte Zeitungsartikel dokumentierten ihre Gesangskarriere, die durch die Krankheit ihres Vaters abrupt beendet worden war. Nie bekamen sie den geheimnisvollen Kranken zu sehen; er lebte sein abstraktes Dasein in einem mit Weinranken und Glyzinien überwucherten Flügel des Hauses, und seine Existenz ließen nur die dunklen Ringe um die Augen seiner Tochter ahnen. Manchmal hielt sie plötzlich mitten im Vorsingen inne, um mit erhobenem Finger konzentriert auf etwas zu lauschen, das für die Schüler unhörbar blieb. Über unbekannte französische und italienische Komponisten führte sie die Mädchen mit zarter Hand in die Welt der großen Klassiker ein.

Wenn der Chor im Rundfunk sang, forderte Lottes Mutter jeden auf, in dem rund um das Chrystalphon improvisierten Amphitheater aus Küchenstühlen Platz zu nehmen. An einem Sonntagmorgen drang Lottes Stimme unerwartet ohne den Chor ins Wohnzimmer – mit einer Kantate von Bach. Unsicher über das Resultat – im Studio konnte sie ihre eigene Stimme nicht hören – kam sie nach Hause. Dort herrschte

Festtagsstimmung, alkoholische Getränke standen auf dem Tisch, ihre Mutter umarmte sie gerührt und drückte ihr einen Blumenstrauß in die Hand, der sie in der Nase kitzelte. Sie mußte niesen. »Paß auf deine Stimme auf!« rief Mies, die selbst gern im Mittelpunkt stand, sarkastisch. Ihr Vater suchte in seiner Plattensammlung fieberhaft nach jener Kantate – das war seine Art, Anerkennung zu zeigen. Lotte ließ sich verdattert in einen Sessel fallen und löffelte gedankenversunken ein randvolles Glas Eierlikör aus, das Marie ihr mit einem respektvollen Lächeln gereicht hatte. Daß sie mit einer Sache, die sie bis in die Haarwurzeln genoß – die Belohnung lag schon im Singen selbst –, auch noch Erfolg erntete, gab ihr ein unerhört wohltuendes Gefühl. Zwei Tage später bekam sie einen parfümierten Brief. »Du hast ein einzigartiges Timbre, und dies ist eine rare Gabe. Ich würde mich Deiner Stimme noch in zwanzig Jahren erinnern, und das ist etwas, für das andere alles geben würden.« Catharina Metz erkannte in dem Absender einen gefürchteten Musikkritiker. Errötend steckte Lotte den Brief in den kleinen Koffer, mit dem sie aus Deutschland gekommen war. Außer ihrem Trauerkleid und einem bestickten Taschentuch von Anna, das sie in einer der Taschen gefunden hatte, bewahrte sie darin das Nähetui auf, das mit ihr zusammen ertrunken war, und einen Zeitungsartikel über Amelita Galli-Curci. Später wanderte der Brief in eine Schublade ihrer Frisierkommode, wo er noch sechzig Jahre später einen schalen Veilchenduft verströmte.

Amelita Galli-Curci hatte sie zum erstenmal in einem Duett mit Caruso gehört. Es war an einem warmen Nachmittag im September, die Schule war aus, und Jet und sie gingen durch den Wald nach Hause. Der Wasserturm schimmerte schon durch die Bäume, als sie plötzlich stehenblieb. Wie eine Naturgewalt erscholl aus dem offenen Fenster eine Stimme, die Lotte so verzauberte, daß sie ganz Ohr war – sich gleichsam in ein einziges großes Ohr verwandelte. Jet zupfte sie ungeduldig am Ärmel und ging dann achselzuckend weiter. Lotte wollte den ernüchternden Augenblick der Heimkehr und der Entdeckung, daß die Stimme aus den Rillen einer Schellackplatte kam, so lange es ging hinauszögern. Mit geschlossenen Augen blieb sie stehen, auch noch, als die letzte Melodie zwischen den Baumstämmen verklungen war.

Die Königin des Koloraturgesangs Amelita Galli-Curci, verheiratet mit einem Marchese aus der südlichsten Spitze des Stiefels, feierte unmittelbar nach dem Ersten Weltkrieg in den Vereinigten Staaten Triumphe als »lyrischer Sopran von ungewöhnlicher Schönheit, rein und kristallklar vom tiefen As bis zum hohen E«, wie die *Opernwelt* in jenen Tagen schrieb. In dem Artikel, den Lotte aufbewahrte, war das Foto einer würdevollen, dunkelhaarigen Frau zu sehen, die mit erhobenem Kinn herausfordernd in die Kamera blickt – einen Hut nach rembrandtscher Art schräg auf dem Kopf, einen Schal mit großen Blumen und Vögeln um die Schultern drapiert und zwei auffälligen Ringen an der rechten Hand, die kämpferisch auf ihrer Brust lag, genau über dem Herzen. Eine napoleonische Haltung. Durch dieses Bild inspiriert huschte Lotte in den Wasserturm, den zu betreten den Kindern streng untersagt war, weil lange Haare oder Schleifenbänder in eine der Maschinen geraten könnten. Sie stellte sich in Positur – das Kinn erhoben, die Hand auf der Brust – richtete den Blick nach oben und bewirkte einen Wandel der Kulissen: die Metalltreppen führten nicht mehr zu einem mit Sand, Kies und Kohlen gefüllten Behälter, sondern wanden sich endlos um die eigene Achse hoch bis in ein Firmament voller Sterne – es konnten auch Theaterlampen sein. Noch nicht durch übermäßige Selbstkritik beeinträchtigt, sang sie *Caro Nome* oder *Verrano a te* in ihrer eigenen italienischen Version, wie sie ihr von der Schallplatte her im Gedächtnis war. Vom tiefen As bis zum hohen E erfüllte ihre Stimme den ganzen Turm, kletterte die Treppen hinauf bis ganz nach oben, wo die Stufen, in einem nie endenden Rundgang wie auf Bildern von Escher, immer verschwommener wurden. Ihre Brust weitete sich. Berauscht von der Melodie und dem Klang ihrer eigenen Stimme entschwebte sie in ein anderes Stadium ihres Lebens – hoch über ihr wölbte sich das Wasserbecken, ein bleiverglastes Fenster zerlegte das Licht in ein buntes Mosaik, irgendwo hinter ihr hallten die Klänge durch die Marmorflure eines labyrinthischen Gebäudes. Es war ein unbestimmtes Gefühl, das nur halb in ihr Bewußtsein drang und sofort vergessen war, als sie aufhörte zu singen.

Ein Klavier aus Nußholz, das den Namen einer obskuren osteuropäischen Marke trug, wurde angeschafft, damit sie sich selbst begleiten konnte. Das Geld dafür und für den Unterricht kratzte ihre Mutter zusammen, zur abgrundtiefen Freude ihres Vaters: Jetzt hatte auch er einen Anlaß, sich über unverantwortliche Ausgaben aufzuregen. Er verehrte zwar Berühmtheiten wie Marx und Stalin, Beethoven und Caruso abgöttisch, aber daß sich in unmittelbarer Nähe, in seiner eigenen Umgebung, deren banale Alltäglichkeit ihm immer öfter die Laune verdarb, etwas Besonderes entwickeln könnte, für das man Opfer bringen müßte, konnte er sich nicht vorstellen.

Die Anschaffung des Klaviers zog den Besuch eines Stimmers nach sich, der alle drei Monate erschien. Er war groß und hager und hatte eine Nase wie ein Raubvogel. Sein schwarzes Kraushaar war an den Seiten kurzgeschoren, aber auf dem Kopf nach oben gekämmt, so daß es von weitem so aussah, als trüge er ein Barett. Er erschien immer im selben knapp sitzenden schwarzen Anzug, der Anlaß zu vielen Spekulationen gab. War es ein Hochzeitsanzug aus der Vorkriegszeit, der Frack eines Bestattungsunternehmers, von dem die Schwalbenschwänze abgeschnitten waren, ein Cutaway oder ein Theaterkostüm, das jemand auf der Bühne in der Rolle des Teufels oder des Todes getragen hatte? Zu der engen Hose trug er moderne amerikanische Schuhe, die immer tadellos geputzt waren. Er war ein Mann der Gegensätze. Die Hackbrettgeräusche, die er dem Klavier entlockte, machten die gedämpfte Zurückhaltung seiner Stimme zunichte. Seine Magerkeit wurde durch die unübersehbaren Ausmaße seines Geschlechts kompensiert, dem er aus Platzmangel mal im linken, mal im rechten Hosenbein Luft verschaffte. Die Schwestern flohen in die Küche, in einmütigem Abscheu vor seinem Ding, aber auch verwirrt, weil sein Gesicht so neutral blieb gegenüber dem, was sich unter der Gürtellinie zeigte. Sie bekamen den Auftrag, ihm Kaffee zu bringen, aber keine traute sich. Kichernd hockten sie zusammen. Schließlich brachte Lotte ihm die Tasse – er kam ja auch wegen ihres Klaviers. Ohne zu ahnen, welche Aufregung er mit seinem widersprüchlichen Körper verursachte, nahm er den Kaffee lächelnd entgegen. Als er gegangen war, wurde die Tasse in separatem Spülwasser saubergeschrubbt.

Er war auch ein verdienter Amateurfotograf. Lottes Mutter überredete ihn, ein offizielles Familienfoto zu machen, aus Anlaß von Eefjes Geburt. Sie hatte ihn für einen Sonntagnachmittag im Mai bestellt; über der weißen Gartenbank, die als dekorativer Mittelpunkt ausgewählt worden war, hing ein Schwalbennest unter dem Dach – das Elternpaar flog unermüdlich hin und her. Bevor der Fotograf kam, herrschte aufgeregte Betriebsamkeit; noch in letzter Sekunde wurden Kleider ausgebessert und gebügelt. Lottes Vater weigerte sich, einen anderen Anzug anzuziehen. Er habe nicht die Absicht, zu posieren, sagte er, nur der Zar und die Zarin ließen sich *en famille* verewigen. »Was soll ich mit dem Mann?« fuhr er verächtlich fort. »Du brauchst dich um den Mann überhaupt nicht zu kümmern«, sagte seine Frau, »er kommt her, um Fotos zu machen, er trinkt eine Tasse Kaffee mit uns, du bietest ihm eine Zigarre an.« Aber er war in Sabotagestimmung und genoß die Macht, die ihm bei dieser Gelegenheit so einfach zufiel.

Als der Fotograf kam und sich mit einer schweren, ausziehbaren Kamera samt Stativ abschleppte, war der Vater nirgendwo zu finden. Lottes Mutter, unwiderstehlich in ihrem Kleid mit Mohnblumen auf cremefarbenem Untergrund, lotste den Fotografen in den Garten. Während er sich mit seiner Ausrüstung auf ihre Anweisungen hin direkt gegenüber der Bank postierte, trudelte ihre Nachkommenschaft allmählich ein. Mies, die in einem Hutladen arbeitete, trug ein cognacfarbenes Kostüm mit einem umgedrehten Vogelnest aus Raphiabast auf dem Kopf. Marie wollte für alle Ewigkeit festhalten, daß sie das häßliche Entlein der Familie war – sie trug ein hochgeschlossenes, graues Kleid und weigerte sich, für das Foto ihre Brille abzunehmen. Jet und Lotte stolzierten wie vom Himmel gefallene Engel in weißen Organdykleidern mit Biesen und Rüschen herum. Koen, der noch ein Baby gewesen war, als Lotte auf dem Eis einbrach, dachte gar nicht daran, eine lange Hose anzuziehen, um die Schrammen an seinen Knien zu verbergen.

Auf Bitten des Fotografen hin setzte sich die Mutter mit dem Neugeborenen im Arm in die Mitte der Bank; links und rechts von ihr wurden aus kompositorischen Gründen die Organdykleider plaziert. Die anderen standen hinter der Bank; die Dornen einer Kletterrose pieksten sie in den Rücken. »Wunderbar…«, murmelte er, während er das lebende Bild in seiner Linse studierte. »Äh… gehört Mijnheer nicht dazu?« »Mijnheer hat schlechte Laune«, sagte Lottes Mutter, »so wollen wir nicht mit ihm aufs Foto.« »Könnten Sie vielleicht ein bißchen lächeln?« Sie taten ihr möglichstes, den großen Spielverderber und Querulanten zu vergessen, und blickten gerade in die Kamera; die jungen Schwalben piepsten, eine leichte Brise brachte Fliederduft mit sich, der Fotograf stand gebeugt hinter seinem Zauberkasten – die ganze Situation hätte angenehm sein können, wäre nicht in der Mitte hinter der Bank die Lücke gewesen, eine fehlende Gestalt, die eigentlich ihre Hände auf die Schultern der Mutter hätte legen müssen. Der Fotograf flehte sie an, doch zu lächeln. Sie versuchten es krampfhaft, aber nur Mies, die wie ein Filmstar mit laszivem Blick unverwandt in die Linse sah, lächelte verführerisch; Koen kratzte sich inzwischen die Krusten am Knie auf.

In diesem Augenblick setzte hinter dem geöffneten Fenster, dröhnend und massiv, Beethovens *Neunte* ein. Der Lautstärkeregler war so weit aufgedreht, wie es die Lautsprecherboxen vertrugen. Der Fotograf legte beide Hände an die Schläfen und schloß theatralisch die Augen. Wie soll ich mich denn dabei konzentrieren, gab er durch seine Gestik zu verstehen. Lotte empfand zum erstenmal ein schneidendes, süß-giftiges Gefühl, das sie noch nicht als Haß definieren konnte. Sie blickte über den Kopf des Fotografen hinweg auf die Wipfel der Koniferen, die sich sanft im Wind bewegten, und wünschte sich sehnlich, daß ihre Gedanken die Kraft zum Töten hätten. »Lächeln!« rief ihre Mutter, knuffte sie und drückte ihren Arm, »lächeln, Kinder!« Sie zeigte ihr strahlendstes Lächeln, alle Zähne entblößt; hätte sie ihn nicht am liebsten zerfleischt? Sogar ihre Augen fingen an zu strahlen, sie wurde richtig ausgelassen. »Wir haben noch ein Kind«, rief sie mitten im Scherzo, »ein großes, trotziges Kind, da drinnen!« Mit einem spöttischen Lachen machte sie eine Kopfbewegung zum Fenster. Eine Wolke schob sich vor die Sonne, der Fotograf streckte seinen langen, schwarzen Arm zum Himmel und schob sie weg. Er hielt den Atem an und drückte auf den Auslöser.

Nicht immer zog sich Lottes Vater zurück, wenn ihm etwas nicht paßte. Als sie in einer christlichen Schule angemeldet wurde, weil die staatlichen Schulen keine Kinder mehr aufnahmen, sträubte er sich heftig. Voller Abscheu sah er seine Frau an, als hätte sie Lotte in einer Irrenanstalt angemeldet. »Du wirst schon sehen«, sagte sie lakonisch, »das fromme Getue geht bei ihr zum einen Ohr hinein und zum anderen wieder hinaus.« Sie sollte recht behalten, allerdings anders, als sie gedacht hatte.

Die Bibel hatte die Anziehungskraft des Verbotenen. So wie sich manche Mädchen mit geschminkten Lippen in ein Kino schmuggelten, um sich atemlos einen nicht jugendfreien Film anzusehen, so wurde Lotte in heimliches Entzücken versetzt durch die Bibel, die sicher auch das Prädikat »freigegeben ab achtzehn Jahren« verdiente angesichts von Mord und Totschlag, Ehebruch und Hurerei, die sich im Überfluß über den unschuldigen Leser ergießen. Was für eine zahme Lektüre war dagegen das Lieblingsbuch ihres Vaters! Eifrig studierte sie die von Blut und Wundern durchtränkten Geschichten. Bemühungen um einen Gedankenaustausch mit ihren Klassenkameraden scheiterten an einer Mauer der Gleichgültigkeit. Sie machten sich überhaupt keine Gedanken zu diesem Thema; sie waren mit dem Glauben aufgewachsen wie mit dem täglichen Löffel Lebertran. Auch für die Pfarrerstochter, mit der sie die Schulbank teilte, war die Bibel kein Gegenstand der Kontemplation, sondern ein leider unvermeidlicher, einschläfernder Teil des Sonntags – die allwöchentliche Gefangenschaft in dem trostlosen Konfirmandenraum neben der Kirche. Daß die anderen Kinder dieses Sammelsurium von Begebenheiten, die angeblich »wirklich geschehen« waren, blind und ohne jedes Interesse akzeptierten, schockierte sie. Mit ihren hervorragenden Noten in biblischer Geschichte war sie die einzige, die den Glauben ernst nahm!

Der Schulrektor, ein Mann mit einem Gesicht, das wie mit messerscharfer Nadel in Eis geritzt wirkte, spähte durch das kleine Fenster in der Tür, als die Schüler den Unterricht gerade mit einem Gebet beschlossen, und sah, daß eines der Kinder aus dem Fenster blickte und ergeben das Ende des Rituals abwartete. Er eilte in die Klasse und sagte zwischen zusammengebissenen Zähnen zum Religionslehrer: »Die da muß noch hierbleiben.« Ein knochiger Finger zeigte auf Lotte. Auserkoren oder verdammt? Das Klassenzimmer leerte sich. »Du hast nicht gebetet«, stellte der Rektor fest. »Nein, Mijnheer.« »Warum betest du nicht?« »Mijnheer, ich bete nie.« »Was, du betest nie?« Die schmale Oberlippe hob sich in einer unwillkürlichen Beißbewegung. »Nein.« »Und bei dir zu Hause?« »Da wird auch nicht gebetet.« »Gehst du denn nie in die Kirche?« »Nein, ich gehe nie in die Kirche.« Der Religionslehrer strich sich verwundert über den apostolischen Bart: »Aber wieso bist du dann in dieser Schule?« »Woanders war kein Platz frei. Als meine Mutter mich angemeldet hat, hat keiner danach gefragt, ob ich in der Kirche bin.« Der Rektor starrte sie mit gerunzelter Stirn mißtrauisch an, als verschweige sie ihm das Wichtigste, das, worum es eigentlich ging. Es war offenkundig, daß sie sich etwas hatte zuschulden kommen lassen, aber er kam zu keinem Ergebnis, was es war. »Aber du hast doch die beste Zensur in Religion!« rief ihr Lehrer. »Ich höre das alles ja auch zum erstenmal«, sagte Lotte, »ich passe sehr gut auf.« »Und, was hältst du davon?« fragte er, auf einmal neugierig geworden. »Ich nehme doch an, du hast erkannt, daß das alles tiefe Wahrheiten sind«, pflichtete ihm der Rektor bei. Lotte schluckte. Sie warf ihm einen scheuen Blick zu – wenn sie die Wahrheit sagte, die ihr schon seit Monaten auf der Zunge brannte, würde er sie sicher sofort von der Schule verweisen. »Teufelskinder!« echote eine Stimme aus unermeßlicher Ferne. »Teufelskinder!« Eine schemenhafte Erscheinung, die ihr irgendwie bekannt vorkam, drängte sich ihr auf. Etwas Schwarzes, etwas Schlotterndes, das traurige Klopfen eines Stocks... Es war nicht mehr als ein diffuses Gefühl. »Nein«, sagte sie, mit einemmal mutig geworden. »Und warum nicht?« fragte der Rektor in schneidendem Ton. Sie blickte über seine knochige Schulter nach draußen, wo sich glänzende schwarze Zweige vor einem

97

dunkelgrauen Himmel hin und her bewegten. »Es stimmt ja nicht«, sagte sie, »in der Bibel steht, Gott ist allmächtig, und er ist Liebe. Wie ist es dann möglich, daß er den Teufel auf die Menschen losgelassen hat... wenn er doch alles kann?« »Das ist... ein Mysterium des Glaubens«, stammelte der Lehrer. Was für eine Floskel! Sie blickte von einem zum anderen, überwältigt von Verachtung und Mitleid für die grenzenlose Naivität der beiden. »Daß Adam und Eva im Paradies gelebt und von der verbotenen Frucht gegessen haben...« Sie seufzte. »Ich finde, das ist genau so was wie Schneewittchen und die sieben Zwerge.« Der Lehrer nahm seine Brille ab, fischte mit Daumen und Zeigefinger ein Tuch aus der Jackettasche und begann die Gläser gründlich zu reinigen. Der ausgeprägte Adamsapfel des Rektors bewegte sich auf und ab; er stieß ein trockenes, zynisches Lachen aus. »Diese Dinge kann man nicht beweisen«, rief er, »man muß sie einfach glauben!« Lotte kratzte sich am Hinterkopf. Überall juckte es, aber sie wußte, daß es unpassend war, sich in diesem Moment mit beiden Händen heftig am ganzen Kopf zu kratzen. »Man glaubt ja auch eine Weile an den Nikolaus«, murmelte sie, »aber eines Tages ist es dann vorbei.« Oje, sie stand auf berstendem Eis, sie hatte sich schon viel zu weit vorgewagt. Jetzt konnte sie nur noch schnell weiterlaufen, ihr Gewicht ständig verlagern. Der Rektor sah sie an, als wolle er ihr die heidnische Zunge aus dem Mund schrauben. »Sie versteht es nicht«, ertönte die tiefe Stimme des Religionslehrers, die den biblischen Geschichten eine warme, bronzene Färbung gab. Er setzte seine Brille wieder auf und blickte den Rektor gelassen an. Der ließ seine Hände fallen, die Rechte ballte sich zur Faust; aus dieser ragte ein Zeigefinger hervor, der sich wie ein Pistolenlauf auf Lotte richtete. »Du hast dich an die Regeln der Schule zu halten, merk dir das. Ab jetzt betest du genau wie alle anderen.« Er wandte ihr den krummen Rücken mit den schmalen, hängenden Schultern zu. Gebückt

unter drei Jahrhunderten Calvinismus verließ er das Klassenzimmer; seine Schritte hatten etwas Grimmiges, als hätte er
mit diesem Befehl im nachhinein recht bekommen.

»Und...«, fragte Anna und hakte sich bei Lotte unter, »hast
du von da an auch gebetet?«
   Sie hatten das Lokal, dessen Einrichtung vollkommen mit
der Zeit harmonierte, die ihnen durch den Kopf spukte, verlassen und gingen Schritt für Schritt durch den Schnee. Es
war schon wieder dunkel. Zu beiden Seiten ragten Fassaden
aus dem neunzehnten Jahrhundert auf – Balkone, Türmchen,
Erker, runde Dachfenster, Gauben. In der Auslage eines kleinen Schreibwarenladens lag zwischen Kalendern, Adreßbü-
chern und Füllhaltern ein Buch, in dem der Präsident der So-
wjetunion seine Zukunftsvorstellungen entfaltete; ein Hund
stakste vorsichtig durch einen Streifen noch unbetretenen
Schnees, die Bäume des Athenée Royale standen starr an ihrem Platz, in einem Gemüseladen glitzerte noch immer der
Weihnachtsschmuck.
   »Natürlich nicht«, sagte Lotte keuchend. Die Straße stieg
weiter an, der Alkohol stieg ihr in den Kopf, ihr war schwindlig. Auf der Eisenbahnbrücke ruhten sie sich aus. In der Ferne
brannte ein rotes Signallicht im Schnee, ein weißer Turm
zeichnete sich scharf vor dem dunklen Himmel ab. »Der Rektor hat jede Gelegenheit genutzt, mir das Leben schwerzuma-
chen. Einmal...«, sie kicherte, »hatte ich ein Kleid mit V-Aus-
schnitt an. Er sprach mich im Gang an. ›Würdest du deiner
Mutter bitte ausrichten, daß sie dir ein anderes Kleid anziehen möchte? Das hier ist wirklich zu nackt.‹« Ein kleiner
Schwall Ratafia de Pommes kam ihr hoch; sie schluckte und
mußte wieder lachen. »Einmal bin ich mit dem Rad meines
Vaters zur Schule gefahren. Auf dem Schulhof stieg ich ab
und stellte es in den Fahrradständer. Als ich mich umdrehte,
prallte ich fast gegen den Rektor. ›Das machst du nicht noch

einmal‹, rief er, ›in aller Öffentlichkeit, vor allen Leuten hier, von einem Herrenrad abzusteigen! Du solltest dich was schämen!‹ Ich habe ihn nur verdutzt angesehen. Was meint er bloß, habe ich mich gefragt, von was redet er eigentlich?«

Ihr Lachen klang trocken über dem wattigen Schnee. Sie stapften mühsam weiter. Als sie vor Lottes Hotel standen, lud Anna sich selbst zum Abendessen ein. Kurze Zeit später saßen sie sich unter einer lachsrosa Decke mit weißen Stuckrändern und Kristalleuchtern gegenüber. Am Nebentisch hatte eine junge Frau Platz genommen, die im Thermalbad eine postnatale Rehabilitationskur machte. Sie einigten sich darauf, lieber eine Karaffe Wasser als eine Flasche Wein zu bestellen. Als Hors d'œuvre bekamen sie Crudités mit Ardennenschinken und Speckwürfeln; sie schnitten die Fettränder vom Schinken und ließen die Speckwürfel auf dem Teller zurück. Die Mutter des Neugeborenen faltete die Hände und schloß die Augen, bevor sie zu Messer und Gabel griff.

»Möchtest du nicht… nicht…«, flüsterte Lotte mit einem ironischen Lächeln in Richtung der Frau, »ich meine… vor dem Essen…«

»Ich? Vor dem Essen beten?« Anna legte sich die lachsrosa Serviette auf den Schoß. »Versteh mich richtig, ich bin noch immer gläubig, auf meine Art, aber der Kirche als Institution habe ich längst abgeschworen. Trotzdem habe ich nicht vergessen, was die Kirche damals für mich getan hat. Du darfst nicht unterschätzen, wie stark Kirche und Gesellschaft miteinander verflochten waren. Es waren ganz andere Zeiten – ganz anders.«

Jacobsmeyer bat die Kinderfürsorge um Hilfe. Die schickte eine Vertreterin zum Bauernhof. Anna horchte hinter der Tür und hörte, wie Tante Martha mit einem langen Sündenregister aufwartete. Die ganze Zeit habe sie, die bedauernswerte Tante, eine Schlange an ihrem Busen genährt, das Kind wolle nichts taugen, sie treibe es mit älteren Kerlen – so eine Hure, und das schon in dem Alter. Zu Annas Bestürzung bestärkte die Fürsorgerin ihre Tante kritiklos in ihrer Philippika. Ihre letzte Hoffnung wurde zunichte gemacht. Die Frau war nicht gekommen, um ihr, sondern um Tante Martha zu helfen. Als die sich ausgetobt hatte, sagte die Frau ruhig: »Und jetzt möchte ich noch kurz mit dem Mädchen allein reden.« Anna sauste in die Küche zurück. Mit einem befriedigten Lächeln auf den Lippen kam Tante Martha sie holen. Schicksalsergeben betrat Anna das Wohnzimmer – Tante Martha, ihrer Sache sicher, verschwand nach draußen. Die Fürsorgerin schloß die Tür hinter Anna, stellte sich mit dem Rücken davor, breitete die Arme aus und sagte: »Du kannst mir vertrauen, ich helfe dir.«

Unter dem Blick, mit dem die Fürsorgerin signalisierte, daß sie Tante Martha durchschaut hatte, schmolz Annas Widerstand dahin. Sie begriff, daß ihr da jemand ein rettendes Seil zuwarf, jemand, dem eine Andeutung genügte. Eine Abgesandte aus einer anderen Welt, objektiv und vernünftig und vielleicht (Anna war sich nicht sicher) auch liebevoller. Draußen sah sie ihre Tante Birnen aufsammeln, direkt vor dem Fenster; sie hoffte wohl, etwas von der Tirade aufzuschnappen, die auf das Kuckuckskind niedergehen würde. Anna atmete auf. War es wirklich vorbei mit der Leibeigenschaft? Wäre sie von nun an nicht mehr den Launen und dem Argwohn einer verrückten Birnensammlerin ausgeliefert?

Sie wurde aus dem Haus geholt, so wie sie war, in ihren dreckigen Bauernklamotten. Bei Jacobsmeyer erhielt sie eine stärkende Mahlzeit. Er gab ihr seinen Segen und Geld für neue Kleidung mit auf den Weg und winkte ihr nach, als sie – zum erstenmal in ihrem Leben in einem Auto – das Dorf an der Lippe verließ. Hügelauf und hügelab, durch orange und gelb aufflammende Wälder, bis zu einem Dorf, dessen Häuser den Hang hinaufkrochen, um einer alles überragenden

Kirche und einer Fachwerkburg mit Dutzenden kleiner Fenster und Schieferdächer möglichst nahe zu sein. An die Kirche schmiegte sich ein Klarissenkloster. Eine Nonne in schwarzem Habit eilte ihnen mit ausgebreiteten Armen durch die Pforte entgegen.

Kompressen aus zerriebenen Beinwellblättern auf die blauen Flecken, Salbe auf die Risse in den Händen, jahrhundertealte Franziskanerruhe, sorgfältig zwischen den dicken Mauern konserviert, schaumige Milch in großen Bechern, die selbstlose Zuwendung der Nonnen, die wie schwarze Schmetterlinge durch die hohen Korridore flatterten. Vom Bett aus sah Anna das Schloß des Freiherrn von Zitzewitz – ein Name aus einem Märchen, wie der Graf von Carabas. Sie war buchstäblich im Schoß der Mutterkirche gelandet, zusammen mit einem Grüppchen Schicksalsgenossinnen, auserkorenen Notfällen. Als hätten sie eine stillschweigende Übereinkunft getroffen, sprachen sie nicht über ihre Vergangenheit. Von den Nonnen lernten sie Fertigkeiten, mit denen sie sich später durchs Leben schlagen konnten: Nähen, Kochen, Kinderpflege – sie versuchten sich sogar in der Gastronomie. Eigens zu ihrer Ausbildung gab es einen kleinen Saal, in den Leute von außerhalb zum Essen kamen, wohlgenährte Mittagstischgäste, die sich, gleichsam als Versuchskaninchen, die Experimente schmecken ließen.

Daß sich außerhalb der Klostermauern weiterhin große Veränderungen anbahnten, bekamen die Mädchen gar nicht mit. Es gab kein Radio, keine Zeitung, nur einen Plattenspieler mit einem Vorrat an neuen Schlagern, zu denen sie gemeinsam mit den jüngsten Nonnen tanzten – unter dem mißbilligenden Blick eines Kardinals in scharlachrotem Ornat, dessen Porträt über dem Kamin hing. Vor allem bei dem Tango *Was machst du mit dem Knie, lieber Hans* geriet Anna außer Atem; in wildem Schwung wirbelte sie über die Tanzfläche, ihre Strümpfe rutschten herunter, die Kutte ihrer Partnerin klatschte ihr gegen die Waden. Es war *der* Schlager überhaupt im Kloster, bis Anna eines Tages genau auf den Text achtete und entdeckte, daß Hans den Tango als Alibi benutzte, um seine Knie bei jedem Auftakt wie einen Keil zwischen die Schenkel seiner Partnerin zu treiben. Sie alarmierte Schwester Clementine, die sich von einem stämmigen Waisenmädchen herumschwenken ließ, mit einem beseligten Lächeln auf den Lippen, als läge sie in den Armen ihres himmlischen Bräutigams. Sie legten die Platte ein weiteres Mal auf; noch ganz außer Atem hörte sich die Nonne mit geschlossenen Augen den Text genau an. Sanft wiegte sie den Kopf im Takt. Langsam überzogen sich ihre Wangen mit Röte, und der Unterkiefer sackte ihr herunter. Die letzten Töne ließen eine grimmige Stille zurück. Schwester Clementine ging erhobenen Hauptes zum Plattenspieler und nahm die Platte mit zwei gestreckten Fingern vom Teller. Nach dem Vorbild von Hans hob sie das Knie. Ohne Umschweife legte sie die Platte darauf und brach sie mittendurch.

Ihre besudelte Ehre war gerächt, aber schon bald entdeckte Anna, daß weitaus größere Demütigungen drohten. Zu den Mittagstischgästen gehörte auch ein Förster, ein Mann mittleren Alters; über seinen kahlen Schädel zog sich genau in der Mitte eine purpurrote, gezackte Narbe, als hätte ein betrunkener Chirurg den mißglückten Versuch einer Lobotomie unternommen. Wenn jemand seinen Blick nicht mehr abwenden konnte, erklärte er beiläufig, auf einer nächtlichen Patrouille habe ihn ein Granatsplitter getroffen. Anna, *Im Westen nichts Neues* noch im Hinterkopf, servierte ihm mit ängstlichem Respekt. Das gefiel ihm, zu große Vertraulichkeit hätte ihn beleidigt. Eines Tages bedeutete er ihr mit einem herrischen Nicken, näher zu kommen. Er faßte sie beim Handgelenk. »Na...«, seine Augen funkelten zweideutig, »haben sich die Nonnen schon ihre Haare wachsen lassen?« »Wie bitte?« Mit stellvertretender Scham dachte Anna daran, wie sie einmal Schwester Clementines Kopf mit den Stoppelhaaren gesehen hatte und von der verletzlichen Nacktheit gerührt gewesen war. »Weil sie demnächst alle ihre Kutten ausziehen müssen, wenn die Klöster geschlossen werden«, sagte er und lachte dabei dreckig, »dann können wir endlich mal ihre Beine sehen.« Er ließ ihr Handgelenk wieder los. Das Tablett mit den vollen Schüsseln zitterte in ihren Händen; sie konnte es gerade noch auf einem leeren Tisch absetzen, bevor sie wie blind aus dem Eßsaal rannte, ohne sich noch um die anderen Gäste zu kümmern. Sie spürte das Blut in ihren Schläfen pochen, und ihre Schritte hallten durch die hohen Korridore. Heftig klopfte sie an die Tür der Oberin. Nachdem sie eingetreten war, vergaß sie alle Höflichkeitsregeln; noch ganz außer Atem platzte sie los, in der selbstverständlichen Erwartung, daß man den widerlichen Gast unverzüglich an seinen Schweineohren von dem überfüllten Teller wegreißen, durch den Kreuzgang zerren und auf der Granittreppe unsanft absetzen würde; der Schlag der zugeknallten Tür sollte ihm noch tagelang in den Ohren dröhnen.

»Ruhig, ssscht, genug jetzt ...!« Beschwörend hob die Äbtissin die Hände, »was hat er denn genau gesagt?« »Daß alle Nonnen ihre Kutten ausziehen müssen, weil die Klöster geschlossen werden«, keuchte Anna, »wie kann er so etwas sagen?« Die Oberin ging leise zur Tür, die Anna offengelassen hatte, und schloß sie behutsam. Sie drehte sich um und sagte: »Komm, laß uns beten.« Anna ließ nicht locker. »Wie kommt er auf so etwas?« Die Äbtissin seufzte. »Das geht uns nichts an, das ist etwas Politisches. Sie haben sich alle für den Antichrist entschieden – er will die Klöster und Kirchen schließen, laß uns beten, daß es nie so weit kommt.« »Der Antichrist?« stammelte Anna. Der Förster bekam links und rechts von seiner Narbe Hörner. Die Oberin legte ihr den Arm um die Schulter. »Adolf Hitler«, sagte sie leise.

Kurzschluß in Annas Kopf. Ein Foto, Bernd Möller und

Onkel Heinrich blitzten abwechselnd auf, einander widersprechend, feindselig. Der Vorkämpfer der Armen und Arbeitslosen entpuppte sich als Erzfeind der Kirchen und Klöster. Ihr Onkel bekam nachträglich recht – rechtfertigte das auch die brutalen Schläge? Wie hatte sie sich so irren können? Sie schämte sich – gleichzeitig empfand sie Verachtung für den Hochmut dieses Himmelsstürmers: Wie sollte er dem Christentum oder der Kirche, die schon neunzehn Jahrhunderte standgehalten hatten, etwas anhaben können? Gott persönlich würde eingreifen, da war sie sich ganz sicher. Deshalb hatte die Oberin auch gesagt: »Laß uns beten.« Gegen einen starken Glauben könnte kein Angreifer etwas ausrichten. Die Äbtissin stellte sich ans Fenster und sah hinaus, eine Aura von gelben Lindenblättern um ihre Haube. »Worüber wir hier gesprochen haben«, sagte sie ruhig, »bleibt unter uns. Rede mit keinem darüber, du könntest dich in Schwierigkeiten bringen.« Anna nickte, obwohl sie vor nichts und niemandem Angst hatte.

Der erste Monat des Jahres 1933 war fast zu Ende, als Anna aus einem Fenster im ersten Stock schaute und in der Tiefe, da wo sich in der Dorfmitte zwei Straßen kreuzten, eine riesige Fahne hängen sah. Sie erkannte die Spinnenbeine mit den nach rechts abgeknickten Enden, die sich vor den Augen zu drehen begannen, wenn man längere Zeit darauf blickte. Sie eilte die breite Eichenholztreppe hinunter, respektlos polterten ihre Schritte durchs Treppenhaus. »Eine Fahne!« rief sie, als sie ins Refektorium stürzte, wo zwei Nonnen die Tische mit einer Präzision deckten, als wären die Teller Steine eines Damespiels. »Sie haben die Fahne gehißt, mitten im Dorf, und keiner holt sie runter!« Von dem Lärm angelockt trat die Oberin ein und machte eine beschwichtigende Miene. »Wenn ich ein Mann wäre«, Anna hob die Hände, »würde sie nicht mehr dort hängen!« »Aber du bist ein Mädchen«, mahnte die Äbtissin, »benimm dich also auch so.« »Aber die Fahne...«, beharrte Anna und zeigte durch die Wände hindurch in die Richtung des himmelschreienden Dings. Die Oberin sagte kopfschüttelnd: »Anna, du bist ohne Maß. Für dich sehe ich nur zwei Möglichkeiten: Entweder wird aus dir etwas Großes, oder du landest in der Gosse, etwas dazwischen gibt es nicht.« »Aber der Nazarener hat gesagt…«, stammelte sie und schnappte nach Luft, »seid heiß oder kalt, denn wenn ihr lau seid, spucke ich euch aus…« Die Äbtissin lächelte nachsichtig. »Ach Anna, die Fahne könnten wir ja herunterholen, aber das, was sie repräsentiert… dagegen sind wir machtlos. Hitler ist heute Reichskanzler geworden.«

Wutentbrannt rannte Anna hinaus, das Wort »machtlos« aus dem Mund der Äbtissin empfand sie als Beleidigung des Allmächtigen. Mit einem Schlag fiel das Tor des Klosters hinter ihr zu. Die Straße führte bergab, geradewegs zur Kreuzung. An der Fahnenstange blieb sie stehen. Den Kopf im Nacken blickte sie hinauf. Es war nicht mehr als ein Stück Stoff. Wenn es regnete, würde sie naß werden, bei Wind würde sie flattern. Von der Provokation, die Anna vom Fenster des Klosters aus empfunden hatte, war nicht viel übrig. So, aus der Nähe, war die Fahne ein banales Ding. Anna wandte sich wieder dem Kloster zu, um es einmal genauer zu betrachten. Aber das Kloster mitsamt der Kirche, den kahlen Baumkronen, dem Januargrau von Mauern und Dächern verblaßte vor dem rot-weiß-schwarzen Schmuck auf der Turmspitze des Märchenschlosses. Auch von Zitzewitz hatte die Hakenkreuzfahne gehißt.

7

»Sie waren so gut zu mir...« Anna sagte den Nonnen Lebewohl. Die Ausbildung im Kloster war abgeschlossen, die tu-
berkulöse Erkältung ausgeheilt, sie hatte fünfzehn Kilo zuge-
nommen, und ihre seelischen Verletzungen waren einigermaßen vernarbt. Daß sie sich aus einem absoluten Tiefpunkt
aufgerappelt hatte, gab ihr ein nie gekanntes Selbstvertrauen.
Sie fuhr wieder nach Hause, aus dem Gebirge hinab zum
Fluß. In Zukunft würde sie sich nichts mehr gefallen lassen.
Onkel Heinrich – trotz seiner Zurückhaltung merkte man
ihm die Wiedersehensfreude an. Tante Martha – sie bewahrte
zwar krampfhaft die Fassung, konnte aber ihren Neid auf Annas blühende Erscheinung und die Enttäuschung, daß sie
überhaupt noch lebte, nicht ganz verbergen. Doch sie beherrschte sich: Von nun an stand sie im Blickpunkt der Öffentlichkeit, vertreten durch den Pastor und die Kinderfürsorge.
    Während Annas freiwilligem Exil hatte sich im Dorf eine
Veränderung eingeschlichen. Seit Bauernsöhne mit eigenem
Pferd der Reiter-SA beitreten konnten, war das Ansehen der
Nationalsozialisten in schwindelerregende Höhen gestiegen.
Außerdem hatte Hitler die Bauern zum ersten Stand im Dritten Reich aufgewertet, zum Dreh- und Angelpunkt der Gesellschaft: dem Reichsnährstand. Die alten Schulkameraden,
die Brüder und Verlobten von Annas früheren Freundinnen –
fast alle waren jetzt in der SA. Keiner sagte mehr: Bei so etwas
kann man doch nicht mitmachen. Nur bei der Marianischen
Jungfrauenkongregation, der Anna seit ihrer Firmung mit
vierzehn angehörte, waren einige Mädchen, die ihre Abnei-

gung teilten. Die Kongregation wurde von Frau Thiele geleitet, einer Lehrerin, bei der sie früher Unterricht gehabt hatten. In aller Eile rief sie eine Singegruppe, eine Tanzgruppe und eine Theatergruppe ins Leben, damit ihre Schäfchen nicht in den BDM überwechselten, der ihr mit solchen Aktivitäten vorangegangen war. Dennoch waren ihre Tage als Leiterin gezählt. Sie wurde durch einen Erlaß dazu verpflichtet, dem Nationalsozialistischen Lehrerbund beizutreten; danach erging ein Erlaß, der den Mitgliedern dieses Bundes jegliche Mitarbeit in kirchlichen Organisationen untersagte.

Jacobsmeyer nahm Anna nach der Messe beiseite. »Hör mal zu, Anna«, er sah sie mit verschwörerischem Blick an, »diesmal möchte ich dich um einen Gefallen bitten. Wärst du bereit, für Frau Thiele einzuspringen und die Kongregation zu leiten?« »Ich?« Annas Stimme überschlug sich. »Ich bin gerade erst achtzehn, mich nimmt doch keine von denen ernst!« »Scht«, machte er beruhigend, »ich bin noch nicht fertig. Außerdem meldest du dich mit einer Gruppe vertrauenswürdiger Mädchen beim BDM an.« Anna sperrte Mund und Augen auf. Mit hintersinnigem Lächeln entfaltete er seinen Plan. Sie sollten die Mädchenorganisation der Hitlerjugend unterwandern, ihm über alles berichten, was sich dort abspielte, und schließlich, mit Gottes Hilfe, die Mädelschaft des Dorfes von innen aushöhlen. »Ich weiß, daß du das kannst, Anna, ich kenne dich jetzt schon so viele Jahre.« Anna starrte ihn verblüfft an. Dieser Abgesandte Gottes, ihr so vertraut und teuer in seinem nach Weihrauch duftenden Ornat, in dem er gerade noch die Messe zelebriert hatte, scheute wirklich vor nichts zurück! Daß er sie für diese Mission auserwählt hatte, erfüllte sie mit Stolz. Endlich konnte sie etwas tun, statt in dem Fatalismus zu verharren, den die Oberin gepredigt hatte. »Na, was ist«, fragte Jacobsmeyer, »machst du's, oder machst du's nicht?«

Den einen Sonntag sangen und tanzten sie für die katholische Kirche, den anderen für die Hitler-Jugend – im dunkelblauen Rock mit weißer Bluse und brauner Weste, das Halstuch durch einen Ring aus geflochtenen Lederbändern gezogen. Jacobsmeyer bekam Informationen in Hülle und Fülle. Sie mußten an politischen Schulungen teilnehmen und lernten, Pressemitteilungen zu schreiben. Anna wurde für ihre guten Formulierungen gelobt. Onkel Heinrich, von Jacobsmeyer eingeweiht, sah weg. An einem sonnigen Tag im April kam der Rektor, der sich an Anna noch als eine hervorragende Schülerin erinnerte, zum Bauernhof geradelt. »Ich habe dir etwas mitgebracht«, er kramte ein dünnes Büchlein aus seiner Aktentasche hervor, »könntest du das auswendig lernen? Wir organisieren nämlich eine große Feier zum Ersten Mai, mit einer Theatervorführung.« Anna wischte sich die schmutzigen Hände an der Schürze ab und blätterte die Seiten flüchtig durch. Onkel Heinrich trat mißtrauisch hinzu. »Der Kreisleiter sucht eine Germania...«, nervös fingerte der Lehrer an seiner Aktentasche herum, »sie muß kräftig gebaut sein und blond.« »Warum denn ausgerechnet unsere Anna«, sagte Onkel Heinrich, »es gibt doch noch mehr blonde Mädchen im Dorf.« »Weil sie die einzige ist, die anständig Hochdeutsch spricht und ein Gedicht vortragen kann.« »Ja, das kann sie«, knurrte Onkel Heinrich, »aber hören Sie mal... Germania! Das geht wirklich zu weit.« »Wir haben aber sonst niemanden«, klagte der Lehrer. »Ich bin ein Diener des Staates, ich muß eine Familie ernähren, und ich bin dafür verantwortlich, daß alles wie am Schnürchen läuft.«

Den ganzen Monat wurde geprobt. Bei der Generalprobe trug Anna eine Perücke mit üppig wallenden, blonden Locken. Vollkommen ernsthaft mußte sie die schwülstigsten Verse deklamieren, die je aus einer deutschen Feder geflossen waren. Ihr zu Füßen lag ein im Krieg gefallener Soldat mit blutigem Kopfverband, der bis in den letzten Winkel des Saales zu sehen sein mußte. Anna blickte zu einem imaginären

Horizont: »Ich sehe rings die Not in deutschen Gauen, kein Hoffnungsstrahl, kein Sonnenlicht... die arme traurige Germania, da waren alle Söhne tot... das Volk, es liegt darnieder...« Von dem Soldaten wurde als darstellerische Leistung lediglich erwartet, daß er auf überzeugende Weise tot war, aber seine Halsschlagader spielte nicht mit und pulsierte so heftig, daß Anna mitten in der Elegie losprustete. Sie schüttelte sich vor Lachen – die Locken wogten subversiv mit –, und dann hastete Germania von der Bühne, die Hand vorm Mund, als ob sie sich übergeben müßte. »Was ist denn jetzt los?« schrie der Regisseur, aufs äußerste angespannt, weil Mißerfolg verboten war. »Ich kann nicht mehr«, gluckste Anna aus den Kulissen, »wenn ich dabei ernst bleiben muß! Macht ihm um Himmels willen auch einen Verband um den Hals...«

Aber am Ersten Mai fiel Germania keine Sekunde aus der Rolle. Sie spielte mit so viel Hingabe, daß sie nicht nur das Publikum, sondern auch sich selbst überzeugte. Nach der Aufführung eröffnete der Kreisleiter den Ball. Ohne ihr Zeit zum Umziehen zu lassen, forderte er sie mit herrischem Nicken auf. Ihr Kinn auf seinen Epauletten, tanzten sie zu Walzerklängen über die leere Tanzfläche, das Göttinnengewand bauschte sich, die Locken flogen ihr um den Kopf. Ringsum sahen junge Burschen in Uniform und Mädchen mit Blumenkränzen im Haar voller Bewunderung zu: Der Kreisleiter tanzte mit Anna! Sie war das fleischgewordene Symbol für eine Sache, an die sie alle glaubten, ohne zu ahnen, daß sich das Sinnbild aus einem feindlichen Lager eingeschmuggelt hatte. Der Triumph stieg Anna zu Kopf. Der Kreisleiter hielt sie fest im Arm, als wollte er sich in Zukunft tatkräftig des Schicksals der trauernden Germania annehmen. Anna fühlte sich versucht, darauf einzugehen, sich mit geschlossenen Augen führen zu lassen und ihren neuen Status in vollen Zügen zu genießen. Der alte Status, der einer armen, mißhandelten

Waise, gehörte nun endgültig der Vergangenheit an. Nach dem Fest schwebte sie auf einer rosa Wolke mit Goldrand nach Hause. Onkel Heinrich gelang es, mit seiner Skepsis die Wolke zu zerfetzen. »So spannen sie die jungen Leute vor ihren Karren«, sagte er verächtlich, »diese Verführer. Jetzt siehst du selber, wie sie das schaffen.«

Die Kreisabteilung des BDM schickte eine junge Frau mit kunstvoll hochgestecktem Haar ins Dorf, die in der Mädelschaft Morgengymnastik einführen sollte. In Zukunft sollten sie sich in aller Frühe auf dem Kirchplatz versammeln, gab sie bekannt, nicht, um den Tag mit dem lieben Gott anzufangen, sondern um die Fahne zu hissen und die Nationalhymne und das Horst-Wessel-Lied zu singen. Anschließend sollten sie Morgengymnastik treiben, damit sie einen gesunden, gelenkigen Körper bekämen: Kniebeugen, Arme strecken, nach hinten kreisen, Liegestütze, Rumpfbeugen. Mit ihrer hohen, städtischen Stimme hielt sie einen schier endlosen Vortrag. Die gutwilligen Bauerntöchter musterten sie schweigend und mit innerem Widerstand. Wie sollten sie all diese Rituale mit ihrer täglichen Arbeit vereinbaren, die schon anfing, wenn es draußen noch dunkel war? Annas Augen verengten sich zu Schlitzen. Als die Frau schließlich zu einem Ende gefunden hatte, trat sie aus dem Kreis vor. »Ich möchte Sie einladen«, sagte sie, »morgens um fünf bei mir auf dem Hof mit der Gymnastik anzufangen. Sie können Wasser pumpen, die Hühner und fünfzig Schweine füttern, die Kälber tränken, und beim Melken können Sie die Arme strecken und in die Knie gehen. Und die Tiere leisten Ihnen dabei Gesellschaft.« Erleichtert brachen die Mädchen in Gelächter aus. Die BDM-Führerin lachte erschrocken mit; sie nestelte an ihrer Frisur und verschwand dann ziemlich schnell. Jacobsmeyer, unsichtbar und doch so nah, konnte seinen ersten Erfolg buchen. Das Thema Morgengymnastik war damit ein für allemal erledigt.

Im Herbst rief Hitler die Bauern zum Erntedanktag auf dem Bückeberg bei Hameln zusammen. Onkel Heinrich fuhr hin, weil er trotz allem neugierig war. Danach verfiel er eine Woche lang in grimmiges Schweigen. Vertrauenspersonen waren rar geworden im Dorf, die einzige, der er schließlich von dem Ereignis berichten konnte, war Anna. Aus dem ganzen Land seien Millionen von Bauern zusammengeströmt, erzählte er ihr. In Niedersachsen, dem urdeutschen Germanenland voll heiliger Eichen, zwischen denen der Geist Widukinds schwebte, hatten sie die Straße des Aufmarschs gesäumt, Onkel Heinrich mitten unter ihnen. Er hatte *Mein Kampf* gelesen, er wußte, daß der Verfasser den Inhalt Wort für Wort in die Praxis umsetzen wollte, er wußte, was für Leute hier ihre Parade abhalten würden. Aber was dann geschah, übertraf seine kühnsten Erwartungen. Die Erscheinung des Führers, von Anfang bis Ende von sorgfältig ausgewählten Künstlern perfekt in Szene gesetzt, übertraf die von Nero, Augustus und Cäsar zusammen. Die Menge jubelte, Lieder wogten durch die Reihen, flammende Begeisterung ergriff die Massen, Hakenkreuzfahnen wehten vor einem violetten Himmel. Einmütige Verehrung wurde dieser einen, magischen Figur entgegengebracht, in deren Händen das Schicksal der ganzen Nation lag. Onkel Heinrich hatte gegen die soghafte Anziehung angekämpft, als wäre er in einen Strudel der Lippe geraten. Nach Atem ringend befreite er sich aus dem gigantischen, wogenden, schreienden Körper und floh. »Sie werden ihm blind folgen«, prophezeite er, »diesem Rattenfänger von Hameln. Bis in den Abgrund.«

Die Herrschsucht des Rattenfängers war überall spürbar, sogar der Erzbischof von Paderborn blieb nicht davon verschont. Er hatte eine Marienwallfahrt geplant, an einem Sonntag; prompt organisierte der BDM am selben Sonntag eine Versammlung. »Gut«, sagte der Bischof, »dann verschieben wir die Wallfahrt eben auf den nächsten Sonntag.« Der

BDM folgte seinem Beispiel. Der Bischof gab nicht auf und verschob die Veranstaltung von neuem, und wieder tat der BDM es ihm nach. Schließlich wurde die Wallfahrt erst einmal abgesagt. Annas Geduld war am Ende. »Was soll das eigentlich?« fragte sie bei der nächsten Gelegenheit, »warum sabotiert ihr die Wallfahrt?« »Wovon redest du?«, die BDM-Führerin sah sie treuherzig an, »wir machen doch gar nichts.« Anna sagte scharf: »Wir sind katholisch, und wir möchten gern daran teilnehmen.« Die anderen nickten zustimmend. Die Führerin zuckte die Achseln. »Ich weiß von nichts.« »Sie lügen! Ihr seid dem Bischof von Paderborn absichtlich in die Quere gekommen. Eine hinterlistige Bande seid ihr. Ich mache da nicht mehr mit. Ich bin zu allererst Katholikin und dann erst Mitglied beim BDM.« Die gespielte Unschuld der Führerin machte Anna rasend. »Ihr lügt!« Sie schob ihren Stuhl zurück – die Stuhlbeine schabten über den Boden – und baute sich vor der Frau auf, die ihre Unsicherheit hinter einem dümmlichen Grinsen verbarg. »Mit Leuten, die lügen, will ich nichts zu tun haben«, rief Anna, »auf Wiedersehen!« Ohne Hitlergruß zog sie ab, hinter ihr fiel die Tür krachend zu. Sofort wurden alle Stühle zurückgeschoben, die vollzählige Mädelschaft stand auf und verließ den Raum; mit erhobenen Händen blieb die verblüffte Führerin allein zurück. Jacobsmeyers Auftrag war erfüllt: In diesem Dorf hatte sich der BDM selbst aufgehoben.

Anna mistete gerade den Schweinestall aus, als ein großer schwarzer Mercedes auf den Hof gefahren kam, eine Hakenkreuzstandarte auf der Kühlerhaube. Wer mag das wohl sein, dachte sie und ging neugierig nach draußen. Eine stämmige Frau in Uniform stieg aus, reich mit Orden dekoriert. Ein ganz hohes Tier, sah Anna, eine Gauführerin. Der Chauffeur blieb im Auto sitzen und starrte mit glasigen Augen vor sich hin. Nachdem sie sich mit einem überheblichen Blick umgeschaut hatte, streckte die Frau, ohne Anna zu beachten, Onkel

Heinrich den Arm entgegen. »Heil Hitler, ich suche Anna Bamberg.« Onkel Heinrich sah sie mit müdem Mißtrauen an und schwieg. Kurz angebunden, als hätte sie versehentlich einen Taubstummen angesprochen, wandte sie sich nun an Anna. »Heil Hitler, bist du Anna Bamberg?« »Ja.« Geringschätzig musterte sie Anna vom Scheitel bis zur Sohle – ihre fleckige Schürze, die abgeschabten Holzschuhe. »Bist du das Mädel, das so hervorragende Pressemitteilungen geschrieben hat?« fragte sie skeptisch. »Ja«, Anna wischte sich mit dem Ärmel die Nase ab, »glauben Sie vielleicht, ich könnte nicht lesen und schreiben, nur weil ich den Schweinestall ausmiste?« Die Frau überhörte diese Bemerkung. Es war ein fast rührender Anblick, ihr in die Uniform gepreßter Körper – die Spannung des in Bedrängnis gebrachten Fleisches übertrug sich auf ihre eisige, beherrschte Miene. Sie sei gekommen, um Anna zur Ordnung zu rufen. Was sie sich eigentlich dabei denke, einfach so den BDM kaputtzumachen. »Einfach so?« erwiderte Anna. »Ihr lügt alle! Nennen Sie das ruhig ›einfach so‹. Ich will nichts mehr damit zu schaffen haben, lassen Sie mich in Frieden, ich habe zu tun.« Sie drehte sich um, stemmte ihre Mistkarre hoch und rief über die Schulter: »Der Reichsnährstand ist der erste Stand im Dritten Reich.« Hinter sich hörte sie die Tür des Mercedes mit lautem Knall zufallen.

»Ça vous a plu?« fragte die Kellnerin und beugte sich lächelnd zu ihnen.

»Non, non, je ne veux plus«, sagte Lotte hastig.

Anna mußte lachen. »Sie fragt, ob es dir geschmeckt hat.«

Ja, selbstverständlich hatte es Lotte geschmeckt. Sie wurde rot. Was, um Gottes willen, hatte sie gegessen? Sie war von Annas Bericht so gefesselt, daß sie ganz mechanisch gekaut und geschluckt hatte. Ihr altes Feindbild geriet immer mehr ins Wanken. Alles war durcheinandergeraten – sie spürte noch den Alkohol, die üppige Mahlzeit forderte ihren Tribut, unerschütterliche Gewißheiten fingen an zu bröckeln. Zwei Augenpaare sahen sie erwartungsvoll an – was wollte sie zum Dessert? Eine Reihe von Nachspeisen wurde heruntergeleiert, sie verstand kein Wort Französisch mehr. Kaffee, sie wollte nur Kaffee.

»Da siehst du«, unermüdlich nahm Anna den Faden wieder auf, »wie Hitler bei uns im Dorf Furore gemacht hat. Ich werde dir noch was erzählen. Vor ein paar Jahren hat es mich bei einem Ausflug zufällig auf die Wewelsburg verschlagen, du weißt ja, zu der wir früher mit den Leiterwagen zum Picknick gefahren sind. Im Krieg begann Himmler, die Burg zu einer Kultstätte des Dritten Reichs auszubauen. Er hatte eine Anlage von gigantischen Ausmaßen und diabolischer Schönheit geplant, ein Symbol der Macht. Am beeindruckendsten war der gewaltige Nordturm. Auf so etwas verstanden sich die Nazis. Mehr als tausend Menschen sind bei den Bauarbeiten ums Leben gekommen. Der Friedhof, auf dem sie liegen, wurde später unkenntlich gemacht. Das Paradoxe ist, daß heute Menschen aus aller Welt an diesen Ort strömen – und alle lassen sich von seiner Schönheit in den Bann ziehen. Himmlers Idee funktioniert noch immer, das ist das Makabre. Man müßte den Turm knallrot anstreichen, man müßte den Leidensweg der Juden auf ihm darstellen!«

Lotte sah sich erschrocken nach allen Seiten um. Je mehr sich Anna aufregte, desto lauter wurde sie. Die letzten Sätze schallten provozierend durch den lachsrosa Raum, in dem sonst nur leises Gemurmel zu hören war. Mit einer Handbewegung gab sie Anna zu verstehen, daß sie ihre Lautstärke ein wenig dämpfen solle.

Die begriff den Wink. »Na ja«, fuhr sie leiser fort, »nachdem sich die politischen Verhältnisse geändert hatten, wurde dort ein kleines Kriegsmuseum eingerichtet. Ich habe es mal besichtigt, an den Wänden hing alles mögliche. Plötzlich stand ich vor Zeitungsausschnitten mit Wahlergebnissen aus unserem Dorf, ordentlich eingerahmt. Einer stammte aus dem November 1932, der andere aus dem März 1933. Mir blieb das Herz stehen. Onkel Heinrich, der damals noch geglaubt hatte, nur eine Handvoll Idioten im Dorf würden mit den Nationalsozialisten sympathisieren, hatte sich gewaltig geirrt. Aus den Wahlergebnissen ging hervor, daß zwar im November 1932 nur zweiunddreißig Einwohner für Hitler gestimmt hatten, vier Monate später aber waren es bereits hundertfünfundsiebzig. Die Bauern, der Bäcker und der Kaufmann, Onkel Heinrichs Skatbrüder – plötzlich sah ich sie alle in einem anderen Licht. Nach all den Jahren war ich doch noch schockiert. Die ganze Zeit war es latent schon dagewesen, aber er hat es nicht gemerkt.«

Sie legte ihre Hand auf Lottes und sah sie besorgt an. »Manchmal habe ich Angst, es könnte sich wiederholen. Das lächerliche ›Wir-sind-ein-Volk‹-Geschrei bei der Vereinigung, der zunehmende Nationalismus. Ich hätte nie geglaubt, daß die Leute für diesen Schwachsinn noch empfänglich wären, in einem Europa, in dem man mit dem Flugzeug nur eine Stunde von Köln nach Paris braucht oder wenige Stunden bis Rom. Tut mir leid, ich möchte keine Kassandra sein, aber…«

»Bei uns ist das anders«, unterbrach Lotte sie.

»Die Holländer… ja… die Pfeffersäcke!« Anna fuhr hoch. »Ihr habt eine andere Haltung gegenüber Ausländern, weil ihr schon sehr früh Welthandel getrieben habt. Aber die Deutschen – hast du je darüber nachgedacht, was für ein Volk wir sind? Der einfache Mann ist nie was gewesen und hat nie was besessen. Er hatte keine Möglichkeit, sich eine einigermaßen gesicherte Existenz aufzubauen. Und wenn er es durch Zufall doch zu etwas gebracht hatte, kam ein Krieg, und alles war wieder verloren. So ging das über die Jahrhunderte.«

»Aber worauf haben die Preußen dann ihren Stolz gegründet?« Lotte strengte sich an, trotz ihrer Müdigkeit aufmerksam zu bleiben.

»Wenn man nichts ist und nichts hat, braucht man etwas anderes, auf das man stolz sein kann. Das hat sich Hitler geschickt zunutze gemacht. Der kleine Mann bekam ein Amt, einen Rang, einen Titel: Blockwart, Scharführer, Arbeitsleiter. So konnten sie kommandieren, ihr Geltungsbedürfnis ausleben.«

Der Kaffee wurde gebracht. Lotte atmete auf. Begierig trank sie den ersten Schluck. Anna sah ihr mit einem schiefen Lächeln zu. »Diese Holländer mit ihrer Tasse Kaffee. Seitdem sie die erste Kaffeebohne aus den Kolonien verschifft haben, hängt ihr Seelenheil davon ab.«

Lotte parierte mit einem Gegenangriff. »Hattest du denn keinen Funken Sympathie mehr für Hitler?«

»Sympathie? Meine Liebe! Ich fand ihn widerwärtig. Diese schnarrende Generalsstimme: ›Vorrr vierrrzehn Jahrrren! Die Schande von Verrrsailles!‹ Nein, ich konnte mich nie für ihn erwärmen. Ich war eine brave Tochter der katholischen Kirche und glaubte das, was der Pfarrer sagte, weil er nett zu mir war. Ganz einfach. Trotzdem haben sich viele brave Katholiken schließlich doch verführen lassen. Goebbels, der aus einem strenggläubigen Elternhaus kam, hat die traditionellen katholischen Werte, die tief in den Menschen eingewurzelt waren, in seiner Propaganda raffiniert aufgegriffen. Die Nazis haben die Sauberkeit, die Reinheit des deutschen Volkes verherrlicht. Sex gab es nicht für den deutschen Mann, außer wenn er eine Frau fürs Leben erwählt hatte: eine echte Deutsche selbstverständlich, die nicht rauchte, nicht trank, sich nicht schminkte und keine unehelichen Kinder bekam. Sie heirateten und setzten ein Dutzend Nachkommen in die Welt, die sie dem Führer schenkten. Das sind die Ideale, die man ihnen in die Köpfe gehämmert hat.«

Lotte starrte seufzend in ihre leere Tasse.

»Was hast du denn?« fragte Anna.

»Es wird mir ein bißchen zu viel, Anna.«

Anna machte den Mund auf und wieder zu. Ihr wurde bewußt, daß sie am liebsten selbst redete, daß sie alles, aber auch alles erklären, sich endlos rechtfertigen wollte. Was die Holländer im Krieg durchgemacht hatten, wußte sie ja, wenigstens im großen und ganzen. Über das Schicksal der Bevölkerung in den besetzten Gebieten wußten die Deutschen mittlerweile bis zum Überdruß Bescheid. Aber über das, was ihnen selbst in den zwölf Jahren der Tyrannei angetan worden war, sollten sie schweigen, jedenfalls erwartete man das von ihnen: Welchen Grund hatte der Aggressor, sich zu beklagen, hatte er es nicht selbst so gewollt?

Sie gab sich einen Ruck. »Wenn ich dich zu sehr vollschwatze, mußt du mich bremsen, Lotte. Das hat Vater früher auch gemacht, weißt du noch? Er hat sich die Finger in die Ohren gesteckt und gerufen: ›Ruhe, Anna. Bitte sei ruhig!‹«

Lotte konnte sich nicht mehr daran erinnern. Immer, wenn sie sich ihren leiblichen Vater ins Gedächtnis rufen wollte, schob sich, gerade wegen der äußerlichen Ähnlichkeit, das Bild ihres holländischen Vaters davor – dominant und unauslöschlich. Die Wirkung des Kaffees setzte ein, sie lebte wieder auf. Anna würde sich jetzt für eine Weile zurückhalten müssen. Schluß mit der Politik, nun war Lotte an der Reihe.

8

Sie saßen auf dem geharkten Kies, der Duft einer dunkelroten Kletterrose erfüllte die Wärme des Sommerabends. Lotte blickte versunken auf den immer schwärzer werdenden Waldrand; ihre Mutter wiegte sich sanft im Takt von Bruchs Violinkonzert g-Moll, das, ohne an Kraft zu verlieren, durch das offene Fenster drang. Zwei Musikliebhaber, die gekommen waren, um die Tonwiedergabe zu bewundern, saßen ihnen gegenüber: Sammy Goldschmidt, Flötist beim Philharmonieorchester des Rundfunks, lauschte mit geschlossenen Augen; Ernst Goudriaan, ein Geigenbaulehrling aus Utrecht, hatte das Kinn auf die Fingerspitzen gestützt. Der Gastgeber selbst blieb unsichtbar; wie ein Operator bediente er hinter den Kulissen seine Geräte. Nach dem Konzert kam er aus dem Haus, um sich nachzuschenken und mit charmanter Bescheidenheit die Lobeshymnen abzutun. Im gleichen Augenblick begann im Wald, der jetzt von undurchdringlicher Dichte war, eine Nachtigall zu schlagen.

»Die will mit Bruch wetteifern«, bemerkte Ernst Goudriaan. Erstaunt lauschten sie dem geheimnisvollen Solo – ein heller abendlicher Jubel, nicht an ein imaginäres Publikum gerichtet, sondern zur eigenen Freude angestimmt. Lottes Vater, ganz frappiert, daß da tief im Wald eine Schallplatte auf einer perfekten Anlage abgespielt wurde, saß auf der Stuhlkante, kippte zwei Gläser alten Genever und schüttelte den Kopf: erstaunlich, was für ein Klang! Am nächsten Abend schlich er wie ein Dieb durch den Wald. Er schleppte seine Aufnahmegeräte mit und postierte sich an strategisch günstigen Stellen, aber die Nachtigall sagte die Vorstellung ab. Hier war viel Geduld vonnöten. Abend für Abend machte er mit störrischer Beharrlichkeit Jagd auf die Stimme, bis sich das Wunder eines Nachts genau über seinem Kopf wiederholte und er es für alle Zeiten auf eine Wachsplatte bannen konnte. Mit dieser Jagdtrophäe ging er zum Rundfunkstudio. »Und hier eine Überraschung für unsere Hörer!« Die Sendung wurde unterbrochen, um das Lied der Nachtigall – als würde es direkt aus dem Wald übertragen – durch den Äther zu schicken.

Warum nimmt er meine Stimme nicht auf, dachte Lotte. So gewissenhaft, wie ihre Mutter ihre Leistungen verfolgte – sie versäumte keinen Auftritt des Chors, zwischen tausend fremden Köpfen erkannte man sie sofort an dem eichhörnchenrot leuchtenden Haarknoten –, so zerstreut gab er sich, wenn sie im Rundfunk sang. Zum großen Ärger der anderen drehte er dann geistesabwesend an den Knöpfen, als sei mit dem Klang etwas nicht in Ordnung. Konnte er es nicht ertragen, daß er nicht der einzige in der Familie war, der Musik ins Haus brachte? Oder lag es daran, daß sie die Musikalität nicht von ihm geerbt hatte? In einer unbestimmten Sehnsucht sah sie ihren richtigen Vater manchmal schemenhaft vor sich, als blickte sie durch ein beschlagenes Fenster. Wie gern hätte sie die Scheibe trockengewischt, um ihn zu sehen, wie er gewesen war, den Kokon der Stille zerstört, um seine Stimme zu hören, wie sie geklungen hatte. All die Jahre hatte er in ihr geschlummert, jetzt wurde sie sich seiner vollkommenen Abwesenheit richtig bewußt; er war das absolute Nichts. Mit Anna war das anders. Wenn sich Lotte an sie erinnerte, fiel ihr vor allem eine rasche Folge von Bewegungen ein, schnelle Füße auf Steinfliesen, Auf- und Abspringen, eine laute Stimme, ein molliger Körper, der sich mitten auf einer riesigen Matratze an sie schmiegte. Anna. Ein unzulässiger Gedanke, ein heimliches Gefühl. Nicht nur eine Grenze trennte sie von Anna, nicht nur die Entfernung, sondern in erster Linie die Zeit, die inzwischen verronnen war, und die undurchschaubaren Familienverhältnisse.

Aber Anna lebte. Und sei es auch nur durch Bram Frinkel, einen achtjährigen Jungen, der mitten im Schuljahr aus Berlin in die Niederlande gekommen war. Koen brachte ihn von der Schule mit nach Hause – beim Fußballspielen gab es keine Sprachbarrieren. Lotte unterhielt sich mit ihm in seiner Muttersprache; die Wörter kamen ihr so selbstverständlich über die Lippen, als wären sie nie außer Gebrauch gewesen. Sie war für ihn eine Enklave seines Heimatlandes, und er für sie. Unbefangen erzählte er, warum seine Eltern das Land verlassen hatten: In Deutschland sei kein Platz mehr für Juden. Sein Vater, der Geiger war, hatte in den Niederlanden sofort eine Anstellung gefunden. Lotte brachte ihm bei, *een scheve schaats rijden* zu sagen; er zog Grimassen, so schwierig fand er die Aussprache des s-ch, das im Hals kratzte, und des schrecklichen ij. Koen reagierte verwundert und mißtrauisch auf das fließende Deutsch seiner Schwester. Während sie mit Bram plauderte, kickte er einige Meter weiter einsam und beleidigt seinen Ball.

Dann geschah etwas, das keiner je für möglich gehalten hätte: Lottes Mutter, die Strahlende und Unverwüstliche, bekam eine Krankheit, die sich nicht mit einer beruhigenden Diagnose wie Grippe oder Erkältung abtun ließ. Das erste Symptom war, daß sie ihren Mann aus dem Schlafzimmer verbannte. Von da an schlief er auf einem improvisierten Lager in seiner Werkstatt, wo es nach Lötzinn und Kurzschlüssen roch; tagsüber bewegte er sich mit einem Ingrimm durchs Haus, gegen den noch seine schlechteste Laune aus der Vergangenheit verblaßte. Aus dem Bett der Mutter unter dem dreiteiligen Bogenfenster mit Aussicht auf den Rhododendronstrauch, die Wiese, den Wassergraben und den Waldrand hörten die Kinder im Zimmer darunter eine Tirade wütender Beschuldigungen, die an ihren Vater gerichtet waren.

Der Hausarzt kam und ging mit gesenktem Kopf. Er machte den Eindruck, als sei selbst er den Kräften nicht gewachsen, denen er dort im ersten Stock begegnete. Niedergeschlagen stützten sich die Töchter auf den Eßtisch und rätselten, an welcher merkwürdigen Krankheit die Mutter wohl leiden mochte. Sie konnten nicht ahnen, daß sie erst Jahre später, als alle Tabus allmählich abgebaut waren, dahinterkommen würden, was damals in sie gefahren war.

Die Krankheit hatte mit dem Argwohn der Mutter gegen ihren Mann angefangen, der von seinen Ausflügen nach Amsterdam immer später nach Hause kam. Eines Abends war sie ihm mit einer Freundin gefolgt – auffällig zurechtgemacht, in einem mondänen Mantel mit hochgeschlagenem Kragen und einem Pola-Negri-Hut. In breiter Amsterdamer Mundart sprachen sie ihn mit verstellter Stimme an. Er erkannte die beiden nicht unter der Straßenlaterne, im Schatten ihrer Hüte. Als kein Zweifel mehr daran bestand, daß er wie ein Routinier auf ihre Avancen eingehen würde, waren sie schockiert. Resolut hatten sie sich untergehakt und ihn verdattert zurückgelassen. Die nächste Phase der Krankheit wurde eingeleitet durch etwas, das er aus der Hauptstadt mitgebracht und auf sie übertragen hatte. Das war das konkreteste Symptom, und der Hausarzt konnte es mit Spritzen bekämpfen. Danach aber ergriff sie eine tiefe Niedergeschlagenheit, gefolgt von Wutausbrüchen, im nachhinein betrachtet die Phase, die der Heilung voranging, einer Heilung, die sie selbst auf unorthodoxe Weise in die Hand nehmen sollte.

Was hinter alldem steckte, davon hatten ihre Töchter nicht die blasseste Ahnung, als sie, alle noch alberne Gänschen, am Eßtisch saßen und beratschlagten. Sie waren mit einem Minimum an sexueller Aufklärung erzogen worden, die sich in der unbekümmerten Devise ihrer Mutter zusammenfassen ließ: Man muß der Natur ihren Lauf lassen. Aber diese Natur, die ihre Mutter nach jedem Ehekrach wieder in die Arme des

Querkopfes trieb, weckte bei den Mädchen tiefes Mißtrauen. Die Vorstellung, ein Leben lang an einen Mann wie ihren Vater gekettet zu sein, war ein so hundertprozentiges Verhütungsmittel, daß keine von ihnen »had ever been kissed«. Nicht einmal Mies mit ihren figurbetonten Kostümen und dem breiten, sinnlichen Mund. Das Verwirrende war, daß ihre Mutter zugleich offenbar unbewußt gegen das Los rebellierte, das ihr die Natur auferlegt hatte, und ihren Töchtern sozial engagierte Literatur zu lesen gab: über verzweifelte, vom Herrn des Hauses geschwängerte Dienstmädchen; über Mütter von zwölf Kindern in feuchten Kellerwohnungen, die sich jeden Abend von neuem gegen die losen Fäuste ihres betrunkenen Ehegatten wehren mußten; über schwarze Sklavinnen, die von dem Mann mißbraucht wurden, der sie für eine Handvoll Silberlinge gekauft hatte. Frauen von Emile Zola, Dostojewski, Harriet Beecher Stowe. Wenn das das »volle Leben« und der Lauf der Natur war, dann nahmen die Töchter, wie sie da am Tisch saßen, vorläufig noch nicht daran teil. Also zogen sie verschüchtert die Köpfe ein, wenn aus der oberen Etage die Wutausbrüche zu hören waren – wie ein Gewitter, dem sie ebenfalls machtlos gegenüberstanden.

Plötzlich wurde es oben still. Ohne weitere Erklärung stand ihre Mutter auf, kleidete sich mit Sorgfalt an und verließ schweigend und mit abwesender Miene das Haus. Als sie in der bekannten, kerzengeraden Haltung auf ihrem Gazelle-Rad im Nieselregen verschwand, starrten ihr die Töchter verblüfft hinterher. Am Nachmittag wurde ein eineinhalb Meter großes Gemälde angeliefert, die impressionistische Darstellung einer wasserreichen Landschaft, für die ihre Mutter eine Schwäche hatte: schwere, drohende Wolken an einem silbernen Himmel, die sich in einem unbewegten, von Schilf und windschiefen Weiden gesäumten See spiegelten. Kurz darauf kam diejenige, die es bei einem vielversprechenden Maler gekauft hatte und nun das Geld dafür würde zusammenkratzen müssen, nach Hause – wieder vollkommen gesund, die Wangen vor Rachgier gerötet. Das Bild bekam einen Ehrenplatz im Wohnzimmer, über dem Grammophon ihres Mannes, mit dem es im stillen konkurrierte. In weniger unsicheren Zeiten hätte ihr Mann wegen der extravaganten Anschaffung wohl einen Krieg entfesselt – jetzt ergriff er mit schlecht gespielter Begeisterung seine Chance, die unerwartete Heilung zu unterstützen. Ein knappes Jahr darauf kam als Folge des wiederhergestellten Friedens ein Nachkömmling auf die Welt: Bart.

Einen Ausgleich für die Konfrontation mit diesen unerklärlichen Gefühlswallungen fand Lotte in der Musik. Hier herrschte eine klare Struktur: die Ordnung der Noten, von denen jede einzelne, getragen vom Takt, ihre Funktion in einem großen Ganzen erfüllte und in raffiniertem Zusammenspiel den Geist anregte. Nach dem Abitur widmete sie sich mit doppeltem Eifer dem Gesangsstudium und der Harmonielehre. Störend war nur, daß ihr Klavier im selben Raum wie das Grammophon stand – eine bedeutsame Aufstellung. Während sie übte, kam ihr Vater ins Zimmer und legte ganz harmlos eine Schallplatte auf oder nahm ein Buch aus dem Regal und ermahnte sie, still zu sein, weil er sich konzentrieren müsse. Wie gelähmt saß sie am Klavier, der kalte Schweiß rann ihr über den Rücken. Mit ihm in einem Zimmer konnte sie nicht mehr atmen – er verbrauchte allen Sauerstoff. Mit geschlossenen Augen ließ sie seine Machtdemonstration über sich ergehen. Vor ihrem inneren Auge entfaltete sich eine arkadische Welt, in der die ganze Familie, begleitet von Nachtigallengesang, in dezentem Schwarz hinter seinem Sarg schritt.

Als ihre jüngste Schwester vier wurde, hätte sich ihr Traumbild fast bewahrheitet. Ihr Vater sollte nach der Arbeit beim Bäcker vorbeigehen und die bestellte Torte abholen. Weil seine Harley in der Werkstatt war, bat er einen Kollegen, ebenfalls ein leidenschaftlicher Motorradfahrer, ihn nach Hause zu bringen. Mit einer Tortenschachtel in der rechten und einer Tüte Butterplätzchen in der linken Hand verließ er die Bäckerei. Vorsichtig schob er sich auf den Sozius. Wegen des Backwerks näherte sich sein Kollege im Schneckentempo der Kreuzung, die sie überqueren mußten. Tief übers Lenkrad gebeugt kam von links in voller Fahrt ein Mopedfahrer, der erst merkte, daß er keine Vorfahrt hatte, als Lottes Vater in einer seltsamen Verrenkung auf dem Boden lag, reglos, den Kopf auf der Bordsteinkante zwischen einer Tüte zerkrümelter Plätzchen und einer eingedrückten Tortenschachtel. Aus seinem Mundwinkel floß ein Rinnsal Blut.

Im Krankenwagen kam er wieder zu sich. »Wohin bringen Sie mich?« fragte er mißtrauisch. »Ins Krankenhaus.« »Nein, nein«, protestierte er und richtete sich auf, »ich will sofort nach Hause, es gibt keine bessere Krankenschwester als meine Frau.« Sein Wunsch wurde respektiert. Auf einer Tragbahre trugen ihn die Sanitäter ins Haus. »Vorsicht, stoßen Sie sich nicht den Kopf«, warnte er auf der Treppe, »die Decke ist hier sehr niedrig.« Seine Frau öffnete mit zitternder Hand die Schlafzimmertür. Während unten der Hausarzt klingelte, hoben sie ihn vorsichtig ins Bett. Als sie gingen, bedankte er sich noch höflich bei ihnen, aber als ihn der Arzt während der Untersuchung fragte, wie denn der Unfall passiert sei, murmelte er erstaunt: »Ein Unfall? Ist irgendwo ein Unfall passiert?« »Sie hatten doch einen Unfall«, sagte der Arzt feierlich, »man hat Sie soeben nach Hause gebracht.« »Wen? Mich?« Angestrengt runzelte er die Brauen. »Wo ist meine Frau?« »Die steht hier neben mir.«

Während im unteren Stockwerk die Kinder unter bunten Girlanden gespannt warteten und die gläserne Tortenplatte mitten auf dem Tisch demonstrativ leer blieb, diagnostizierte der Arzt zögernd eine schwere Gehirnerschütterung und Rippenbrüche. Zur Sicherheit zog er noch einen Facharzt hinzu.

Der konstatierte nüchtern einen Schädelbasisbruch und brachte so eine Drohung ins Haus, die jedes Leben für ein halbes Jahr ersticken sollte. »Abwarten«, sagte er, »wir können nichts tun als abwarten.« Marie und Jet rissen die Girlanden herunter, stillschweigend davon überzeugt, daß jede Minute, die sie noch hängenblieben, den Zustand ihres Vaters verschlimmern würde. In einer Ecke des wieder kahlen Zimmers zupfte Eefje lustlos an ihrer neuen Puppe herum.

Ihr Vater mußte strenge Bettruhe einhalten. Grau und reglos lag er mit geschlossenen Augen in dem verdunkelten, nach Desinfektionsmittel und Eau de Cologne riechenden Zimmer, als wäre er schon aufgebahrt. Er war zwar nicht tot, aber als Leben konnte man diesen Zustand auch nicht bezeichnen. Tag und Nacht befeuchtete seine Frau ihm die Stirn, die Schläfen und die Handgelenke mit einem Waschlappen und schob ihm von Zeit zu Zeit vorsichtig einen Teelöffel Wasser zwischen die aufgesprungenen Lippen. Sein Atem strich rasselnd an den gebrochenen Rippen entlang, ab und zu ächzte er in dem düsteren Niemandsland, in das er auf den silbernen Flügeln des Morphiums geschwebt war. Die jüngeren Kinder wurden bei einer Schwester ihrer Mutter untergebracht: Um wieder gesund zu werden, benötigte der Vater absolute Ruhe. Jede Tätigkeit im Haus wurde mit Samthandschuhen verrichtet – alle schlichen, flüsterten, erschraken über das Geräusch ihres eigenen Atems. Durch diese Abwesenheit jedweden Geräuschs und das nachdrückliche Schweigen von Beethoven und Bach, von Sopranen und Baritonen, Altstimmen und Bässen hatte es den Anschein, als holten sie alle zusammen ungewollt schon den Tod ins Haus, indem sie eine Atmosphäre schufen, in der er gut gedeihen konnte – hinter geschlossenen Türen hörten sie ihn rascheln.

Wenn Lotte am Bett des Kranken wachte und auf den Stoppelbart sah, der wie Schimmel die eingefallenen Wangen bedeckte, beschlich sie die Angst, sie könnte ihn durch ihre Vorstellungskraft in diesen Zustand versetzt haben. Sie bereute die Rachephantasien, zu denen sie sich hatte hinreißen lassen. Hatte hinter seinem Verhalten tatsächlich eine böse Absicht gesteckt, oder hatte es nur an seinem unverbesserlichen Egoismus gelegen? Sie hoffte inständig, daß er überlebte, sonst würde sie ihre Gedanken künftig einer strengen Zensur unterwerfen müssen. Aber nicht nur ihr Schuldbewußtsein quälte sie; auch das Bild ihres leiblichen Vaters schimmerte vor ihr auf, wie er im Kreis seiner Familie auf den Tod gewartet hatte. All die Jahre hatte sie es erfolgreich unterdrückt, jetzt aber stieg es durch die auffallende Ähnlichkeit wieder in ihr auf, zusammen mit dem unerklärlichen, beängstigenden Gefühl, das damit einherging. So wurde die Krankenwache zu einer regelmäßig wiederkehrenden Selbstquälerei, jedesmal war sie dieser ganzen Skala von Gefühlen ausgesetzt.

Nach ein paar Stunden löste ihre Mutter sie wieder ab und wachte die restliche Zeit wie eine Sphinx. Manchmal beugte sie sich über ihn und kontrollierte mit dem Ohr an seinem Mund, ob er noch atmete. »Du sollst mir nicht entwischen«, flüsterte sie, »du lieber alter Racker.« Auch jetzt achtete sie sehr auf ihr Äußeres. Jedesmal zog sie ein anderes Kleid an, damit sein Blick die paar Male, wenn er die Augen öffnete, auf eine attraktive Frau fiel. Durch einen Spalt zwischen den Vorhängen sah sie die Sonne auf- und untergehen, sie sah den Nebel über den Wiesen, sie hörte das Gurren der Tauben. Nachts blickte sie in den Sternenhimmel; daß sie kein Licht machen konnte, um ein Buch zu lesen, war vielleicht sogar ihr größtes Opfer.

Trotzdem konnte sie durch ihre hartnäckige Anwesenheit nicht verhindern, daß er nach drei Wochen eine beidseitige Lungenentzündung und obendrein noch eine feuchte Rippenfellentzündung bekam. Der Hausarzt war ein schlechter Schauspieler. Es kostete ihn sichtlich Mühe zu verheimlichen, daß es jeden Augenblick vorbei sein konnte. Er sorgte dafür, daß eine Nachtschwester kam, die mit feuchten Wikkeln das hohe Fieber bekämpfte. Nachts waren die gestammelten Fieberphantasien des Kranken das einzige Geräusch im Haus. Die Schwester stapelte ihm Eisbeutel auf den Kopf. »Nein«, protestierte er und schreckte mit weit aufgerissenen Augen aus seinem Traum hoch. Mit einer ruckartigen Armbewegung fegte er die Eisbeutel weg: »Ich will die Krone nicht. Ich will nicht König von England sein, ich will nicht, ich will nicht!« Die Schwester nahm die Eisbeutel und drückte den Patienten mit sanfter Gewalt aufs Kissen. »Sie müssen ruhig liegenbleiben«, ermahnte sie ihn. »Ich will die Krone nicht«, jammerte er, »ich will Miß Simpson!« Mit trotziger Miene sank er wieder in tiefen Fieberschlaf.

Als er die Krise überstanden hatte, öffnete er die Augen und betrachtete in geläuterter Ruhe das von strohig hochstehendem Haar umrahmte Gesicht der fremden Frau. Unter ihren buschigen Augenbrauen erwiderte sie mit grimmiger Miene seinen Blick – ihr normaler Gesichtsausdruck, der nichts zu besagen hatte. »Sie sind Beethoven ja wie aus dem Gesicht geschnitten«, sagte er verwundert. »Das haben Sie richtig erkannt«, bestätigte sie, »ich bin tatsächlich mit ihm verwandt.« Für eine Weile konnten sie erleichtert aufatmen, bis ein Blutgerinnsel in seinem Bein erneut befürchten ließ, daß er sich vorzeitig verabschiedete. Der Arzt verstrickte sich nun in widersprüchliche Behandlungsmethoden: Wegen der Thrombose mußte der Patient aufrecht sitzen, wegen des Schädelbasisbruchs war es jedoch lebenswichtig, daß er flach liegenblieb.

Da Krankenbesuche strikt untersagt waren, war das Haus von der Welt abgeschnitten, eine Insel, deren Mittelpunkt der arme, gequälte Körper war. Um diesem Vakuum, diesem Fehlen der gewohnten Lebendigkeit zu entfliehen, ging Lotte in den Garten. Sie schlenderte nach hinten zu den Obstbäumen, strich mit der Hand über die abblätternde Farbe der

Tbc-Laube, kratzte ein Fleckchen Moos ab, brach einen Zweig vom Nußbaum, dessen inzwischen weit ausgedehnte Krone die vierzehn Jahre sichtbar werden ließ, die seither vergangen waren. Der Drehmechanismus der Laube war eingerostet und die offene Seite nun ständig nach Osten gerichtet. Nach Osten. Sie setzte sich auf den wackligen Küchenstuhl und stellte sich eine unbekannte Anna vor, im Jahr 1936. Nicht in einer klar umrissenen, physischen Form, sondern als Zusammenballung von Energie, leuchtend, vital; Anna lebte. Lotte bekam Gewissensbisse und schämte sich, daß sie schon lange kaum noch an sie dachte, als sei Anna für sie ohnehin verloren. Sie versuchte sich in das lungenkranke Kind hineinzuversetzen, das hier in fiebrigem Staunen von seinem Bett aus umhergeschaut hatte. Das, wofür sie damals zu jung, zu krank, zu abhängig gewesen war, schien jetzt lächerlich einfach zu sein: in den Zug zu steigen und nach Köln zurückzufahren. Sie malte sich das Wiedersehen aus – schon der Gedanke an Anna war ein mildes Gegenmittel gegen das ständige Liebäugeln ihres Vaters mit dem Tod.

Eines Sonntags litt er plötzlich unter Atemnot. Wie ein Fisch auf dem Trockenen schnappte er mit weitgeöffnetem Mund nach Luft. Seine Frau setzte ihn aufrecht in die Kissen, flößte ihm Wasser ein, knöpfte seine Schlafanzugjacke auf – er griff sich ans Herz. Der Arzt wurde alarmiert. Ein ihnen unbekannter Notarzt führte eine lange Injektionsnadel direkt ins Herz und leerte eine ganze Spritze. »Ein letzter Rettungsversuch«, flüsterte er, als er die Spritze wieder in seine Tasche packte, »Sie müssen aufs Schlimmste gefaßt sein, Mevrouw.« Stundenlanges Warten. Es war ein Wunder, daß ihre Belastungsfähigkeit nach all den Monaten noch nicht erschöpft war. Die Atmosphäre im Haus war so sehr von der Frage durchdrungen, ob er es schaffen würde oder nicht, daß Lotte in den Wald lief aus Angst, in seiner unmittelbaren Nähe könnte ein unwillkürlicher Gedanke, der der Zensur entwischte, ihm im entscheidenden Augenblick zum Verhängnis werden. Gegen Abend wurde seine Atmung wieder regelmäßig. Er trank einen Schluck Wasser und bat seine Frau, unten Mozarts *Requiem* aufzulegen, die Lautstärke voll aufzudrehen und alle Türen zu öffnen. Mit zitternder Hand ließ sie die Nadel auf die Platte sinken. Wehmütige Klänge schwebten nach oben. Jet brach in Tränen aus. »Sei froh«, sagte ihre Mutter, »daß du die Musik nicht auf seiner Beerdigung hörst und er sie jetzt selber genießen kann.«

Nach dieser Apotheose kam der Heilungsprozeß langsam in Gang: Der Vater kehrte mit einem gewissen Stil ins Leben zurück. Nach und nach wurde Besuch zu ihm vorgelassen. Immer noch sehr schwach, das Gesicht blaß und durchscheinend, klagte er: »Wo Hans Koning nur bleibt?« »Er wird bestimmt noch kommen«, beruhigte ihn seine Frau. »Er weiß doch Bescheid, oder?« »Selbstverständlich.« Aber der Professor ließ nichts von sich hören. So beständig, wie er das Haus vor dem Unfall mit seinen allwöchentlichen Besuchen beehrt hatte, so hartnäckig blieb er nun weg. Lottes Mutter rief ihn an. Höflich befolgte er ihren Appell und stand etwas später mit bedrücktem Gesicht vor der Tür. Er polterte die Treppe hinauf, stieß sich unterwegs den Kopf und blieb betreten am Fußende des Bettes stehen, ohne dem Kranken die Hand zu geben. »Wie geht's?« erkundigte er sich und hustete trocken hinter der enormen, fleischigen Hand, mit der er alle Gegenmeinungen beiseite zu schieben pflegte. Man sah dem Kranken an, wie sehr er sich über den Besuch freute. Die bloße Tatsache, daß sein Busenfreund und Geistesverwandter gekommen war, brachte mehr Farbe auf seine Wangen als alle bisherigen Besucher zusammen. »Da liege ich nun...«, seufzte er, »glaub mir, ich lechze förmlich nach einem altmodischen Samstagabend...« Hans Koning sah ihn starr an. »Hör mal, mein Guter, Krankenzimmer sind mir ein Greuel...« Gequält sah er sich im Zimmer um, als versuchte er vergeblich, einer vergifteten Atmosphäre standzuhalten. »Das ist mein Ernst, länger als eine Minute halte ich das einfach nicht aus!« »Aber…«, wollte der Kranke ungläubig protestieren. Der Professor ging zur Tür. »Laß doch was von dir hören, wenn du wieder der alte bist«, die Hand schon auf der Klinke drehte er sich um, »und gute Besserung.«

Getreu seiner Allergie gegen Krankenzimmer ließ Koning sich in den Monaten der langsamen Genesung nicht mehr blicken. Der Kranke kämpfte immer öfter gegen depressive Stimmungen an. Warum machte sich sein bester Freund rar, gerade jetzt, wo er so ein brennendes Bedürfnis nach dessen Gesellschaft hatte, damit sein lädierter Verstand wieder geschärft und seine Phantasie stimuliert würde, so daß er wieder Posten beziehen und seine alten Auffassungen mit Bravour vertreten könnte. Daß sich der Professor nicht mehr blicken ließ, empfand er als persönliche Niederlage. »Wer bin ich eigentlich«, fragte er sich, in die Kissen zurückgesunken, »ich bin ein Niemand, was habe ich geleistet, nichts, ich genieße kein bißchen Ansehen in der Welt, warum bin ich nicht einfach gestorben.« Seine Frau beeilte sich, ihn von seiner Vortrefflichkeit zu überzeugen; sie strich seine Verdienste groß und breit heraus und erwähnte seine weniger erfreulichen Charakterzüge mit keiner Silbe. Sie hoffte so inständig, er würde wieder der alte, daß sie selbst aufrichtig daran glaubte. Schließlich erlahmte sein Widerstand gegen so viele schmeichelnde Worte. »Du bist eine fabelhafte Frau«, flüsterte er und schlief beruhigt ein.

Es war ein beeindruckendes, grenzüberschreitendes Ereignis, das keiner von ihnen je vergessen würde: Eines Tages kam er Stufe für Stufe die Treppe hinunter und schlurfte ins Wohnzimmer, wo er sich schwindlig vor Anstrengung in einen rasch neben den Ofen geschobenen Lehnstuhl sinken ließ und eine Tasse Kaffee trank. Die Bank im Garten war der nächste Meilenstein. So eroberte er sich nach und nach sein

Terrain zurück, bis er eines Tages – er war allein zu Haus – in seinem Eroberungsdrang zu ehrgeizig wurde. Vielleicht fiel ihm die Decke auf den Kopf, vielleicht konnte er dem monatelang unterdrückten Verlangen nach einem geistreichen Gedankenaustausch nicht widerstehen. Jedenfalls gab er einer Anwandlung von Leichtsinn nach und schwankte über den Steg in den Wald, langsam und konzentriert; als Folge der Thrombose zog er ein Bein etwas nach, sein Herz klopfte beängstigend. Als er an der anderen Seite des Waldes endlich vor dem Haus der Familie Koning stand, umklammerte er vor lauter Erschöpfung einen der beiden dunkelgrünen Pfeiler, die das Vordach über der Haustür stützten. Er wußte nicht, wie lange er dort verharrt und gegen Atemnot, Herzklopfen und die Angst angekämpft hatte, der Professor könnte ihn so antreffen. Erst als er wieder ein wenig zu sich gekommen war, klingelte er. Sein Freund höchstpersönlich öffnete die Tür; er trug einen Anzug mit Weste, und eine silberne Uhrkette schmückte wie eine Girlande seine Brust. Vor Schreck zitterte sein Bart. »Um Himmels willen, was machst du denn hier! Du bist wirklich der letzte, den ich jetzt erwarte. Tut mir leid...«, er dämpfte seine Stimme, als vertraute er dem anderen ein intimes Geheimnis an, »wir bekommen gleich Besuch, die Leute können jeden Augenblick hier sein. Wie kannst du dir nur so einen unpassenden Zeitpunkt aussuchen. Komm schnell rein, dann kannst du durch die Küchentür wieder verschwinden.« Lottes Vater humpelte durch den Flur und ließ sich in der Küche auf einen Stuhl fallen. »Nur einen Augenblick...«, keuchte er, »ich muß mich mal eben... darf ich... könnte ich ein Glas Wasser haben?« »Ich werde mal schauen.« Der Professor zog die Türen aller Hängeschränke auf und schlug sie mit einem heftigen Knall wieder zu. »Himmelherrgott, wo hat diese Person denn die Gläser, aber eine Tasse tut's wohl auch.« Der ungebetene Gast trank sein Wasser. Schwungvoll stieß der Professor die Küchentür auf.

»Nächstes Mal hast du hoffentlich mehr Glück. Jesses, wie elend du aussiehst.«

Lottes Mutter blickte auf, als sie den Kies knirschen hörte. Ihr Mann, den sie im Bett glaubte, kam über den Gartenpfad gestolpert; auf halbem Weg hielt er sich an einem Birnbaum fest und starrte mit leerem Blick fassungslos auf das Haus, als erblickte er etwas Schreckliches. Sie sah genauer hin und merkte, daß er weinte. Noch am selben Abend schrieb sie dem Professor einen Brief und kündigte ihm die Freundschaft. Mit kratzender Feder titulierte sie ihn als rücksichtslosen Egoisten, dessen Menschlichkeit sich vor Krankenzimmern und auf der Schwelle seines Hauses verflüchtige.

»Es ist doch verblüffend«, sagte Anna, »daß du gerade in dieser Zeit über eine Reise nach Köln nachgedacht hast.« »Warum?« »Weil auch ich damals einen immer größeren Drang spürte, nach Köln zu fahren.«

Anna war inzwischen in dem Alter, in dem sich ihr Vater in der symbiotischen Welt jener Handvoll Gehöfte zwischen Kirche und Fluß eingeengt gefühlt hatte, deren Bewohner einander auf die Welt kommen und sterben sahen. Auch bei ihr führte die geistige Unterversorgung nicht zu fatalistischer Schicksalsergebenheit, sondern zu Rebellion. Sie zupfte Jacobsmeyer am Ärmel seiner Soutane. »Wie komme ich nur aus diesem Dorf heraus«, ihre Stimme störte die behäbige Stille in der Landelinuskirche, »es kann doch nicht meine Berufung sein, mein Leben lang Schweinemist zu karren?« Jacobsmeyer nickte bedächtig. »Vielleicht weiß ich was für dich.« Er strich sich grübelnd übers Kinn. »Der Erzbischof von Paderborn sucht eine junge Frau, die seine alte Haushälterin auf die Dauer ersetzen könnte. Die neue will er an einem Institut in Köln ausbilden lassen, wo höhere Töchter lernen, einen Haushalt mit Dienstmädchen und Hausdienern zu führen. Eine Schule für Damen…« Er lachte ironisch.

Onkel Heinrich war einverstanden. Tante Martha dagegen tat sich schwer, den Verlust einer unbezahlten Arbeitskraft mit Großmut hinzunehmen. »Du weißt nicht, auf was du dich da einläßt«, sagte sie verächtlich, denn ihr graute vor dem Gedanken an all die Arbeit, die sie dann übernehmen müßte, »du wirst auf die Nase fallen, das kann ich dir gleich sagen.« Schweigend rührte Anna die Suppe um; sie hatte wenig Lust, sich im letzten Moment noch zu einer Szene provozieren zu lassen. »Warum antwortest du nicht? Bist du dir schon zu gut für uns? Jetzt will ich dir mal was sagen: Du wirst noch dein blaues Wunder erleben. Ich sehe schon den Tag kommen, wo du…«, ihre Stimme überschlug sich, »wieder bei uns angekrochen kommst und auf Knien um eine Scheibe Brot bettelst. Glaub aber nur nicht…« Anna seufzte müde. »Warum regst du dich eigentlich so auf«, sagte sie kühl, ohne vom Kochtopf hochzusehen, »ich sterbe doch sowieso, das hast du doch immer gesagt? Ich werde doch nicht mal einundzwanzig?«

Sie wurde für das neue Semester eingeschrieben. Onkel Heinrich besorgte ihr eine Unterkunft bei einem Vetter in Köln, und bei einem Schneider gab er einen Mantel fürs Leben in Auftrag, aus unverwüstlichem Tuch. So wie eine Braut in weißem Kleid und Schleier ihre Initiation in die Rolle der Ehefrau erfährt, so hatte Anna ein Vorgefühl, daß dieser Mantel den Eintritt in ein völlig neues Leben bedeutete. Ein paar Tage vor ihrer Abreise wurde sie zu Jacobsmeyer bestellt. »Ich muß dir etwas Schreckliches sagen, Anna. Aus der Anstellung wird nichts.« »Das kann doch nicht Ihr Ernst sein!« Sie sank in eine der auf Hochglanz polierten Kirchenbänke und blickte auf die Marienstatue, die ihr plötzlich sehr selbstgefällig erschien. Sie konnte nicht mehr zurück – ihre bisherige Existenz hatte sie bereits abgestreift, das war alles, was sie wußte. Jacobsmeyer rieb sich das Kinn und ging nervös vor dem Altar auf und ab. »Weißt du was«, unvermittelt drehte er sich um, »wir sagen deinem Onkel und deiner Tante nichts davon. Ich bezahle dir die Schule. Du hältst den Mund, packst deinen Koffer, fährst nach Köln und machst deine Ausbildung.«

Am ersten November stieg Anna in Paderborn in den Zug. Zu ihrem auf Zuwachs genähten Kutschermantel trug sie einen mausgrauen Filzhut mit einer braunen Feder aus dem Brutkleid einer Saatgans. In einem Margarinekarton war ihre ganze Habe. Der Zug fuhr durch Nadelwälder und gelblich verfärbte Laubwälder, durch Wiesen und gepflügte Äcker. Sie schloß die Augen und öffnete sie wieder in der Hoffnung, etwas zu sehen, das ihr bekannt vorkam. Die Landschaft zog neutral vorbei. Trotzdem spürte sie, daß sie ihrem Geburtsort immer näher kam, der vor vierzehn Jahren das Seil, das sie fest an diesen band, hatte ablaufen lassen, es aber jetzt – im Tuff-tuff-Tempo der Eisenbahn – wieder einrollte. Doch als der Zug dröhnend in den Bahnhof einfuhr, verließ sie das Gefühl, auf dem Weg nach Hause zu sein. Die massive Gegenwart des Doms, so unmittelbar neben dem Bahnhof, mit seinen spitzen Türmen, deren gezähnte Silhouette sich wie ein düsterer Fingerzeig gegen den anthrazitfarbenen Himmel abhob, schüchterte sie ein. Wenn es schon in der Landelinuskirche so schwer war, dort droben Gehör zu finden, wie bedeutungslos mußten die Bittgebete dann in diesem überdimensionalen Gotteshaus sein. Sie preßte den Pappkarton fest an ihren Bauch. Und jetzt zu Onkel Franz, sagte sie sich, um von den unzähligen parallelen Linien nicht auch emporgesogen zu werden. Sie zog einen sorgfältig gefalteten Zettel aus der Manteltasche. In Frakturschrift von fast kalligraphischer Schönheit hatte Onkel Heinrich ihr den Namen des Krankenhauses aufgeschrieben, in dem sein Vetter Chef der Wartungstechniker war. Ein Passant sagte ihr auf kölsch, welche Straßenbahnlinie sie nehmen mußte. Sie unterdrückte den Impuls zu grüßen, als sie einstieg und durch den Mittelgang schwankte zwischen all den Mitbürgern – ja, Mitbürgern.

Aber keiner beachtete sie. Mit einer gewissen Ergebenheit starrten sie aus dem Fenster, als wäre es nicht ihr eigener Entschluß, zu diesem Zeitpunkt mit dieser Straßenbahn durch diese Stadt zu fahren. Die hohen Fassaden, das Menschengewimmel, der Verkehr: Die Dichte des Lebens in der Stadt ihrer Kindheit überwältigte sie. Im Dorf war sie immerhin noch die Tochter des jung gestorbenen, abtrünnigen Sohns des alten Bamberg gewesen – hier, in der übervölkerten Anonymität, war sie ein Nichts.

Als sie die schwere Tür des Krankenhauses aufdrückte, hatte sie das beklemmende Gefühl, eine Stadt in der Stadt zu betreten. In beiden wurde geboren und gestorben, hier nur konzentrierter. Im Foyer ließ sie sich auf die Kante eines Ledersessels nieder und wartete auf ihren Onkel. Die Blicke der Vorübergehenden ruhten eine Sekunde zu lang auf ihr. Sie wurde stutzig und versuchte, sich selbst mit dem Blick der anderen zu sehen: eine junge Frau in einem vorsintflutlichen Mantel, auf dem Kopf einen Jägerhut mit einer komisch wirkenden Feder und einen schäbigen Pappkarton auf dem Schoß – ein seltenes Exemplar einer in der Stadt längst ausgestorbenen Spezies. Ich sehe lächerlich aus, wurde ihr schlagartig bewußt. Ein Mann im weißen Kittel kam auf sie zu. Ganz flüchtig huschte der Ausdruck leichten Erschreckens über sein Gesicht, aber er nahm sich sofort zusammen und schüttelte ihr freundlich die Hand. Sie versuchte, sich von der Beerdigung her an ihn zu erinnern, und hoffte, in seinem Gesicht etwas von damals zu finden. Aber sie erkannte nichts wieder – der Mann glich weder ihrem Vater noch Onkel Heinrich oder dem Großvater. Auch seine gute Laune war mit Sicherheit keine Familieneigenschaft. »Ist das dein ganzes Gepäck?« fragte er und nahm ihr den Karton ab. Anna nickte schweigend. Sie nahm den lächerlichen Hut ab, um wieder etwas in der Hand zu haben, und folgte ihm, während ihre Finger verlegen über die Feder strichen.

Er wohnte auf dem Gelände des Krankenhauses und ließ sie in der Obhut seiner Frau zurück, die sie mit einem Baby auf dem Arm willkommen hieß. Tante Vicki führte sie herum und plauderte dabei ungezwungen. Sie war mollig und hatte ihr rotblondes Kraushaar mit Kämmen gebändigt. In der Mitte des Kinns hatte sie ein Grübchen, was ihr manchmal einen etwas betretenen Ausdruck verlieh, als ob sie sich gerade von jemandem hintergangen fühlte, aber schon eine Sekunde später konnte sie unbekümmert lachen, und ihre Miene hellte sich wieder auf. Wie in einem Rausch schritt Anna durch die kleinbürgerlich eingerichtete Wohnung. Ein Zimmer mit polierten Möbeln: nur, um darin zu sitzen! Der enorme Schalltrichter eines Grammophons gähnte sie ungeniert an. Eine richtige Toilette mit einem Waschbecken. Fließendes warmes Wasser. Ein eigenes Schlafzimmer: Medaillontapeten, eine Frisierkommode mit Marmorplatte und Waschgeschirr, ein Kleiderschrank – den sie gar nicht füllen konnte. Das alte Plumpsklo am Ende des Hofs, die Pumpe, an der sie sich gewaschen, die kleine Dachstube mit den wurmstichigen Dielen, in der sie geschlafen hatte, all das gehörte plötzlich dem Dämmerbereich unwillkommener Erinnerungen an.

Benommen schlüpfte sie an diesem Abend zwischen die gestärkten Laken. Obwohl sie an einem einzigen Tag in ein anderes Leben getaumelt war, hatte sie das Gefühl, mehr denn je von der Stadt entfernt zu sein, die all die Jahre in ihr weiterexistiert hatte. Der Mikrokosmos einer Sechsjährigen, eine Stadt unter einer Glasglocke, in der das Leben heil und harmonisch war und vertraute Stimmen erklangen. Tante Vicki steckte den Kopf zur Tür herein: »Schlaf gut, Anna.« »Gute Nacht«, antwortete sie zögernd. Die Liebenswürdigkeit der Verwandten verwirrte sie, so sehr hatte sie sich inzwischen an Schroffheit und Arglist gewöhnt.

In der Schule für Damen war sie die einzige, die vom Land kam. Es fiel keinem auf. Sie trug Kleider von ihrer Tante, und das Hochdeutsch, das Vehikel, mit dem ihr Vater sich von seiner Familie entfernt hatte, hatte sie immer in Ehren gehalten. Trotzdem konnte sie den Gesprächen der anderen nur halb folgen, denn deren Sprache bezog sich auf eine ihr unbekannte Welt mit eigenem Jargon: ein Thé dansant am Sonntagnachmittag, eine Robe aus Crêpe de Chine. Keine Thés dansants für Anna, dafür aber das magische Dunkel im nächsten Kino, das vage Erinnerungen an den Theatersaal im Kasino wachrief. Heinrich George und Zarah Leander mit Locken, die an ihren Schläfen klebten, und einer Rose hinterm Ohr. *Die große Liebe, Heimat, La Habanera.* Vor den Ufa-Filmen wurde die Wochenschau gezeigt, Bilder aus der Realität bekamen die Intensität von Traumbildern. Über die Leinwand marschierten muntere Soldaten. Deutschland hatte wieder eine Armee, es war dabei, sich in raschem Tempo von der Depression zu erholen. Gesunde, athletisch gebaute junge Burschen, ausgeschickt vom Reichsarbeitsdienst, machten Sumpfland urbar oder holten die Ernte ein. Strahlende, ungeschminkte Mädchen halfen auf Bauernhöfen, sie wuschen Wäsche, putzten, versorgten die Kinder, unterstützten Mütter im Wochenbett. Sie lächelten unermüdlich, wohnten in Lagern und begannen den Tag, indem sie die Fahne hißten und aus voller Kehle sangen: *Die Fahne hoch, die Reihen dicht geschlossen.* Es ging Deutschland gut, alle packten begeistert mit an beim Aufbau. Chaos, Armut und Arbeitslosigkeit hatten ein Ende. Es gab wieder eine Ordnung, eine Ordnung, die die Farbe von reifem Getreide und Sommerhimmel hatte, von blondem Haar und blauen Augen. Trotz ihres Mißtrauens gegen Fahnen und Marschlieder, ihrer Abneigung gegen den brüllenden Österreicher und der Warnung, die von Onkel Heinrichs Bückeberg-Abenteuer ausging, wurde sie wie all die anderen Zuschauer, die dort dichtgedrängt in der Intimität des warmen Kinosaals saßen, von diesem Optimismus mitgerissen. Die Bilder vermittelten das behagliche Gefühl großer Zuversicht. In der täglichen Realität war alles in Ordnung, und als Zugabe wurde einem auch noch ein Film geboten. Der allgemeine Fortschritt überraschte Anna nicht, fiel er doch auf natürliche Weise mit der Tatsache zusammen, daß es auch mit ihr aufwärts ging. Deutschland hatte sich aus der Talsohle aufgerappelt – sie auch. Das war keine nüchterne Feststellung, sondern eine Empfindung, ein selbstverständliches Gefühl der Übereinstimmung. Die Tafel Schokolade, von der ihr Tante Vicki während der Vorstellung die Hälfte abgab, war der beste Beweis dafür: Wer hätte sich früher Schokolade leisten können?

Trotzdem wirkte Köln mit seiner bis in die Römerzeit zurückreichenden Geschichte immer noch einschüchternd und desillusionierend auf sie. Der massive, runde Turm mit den Zinnen, an dem sie oft vorbeikam, wies sie unübersehbar darauf hin, daß vierzehn Jahre Exil am Rand des Teutoburger Waldes bedeutungslos waren gegenüber der Tatsache, daß er bereits seit neunzehn Jahrhunderten als römischer Turm auf germanischem Territorium stand. Und im Vergleich zum Rhein war die Lippe nicht mehr als ein Bach. An einem Sonntagnachmittag gingen Tante Vicki und sie mit dem Kinderwagen im Park spazieren; die Wintersonne warf lange weiße Streifen zwischen die Baumstämme. Es fiel ihr noch schwer, einmal einen ganzen Tag nur mit Müßiggang zu verbringen: zu bummeln, sich über die spiegelnde Oberfläche eines Teiches zu beugen, das Baby aus dem Wagen zu nehmen und mit ausgestreckten Armen hoch vor dem blauen Himmel strampeln zu lassen. Plötzlich spürte sie einen Impuls: »Laß uns am Kasino vorbeigehen, wo ich ... wo wir früher gewohnt haben.« Das »wir«, laut ausgesprochen, rechtfertigte den Einfall: Auch in ihres Vaters und Lottes Namen würde sie zum Kasino gehen, sie würden dabeisein und ihr über die Schulter blicken. Tante Vicki zuckte die Achseln, warum nicht, ihr war es einerlei. Sie plauderte über Belanglosigkeiten und war in ihrer Ahnungslosigkeit wie ein Blitzableiter für die plötzliche Angst, die der anderen die Kehle zuschnürte. Scheinbar eine gleichgültige Passantin, bog Anna in die Straße ein, die sie als Kind, mitgerissen von eiligen Verwandten, in die andere Richtung verlassen hatte. Die Straße war unauflöslich mit der Gestalt ihres Vaters verbunden, der im schwarzen Mantel über das Kopfsteinpflaster schwankte, sich schwer auf seinen Stock stützte und ab und zu eine Spuckflasche hervorholte, um sie hastig wieder wegzustecken. Schon damals hing über der Straße die dunkle Wolke, auf der er davonschweben würde – über Kasino, Kirche und Schule hinweg –, fort aus der Stadt, dem Land, der Welt.

Sie kam an der Schule vorbei – die Fenster waren so hoch über dem Fußboden, daß ein Kind nicht hinausblicken konnte –, dann an der Kirche im unbarmherzigen Stil des neunzehnten Jahrhunderts, der Angst vor dem Allmächtigen einflößen sollte. Ein Stück weiter blieb sie stehen. Ihr Blick glitt an der Fassade empor bis zu den bleiverglasten Fenstern, dann seitwärts nach unten zu der doppelten, lackierten Tür mit der kupfernen Klingel und den kleinen, vergitterten Fenstern. Worauf sie ihren Blick auch richtete, er prallte ab. Das Gebäude schloß sie aus, leugnete, daß sie darin geatmet hatte, daß ihre Gedanken und Gefühle die Räume gefüllt, daß ihr Vater und Lotte dort gelebt hatten. Damals hatten diese Mauern das Familienleben umschlossen, jetzt bildeten sie ein unüberwindliches Hindernis zwischen ihr und den anderen. »Sie haben die Straße asphaltiert«, sagte sie verächtlich, »früher war hier Kopfsteinpflaster.« Als wäre es eine x-beliebige Straße, gingen sie weiter. Alles war normal, die Sonne schien, es war Winter, das Jahr 1936 neigte sich dem Ende zu, 1922 war unvorstellbar lange her. Ihre ersten sechs Lebensjahre und die Menschen, die dazugehört hatten, waren spurlos verschwunden – nichts erinnerte mehr daran, daß es sie jemals gegeben hatte.

Auch das Dorf an der Lippe existierte nicht mehr für sie. Onkel Heinrich ließ nichts von sich hören, und sie meldete sich auch nicht bei ihm. Nur an Jacobsmeyer schrieb sie hin und wieder einen Brief. Als sie einundzwanzig wurde, bekam sie eine Vorladung vom Gericht. Sie mußte die Vormundschaftsakte unterschreiben, weil ihr Onkel nun offiziell aus seiner Verantwortung entlassen wurde. Es war eine lange Epistel. Sie überflog den Anfang und begriff, daß sie mit ihrer Unterschrift im nachhinein die Art und Weise billigen sollte, wie er seine Vormundschaft ausgeübt hatte. Stimmte das, was in der Akte stand, mit der Wirklichkeit überein? Ihr wurde warm und kalt, sie konnte einfach nicht weiterlesen. Der Text betraf eine andere Person, ein anderes Leben. Verwirrt blickte sie von dem Schriftstück auf. Ihr gegenüber, in einem sterilen Amtszimmer, hinter einem Schreibtisch aus Metall, nickte ihr der diensthabende Beamte ungeduldig zu. Mit heftigen Strichen unterschrieb sie. Diese Anna, die nach Seife duftete und adrett gekleidet war, legte den Federhalter nieder, schob dem Beamten das Schriftstück brüsk zurück, stand auf und verließ das Gerichtsgebäude. Sie ging die breite Steintreppe hinunter und in die Stadt – eine Stadt, die auf den eingesunkenen Fundamenten ihrer Erinnerung von neuem erbaut werden mußte.

Die Tinte auf dem Diplom der Lehranstalt für Damen war kaum getrocknet, da hatte sie bereits eine Anstellung – rund um die Uhr, alle vierzehn Tage einen freien Sonntag. Sie trat bei Familie Stolz in Dienst, die nördlich der Stadt in einem Viertel mit kleinen Villen wohnte, unweit des Industriekomplexes von Bayer, wo Stolz als Chemiker arbeitete. Sie hatte nicht die leiseste Ahnung, was es bedeutete, Dienstmädchen und damit ein organischer Teil der Familie der Brotherrin zu sein. Ihre Erwartung, sie könne jetzt den Haushalt der Familie Stolz in eigener Regie führen, wurde schon am ersten Tag enttäuscht; sie mußte feststellen, daß diese Haushaltsführung in Legislative und Exekutive gespalten war. Erstere, in Person von Frau Stolz, hatte eine Art Taylorsystem entworfen, um die Hausarbeit möglichst rasch und effizient zu organisieren. Seit ihrer Hochzeit vor neun Jahren wurden in der Villa im Norden von Köln jeden Morgen um zehn die Scheuerleisten abgestaubt, dienstags um halb drei die Hemden gebügelt, samstags um neun die Fenster geputzt. Bis auf die Sekunde genau hatte sie ausgerechnet, wieviel Zeit jede Tätigkeit in Anspruch nahm. Die einzelnen Abschnitte des Schemas folgten so rasch aufeinander, daß die Exekutive zwischendurch kaum verschnaufen konnte. Wie in einem Stummfilm eilte Anna hin und her, um alle Aufgaben programmgemäß zu erledigen. Mit einem Pinsel aus Schweineborsten fegte sie den Staub von den Scheuerleisten – zwischendurch klingelte es, sie steckte den Pinsel in ihre Schürzentasche und öffnete die Tür. Nach diesem Intermezzo, das im Zeitplan nicht vorgesehen war, machte sie sich in fieberhafter Eile wieder an die Arbeit. Bei ihrer täglichen Kontrolle wischte Frau Stolz mit dem Zeigefinger über den halben Meter, den Anna wegen der Störung übersehen hatte: »Hier hast du aber ein Stück vergessen.«

Daß ihre Forderung blinden Gehorsams jede Eigeninitiative im Keim erstickte, entging ihr nicht nur, sondern sie nahm es ihrer Untergebenen auch noch übel. Eines Nachmittags ging sie zum Kaffeeklatsch; bis zu ihrer Rückkehr mußte Anna einen Riesenstoß Hemden gebügelt haben. Es begann zu regnen. Anna blickte auf, sah die Tropfen an den Fensterscheiben und geriet in einen inneren Zwiespalt: Wenn sie in den ersten Stock ging und die Schlafzimmerfenster schloß, würde sie vielleicht nicht mehr rechtzeitig mit dem Bügeln fertig. Dieses Risiko wollte sie nicht eingehen. Kurz darauf kam Frau Stolz atemlos ins Zimmer gestürmt. »Hab' ich's mir nicht gedacht«, rief sie triumphierend, »ich sage zu meiner Freundin: Ich muß sofort gehen, bei mir zu Hause sind die

Fenster offen, es regnet herein. Sie sagt: Ist denn niemand zu Hause? Doch, sage ich, unser Dienstmädchen – aber glaub nur nicht, daß das auf die Idee käme!«

Frau Stolz war davon überzeugt, daß sie neben ihren Forderungen, die sie als eine Art Erziehung verstand, auch eine große Verantwortung für Annas Wohlergehen hatte. Sie duldete nicht, daß Anna an freien Abenden allein in ihrer kleinen Dachkammer saß, sondern lud sie zu einer Tasse Kakao ins Wohnzimmer ein. Sie brachte ihr das Sticken bei, Ajourtechnik, Kreuzstich und Petit point. Fertigkeiten, die eine junge Frau beherrschen müsse, erklärte sie und überließ Anna großmütig die nötigen Materialien. So saßen sie dort zu dritt, Herr Stolz mit seiner Zeitung, seine Frau und das Dienstmädchen einträchtig mit einer Handarbeit. Ihre Tochter Gitte, ein achtjähriges Mädchen mit langen Zöpfen, lag schon im Bett.

Wenn eine Rede des Führers angekündigt war, stellte Herr Stolz den Volksempfänger an. Anna hörte zu und hörte nicht zu. Es war so ähnlich wie beim Handarbeiten: Wenn sie stickte, war sie mit den Gedanken ganz woanders. Zuerst sprach Goebbels, über Fragen, die weit über ihren Horizont gingen. Die Plutokratie – das internationale Finanzjudentum will uns vernichten... tatata, so ging es immer weiter. Das war aber erst der Auftakt. Marschmusik, militärische Befehle, Sieg Heil! Sieg Heil! Dann sprach der Führer persönlich, direkt zu seinem Volk, so laut wie immer, und hielt das die ganze Sendung lang durch. »Ich möchte Herrn Minister Eden hier zunächst versichern, daß wir Deutsche nicht im geringsten isoliert sein wollen und uns auch gar nicht isoliert fühlen...« Herr Stolz nickte beifällig. Er faltete die Hände über seinem gewölbten Bauch und hörte aufmerksam zu. Anna ließ das Schwadronieren gleichgültig über sich ergehen, sie wartete, bis es zu Ende war, so wie man wartet, daß ein Regenschauer aufhört – inzwischen atmete sie ruhig weiter. Der Führer war zu einer Institution geworden. Über ihren Kopf hinweg, auf einer abstrakten Ebene, wurde alles mögliche beschlossen und organisiert, ohne daß sie den geringsten Einfluß darauf hatte. So war ihr das alles einerlei, der stille Kampf gegen die Herrschsucht der Frau Stolz war schon aufreibend genug.

Über ihre Stickerei hinweg hatte sie bereits dutzendmal verstohlene Blicke auf den Bücherschrank aus Nußbaum geworfen, in dem Bücher wie Kleinode hinter Glas gehütet wurden. Irgendwann konnte sie der Versuchung nicht mehr widerstehen: »Herr Stolz, Verzeihung, dürfte ich...«, sie deutete mit ihrer Sticknadel auf das Heiligtum, »dürfte ich wohl einmal ein Buch lesen?« »Aber selbstverständlich«, erstaunt nickte er ihr zu, »such dir nur eins aus.« Anna wich dem verdutzten Blick von Frau Stolz aus und ging zögernd zum Schrank. Sie schob die quietschenden Türen auf, ein herrlicher Duft stieg von den in Leder gebundenen Werken, viele davon mit Goldprägung, auf, ein Duft von tausend und abertausend bedruckten Seiten, von Geschichten, die darum flehten, aus ihrem Winterschlaf geweckt zu werden, von Fluchten aus dem verrückten, unwirklichen Hier und Jetzt – das Versprechen unendlich viel spannenderer Welten als jener von Kreuzstich und Ajour. Mit einem Schwindelgefühl las sie die Titel, Frau Stolz' Blicke brannten ihr im Rücken. Sie traute sich nicht, lange zu überlegen, und zog *Die Leiden des jungen Werthers* heraus. »Das ist doch viel zu schwierig«, krittelte Frau Stolz. »Hast du es denn gelesen?« sagte ihr Mann. »Nein, aber...« »Na also, dann laß sie doch, Kultur ist heutzutage für alle da. Es würde dir auch nicht schaden, mal ein Buch in die Hand zu nehmen.« Frau Stolz verstummte und lachte Anna begütigend zu. Es war nicht deutlich, ob diese Reaktion der demütigenden Bemerkung ihres Mannes galt oder der peinlichen Tatsache, daß sie keine Bücher las. Anna schlug das Buch auf und vertiefte sich ganz darin.

Der nahezu kahlköpfige, eigensinnige Chemiker war offenbar die schwache Stelle im Panzer der Frau Stolz. Vielleicht waren ihre Herrschsucht und ihr Perfektionismus lediglich ein Mittel, um ihr Selbstbewußtsein zu stärken. Wenn die Frauen unter sich waren, gewann sie ihre Macht zurück. Einen Tag, nachdem Anna ihren Lesehunger offenbart hatte, hielt Frau Stolz den Deckel der Wäschetruhe wie einen Schild vor sich und fragte: »Nimmst du eigentlich sonntags Wäsche mit zu deiner Tante?« »Nein«, sagte Anna erstaunt. »Aber wie kommt es dann, daß du fast nie schmutzige Wäsche hast, nur ab und zu mal ein Kleid...« »Ich besitze nur zwei Kleider.« »...und ab und zu mal Unterwäsche... nie Monatsbinden...« »Monatsbinden? Was ist denn das?« Frau Stolz machte große Augen. Sie ragte über Anna hinaus, die immer kleiner wurde; sie besaß nichts, zwei Kleider, etwas Unterwäsche, sie war ein Niemand. »Du willst mir doch nicht weismachen, du hättest keine Ahnung, was Monatsbinden sind?« »Doch«, sagte Anna, »davon habe ich noch nie etwas gehört.« »Aber du hast doch deine Menstruation?« »Menstr...? Nein.« »Aber jede Frau hat ihre Menstruation, einmal im Monat.« Einen Augenblick lang schwieg Anna verdutzt. »Ich habe nicht das Gefühl, daß mir etwas fehlt«, sagte sie herausfordernd. »Hör mal zu...« Mütterlich besorgt legte Frau Stolz ihre gepflegte, makellose Hand auf Annas Schulter. Mit gedämpfter Stimme, die eine Atmosphäre von Vertraulichkeit beschwören sollte – Anna wurde sofort sehr mißtrauisch –, weihte sie sie in die Geheimnisse des weiblichen Zyklus ein. Das »wir« von Frau Stolz, das sich auf alle Frauen in der ganzen Welt bezog, weckte bei Anna Abscheu. Wenn es zum Frausein gehörte, jeden Monat Blut zu verlieren, wenn auch Frau Stolz jeden Monat Blut verlor, dann war sie stolz darauf, daß ihr Körper dabei nicht mitmachte.

Frau Stolz jedoch vereinbarte für sie einen Termin bei ihrem Gynäkologen. Während der Untersuchung fragte er, wie es käme, daß ihr Jungfernhäutchen nicht intakt sei. »Hatten

145

Sie schon mal was mit einem Mann?« Anna war sich gar nicht bewußt, daß eine Antwort von ihr erwartet wurde. Hartnäckig starrte sie an die Decke – die Risse und Flecken, Formen und Figuren drückten absichtslos etwas aus, dessen Bedeutung sie angestrengt zu erfassen suchte, als Ablenkungsmanöver für das Eindringen von Fingern und Metall in einen Bereich, der zwar ihr gehörte, den sie sich aber auf keine Weise zu eigen machen konnte. Er wiederholte seine Frage. Empört schüttelte sie den Kopf. »Sssst«, beschwichtigte er sie und nickte ihr beruhigend zu, »entspannen Sie sich. Sind Sie früher schon einmal untersucht worden?« »Ja«, flüsterte sie, »damals hat man... versucht, meine Gebärmutter zu drehen.« Die Erinnerung an die damalige Untersuchung drängte sich ihr auf, die Atmosphäre der Heimlichkeit, in der sie sich abgespielt hatte, die Gegenwart des Schreckgespenstes Tante Martha, das in einer Ecke des Behandlungszimmers über ihre Jungfräulichkeit wachte. »Sie haben tatsächlich eine Gebärmutterknickung«, sagte der Arzt, »das läßt sich nur operativ beheben. Außerdem sind die Eierstöcke unterentwickelt, aber dagegen kann man auf jeden Fall etwas tun.« Bei dem animalischen Wort »Eierstock« dachte sie an die Geburt von Ferkeln und Kälbern im Dunst von Heu und Kot, von Schweiß und Mühsal.

Während sie sich hinter einem Vorhang wieder anzog, unterrichtete der Arzt Frau Stolz telefonisch von seinen Befunden. Ihr gegenüber verwendete er schöne, poetische Wörter: Hymen, Uterus, Ovarien, Follikel. Wie schon Jahre zuvor beschlich Anna das unangenehme Gefühl, daß eine wildfremde Frau, die mit ihr in einen unbestimmten Kampf verwickelt war, sich ihre weiblichen Organe aneignete. »Jeden Tag eine«, sagte der Arzt lächelnd. Er drückte ihr ein Rezept in die Hand. »So ein hübsches blondes Mädchen muß doch viele Kinder kriegen können!«

Jeden Tag kontrollierte Frau Stolz, ob Anna ihre Tabletten

einnahm. Sie hatte die völlige Verantwortung für Annas Fruchtbarkeit auf sich genommen, so wie sie es als ihre Pflicht angesehen hatte, ihr das Sticken beizubringen. Anna mußte von innen wie von außen perfekt und tadellos sein, so wie die Scheuerleisten, wenn sie gerade abgestaubt worden waren. Nur Annas Gedanken entzogen sich ihrem allsehenden Auge. Sie merkte nicht, daß unter dem immer dünneren Firnis der Dienstbarkeit eine bis zum Äußersten gereizte Rebellin darauf wartete, daß ihre Zeit käme. Ein paar Monate später, als die Kur zum erstenmal ein zweifelhaftes Resultat bewirkt hatte, betrachtete Frau Stolz das als einen persönlichen Sieg über das Chaos: Gleichzeitig mit der Ordnung in Annas Bauch war auch ein Stück der Weltordnung wiederhergestellt.

Aber es gab noch mehr Personen, die sich – vorerst noch im verborgenen – Sorge um ihre Fruchtbarkeit machten, und das gleichfalls aus einem Ordnungsbedürfnis heraus. Im Sommer verreisten Herr und Frau Stolz für eine Woche und ließen Gitte unter Annas Obhut zurück. Jeden Nachmittag gingen die beiden ins Schwimmbad, die Badetaschen baumelten an ihren Schultern. Über die Dächer und reglosen Baumwipfel spannte sich ein strahlend blauer Himmel. Bei ihrer Rückkehr an einem dieser trägen Nachmittage stand ein fremdes Auto vor dem Haus. Zwei Männer lehnten an den Türen, die Hände in den Hosentaschen, die Augen wegen des Sonnenlichts zusammengekniffen. Als Anna den Schlüssel ins Schloß steckte, kamen sie über den Gartenpfad herbeigeeilt. »Guten Tag, gnädige Frau, könnten wir Sie kurz sprechen?« Anna stieß die Tür auf, Gitte schoß unter ihrem Arm hindurch ins Haus und die Treppe hinauf in ihr Zimmer. In der Diele blieben sie stehen, Anna mit gerunzelter Stirn, die beiden Herren, obwohl ein wenig verlegen, doch ziemlich energisch. »Wissen Sie, wir kommen vom Erbgesundheitsgericht. Sie haben doch eine Hausangestellte, eine gewisse ...«, sie blätterten in ihren Akten, »Anna Bamberg?« »Ja, das stimmt«, sagte Anna herablassend, »was ist denn mit ihr?« »Tja, sehen Sie…«, begannen sie beide gleichzeitig. Sie lächelten sich entschuldigend zu, und dann ergriff der eine das Wort, und der andere beschränkte sich darauf, beifällig zu nicken. »Wir wissen es nicht genau, wir untersuchen es noch, aber diese Anna Bamberg ist doch ein bißchen schwachsinnig?« »Ach«, sagte Anna eisig, »tatsächlich? Sie sieht aber ganz normal aus, diese Angestellte.« »Ja, ja«, bestätigte er, »das kann schon sein, gnädige Frau, aber, bitte verstehen Sie, diese Frau muß sterilisiert werden.« Wieder ein Wort, das sie zum erstenmal hörte, Frau Stolz wüßte sicher, was es bedeutete. Sie ließ sich nichts anmerken: »Warum?« »Na ja, verstehen Sie, wir können nicht… Schwachsinn ist doch erblich; wenn sie Kinder bekäme, wären die ja auch schwachsinnig.« Aus ihrer Brust stieg ein Lachreiz auf. »Wie kommen Sie darauf, daß mit Anna…« »Ist Ihnen denn nichts an ihr aufgefallen?« »Nein.« »Hier, sehen Sie«, der Mann hielt die Akte wie eine Trophäe hoch, »das steht alles in der Vormundschaftsakte.«

Während sie sich anhörte, was er zu sagen hatte, war sie sich bewußt, wie bizarr und unwirklich die ganze Szene war – in den Augen der Besucher war sie die Hausherrin, von der erwartet wurde, daß sie sich in ihrer Diele wohl fühlte, zugleich aber sprach sie von sich selbst wie von einer abwesenden Dritten, einer abstrakten Person.

Die Herren waren beim Vormundschaftsgericht gewesen und hatten die Mündelakte gelesen, die sie selbst unterschrieben hatte. Der Teil, den sie damals nicht gelesen hatte, umfaßte die vorgeschriebenen jährlichen Berichte von Onkel Heinrich, in denen er sich dafür verantworten mußte, daß er Anna Bamberg, Tochter des Soundso, zu Hause auf dem Hof behielt. Jedes Jahr hatte er gewissenhaft ausgefüllt, daß das Kind, für das er seit dem Tod des Großvaters als Vormund eingesetzt war, schwachsinnig und von zu zarter Gesundheit war, um eine Ausbildung zu machen oder sich eine Stelle zu suchen. Das stand da so sachlich, so unverblümt und jedes Jahr in den gleichen Worten, daß bei der Vormundschaftsbehörde keiner je auf die Idee gekommen war, das Sorgenkind einmal persönlich in Augenschein zu nehmen.

Da war es zu lesen, schwarz auf weiß, in der bekannten Kalligraphie: Anna Bamberg ist schwachsinnig und von zarter Gesundheit. Ein einziger Satz vernichtete sie, zerstörte das einzige, was sie, neben zwei Kleidern und etwas Unterwäsche, besaß: daß sie, als Tochter von Johann Bamberg, mit einem scharfen Verstand und einem Papageiengedächtnis begabt war. Die Diele war zu klein für die Explosion in ihrem Kopf – die Explosion jener Wut mit rückwirkender Kraft, die in Ermangelung eines Ziels nirgendwohin konnte. Die Badetasche, die noch immer über ihrer Schulter hing, glitt zu Boden. Sie schaffte es, ihren Zorn zu bändigen und in unterkühlter Form gegen die Beamten zu richten. »Meine Herren, Anna Bamberg steht hier vor Ihnen. Ich bin das kränkliche, schwachsinnige Mädchen, das Sie suchen. Was möchten Sie wissen? Wieviel sechs mal zwölf ist? Von wann bis wann der Dreißigjährige Krieg gedauert hat? Soll ich ein Diktat schreiben? Nun, was ist?« Erschrocken wichen die Beamten zurück. Eines der Schriftstücke fiel zu Boden – sie hatten nicht den Mut, sich zu bücken und es aufzuheben. »Nun, was ist? Mir reicht es jetzt. Mir reicht es gründlich. Wenn mein Onkel so etwas in die Mündelakte geschrieben hat, dann nur deshalb, weil er mich all die Jahre als Arbeitskraft ausgenutzt hat – in den Ställen, auf dem Feld, umsonst, tagaus, tagein, jahraus, jahrein, ohne Ende. Weil er mich geschlagen hat, weil er zugelassen hat, daß seine Frau mich terrorisierte und weil Ihre nette Aufsichtsbehörde ihm die ganze Zeit geglaubt hat! Der Herr Richter, der hier oben auf der Akte steht – warum ist er nie auf die Idee gekommen, zu überprüfen, ob das alles auch stimmt? Und jetzt wollen Sie mich auch noch sterilisieren. Mir reicht's, ich habe die Nase gestrichen voll!«

Einer der beiden Männer versuchte mit einem schreckhaften Blick über die Schulter zu erforschen, in welcher Höhe sich die Türklinke befand. Der andere lächelte nervös und hob rasch das Schriftstück auf. »Entschuldigung, Entschuldigung...«, murmelten sie und bewegten sich rückwärts zur Tür, »wir haben nicht gewußt, daß...« Und schon waren sie verschwunden. Ihrer Erschütterung ausgeliefert, die viel zu groß und viel zu heftig war für sie allein, blieb sie in der Diele zurück. Sie hörte das Auto starten und wegfahren. Ihr war übel, sie war angewidert von den beiden einfältigen Tölpeln, die ihr die Unglücksbotschaft überbracht hatten, die ganze Geschichte war so ekelhaft, daß sie das unwiderstehliche Bedürfnis hatte, etwas Gewalttätiges zu tun, etwas zu zerstören, das allgemein respektiert und geschätzt wurde, irgend etwas zu demolieren, egal, was. Aber es war zu warm, erst jetzt fiel ihr auf, daß es für alles zu warm war. Das Kleid klebte ihr am Körper, es war zu warm, um über irgend etwas nachzudenken. Dabei war das, was sie gerne zerschlagen hätte, in Reichweite: sämtliche Gegenstände ringsum; die Einrichtung mit ihrer zwanghaften preußischen Ordnung wäre genau das richtige Ziel gewesen. Sie ließ sich ausgestreckt in einen Sessel fallen und schaute mit leblosem Blick in dem penibel sauberen Zimmer umher. Aber sie spürte nicht den geringsten Antrieb, die stumpfsinnige Akkuratesse ließ sie kalt, alles ließ sie kalt, es war ihr gleichgültig. Die Wut implodierte unter ihrer Schädeldecke, die Erregung ließ langsam nach, leer und erschöpft sah sie sich im Zimmer um, das ihr vollkommen fremd war, obwohl sie hier schon tausendmal Staub gewischt, geschrubbt und gebohnert hatte.

Schließlich setzte das Wort »sterilisieren« sie wieder in Bewegung. Sie stand lustlos auf, ging zum Bücherschrank und zog ohne hinzusehen das Wörterbuch heraus. »Unfruchtbar machen.« Ihre Eierstöcke, die sich dank dem Kampfgeist von Frau Stolz gerade einigermaßen entwickelten, sollten also im Auftrag des Erbgesundheitsgerichts wieder in ihren alten Zustand versetzt oder sicherheitshalber ganz entfernt werden. Das Gericht wollte also dafür sorgen, daß keine schwachsinnigen Kinder mehr auf die Welt kamen. Aber das ist doch idiotisch, sagte sie sich, es ist genauso verrückt, wie nicht zu dulden, daß irgendwo auf den Scheuerleisten, aus welchem Grund auch immer, auf einem Stück von einem halben Meter ein bißchen Staub liegenbleibt.

9

Der Tag begann mit einem blankgefegten Himmel und glei-
ßendem Sonnenschein. Der Schnee blendete so sehr, daß es
in den Augen schmerzte. Das Leben in Spa kehrte sich nach
außen. Auf dem Place Royale, gegenüber dem Thermalbad,
herrschte reger Verkehr – aus Nachholbedarf? Als sie sich bei
den Umkleidekabinen begegneten, schlug Anna für den
Nachmittag einen gemeinsamen Spaziergang vor. Vielleicht
zu einer der Quellen – falls sie das noch schafften in ihrem Alter, mit ihren klapprigen Gelenken, trotz Schnee, hügeligem
Gelände und und und. Lotte war Annas Selbstironie nicht gewachsen.

Beide mit einem Stock ausgestattet, kamen sie am Pouhon
Pierre-le-Grand vorbei. Sie blieben kurz stehen und warfen
einen Blick durch das Gebäude – durch die hohen, bogenför-
migen Fenster über der Tür konnte man in das Haus hinein-
schauen, und durch bleiverglaste Fenster, die vor der tiefste-
henden Sonne in Pastellfarben aufleuchteten, blickte man
wieder hinaus. Sie hatten sich darauf geeinigt, bei der Fon-
taine de la Sauvenière anzufangen, der ältesten Quelle Spas,
aber nicht durch den Wald zu gehen mit den schwer begeh-
baren Spazierpfaden, die so idyllische Namen wie *Promenade
des Artistes* und *Promenade des Hêtres* trugen, sondern einfach
die Straße nach Francorchamps zu nehmen, damit sie sich
nicht verlaufen konnten. Bei den gemeinsamen Überlegungen entdeckte jede bei der anderen insgeheim die gleiche
Ängstlichkeit und den gleichen Reichtum an Phantasie, wenn
es darum ging, was ihnen unterwegs alles zustoßen könnte.
Lag das am Alter, oder war es ein Familienmerkmal?

Auf den Ästen der Bäume lag kein Schnee mehr. Die Straße führte stetig bergan, und sie kämpften sich mühsam vorwärts. Anna keuchte beängstigend. Lotte litt nicht unter Kurzatmigkeit; nicht ohne Genugtuung registrierte sie diesen kleinen Unterschied: Gemessen an Annas unerschöpflicher Vitalität war sie sich sonst schwach und matt vorgekommen. Sofort schämte sie sich ihrer Gedanken. Sie stand doch nicht im Wettstreit mit dieser Frau, die ihre Schwester war? »Laß uns mal eine Verschnaufpause einlegen.« Anna legte die Hand auf Lottes Arm. Sie blieben am Straßenrand stehen; ab und an zuckelte ein Auto durch den schmelzenden Schnee. Seite an Seite standen sie da und betrachteten die Landschaft mit den weißen Hügeln, die sich still und regungslos vor ihnen erstreckte, als entstammte sie ihrer Phantasie.

»Um die Sauvenièrequelle rankt sich eine Legende«, sagte Anna. »Sankt Remaklus, Spas Schutzheiliger, soll beim Beten an dieser Quelle eingeschlafen sein. Um ihm einen Denkzettel zu verpassen, ließ Gott seinen Fuß in den Boden sinken, wo er einen Abdruck im Gestein hinterließ. Seit dem späten Mittelalter brachten frisch verheiratete Männer ihre Frau zu der Quelle, weil es hieß, sie fördere die Fruchtbarkeit. Wenn die Braut ihren Fuß in den Abdruck des heiligen Remaklus stellte und Wasser aus der Quelle trank, würde sie ganz bestimmt mit zahlreichem Nachwuchs gesegnet werden. 'ne schöne Geschichte, nicht?« Sie lachte. »Vielleicht waren ja Hormone im Quellwasser!«

»Im Mittelalter war das natürlich ein schlauer Trick, um die Leute zur Quelle zu locken«, sagte Lotte.

Sie setzten ihren Weg fort. Die Straße stieg noch immer an.

»Das ist ja fast, als würden wir den Berg Golgatha besteigen«, seufzte Anna.

Die Straße führte jetzt durch einen Buchenwald. Zu beiden Seiten ragten glatte, dunkle Stämme auf. Links klaffte ein tiefer Graben, in dem ein Bach plätscherte; schwarz schlängelte er sich durch den Schnee. Bis auf ein paar vorbeifahrende Autos waren sie zum erstenmal ganz allein. Viel mehr als die öffentlichen Räume, in denen sie sich bisher getroffen hatten, betonte diese Einsamkeit ihr Zusammensein. Nur sie beide, in den Ardennen; irgendwo in diesen Wäldern, diesen Bergen, waren Ost und West aneinandergeraten, zweimal.

»Ach, meine armen Füße«, sagte Anna.

Ein kleines, sechseckiges Spitzdach kam in ihr Blickfeld, etwas unterhalb der Straße. Im Boden war eine kleine Öffnung, in der bräunliches Wasser stand – das Häuschen diente offenbar zum Schutz des Heiligtums. Auch der Fußabdruck war zu erkennen in dem harten Felsboden, unmittelbar neben einem Wasserhahn, aus dem sie nicht zu trinken wagten. Die Quelle hatten sie sich ganz anders vorgestellt, Wasser, das direkt aus der Erde sprudelte; hier aber schien sich alles im verborgenen abzuspielen, tief unter dem lächerlichen Gebilde, das eher auf einen katholischen Friedhof gepaßt hätte.

»Das dürfte dem heiligen Remaklus wohl peinlich sein«, sagte Anna enttäuscht.

»Die Gaststätte ist geschlossen«, Lotte deutete mit dem Kopf auf ein Ausflugslokal, das einen dunklen, verlassenen Eindruck machte.

»An zwei alten Frauen kann man nichts verdienen«, sagte Anna, »na ja, wenigstens haben sie hier ein Mäuerchen für uns gebaut, gönnen wir doch unseren armen Füßen eine kleine Pause.«

Das also war das Ziel der Pilgerfahrt, die ihre Gelenke in Brand gesteckt hatte: ein Ort bar jeder Romantik, gleich neben der Straße, angepaßt an die Erfordernisse des Fremdenverkehrs.

»Wenn es bei uns in der Gegend so eine Fruchtbarkeitsquelle gegeben hätte«, Anna kicherte in sich hinein, »hätte ich das Wasser damals bestimmt literweise getrunken.«

»Aber diese Pillen haben doch gewirkt?«

»Ach«, sie machte eine abwehrende Handbewegung, als wollte sie den Gedanken verjagen wie eine Fliege, »diese ganze Frauensache, wenn ich es mal so nennen darf, hat sich bei mir nie richtig eingependelt. Einen normalen Zyklus hatte ich nie. Und meine Gebärmutter kam auch nie an den rechten Platz: Jahre nach dem Krieg hat sich anhand von Röntgenbildern herausgestellt, daß sich in der Zeit des Wachstums durch die ganze Schlepperei auf dem Bauernhof meine Wirbelsäule zu tief ins Becken geschoben hat. Sonst wäre ich sicher zehn Zentimeter größer, so wie du.«

Lotte sah das Gruppenbild mit ihren Kindern und Enkelkindern vor sich, das zu ihrem siebzigsten Geburtstag aufgenommen worden war, ein Foto randvoll mit Nachkommen. Sie fühlte sich schuldig, aber nur für einen kurzen Augenblick; bei der Vorstellung, sie hätten die Rollen getauscht, verspürte sie Unbehagen. In gewissem Sinne hatte Anna damals für zwei geschuftet. Mit einer gesunden Lunge wäre auch Lotte im Haus ihres Großvaters aufgewachsen, und sie hätten sich die Arbeit geteilt. Ein schwindelerregender Gedanke, eine unbegreifliche Willkür: Wenn sich Anna mit Tbc angesteckt hätte und nicht sie, wäre alles andersherum gewesen. Hätte sie dann die gleichen Entscheidungen getroffen? Verunsichert blickte sie auf das Profil neben sich. Von all den Gedanken, wie es im umgekehrten Fall gewesen wäre, ging ein bedrohlicher Sog aus. Die Relationen mußten gewahrt bleiben. »Vertrau nie einem Mof – einmal Mof, immer Mof«, pflegte ihr holländischer Vater zu sagen, dem man allerdings auch nicht über den Weg trauen konnte. Im Krieg hatte man sorgfältig unterschieden zwischen Leuten, die vertrauenswürdig waren, und Leuten, denen man nicht vertrauen konnte. Das war lebensnotwendig, ohne diese strenge Einteilung ihrer Mitmenschen wären sie nicht durchgekommen. Jemand war »fout« oder »goed«: Er war ein Kollaborateur, oder er war es nicht. Diese Klassifizierung war nach dem Krieg nicht plötzlich verschwunden; man erwähnte sie jetzt lediglich in der Vergangenheitsform.

»Laß uns gehen«, sie fröstelte, »mir wird kalt.«

Sie machten sich wieder auf den Weg, obwohl ihre schmerzenden Gelenke protestierten. Die Sonne war hinter den Bäumen verschwunden; ihr Widerschein in den Wolken warf ein rosiges Licht auf die beschneiten Felder. Am Ortseingang von Spa ragte zur Rechten die Silhouette eines alten Chalets hinter den Bäumen auf. Lotte blieb stehen.

»Schau doch«, sagte sie, »was für ein wunderbares Haus.«

»Eine Ruine«, bemerkte Anna kühl.

»Diese Schnitzereien...« Lotte stellte sich an den Rand der Böschung. Das Haus, das dunkel und geheimnisvoll in der Abenddämmerung stand, schien aus Traumelementen erbaut. Es war hoch und quadratisch; jeder Stock war mit einem Balkon aus dunkelbraun gebeiztem Holz über die ganze Breite ausgestattet, und alle Balkone waren durch Holztreppen miteinander verbunden. Flügeltüren mit Läden aus feinem Holzgitter im Rautenmuster führten auf die Balkone. Die breit überhängenden Dachränder waren mit filigranem Schnitzwerk verziert. Lotte malte sich aus, wie herrlich es gewesen sein mußte, in diesem Haus aufzuwachen, die Türen aufzustoßen, barfuß hinauszutreten und in der frühen Morgensonne über den Garten zu blicken. Für dieses gute Leben schien das Haus bestraft worden zu sein. Hinter zerbrochenen Fensterscheiben gähnten schwarze Löcher, die Läden hingen schief in den Angeln, Teile der abgesackten Treppen waren offenbar längst verheizt worden.

»Ein Haus wie aus einer Erzählung von Tschechow«, seufzte Lotte.

»Ein Haus von reichen Leuten, die selbst nie ein Staubtuch in die Hand genommen haben«, verbesserte sie Anna, »das arme Dienstmädchen, das in so einem Kasten putzen mußte.«

»Sie lassen es einfach verfallen«, sagte Lotte entrüstet.

»Wer kann sich heute noch so ein Haus leisten – die Heiz-kosten, die Instandhaltung, das Personal.«

Annas Pragmatismus ärgerte Lotte. Es klang wie: endlich Gerechtigkeit. »Alles, was schön ist, verschwindet«, klagte sie.

»Komm, meine Liebe.« Anna ging energisch weiter. Dieses Lamento wegen eines alten Hauses, das bald einstürzen würde. Sie, Anna, war auch alt, auch bei ihr war alles aus dem Lot.

Wortlos gingen sie nebeneinander her. In Annas Schwei-gen lag ein Tadel, Lotte spürte es bei jedem Schritt. Die Be-bauung wurde dichter, hier und da war der Bürgersteig ge-fegt. Spa nahm sie wieder auf; die beleuchteten Geschäfte, die belebten Straßen hatten etwas Beruhigendes. Sie setzten sich in eine Konditorei am Place Albert 1 und bestellten sich Bai-sertörtchen mit Birnen. Im Hintergrund erklang ein Potpourri bekannter Melodien.

Lotte sah auf. Ihr Blick verriet ein Wiedererkennen. »Ist das nicht… ›Lili Marlen‹?«

»Der Hit aus der Kriegszeit«, sagte Anna schmunzelnd.

»Ja… ich kann mich noch gut erinnern, wie sie Furore ge-macht hat, die Marlene Dietrich. Die hat alles kommen sehen und Deutschland rechtzeitig verlassen.«

»Du meinst wohl, sie konnte in Hollywood Karriere ma-chen.«

Wieder diese Skepsis. Ohne zu ahnen, welches Feuer sie schürte, sagte Lotte gereizt: »Ich kann es bis heute nicht be-greifen, daß es keiner von euch vorhergesehen hat. Bei uns hätte Hitler keinen Fuß auf den Boden bekommen, trotz der Wirtschaftskrise.«

»Euch hatte man ja auch nicht das Selbstwertgefühl ge-nommen. Er, dieser Popanz, hat es uns wiedergegeben. Mit seinen Aufmärschen, mit den Parteitagen, den Reden. Mit der beeindruckendsten Olympiade aller Zeiten. Die Auslän-der haben auf der Tribüne gejubelt, und Herr Hitler war Gastgeber für die ganze Welt. Damals hat keiner zu ihm gesagt: Du taugst nichts. Alle sind sie gekommen. Und dann die Zeitungen, die Illustrierten, das Radio, die Wochenschau – überall nur die eine Botschaft, man hörte und sah nichts anderes. Man hat es in sich aufgenommen, jeden Tag, es gab nur eine Lesart, es hat sich ins Unterbewußtsein geschlichen wie heute die Werbung. Langsam, aber sicher hat es sich immer mehr in unsere Köpfe eingeschliffen. Ach, du kannst dir das ja gar nicht vorstellen.«

Anna seufzte. Mit einer heftigen Bewegung stieß sie ihre Gabel in das Törtchen.

»Die Industrie florierte. Die Jugendlichen trieben sich nicht auf der Straße herum – sie waren in der Hitlerjugend und kamen frisch und munter in die Schule. Sie bekamen eine vormilitärische Ausbildung, damit sie später gute Soldaten wurden. Als der Krieg ausbrach, waren sie schon an Lager und Disziplin gewöhnt; alles war bereits geplant, aber keiner hat es gewußt. Viele Mädchen wurden Blitzmädel bei der Wehrmacht. Und dann gab es im BDM die Abteilung ›Glaube und Schönheit‹ – dort lernten die älteren Mädchen rhythmische Gymnastik, Tanzen, Singen, Musizieren: So zogen die Nazis auch die anspruchsvolleren jungen Leute auf ihre Seite. Es war eine wohlgeordnete, saubere, phantastische Welt.«

Anna hatte das alles zwar in ironischem Ton gesagt, aber so laut, daß Lotte beschwörend die Hände hob und sich scheu nach allen Seiten umblickte.

»Nun begreif es doch endlich mal«, fuhr Anna mit unverminderter Lautstärke fort, »ich stoße immer nur auf Widerstand bei dir. Die Mütter brauchten sich keine Sorgen um ihre Kinder zu machen, die Jugendlichen trieben sich nicht gelangweilt herum, es gab keine Drogensüchtigen, wir hatten nicht so einen Saustall wie heute. Von den Leuten in meinem Alter, die damals dabeigewesen sind, träumen die meisten noch heute davon. Du müßtest dich mal mit einer ehemaligen

BDM-Führerin oder einer Maidenführerin vom Arbeitsdienst unterhalten, dir würden die Haare zu Berge stehen: Für sie war das ihre Jugend, die beste Zeit ihres Lebens, einfach wunderschön!«

Lotte starrte sie an. Es war, als würde Anna während ihrer Lobeshymne immer größer, als nähme sie – mit der Kuchengabel in der Hand – monströse Ausmaße an. Diese Aufgeblasenheit, diese *wunderschöne*, verhängnisvolle Begeisterung der Vorkriegszeit erfüllte die ganze Konditorei.

»Es gab aber doch auch Ausnahmen, Leute, die nicht den Verstand verloren haben!« Lotte redete gegen den Wind, die Worte wurden ihr ins Gesicht zurückgeweht, so schwach fühlte sie sich in ihrer Abwehr. »Es gibt doch in jedem Volk Ausnahmen, auch wenn fast jeder den Verstand verloren hat.«

»Sicherlich. Aber die politische Opposition hatten sie ja schon gleich am Anfang aus dem Weg geräumt, das weißt du doch, ihre Gegner haben sie gründlich beseitigt. Die noch übrig waren, die Intellektuellen, die Nachdenklichen, Leute, die Kontakte ins Ausland hatten und dadurch auch an andere Informationen kamen, oder jemand wie Onkel Heinrich, der intuitiv dagegen war: Sie alle waren in großer Gefahr, wenn sie den Mund aufmachten. Deshalb hörte man keinen Widerspruch. Alle Hände waren in dieselbe Richtung ausgestreckt, in die eine Richtung…«

»Aber du, Anna, warum hast du nichts unternommen?«

»Ich war ein Dienstmädchen, das Dienstmädchen von, jemand, der nicht mitzählt. Ich mußte immer für die gnädige Frau da sein; wenn sie etwas von mir wollte, mußte ich springen. Hitler war mir zwar unsympathisch, aber sonst war mir alles recht – im Grunde genommen war es mir egal.«

Lotte stieg das Blut in den Kopf. Irgendwie wurde Anna immer ungreifbarer – trotz ihrer vordergründigen Offenheit zog sie sich hinter eine Nebelwand zurück. Aber Lotte ließ sich nichts vormachen.

»Und die Juden«, sagte sie in scharfem Ton, »ihr plötzliches Verschwinden, die Kristallnacht?«

»Die offizielle Antwort war: Wir haben sie in Schutzhaft genommen, sonst wären sie dem Volkszorn zum Opfer gefallen. Die Juden sind unser Unglück, sie sind an der ganzen Misere schuld: am Ersten Weltkrieg, am Schandvertrag von Versailles, an der Wirtschaftskrise, an der entarteten Kunst. Das steckt sogar heute noch in manchen Köpfen, so sehr wurde uns das damals eingehämmert. Hör mal, Lotte —«

Anna beugte sich über den Tisch, ganz nah zu ihrer Schwester. Ein Baiserkrümel klebte an ihrer Oberlippe. Lotte hatte das Gefühl, dieses winzige Flöckchen Eischnee repräsentierte die letzten Gegner des Naziregimes – da zeigte sich auch schon eine dicke, glatte Zunge und leckte es von dem unsicheren Platz auf der Lippe weg.

»Hör mal, du kannst diese Fragen nur stellen, weil du weißt, was alles geschehen ist. Wir wußten damals nicht, wohin es führen würde, also haben wir solche Fragen nicht gestellt. Warum siehst du mich denn so an?«

»Wir haben es nicht gewußt, wie lange hören wir das jetzt schon.«

Anna zerdrückte mit ihrer Kuchengabel den Boden des Törtchens; offenbar war sie wütend. Das Gemansche ging Lotte auf die Nerven, es fehlte nicht viel, und sie wäre auch wütend geworden.

»Ihr könnt immer nur mit dem Finger auf uns zeigen«, sagte Anna schnippisch, »und das nun schon seit fünfundvierzig Jahren, ihr macht es euch leicht. Warum hat das deutsche Volk es zugelassen, ruft ihr. Aber ich drehe den Spieß um und frage: Warum habt ihr im Westen es zugelassen? Ihr habt tatenlos zugesehen, wie wir uns wiederbewaffnet haben – schon damals hättet ihr mit dem Versailler Vertrag in der Hand eingreifen können. Ihr habt uns ohne Widerstand ins Rheinland und in Österreich einmarschieren lassen. Und dann habt ihr die Tschechoslowakei an uns verhökert. Die deutschen Emigranten in Frankreich, England und Amerika haben euch gewarnt. Keiner hat auf sie gehört. Warum haben sie diesen Verrückten nicht aufgehalten, als es noch Zeit war? Warum haben sie uns unserem Schicksal überlassen, uns einem Diktator ausgeliefert?«

»Ach so, wir sind also an allem schuld!«

»Ich frage dich nur, warum.«

Lottes Augen funkelten. »Du verstehst es ja wirklich hervorragend, den Spieß umzudrehen, Anna«, sagte sie und lachte feindselig auf, »das ist wirklich das haarsträubendste Argument, das ich jemals gehört habe, um die Deutschen von ihrer Schuld freizusprechen.« Wütend stand sie auf. »Laß nur, ich zahle«, sagte sie von oben herab. Sie nahm ihren Mantel von der Stuhllehne und ging schwankend zu der jungen Frau an der Kasse. Jetzt machten sich die Folgen des Spaziergangs unangenehm in den Waden bemerkbar.

Anna stand in Panik auf. Warum war Lotte plötzlich so eingeschnappt? In aller Aufrichtigkeit hatte sie einige Gedanken geäußert. Sie hatte sich das doch nicht aus den Fingern gesogen: Der Stapel Bücher, den sie gelesen hatte, um all die grausigen Muster zu ergründen, war so hoch, daß man nicht darüberschauen konnte. Sie zweifelte, ob Lotte sich je die Mühe gemacht hatte, sich so gründlich mit dem Thema zu befassen.

»Lotte«, rief sie, »warte doch!«

»Ich bin müde«, sagte ihre Schwester über die Schulter hinweg. Plötzlich sah sie sehr alt und zerbrechlich aus. »Ich glaube, ich bin wirklich sehr müde.«

10

Als die Tür der Konditorei hinter Lotte zufiel, nahm Anna hastig ihren Wintermantel von der Stuhllehne. Sie hatte Beklemmungen bekommen zwischen all den Damen – der Zigarettenrauch machte ihr zu schaffen, und mit ihren mühsam errungenen Einsichten stieß sie bei der einzigen Person, die sie überzeugen wollte, nur auf Unwillen und Unverständnis. Es war ein einziges großes Mißverständnis. Sie zwängte sich zwischen zwei Stühlen hindurch zur Kasse. Lotte hatte für sie mitbezahlt – wollte sie so ihren überstürzten Aufbruch rechtfertigen? Anna trat hinaus in den Schnee; sie versuchte tief durchzuatmen, aber sie hatte das Gefühl, als sei ihre Lunge geschrumpft. Ihr Herz klopfte schnell und unregelmäßig. Hier, in diesem Augenblick, könnte es geschehen, ganz plötzlich, und die Differenz mit Lotte würde nie mehr beigelegt. Sie ging mit langsamen Schritten und versuchte, ihren Atem unter Kontrolle zu bringen; vielleicht war das plötzliche Gefühl von Vergeblichkeit an ihrer Beklemmung schuld.

Lotte atmete auf. Die Sabotage, die sie soeben begangen hatte, erleichterte sie, sie fühlte sich befreit. Sie hatte sich viel zu sehr von Anna einwickeln lassen, aber jetzt war die Grenze ihres Einfühlungsvermögens erreicht. Das Ganze kam ihr wie ein Scheingefecht vor. Sie warfen sich tausendmal gehörte, abgedroschene Argumente an den Kopf, die scheinbar den Kern ihres fundamentalen Gegensatzes trafen, während es im Grunde um etwas viel Größeres ging. Etwas, das sich der Wahrnehmung entzog, sobald man es mit einem Fernglas näher heranzuholen versuchte.

Am nächsten Morgen kamen sie gleichzeitig beim Thermalbad an, mit dem Unterschied, daß Lotte am Fuß der Treppe stand, während Anna aus unerfindlichen Gründen auf der gegenüberliegenden Straßenseite wartete, bis eine Militärkolonne vorbeigefahren war. Sie hatte dort doch nicht etwa Ausschau nach ihr gehalten? Lotte hätte sie nicht bemerkt, wenn sie nicht gewinkt und gerufen hätte, zwischen den Fahrzeugen durch, die langsam in Richtung Westen fuhren. Lotte blieb stehen. Sie hatte in der Nacht wunderbar geschlafen, nachdem sie den Entschluß gefaßt hatte, sich von Anna nicht mehr aus der Fassung bringen zu lassen. Und jetzt stand Anna dort und winkte, immer wieder verschwand sie hinter einem Jeep, einem Panzer, einem Sanitätswagen. Die Kolonne nahm kein Ende; mit der ihr eigenen Logik zog sie an Anna vorbei. Unter Helmen martialische Gesichter, Mienen, als hätten die Soldaten Spa soeben mit Gewalt eingenommen, nur um hindurchfahren zu können. Lotte mußte lachen. Sie sah, daß Anna auf der anderen Seite auch lachte. Entdeckten sie beide im gleichen Augenblick, daß es nicht mehr als eine Farce war, was sie voneinander trennte? Als der letzte Panzer mit Tarnanstrich vorbeigefahren war, überquerte Anna kopfschüttelnd die Straße.

Als ob am Tag zuvor nichts Besonderes vorgefallen wäre, stützten sie sich gegenseitig auf der Treppe. Es schien so, als sei am Vortag etwas Heikles aus der Welt geschafft worden – wer kennt schon die verschlungenen Wege des menschlichen Geistes. Später trafen sie sich in einem der Flure wieder. Auf einer langen weißen Bank unterhielten sie sich wie routinierte Kurgäste über die Wirkung der verschiedenen Bäder auf ihre Muskeln und Gelenke. Nachdem sich der Körper nun darauf eingestellt hatte, müßte langsam eine Linderung der Beschwerden spürbar werden. Sie beschlossen, sich am Abend in einem Restaurant gegenüber dem Pouhon Pierre-le-Grand zu treffen. Anna, deren scharfem Blick kaum etwas entging, fand, daß das Lokal gemütlich und nicht zu teuer aussah.

Lottes Vater war nach seiner Krankheit nicht mehr der alte. Das Thrombosebein behielt bei jedem Schritt etwas Schleppendes. Manchmal schlug sein Herz plötzlich ohne jeden Anlaß schneller. Dann griff er sich an die Brust: Nun war es endgültig so weit, jetzt müßte er sterben. Die Geste rief bei jedem die alte Angst wach. Das Gespräch verstummte, die Musik wurde ausgeschaltet, ein Fenster aufgeschoben – obwohl sie wußten, daß er sein Herzklopfen mißbrauchte und gelegentlich auch simulierte, wenn es ihm nicht gelang, auf andere Art die Aufmerksamkeit auf sich zu ziehen. Während seiner langen Krankheit hatte er immer im Mittelpunkt gestanden, seine Frau hatte sich nur ihm gewidmet wie im Frühling ihrer Ehe, als sie noch nicht durch die Kinder abgelenkt wurden. Nach seiner Genesung waren die jüngsten nach Hause zurückgekehrt, und er verfiel noch mehr als zuvor in das alte Muster, die Kinder (ihre Kinder) mit ungerechtfertigten Forderungen und Strafmaßnahmen zu quälen. Es war die einfachste Art, Streit mit seiner Frau zu bekommen; bei der Versöhnung gewann er wenigstens für kurze Zeit das alleinige Recht auf sie zurück. Statt dankbar zu sein, daß er drei Todesursachen überlebt hatte, war er verbittert, als genügte das wiedergewonnene Leben in nichts seinen Erwartungen. Er gewöhnte sich außerdem an, abfällig zu schnauben, zuerst durch das eine Nasenloch, dann durch das andere – nicht einmal der Geruch seines zweiten Lebens paßte ihm.

Das Schnauben ging Lotte auf die Nerven, sie hörte es überall. Hinter geschlossenen Türen in leeren Zimmern, am Ende des Flurs, hinter jeder Ecke, nachts durch die Wände der Schlafzimmer. Sie träumte davon, diesem Vater zu entkommen und damit der Disharmonie, die er mit unerschöpflichem Einfallsreichtum stets von neuem und auf immer andere Art in die Familie trug. Auch von seiner ewigen Nörgelei wäre sie gern erlöst gewesen. Er nörgelte über Ministerpräsident Colijn, der die Wirtschaftskrise bekämpfen wollte, indem er die Arbeitslosenunterstützung und die Beamtenbezüge senkte. Ihr Vater merkte das vor allem daran, daß seine Plattensammlung viel langsamer zunahm. Er nörgelte über die kommunistische Partei, die an alle anderen Parteien appelliert hatte, die politischen Differenzen dem gemeinsamen Kampf gegen die NSB, die nationalsozialistische Bewegung, unterzuordnen. Nun konnte er nicht einmal mehr gegen Pfaffen und Calvinisten vom Leder ziehen! Er nörgelte über Hitler, der anfangs einfach ein nicht ernstzunehmender Narr gewesen war, allmählich aber den Status eines gefährlichen Irren bekam. Er nörgelte über das deutsche Volk, das hinter diesem gefährlichen Irren her marschierte, wobei er der Einfachheit halber ignorierte, daß seine Mutter wie auch seine Vorfahren mütterlicherseits Deutsche waren – und auch seine musikalische Nichte. Er stürzte sich unter heftigem Schnauben auf die Zeitung, sobald sie in den Briefkasten gefallen war, und gab sie nicht mehr aus der Hand, wie ein Hund, der einen Knochen zwischen den Zähnen hat. Je mehr er gegen das deutsche Volk wetterte, desto sympathischer wurde Lotte dieses Volk. Jede seiner abfälligen Äußerungen erfüllte sie mit noch größerer Sehnsucht, Anna wiederzusehen. Wenn ihr Vater so wenig von den Deutschen hielt, dann wollte sie zu ihnen gehören.

Theo de Zwaan, Maries Verlobter, ging trotzdem mit zwei Freunden nach Deutschland, denn es hieß, dort gäbe es Arbeit im Überfluß. Schon nach zwei Wochen war er wieder zurück. Statt Geld zu verdienen, hatte er seine gesamten Ersparnisse für eine Leica ausgegeben, die wie eine Kriegstrophäe auf seiner Brust ruhte. »Wie kannst du nur«, schimpfte Lottes Mutter, »wir kaufen aus Prinzip keine deutschen Waren, und du bringst eine sündhaft teure Leica an.« Aber er konnte sich nicht einmal freuen über die Anschaffung, eher schien sie eine Art Pflaster auf einer Wunde zu sein. Er war bedrückt und sehr wortkarg. Ja, Arbeit gäbe es genug, aber in diesem

Land hätte er nichts zu suchen. Die Hälfte der Leute trage eine Uniform, sogar die Kinder, es herrsche eine abstoßende Begeisterung über den Anschluß Österreichs, überall hingen Fahnen, Transparente und Plakate mit der Aufschrift »Ein Volk – Ein Reich – Ein Führer«. Er habe es mit eigenen Augen gesehen und wolle nichts damit zu schaffen haben. »Das hätte ich dir gleich sagen können«, bemerkte sein Schwiegervater in spe, »dann hättest du dir die ganze Reise sparen können.« Lotte mißtraute dem Überbringer dieser schlechten Nachricht. Wahrscheinlich hatte ihn niemand einstellen wollen, man sah ja schon von weitem, was für eine Pfeife er war. Seine Erfahrungen in Deutschland waren natürlich von seiner Enttäuschung geprägt, es sprach nur für das Land, daß sie nicht einfach jeden nahmen.

Als Genugtuung verlangte Theo, daß sein Apparat hervorragende Fotos machte. Er bat Jet und Lotte, seine Versuchskaninchen zu sein. Weil ihn keine von beiden ernst nahm, zogen sie zum Spaß Männerhosen und Sakkos an und setzten sich Herrenhüte auf. Mit grell geschminkten Lippen ließen sie sich beim Wasserturm verewigen. In männlicher Pose, die Schultern aneinandergelehnt, ein Zigarillo im Mund; wie Greta Garbo mit dem Blick einer Sphinx in die Kamera starrend; als Marlene-Dietrich-Imitation – *Ich bin von Kopf bis Fuß auf Liebe eingestellt.* Zum Schluß konnten sie sich vor Lachen nicht mehr halten. Phlegmatisch wie immer, auch beim Einstellen von Blende und Belichtung, machte Theo seine Bilder. Die mondänen, frivolen, lässigen, unabhängigen Frauen, die Lotte und Jet nach dem Entwickeln von den winzigen Fotos mit den gezackten Rändern anblickten, weckten ihre Neugier. Waren das tatsächlich sie? Wenn Besuch da war, zeigte ihre Mutter die Bilder mit einem stolzen Lächeln herum: Schaut mal, was für hübsche Töchter ich habe!

Die Aufnahme einer Mahler-Symphonie lag auf dem Plattenteller; Lotte gesellte sich zu den Zuhörern, die im Kreis saßen und so wirkten, als hätten sie sich zu einem religiösen Zeremoniell versammelt – in einer Waldlichtung, am Fuß eines Felsens, ein Wasserfall stürzte in die Tiefe, hinter Berggipfeln ertönte drohendes Donnern, Hirsche ergriffen die Flucht... Sammy Goldschmidt lauschte mit gespitzten Lippen, in Gedanken pfiff er einen Part mit. Bei Ernst Goudriaan, der finster vor sich hin starrte, schien die Musik düstere Visionen hervorzurufen. »Welcher Dirigent war das?« fragte er, als der letzte Ton verklungen war und sie sich alle ein wenig verstört ansahen, weil der Zauber gebrochen war. »Wilhelm Furtwängler«, sagte Lottes Vater, rechts und links schnaubend. »Furtwängler!« sagte Goudriaan. »Der dirigiert jetzt für die Nazis!« »Furtwängler?« wiederholte Lottes Mutter erschrokken. »Meinetwegen«, knurrte ihr Mann, »die Symphonie ist schon vor Jahren aufgenommen worden, wir haben sie schon so oft gehört.«

Goudriaan schaute betroffen umher. Er sei gerade aus Deutschland zurück, erklärte er. Es klang wie eine Entschuldigung. Er war bei einem berühmten Geigenbauer in der Lehre gewesen und hatte bei einer jüdischen Familie gewohnt, wo er mehr oder weniger wie ein Sohn behandelt wurde. Vor ein paar Tagen hatte ihn der Geigenbauer angesprochen: »Ich habe gehört, Sie wohnen bei Juden. Wenn Sie Ihre Ausbildung hier beenden möchten, müssen Sie dort so schnell wie möglich ausziehen.« »Aber mich gehen solche Vorschriften doch nichts an«, entgegnete Goudriaan, »ich bin Niederländer.« »Sie sind hier in Deutschland, es geht Sie sehr wohl etwas an. Entweder Sie verlassen diese Familie, oder Sie verschwinden hier.« »Dann gehe ich eben«, sagte Goudriaan.

Unglaube und Empörung erfüllten das Zimmer; Goudriaan lächelte niedergeschlagen. Schwankend zwischen Mitleid und Argwohn betrachtete Lotte den schmächtigen Lehrling. Als Geigenbauer konnte sie sich ihn kaum vorstellen – wie er mit Hobelspänen auf seinem tadellosen Anzug endlos an einer Holzplatte herumfeilte. Ein Handwerk, bei dem sie eher an muskulöse Arme und einen Blaumann dachte. Ihr Vater legte Beethovens *Neunte* auf, in einer koscheren Interpretation. Würden sie sich künftig nie mehr unbefangen Musik anhören können? Virtuos erschallte das *Alle Menschen werden Brüder*; warum hieß es nicht »Alle Menschen werden Schwestern«?

Im Laufe der Jahre wurde es immer schwieriger, Entschuldigungen für ihr Geburtsland zu finden. Noch nie zuvor hörten sie soviel Radio wie in den Septembertagen, als Chamberlain dreimal nach Deutschland flog, um einen Krieg zu verhindern und schließlich, mit Daladier, die Tschechoslowakei opferte. Alle waren erleichtert, nur Lottes Vater regte sich darüber auf, daß sowohl England als auch Frankreich ihren Vertrag mit den Tschechen so feige brachen. »Aus purer Angst vor dem Bolschewismus«, schnaubte er verächtlich, »im tiefsten Innern bewundern sie es, wie Hitler sein Land von den Kommunisten gesäubert hat.« »So abwegig ist diese Angst ja auch nicht«, seine Frau kam wieder mit ihren bekannten Argumenten, »wenn die Arbeiter das Sagen haben, kommen auch Leute an die Spitze, die alle anderen terrorisieren.« »Weißt du überhaupt, von wem du redest?« Er war beleidigt: »Du redest von Stalin, der einen ganzen Kontinent unter Kontrolle halten muß.« Dann wurde er sentimental, und alle wußten, wie diese uralte Diskussion weiterging. Lotte verschanzte sich hinter ihrer Musiktheorie. Die Rollenverteilung stand von vornherein fest. Ihre Mutter warf sich zur Verteidigerin der Demokratie auf, hielt ein Plädoyer für ein natürliches Gleichgewicht zwischen den verschiedenen Parteien; ihr Vater hatte nur Spott und Hohn für das demokratische System: »Willst du etwa behaupten, wir hätten hier eine Demokratie? Die Armen werden immer ärmer!« Er ließ sich von seinen Gefühlen mitreißen, trank noch einen Schluck Genever, der in letzter Sekunde verhinderte Krieg geriet in den Hintergrund.

Hier wurde ein anderer, viel älterer Krieg ausgefochten, unter dem Deckmantel unterschiedlicher politischer Überzeugungen – ein Kampf, der jedesmal unentschieden ausging. »Daß ich nicht lache«, ihre Mutter hatte das letzte Wort, »du weißt genau, daß du selber hier im Haus ein Diktator wärst, wenn man dich lassen würde.«

Lotte hatte das Geld für die Fahrt nach Deutschland schon längst zusammen, aber je größer die Kriegsgefahr wurde, desto schwieriger war es, offen über ihren Plan zu sprechen. Masochistisch hörten sie sich gemeinsam die Zusammenfassung einer kriegshetzerischen Rede von Reichsminister Heß im Radio an. Sie beruhigten sich gegenseitig: Die Niederlande wären auf keinen Fall davon betroffen – »wir waren immer neutral. Außerdem ist ja die Hälfte aller Niederländer mit den Deutschen verwandt: unser Prinz, die alte Königin Emma, Oma in Amsterdam« und und und. Als Louis Davids starb, war das eine größere Tragödie als die deutsche Annexion des Memellands und der Einmarsch der Italiener in Albanien – Lottes Mutter lief jammernd durchs Haus und schlug sich mit der flachen Hand an die Stirn, als klagte sie sich selbst an; melancholisch saß sie auf der Bank unter dem Birnbaum und sang seine Lieder.

»Das hättest du wohl nicht von deinem Väterchen erwartet«, sagte sie, als Hitler und Stalin einen Nichtangriffspakt schlossen. »Das ist nur ein schlauer Schachzug Stalins«, ihr Mann lachte über so viel Kurzsichtigkeit, »er weiß schon, was er tut. In Anbetracht der Lage hält er diesen Pakt eben für notwendig.« Die Königin hielt im Rundfunk eine gefaßte Rede: »Es besteht nicht der geringste Grund zur Besorgnis.« Um die Neutralität des Landes zu garantieren, wurde die Mobilmachung angeordnet. Auch Theo de Zwaan fuhr mit einem der vielen hundert Sonderzüge in die Kaserne, nicht unzufrieden, endlich hatte er etwas zu tun.

»Holland mit seinen Zinnsoldaten«, schnaubte Lottes

Mutter und steckte ihm eine Tüte mit Äpfeln und Butterstullen zu. Zwei Tage später fielen die Deutschen in Polen ein, und wieder zwei Tage später erklärten England und Frankreich Deutschland den Krieg: Mit Hitler konnte man nicht mehr verhandeln. Trotzdem war das Vertrauen in die Sicherheit des vernachlässigbar kleinen Königreichs am Meer, das sich zur Neutralität bekannte, noch immer ungebrochen.

»Siehst du, ihr wart genauso naiv wie wir«, sagte Anna.

Lotte nickte.

In Gedanken versunken aßen sie weiter. Anna zerdrückte ihre Kartoffelkroketten, zu Lottes Entsetzen, die sie in gleich große Stücke schnitt, was Anna wiederum pingelig fand.

»Sind die echt?« Anna strich mit dem Finger über eine rote Blume, die mit verdächtiger Üppigkeit in einem länglichen Kasten neben ihrem Tisch blühte.

»Alles Plastik«, sagte Lotte, die es schon beim Eintreten bemerkt hatte.

»Du hast recht«, Anna zog den Finger zurück, »für Pflanzen ist es hier viel zu dunkel. Ach, da muß ich an die Kakteen von Frau Stolz denken...« Sie kicherte. »Die sind mir sozusagen zum Verhängnis geworden.«

Dem Inhalt des Bücherschranks war es zu verdanken, daß Annas verkappte Leibeigenschaft nicht unerträglich wurde. Die Stickerei zeigte kaum Fortschritte, der Form halber ruhte sie auf ihrem Schoß, zerknittert durch die Bücher, die stets darauflagen. Herr Stolz teilte seine Aufmerksamkeit zwischen Zeitung und Radio, die ausschließlich Erfolge meldeten. »Vor zehn Jahren waren wir die Parias von Europa, und jetzt hat sich Chamberlain schon dreimal die Mühe gemacht, uns zu besuchen, wer hätte das gedacht«, sagte Stolz zufrieden, »das verdanken wir alles dem Genie unseres Führers.« In seinem Neujahrsaufruf zog Hitler Bilanz: »Das Jahr 1938 war in der gesamten Geschichte unseres Volkes das ereignisreichste.« Das Dritte Reich war um zehn Millionen Seelen angewachsen, alle waren heimgekehrt, heim ins Reich. Frau Stolz bekundete zufrieden, endlich wage sie wieder zu sagen, sie sei stolz darauf, eine Deutsche zu sein. Mit einem Glas Sekt stießen sie auf den erstaunlichen Tatendrang des Führers an und auf die großen Dinge, die er mit ihnen vorhatte.

Anna ließ sich von der Euphorie nicht anstecken. Der Gedanke, eine Deutsche zu sein, hatte sie nie beschäftigt. Als sie Hitler und den tschechischen Staatspräsidenten Beneš im Radio gegeneinander wettern hörte, dachte sie: Gebt doch jedem einen Knüppel, dann sollen sie es unter sich ausmachen. Was geht es uns an? Sie hatte das Villenviertel dicht bei den begeistert rauchenden Fabrikschloten satt; zermürbt, weil sie ständig ihre rebellischen Gefühle unterdrückte, erledigte sie ihre Arbeit in tödlicher Routine. An einem ganz normalen Wochentag in jenem Winter war das Maß plötzlich voll. Es war ein kleiner, harmloser Zwischenfall, der den notwendigen Funken überspringen ließ.

Jeden Donnerstagmorgen um halb sechs mußte sie das Eßzimmer putzen. Dann schliefen die anderen noch, es war still und kalt im Haus. Unter einem großen Fenster, das zum Garten hinausging, befand sich eine niedrige Fensterbank aus schwarzem Marmor, auf der Kakteen standen. Nie zeigte sich zwischen den Stacheln eine exotische Wüstenblüte – undenkbar, daß unter Frau Stolz' Regiment irgend etwas blühen könnte. Anna mußte einen Kaktus nach dem anderen von der Fensterbank nehmen, die schwarze Fläche mit Bohnerwachs einreiben und so lange polieren, bis sie sich darin spiegeln konnte. Am späten Vormittag rief Frau Stolz sie zu sich: »Anna, du hast heute morgen die Fensterbank vergessen.« Anna bestritt es. »Du lügst, schau mal, hier und hier.« Wie ihre Arbeitgeberin ging Anna in die Hocke. An zwei Stellen war das Bohnerwachs nicht ganz verrieben, ein paar Wölkchen waren zurückgeblieben, die sie morgens um halb sieben, vor dem Hintergrund des dunklen Gartens, noch nicht hatte sehen können. Sie richteten sich wieder auf. Gnadenloses Winterlicht schien ins Zimmer, Frau Stolz' Gesicht war flach und frostig, ein eisiger Schild gegen Annas aufgestaute Wut.

Sie band sich die Schürze ab. »Machen Sie sich keine Sorgen, Frau Stolz, Ihre Fensterbank, Ihre Kakteen, Ihre Scheuerleisten – ich verspreche Ihnen, daß ich ab jetzt die Finger davon lasse.« »Du mußt doch ein bißchen Kritik vertragen können«, sagte Frau Stolz. Anna schaute auf die Kakteen und ließ dann ihre Blicke durch den Raum schweifen, sie musterte sämtliche Gegenstände, die durch ihre Hände gegangen waren und die jetzt, wo es darauf ankam, für Frau Stolz Partei ergriffen. »Ich kann so nicht arbeiten«, sagte sie tonlos, »diese kleinliche Ordnung, das preußische Pflichtgefühl, für mich ist hier kein Platz. Stellen Sie mich mitten in die Wüste, und ich lege Ihnen einen wunderbaren Garten an... aber auf meine Art.« »Aha...«, Frau Stolz ging ein Licht auf, »daher weht der Wind! Du willst hier das Sagen haben!« Anna fixierte sie, plötzlich aus einem schwindelerregenden Abstand. Zum ersten- und letztenmal studierte sie Frau Stolz eingehend, wie sie da stämmig und kastenförmig in ihrer ganzen erschreckenden Beschränktheit vor ihr stand. Die Frau dachte fieberhaft nach; es kostete sie große Mühe, sich einen passenden Gnadenstoß für Anna einfallen zu lassen, damit ihre Würde gewahrt blieb. »Weißt du, was mit dir los ist: Du willst zu hoch hinaus«, sie riß Anna die Schürze aus der Hand, »du wirst nicht eher ruhen, bis du bei Bayer im Festsaal sitzt und von zwei Lakaien bedient wirst.«

Gitte wollte Anna nicht gehen lassen. Am Tag ihres Auszugs hatte sie alle Türen der Villa abgeschlossen. Breitbeinig und mit verschränkten Armen saß sie auf dem dunkelroten Plüschsofa, anklagend ragten die knochigen Knie in die Höhe: Du darfst mich hier nicht allein lassen. »Wo sind die

Schlüssel?!« Ihre Mutter schüttelte sie, aber Gitte verzog keine Miene. Anna wurde ganz steif zwischen ihren Koffern; sie erkannte – eine schmerzhafte Ähnlichkeit – in den Gefühlen des Mädchens ihre eigenen wieder. »Ich hab' sie ins Klo geschmissen und abgezogen«, sagte Gitte hochnäsig. Annas Desertion setzte sie ihre rigorose Weigerung entgegen. Mit beängstigender Ruhe rief Frau Stolz einen Schlosser an. Anna wollte Gitte zum Abschied umarmen – das Kind drehte sich beleidigt weg. Schließlich ging Anna mit ihren Koffern in die Küche, öffnete ein hohes, schmales Fenster über der Anrichte, warf ihr Gepäck hinaus und sprang hinterher – vom sinkenden Schiff in eine Tiefe, die beim Aufkommen angenehm unter ihren Füßen knirschte.

Sie kehrte zu ihrem Kölner Onkel zurück, in das Schlafzimmer mit den Medaillontapeten, in das Wohnzimmer mit den bequemen Sesseln, dem Grammophon und der Operettenmusik von Onkel Franz, aber sie konnte sich für nichts mehr begeistern. Möbel und Gebrauchsgegenstände standen noch im Zeichen des Zwangs – des Zwangs zum Putzen, Woche für Woche die immer wiederkehrenden Handlungen. Ohne großes Interesse meldete sie sich auf Stellenanzeigen. Sie nahm ein Bad, stieg aus der Wanne und stellte sich höflich ihrem tropfenden Spiegelbild vor: »Angenehm, ich bin Anna Bamberg, meine Mutter ist schon lange tot, mein Vater auch, und dann hatte ich noch eine Schwester, Lotte, aber auch die ist, wenn ich ehrlich sein soll, schon seit langem fort… ich, Anna, bin dagegen quicklebendig, wie man sieht.«

Auf einen der Briefe kam eine Antwort, ein Umschlag aus marmoriertem Papier, der Absender in einer schnörkellosen, sachlichen Handschrift: Charlotte von Garlitz Dublow, Gräfin von Falkenau. Statt Anna zu einem Vorstellungsgespräch einzuladen, kündigte sie noch für denselben Tag ihr Kommen an. Aufgeregt – eine Gräfin! – rannte Tante Vicki zu ihrem Kleiderschrank, um ein Kleid für Anna auszusuchen. Die starrte geistesabwesend auf die gleichmäßigen, nüchternen Buchstaben, überwältigt von bösen Ahnungen – eine Gräfin, damit assoziierte sie Leibeigenschaft; mit ihrer so gefährdeten, mühsam zurückeroberten Freiheit sollte es also schon wieder vorbei sein. Durch einen Spalt in der Gardine sahen sie die Gräfin aus ihrem Maybach steigen; unter einer offenen Pelzjacke trug sie eine cremefarbene Seidenbluse. Tante Vicki drückte Annas Hand.

Das Wohnzimmer, das Anna vor gar nicht so langer Zeit noch als der Gipfel von Luxus und Komfort erschienen war, wirkte durch die Gegenwart dieser Frau konventionell und spießig. Sie hielt Annas Hand fest und musterte sie ungeniert von Kopf bis Fuß. »Ich möchte Sie etwas fragen«, sagte sie, »sind Sie mit Johannes Bamberg verwandt?« Reflexartig zog Anna ihre Hand zurück, unfähig, auf diese einfache, in aller Unschuld gestellte Frage zu antworten. Nie mehr hatte jemand diesen Namen ausgesprochen; mit seinen sterblichen Überresten hatte die Familie auch sein Andenken begraben. Sie blickte die Frau an, ohne sie wirklich zu sehen. Zum erstenmal nahm sie in diesem Zimmer das Ticken der Penduluhr bewußt wahr – es klang, als klopfte ein Spazierstock auf das Straßenpflaster. Tante Vicki blickte händeringend von einer zur anderen; als ihr das Schweigen zu lange dauerte, sagte sie: »Johannes Bamberg, ja, das war ihr Vater, ein Vetter meines Mannes, ich habe ihn nicht gekannt, er ist ja jung gestorb...« »Ihr Vater also«, unterbrach sie die Frau zufrieden und drehte ihren Schwanenhals zu Anna. »Ja, gewiß, ihr Vater«, bestätigte Tante Vicki eifrig. »Dann ist ja alles in Ordnung.« Eine behandschuhte rechte Hand senkte sich auf Annas Schulter. »Kommen Sie mit? Draußen steht mein Wagen.« »Aber ihre Sachen«, rief Tante Vicki, der die Luft wegblieb bei dem Tempo, mit dem die Prozedur vonstatten ging. »Ich schicke noch heute meinen Chauffeur vorbei.« Die Gräfin mit dem unaussprechlichen Namen trieb Anna vor sich her, aus dem kleinbürgerlichen Wohnzimmer und durch den Flur; Tante Vicki bekam gar nicht die Gelegenheit, ihr die Haustür zu öffnen, resolut machte sie alles selbst. Während sie sich mit einer Hand anmutig durch das kurze braune Haar fuhr, hielt sie mit der anderen Anna den Wagenschlag auf. Tante Vicki kam mit ihrem Mantel angerannt. Wie hypnotisiert stieg Anna ins Auto.

Köln glitt links und rechts wie eine bewegte Kulisse vorbei. Zeit und Raum verloren ihre gewohnten Proportionen, der Name ihres Vaters hatte etwas in Gang gesetzt, das noch am ehesten an einen Film im Zeitraffer erinnerte. Es war eine regelrechte Entführung; hatte ihr Vater nach der ganzen Zeit wieder die Verantwortung für sie übernommen, und war die Frau hinterm Steuer eine Abgesandte, die seinen Auftrag stilvoll ausführte? Mit einer Hand lenkte sie den Wagen, mit der anderen steckte sie sich eine Zigarette an. Ein Engel, der rauchte. Sie ließen die Häuser hinter sich; hörte hier die bewohnte Welt auf? Das Auto bog von der Straße ab, ein manikürter Finger drückte auf die Hupe, schmiedeeiserne Torflügel öffneten sich. Eine breite Zufahrt, gesäumt von alten Bäumen, deren Kronen ineinander verflochten waren. In der Parklandschaft, die zwischen den Stämmen durchblitzte, erkannte Anna die elysischen Gefilde aus der griechischen Mythologie in Herrn Stolz' Bücherschrank. Sanft gewellte Rasenflächen bis zum Horizont, immergrüne Hecken, Baum- und Strauchgruppen – alles sorgfältig gepflegt und in Form geschnitten wie die Fingernägel der Fahrerin. Unter einem Gewölbe von schwarzen Ästen drangen sie immer tiefer in den Tunnel ein, der in einem Lichtkreis endete. Auf der Veranda eines stattlichen, blendend weißen Hauses stand reglos eine Gestalt in dunklem Anzug; nur die Augen verfolgten den halben Bogen, den das Auto beschrieb, bevor es am Fuß der Freitreppe zum Stehen kam. Die Frau stieg aus. Anna, von der dasselbe erwartet wurde, blieb verwirrt sitzen. »Kommen

Sie, wir sind da.« Der Wagenschlag wurde geöffnet, und sie wand sich blinzelnd aus dem Auto. Auf der breiten Treppe wurde ihr schwindlig. Von der dunklen Gestalt sah sie nicht mehr als einen langen Arm und eine Hand, die ihnen die Tür aufhielt, danach stellte sich heraus, daß der Mann über zwei Arme verfügte, mit denen er ihnen aus den Mänteln half, mitten in einer geräumigen Halle, in die Flure, Treppen und Türen mündeten.

Sie bekam ein Zimmer im ersten Stock. Von dort blickte sie auf ein türkisfarbenes Schwimmbecken – ein unwirkliches, giftiges Element inmitten des natürlichen Grüns der Rasenflächen. Gouvernante, Köchin, Diener, Chauffeur, Waschfrau, Putzfrauen, Dienstmädchen und Gärtner lebten offenbar in einer zufriedenen Symbiose, und jeder hatte sein eigenes Territorium. Es war eine jahrhundertealte Arbeitsgemeinschaft, eine stilisierte Form von Dienstbarkeit für den alten preußischen Adel, der im Verwalten von Schlössern und Landgütern seit Jahrhunderten seine Effektivität bewies. Als Nachfolgerin der letzten Zofe, die den Laufpaß bekommen hatte, war Anna für die Garderobe der Frau von Garlitz verantwortlich. Wenn ein Saum aufgerissen war, mußte sie ihn wieder annähen, sie brachte der Waschfrau die schmutzigen Sachen, sie hob das Abendkleid auf, das zerknittert auf dem Parkettboden lag, und hängte es in den Schrank. Dieses Luxusleben stand in so krassem Gegensatz zu der pausenlosen Plackerei bei ihrer letzten Stelle, daß sie sich für die Höhe ihres Gehalts schämte: das Doppelte von dem, was sie bei Frau Stolz verdient hatte, abgesehen noch von Trinkgeld und den kleinen Geschenken, die Frau von Garlitz dem Personal regelmäßig mit einem vertraulichen Lächeln zusteckte.

In Mußestunden streifte sie durchs Haus. Ganz nebenher lernte sie, wie der Tisch gedeckt werden mußte, wenn ein General, ein Großindustrieller oder ein Baron eingeladen waren; mit welchem Geschirr man ihnen genügend Ehre erwies, ohne zu übertreiben; sie lernte zur Jahreszeit passende Buketts zu arrangieren, die ihren Platz auf einem halbmondförmigen Tischchen unter einem Stilleben aus dem achtzehnten Jahrhundert mit Trauben und Fasanen bekamen. Frau von Garlitz und ihr Mann schliefen getrennt; ihre Schlafzimmer in einem gesonderten Flügel des Hauses waren durch ein mit rosa Marmor ausgekleidetes Badezimmer miteinander verbunden. Die Suche nach dem Nachthemd der Gräfin, das morgens an die Luft gehängt werden mußte, führte Anna auf den Hinweis eines grinsenden Dieners hin in das Schlafzimmer des Herrn von Garlitz. Zu ihrer Ernüchterung lag der gesuchte Gegenstand dort achtlos auf dem Boden neben dem Bett – die Gräfin hatte ihren Mann aufgesucht!

Anna gewann das Vertrauen der Köchin; diese fühlte sich durch ihre unterwürfige Hingabe an die Arbeitgeberin legitimiert, die neue Zofe großzügig mit Hintergrundinformationen zu versorgen. Die gnädige Frau war als eine geborene von Falkenau mit dem ältesten märkischen Adel verwandt. Ihr Mann hingegen, Wilhelm von Garlitz Dublow, kam einfach aus dem Kohlenpott. Anna runzelte die Stirn. Aus dem Ruhrgebiet, verdeutlichte die Köchin das Gesagte. Sein Vater, Kapitän auf einem Schiff, mit dem der Kaiser seinerzeit nach Norwegen reiste, hatte sich in eine Hofdame der Kaiserin verliebt, Gräfin Dublow. Damit er sie heiraten konnte, wurde er in aller Eile geadelt. So kam Garlitz an sein »von«, und das Dublow wurde hintendrangehängt. Aus Dankbarkeit gegenüber Kaiser Wilhelm wurde der Erstgeborene nach ihm benannt.

Der Respekt und das Wohlwollen, mit dem die Köchin über die gnädige Frau sprach, standen in grobem Gegensatz zu der Geringschätzung, mit der sie das *Curriculum vitae* des Herrn von Garlitz vor Anna ausbreitete. »Er ist ein Schwächling, ein Casanova«, sagte sie, »aber sie ist verrückt nach ihm, die arme Frau.« Die Verwaltung der Fabrik, Die Basilwerke, in denen

Vitaminpräparate und Kräuterzucker zur Stärkung der Wehrmachtstruppen hergestellt wurden, überließ er seinen Untergebenen. »Pferde, er hat nichts als Pferde im Kopf«, seufzte die Frau resigniert, als sei das die Ursache allen Elends auf dieser Welt. Direkt neben dem Park, unsichtbar hinter einer mittelalterlichen Festungsmauer, lag das Fabrikgelände. Manchmal gab er seinem Pferd die Sporen und galoppierte um den Gebäudekomplex aus dem neunzehnten Jahrhundert, um die Arbeiter daran zu erinnern, daß die Schornsteine auf seine Kosten rauchten.

»Hast du meinen Mann schon kennengelernt?« fragte Frau von Garlitz. »Komm, ich stelle dich vor.« Sie lief ihm entgegen, die Stufen der Freitreppe hinunter, Anna folgte ihr unwillig. Sie sah eine Szene wie aus einem Ufa-Film: Das Patenkind des Kaisers, in weißer Uniform, kerzengerade auf seinem Lipizzaner, trabte zwischen den schwarzglänzenden Pfeilern der Zufahrt. Am Fuß der Freitreppe kam der Schimmelreiter zum Stehen; er stieg ab und ließ sich mit verwöhnter Zerstreutheit umarmen. »Anna, meine neue Zofe.« Frau von Garlitz schob sie sanft in seine Richtung. Er gab ihr flüchtig die Hand, während seine Augen einen Geländerpfosten suchten, an dem er die Zügel festbinden konnte. Für ihn, begriff Anna, bin ich weniger als ein Pferd.

Seit sie die Bibliothek entdeckt hatte, fühlte sie sich nicht mehr wie ein Parasit. Die Wände des großen Raums waren über und über mit Büchern bedeckt, nur die drei Fenster waren ausgespart, gegen deren Scheiben bei Wind kahle Weinranken schlugen – eine Schatzkammer, die sorgfältig unterhalten und immer mit frischen Blumen bestückt wurde; selbst das Feuer im Ofen ging nie aus. Alles für einen imaginären Leser: Nie traf sie in dem Raum jemanden an. *La Divina Commedia*, der *Petit Larousse*, *Der abenteuerliche Simplicissimus*, *Don Quichote*, die Prophezeiungen des Nostradamus, Goethes *Faust* und die *Farbenlehre...* alle Bücher standen ohne System durcheinander. Es waren Erstausgaben darunter, die Bücher knarrten mürrisch, wenn man sie aufschlug, der anklagende Geruch von Vernachlässigung stieg daraus auf – ein Buch, das nicht gelesen wird, existiert nicht, flüsterte es. Anna sah, daß hier eine gewaltige Aufgabe auf sie wartete.

Eines Tages stellte sie die Frage, die ihr von Anfang an auf der Zunge gebrannt hatte. »Ach ja…« Grübelnd spitzte Frau von Garlitz die herzförmigen, dunkelrot angemalten Lippen. »Mein Vater war für ein paar Tage bei mir zu Besuch, als ich die ganzen Bewerbungen las. ›Bamberg‹, habe ich wohl laut vor mich hin gemurmelt, als ich deinen Brief in der Hand hielt, ›Anna Bamberg…‹ Mein Vater sah von seiner Zeitung hoch. ›Habe ich nicht einen Bamberg gekannt… warte mal… ach ja, Johannes Bamberg hieß er, ein prima Kerl, eine hervorragende Kraft. Ich habe ganz spezielle Erinnerungen an ihn. Mein Gott, das ist sicher schon dreißig Jahre her…‹ Da habe ich mir gesagt: Wenn diese Anna Bamberg mit ihm verwandt ist, stelle ich sie ein und nehme es als ein Zeichen von höherer Hand, daß meine Entscheidung richtig ist.« Kichernd fuhr sie fort: »Ich glaube nicht an Gott oder Jesus Christus, aber dafür an Zeichen von höherer Hand, das macht mir einfach Spaß!« »Was für spezielle Erinnerungen waren das?« fragte Anna. »Das mußt du ihn schon selbst fragen, wenn er mal wieder hier ist. Früher hat mein Vater die Fabrik geleitet. Dein Vater hat sicherlich bei ihm gearbeitet – und Eindruck auf ihn gemacht!«

Das Haus war eine Insel im brodelnden zwanzigsten Jahrhundert, und in diesem Haus war wiederum die Bibliothek eine Insel, in der das siebzehnte, achtzehnte und neunzehnte Jahrhundert besser vertreten waren als das zwanzigste. In aller Ruhe stöberte Anna dort herum; durch ihre Vorzugsstellung als Zofe von Frau von Garlitz fühlte sie sich dazu berechtigt. Sie wußte jetzt, daß es ihr legitimes Erbe war; der Ruf ihres Vaters (wieviel wertvoller als Geld und Besitz) war sein

Testament. Lange vor ihrer Geburt schon hatte er ihr etwas hinterlassen, ein unbewußtes Vermächtnis. Diese seltsame Form von Elternliebe, die einen Zeitraum von vor der Geburt bis weit nach dem Tod umspannte, gab ihr das Gefühl, daß er sich nun nachträglich noch um sie kümmerte.

So kam sie mühelos durch den Winter, den Frühling und den Sommer. Manchmal ging sie mit einem Abendkleid oder einem Nachthemd an der Fingerspitze durchs Haus, meist jedoch las sie, und niemand hatte etwas dagegen. Sie wußte noch nicht, daß es nur ein Intermezzo war – ein lange angehaltener Atemzug.

Die Tropfkerze, die zwischen den Schüsseln stand, spiegelte sich in Annas Augen.

»Der Kadavergehorsam«, sagte Lotte, »den die Frau dieses Chemikers von dir verlangt hat, das war doch typisch deutsch.«

»Ach, es war ihre Auffassung von einem ordentlichen Haushalt«, relativierte Anna die Bemerkung, »nur: Ich kann nicht vernünftig arbeiten, wenn ich so total verfügbar sein soll.« Sie lachte. »Da fällt mir gerade etwas ein...« Vor Vergnügen drückte sie Lottes Hand. »In den fünfziger Jahren habe ich die Familie Stolz wiedergesehen. Ich arbeitete beim Jugendamt und besuchte mit einer Delegation die Firma Bayer – ich glaube, es ging um ein Arbeitsbeschaffungsprojekt für Jugendliche, die auf die schiefe Bahn geraten waren. Im Festsaal wurden wir großzügig bewirtet, zwei livrierte Kellner für jeden Gast. Plötzlich klang mir wieder der Vorwurf von Frau Stolz im Ohr: Du wirst nicht eher ruhen, bis du bei Bayer und so weiter. Und jetzt saß ich da! Ich verschluckte mich, mein Nachbar klopfte mir besorgt auf den Rücken. Nach dem Empfang bin ich hingefahren, in meinem ersten Volkswagen – es waren etwa tausend Meter bis zu ihrem Haus. Sie wohnten noch dort, nur die Klingel war nicht mehr mit Sidol blitzblank geputzt, und die Treppenstufen vor der Haustür sahen auch nicht mehr aus wie geleckt. Ich klingelte, eine alte Frau streckte den Kopf aus dem Fenster: Anna! Natürlich wurde ich hereingebeten. Fotos von Gitte mit Mann und Kindern standen auf dem Buffet, in den Türen waren noch immer die Glasscheiben, die ich damals mit einem Fensterleder wienern mußte. Der Herr Doktor kam gerade von der Arbeit, er war völlig überrascht. ›Nanu, was führt Sie denn in diese Gegend?‹ Ich wiederholte die prophetische Äußerung seiner Frau. ›Und heute habe ich dort gesessen und bin von zwei Kellnern bedient worden!‹ Er brach in unbändiges Gelächter aus, es schallte richtig durch die stickigen Zimmer. Seine Frau lachte beschämt mit; sie tat mir leid. ›Siehst du‹, er knuffte sie in die Seite, ›hab' ich dir das nicht immer gesagt: Aus der machst du nie im Leben ein Dienstmädchen!‹«

TEIL 2

Krieg

1

Am Samstagmorgen gab es einen Flohmarkt in den Arkaden aus dem neunzehnten Jahrhundert, die vom Place Royale bis weit in den Parc de Sept Heures führen. Es war ein sonniger Tag, aber es wehte ein rauher Ostwind. Unter den elegant geschwungenen Bogen klopften sich manche Händler warm, andere gingen zwischen den gußeisernen Pfeilern auf und ab. Anna und Lotte schlenderten an den ausgestellten Dingen entlang: Vasen, Schmuckstücke, alte Schallplatten, Ansichtskarten. Vor einem abgewetzten Schaukelpferd, das mit leblosem Blick auf eine Heiligenstatue starrte, blieben sie stehen.

»Weißt du noch, das Schaukelpferd, um das wir uns immer gestritten haben?« rief Anna so laut, daß sich die Marktbesucher nach ihr umdrehten. Lotte glaubte, Mißbilligung in ihren Mienen zu sehen, weil ihre Sonntagsruhe gestört wurde. Noch dazu in deutscher Sprache! Schroff sagte sie: »Nein, daran kann ich mich nicht erinnern.«

»Doch... doch... es war blau und weiß angemalt, mit richtigen Zügeln und einem braunen Sattel; wir haben uns immer gegenseitig runtergeschubst, bis sich Papa mit einem taktischen Vorschlag eingemischt hat: ›Heute, am Sonntag, darf Lotte schaukeln, Montag ist Anna dran, Dienstag ist wieder Lottes Schaukeltag. Was haltet ihr davon?‹ Das hatte ich schon ganz vergessen«, sie schlug die Hände zusammen, »wie schön, daß es plötzlich wieder da ist!«

Bei Lotte rief das Pferd keine Erinnerung wach, es zerstörte nur das zerbrechliche Gefühl der Zusammengehörigkeit, das sie, zwischen all den Gegenständen aus der Vergangenheit, ganz flüchtig empfunden hatte. Wie war es zu erklären, daß ihr Gedächtnis erst seit dem Krankenlager im Garten, unter der Obhut ihrer holländischen Mutter, richtig arbeitete? Zum erstenmal empfand sie diesen Umstand als störend und hatte das Gefühl, daß ihr etwas fehlte.

»Der Krieg ist in Mode«, stellte Anna fest, »damit läßt sich noch immer Geld verdienen.« Auf einer Samtdecke lagen Stahlhelme und Patronengurte. Ja, der Krieg war überall in friedlicher Form gegenwärtig: Die Feldflasche eines Soldaten lag neben einer alten Kaffeemühle, unter zerfledderten Liebes- und Kriminalromanen lag eine reich bebilderte Abhandlung über Orden und Uniformen des Dritten Reichs, in einem Stand mit alten Porträts von Brautpaaren, Täuflingen und Kommunionkindern hing ein gerahmtes Foto von einem jungen Soldaten, der siegesgewiß in die Linse schaute.

»Er konnte nicht wissen, daß man ihm hier ein Denkmal setzen würde«, sagte Lotte.

»Schau mal, wie aufgeblasen der arme Kerl aussieht, bestimmt hat er hoch und heilig an seine Sendung geglaubt.«

»Von wegen! Er hat nicht für ein Ideal gekämpft, sondern mußte sein Land verteidigen.« Ihre Schwester reichte ihr den Arm und zog sie mit.

Ich lasse mich nicht aus der Reserve locken, dachte Anna. Im hinteren Teil des Parks stand vor einer steilen Felswand seit mindestens einem Jahrhundert das Chalet du Parc; hier kehrten sie ein, die Sonne schien beinahe horizontal in den Raum, bläulich kräuselte sich der Dampf aus ihren Kaffeetassen in einem Lichtstrahl empor.

Immer treffen wir uns in der Öffentlichkeit, dachte Lotte, als hätte unser Beisammensein doch etwas Anrüchiges.

Der Himmel nahm nicht die Farbe des Schicksals an, die Köchin hörte keine Sekunde auf, den Brotteig zu kneten, der Chauffeur ließ die Zeitung nicht sinken, das Dienstmädchen ging mit dem vollbeladenen Tablett einfach weiter, Annas

Stopfnadel verfehlte keinen Augenblick ihr Ziel, keiner ahnte, daß in der Randzone des Alltags ein Riß entstanden war, an jenem Morgen, als eine bekannte Stimme, die sie schon so oft vernommen hatten, daß sie längst nicht mehr zuhörten, aus dem Volksempfänger in der Küche schallte: »Seit vier Uhr fünfundvierzig wird jetzt zurückgeschossen. Und von jetzt ab wird Bombe mit Bombe vergolten. Wer mit Gift kämpft, wird mit Giftgas bekämpft...«

Auch ein paar Stunden später, als Anna mitten auf dem Rasen stand und sich an der unwirklichen Schönheit von Haus und Park erfreute, war ihr nicht bewußt, daß, unter demselben Himmel, im selben Tageslicht, etwas seinen Lauf genommen hatte, das noch viel unwirklicher war – ein Prozeß völliger Entfremdung, der alle mit sich reißen würde. Hoch oben am Himmel leuchtete etwas Undefinierbares auf. Sie kniff die Augen zu Schlitzen zusammen. In der Ferne ertönte ein dumpfer Knall, und aus dem Nichts bildeten sich weiße Wolken, die das Ding dem Blick entzogen. Im gleichen Moment begann das Haus zu sprechen, es schrie ihr aus allen Öffnungen zu: »Sind Sie verrückt?« »Weg da, komm rein, es ist Krieg!« »Was?« rief Anna, hielt sich die Hände wie Trichter an die Ohren und ging auf das Haus zu. »Es ist Krieg!« Frau von Garlitz sah aus dem Fenster und gestikulierte aufgeregt. Erschrocken über Annas Todesverachtung schickte sie ihren Mann nach draußen. In der Tür stießen die beiden zusammen. »Ein britischer Aufklärer«, sagte er kurz angebunden, »unsere Flugabwehr holt ihn runter. Sie sollten besser im Haus bleiben.« Sein Clark-Gable-Bärtchen zitterte trotz seiner männlichen Beherrschtheit. Lächerlich, dachte Anna, warum regen sich nur alle so auf? Krieg – das war nicht mehr als ein Wort, fast wünschte sie sich, es würde tatsächlich etwas passieren, etwas, das mehr war als ein Pünktchen am Himmel, damit das Wort einen Inhalt bekäme.

Drei Tage später, nachdem England und Frankreich

Deutschland den Krieg erklärt hatten, sammelte Frau von Garlitz ihre Kinder, das Personal und das allernotwendigste Gepäck um sich und übertrug Anna außer Atem die Sorge für Haus und Hof. »Richte die obere Etage für die Flüchtlinge aus dem Saarland her«, sie legte ihre Hände auf Annas Schultern, eine symbolische Geste für die Übergabe von Hab und Gut, »wir gehen in den Osten.« Auf dem Kopf einen asymmetrischen Hut, der wie ein verrutschter Helm aussah, an jeder Hand ein Kind, in ihrem Kielwasser den willigen Riesenhaushalt, machte sie sich zu dem Landgut der Familie in Ost-Brandenburg auf.

In ihrer neuen Funktion als Hüterin des Hauses schlug Anna ihr Buch auf und las da weiter, wo sie aufgehört hatte. In aller Ruhe wartete sie auf die Saarländer. Allein zu sein auf dem Schiff, nachdem die Ratten es verlassen hatten, machte ihr keine Angst – für vage Drohungen waren ihre Nerven nicht empfänglich. In den vier Wochen des Polenfeldzugs tat sich ihr Körper ungeniert an den enormen Vorräten im Keller gütlich und ihr Geist an denen in der Bibliothek. Statt eines Trupps mittelloser Flüchtlinge stand eines Tages wieder ihre Brotherrin mit Kind und Kegel vor der Tür, und das Leben ging weiter, als wären sie gar nicht fort gewesen. Nur Herr von Garlitz fehlte – er war als Offizier beim Einmarsch in Polen dabeigewesen und hatte in der Tucheler Heide das Glück gehabt, sich die Kniescheibe auszurenken; daraufhin durfte sich das gehätschelte Patenkind sofort von der Front entfernen.

Der Krieg wurde zu einer Farce. Die Truppen an Westwall und Maginotlinie lagen sich wie Pfadfinder in ihren Unterständen gegenüber, bauten zwischen den Befestigungsanlagen Kohl und Kartoffeln an und prosteten sich gegenseitig mit erhobenen Bierkrügen zu. Herr von Garlitz, der nach seiner Genesung mit seinem Regiment in der Nähe stationiert war, kam jeden Sonntag nach Hause und brachte eine Runde von Offizieren mit, die sich vor Langeweile ausgelassen auf die

Weinvorräte stürzten. Seine Frau war die ganze Woche damit beschäftigt, trotz Rationierung die Zutaten zu einem Festmahl zu ergattern. Anna bekam das gar nicht richtig mit. Kurz nach dem Polenfeldzug hatte sie einen Brief aus Holland erhalten.

Beunruhigt über die politischen Entwicklungen, war Oma von Amsterdam nach Köln gefahren. Sie wollte noch schnell eine alte Freundin besuchen, weil sie befürchtete, daß die Grenzen bald dichtgemacht würden. Bei ihrer Rückkehr schwor sie tief gekränkt, nie mehr im Leben einen Fuß über die Grenze zu setzen. An einem regnerischen Oktobertag kam sie und berichtete von dem Besuch. Ihren schwarzen Hut mit Veilchen aus violettem Samt, der zweifellos von dem Stand mit Schnickschnack auf dem Albert-Cuyp-Markt stammte, behielt sie den ganzen Nachmittag auf. Sie habe sich in Deutschland fürchterlich erkältet, sagte sie, vor Erschütterung. Lotte wich ihr nicht von der Seite. Im Schatten ihrer Hutkrempe seufzte Oma: »Es war eine sehr unangenehme Sache...« Ihr deutscher Akzent war schlimmer geworden. Sie unterbrach sich ständig, um sich mit einem Spitzentaschentuch über die Nase zu reiben, als sie beschrieb, wie ihre Kölner Freundin aus Angst, abgehört zu werden, einen Kaffeewärmer übers Telefon stülpte, sobald sie vom Krieg gesprochen hatten. Als eine ihrer Schwiegertöchter mit einem Jungen in HJ-Uniform zu Besuch kam, war ihre Freundin nervös zu einem harmlosen Thema übergegangen. »Die deutschen Frauen verehren den Führer«, hatte sie hinterher erklärt. »Ich schäme mich«, hustete Oma, »ich schäme mich für all die verrückten deutschen Frauen.«

Oma hatte auch ihren Großneffen Franz besucht, »ein sympathischer Kerl«. Von ihm hatte sie etwas über Anna erfahren. Sie warf Lottes Mutter einen schnellen Blick zu, als warte sie auf ihre Erlaubnis, weiterreden zu dürfen. Die nickte verständnisvoll. Lotte stieg das Blut in den Kopf, sie wußte nicht, wohin sie schauen sollte. »Und?« fragte sie mit gepreßter Stimme. Oma befragte wieder ihr Taschentuch, es schien kein Ende zu nehmen. Anna hätte es gut getroffen, habe Onkel Franz erzählt, sie sei bei einer adeligen Familie am Kölner Stadtrand in Stellung.

Lotte starrte auf die Apfelwangen mit dem Netz geplatzter Äderchen und versuchte, darüber die Augen zu finden, die sich wegen der schwer herabhängenden Lider hinter Schlitzen verbargen. Obwohl sie sehr viel redete, hatte Oma etwas Unergründliches – eines Tages würde sie plötzlich nicht mehr da sein und einen Schatz an Bildern, Geräuschen, Geheimnissen, Wissenswertem, Gerüchen aus einer anderen Zeit für immer, unwiederbringlich, mit sich nehmen. Eine plötzliche Angst überfiel Lotte: Die alte Frau war gleichsam die einzige Nabelschnur, die sie mit ihrer Vergangenheit verband. »Hast du ihre Adresse?« fragte sie hastig. »Warum?« sagte ihre Mutter. »Dann kann ich ihr schreiben.« Über ihren Kopf hinweg wechselten die beiden Frauen einen Blick des Einvernehmens. Der Regen, der in Schwaden über die Wiesen herangeweht wurde, peitschte die Fenster. »Ja, ich habe ihre Adresse«, sagte Oma leise. »Ich möchte sie gern besuchen«, erklärte Lotte. »Jetzt...«, rief ihre Mutter schrill, »in dieser Situation?« »Früher oder später muß es ja doch dazu kommen«, sagte Oma nachdenklich, »wir dürfen sie nicht zurückhalten.« »Aber dort ist doch jetzt Krieg!« protestierte Lottes Mutter. Mit beiden Händen nahm Oma den Hut vom Kopf – wollte sie sich Luft verschaffen oder unterstreichen, daß sie sich machtlos fühlte gegenüber der Anziehungskraft zwischen zwei Hälften eines Zwillingspaares? Sie legte den Hut auf ihren Schoß; während ihre Finger mechanisch über die Krempe strichen, starrte sie müde und niedergeschlagen auf die Veilchen. »Wenn eine alte Frau wie ich mit heiler Haut aus dieser miesen Geschichte zurückkommt«, sagte sie achselzuckend, »dann schafft eine gesunde, junge Frau das bestimmt auch.«

Lotte schrieb einen Brief, in dem sich Höflichkeit und romantische Sehnsucht auf seltsame Weise aneinander rieben und der damit schloß, daß sie gerne nach Deutschland kommen würde. Als Antwort empfing sie einen förmlichen Brief mit der Einladung, Silvester auf dem Landgut der Familie von Garlitz zu verbringen, schwungvoll unterschrieben von Anna Bamberg. Bis zum letzten Augenblick bangte Lotte, ob sie ein Einreisevisum bekommen würde. Am dreißigsten Dezember konnte sie endlich fahren; in ihrer Manteltasche reiste das bestickte Taschentuch, das sie all die Jahre in ihrem Köfferchen aufbewahrt hatte, zu seiner ursprünglichen Besitzerin zurück.

Als die Grenzbeamten auf deutsch ihre Papiere verlangten, sagte sie sich: mein Vaterland. Sie versuchte, sich das Bild ihres Vaters vorzustellen, aber der andere Vater drängte sich immer in den Vordergrund. Es gefiel ihr besser, »mein Geburtsland« zu denken, oder: das Land von Komponisten und Dirigenten, von Symphonien und Liedern – wieviel einfacher müßte es doch sein, ein Lied wie *Der Hirt auf dem Felsen* in einem Land mit Bergen statt mit ausgedehnten Weideflächen zu singen. Daß jede Sekunde sie näher zu Anna brachte, war ihr fast unbegreiflich. In ihrer Phantasie hatte sie sich das Wiedersehen schon so oft vorgestellt, und doch blieb es ein blinder Fleck. Je näher es heranrückte, desto mehr durchkreuzte Angst ihre Sehnsucht – eine Angst, für die es keine logische Erklärung gab. Um sich abzulenken, schaute sie mit übertriebener Aufmerksamkeit aus dem Fenster. Sie biß in einen der Äpfel, die ihre Mutter ihr in die Tasche gesteckt hatte. Einen Moment flammte ein leichtes Schuldgefühl auf oder das Gefühl, einen Verrat zu begehen, aber es schlug sofort in Mitleid um: Wie winzig und unscheinbar kam ihr die Mutter vor, von Deutschland aus.

Schließlich verlangsamte der Zug die Fahrt und fuhr in den Bahnhof ein. Die Angst siegte. Am liebsten wäre sie für immer in der Intimität des Abteils geblieben, aber der Zug hielt und entledigte sich seiner Fahrgäste, die, noch benommen von der Reise, in Trauben aus den Coupés drängten. Die Kälte schlug ihr ins Gesicht, sie wich zurück, stellte den Koffer auf den Bahnsteig und fühlte nichts als Abscheu gegen die drängelnden Menschenmassen um sich, den Winter, den fremden Bahnhof, sich selbst in ihrer plötzlichen Feigheit. Bibbernd zog sie das Taschentuch aus dem Wintermantel. Statt wie verabredet damit zu winken, hielt sie es zwischen Daumen und Zeigefinger unbeholfen in die Höhe. Das Wiedersehen war plötzlich so unabwendbar, daß sie die vorbeiziehenden Gesichter betrachtete, ohne auch nur zu versuchen, etwas Bekanntes darin wiederzufinden. Irgendwo pfiff ein Schaffner, der Laut strich wie der Schrei eines Vogels über die Köpfe der Reisenden. Hinter ihr nannte jemand leise, fragend ihren Namen. Es klang wie ein stiller Seufzer aus dem Mund der Menge. Sie drehte sich langsam um, zwischen den Wintermänteln leuchtete ein blasses Gesicht auf, ein Gesicht, das rund und spitz zugleich war, in dem sich die Gegensätze aufzuheben schienen. In einer Art Reflex reichte Lotte ihr das Taschentuch – die andere nahm es nur zögernd. »Anna?« Die Frau ihr gegenüber schloß zur Bestätigung kurz die Augen. Auf dem Poesiealbumbild in Lottes Kopf fielen sich die Schwestern in die Arme, auf dem Bahnsteig in Köln gaben sie sich steif die Hand und lächelten Wölkchen in die gefrorene Luft. Dann nahm die Frau Lottes Koffer, ermunterte sie mit einem Nicken, ihr zu folgen, und ging zum Ausgang.

Alles war grandios und überwältigend: die hohe, verrußte Überdachung des Bahnhofs, die weiträumige Halle, von einer 4711-Reklame in buntem Glas beherrscht, die monumentale Präsenz des Doms mit seinen beiden Türmen, die über Köln wachten – ein doppelter Fingerzeig nach oben, eigentlich ein

Zwillingspaar. Alles war grandios und überwältigend, außer dem Wiedersehen, das sich so distanziert und sachlich gestaltete, als handelten sie beide im Auftrag von jemand anders und hätten nicht das geringste Interesse füreinander. Bei einem Brunnen ohne Wasser am Fuß des Doms nahm Anna den Koffer in die andere Hand, um Fahrgeld für die Straßenbahn aus ihrer Tasche zu holen. Lotte hatte das Gefühl, daß zwischen den Einsen der Linie elf, die sie durch die schmalen Straßen der Innenstadt führte, mehr Vertrautheit war als zwischen Anna und ihr. Vergeblich forschte sie in dem blassen Gesicht nach Familienmerkmalen. »Das ist also Köln«, bemerkte sie mit einem kurzen, hölzernen Lachen, um das Schweigen zu brechen. »Ja, das kann man wohl sagen«, erwiderte Anna ironisch. Sie beugte sich zu Lotte: »Na, kennst du das Lied noch...?«

Mit einem schelmischen Gesichtsausdruck sang sie leise:

>»Bim, bim, bim
>die Elektrisch' kommt
>mit dem Kontrolleur
>und wer kein' fünfzehn Pfennige hat
>der läuft da hinterher...«

Nichts in dem Kinderlied, das der Schlüssel zum gegenseitigen Wiedererkennen, zum Erneuern ihrer alten Beziehung hätte sein können, rief die leiseste Regung in Lotte hervor – vielleicht hatten sich inzwischen zu viele Kantaten und Arien dazwischengeschoben. Anna sah sie erwartungsvoll an, aber Lotte reagierte mit verlegenem Achselzucken auf die Nagelprobe. Schweigend wandte sich Anna ab und widmete ihre Aufmerksamkeit dem dunkelgrauen Wasser des Rheins. Die Straßenbahn ratterte über die Brücke. Als ob sie mir etwas zum Vorwurf macht, dachte Lotte, vielleicht hat sie mich achtzehn Jahre lang als Deserteurin gesehen.

»Achtzehn Jahre«, sagte sie laut, »es ist jetzt achtzehn Jahre her.« Plötzlich schien der Bann gebrochen. Die Straßenbahn erreichte das andere Ufer. »Warum hast du mir nie geschrieben... damals?« fragte Lotte, als zaghafte Verteidigung und zugleich als Angriff. »Weil ich nichts von dir gehört habe«, sagte Anna schnippisch. »Das kann nicht sein«, platzte Lotte los, »ich habe dir Dutzende von Briefen geschrieben, und jeder davon endete mit den Worten: Anna, warum läßt Du nichts von Dir hören?« Anna schien kurz aus dem Gleichgewicht zu geraten. Aber sie hatte sich schnell gefaßt, zuckte die Achseln und sagte tonlos: »Dann haben sie die Briefe abgefangen. Ich habe sie nie zu Gesicht bekommen.« Lotte sah sie ungläubig an: »Aber warum sollten sie das getan haben?« Anna starrte demonstrativ aus dem Fenster, als ginge es sie nichts an. »Du kennst sie nicht«, sagte sie teilnahmslos. Außer sich vor Aufregung und Empörung über Annas Gleichgültigkeit – das war der springende Punkt – rief Lotte: »Aber das konnten sie doch nicht einfach machen...?« Ungerührt wandte Anna ihr das Gesicht zu: »So sind sie eben.« Gereizt fuhr sie fort: »Unangenehme Dinge sagt man am besten gleich... Du bist jetzt so erwartungsvoll nach Köln gekommen, aber ich... ich muß dir ganz ehrlich sagen... ich weiß überhaupt nicht, was das ist, eine Familie oder so was wie Familienbande. Entschuldigung, aber jetzt, wo du plötzlich wie ein weiblicher Lazarus zurückgekommen bist, weiß ich nicht, was ich mit dir anfangen soll. Ich habe mich schon vor so langer Zeit damit abgefunden, daß es mein Schicksal ist, allein auf der Welt zu sein, ich gehöre zu niemandem, keiner gehört zu mir, so ist das nun mal. Ich habe dir nichts zu bieten...«

»Aber wir sind doch... wir haben dieselben Eltern...«, hielt ihr Lotte kleinlaut entgegen, »das ist doch für uns beide wichtig. Damit wir wissen, wer wir sind, müssen wir doch wissen... wie alles angefangen hat...?« »Ich weiß genau, wer ich bin: ein Niemand. Und damit kann ich sehr gut leben!« Hinter ihrer provokativen Haltung war Verbitterung zu spüren, die ihre Stimme laut und schrill machte. Ein paar Fahrgäste drehten sich nach ihnen um. Lotte schwieg eingeschüchtert, ihr brach der Schweiß aus. Wieder hatte sie das Gefühl, daß Anna sie beschuldigte. Aber was hatte sie ihr vorzuwerfen? Daß sie noch lebte? Daß sie dem Wort »Schwester« Inhalt geben wollte? War das ihre Strafe für die so lange gehegte Illusion, zwei Waisen würden sich, rein und unversehrt durch Zeit, Entfernung und Familienquerelen, zu guter Letzt in die Arme fallen? Erst jetzt konnte sie sich das engstirnige, katholische Milieu primitiver Dörfler aus Omas Erzählungen plastisch vorstellen.

Später würde sie sich den Vorwurf machen, daß sie sich in diesem Augenblick nicht dazu entschlossen hatte, auf der Stelle umzukehren. Denn schon jetzt stand fest, daß das Wiedersehen eine Enttäuschung war und alles nur noch schlimmer werden konnte, wenn sie über Silvester blieb. Noch war es möglich, den Jahreswechsel daheim zu feiern, mit Glühwein, Krapfen und Musik. Aber eine unangebrachte Dickköpfigkeit zwang sie, sich durch nichts und niemanden von ihrem Plan abbringen zu lassen. In den deutschen Märchen, mit denen sie als Kind überfüttert worden war, mußten vielköpfige Ungeheuer und Drachen besiegt werden, um die verzauberte Prinzessin zu befreien. Vielleicht wollte sie sich in diesem Stadium noch nicht eingestehen, daß ihr Vorhaben gescheitert war, vielleicht wollte sie den Augenblick, in dem sie ernüchtert wieder nach Hause fuhr, hinauszögern, vielleicht hoffte sie, den Panzer zu durchdringen und die Person, die sich dahinter versteckte, doch noch kennenzulernen.

Die Straßenbahn hielt. Anna gab ihr ein Zeichen, daß sie aussteigen mußten. Das war ihre letzte Chance: Nimm's mir nicht übel, Anna, ich glaube, ich fahre besser gleich wieder nach Hause – aber sie stand auf und nahm schnell ihren Koffer, weil es ihr plötzlich unangenehm war, wenn Anna ihn wieder tragen würde. Sie stiegen aus, inzwischen war es dunkel und bitterkalt, und der Koffer stieß bei jedem Schritt an ihr Bein. »Sämtliche Autos sind eingezogen worden«, erklärte Anna sachlich, »wir machen jetzt alle Wege zu Fuß.« Schmiedeeiserne Torflügel öffneten sich, eine Zufahrt mit dunklen Baumstämmen links und rechts lag vor ihnen, der Mond führte ein düsteres Schattenspiel auf mit den Ästen über ihrem Kopf. Zum erstenmal gehen wir denselben Weg, sie und ich, dachte Lotte, und eine unpassende Sentimentalität durchflutete sie. Sie bekam Lust, ihre Schwester, die mit grimmigem Schweigen neben ihr ging, doch noch zu umarmen... laß uns doch um Himmels willen mit dieser Maskerade aufhören. Aber sie gingen im Abstand von einem Meter über die endlose Zufahrt, gemeinsam und doch getrennt. In der Dunkelheit leuchtete ein weißes Haus mit verhängten, schwarzen Fenstern. Breite Treppen, elegant geschwungen, zuerst voneinander weg, dann aufeinander zu, führten zu einem barocken Portal.

In dem verdunkelten Haus traf man Vorbereitungen für die Silvesterfeier. Herr von Garlitz wurde erwartet; seine Frau überschlug in Gedanken, wieviel geistige Getränke und Lebensmittel seine Kameraden vertilgen würden. Sie setzte ihren Status, ihr Geld und ihren Charme ein und schaffte es, sich mit einer Auswahl an Dingen einzudecken, die für Normalbürger längst unerreichbar waren. Von Lottes Ankunft an bis zu ihrer Abreise entfaltete Anna einen fieberhaften Eifer. Nebenbei stellte sie ihre Schwester der Gräfin vor, der Köchin, dem Dienstmädchen, der Gouvernante und dem Rest des Personals, alles so, wie es sich gehörte, aber ohne jede innere Beteiligung. Man verglich die beiden Schwestern miteinander. An den Augen könne man es sehen, stellte die Köchin fest, das gleiche Blau, aber sonst seien die Unterschiede größer als die Gemeinsamkeiten. Frau von Garlitz gratulierte Lotte zu ihrem Deutsch. Nach achtzehn Jahren immer noch akzentfrei! Alle arbeiteten hektisch weiter. In der Küche konnte man Silvester schon riechen, in der angespannten Betriebsamkeit des Personals war es zu spüren. Als Lotte im Schlafanzug am Fenster des Gästezimmers stand und durch einen Spalt in der Verdunkelung auf den Widerschein des Mondlichts im Schwimmbecken blickte, hatte Anna bis auf ein kurzes »gute Nacht« kein Wort mehr mit ihr gewechselt. Der Tag endete mit einem größeren Geheimnis, als er begonnen hatte. Sie fragte sich jetzt nicht mehr »Was für ein Mensch mag Anna sein?«, sondern »Wer ist Anna eigentlich?«

Auch der nächste Tag stand ganz im Zeichen des emsig hin und her laufenden Personals, beschäftigt mit nebulösen Vorbereitungen, bis eine Invasion von Offizieren es hinter die Kulissen zurückdrängte. Lotte floh in den Park. Hatte sie sich anfangs nur unwillkommen gefühlt, so machten sie die Uniformen, Mützen und die lauten Stimmen – manche östlich knödelnd oder mit häßlich rollendem R – nun vollends zur Außenseiterin. Fröstelnd ging sie durch den Park. Deutsche Erde, deutsches Gras, deutsche Bäume... Heimaterde? Der Gemüsegarten und die verwilderten Obstbäume zu Hause kamen ihr wie ein Paradies vor gegenüber diesem aufdringlichen Reichtum pro laufendem Meter Rasen, pro Quadratmeter Schwimmbecken, pro Kubikmeter deutscher Luft. Den Rest des Tages verbrachte sie im Aufenthaltsraum des Personals. Sie blätterte im *Illustrierten Beobachter*, in Gedanken schon bei der Rückfahrt und der Überlegung, wie sie ihre Enttäuschung zu Hause verbergen sollte. In der Küche schlangen alle hastig ihr Abendessen hinunter. Anna saß in einem schwarzen Kleid mit einer weißen, gestärkten Schürze und einem Häubchen auf dem Kopf am Tisch. »Da siehst du, wie das Leben einer Zofe ist«, sagte sie, und wieder klang es wie ein Vorwurf. »Kann ich dir bei irgendwas helfen«, stammelte Lotte. »Warum nicht?« sagte Anna spöttisch, »ich hab' noch so eine Uniform, das wär' doch eine nette Verwandlung.«

Lotte ließ das Servierkleid über ihre Schultern gleiten – ein verzweifelter Versuch, in Annas Haut zu schlüpfen oder wenigstens einmal mit ihr als Zwilling in Erscheinung zu treten. In den Händen eine Suppenterrine, den Blick starr auf Annas mit mathematischer Genauigkeit gebundene Schürzenbänder gerichtet, betrat sie den Speisesaal. Die Offiziere, die ihre Uniform gegen einen Smoking vertauscht hatten, saßen an einem langen, mit Tannengrün geschmückten Tisch. Kerzen in vielarmigen Leuchtern ließen das Tafelsilber und die dunkelroten Pailletten auf dem tief dekolletierten Abendkleid der Gräfin funkeln, die am Kopf der Tafel saß. Ihr Mann in seiner Doppelrolle als Gastgeber und Offizier saß ihr gegenüber. Unbeachtet – als wären sie durchsichtig – stellten Anna und Lotte die Schüsseln auf den Tisch. Annas Bemerkung: »Ich bin ein Niemand« bekam eine zusätzliche Dimension. Geräuschlos zogen sie sich zurück, Vorlegen war Sache der Diener.

So zerrann ihnen der Festabend in abstumpfender Dienstbarkeit zwischen den Fingern. Schmutzige Teller, Gläser, Löffel, leere Schüsseln. Die Gäste wurden immer lauter, und die beiden schafften es kaum noch, schnell genug den verlangten Sekt und Wein herbeizuschleppen. Ein wohlgenährter Offizier mit glänzendem roten Kopf riß einen Degen von der Wand und improvisierte einen Schwerttanz rund um sein halbleeres Glas, das verlassen auf dem Parkett stand. Als Anna mit einer Erdbeerbavaroise erschien, verlor der Akrobat die Konzentration – er geriet aus dem ohnehin labilen Gleichgewicht und plumpste rückwärts auf das einsame Stück Familienkristall. Mit blutunterlaufenen Augen rappelte er sich auf, die Scherben ragten wie Krähenfüße aus seinem Gesäß. Ein begeisterter Applaus brach los. »Am Westwall ist das erste Opfer gefallen!« brüllte jemand.

In diesem Augenblick konnte Lotte, die ebenfalls eine Schüssel Bavaroise hereintrug, die Unerschrockenheit ihrer

Schwester bewundern. Anna stellte die Schüssel mit dem sanft zitternden Dessert auf den Tisch, beugte sich über den heimgesuchten Körperteil und pulte mit völlig neutraler Miene, als läse sie Ähren, die Glassplitter heraus. Auf dem Weg zur Hausapotheke stützte sie den Verwundeten; bevor sie das Zimmer verließen, legte er seine Hand auf ihren Hintern, um allen zu zeigen, daß sein Geist ungebrochen war – mit frostiger Miene schob Anna die Hand weg.

Kurz vor Mitternacht versammelte sich das Personal in dem gemeinsamen Wohnzimmer, und um zwölf Uhr umarmten sich alle mit schäumenden Gläsern in der Hand. Wie Eisköniginnen gaben sich die Schwestern einen Kuß. Von draußen bekamen sie eine hervorragende Entschuldigung geliefert, sich gleich wieder voneinander distanzieren zu können: ein Gewehrschuß, und dann noch einer, ließ alle ans Fenster eilen. »Licht aus!« brüllte jemand. Sie zogen die Verdunkelungsrollos hoch und drückten die Nasen an die Scheibe. »Ach du lieber Himmel«, stöhnte die Köchin, »sind die Kerle denn von allen guten Geistern verlassen?« Ein paar Offiziere zielten lachend und grölend auf ein weißes Badetuch, das sie über einen tiefhängenden Ast geworfen hatten. Wieder schossen sie, der Stoff bewegte sich kurz und fiel schlaff zurück. Die Köchin marschierte entschlossen zur Tür. »Eine Schande ist das«, ereiferte sie sich, »ich werde etwas dagegen unternehmen.« Das Kindermädchen hielt sie zurück: »Ruhig Blut, Frau Lenzmeyer, es ist nicht Ihre Sache, hohe Offiziere zur Ordnung zu rufen.« Enttäuscht schüttete die Köchin ein paar Gläser Sekt in sich hinein. Es wurde weitergeschossen; Lotte schlüpfte unbemerkt in ihr Zimmer und ließ sich auf das Gästebett fallen.

Die Schüsse in der Nacht und das Bild des von Kugeln durchsiebten Badetuchs riefen ihr die beunruhigenden Schilderungen von Theo de Zwaan und Ernst Goudriaan bei ihrer Rückkehr aus Deutschland in Erinnerung – Schilderungen, die ihre Sehnsucht nur größer gemacht hatten. Erst jetzt bekamen diese Berichte einen Inhalt, und sie spürte die Bedrohung, die von jedem aus Langeweile und Mangel an einem geeigneteren Ziel abgefeuerten Schuß ausging. »Feind« – das war bisher ein leeres Wort für sie gewesen. Hier aber füllte es sich mit Bedeutung. Eine Bedeutung, die ganz von selbst noch durch Annas unterkühlten Neujahrskuß ergänzt wurde, durch einen trostlosen Spaziergang im Park, durch die Unmöglichkeit, so etwas Schemenhaftes wie Heimat wiederzufinden. Das Schießen hörte auf, statt dessen sangen die Offiziere jetzt. Voller Abscheu kniff sie die Augen zu. Sie legte Häubchen und Schürze ab und blickte in den Spiegel. Das schwarze Kleid paßte hervorragend zur Beerdigung ihrer Illusionen.

Ihren Koffer hatte sie bereits in die Halle gestellt, als sie zum Frühstück in die Küche ging. Anscheinend hatten die anderen die ganze Nacht durchgearbeitet – kein schmutziges Glas, kein Puddingrest erinnerte an den vorigen Abend. Alles stand im Zeichen eines opulenten Frühstücks, die Gäste durften unter keinen Umständen mit halbleerem Magen zum Westwall zurückkehren. Anna lief hin und her, beherrscht, ohne eine Spur von Müdigkeit, das blonde Haar wellte sich korrekt um das Häubchen. Lotte fragte sie, in welchen Abständen die Straßenbahn fuhr. Sie würde sich erkundigen, rief sie ihr über die Schulter zu und verschwand mit einer silbernen Schale voller Brötchen im Flur. Obwohl Lotte protestierte, beschloß Frau von Garlitz, daß einer der Offiziere sie zum Bahnhof bringen solle.

Bis zu ihrem Aufbruch waren die Gäste miteinander ins Gespräch vertieft und ließen sich von Anna mechanisch in ihre schweren Mäntel helfen. Lotte stand mit verschlossener Miene daneben, den Koffer in der Hand. Der Akrobat beklagte sich lautstark bei seinem Nachbarn über die Pächter auf seinem Gut in Brandenburg: »Sie sind so dumm, so schmutzig, so träge – eigentlich sind sie keine Menschen, sondern ein Mittelding zwischen Mensch und Tier…« Anna, die gerade seinen Mantel hielt, erstarrte. »Sie haben leicht reden«, sagte sie schroff, »ich möchte Sie mal sehen, wenn Sie sich wie ein Bauer abrackern müßten.« Alle Köpfe drehten sich in ihre Richtung, und der Gräfin fiel der Unterkiefer herunter. Völlig entgeistert über so viel Unverschämtheit ließ sich der Offizier fügsam wie ein kleines Kind in den Mantel helfen. Sein Gesicht nahm die gleiche Farbe an wie am Vorabend nach dem Sturz; wahrscheinlich hielt ihn die Erinnerung an Annas wirksame Behandlung davon ab, ihre sofortige Entlassung zu fordern. In diesem Moment ertönte auf der anderen Seite des Vestibüls das Signal zur Abfahrt. Lotte nahm ihren Koffer, Anna kam auf sie zu und gab ihr die Hand. Zum erstenmal seit Lottes Ankunft lächelte sie wieder – vielleicht weniger aus Freundlichkeit als aus Genugtuung darüber, daß sie es einem arroganten Großgrundbesitzer gegeben hatte. »Wir schreiben uns…«, sagte sie mit einem Blick über die Schulter – Frau von Garlitz rief sie. Das letzte, was Lotte hörte, war die kultivierte, wütende Stimme der Gräfin: »Was bildest du dir eigentlich ein, unsere Gäste zu beleidigen! Wenn so etwas noch einmal vorkommt…« Ein kleiner, untersetzter Offizier nahm Lottes Koffer und schob sie gehetzt nach draußen. Sie kletterte in einen Geländewagen. Ohne sich noch einmal umzusehen, ließ sie sich mitnehmen, über die Zufahrt und durch einen Vorort, der in tiefer Ruhe lag. Immer wieder sah sie Anna vor sich, mit erhobenem Kinn und den Mantel in der Hand, und immer wieder hörte sie ihre scharfe Zurechtweisung, die eine Rechtfertigung ihrer eigenen Vergangenheit sein sollte. Die Bezeichnung »Barbaren« hallte in einem entlegenen Winkel von Lottes Geist nach. Die Neugier packte sie: Annas kompromißlose Ehrlichkeit hatte etwas Bewundernswertes. Aber es war zu spät, sie überquerten den Rhein – Unerreichbarkeit durch Entfernung würde weniger schmerzhaft sein als Unerreichbarkeit trotz Nähe. Sie starrte auf den Dom. Die beiden Türme schoben sich selbst empor – bereits vor Jahrhunderten mußten sie einen Modus gefunden haben, friedlich am Ort ihres Ursprungs beisammenzubleiben.

Der Offizier sagte die ganze Fahrt über kein Wort zu dem Paket aus Holland, das er am Bahnhof abliefern sollte.

2

In einem kalten Luftzug trat ein Junge ein, gefolgt von seinem Vater, der auf dem Flohmarkt einen der Stahlhelme gekauft hatte. Der Vater bestellte zwei Cola und setzte dem Sohn grinsend den Helm auf. Selbst von ihrem Tisch aus konnten Lotte und Anna sehen, daß mit dem Kauf des Helms die Vater-Sohn-Romantik auflebte. Solange der Rausch dauerte, waren sie Schicksalsgefährten in einem Abenteuer, dem Krieg, den keiner von beiden erlebt hatte. Hätte es auf dem Markt einen Kopfputz aus Federn gegeben, hätte der Kampf Winnetous gegen die Bleichgesichter zweifellos die gleiche Wirkung gehabt. »Amerikanische Cola und ein deutscher Helm...«, Anna schüttelte den Kopf, »ich werde alt.«

Lotte war in Gedanken noch immer bei dem unglückseligen Silvesterabend. »Ich werde es nie vergessen«, sinnierte sie, »diese betrunkenen, schießwütigen Offiziere. Ich hatte das Gefühl, mitten unter fanatischen Hitler-Anhängern zu sein.«

»Bist du verrückt?« Anna richtete sich auf, sie mußte etwas klarstellen. »Die Familie von Garlitz, das war alter Adel, das waren Fabrikanten! Sicher, sie haben diesem Hanswurst in den Sattel geholfen, als Gegenleistung hat er fein säuberlich mit den Kommunisten abgerechnet und dem Adel sein großdeutsches Reich beschert. Aber du glaubst doch wohl nicht, daß sie den Sohn eines Zollbeamten für voll genommen haben? Sie sahen in ihm ein Werkzeug, das sie vorübergehend benutzen wollten. Erst als sie selbst an der Reihe waren, auf den Schlachtfeldern zu sterben, haben sie erkannt, daß dieser Parvenü auch sie benutzt hat.«

Sie lachte auf.

»Was ist daran so lächerlich?« fragte Lotte verärgert.

»Ich sehe mich noch mit Schürze und Häubchen durchs Haus wieseln. Was für ein Jammer. Die ganze Zeit habe ich krampfhaft versucht, zu vergessen, daß ich Besuch hatte – stell dir mal vor, zum ersten Mal im Leben Besuch! Du hast keine Ahnung, was das für ein Problem für mich war. Die Offiziere waren ein gutes Alibi. Was habe ich gearbeitet!«

Schweigend baute Lotte eine Pyramide aus Zuckerwürfeln. »Das ist mir als dekadente Szene in Erinnerung geblieben«, sinnierte sie, »diese Offiziere in der Nacht... ein Feind, dem alles zuzutrauen war, wenn er sogar auf Badetücher schoß...«

»Es war ein Tanz auf dem Vulkan«, fiel Anna ihr ins Wort, »warum sonst hätten sie wohl so viel getrunken?«

Anna ging auf und ab in ihrem Schlafzimmer. Bei jedem Schritt tat ihr der ganze Körper weh, als hätte sie jemand verprügelt; sie schlug sich mit der Faust in die Handfläche. Die wieder eingekehrte Stille war unerträglich. Es war eine Stille mit doppeltem Boden, hinterlassen von jemandem, der nun für immer verschwunden war. Nicht, weil andere es so geregelt hatten, sondern durch ihre eigene Schuld. Bilder, die sie während ihrer Arbeit blitzartig aufgeschnappt hatte, drangen auf sie ein: die Gestalt ihrer Schwester – im Park mit hochwehenden Mantelschößen, allein an dem langen Küchentisch vor einem leergegessenen Teller, der Anblick ihres Rückens, während sie niedergeschlagen die Treppe hinaufging. Jedes Bild eine stille Anklage. Den Film zurückspulen und von neuem aufnehmen – anders. Zu spät, zu spät, zu spät. Warum, das war es, was sie wissen wollte. Die Antwort konnte sie auch in der bestausgestatteten Bibliothek nicht finden, nur in sich selbst. Sie wußte lediglich eines: Von jenem Augenblick an, als sich Lotte auf dem Bahnsteig zu ihr herumdrehte, hatte sie ihrem Vater von Angesicht zu Angesicht gegenübergestanden, die lange, gebogene Nase, das schmale Gesicht und das dunkle, gewellte Haar, der melancholische, trotzige Blick. Es hatte etwas Ungehöriges, als ob Lotte ihn bestohlen hätte oder in eine falsche Konkurrenz zu ihm treten würde. Das dick eingemummelte sechsjährige Schwesterchen, von einer Dame mit Schleier entführt, fand sie in Lotte nicht wieder. Nun gab es noch eine Person, die ein Recht auf den Vater geltend machen konnte, die dazu vielleicht geeigneter war als sie selbst, weil sie ihm so frappierend ähnlich sah. Das also war Lotte. Warum erst jetzt?

Unrast und Selbstvorwürfe, auf diesen beiden Gleisen kämpfte sie sich durch den Winter, der Schneewehen gegen die Hauswand türmte und eine erfrorene Krähe auf die Freitreppe legte, so daß Hannelore, eines der Dienstmädchen, sie morgens finden und ein schlechtes Omen darin sehen konnte, worauf die Waschfrau sie warnte, daß Aberglauben Unglück bringe und Anna für einen Moment alles vergaß und über diese eigenartige Form von Aberglauben im Quadrat lachen mußte. Zum zweiten Mal wurde Anna von der Vergangenheit eingeholt, ohne daß sie darauf aus war. Die achtzehnjährige Hannelore, die Frau von Garlitz kurz zuvor in einem Weiler in Niederschlesien aufgegabelt hatte, war nach ihrer Ankunft unter Annas Obhut gestellt worden. Herausfordernd kündigte die Niederschlesierin an, daß sie am Sonntagnachmittag ins Kasino zum Tanzen gehen würde. »Das kannst du ihr nicht erlauben«, Frau von Garlitz nahm Anna beiseite, »oder du mußt sie begleiten.«

Das Kasino hatte sich offenbar auf einen Flirt mit dem neuen Sozialismus eingelassen. Die Mauern schlossen Anna nicht mehr aus, die Türen mit den kupfernen Knäufen standen weit offen. Sie trug ein madonnenblaues Kleid; durch den Rock schimmerte rote Seide, aus dem Stoff stieg noch das Parfüm ihrer Arbeitgeberin auf. Mit dem für Anstandsdamen typischen Desinteresse gab Anna die Eintrittskarten ab. Nun durfte sie ihre eigene Halle betreten. Die Murmelbahn, der Platz zum Bockspringen, die Verstecke hinter den Säulen, das hohe Gewölbe, wo sich die Lieder sammelten, die Marmortreppe, die sie hinabgestürzt war... alles war noch da. Irgendwo mußte sie, mußten sie doch noch sein... hinter diesen Säulen, in den Fluren... Wölkchen gestockten Atems oben im Gewölbe. Hannelore verschwand im Foyer. Dort standen die Sofas – Annas Trampoline. Sie hörte eine tiefe, rauschende Stille, die das Stimmengewirr, die Tanzmusik, das Klacken und Klopfen von Absätzen auf der Tanzfläche noch übertönte. Hannelore hatte Plätze ergattert, sie bestellten Wein, und im Nu war Hannelore weg. Ab und zu konnte Anna sie kurz sehen, beim Walzer in den Armen eines Soldaten, dessen rasierter, steifer Nacken zwischen den anderen Tanzenden immer wieder zum Vorschein kam. Der Westwall war offenbar ausgeströmt, an diesem Sonntagnachmittag im April war der Katz-und-Maus-Krieg ins Foyer des Kasinos verlegt worden.

Sie trank ihren Wein, ohne ihn zu schmecken, und starrte vor sich hin – bis sich plötzlich jemand zwischen sie und ihre Erinnerungen drängte. »Darf ich bitten...« Lustlos stand sie auf und ließ sich zur Tanzfläche führen. *Was machst du mit dem Knie, lieber Hans* schien zu einem vorigen Leben zu gehören, der Soldat benahm sich musterhaft. Mit leerem Blick starrte sie an dem silberfarbenen V auf seinem Ärmel vorbei. Nach dem Tanz brachte er sie wieder zu ihrem Tisch. Als sie sich gerade setzen wollte, wurde die nächste Nummer gespielt, er nickte kurz und forderte sie gleich wieder auf. Beim zweiten Tanz, der mitreißender war als der vorige, verblaßten die Bilder langsam, und sie konnte den Soldaten jetzt deutlich erkennen. Sein Gesicht kam ihr merkwürdig vertraut vor – es war mehr das Gesicht eines Menschen als das eines Soldaten, stellte sie fest, ohne daß es sie interessierte.

Sie wandte den Blick ab und entdeckte an der Wand ein

großes, gerahmtes Foto der norwegischen Fjorde. Wurde jetzt schon mit Siegen geprahlt? »Hier sind sie ja ganz schön aktuell mit dem Wandschmuck«, sagte sie unwirsch. »Es hätten auch die Brücken über die Moldau sein können«, ergänzte er. Sein Akzent überraschte sie: »Sie kommen ja aus der Ostmark.« »Aus Österreich«, verbesserte er sie mit höflichem Nicken. »Aber dort gibt es doch nur Operettensoldaten mit roten Rosen im Gewehr statt Kugeln.« Sein Gesicht spannte sich. »In der Tschechoslowakei gab es wenig zu lachen und zu singen.« »Das hört sich so an, als ob Soldat sein nicht Ihre Berufung ist.« »Ich bin eingezogen worden«, lächelte er, »tausendmal lieber wäre ich zu Hause, in Wien... mit Rosen im Gewehr.« Seine Stimme war so melodiös, daß alles, was er sagte, scherzhaft klang. Er zog sie fester an sich und schwenkte sie in leidenschaftlichen Bogen über die ganze Tanzfläche. Nach jedem Tanz brachte er sie feierlich zurück – ein Muster, das sich stets wiederholte – und sobald das Orchester ein neues Stück anfing, eilte er übers Parkett und stand wieder vor ihr. Gegen halb zwölf entschuldigte er sich, um zwölf müsse er wieder in der Kaserne sein. »Darf ich Sie wiedersehen?« fragte er. »Verzeihung, ich habe mich noch nicht vorgestellt: Martin Grosalie.« »Sie können mich anrufen«, sagte sie tonlos, »zweiundfünfzig und dreimal die Null.« »Nehmen Sie mich auch nicht auf den Arm?« Er blickte sie unsicher an. »Wieso?« »Die Telefonnummer klingt so unwahrscheinlich.« »Sie glauben doch nicht etwa, ich hätte sie mir ausgedacht«, sagte sie gereizt. Errötend verbeugte er sich, um ihr die Hand zu küssen. »Ich küsse Ihre Hand, Madame«, sagte Anna ironisch und zog sie unter seinen Lippen weg.

Der Soldat ließ sich nicht abschrecken. Zwei Tage später rief er an, und ihr fiel kein Argument ein, das gegen eine Verabredung sprach. Sie trafen sich in einem Lokal am Alten Markt. Draußen regnete es unaufhörlich. Ein Gefühl der Fremdheit und Verlegenheit überkam sie, als sie sich gegenübersaßen, ohne die Möglichkeit, sich in den Tanz zu flüchten. Aber mit dem Schneid eines Schuljungen übernahm er die volle Verantwortung für das Zusammensein. Er schilderte ihr Wien: Schönbrunn, Naschmarkt, Prater, das Geburtshaus Schuberts, das Wohnhaus Mozarts, das Sterbehaus Haydns. Alle Sehenswürdigkeiten ließ er Revue passieren, er erschuf seine Stadt neu und bummelte mit ihr durch die Straßen, unterwegs zeigte er ihr alles, lebhaft und voller Begeisterung – nicht, um sie für sich einzunehmen, sondern um etwas anderes auf Abstand zu halten, etwas, das im Hintergrund ständig da war und auf seine Chance lauerte. Auch Anna, die glaubte, daß es sie nichts anginge, spürte es. Unerwartet brach es doch noch heraus: »Und jetzt liegen wir hier«, seufzte er, »den Franzosen gegenüber, mit dem ganzen Kriegsmaterial, und sie liegen uns gegenüber. Warum? Ich hoffe, daß diese Farce bald vorbei ist und wir wieder nach Hause können.«

Sie trafen sich nun öfter, er holte sie zu Hause ab, und alle bezeichneten ihn als einen netten, kultivierten jungen Mann, worüber sie sich ärgerte. Sie setzte dem netten, kultivierten jungen Mann mit Hänseleien zu, die er offen genoß – sie zog ihn auf mit seinem Akzent, mit seiner Höflichkeit, mit Österreich. Eines Abends war in der Stadthalle ein Ball. Als das Fest dem Ende zuging, zog Anna ihn mit zum Ausgang. »Kommen Sie, es ist zu Ende.« »Nein, nein, sie spielen noch ein paar Stücke«, beschwor er sie, »sollen wir wetten? Wenn ich gewinne, darf ich Sie duzen.« Er gewann. Schweigend schlenderten sie durch die menschenleeren Vorstadtalleen, die Mondsichel stand zwischen den Wolken, es roch süß nach jungem Grün. Ich kann doch nicht einfach so anfangen mit dem Duzen, dachte Anna. Auf der untersten Stufe der Freitreppe küßte er sie, unvermittelt, als rechnete er mit einer Stimme ab, die es ihm den ganzen Weg über verboten hatte. »Sie weinen ja...«, erschrak Anna. »Nicht Sie... du...«, verbesserte er sie mit heiserer Stimme. Sie traute sich nicht, ihm auf Wiedersehen zu sagen – sie konnte doch nicht einen weinenden Soldaten auf der Treppe stehenlassen. Obwohl sie lieber ins Haus gerannt wäre, um hinter verschlossener Tür über alles nachzudenken, zog sie ihn in den Park, zu einer steinernen Bank, die wie gemalt im Mondlicht stand, an drei Seiten von einer gestutzten Taxushecke umgeben. Sie setzten sich. Fragmente aus Filmen und Büchern, in denen sich die Personen von allein in der nächsten Phase wiederfanden, schossen ihr durch den Kopf: Umarmungen, feierliche Erklärungen… aber ein weinender Anbeter kam nirgendwo vor. Obwohl sie Weinen bei sich selbst als Zeichen von Schwäche ansah, schien es ihr, als erfordere es bei einem Mann eher einen besonderen Mut. Das letzte Mal, als sie geweint hatte – es mußte eine Ewigkeit sein –, war es vor Wut, Demütigung und Schmerz. Bei dem Soldaten mußte es etwas anderes sein – sie traute sich nicht, davon anzufangen. Er nahm ihre Hand und blickte mit heiterer Gelassenheit auf das schlafende Haus. Das, was in ihr die ganze Zeit auf irgend etwas gewartet hatte, flatterte weg, und eine wohlige Mattigkeit überkam sie. »Ich bin auf einmal so müde«, gähnte sie. »Ruh dich nur aus«, flüsterte er, »leg den Kopf in meinen Schoß.« Ohne zu zögern streckte sie sich aus, und betäubt vom Soldatengeruch nickte sie ein.

Während sie schlief, wurde der Mond auf einen anderen Platz am Himmel gerückt. Entspannt wachte sie auf, in einem Zustand vollkommener Hingabe, wie sie ihn seit ihrer frühen Kindheit nicht mehr gekannt hatte. Unbemerkt beobachtete sie den Soldaten. Wie er so reglos dasaß, erinnerte er sie an den sterbenden Soldaten bei ihrem Großvater, der sein Gesicht zu einem herabschwebenden Engel erhob. Auf eine intime, wortlose Art schien er in beredter Verbindung mit etwas zu stehen, das für sie unsichtbar war. Er schluckte, sein Adamsapfel bewegte sich auf und ab; das gab ihm seine irdische Dimension zurück – beschämt über ihre heimliche Beobachtung sagte sie seinen Namen. Er beugte sich über sie. »Ich hätte nie gedacht...«, er legte einen Finger auf ihre Lippen, »daß es so etwas Schönes geben kann wie ein Mädchen, das einem auf dem Schoß einschläft.« »Ich hab's doch gesagt«, sie blieb nüchtern, »du bist ein Rosenkavalier.«

In den Tagen darauf kreisten ihre Gedanken ständig wie ein Mückenschwarm um den Soldaten. Wie konnte es nur sein, daß er so vertraut und rätselhaft zugleich war – ein Paradox, das sie angenehm verwirrte. Einen Weg zurück schien es nicht zu geben. Sie verabredeten, Pfingsten zum Drachenfels zu fahren, und sie hatte schon den Picknickkorb gefüllt. Aber der Drache wartete ihr Kommen nicht ab. Er war aus einem Schlaf erwacht, der gut zwei Jahrzehnte gedauert hatte, er reckte und streckte sich, gähnte, sah in den Spiegel, ob seine Augen funkelten und die Schuppen glänzten, er schärfte seine Klauen an der Felswand, riß das Maul auf, um den Mechanismus für Feuer und Schwefeldampf zu kontrollieren, und begab sich mit geschwellter Brust und peitschendem Schwanz bergab Richtung Westen.

Am 9. Mai klingelte das Telefon. »Für dich«, sagte Hannelore. Anna nahm den Hörer ab. Am anderen Ende der Leitung war der Soldat, ganz außer Atem: »Wir haben Urlaubssperre.« Alarm, Abmarsch. Um sie anrufen zu können, war er über die Kasernenmauer geklettert. Er mußte sofort zurück; wenn man ihn schnappte, würde er ohne Pardon erschossen. Als er eingehängt hatte, hielt sie den Hörer noch lange in der Hand. Da war es wieder, und jetzt nicht mehr im Hintergrund. Es warf seinen Schatten über sie, nistete sich in ihrem Zwerchfell ein. Sie merkte nicht, daß ihr Tränen über die Wangen rannen. »Ja, ja«, sagte Frau von Garlitz, »so ist das im Krieg, was?« Die lakonische Bemerkung machte Anna wütend, unaufhaltsam flossen jetzt die jahrelang aufgesparten Tränen – sie hatte genug gelesen, um zu wissen, daß sie in ihrem Kummer um einen Soldaten, der an die Front mußte, zu einer in Jahrhunderten gewachsenen Gesellschaft von Millionen Frauen gehörte; bis zum Überdruß war es beschrieben und besungen worden, und doch war ihr Leid das einzige, das allerschlimmste. Wieder stand sie den Geschehnissen machtlos gegenüber, diesmal war es eine Machtlosigkeit für zwei.

Sein erster Feldpostbrief kam aus Bad Godesberg. »Ich bin hier in einer Turnhalle, ich habe eine Kerze, einen Bleistift und Papier, und ich schreibe Dir, weil ich mir Sorgen um Dich mache. Laß bitte etwas von Dir hören.« So begann ein Briefwechsel, der Jahre dauern sollte. Der die Feldzüge nach Belgien, Frankreich und Rußland überleben würde, bis zum letzten Brief, den er nicht mehr selbst geschrieben hatte. Die Liebe entwickelte sich erst richtig auf dem Papier, mit der ganzen Selbstverleugnung, die dazugehörte: ...mach dir keine Sorgen, mir geht es gut...

»Die Franzosen kommen!« Wieder floh Frau von Garlitz mit ihrem Gefolge in den Osten. Anna und Hannelore wurden zurückgelassen, um das Haus zu hüten; die Tür des Luftschutzraums, der in weiser Voraussicht schon 1934 gebaut worden war, wurde nicht mehr abgeschlossen. Das Schwimmbecken war gemäß einer Anordnung bis zum Rand mit Löschwasser gefüllt. Für alles war vorgesorgt.

Als einzige Überlebende eines Schiffbruchs trieben sie in einem Ozean von Kaffee, Tee, Wein, Ratafia de Pommes – schlecht für die Arthrose, gut für die Seele. Ein warmer Golfstrom trug sie immer wieder in Sichtweite neuer, unbekannter Küsten, ohne daß sie irgendwo an Land gingen. Es war noch immer Sonntag. Sie bestellten einen Imbiß. Statt auf ihren schmerzenden Sohlen die Umgebung Spas zu erkunden, schlugen sie lieber die Pfade und Alleen der Vergangenheit ein, auch wenn die Gefahr von Landminen langsam größer wurde.

Jahre später lernten Lottes Kinder, daß der Krieg am zehnten Mai 1940 angefangen habe. Aber für die Deutschen hatte er schon eher begonnen, im September, oder, im nachhinein betrachtet – eine Frage der Perspektive –, 1933, als der frustrierte Sonntagsmaler an die Macht kam. An diesem zehnten Mai wich die Familie keine Sekunde vom Radio. Lotte schaute durch die hohen Fenster in den Garten. Die unwirklichen Ereignisse, die der Nachrichtensprecher mit neutraler Stimme meldete, wurden von einem strahlend blauen Himmel in Abrede gestellt. Fallschirmspringer? Bombenangriffe auf Flughäfen? Deutsche Truppen, die die Grenze überschritten, wie es deutsche Dienstmädchen schon vor Jahren getan hatten?

Aber die deutsche Wehrmacht rückte schnell vor. Gerüchte und Tatsachen verdrängten sich gegenseitig: Die deutschen Fallschirmjäger seien als Briefträger und Polizisten verkleidet, es wimmle von Spionen, die königliche Familie sei geflohen, Rotterdam stünde in Brand. Die Deutschen drohten mit der Bombardierung weiterer Städte. Holländische Soldaten verteidigten das Land mit dem Mut der Verzweiflung. Die Niederlande waren klein, aber nicht klein genug, um sich verstecken zu können – von einem Bombenflugzeug aus konnte man das Land mit einem Blick überschauen.

Die Kapitulation war enttäuschend, nahm aber auch die Angst. Die bedrohten Städte waren geschont worden, die Besatzer wußten sich zu benehmen: keine Plünderungen, Vergewaltigungen, Gemetzel, wie man es aus Büchern kannte. Von nun an jedoch gehörten Marschkolonnen zum Straßenbild, und es hallten die Echos stampfender Stiefel und Kampflieder. Auf dem Weg zu ihrer Gesangslehrerin stieß Lotte auf eine Gruppe Deutscher, die nebeneinandergingen und den Radweg blockierten. Sie klingelte nachdrücklich, aber vergebens und mußte vom Radweg auf die Straße ausweichen, um vorbeifahren zu können. Einer der Soldaten, beleidigt, weil sie sich erdreistet hatte zu klingeln, rannte ihr nach und versuchte, ihr Rad am Gepäckträger festzuhalten. Sie stemmte sich in die Pedale, um Fahrt zu bekommen, das Blut rauschte ihr in den Ohren, seine Kraftausdrücke verfolgten sie – wieder hörte sie das Gebrüll und die Schüsse in der Nacht. Der Soldat dehnte sich, blähte sich hinter ihr zu etwas Monströsem auf, das sie einholen, zurückholen, bestrafen wollte. Aber sie schaffte es, allmählich wurde der Abstand immer größer. Sie wagte erst sich umzuschauen, als sie drei Straßen weiter war und hinter ihr Stille einkehrte.

Die Musik war ein guter Teufelsaustreiber. Seit einiger Zeit wurde der Chor bei Rundfunkauftritten von einem begabten Studenten des Konservatoriums begleitet, David de Vries. Lotte bat ihn, sie zu Hause beim Einstudieren von Mahlers *Kindertotenliedern* zu begleiten, damit sie sich ganz auf die Singstimme konzentrieren konnte, die schon schwierig genug war. So erlagen sie gemeinsam mehrmals in der Woche dem Bann des zu Schönheit geronnenen Schmerzes:

> Oft denk ich, sie sind nur ausgegangen!
> Bald werden sie wieder nach Hause gelangen!
> Der Tag ist schön! O sei nicht bang!
> Sie machen nur einen weiten Gang!
> Ja wohl, sie sind nur ausgegangen
> und werden jetzt nach Hause gelangen.

Die Lieder durchdrangen sie mit einer unbestimmten Sehnsucht – ihre Stimme, nicht beeinträchtigt durch falsches Atmen, kam nicht länger aus ihrer Brust, sondern aus dem ganzen Körper. Sie wurde durch und durch Musik, unbestimmtes Verlangen; zwischendurch sah sie das Profil ihres Begleiters in schmerzlicher Hingabe, als identifiziere er sich mühelos mit dem trauernden Vater. Als sie aufhörten, war das Gefühl noch da, es kostete Mühe, Abschied zu nehmen, sie drucksten herum, die Musik noch in den Ohren, voller Widerwillen, den Zauber zu lösen und jeder für sich wieder im Alltagsleben aufzugehen. Er zögerte immer länger, bevor er die Noten in seine Tasche steckte – in solchen Momenten der Unschlüssigkeit war er ein leichtes Opfer für Lottes Vater, der ihm seine Neuerwerbungen vorspielte.

Um nicht, wie Chopin, ein bleichsüchtiger und kränklicher Musiker zu werden, war David de Vries auch ein eifriger Segler. An einem schönen Sommertag mietete er ein Boot und lud Lotte zu einer Fahrt auf den Loosdrechter Plassen ein. Während er ihr die Grundregeln des Segelns beibrachte, schwärmte er von ihrem Vater: So ein sympathischer Mann, und was für eine beeindruckende Anlage habe er doch gebaut! Es wäre schade gewesen, ihm zu widersprechen, schade um den schönen Tag, um das synkopisch ans Boot schwappende Wasser, um den Wind, von dem sie eine Gänsehaut bekam, die von der Sonne wieder geglättet wurde, schade um den Anblick seines braungebrannten Körpers und seiner schlanken Finger, die diesmal nicht über die Tasten tanzten, sondern in ein geschäftiges Spiel mit Seilen, Giekbaum und Ruder verwickelt waren.

Das Kompliment erwies sich als Einleitung; er begann, sich über seinen Vater zu beklagen. Ursprünglich Kantor in der Synagoge, war dieser irgendwann der Anziehungskraft der populären Musik erlegen. Sowohl in den Niederlanden als auch in Deutschland war er einem großen Publikum bekannt; Schallplatten von ihm waren in Umlauf. Der Ruhm brachte Annehmlichkeiten und Kummer. Junge Frauen drängelten sich vor seinem Hotelzimmer; den Champagner im Kühler wartete er in einem schimmernden Hausmantel, bis es der Allerschönsten gelang, sich Zutritt zu ihm zu verschaffen. Von den Schuldgefühlen gegenüber seiner kränkelnden Frau kaufte er sich mit protzigen Schmuckstücken frei, aber seine Lieder blieben unschuldig und beschwingt: Nach seinem

Auftritt gingen die Zuhörer gestärkt nach Hause – sie konnten dem Leben wieder die Stirn bieten.

David, der ihn auf Gastspielen begleitete, setzte sich am nächsten Morgen im Zug in das Nachbarabteil: Er konnte die Gegenwart seines Vaters nicht ertragen. Voller Widerwillen schloß er die Augen und entkam in seiner Vorstellung nach Palästina; er spielte mit dem Gedanken, nach dem Konservatorium Medizin zu studieren – davon hatte man als Pionier mehr. Die Tournee endete immer mit der Reue des Vaters. Den Tränen nahe, weil sein einziger Sohn ihn ablehnte, flehte er um Verständnis und Zuneigung und wollte ihm dafür die Welt zu Füßen legen. »Ich schenke dir ein Segelboot, Junge«, beschwor er ihn, »aber laß uns damit warten, bis der Krieg vorbei ist.«

Lotte, die ihre Füße ins Wasser hielt, wußte noch nicht, daß das imaginäre Segelboot, das hier zum ersten Mal zur Sprache kam, zum Symbol für etwas werden sollte, das einen Schatten über den Rest ihres Lebens werfen würde. Etwas, das sich auch nicht mit einem wolkenlosen Himmel vereinbaren ließ, mit geblähten weißen Segeln und einem gemeinsamen Sprung in den See – wo sie einander zum ersten Mal verstohlen berührten, das Wasser war ein guter Vorwand.

Der noch frische Krieg hatte eher etwas Krämerhaftes als Dramatisches. Immer mehr Lebensmittel gab es nur noch gegen Marken. Lottes Mutter bereitete das anfangs kaum Schwierigkeiten – weil sie sehr abgelegen wohnten, hatte sie immer große Vorräte im Haus. Kisten mit Tee aus China bezog sie bei jemandem, der lange in der Kolonie gelebt hatte und auf einem der Landsitze wohnte, Milch holte sie warm und schaumig beim Bauern, Brot buk sie selbst. Von der allgemeinen Hamsterwut ließ sie sich nicht anstecken; sie legte nur einen kleinen Vorrat grüner Seife an. Um der Verdunkelungspflicht nachzukommen, brauchten sie keine besonderen Maßnahmen zu treffen, es genügte, die Roßhaarvorhänge dicht zu schließen. Im Juni wurde Theo de Zwaan aus der Kriegsgefangenschaft entlassen. Von Kriegshandlungen hatte er nichts gemerkt, er war in Limburg an einem Ort stationiert gewesen, wo nichts geschah. »Er hat sich natürlich in einem Heuhaufen versteckt«, sagte seine Schwiegermutter, »und in aller Ruhe abgewartet, bis sich der Pulverdampf verzogen hat.«

3

Das üppige Mittagessen hatte sie doch an die frische Luft getrieben. Der Ostwind kam ihnen jetzt noch grimmiger vor, Lotte verkroch sich fröstelnd in ihrem Kragen. Anna, die über eine natürliche Kälteabwehr verfügte und auch weniger dazu neigte, sich vom Wetter beeinflussen zu lassen, betrat mit festem Schritt den Parc de Sept Heures. Der Flohmarkt war vorbei, der Park lag verlassen da. Ein Büschel mannshoher, vergilbter Bambus raschelte im Wind. Anna überlegte laut, ob sich der Bambus wohl im Frühjahr erholen würde. Lotte war fest davon überzeugt und erzählte Anna außerdem von dem eigentümlichen Phänomen, daß alle hundert Jahre sämtliche Bambussträucher auf der ganzen Welt gleichzeitig blühen. Das hielt Anna für ein Märchen, obwohl sie einräumte, daß es ja auch Pflanzen gäbe, die nur eine einzige Nacht blühten, ohne daß irgend jemand es sähe.

Plötzlich standen sie vor einem kleinen Denkmal aus Naturstein. Es lehnte sich an den steilen Felsen an, der Spa an der Nordseite wie eine Mauer vom Rest der Welt abzuschließen schien, und war den Planern der Wanderwege rund um den Ort gewidmet. Ihre Namen waren in den Stein gemeißelt: vom Comte de Lynden-Aspremont 1718 bis zu Joseph Servais 1846. Am Fuß befand sich ein Becken, in dem das Wasser gefroren war; auf dem Rand saßen zwei kupferne Frösche, die den Kopf in den Nacken warfen und im Sommer wahrscheinlich aus ihren aufgesperrten Mäulern Wasser spien. Anna hatte die bizarre Vorstellung, sie beide seien diese Frösche – vom Eis ausgeschlossen balancierten sie auf dem Rand und warteten auf Tauwetter.

Sie bogen einträchtig nach rechts ab, schlenderten in die Avenue Reine Astrid und befanden sich etwas später vor dem schmiedeeisernen Tor des Musée de la Ville d'Eau. Sie nickten sich zu und gingen hinein. Eine alte Frau, die zusammengeduckt hinter einem Tisch mit Ansichtskarten saß, verkaufte die Eintrittskarten. Ihr Gesicht, rund und rot wie ein vertrockneter Sternapfel, wirkte völlig zerknittert durch ein dichtes Netz von kreuz und quer verlaufenden Runzeln. Aber irgendwo zwischen den Falten leuchteten die Knopfaugen, als sie ihnen mit einer knotigen Hand die Karten zuschob. Anna fragte nach einem Museumsführer – einen Moment lang stockte das Räderwerk, dann nickte der kleine Kopf ruckartig, und eine vergilbte Broschüre kam zum Vorschein.

»Unerhört«, flüsterte Anna, »eine hundertjährige Frau noch arbeiten zu lassen.«

Plötzlich fühlten sie sich sehr jung. Fast beschwingt betraten sie den ersten Saal. Die beleuchteten Vitrinen enthielten eine große Sammlung Jolitées, Gegenstände, die die Kurgäste im Laufe der Jahrhunderte benutzt hatten: Schnupftabaksdosen, Spazierstöcke mit dem Kopf Napoleons oder eines wilden Tieres als Knauf, Taschenuhrkästchen, Quadrilleschachteln, galante Kleinmöbel – alles bemalt und aus dem berühmten Holz geschnitzt, das mit Stolz Bois de Spa genannt wird, als sei es eine Marmorart. Die arkadischen Darstellungen eleganter Spaziergängerinnen, mit oder ohne Perücke und Reifrock, auf den von Lynden-Aspremont und Servais angelegten Spazierwegen entlockten Lotte bewundernde Ausrufe. Anna ärgerte sich über den frivolen Schnickschnack und sah in den minuziösen Malereien nur die Ausbeutung unterbezahlter Handwerker. Sie hielt sich die Broschüre in großem Abstand vor die Augen und las mit ihrem holprigen Akzent laut daraus vor.

Lange bevor Spa Spa war, lobte bereits der Römer Plinius die heilkräftige Wirkung des Wassers, das in dieser Gegend aus der Erde sprudelte. Seit dem Tag, als der Leibarzt Heinrichs VIII. seinem königlichen Patienten empfahl, das Wasser dieser Quellen zu trinken, wurde Spa in ganz Europa bekannt. In flachen, von Weidengeflecht geschützten Flaschen wurde das Wasser in alle Welt verschickt. 1717 beehrte Zar Peter der Große die Stadt mit seinem Besuch. Umringt von Abenteurern und Schmarotzern folgte die europäische Aristokratie seinem Beispiel – Staatsmänner, berühmte Gelehrte, Künstler und Damen von königlichem Geblüt lustwandelten zwischen den Quellen, einen Spazierstock in der einen, einen Becher in der anderen Hand, und tranken begierig von dem wundersamen Wasser, das sogar dafür berühmt war, Liebeskummer zu heilen. »Bobelins« nannten sie die Einwohner der Stadt. Es gab nur eine strenge Verhaltensregel, nach der sich die Bobelins richten mußten: Ernsthafte Angelegenheiten hatten hier nichts zu suchen. Ruhe, Harmonie und Nonchalance waren die Bedingungen für eine Heilung. Es folgten berühmte Namen: Descartes, Christina von Schweden, Bollandius, der Markgraf von Brandenburg, der Herzog von Orléans, Pauline Bonaparte… Anna fächelte sich mit der Hand Kühlung zu. Pfff – ja natürlich, nur die Reichen konnten sich so eine Kur erlauben, sie hatten alle Zeit der Welt, während sich die Dienstboten abrackerten. Eigentlich war es ein Wunder, daß sie überhaupt krank wurden, seit ihrer frühesten Kindheit konnten sie sich vorzüglich ernähren, trieben Sport, brauchten keine Mistkarren zu schieben…

Taub für Annas Philippika beugte sich Lotte über ein Schmuckkästchen, auf dem zwei Damen mit eingeschnürten Taillen und ausladenden Hüten voll wippender Federn ein Glas Wasser tranken. »Schau doch mal«, sie zupfte Anna am Ärmel, »wie elegant die Mode war, eine wirklich weibliche Silhouette, die Frauen besaßen Stil.«

»Natürlich besaßen sie Stil«, brauste Anna auf, »sie waren ja so erzogen. Ich habe jahrelang bei ihnen gearbeitet, ich kenne sie durch und durch. Es ist alles Fassade – sie waren um kein Haar besser als wir, diese Leute, die nach außen hin Adelige waren. Ich fühle mich dieser sogenannten Elite ein ganzes Stück überlegen.«

Lotte zog sie von einer Vitrine zur nächsten. Durch Annas Krittelei an der Aristokratie ließ sie sich nicht den Spaß verderben. Sie wollte sich einfach an den wunderbaren Requisiten erfreuen, mit denen sich die Angehörigen dieser Schicht umgeben hatten – das Leben von damals kam ihr so viel intensiver und bunter vor als das moderne Leben. Plötzlich standen sie wieder in der Halle. Die alte Frau war eingeschlafen oder vielleicht gar tot. Sie verließen das Museum – der Wind jagte sie zwei Häuserblöcke weiter in die inzwischen vertraute Konditorei, wo sie wieder unter dem scheußlichen schmiedeeisernen Kerzenständer Platz nahmen und Merveilleux bestellten, diesmal mit Kokos.

Nach dem Frankreichfeldzug kehrte die Familie aus dem Osten zurück – der Führer hatte es wieder mal geschafft! Der Sekt floß in Strömen, der Siegesrausch verflog erst, als englische Bomber Köln angriffen. Anna versuchte, schwimmen zu lernen – sie trieb auf dem Rücken im Löschwasser und blickte durch die Wimpern in den blauen Himmel. Schwerelosigkeit... nicht existieren und doch da sein... einen Moment lang vergessen, daß Martin mit seiner Einheit in Polen war. Nach ihren ersten Verabredungen, die sich im nachhinein betrachtet eher in einem Traum als in der Wirklichkeit abgespielt zu haben schienen, wurde er erst in den Feldpostbriefen ein normaler Mensch – in seiner Wortwahl, seinen Beobachtungen: ein tausend Jahre alter Baum in Odrzywót, eine reich vergoldete Barockkirche in einem Dorf, in dem mehr Schweine als Menschen lebten, ein alter Mann mit wettergegerbtem Gesicht, der drei Worte Deutsch lispelte und sich auf die Brust schlug, weil seine Vorväter noch mit Garibaldi auf den Barrikaden gestanden hatten, ein Landstrich mit Hunderten von Seen, die den Himmel spiegelten, so daß man zuletzt nicht mehr wußte, wo oben und unten war. Von Kriegshandlungen sprach er nie, aber dafür vom Heiraten – sein Antrag war voller Wiener Schwung und Eleganz. Seit dem Augenblick, als er sie auf der anderen Seite der Tanzfläche habe stehen sehen, in ihrem blauen Kleid, ohne jede Koketterie, eher mit der Ausstrahlung eines leicht aggressiven »Komm mir nicht zu nahe«, sei er sich sicher gewesen. In seinem nächsten Urlaub wollte er bei ihrem Vater um ihre Hand anhalten. Aber der ist tot, wandte sie ein. Und ihr Vormund? Der sei für sie gestorben. Aber es müsse doch jemanden geben, bei dem er um ihre Hand anhalten könne? Sie fand seine Hartnäckigkeit in diesem Punkt altmodisch, aber rührend und schlug vor, Onkel Franz solle diese Rolle übernehmen. Der Gedanke an eine Heirat schien ihr so abwegig, daß sie ab und zu in lautes Lachen ausbrach. Ich werde heiraten, sagte sie zu sich selbst. Es klang, als beträfe es jemand anderen – so etwas wie heiraten konnte unmöglich etwas mit ihr zu tun haben. Aber zugleich wurde sie sich des Ernstes einer solchen Verbindung bewußt, wie er auch in stereotypen Wendungen zum Ausdruck kam: ein Leib und eine Seele – bis daß der Tod uns scheidet… Nie mehr allein sein – ihr Leben wäre für immer mit dem seinen verbunden, im praktischen und im metaphysischen Sinn. Sie wäre nicht mehr »die Zofe von«, sondern »die Frau von«. Aber stärker als alle diese Überlegungen war ein Gefühl der Schicksalsergebenheit, alles kam ja sowieso, wie es kommen mußte.

An einem Nachmittag im Herbst stieg Martin gesund und munter aus dem Zug. Der Rauch der Lokomotive blieb unter der Überdachung hängen. Anna mußte husten, als er sie umarmte. Dann hielt er sie mit ausgestreckten Armen von sich, um sie anzuschauen. Sie erschrak. Während seiner Abwesenheit war er in physischem Sinn transparent geworden. Auf dem Papier war er ihr als jemand vertraut, den sie schon seit ewigen Zeiten kannte, jemand, dem sie alles schreiben konnte, auch wenn es noch so unbedeutend war. Jetzt drehte sich alles blitzschnell um: Der alte Freund aus den Briefen verflüchtigte sich, ein Soldat mit braungebranntem Gesicht und glänzenden Augen nahm seinen Platz ein. Um ihre Verlegenheit nicht zu zeigen, bahnte sie sich durch die dichtgedrängte Masse vor ihm her einen Weg zum Ausgang.

Die Köchin, die Dienstmädchen, die Gouvernante, die Waschfrau – von neuem nahm er sie alle für sich ein mit seiner Höflichkeit, seiner tadellosen Erscheinung und einer außergewöhnlichen Mischung aus natürlicher Überlegenheit und Jungenhaftigkeit. Als sie von der bevorstehenden Verlobung erfuhren, begegneten sie Anna mit neuem Respekt. Frau von Garlitz organisierte zwei Zimmer für sie in einem kleinen Hotel in der Eifel; sie fand, nach all den Monaten der Trennung und Ungewißheit hätten sie ein ungestörtes Beisammensein verdient.

Durch eine Landschaft, die der Herbst in Brand gesteckt hatte, zuckelte die Bahn mit einigen Unterbrechungen südwärts. Ein Cousin des Hotelbesitzers, der selbst an der Front war, holte sie mit einer klapprigen Chaise vom Bahnhof ab, die als Museumsstück aufbewahrt worden war und nun das eingezogene Auto ersetzte. Das Rattern der Räder auf der Straße, Waldluft und ein unbekanntes Ziel. Anna erwartete hinter jeder Kurve, daß auf einem Berggipfel ein Nonnenkloster und daneben das Schloß des von Zitzewitz auftauchte. Ein Blick auf Martins Profil holte sie ins Jahr 1940 zurück – die Zeiten hatten sich geändert, nicht nach hinten schauen. Unter seiner Obhut ließ sie sich an jeden Ort bringen. Hatte sie sich bisher im Geiste so weit es ging der Realität, wie sie sich ihr darbot, entzogen und zum Ausgleich einen Pakt mit der Welt der literarischen Phantasie geschlossen, so fühlte sie sich jetzt, während sie bei jedem Buckel in der unbefestigten

Straße gegen Martin geworfen wurde, mit dem Alltagsleben versöhnt – sie liebte sogar ebendiese Buckel in der Straße.

Im Hotel herrschte eine Atmosphäre von einnehmendem, verfallenem Chic. Als einzige Gäste saßen sie abends in dem Speisesaal mit seiner verschlissenen Einrichtung in Gesellschaft einer unsichtbaren Elite, die flüsternd an vereinzelten Tischen zwischen staubigen Palmen aß. Die Besitzerin hatte über das Radio eine Art ständigen Kontakt mit der Drohung, die nachts über das Meer nach Deutschland geflogen kam. Statt mit der betulichen Musik eines Streichorchesters wurde die Mahlzeit im Laufe des Abends mehrmals durch das bekannte Tack-tack untermalt, auf das eine Gefahrenmeldung folgte. Entschlossen, diesen einen Abend, der ihnen vergönnt war, durch keine einzige Kalamität stören zu lassen, ließen sie sich von der Frau ihre Zimmer zeigen, die demonstrativ an den entgegengesetzten Seiten des langen Flures lagen, als müßte eine äußerst empfindliche Waage in der Balance gehalten werden.

Aber nach einer Weile klopfte es an Annas Tür, und Martin überraschte sie mit einer Flasche Sekt. Sie setzten sich auf die Bettkante und tranken die Flasche in leichtsinnigem Tempo aus. Der Krieg schwand aus ihrem Bewußtsein. Losgelöst von der Welt ringsum, losgelöst von der Zeit, in einem Zimmer, das jemand anderem gehörte, zwischen Gegenständen, die schon Tausende vor ihnen gesehen hatten, überkam sie ein Gefühl der Freiheit. Hinausgehoben über sich selbst durch den prickelnden Sekt und eine schwindelerregende Leichtigkeit berührten sie einander. Mit zitternden Fingern zog er sie aus und legte ihre Sachen sorgfältig über eine Stuhllehne. Fröstelnd schlüpften sie ins Bett und zogen die Decke über sich. »Ich habe noch nie mit einer Frau…«, flüsterte er ihr ins Ohr. Sein aufgerichtetes Geschlecht schien ihr etwas in Erinnerung bringen zu wollen, eine Warnung, einen Reflex, der mit dem Hier und Jetzt nichts zu tun hatte. Unter dem

Schleier einer vagen Erinnerung an eine Erinnerung lag sie reglos da, während er mit seinen Lippen ihren Körper erkundete. Er durfte damit machen, was er wollte, ihr Körper war ihr nicht viel wert – seit jeher hatten andere über ihn verfügt.

»Der Himmel, Martin, schau doch, der Himmel!« Anna hob ihren Kopf von seiner Brust. Sie standen auf und gingen zum Fenster. Im Norden, hinter den Bergen, fächerte sich eine rote Glut nach allen Richtungen auf. Man hörte ein dumpfes Grollen, es klang wie ein heraufziehendes Gewitter oder wie Trommelwirbel. Anna empfand großen Widerwillen gegen den Ruhestörer am Horizont und gegen den unerbittlichen Arbeitgeber, der Martin jeden Augenblick wieder beanspruchen konnte. »Es brennt sowieso«, sagte sie, »komm.« Brüsk schloß sie die Vorhänge und zog Martin wieder zum Bett, über dem eine in Nebelschwaden gehüllte Lorelei hing, die hoch oben auf dem verhängnisvollen Felsen ihr goldenes Haar kämmte.

Ein meterhoher Trümmerhaufen blockierte die Straßenbahnschienen, die Fahrgäste stiegen aus und setzten kletternd ihren Weg über Schlängelpfade fort, die innerhalb weniger Tage entstanden waren. Der Weg führte durch ausgebrannte Wohnblocks, nur noch ein Teil der rußgeschwärzten Fassaden stand aufrecht. Anna dachte an eine Verszeile von Schiller, »In den öden Fensterhöhlen wohnt das Grauen...« In einem unbeschädigten Fensterrahmen flatterten Gardinen, ein Stück weiter war die Vorderfront vollkommen zerstört, und man hatte wie in einer Puppenstube freie Sicht auf vollständig eingerichtete Etagen, deren Bewohner nicht zurückgekehrt waren, um den Kronleuchter, der auf den Flügel gefallen war, wieder an seinen Platz zu hängen. Sie verirrten sich in den zerstörten Straßen, ein Mann mit schweißnassem Gesicht, der Trümmer beseitigte, zeigte ihnen den Weg. Befremdend war das Normale, das Leben nahm wieder seinen Lauf – statt des Nachhalls von Explosionen und einstürzenden Häusern, von tosenden Feuermeeren, von Angstschreien und Wehklagen herrschte der gewöhnliche Lärm der Stadt. Die Leute gingen mit Einkaufstaschen durch die Trümmer, unter denen vielleicht noch Mitbürger lagen.

Tante Vicki schien durch den Schrecken etwas von ihrer Redseligkeit verloren zu haben. Onkel Franz war ruhig und beherrscht wie immer – selbst wenn das Krankenhaus unter Beschuß genommen würde, mußte er ruhig und beherrscht bleiben.

Beim Abendessen warf er Anna einen beifälligen Blick zu: Bravo, Mädchen, du hast einen prima Kerl mitgebracht. Auch Tante Vicki strahlte: Martin war so höflich und zuvorkommend – ein Mann, der von Natur aus wußte, was sich bei einer Frau ziemt. Zu Ehren des Österreichers legte Onkel Franz Operettenmelodien auf, bis mitten in *Mein Liebeslied soll ein Walzer sein* plötzlich die Sirenen heulten. Tante Vicki lief schnurstracks ins Kinderzimmer, hob das schlafende Kind aus dem Bett und rannte mit ihm in den Keller. Mechanisch folgten sie ihr. Überall hörte man hastige Schritte und Stimmen. In einer Ecke, wo noch Platz war, setzten sie sich auf den Boden. Anna schaute beklommen zu den Gasleitungen und Abwasserrohren hoch und stellte sich vor, wie sie allesamt, falls die Rohre platzten, in einem Brei von Exkrementen untergehen würden. Diese Aussicht war so ekelerregend, daß sie im stillen betete, falls es Leitungen treffen mußte, sollten es doch die Gasleitungen sein. Diese Alternative beruhigte sie; immer wenn der Gedanke an die Kanalisation übermächtig zu werden drohte, führte sie das Beschwörungsritual mit Hilfe ihrer Vorstellung vom Gas durch. Aber vorläufig geschah nichts. Tante Vickis Kind schlief noch immer – es war undenkbar, daß jemand ein Engelchen mit flachsblondem Haar und sanft zitternden Augenlidern töten könnte. Vielleicht war es ein Talisman, der jeden in seiner Nähe unverwundbar machte. Der Anblick machte auch Anna schläfrig. Sie lehnte sich gegen Martin und döste ein. Als plötzlich die Erde bebte, schlief sie friedlich weiter. »Weck sie doch auf!« rief Tante Vicki, beunruhigt durch den Gedanken, daß eine erwachsene Frau schlafend dem Tod entgegenging. Im Halbschlaf hörte Anna die beruhigende Stimme Martins: »Laß sie doch schlafen, was macht das schon?« Wieder wurde das Haus erschüttert. Sie lag in seinem Arm, ihr konnte nichts geschehen.

Vor dieser ständigen Drohung englischer Geschwader floh Frau von Garlitz schließlich endgültig auf das Landgut ihrer Eltern in Brandenburg. Obwohl ihr eigenes Haus weitab vom Zentrum lag, auf der anderen Seite des Rheins, schien die unmittelbar an den Park grenzende chemische Fabrik ein einladendes Ziel zu sein. Martin fuhr nach Polen; wieder einmal blieb Anna allein zurück, als Hausmeisterin – eine seltsame, sinnlose Aufgabe, ein langes, tatenloses Warten – worauf? Ein altes Gefühl – von allen Menschen verlassen zu sein, allein in einer feindlichen Umgebung – trieb sie ruhelos von einem Zimmer ins nächste. Nicht einmal die Bibliothek gab ihr Trost, über den Buchseiten verflog ihre Aufmerksamkeit. Ihre Phantasie versagte, außer wenn sie sich die verschiedenen Todesarten vorstellte, die einen Soldaten treffen konnten. Sie besaß eine virtuose, unerschöpfliche Einbildungskraft, wenn es darum ging, sich bedrohliche Szenarien an unbekannten Orten in Polen auszumalen. Ein primitives Land, hieß es. Um nicht die Selbstkontrolle zu verlieren, wachste sie die antiken Schränke ein und polierte sie fanatisch blank. Nach den Schränken fuhr sie mit den Deckenbalken fort – alles mußte glänzen. Wenn es dunkel wurde, ging sie hinab in den luxuriös eingerichteten Luftschutzkeller, wo ihr Bett stand. Sie mußte sich ständig des Gefühls erwehren, daß sie eine Gruft betrat, um sich in ihrem gepolsterten Sarg auszustrecken, Hände übereinander, Augen zu, so.

Als der Winter vorbei war, bekam sie den Auftrag, das Haus abzuschließen und in den Osten zu kommen. Damit nicht alles vor die Hunde ging, verpackte sie die kostbaren Dinge wie Tafelsilber, Kristall und Geschirr und verstaute sie in den frisch polierten Schränken; sie schloß sie ab und klebte die großen, eisernen Schlüssel mit Heftpflaster unter den Boden. Sie nahm die Gardinen ab, faltete sie und packte sie zusammen mit der wertvollen Leinenwäsche in eine Truhe. Dann ging sie in den Garten, um das Haus noch einmal aus einiger Entfernung zu betrachten. In der bleichen Märzsonne, ohne Gardinen, sah es verletzlich und durchscheinend aus. Sie ließ es im Niemandsland zurück, kahl, leblos, kühl in allen Zimmern. Im gleichen Maß, wie das Haus mit diesem Ort verbunden war, war sie entwurzelt: Wieder einmal ging sie fort – die Kette von Aufbruch und Ankunft, sich an einen Ort binden und wieder von ihm lösen, wurde immer länger. In jeder Hand einen Koffer ging sie über die Zufahrt zur Straßenbahnhaltestelle. In Köln stieg sie in einen Zug, der sie auf jeden Fall ein Stück in Richtung Osten bringen würde.

Bei ihrer ersten Bekanntschaft mit Berlin erschrak sie über die Ruppigkeit der Einwohner. Während sie sich, noch benommen von der Reise, mit ihren Koffern abmühte, sprach sie auf dem Bahnsteig zwei Leute an. »Verzeihung, könnten Sie mir sagen, wie ich zum Schlesischen Bahnhof komme?« Die Leute warfen ihr einen mißbilligenden Blick zu, als bettelte sie um ein Almosen, und hasteten weiter zu den Treppen. Sie wandte sich an einen anderen Reisenden, diesmal ohne das »Verzeihung«, aber sie hatte noch nicht ausgeredet, da ging auch er kopfschüttelnd weiter. Jetzt ließ sie alle Höflichkeit fahren. »Schlesischer Bahnhof!« Ihre Stimme hallte unter der Überdachung. Ein Mann mit einer Delle im Hut wie ein Gangster blieb stehen und sagte spöttisch: »Det steht doch da, könn' Se denn nich kieken?« Er deutete mit dem Kopf nach oben auf eine Tafel, auf der es mit großen Buchstaben stand.

Das Ahnenschloß lag an der Oder, inmitten weitläufiger Ländereien mit Schlängelwegen und Teichen, einer Familienkapelle und moosbedeckten Grabsteinen im Schatten von Koniferen und Eiben. Ein von einem Tympanon bekrönter Mittelbau, dessen Portal sich hinter hohen, weißen Säulen verbarg, trennte die beiden symmetrischen Flügel der Vorderfront voneinander. Ein Gegengewicht zur neoklassizistischen Strenge bildeten der südländisch gelbe Putz und die Gänse, die vor den Terrassen umherwatschelten. Anna wurde hier dringend gebraucht. Rudolf, Frau von Garlitz' Sohn, war an Milztuberkulose erkrankt. Der Siebenjährige brauchte Tag und Nacht einen Schutzengel, der über seine strenge Diät und seine Ruhepausen wachte und ihm mit Vorlesen die Langeweile vertrieb. Isoliert von seinen Spielkameraden war er in die Krankheit eingeschlossen, die nicht nur eine Gefahr für sein eigenes Weiterleben, sondern auch für die Zukunftserwartungen seines Großvaters bedeutete, denn er war der einzige männliche Nachkomme. Jeden Tag kam der alte Mann, zwirbelte seine weißen Schnurrbartspitzen und erkundigte sich nach dem Befinden seines Enkelsohns, und jeden Tag mußte Anna ihm verbieten, Süßigkeiten mitzubringen. So ähnelte ihr Status eines Schutzengels nach und nach eher dem eines Gefängniswärters. Onkel, Tanten und Cousinen, die heimlich Näschereien mitbrachten, um, wie mit einer in Kuchen versteckten Säge, den armen Kranken von seiner strengen Diät zu erlösen, schmuggelten ungewollt den Tod ins Krankenzimmer. Sie las dem Kleinen aus seinen Lieblingsbüchern vor, damit er die weggeworfenen Süßigkeiten vergaß – und um selbst zu vergessen, daß sie im Grunde nur auf einen Brief aus Polen wartete. Im Warten hatte sie inzwischen Übung.

Wenigstens hatte sie mittlerweile eine Antwort auf die Frage bekommen, warum der Name ihres Vaters eine so magische Wirkung auf Frau von Garlitz ausgeübt hatte. Sie hatte Herrn von Falkenau rundheraus danach gefragt. »Johann Bamberg... ja... warte mal... den werde ich nie vergessen...

ein außergewöhnlicher junger Mann, sehr zuverlässig und findig. Er hat öfter mal Verbesserungsvorschläge gemacht, damit die Arbeit in der Fabrik effektiver wurde.« Bedächtig sah er Anna an: »Äußerlich ähneln Sie ihm nicht, aber ich spüre bei Ihnen den gleichen Einsatz und die gleiche Unbestechlichkeit. Leider durften wir nicht lange von Ihrem Vater profitieren... ich erinnere mich, daß man ihm eine andere Stelle angeboten hat... er war Sozialist, na ja, das war seine Sache... ein außerordentlicher Mensch, dieser Bamberg...«

»Ihr habt doch selbst damit angefangen, Städte zu bombardieren«, sagte Lotte, die sich darüber ärgerte, daß Anna die Bevölkerung von Köln als Opfer hinstellte. Sie brauchte nur an die Bombardierung von Rotterdam oder London zu denken, und ihr Mitleid gefror.

»Ja, natürlich haben wir angefangen«, sagte Anna.

»Dann brauchtet ihr euch doch nicht zu wundern, daß die anderen auch zurückgeschlagen haben.«

»Wir haben uns nicht gewundert, wir hatten Angst – genauso wie die Leute in London, wenn sie zusammengedrängt in den Luftschutzkellern hockten. Diese Angst ist doch universal!«

»Mit dem Unterschied, daß ihr euch das selbst zu verdanken hattet. Schließlich habt ihr das Regime, das nicht davor zurückschreckte, Städte zu bombardieren, selbst gewählt.«

Anna seufzte. Sie legte ihre molligen Arme auf den Tisch, lehnte sich nach vorn und sah Lotte müde an. »Ich habe dir doch erklärt, wie verblendet die einfachen, unwissenden Leute waren. Warum kannst du das nicht akzeptieren? So kommen wir doch keinen Schritt weiter!«

Lotte nippte an ihrer leeren Tasse. Sie spürte, wie die Wut in ihr aufstieg – ausgerechnet ihr wurde eine Lektion erteilt! Was für eine Anmaßung!

»Jetzt erzähle ich dir mal haargenau, warum ich es nicht akzeptieren kann«, sagte sie wütend, »vielleicht bist du dann endlich in der Lage, auch mal was zu begreifen.«

Das Wasser, das an den Kiel des Bootes geschwappt war, kratzte ein halbes Jahr später als Eis unter ihren Schlittschuhen. Die Hände über Kreuz gefaßt glitten sie im gleichen Rhythmus über das Eis, als wären sie *ein* Schlittschuhläufer. Bereifte Schilfgürtel und Weidenbäume sausten vorbei, die Sonne stand tief am Himmel und rötete sich langsam. Lotte stolperte über einen Riß im Eis, David fing sie auf. Wacklig auf den schmalen Kufen standen sie einander gegenüber, und er küßte ihre eiskalten Lippen. »Eiskönigin…«, flüsterte er ihr ins Ohr, »was hältst du davon, wenn wir uns verloben…« »Aber…«, begann Lotte. Verblüfft sah sie ihn an. Er lachte und küßte sie auf die Nasenspitze, die durch die Kälte gefühllos war. »Denk mal drüber nach…«, sagte er. Er nahm ihre Hände, und sie fuhren in Zickzacklinien weiter. Es wurde langsam neblig, winzige Wassertröpfchen nahmen die Farbe der untergehenden Sonne an. Die Kälte drang durch ihre Kleidung. Eine Verszeile aus dem Liederzyklus ging ihr durch den Kopf: »In diesem Wetter, in diesem Graus, nie hätt' ich gesendet die Kinder hinaus…«

Es war schon dunkel, als sie zurückradelten. Vor ihrem Haus verabschiedete er sich. »Ich wollte dich nicht erschrekken«, sagte er, »aber ich bin einfach verrückt nach dir.« Sie blies sich in die Hände, er nahm sie in die seinen und rieb sie warm. »Ich komme Samstag wieder«, versprach er, »dann reden wir noch mal darüber.« »Nein, nein«, sagte sie verwirrt, »ich meine… Samstag kann ich nicht, laß uns noch ein bißchen warten.« Er küßte sie sorglos. »Gut… gut… wir haben ja keine Eile.« Summend fuhr er los, drehte sich noch einmal um und winkte.

Tagelang tat sie geistesabwesend die Dinge, die getan werden mußten. Die noch in keinen Rahmen gezwängte Verliebtheit hätte von ihr aus ewig andauern können, sie mochte das Heimliche, Unausgesprochene und Schmerzliche. Ein Begriff wie »sich verloben« machte sie nervös. Trotzdem wußte sie, daß sie am Ende nicht nein sagen würde. Bevor ihre Beziehung eine neue Dynamik bekäme und sich alle einmischen würden, wollte sie sich noch kurze Zeit ihren ambivalenten Gefühlen und der vertrauten Einsamkeit hingeben. Wahrscheinlich spürte er das – sie hörte nichts mehr von ihm.

Mit der Illusion, daß der Krieg schon nicht so schlimm sein würde, war es vorbei. Im Amsterdamer Judenviertel kam es zu Schlägereien zwischen WA-Leuten – Angehörigen der Wehrabteilung der niederländischen Nationalsozialisten –, die provozierend aufgetreten waren, und jüdischen Rollkommandos. Dabei wurde ein WA-Mann getötet. Als Vergeltungsmaßnahme wurden am zweiundzwanzigsten Februar Hunderte von jungen jüdischen Männern willkürlich verhaftet. In der offiziellen Berichterstattung las man von einem »so grausamen und bestialischen Mord, wie ihn nur Juden verüben können«, aber die illegale Zeitung *Het Parool* entmythologisierte die Sache: Es war ein Fall von Totschlag bei einer ganz gewöhnlichen Keilerei – die Leiche wurde mit einem Totschläger am Handgelenk gefunden! Lottes Vater brachte ein Manifest der im Untergrund operierenden Kommunistischen Partei mit nach Hause, das zum Widerstand gegen die Judenpogrome aufrief: »Streikt!!! Streikt!!! Streikt!!!« wurde die arbeitende Bevölkerung angefeuert. Die Streiks, die daraufhin an mehreren Orten des Landes ausbrachen, wurden von den Deutschen durch Exekutionen erstickt. Scheinbar kehrte wieder Ruhe ein.

Langsam wurde Lotte immer unruhiger – David war nun schon sehr lange weggeblieben –, da rief Davids Vater sie an. Mit dumpfer Stimme fragte er, ob es ihr recht sei, wenn er und seine Frau noch am selben Abend vorbeikämen, sie hätten etwas mit ihr zu besprechen. Das Blut stieg ihr zu Kopf. Warum schickte David seine Eltern, statt selbst zu kommen? Nach allem, was er über sie erzählt hatte? Sie wurden feierlich empfangen (der berühmte Sänger!). Lottes Vater drückte ihnen schweigend die Hand, der Sänger lächelte traurig, und sein Verführerbärtchen wurde zu einem Strich. Sein Blick glitt über die vier Schwestern: »Und wer von Ihnen ist nun Lotte?« Lotte nickte zögernd. Davids Mutter eilte auf sie zu, ergriff ihre Hände und drückte sie fest. Von ihren Gefühlen überwältigt öffnete sie ihre Krokotasche und holte ein Schnupftuch heraus. »Wir wußten gar nicht, daß er eine Freundin hatte...«, sagte sie gerührt.

Sie setzten sich, und ihr Mann ergriff das Wort. Der Anlaß ihres Besuchs war eine Postkarte von David aus Buchenwald. Er bat seine Eltern, Lotte von ihm zu grüßen, weil er sich nicht von ihr hatte verabschieden können. »Buchen... wald...?« stammelte Lotte. De Vries schluckte und fuhr sich mit einer Geste verzweifelter Resignation über die Stirn. Mit gesenktem Blick erklärte er, daß David am zweiundzwanzigsten Februar, einem Samstag, im Amsterdamer Judenviertel verhaftet worden sei, als er mit einer Gruppe von Freunden Musik machte. Plötzlich war die Grüne Polizei hereingeplatzt, und sie mußten sich mit dem Rücken an die Wand stellen. »Wer von euch ist Jude?« wurde gebrüllt. Ohne auch nur eine Sekunde nachzudenken, wahrscheinlich war er noch ganz bei der Musik, war David einen Schritt vorgetreten. Zwei andere Juden in der Gruppe hielten wohlweislich den Mund. Man brachte ihn zum Jonas Daniël Meijerplein, wo bereits viele Schicksalsgenossen warteten. Ohne Anklage, ohne jede Form eines Prozesses hatte man sie in ein deutsches Konzentrationslager deportiert.

Davids Mutter schluchzte in ihr Taschentuch. Der Vater blickte verzagt umher und versuchte sich Mut zu machen: »Du wirst sehen, nach ein paar Monaten Arbeitslager schicken sie die Jungs wieder nach Hause. Die Deutschen wollten ein Exempel statuieren: Keine Krawalle mehr, merkt euch das. David ist gesund, er hat viel Sport getrieben. Er hat es dort auch nicht schlecht... hier, lies nur...« Lotte überflog die paar dürftigen Zeilen auf der mit Stempeln übersäten Postkarte: »...es geht mir gut, wir arbeiten tüchtig...« Diese Karte hatte er in der Hand gehabt. Es hatte etwas Beängstigendes, eine Karte, die frei das Lager verlassen und den Weg nach Hause finden konnte, während der Absender festgehalten wurde. Trotzdem war ihr nicht sofort klar, wie ernst das Ganze war. Es war so bizarr, so absurd, so sinnlos, daß es unfaßbar war. Unwillkürlich blickte sie auf das Klavier – die Noten waren noch auf der Seite aufgeschlagen, wo sie aufgehört hatten. Alles in ihr sträubte sich gegen den Gedanken, daß er einfach verschwunden war. Außerdem klammerte sie sich sofort an die Vorstellung eines Arbeitslagers, einer Art Pfadfinderlager – Holzhacken im Freien, Bäume pflanzen...

»Wir schicken ihm eine Karte zurück«, sagte sein Vater, »möchtest du auch etwas dazuschreiben?« »Lieber David...«, schrieb sie in winzigen Buchstaben an den unteren Rand der vollgeschriebenen Karte. Ihr Stift blieb in der Luft stehen. Sie spürte, wie die Augen des Vaters auf ihr ruhten, ihren Stift führten. Am liebsten hätte sie in Geheimsprache geschrieben, etwas Persönliches, etwas Wesentliches. Ein Satz aus dem Liederzyklus fuhr ihr durch den Kopf – ohne nachzudenken schrieb sie eine Variante auf: »...Ich hoffe, du bist nur ausgegangen, bald wirst du wieder nach Hause gelangen...« Als sie den Satz noch einmal las, erweckte er plötzlich heftige Angst in ihr. Was um Himmels willen hatte sie da geschrieben? Ein Zitat aus einem Klagelied, einer Elegie. Zu spät, zu spät, um noch etwas zu ändern. Mit zitternder Hand gab sie die Karte zurück. Sie hielt es nicht mehr aus in dem Zimmer, der Anblick seiner Eltern machte sie beklommen, aber auch das Mitgefühl ihrer Eltern konnte sie nicht ertragen. Eine Welt, die jemanden einfach verschwinden ließ, verschlug ihr den Atem.

Brüsk stand sie auf und verließ ohne Höflichkeitsfloskeln das Zimmer; sie ging aus dem Haus und ließ sich mit klopfendem Herzen auf eine Treppenstufe der Gartenlaube fallen. Wie ein langsam wirkendes Gift durchdrang sie etwas, das fast so unerträglich war wie das Verschwinden Davids: An diesem zweiundzwanzigsten Februar wäre er bei ihr gewesen... wenn sie nur gewollt hätte.

Wochenlang unterzog sie sich einer strengen Selbstbefragung, legte sich auf die Folterbank: Warum war sie nicht spontan auf seinen Vorschlag eingegangen? Warum hatte sie sich unbedingt ein Hintertürchen offenhalten müssen, der Form halber... Hatte sie ihn ein wenig auf die Probe stellen, ihn ärgern wollen... warum all die Vorbehalte? Sie quälte sich mit Fragen, auf die sie keine Antwort wußte, Fragen, die ihr Selbstbild immer mehr einem Ungeheuer ähneln ließen und jedesmal unweigerlich auf dieselbe, schonungslose Schluß-folgerung hinausliefen.

Wieder rief sein Vater an. Sie hatten eine zweite Karte be-kommen, diesmal aus Mauthausen, mit dem rätselhaften Text: »Wenn ich nicht schnell mein Segelschiff bekomme, dann ist es zu spät.« Verzweifelt rief er: »Er fleht um unsere Hilfe, mein Junge, aber was kann ich tun? Ich wollte, ich könnte mit ihm tauschen – ich bin ein alter Mann, er hat das ganze Leben noch vor sich.« Vergebens suchte Lotte nach Worten – immer wenn es wirklich darauf ankam, sie zu fin-den, zeigte sich, daß es sie nicht gab. Wenn David nicht über-lebte, war die ganze Idee der Gerechtigkeit eine Illusion – dann herrschten nur Willkür und Chaos, und ein Mensch mit all seinen Plänen, Erwartungen, Hoffnungen und Phantasien bedeutete nichts – nichts. Nachts schwamm das Schiff mit ge-blähten Segeln durch ihre Träume, die Loosdrechter Plassen dehnten sich zu einem Ozean aus – bald saß er strahlend und braungebrannt am Ruder, bald war er ins Wasser gefallen, klammerte sich mit steifen Fingern am Rand fest und ver-

suchte krampfhaft, sich ins Boot zu ziehen, während sie zu-
schaute.

Sein Vater schickte ihr ein Foto jüngeren Datums. In
schmerzender Arglosigkeit lachte David in die Kamera. Diese
Naivität hatte ihn die Freiheit gekostet, vielleicht das Leben.
Er war zur falschen Zeit am falschen Ort gewesen – dieser Gedanke kam ihr immer, wenn sie das Foto betrachtete. Aus Pietät zerriß sie es nicht und zwang sich immer wieder, es anzuschauen. Sorglos winkend war David aus ihrem Leben geradelt; diese Bewegung seines Arms, hin und her, blieb ihr am
längsten im Gedächtnis haften, als würde damit etwas ausge-
drückt, das von großer Wichtigkeit war. Und was hatte er gesummt, als er in der Dunkelheit verschwand?

Musik machte sie gereizt. All die Melodien, Takte, Tonar-
ten, Feinheiten kamen ihr lächerlich vor – nutzloses Beiwerk,
falsche Gefühle. Ihre Stimme versagte in den höheren Tonla-
gen, in den tiefen vibrierte sie unsicher. Catharine Metz
schickte sie nach Hause: »Komm erst mal wieder zu dir.«

4

Woher kam all das Wasser, und wohin floß es? Anna lag in einer Badewanne aus glänzendem Kupfer, Luftbläschen setzten sich auf ihrer Haut ab und bildeten ein Netz winziger Schuppen. Ihr Körper lag bleich und fischig im Wasser. Es mußte ein ausgeklügeltes Rohrsystem sein, durch das das Wasser von den Quellen zum Thermalbad strömte und, durch die Badewannen, wieder abfloß – der Körper, den es eine halbe Stunde lang umspülte, war nur eine Zwischenstation. All das Wasser, unsichtbar, unhörbar strömend, wie Blut in den Adern, das Kurhaus ein pumpendes Herz. In wie vielen Flaschen Mineralwasser liege ich, dachte sie.

Vor langer Zeit hatte derselbe Körper in einer Zinkwanne auf dem Küchenfußboden gebadet, und Onkel Heinrich hatte höhnisch an die abgeschlossene Tür getrommelt: Du mußt ja sehr schmutzig sein, wenn du jede Woche badest. Es war, als herrschte eine angespannte Stille in diesem Badezimmer, als wären die Kurgäste aus der Vergangenheit unsichtbar zugegen, ängstlich darauf bedacht, sich nicht zu verraten. Wie viele, welche der berühmten Toten hatten wohl dieses Badezimmer benutzt, in dieser Wanne gelegen? Waren ihre Gedanken hier zurückgeblieben, war die Stille deshalb so geladen? Es wird nicht viel Gutes gewesen sein, was sie dachten, schmunzelte sie.

Von diesen unbekannten Toten war es nur ein kleiner Schritt zu dem Toten aus Lottes Geschichte. Scham, Wut, Trauer hatten Anna die ganze Nacht am Schlafen gehindert. Trotzdem sind wir Schwestern, sagte sie sich hartnäckig. Sollte das Alter nicht mit Milde einhergehen, mit Weisheit?

Wenn wir beide es nicht schaffen, diese Barrieren zu überwinden, wie soll es dann anderen gelingen? Dann herrscht in der Welt für immer Unversöhnlichkeit, dann kann man die Dauer jedes Krieges mit mindestens vier Generationen multiplizieren. Natürlich – Deutschland mit seinem ganzen Geld hatte die Versöhnung erzwungen, aber schon ein Fußballspiel reichte, um zu zeigen, daß die alte Feindschaft noch quicklebendig war.

Etwas an der Art des Lichteinfalls, am grünen Widerschein der Kacheln, der friedlichen Abgeschlossenheit, brachte sie ins Kasino zurück. Lotte saß ihr gegenüber in einer Badewanne auf Löwentatzen, eine dunkelhaarige Frau (Tante Käthe?) beugte sich über sie und goß ihnen aus einer blau emaillierten Kanne einen dünnen Strahl kaltes Wasser über den Rücken. Abwechselnd schauderten sie vor Wonne. Sie sah Lotte ganz genau vor sich, mit nassen, dunklen Haaren, die Augen fest zugekniffen – das Bild war deutlich, lebensechter als das von Lotte, wie sie am Vortag ihr gegenüber am Tisch gesessen hatte. Es ist alles noch da, dachte sie erstaunt. Auch wenn die Bombenangriffe keine Fliese, keinen Stein des Kasinos heil gelassen haben, in meinem Kopf existiert das alles noch, die Jahre dazwischen sind bedeutungslos. Was die Geschichte uns angetan hat, dachte sie, läßt sich nicht gegeneinander aufwiegen. Das Leid trennt uns nicht, sondern verbindet uns – so wie uns damals die Freude verbunden hat. Diese Einsicht, mochte sie auch widersinnig sein, erleichterte sie. Im gleichen Augenblick kam die Frau im Kittel, die ihr aus dem Bad helfen sollte. Freundlich hielt sie Anna die Hand entgegen. Ohne irgendwelche Kapriolen, aufrecht und würdevoll, stieg diese über den Rand der Wanne. Wie Pauline Bonaparte, der ihre Zofe behilflich ist, kicherte sie in Gedanken.

Am späten Vormittag trafen sie sich in der Cafeteria. Obwohl die Tür immer einladend offenstand, hatten sie dort noch nie jemanden angetroffen. Ab und zu – Januar war Sauregurkenzeit – schlurfte ein Kurgast durch das Labyrinth der Flure, meist jedoch war es dort still und verlassen.

»Ich habe so schlecht geschlafen«, bekannte Anna, »die ganze Nacht habe ich das Bild des jungen Mannes vor mir gesehen, der nichtsahnend vortritt.«

Lotte nickte geistesabwesend und nippte abwechselnd an ihrem Kaffee und einem Glas Mineralwasser. Anna hatte das Gefühl, daß sie nicht mehr darüber reden wollte.

»Bitte denk jetzt nicht, daß ich dich übertrumpfen möchte mit dem Schicksalsschlag, der mich getroffen hat«, sagte sie vorsichtig, »aber mein Mann ist auch umgekommen, in demselben Scheißkrieg, nachdem ich jahrelang Ängste ausgestanden hatte.«

Im Eßzimmer erklangen die ersten Takte der Schicksalssymphonie. »Ta ta ta ta... Das Oberkommando der Wehrmacht gibt bekannt: Die achtundzwanzigste Infanteriedivision auf dem Vormarsch nach Rußland...« Anna machte Rudolf gerade ein Brot. Langsam strich sie die Butter darauf, in die sich Tränen mischten. Der alte von Falkenau, der ihr gegenüber am Frühstückstisch saß, sah sie mitfühlend an. »Weinen Sie nicht, Fräulein«, er schüttelte den Kopf, »Ihr Verlobter ist doch nicht bei der Infanterie! Er ist überhaupt keiner Gefahr ausgesetzt bei den Fernmeldetruppen. Außerdem werden Sie schon sehen, daß die ganze Operation in sechs Wochen vorbei ist. Glauben Sie etwa, dieses Volk würde sich verteidigen? Die Leute sind doch froh, daß sie vom Kommunismus erlöst werden.« Anna lächelte niedergeschlagen. Obwohl von Falkenau, ein alter Haudegen mit Beziehungen zu höchsten Wehrmachtskreisen, seine Informationen aus erster Hand bekam, konnte keiner seiner beruhigenden Kommentare ihre Angst beschwichtigen. Was war ein Soldat inmitten von Millionen anderer Soldaten – sie alle Stäubchen im Wind über der Tundra, in der Weite eines Landes, wo die Sonne aufging, wenn sie an der anderen Seite unterging. Es war ein unwirklicher Krieg, der sich hauptsächlich in unermeßlichen, unvorstellbaren Zahlen ausdrückte: Ta ta ta ta… Das Oberkommando der Wehrmacht gibt bekannt…: dreißigtausend russische Kriegsgefangene, vierzigtausend, fünfzigtausend. Was geschah mit ihnen, wovon lebten sie? Fragen, die sich ein praktisch denkender Mensch in aller Unschuld stellte, während das Siegesgequassel aus dem Radio durch die offenen Verandatüren in den Garten dröhnte und die Rosen zu überschwenglicher Blüte antrieb. Wenn endlich ein Brief kam, war er schon vierzehn Tage alt. In der Zwischenzeit konnte Martin schon gefallen sein. Sie sah sich die Wochenschau im nahen Städtchen an, sie las die Zeitung, aber je angestrengter sie versuchte, anhand der vorrückenden Armeen seine Überlebenschancen einzuschätzen, desto machtloser und ausgeschlossener fühlte sie sich. Zu Hause sitzen und zur Untätigkeit verurteilt sein – eine Front, von der keiner sprach.

Ende Oktober kam ein Telegramm. »Bitte komm nach Wien. Sofort. Wir heiraten.« Ihr Koffer, der ein selbstgenähtes Brautkleid und den amtlich belegten Ariernachweis enthielt, war schon seit Monaten gepackt. In aller Eile fuhr sie nach Wien. Beim Aussteigen zögerte sie. Einen Moment lang war es, als drückte ein starker Luftstrom sie wieder in den Zug. Da stand Martin tatsächlich vor ihr, nachdem er in ihrer Phantasie Hunderte von Toden gestorben war. Er war wieder da, zurück aus einer Unendlichkeit, in der sich ein normaler Mensch verirren würde. Zeit und Raum hatten ihn hierhergebracht, als sei es die selbstverständlichste Sache der Welt. Er wurde links und rechts von seinen Eltern flankiert. In diesem Moment beneidete sie ihn darum, daß er zwei Eltern hatte, mit denen er auf sie warten konnte: Schaut, das ist sie. Vater und Sohn trugen einen Anzug und einen Hut, der Martin schief und dem anderen gerade auf dem Kopf saß. Der Vater war schlank und jugendlich, aber im Schatten der Hutkrempe lag ein sorgenvoller Zug auf seinem Gesicht, als blickte er ständig in grelles Sonnenlicht. Auch die Mutter machte den Eindruck, daß das Leben übermenschliche Anstrengungen von ihr verlangte. Sie preßte die Lippen fest zusammen, als würde sie einen Luftballon aufblasen; das dauergewellte schwarze Haar schmiegte sich in strengen Locken wie eine Kappe um ihren Kopf. Zwischen diesen beiden Leuten, die offenbar Luft füreinander waren, stand Martin und strahlte.

In einer breiten, baumlosen Geschäftsstraße, durch die Straßenbahnen ratterten, vor einem massiven, grauen Haus mit sechs Stockwerken, verabschiedete sich der Vater. Seine Frau warte auf ihn, erklärte er höflich – übrigens sei das Paar herzlich bei ihnen eingeladen. Anna sah verwundert von einem zum andern. Warum hatte Martin ihr nicht gesagt, daß seine Eltern geschieden waren? Der Vater lüftete den Hut und ging zur Straßenbahnhaltestelle. Zu dritt stiegen sie die Treppen zu der Wohnung hinauf, in der Martin aufgewachsen war – im ersten Stock, über einer Drogerie. Anna, inzwischen an großzügig geschnittene Räume mit wertvollen Teppichen, antiken Möbeln, Gemälden und Familienporträts gewöhnt, wich zurück, als sie die kleinen, mit Krimskrams vollgestopften Zimmer betrat.

Nachdem sie Martin fortgeschickt hatte, damit er eine Besorgung erledige, begleitete die Mutter Anna mit übertriebener Gastfreundlichkeit in ihr Zimmer. »So«, sagte sie und schloß zufrieden die Tür hinter sich, »jetzt können wir mal kurz von Frau zu Frau miteinander reden. Hör zu. Ich möchte dich warnen, nur zu deinem Besten. Heirate nicht. Laß die Finger davon, jetzt ist es noch möglich. Die Ehe ist eine Erfindung der Männer, nur sie profitieren davon. Durch diese eine Transaktion besitzen sie, ganz für sich allein, eine Mutter, eine Hure, eine Köchin, eine Putzfrau. Alles in einer Person und noch dazu gratis. Von der Frau spricht keiner. Sie ist schön eingesperrt, auf ein paar Quadratmetern, mit ihrem knappen Haushaltsgeld. Sie ist in die Falle gegangen, aber wenn sie das erkennt, ist es schon zu spät. Laß die Finger davon, Kindchen, sei klug, ich sage dir das in aller Freundschaft.« Anna versuchte, den schwarzen, hypnotisierenden Augen auszuweichen. »Ich kann Ihnen versichern, daß ich Martin sehr liebe…«, beteuerte sie. »Ach, Liebe…!« sagte die Frau geringschätzig, »nichts als Lug und Trug, um den Frauen Sand in die Augen zu streuen.« Mit zitternden Händen öffnete Anna ihren Koffer, auf gut Glück zog sie eine Bluse heraus. »Entschuldigen Sie bitte«, sagte sie zaghaft, »ich möchte mich gern umziehen.« »Denk mal drüber nach!« Triumphierend verließ die Frau das Zimmer. Anna sank auf die Bettkante. Sie findet, daß ich nicht die Richtige bin, war ihr erster Gedanke. Was ist das für eine Mutter, die die Pläne ihres Sohnes hinter seinem Rücken zu durchkreuzen versucht? Die Pläne eines Soldaten, der bald wieder in den Krieg muß! Schockiert starrte sie auf ihr Brautkleid und versank in einem Wirrwarr von Gedanken und Überlegungen, bis Martin voll ungeduldiger Freude an die Tür klopfte. »Darf ich reinkommen?« Mannhaft beschloß sie, den Mund zu halten.

Nach dem Abendessen stellte die Mutter einen Porzellanteller mit Blumenmuster vor ihren Sohn auf den Tisch. »Ich habe noch eine Überraschung für dich, mein Junge, etwas, auf das du ganz wild bist.« Mit geheimnisvollem Lächeln zauberte sie ein Weckglas mit Aprikosenkompott hervor und tat ihm auf. »Bekommt Anna nichts?« fragte Martin. »Aber ich habe es extra für dich aufbewahrt…« Ein schalkhaftes, streitlustiges Funkeln in ihren Augen. Martin seufzte. »Ich möchte, daß du noch einen Teller dazustellst.« Die Mutter blieb reglos stehen. In den vollgestopften Zimmern war sie Kaiserin, wer sich in ihr Territorium wagte, erlebte seltsame Kostproben entgleister Mutterliebe. Statt streitlustig wirkte sie jetzt gekränkt. »Ach so… also ich soll für sie…« »Ja, sonst will ich keinen Bissen davon.«

Außerhalb der vier Zimmer hatte die Mutter keine Macht über sie. Sie atmeten auf, als sie in die Stadt gingen, die sich kokett vor ihnen entfaltete mit ihren Kirchen und Palästen, den symmetrischen Parks und Teichen, den botanischen Gärten und Orangerien, den Konditoreien. Das also war seine Stadt, die vorweggenommene Spiegelung ihrer gemeinsamen Zukunft. Hier würde sie wohnen, wenn der Krieg zu Ende war. In einem Museum bewunderten sie die Kunstschätze der Habsburger, vom Leopoldsberg hatten sie einen weiten Ausblick über die Dächer. Karten für Oper und Theater waren schwer zu bekommen, außer für einen Soldaten mit Urlaubsschein. Zu jeder Vorstellung, die sie besuchten, lud er auch seine Mutter ein. Die bestand jedesmal darauf, daß ihre beste Freundin mitkam, eine rundliche, ziemlich gefühlsselige Wienerin mit vielen Rüschen und Spitzen – während der Vorstellungen glaubte die Freundin, die anderen über jeden Gedanken, der ihr durch den Kopf schwirrte, in Kenntnis setzen zu müssen. »Mutter«, sagte Martin schließlich, »ich lade dich ja gern ein, aber bitte, muß denn deine Freundin immer dabeisein?« »So…«, beleidigt hob sie das Kinn, »gefällt dir meine Freundin nicht? Du hast mich doch auch nicht um Erlaubnis gefragt, als du dir deine Freundin ausgesucht hast.« Im Schlafzimmer entschuldigte sich Martin für seine Mutter und sah Anna dabei müde an: »Tut mir leid, nimm's ihr bitte nicht übel. Seit dem Tag, als mein Vater sie verließ, ist sie so. Ich war damals noch klein. Sie war nie eine normale Mutter… so, wie eine Mutter sein sollte. Sie wollte mich immer besitzen, auf eine tyrannische Art. Um sich an ihm zu rächen. Da ist nichts zu machen, es ist nun mal so.«

Das Gefühl froher Erwartung, das die Stadt bei Anna geweckt hatte, schwand allmählich. Es kam ihr so vor, als schwebte ihre Schwiegermutter mit ausgebreiteten Fittichen darüber hinweg – wo sie auch gingen, kein Stadtviertel, kein Gebäude entkam ihrem Schatten. Eines Tages herrschte bei ihrer Rückkehr die Atmosphäre eines Sterbehauses. Die Vorhänge waren zugezogen, beißender Essiggeruch verschlug ihnen den Atem. Vorsichtig öffneten sie die Schlafzimmertür. Die Mutter lag mit geschlossenen Augen im Bett, ihre Busenfreundin saß daneben und machte ihr andächtig eine in Essig getränkte Herzkompresse. »Pst...«, flüsterte sie und legte den Finger an die Lippen, »Ihre Mutter hat einen Nervenzusammenbruch.« Martin spannte die Kiefermuskeln. Nach einem kühlen Blick auf die Szene drehte er sich um und verließ das Zimmer. Anna blieb zögernd am Fußende stehen und sah beunruhigt auf die leichenblasse Mutter nieder. Mein Gott, dachte sie, wenn er so mit seiner Mutter umgeht, wie wird er sich dann später verhalten, wenn mir etwas fehlt? Ihr war beklommen zumute, sie faßte sich an den Hals und verließ auf Zehenspitzen das Zimmer. Martin saß bedrückt am Küchentisch. »Ich weiß, was du denkst«, sagte er, »aber ich kann dir etwas verraten: Es ist alles nur Theater. Ihr fehlt überhaupt nichts.« »Woher willst du das denn wissen«, sagte Anna empört. »Gut«, seufzte er, »du hast trotz allem Mitleid. Geh hin und fühl ihr den Puls, dann wirst du schon sehen, wie ernst man ihre Krankheit nehmen muß.« Zaghaft ging Anna wieder ins Schlafzimmer. Sie legte ihren Finger auf das kräftige Handgelenk, und die Freundin nickte ihr leutselig zu. Der Herzschlag war, wie er sein mußte, ruhig und regelmäßig. Die Augen öffneten sich nicht einmal einen kleinen Spalt, geknickt wie eine riesige schwarze Dahlie lag sie in den Kissen.

»Ich muß dir etwas gestehen«, sagte Martin, »ich trage es nun schon tagelang mit mir herum und traue mich nicht, es dir zu sagen... Wir können jetzt nicht heiraten...« Anna erstarrte. »Warum nicht?« Er legte seinen Arm um ihre Schulter. Sein Urlaub sei eigentlich illegal, erklärte er ihr, er habe einen fingierten Urlaubsschein. Nachdem seine Kompanie wochenlang im Einsatz gewesen war, durften sie sich drei Wochen ausruhen. In Rußland, wohlgemerkt. Der Kompaniechef, ein umgänglicher Mann, hatte angeboten: »Bevor ihr wieder in diese Hölle müßt, rate ich euch… fahrt für ein paar Wochen nach Hause. Auf meine Verantwortung.« Durch eine Heirat, ein offizielles Ereignis, das seinen Vorgesetzten gemeldet werden müßte, würde Martin sie alle verraten. Anna nickte wortlos. Plötzlich war der Krieg wieder in Lebensgröße gegenwärtig. Zerknirscht legte er seinen Kopf auf ihre Schulter. Aber alles war unwichtig neben der Tatsache, daß er bald wieder in den Osten mußte. Und sie in Richtung Norden. Daß sie nicht mehr waren als Bauern auf einem Schachbrett von Weltformat. »Diese Hölle…«, wiederholte Anna nachdenklich. »Sag mir ehrlich, Martin, wie es dort ist – schone mich nicht…« Er legte einen Finger auf ihre Lippen. »Schsch… nicht darüber reden«, flüsterte er, »ich bin doch hier, um es für eine Weile zu vergessen…«

Als ihr der Anfall von Hypochondrie langsam langweilig wurde, erstand die Mutter von ihrem Scheintod. Sie wieselte durch die Wohnung und war wieder auf dem Posten. Martin und Anna machten Pläne für ihre letzte Woche. »Ich denke, ich werde mal zur Sparkasse gehen«, überlegte er laut, »ich möchte nicht, daß wir jeden Schilling zehnmal umdrehen müssen.« Auf dem Weg zur Garderobe hörten sie die Haustür zuschlagen. Sie verließen das Haus; der Himmel, der Regen verhieß, hatte die Farbe der Häuser im zehnten Bezirk. Martin faßte sie am Arm. »Jetzt sieh dir das an…« Ein Stück vor ihnen, auf der anderen Straßenseite, lief seine Mutter im Trab in dieselbe Richtung – den Kopf vorgestreckt, eine große Ledertasche wie eine Waffe in der Hand. »Wie eilig sie es auf einmal hat«, staunte er. Sie kamen an einem Schaufenster mit Dirndln vorbei. »Siehst du mich schon in so einem Kleid?« scherzte Anna. Martin zog die Nase kraus. »Das ist was für schwärmerische Typen, die Alpenglühen und Waldhörner mögen.«

»Na, das ist ja ein Ding…«, der Bankangestellte lächelte

vielsagend, »vor zwei Minuten hat Ihre Mutter das letzte Geld vom Konto abgehoben.« »Aber es war doch eine stattliche Summe«, rief Martin, »die Ersparnisse von mehreren Jahren!« Er mußte sich erst einmal setzen. Verblüfft starrte er vor sich hin und schüttelte den Kopf. »Bevor ich gegangen bin, habe ich ihr eine Bankvollmacht gegeben...«, sagte er tonlos, »für alle Fälle...« Anna schob ihn sanft nach draußen. Er warf seinen Hut in die Luft. »Ich bin pleite!« rief er mit einem schrillen Lachen, das an den Mauern entlangschrammte, *O du lieber Augustin, alles ist hin...*

Mit beklemmender Fröhlichkeit betrat er die Wohnung. Seine Mutter pusselte schon wieder in der Küche herum, als sei sie gar nicht fort gewesen. Martin nahm sich einen Stuhl und kletterte darauf. »Und was war noch auf meinem Bankkonto...«, rief er rhetorisch, »gar nichts...!« Er nahm eines der sorgfältig beschrifteten Gläser Aprikosenkompott vom Regal, ließ es zwischen seinen Händen hindurch zu Boden fallen und streckte die Arme nach einem neuen Glas aus. »All die Jahre habe ich für ihn gesorgt«, begann sich die Mutter zu beklagen, »...mir den letzten Bissen vom Mund abgespart... kein Fünkchen Dankbarkeit...« Mit einem Weckglas in der Hand sah Martin auf seine lamentierende Mutter herab. Plötzlich stellte er es gleichmütig aufs Regal, drehte es dekorativ mit dem Etikett nach vorn und stieg vom Stuhl. »Komm«, sagte er beherrscht und griff Anna am Arm, »wir packen.« Voller Selbstmitleid durchquerte die Mutter ihr armseliges Kaiserreich, theatralisch warf sie sich auf Martins Koffer, der halb gepackt auf dem Bett lag. Anna stopfte ihr Brautkleid, das sie ausgehängt hatte, in den Koffer und ließ die Schlösser zuschnappen. Dumpf pochende Kopfschmerzen schoben sich zwischen sie und die Außenwelt; mechanisch folgte sie Martin aus dem Haus, auf die Straße, in die Straßenbahn.

Von Martins Vater und dessen zweiter Frau wurden sie mit

stillschweigendem Verständnis empfangen. Anna, die glaubte, ihre Initiation als Familienmitglied inzwischen hinter sich zu haben, wurde in die letzten Mysterien eingeweiht. Der Vater hatte erst seit kurzem seine Vaterschaft wiederaufgenommen, nach einer unfreiwilligen Unterbrechung von zwanzig Jahren. Die ganze Zeit hatte Martins Mutter ihm den Umgang mit seinem Sohn verboten und ihn vor diesem als leichtsinnigen Schürzenjäger und Glücksritter hingestellt. Als Martin in der vierten Klasse des Gymnasiums war, weigerte sie sich aus Gründen, deren Logik wahrscheinlich nur ihr klar war, die monatliche Schulbeihilfe seines Vaters noch länger anzunehmen. Dem Sohn sagte sie, der Vater wolle nicht mehr zahlen, dem Vater, der Sohn wolle nicht länger die Schulbank drücken. In der Kärntnerstraße hatte sie eine Lehrstelle in einem erstklassigen Frisiersalon für ihn gefunden, gleich neben der Oper. Statt über Hexameter von Homer beugte er sich seitdem über die Köpfe kapriziöser Diven. Die Winkelzüge der Mutter waren erst ans Licht gekommen, als Martin wegen der bevorstehenden Hochzeit Kontakt zu seinem Vater aufgenommen hatte.

Jetzt begriff Anna den seltsamen dreiköpfigen Empfang auf dem Bahnhof. Keiner hatte dem anderen weichen wollen, der Vater ließ sich nicht mehr auf ein Nebengleis abschieben. Sie war ganz konfus von diesen verworrenen Familienverhältnissen, beinahe schätzte sie sich sogar glücklich, keine Eltern mehr zu haben – obwohl auch Martin in gewissem Sinne, ohne Vater und unter der Fuchtel einer hysterischen Mutter, wie ein Waisenkind aufgewachsen war.

Mit verzweifeltem Eifer machten sie wieder ihre Ausflüge. Sie stiegen vom Unteren Belvedere, dem Sommersitz des Prinzen Eugen von Savoyen, des siegreichen Feldherrn in den Türkenkriegen, zum noch größeren Oberen Belvedere, dem Symbol seiner Macht. Sie besichtigten die Karlskirche, in der Martin heiraten wollte, und vom Heurigen bekamen sie einen Schwips. Es war, als müßten sie in den Tagen, die ihnen noch blieben, ein Reservoir mit gemeinsamen Freuden und Genüssen füllen, aus dem sie den Rest ihres Lebens schöpfen könnten.

Zusammen mit seinem Vater brachte sie ihn zum Zug. »Ich schaffe es schon...«, rief er aus dem Fenster des anfahrenden Zuges, »Rußland ist groß, und der Zar ist weit!«

»Ich kann mich noch gut daran erinnern, was für eine Angst wir in diesem Herbst hatten«, sagte Lotte, »daß die Russen verlieren würden.«

»Ich habe nur an das Leben dieses einen Mannes gedacht«, Anna starrte auf ihre Fingernägel, »das war das einzige, was mich interessierte. Sonst habe ich nichts gesehen und nichts gehört, ich habe nur gehofft und gebetet, daß er zurückkommen möge. Das hat man heute völlig vergessen, die ständige Angst, mit der jeder von uns zu Hause leben mußte – es waren ja Millionen junger Männer wie Martin dort.«

Lotte sah sich veranlaßt, Annas Erinnerung daran aufzufrischen, daß die gleichen jungen Männer Millionen von Russen abgeschlachtet hatten.

Anna fuhr hoch. »Darüber haben wir doch nicht nachgedacht! Bei uns hörte man nur Vormarsch, Vormarsch, Białystok, Leningrad, Ukraine. Hermann Göring hielt eine große Rede: Wir haben das fruchtbarste Land der Welt erobert... Er versprach: Wir werden es gut zu nutzen wissen, künftig haben wir genug Butter, genug Weizenmehl. Deutschland wurde ausgedünnt: Jeder, der auch nur ein bißchen was auf dem Kasten hatte, wurde dorthin geschickt, um landwirtschaftliche Betriebe und Sanitätsdienste zu leiten. Selbst der größte Dummkopf war dort plötzlich wer und konnte was. Die Gefangenen wurden nach Deutschland verfrachtet, wo sie in den Fabriken arbeiten mußten. Es war ein irrer Organisationsapparat, ja in gewissem Sinne eine enorme Leistung. Die Leute in der Heimat wurden auch erfinderisch – aus einer alten Decke nähte man sich einen Mantel, man machte sich die Schuhe selbst...«

»Das haben die Holländer auch gemacht«, sagte Lotte spitz.

»Natürlich... eine Notlage mobilisiert alle Kräfte, die normalerweise brachliegen. Darum langweilen sich die Leute heute auch so und müssen Kreativitätskurse besuchen, das ist die Krankheit unserer Zeit.«

Lotte, die das Gefühl bekam, daß Annas Verteidigung immer mehr zu einer Lobeshymne geriet, fiel ihr rachsüchtig ins Wort: »Und dann kam der Wintereinbruch.«

»Ja, General Schlamm. Da war es mit dem schnellen Vormarsch vorbei.«

»Schon Napoleon war vom Schlamm und von der Kälte aufgehalten worden – wir haben damals inständig gehofft, daß sich das wiederholen würde, und so war es dann ja auch. ›Jetzt hat Hitler den Krieg verloren, haben wir sofort gesagt.‹«

»Wir haben gedacht: Wir müssen den Männern durch den Winter helfen. Sie schrieben nach Hause, daß sie froren, und alle wollten etwas dagegen unternehmen – sogar die Kinder und die Patienten in den Krankenhäusern. Alle fingen an zu stricken. Decken und Laken wurden aneinandergenäht, Pelzjacken geschickt, alles über das Rote Kreuz, hinter dem Rücken der Parteiführung. Jede Frau sorgte dafür, daß ihr Mann, ihr Sohn, ihr Vater nicht fror. Ach ja...«, sie starrte aus dem Fenster, der Himmel hatte die Farbe der Schieferdächer, »ich habe zu Hause immer noch seinen ›Gefrierfleischorden‹ – so oder auch ›Eisbeinorden‹ haben die Leute zynisch die Auszeichnung genannt, die die Soldaten in diesem schrecklichen Winter in Rußland bekommen haben, als so viele von ihnen Erfrierungen an Zehen, Fingern und Nase hatten.«

Herrn von Garlitz' Mutter, früher Hofdame der Kaiserin, beschloß, ihren Lebensabend in urbaner Umgebung zu verbringen, und zog nach Potsdam. Das Schloß mit fünfundvierzig Räumen, das sie hinterließ, stand auf der anderen Seite der Oder, in einem friderizianischen Straßendorf, wie es viele in der Mark Brandenburg gab. Einst hatte Friedrich der Große diese Grenzprovinz urbar gemacht und besiedelt – er setzte einen Fürsten ein, inmitten der Felder wurde ein Schloß für ihn gebaut, eine Straße wurde gepflastert und zu beiden Seiten wurden Häuser für die Landarbeiter errichtet, eine Kirche und eine kleine Schule kamen hinzu. Als Gegenleistung für ihre totale Verfügbarkeit erhielten die Arbeiter Getreide und ein Fleckchen Land, das groß genug war, um ein Schwein und eine Kuh zu halten.

Weil es weit von den Orten entfernt war, auf die die Bomben fielen, beschloß Herr von Garlitz, daß sie alle zusammen auf das Landgut übersiedeln sollten, wo er seine Kindheit verbracht hatte. Um alles zu richten, fuhr er mit seiner Frau vor. Die Kinder blieben unter Annas Obhut im Haus seiner Schwiegereltern zurück. Sechs Wochen später bekam Anna einen Brandbrief von Frau von Garlitz: »Bitte komm sofort, ich brauche dich. Wir haben Adelheid aufgespürt, Rudolfs altes Kindermädchen, sie wird sich um die Kinder kümmern.« Und wieder zog Anna mit ihren beiden Koffern um, in dem einen das Brautkleid und die Feldpostbriefe von Martin, in dem anderen ihre übrige Habe. Sie wurde mit Pferd und Wagen vom Bahnhof abgeholt – ihre Brotherrin, nun nicht mehr so soigniert wie früher, saß etwas verwildert auf dem Kutschbock. Sie hatte sich eine charmante Gleichgültigkeit zu eigen gemacht, eine Laissez-faire-Haltung, über die sich Anna, gewöhnt an ihre tadellosen Manieren und ihre Selbstbeherrschung in jeder Situation, wunderte. »Es ist zum Totlachen«, sagte die Gräfin, während sie in voller Fahrt über unbefestigte Landstraßen ratterten, mit der gleichen Unbekümmertheit, mit der sie Anna, nun schon vor einer Ewigkeit, in ihrem Maybach entführt hatte. »Man kann nur noch lachen, so schrecklich verwohnt ist das Schloß, man glaubt es nicht, wenn man es nicht mit eigenen Augen gesehen hat.«

Nach einer halbstündigen Fahrt durch eine unbewohnte Welt, in der sogar von dem Wechsel zwischen Wäldern und Äckern eine gewisse Monotonie ausging, kamen sie ins Dorf. Alles war vorhanden: die Kirche, die Schule, die Tagelöhnerhäuser zu beiden Seiten der Straße. Nur das Schloß entzog sich dem Auge, es verbarg sich hinter einer Mauer, über die müde die Zweige alter Kastanien und Ahornbäume hingen. Ein Mann öffnete ihnen das Tor, der so stark schielte, daß es schien, als nähme er neben Anna und der Gräfin noch andere Personen wahr. Die Kutsche holperte in den Hof, hinter ihnen wurde das Tor geschlossen. Und da war es, das Schloß, massiv, robust, mit wildem Wein bewachsene hellgraue Mauern, weiße Fenstereinfassungen, ein Wald von Schornsteinen auf den roten Dächern. In sich gekehrt stand es da, scheu wie ein Wesen, das seine Geheimnisse nicht gern preisgibt. Aus einem friderizianischen Symmetriebedürfnis heraus war in der Mitte der Front ein Vorbau errichtet mit einer Treppe, die breit und einladend begann, sich aber zur doppelten Eingangstür hin verschmälerte. Zu beiden Seiten stützten viereckige Pfeiler ein Tympanon; darüber hing ein Relief mit dem Familienwappen. Sie fuhren an einem Seitenflügel entlang zum Dienstboteneingang. Die Nebengebäude und Stallungen umschlossen einen Innenhof mit Kopfsteinpflaster.

Frau von Garlitz betrat vor ihr das Haus. Kaum stand Anna auf dem Treppenabsatz, schüttelten ein paar Handwerker, die im ersten Stock mit Restaurationsarbeiten beschäftigt waren, Staub und Putz von ihren Kleidern – durch das Treppenhaus landete es auf Annas Wiener Hut. Fröhliches Gelächter erfüllte den Raum. »Jetzt weißt du, wie es hier ist«, sagte Frau von Garlitz.

Eine gründliche Inspektion noch am selben Tag zeigte, daß sie nicht übertrieben hatte. Abgesehen von den baulichen Mängeln durch die jahrzehntelange Vernachlässigung war auch die Innenausstattung verschmutzt und verschlissen. In allen Räumen hing der penetrante Geruch einer halsstarrigen alten Dame, die fünfzig Jahre lang darüber gewacht hatte, daß alles so blieb, wie es in ihrer Jugend gewesen war. In der Halle und in den Fluren schepperten klapprige Rüstungen in der Zugluft; bizarr geformte Baumstümpfe standen herum, bestückt mit phosphoreszierenden Lichtern, die den arglosen Gast, der nachts zur Toilette mußte, mit spukhaftem Kitsch aus dem Halbschlaf rissen. Frau von Garlitz' Schlafzimmer war ein besonders dringlicher Fall. Seit ihrer Ankunft vor sechs Wochen schlief sie im selben Nachthemd, in denselben Laken, in einem Bett, dessen Satinhimmel unter dem Staub tief durchhing. Alles war so schmutzig, daß man sich schon beim bloßen Anblick ebenfalls unsauber fühlte. »Meine Güte«, flüsterte Anna, »was für ein Schweinestall.« Hilflos hob Frau von Garlitz die Hände. »Ich weiß nicht, wo die Sachen alle liegen, wirklich nicht, ich meine, Bettwäsche und so…« »Aber das muß doch irgendwo zu finden sein«, hustete Anna und stieß ein Fenster auf. Langsam dämmerte ihr, daß die Gräfin ihr mit dieser einen rührenden, kleinlauten Geste die ganze Verantwortung für das heruntergekommene Landgut aufhalste. »Wie froh ich bin, daß du da bist…«, seufzte sie kleinmädchenhaft.

So begann die Renovierung. Ein Jahr lang zog Anna mit einer Kolonne polnischer Arbeiter und Putzfrauen aus dem Dorf von Raum zu Raum, so daß die fünfundvierzig Zimmer am Ende nicht mehr wiederzuerkennen waren. Die deutschen Pächter – sie waren in den Krieg geschickt worden – hatte man durch polnische Zwangsarbeiter und russische Kriegsgefangene ersetzt, die unter ständiger Bewachung von vier bewaffneten Soldaten in den Ställen hausen mußten. Es gab weder Traktoren noch Benzin. Um sechs Uhr morgens rumpelten achtzig mit Russen besetzte Ochsengespanne unter dem Kommando eines Landwirtschaftsinspektors, der vom Kriegsdienst freigestellt war, auf die umliegenden Felder, wo die Gefangenen den ganzen Tag mit einem übermenschlichen Tempo arbeiteten, um das vom Reich festgelegte Soll zu erfüllen. Kartoffeln, Getreide, Milch, Butter, alles mußte abgeliefert werden, bis auf eine kleine Menge für den Eigenbedarf. Für die Schloßbewohner war ein Wandschrank gezimmert worden mit Fächern, in denen jeder seine Ration Butter aufbewahrte – ein Viertelpfund pro Woche. Die Hälfte mußten sie der Küche zum Braten überlassen, die andere Hälfte war für Butterbrote. Die Menschheit schien sich in zwei Kategorien aufzuspalten: Die einen strichen alles auf eine einzige Schnitte und aßen den Rest der Woche trockenes Brot, die anderen kratzten sich puritanisch auf jede Scheibe eine hauchdünne Schicht.

Bevor beim Großreinemachen alles wie am Schnürchen lief, mußte Anna gegen den alten Schlendrian ankämpfen. Unsicher, weil sie mit ihrem dürftigen Zeugnis der Haushaltungsschule für junge Damen aus höheren Kreisen plötzlich einen komplexen, unüberschaubaren Haushalt leiten mußte, durchstreifte sie die Flure und Zimmer in der Hoffnung, so etwas wie eine Struktur zu entdecken. Sie landete in der Waschküche, wo vier gemütliche Matronen aus dem Dorf singend, lachend und schnatternd in ovalen Waschzubern die Bettwäsche auf dem Waschbrett rubbelten. Danach zockelte die kleine Prozession in den Keller, wo das Leinenzeug gemangelt und mit Plätteisen gebügelt wurde, in denen ein rotglühendes Stück Metall steckte. Sie legten keine Eile an den Tag; wenn die Wäsche nach zwei Wochen fertig war, kam ein neuer Schwung, und sie fingen wieder von vorn an. Jeden Tag wurde eine ausgiebige Mittagspause eingelegt. Die Mamsell kochte Kaffee und buk Plätzchen, es war wirklich gemütlich –

daß sich diese Gemütlichkeit aber vor einer Kulisse von fünfundvierzig Räumen im Zustand der Verrottung abspielte, interessierte sie nicht im geringsten. »Allmächtiger Gott«, dachte Anna, »das geht doch nicht.«

Im hintersten Winkel der Waschküche entdeckte sie unter einer dicken Staubschicht eine riesige Waschtrommel und eine Schleuder. »Kaputt«, winkten die Frauen defätistisch ab. Lange Transmissionsriemen führten durch die Luft über den Innenhof und endeten bei einem Generator in einer Brennerei, in der Kartoffelschnaps destilliert wurde. »Was ist denn los damit?« fragte sie den Schlosser, »ist die Transmission kaputt?« »Keine Ahnung«, brummte er achselzuckend. Anna bekam das Gefühl, in zähem Sirup zu schwimmen, in einem Strom von Unlust und Gleichgültigkeit. »Was soll das heißen: keine Ahnung«, sagte sie in scharfem Ton, »vielleicht schauen Sie mal nach.« Seufzend, mit leerem Blick, nahm sich der Mann den Apparat vor. Ein paar Stunden später hatte er ihn, wenn auch murrend, repariert. Am nächsten Morgen um sechs stopfte Anna die Wäsche in die Trommel, das enorme Ding von gut einem Meter Durchmesser setzte sich in Bewegung, darunter brannte ein kräftiges Holzfeuer, und als die Waschfrauen kamen, wurden sie mit freudigen Geräuschen begrüßt: bum bum bum, tsch tsch tsch, klopf klopf klopf. Zuerst rieben sie sich die Augen, dann wurden sie wütend. Was bildete sich diese Rheinländerin eigentlich ein, glaubte sie etwa, mir nichts, dir nichts in ihr Leben eingreifen zu können – seit Menschengedenken hatten sie mit der Hand gewaschen, und das gefiel ihnen auch gut, ihretwegen konnte alles beim alten bleiben. »Warum denn zwei Wochen lang waschen und bügeln?« rief Anna in das Geratter. Die erste Ladung Wäsche war schon geschleudert, draußen schien die Sonne, sie hängte die Sachen auf die Leine und eilte in die Waschküche zurück. Die vernichtenden Blicke ignorierte sie und zeigte den Frauen, wie sie die Maschinen bedienen mußten: »Sie können sich in aller Ruhe danebensetzen.« Anna trabte hin und her zu den Wäscheleinen, und am Abend duftete die Wäsche angenehm und ließ sich leicht falten. Alles war fertig – es blieben dreizehn Tage übrig, um das Haus zu putzen. Eine kleine Revolution. Als den Frauen das klarwurde, schlug ihre Wut in Haß um – der im Winter allmählich schmolz, als sie und ihre Kinder krank wurden und Anna ihnen Kamillentee kochte und warme Wickel machte und nachts mit ihnen in die Stadt fuhr, wenn eine ein Kind bekam. So glich sie, ohne viel Aufhebens davon zu machen, ein Versäumnis von Frau von Garlitz aus – traditionell war es die Pflicht des Adels, sich um das Wohlergehen der Pächter zu kümmern.

Ein Zimmer nach dem anderen wurde ausgemistet. Annas Bestürzung angesichts der Spinnweben, des Staubs, des Schimmels und der toten Insekten, die die alte Gräfin in ihrer übertriebenen Nostalgie im Laufe der Zeit angesammelt hatte, schlug schon bald in zähe Beharrlichkeit um. Einen Raum gab es, der alle anderen noch übertraf: das Kaiserzimmer. Seit Kaiser Wilhelm dort als Gast der ehemaligen Hofdame seiner Frau eine Nacht verbracht hatte, war das Zimmer zum Heiligtum erklärt worden, das keiner mehr betreten durfte. Schon beim Öffnen der Tür schlug ihnen ein modriger, säuerlicher Geruch entgegen. Sie rissen die Gardinen und elegant drapierten Vorhänge herunter, in einer Wolke von Staub und Milben zogen sie die Zudecken und Seidenkissen vom Himmelbett – aber auch, als sie das ganze Zimmer entkleidet hatten, hing dort immer noch der penetrante, kaiserliche Geruch. Schließlich trennten sie die Matratze auf: Wo der Körper seiner Exzellenz geruht hatte, wimmelte es von Maden, die erfreut aus der Roßhaarfüllung hochsprangen – in die plötzliche Freiheit. Anna wurde fast schlecht. Wir haben Krieg, dachte sie fieberhaft, wir können das kostbare Roßhaar nicht einfach wegwerfen. Plötzlich fiel ihr der Destillierkessel ein, den sie in der Schnapsbrennerei gesehen hatte. Sie trugen die Matratze über den Hof und kippten den Inhalt in den Kessel, unter dem ein gleichmäßiges Feuer brannte. Die Maden explodierten wie Puffmais. Als sich zwischen den Haaren kein Leben mehr regte, wurde das Roßhaar gewaschen und in der Sonne getrocknet. Mit zwei Litern Schnaps bewaffnet brachte sie die kostbare Ladung schließlich zu einem Polsterer und ließ eine neue Matratze daraus machen.

Der Dachboden lag voller Gerümpel, das schon vor ewigen Zeiten ausgedient hatte. Das einzig Wertvolle, das Anna entdeckte, war eine Reihe englischer Stiche, alte Jagdszenen in Mahagonirahmen, die einen Platz in den Fluren und der Halle bekamen. Ansonsten kam unter dem Schmutz eine erschütternde Menge Kitsch zum Vorschein, aus einer Zeit, die eine Vorliebe für Schnörkel und Goldverzierungen gehabt zu haben schien. Sie ließ alles auf den Innenhof bringen und öffentlich verkaufen. Die Ankündigung »Jedes Teil für fünfzig Pfennige« ging von Mund zu Mund. Aus den Nebengebäuden strömten Polinnen in verschlissenen, unförmigen Kleidern herbei, Kopftücher stramm um die blassen, runden Gesichter gebunden. Beim Anblick der Luxusgegenstände blühten sie auf; mit glänzenden Augen betasteten sie die Symbole eines reichen, sorglosen Daseins. Es dauerte endlos, bis sie sich für etwas entschieden hatten, aber dann verschwanden sie damit in großer Eile, als könnte ihnen jemand ihre neue Errungenschaft wieder abnehmen – ein mit Seide überzogenes Taburett oder ein Teewärmer in Form einer Rokokodame.

Nachdem die Zuckerrüben geerntet waren, wurden sie in einem süßlichen Dunst, der Übelkeit erregte, von den polnischen Frauen gewaschen, geschnitten und gepreßt und anschließend zu Sirup verarbeitet; alles war klebrig und schmierig. Zur Belohnung bekam jede Polin einen Sack Rüben zum eigenen Gebrauch. »Dürfen wir die Presse benutzen?« fragten sie in Zeichensprache und demonstrierten verlegen, wie mühsam das Pressen mit der Hand in ein Tuch war. »Selbstverständlich«, sagte Anna, »wir sind ja fertig, wir brauchen die Presse jetzt nicht mehr.« Ein paar Stunden später kam Herr von Garlitz zu ihr, im Reitkostüm. »Hör mal«, rief er sie zur Ordnung, »was hast du denn da gemacht, du hast ja den Polen die Presse gegeben!« »Ja, warum denn nicht?« sagte Anna herausfordernd, das elegante, lässige Element inmitten der hektischen Betriebsamkeit reizte sie. »Glaubst du etwa«, er hob das Kinn, »die Polen würden uns eine Presse geben, wenn wir dort als Arbeiter wären?« Er blickte sie strafend an und antwortete für sie: »Das würden sie mit Sicherheit nicht tun, sie hassen uns nämlich.« »Aber wir hassen sie doch nicht«, wandte Anna ein, »außerdem, wenn die Polen so viel schlechter sind als wir, wie Sie sagen, und ich soll mir daran ein Beispiel nehmen und so sein wie sie, dann sind wir doch um kein Haar besser und haben nicht das Recht, uns so zu benehmen, als müßten sie uns gehorchen.« Er schüttelte den Kopf über diese paradoxe Schlußfolgerung. »Es sind Untermenschen«, sagte er würdevoll. »Wenn das Untermenschen sind und wir die Herrenmenschen, wie Sie sagen«, sie versuchte, sich diplomatisch auszudrücken, »dann kann ich doch nicht so sein wie die Polen, dann muß ich doch so sein wie wir, nämlich ein Herrenmensch?« Die ganze Idee von Untermensch, Herrenmensch und Übermensch fand sie lächerlich, aber intuitiv hatte sie gerade genug politisches Bewußtsein, um zu begreifen, daß sie das vor einem Lakaien des Führers nicht laut sagen konnte. Von Garlitz runzelte die Brauen, diese Dialektik war ihm zu hoch. Irgendwie spürte er, daß ihm da jemand die Leviten las, ein eigensinniges, aber leider unentbehrliches Mitglied des Personals, das seine eigene Macht über den Haushalt der seinen als Arbeitgeber unverfroren entgegensetzte. Das wurde ihm alles zu viel; leicht verstört ging er mit kurzen, gemessenen Schritten, den Kopf gesenkt, und schlug hier und da mit seiner Reitpeitsche an einen Baum.

Der Überfluß an Arbeit verkürzte die Zeit zwischen zwei Feldpostbriefen. Martin schrieb über die Schönheit von Sonnenblumenfeldern, auf einem Wochenmarkt hatte er eine Kiste mit Büchern gefunden, er schickte ihr ein Rezept für Borschtsch. Es herrschte ein seltsamer Gegensatz zwischen den lärmenden Siegeszügen der Wehrmacht im Radio und der friedlichen Ruhe in Martins Briefen, in denen nie ein Gewehrschuß ertönte, nie ein Haus brannte. Im Herbst lag er direkt vor Tula. Als der Frost einsetzte und überall die Stricknadeln klapperten, um die Kälte in der Tundra zu vertreiben, schickte Anna ihm ein Päckchen in der blinden Hoffnung, daß es in der Unendlichkeit seinen Weg finden möge. Gerüchte über Soldaten, die gefallen waren, verdichteten sich immer mehr, eine anonyme Drohung, die durch die Wochenschau geleugnet wurde, in der die Soldaten in ihren Schneelöchern vergnügt eine Zigarette rauchten. Zuerst waren es entfernte Verwandte, Studienkollegen, Bekannte von Bekannten, die fielen – dann wurden es Brüder, Verlobte, Väter. In Martins Briefen jedoch hatte der Winter eine Tschechowsche Schönheit. Er war mit seinen Kameraden auf einem Bauernhof einquartiert, wo es einen Flügel gab. Ein Flügel inmitten endloser Schneefelder, durch die Kälte jedoch stark verstimmt. Die Familie schlief auf einem Podest über dem eingemauerten Ofen. Die Soldaten holten die Matratzen herunter und wuchteten den Flügel mit vereinten Kräften hinauf. Das Instrument taute schnell auf, und nun wurde jeden Abend musiziert. Auf Martins höfliche Entschuldigungen hin gab ihm der Bauer zu verstehen, es sei nicht so schlimm: Er fand es wichtiger, Mozart und Bach zu hören, als daß sie es in der Nacht warm hatten. Je farbiger die beschriebenen Ereignisse waren, desto argwöhnischer wurde Anna.

Einer der russischen Gefangenen hatte eine Sonderstellung: Er mußte die Kachelöfen im Schloß anzünden und in Brand halten. Mit einem Korb voll Holz zog er jeden Tag von Zimmer zu Zimmer. Nie sprach jemand mit ihm – Russen als menschliche Wesen zu betrachten, war strafbar. Eines Tages befand sich Anna mit ihm in einem Raum. Scheu, fast unsichtbar, machte er seine Arbeit, als sei auch er selbst davon überzeugt, keine Daseinsberechtigung zu haben außer als Bringer des Feuers. Ohne vorher groß nachzudenken, sprach sie ihn an, einfach, weil sie zwei Personen in einem Raum waren. Zu ihrem Erstaunen antwortete er in gebrochenem Deutsch, und außerdem stellte sich heraus, daß er Wilhelm hieß: Als der deutsche Kaiser dem Zaren einen Besuch abgestattet hatte, waren alle Neugeborenen auf den Namen Wilhelm getauft worden. Noch ein Patenkind des Kaisers, amüsierte sich Anna innerlich. Seine Erklärung war voll sanft vibrierender russischer Konsonanten. Nach diesem ersten Kennenlernen war sie regelmäßig in den Räumen zu finden, in denen der Ofen angezündet wurde. Die Leute in den Ställen hungerten, flüsterte er, es fehle an allem. Sie stahl Essen für ihn aus der Küche. Abends zerschnitt sie blaukarierte Bettbezüge, die ausrangiert worden waren, und nähte daraus Taschentücher für die Gefangenen. Sie sammelte ausgediente Zahnbürsten, Zahnpastareste, Taschenkämme, an denen ein paar Zinken abgebrochen waren, und Seifenreste. Wilhelm schmuggelte die Sachen in die Ställe, wo man sich darum riß. Sie fragte sich nicht, warum sie das machte, subversive Absichten waren ihr fremd – sie konnte den Gegensatz zwischen dem relativen Wohlstand im Schloß und den Entbehrungen in den Ställen einfach nicht ertragen.

Während Wilhelm die Öfen anzündete, informierte er Anna über die Gerüchte, die unter den Russen und Polen kursierten, Gerüchte, die eine Schattenwelt jenseits der jubelnden Wochenschau offenbarten: Die deutsche Offensive hatte sich gänzlich festgefahren; gerade als sie glaubten, die russische Armee sei durch die Millionenverluste aufgerieben, standen für jeden toten Sowjetsoldaten hundert lebendige auf. Und Tula? fragte Anna, der sich das Herz zusammenkrampfte. Er entschuldigte sich: So detailliert seien die Gerüchte nicht. Wie erreichten sie ihn eigentlich? Tja... er spreizte die Finger mit einem orientalischen Lächeln. Woher die Informationen kamen, blieb für sie ein Geheimnis. Wurden die Nachrichten von den letzten Vogelschwärmen überbracht, die durch den grauen Himmel zogen, oder verfügten sie über einen gut trainierten Marathonläufer, der den Weg bis zur polnischen Grenze in olympischem Tempo zurücklegte und unterwegs alle Landgüter aufsuchte, auf denen polnische Zwangsarbeiter waren?

»Du bist doch eine echte Deutsche«, sagte Lotte kopfschüttelnd.

»Wieso?« Anna war auf der Hut.

»Eine echte tüchtige Deutsche... Wie du das Waschmaschinenproblem angepackt hast... schon ganz im Geist des Wirtschaftswunders. Aber ich frage mich...«

»Ja...« Anna war die Bereitwilligkeit in Person, sie wollte jedes, aber auch wirklich jedes Mißverständnis aus der Welt schaffen.

»Waren die Waschfrauen am Ende auch glücklicher, in deinem durchorganisierten Haushalt? Konnten sie noch lachen, singen, schwatzen?«

»Pfff...« Müde zuckte Anna die Achseln: »Sie bekamen noch immer Kaffee und Kuchen. Aber den Fortschritt kann man nicht aufhalten. In der Zeit der Großgrundbesitzer lernten die Arbeiter lesen und schreiben, mehr hielt man nicht für nötig. Dann kam die Zeit, daß sich die Arbeiter dagegen auflehnten, sich noch länger dumm halten zu lassen – so wie ich –, sie machten eine Ausbildung, das Fernsehen kam hinzu, der Computer... Wenn du zurück willst zum Lachen,

Singen und Schwatzen, mußt du auf die Technik verzichten, aber auch auf den Komfort, den wir dadurch genießen.«

»Aber es ist so vieles verlorengegangen.«

»Du siehst das zu romantisch.«

Und so waren sie wieder bei ihrem alten Streitpunkt angelangt. Sie starrten an der Frau mit dem Schwan vorbei nach draußen und versuchten, ihre Gedanken zu sortieren, die beim Auffrischen von Erinnerungen wie Papierschnipsel im Wind in alle Richtungen wirbelten.

»Daß du etwas für die russischen Gefangenen getan hast, kann ich gut verstehen«, sinnierte Lotte, »irgendwo hast du sicher gehofft, die Russen würden das gleiche für Martin tun, falls er in Gefangenschaft geraten sollte...«

»Nein...«, Anna schürzte die Lippen, »ich habe es getan, um zu helfen – ohne viel darüber nachzudenken.«

»Dahinter können doch auch andere Beweggründe stecken. Seit dem Augenblick, als bei uns die ersten Leute anklopften, die untertauchen wollten, hatte ich das Gefühl, endlich etwas tun zu können – als würden wir mit jedem Menschen, den wir vor den Besatzern verstecken konnten, nachträglich etwas für David tun... in abstraktem Sinn.«

»Ihr habt also Leute versteckt...«

Lotte nickte.

»Juden?«

»Vorwiegend.«

Anna seufzte, und alle ihre Rundungen seufzten mit.

5

Sie aßen in einem Restaurant am Place Albert zu Mittag, mit Ausblick auf einen riesigen Engel, der sich auf einem hohen Sockel niedergelassen hatte und mit Bestürzung auf die Menschheit herabblickte. Anschließend bummelten sie ein wenig durch das Städtchen, ihre tägliche Dosis therapeutischer Bewegung. Sie betraten eine Kirche aus grauem Granit mit drei Türmen, deren spitze Dächer wie Bleistifte von Schulmeistern streng in den Himmel zeigten – ausnahmsweise waren sie sich darüber einig, daß es eine ausgesprochen häßliche Kirche war. Lustlos schlenderten sie durch den dämmrigen Raum, ein Faltblatt über die Geschichte des Gotteshauses in der Hand. »Erbaut 1885 im romanisch-rheinländischen Stil nach dem Vorbild der Kölner Schule«, las Anna. »Ich habe gar nicht gewußt, daß wir damals eine derart scheußliche Architektur exportiert haben!« Sie blieben noch kurz vor einer Skulptur stehen, die aus einer viel älteren Kirche stammte, welche früher an dieser Stelle gestanden hatte: eine Gruppe von Engeln mit Schwertern und Bischofsstäben. Gelangweilt verließen sie die Kirche wieder und gingen in ein Lokal direkt gegenüber – vermutlich befand es sich dort als Trost für die enttäuschten Kirchgänger. Beide brauchten sie jetzt dringend eine Tasse Kaffee. Ein Düsenjäger zog eine Diagonale über den Himmel, hinter den menschenfeindlichen Kirchtürmen, als wolle er sie durchstreichen.

Als die Familie Frinkel, alle drei elegant gekleidet, im Sommer eines Tages vor der Haustür stand, ahnte niemand, daß mit diesem anscheinend harmlosen Besuch eine Epoche im

Leben von Lottes Mutter und ihrer Familie zu Ende ging, die nie wiederkehren würde. Bram Frinkel, inzwischen achtzehn, der die ganzen Jahre mit Koen befreundet geblieben war, hatte die Verabredung arrangiert. Sie tranken etwas, das Kaffee darstellen sollte. Zu Ehren von Max Frinkel, der seit seiner Emigration aus Deutschland als erster Geiger in einem Rundfunkorchester eine gewisse Berühmtheit erlangt hatte, legte Lottes Vater das *Konzert für 2 Violinen* von Bach auf. Die Gesellschaft lauschte konzentriert, man hätte meinen können, die Gäste seien nur wegen der Musik gekommen. Aber als die letzten Klänge verstummt waren, trat der Krieg sofort an ihre Stelle – mit der plötzlich eingetretenen Stille, dem Muckefuck, der Gegenwart der Frinkels. »Sie sind ein Musikfreund...«, begann Frinkel und rieb sich verlegen das Kinn. Aus diesem Umstand schöpfe er den Mut, Lottes Eltern um ihre Gastfreundschaft zu bitten, gegen Erstattung der Kosten natürlich und nur für kurze Zeit – bis eine endgültige Lösung gefunden sei. »Alle Juden aus Hilversum müssen sich in Amsterdam sammeln...«, sagte er bedeutsam. »Sie wohnen so wunderbar abgelegen«, setzte seine Frau Sara in makellosem Niederländisch hinzu, »Max könnte täglich auf seiner Geige üben, ohne daß es jemand hört.« Sie war klein und lebhaft, ihre Lippen und Fingernägel hatten dieselbe Farbe wie ihr Kleid.

Brams Bett wurde in Koens Zimmer aufgestellt, die Eltern zogen ins Kinderzimmer ein, von dem aus atemberaubende Läufe und Flageoletts die Wände vibrieren ließen. Wenn der Vater aufhörte, machte der Sohn weiter mit Zigeunermusik und slawischen Tänzen. Sie bekamen Besuch von einem Freund, den sie noch aus Deutschland kannten und ins Vertrauen gezogen hatten, Leon Stein. Er hatte sein Land verlassen, um im Spanischen Bürgerkrieg gegen den Faschismus zu kämpfen. Danach wohnte und arbeitete er jahrelang bei seinem Onkel in Haarlem, der eine Fabrik für Fässer und Kisten hatte und den die Deutschen gegen eine hohe Summe nach Amerika gehen ließen. Seine Reitpferde konnte er mitnehmen, seinen Neffen jedoch nicht, weil dieser seit seinem spanischen Abenteuer staatenlos war. Die Neue Welt auf der anderen Seite des Ozeans, die allen Nationalitäten offenstand, hielt ihre Grenzen für Leute ohne Nationalität hermetisch geschlossen. Stein brauchte dringend einen Unterschlupf, aber nur von Zeit zu Zeit, wie er sagte. Der alte Elan der spanischen Antifaschisten war bei ihm noch nicht erloschen und hatte ihn in den niederländischen Widerstand getrieben – in seinem Fall ein unfaßbares Beispiel von Todesverachtung, weil er noch jüdischer als jüdisch aussah, sogar, als er bei dem Überfall auf eine Zuteilungsstelle für Lebensmittelkarten eine deutsche Uniform trug und in seiner Muttersprache Befehle erteilte.

Er bekam einen Schlafplatz im Büro von Lottes Vater; dort schlief er wie ein Soldat auf einer schmalen Pritsche. Fieberhaft schmiedete er Pläne, immer war er nervös – nur in größter Gefahr überkäme ihn eine wohltuende Ruhe, bekannte er. Er war ungreifbar, sein Leben bestand aus Geheimhaltung – mal tauchte er drei Wochen bei ihnen unter, mal war er ohne Ankündigung einen ganzen Monat verschwunden.

Eines Morgens wurden sie bei Sonnenaufgang von Gewehrschüssen geweckt. Alle rannten im Schlafanzug durchs Haus, die Familie Frinkel versuchte verzweifelt, sich unsichtbar zu machen. Koen – in seinen Augen blitzte der Reiz der Gefahr – wollte herausfinden, was los war. Mit gespielter Lässigkeit machte er sich auf in den Wald und stieß auf drei österreichische Soldaten, kaum älter als er, die auf der Jagd waren, um etwas Abwechslung in ihre Verpflegung zu bringen. Er bekam eine Zigarette, sie plauderten über Hasen und Kaninchen. Ein paar Stunden später würden sie in der Gegend bei einer Razzia eingesetzt, erzählten sie beiläufig, manchmal sei es einfacher, einen Juden zu fangen als ein Kaninchen. Koen lotste sie zu einem Hügel auf der anderen Seite des Waldes, der mit Gängen und Höhlen durchlöchert war. Zum Abschied klopften sie sich brüderlich auf die Schulter.

Atemlos erstattete er Bericht. »Jetzt jagen sie noch Hasen und Kaninchen, aber in ein paar Stunden jagen sie ... jagen sie ...« Er bekam das Wort nicht über die Lippen, verlegen sah er seinen Freund an, der barfuß ganz verfroren auf dem gefliesten Boden stand. In der Ferne krachten wieder Schüsse. Max Frinkel knetete nervös seine Finger. »Die Damen Noteboom ...!« rief er. Seine Frau nickte heftig. »Zwei Bewunderinnen«, erklärte sie, »bei jedem Konzert saßen sie in der ersten Reihe. ›Wenn Sie mal in Schwierigkeiten geraten sollten‹, haben sie mir einmal angeboten, ›dann kommen Sie nur zu uns.‹ Sie sind etwas exzentrisch, aber ...« In großer Hast wurden sie dorthingebracht. Die Damen wohnten mit achtundvierzig Katzen in einer großen, heruntergekommenen Villa, die von Weinranken und Efeu zusammengehalten wurde. Obwohl es sich um Mutter und Tochter handelte, konnte man unmöglich erkennen, welche der sympathischen Damen mit grauem Knoten und Karl-Marx-Brille die ältere war. Die Frinkels brauchten nicht viele Worte zu machen. Selbstverständlich sei der begabte Geiger willkommen – sie nähmen alle Streuner auf, ob auf zwei oder auf vier Beinen.

Nachdem die Frinkels fort waren, wartete die Familie in aller Ruhe die Razzia ab. Lottes Mutter genoß die plötzliche Seelenruhe. Erst jetzt wurde ihr bewußt, was für ein Druck durch die Anwesenheit der Frinkels auf ihnen gelastet hatte. Die ständige Angst, daß unerwarteter Besuch kommen könnte, daß sich die kleineren Kinder verplappern könnten, die Angst, sich durch irgendeine fatale Kleinigkeit zu verraten, an die man überhaupt nicht gedacht hatte – die Angst vor Repressalien, die sich niemand auch nur vorzustellen wagte ... eine Angst, die mit Schuldgefühlen einherging: Die ganze Zeit über hatte sie ihre Kinder in Gefahr gebracht. »Das machen wir nicht noch mal«, beschloß sie, »bei den Damen Noteboom sind sie bestens versorgt.«

Es gab auch sonst noch genug, worüber sie sich Sorgen machen konnten. Wenn nur die Russen nicht verlören, zum Beispiel, denn dann wäre alles verloren. In den Tagen von Stalingrad ging Jet nachts schlafwandelnd durchs Haus. Lotte schreckte hoch, sah, daß das Bett neben ihr leer war und fand ihre Schwester, kerzengerade und bleich wie eine Statue, im Wohnzimmer, wo sie ohne irgendwo anzustoßen langsam und verträumt zwischen Stühlen und Tischen umherging. Damit sie nicht die Treppe hinunterfallen konnte, schloß Lotte seitdem die Schlafzimmertür ab, aber der Drang zum Schlafwandeln war nicht zu zügeln: Eines Nachts öffnete Jet die Balkontür und ging im Nachthemd in den Regen hinaus. Lotte erwachte, weil ihr der Wind über die Stirn strich. Nicht nur das Bett, auch der Balkon war leer. Entgeistert spähte sie in die Nacht hinaus, hatte Jet Flügel bekommen? Erst als sie sich über die Brüstung beugte und hinunterschaute, sah sie ihre Schwester – durchnäßt in einem Beet mit verblühten, verregneten Astern. Wochenlang mußte Jet mit einer schweren Gehirnerschütterung das Bett hüten, in einem verdunkelten Zimmer; statt unter Somnambulismus litt sie jetzt unter ständigen Kopfschmerzen. Trotzdem wollte sie unbedingt auf dem laufenden gehalten werden, wie sich die Dinge im Osten entwickelten – und zwar schonungslos.

Regen in den Niederlanden bedeutete Schnee in Rußland. In jenem Herbst schien ungewöhnlich viel Regen zu fallen. Eines Abends verregneten auch die guten Vorsätze von Lottes Mutter. Es klingelte an der Tür, zwei Männer hatten dem Unwetter getrotzt. Das Gesicht des einen war hinter einem schweren Brillengestell mit dicken, durch den Regen beschlagenen Gläsern verborgen. Der andere war der Friseur von Lottes Vater; der erkannte ihn nicht sofort – was blieb von einem Friseur übrig ohne seine gewohnten Utensilien, die Messer, Scheren und Spiegel. Als Legitimation erwähnte der Friseur den Namen Leon Steins und bat um Obdach für seinen Freund, der in großer Not sei. Es sei nur für ein paar Tage. Keiner sagte ein Wort. Lotte hielt den Atem an. Die Stille war mit einer Spannung geladen, die weniger die Folge von Zweifeln als von dem Gefühl der Unabwendbarkeit war. Nur scheinbar bestand die Möglichkeit einer freien Entscheidung – in Wirklichkeit war sie, auf einer übermenschlichen oder gerade primär menschlichen Ebene, schon gefallen. Es war unmöglich, nein zu sagen, geh nur hinaus, zurück in Sturm und Regen, sieh nur zu, wie du ein Dach über dem Kopf findest. »Wir nehmen niemanden mehr auf«, hörte sie ihren Vater sagen, »es ist zu riskant.« »Das Bett von den Frinkels steht noch da«, warf ihre Mutter ein. Ihre Hände nestelten am Mantel des ungebetenen Gastes, sie nahm ihm das nasse Ding ab und hängte es auf einen Kleiderbügel neben den Ofen. Sie bot ihm einen Stuhl an, nahm seine Brille, rieb mit einem Rockzipfel die Gläser trocken und setzte sie ihm wieder auf. »So, jetzt sehen Sie wenigstens, wo Sie gelandet sind.«

Ruben Meyer entdeckte, daß in einem der Zimmer im ersten Stock eine Schlafwandlerin lag, die sich gräßlich langweilte. Er setzte sich an ihr Bett und las ihr vor; er brachte ihr Tee und schönte die Frontnachrichten für sie. Als nach sechs Wochen noch keine andere Adresse für ihn gefunden war, bekannte er, daß er aus Angst um seine Familie nicht mehr schlafen könne. Der Bäcker in einem Dorf bei Utrecht, bei dem sie untergetaucht waren, würde von seiner eigenen Schwägerin erpreßt, die gemerkt hatte, daß es im Lager hinter der Backstube nicht nur nach Brot und Rosinenbrötchen, sondern auch nach Angstschweiß roch. Ruben war von einer Wäscherei in einem Korb mit schmutziger Wäsche in die Gegend von Het Gooi geschmuggelt worden, um einen sicheren Unterschlupf für sie zu finden. »Der Friseur wollte das regeln...«, hinter den dicken Brillengläsern schossen seine Augen wild hin und her, »ich verstehe es einfach nicht...« »Darauf können wir nicht warten«, sagte Lottes Mutter.

Sie schickte Lotte los. Der Zug fuhr durch eine ausgedörrte Landschaft, über der ein fahler, freudloser Himmel hing. Die Wälder, die Heide waren nicht mehr sie selbst – unter dem Stampfen fremder Stiefel hatten sie ihre Unschuld verloren, sie waren Versteck und Tragödienbühne zugleich geworden. Daß sie ungestört hindurchfahren konnte, Ruben jedoch nicht, entstellte die Landschaft, machte sie zu etwas, das man nie mehr unbefangen schön nennen könnte. Absurde, sinnlose Bewegungen fanden darin statt: Sie war auf dem Weg zu seiner Familie, er war bei ihrer Familie untergekommen – welche Energie wurde hier vergeudet, alles war vollkommen durcheinander, keiner konnte mehr dem Rhythmus seines eigenen Lebens folgen.

In der Bäckerei traf sie, zusammengedrängt in einem kleinen, stickigen Raum, seine Mutter, seinen zehnjährigen Bruder, seine Schwester und seinen Schwager an, abgemagert und erschöpft vor Angst. Die Mutter klammerte sich an Lotte fest: »Bitte nehmen Sie meinen Jungen mit, holen Sie ihn hier heraus!« »Wir holen Sie alle so schnell wie möglich«, versuchte Lotte sie zu beruhigen, »aber das muß gut organisiert werden.« »Mein kleiner Junge, mein Schnutche«, flehte die Mutter, »nehmen Sie ihn doch schon mal mit...« Etwas abseits stand ein kleiner Junge mit einem Schulheft in der Hand. Es hatte den Anschein, als ob er sich, männlich beschämt über das Flehen seiner Mutter, bewußt von ihr distanzierte. Er sah viel zu jüdisch aus, um mit dem Zug fahren zu können. »Rechenaufgaben?« fragte sie, um Zeit zu gewinnen. »Ich schreibe eine Geschichte«, sagte er würdevoll, »über Schiffbrüchige, die auf einer Insel in der Südsee angespült werden...« »Und was passiert dann?« ermunterte sie ihn, während sie fieberhaft überlegte, was sie tun sollte. Auf ein derartiges Dilemma war sie nicht vorbereitet; in diesem Spiel war sie nicht mehr als ein vorgeschobener Bauer, der erst einmal die Lage erkunden sollte. Hier ging es um eine Entscheidung, die sie nicht eigenmächtig treffen konnte. »Sie glauben, die Insel ist unbewohnt und sie können dort in Sicherheit leben, aber es gibt Kannibalen, die jagen sie mit Speeren und...« »Hier«, die Mutter zog sich einen Brillantring vom Finger. Lotte schüttelte den Kopf, sie spürte einen unerträglichen Druck gegen die Schläfen: »Es geht nicht um Geld... die Deutschen würden ihn sofort aus dem Zug holen, es wäre unverantwortlich... aber wir holen Sie... so schnell wie möglich holen wir Sie alle...«

Noch am Abend desselben Tages setzten sie sich über den Friseur mit dem Wäschereibesitzer in Verbindung. Er könne aber nur drei Personen mitnehmen, am Wochenende. Weil Frau Meyer am wenigsten jüdisch aussah, beschloß Lottes Mutter, sie am nächsten Tag schon mit dem Zug zu holen. Sie nahm einen Hut mit breiter Krempe für sie mit. Als plaudernde Freundinnen fuhren sie zusammen zurück. Die Nervenzuckungen im Gesicht der einen, weil sie ihre Kinder für ein paar Tage zurücklassen mußte, wurden durch den Schatten des Hutes kaschiert. Der Wäschereibesitzer hielt seine Verabredung pünktlich ein, die Vorsehung auch: Die Deutschen waren ihm ein paar Stunden zuvorgekommen – in der Nacht von Freitag auf Samstag hatten sie die drei mitgenommen.

»Mein Junge, mein Schnutche, nehmen Sie ihn doch schon mal mit...« Lotte mußte ihre Erschütterung verbergen; sie hatte das Gefühl, von einem unsichtbaren Tribunal verurteilt zu werden. Wenn sie gewußt hätte, daß das Kind den Deutschen in die Hände fallen würde, wäre sie das Risiko der Bahnreise eingegangen. Hätte man den Jungen dabei festgenommen, wäre sie zwar schuldig gewesen, aber weniger als jetzt: Nun hatte sie es nicht einmal versucht. Der Gedanke war quälend und ausweglos, wie ein Diabolo schnellte er hin und her zwischen Schuld und Schuld. Sie sah sich mit einer subtilen, dem Dasein immanenten Grausamkeit konfrontiert, die ihr keine Wahlmöglichkeit ließ. Sie war nicht darauf vorbereitet, daß das Leben so ernst werden würde. Noch schlimmer wurde es dadurch, daß keiner auf die Idee kam, ihr etwas übelzunehmen und sie anscheinend mit einem Luxusproblem zu kämpfen hatte, gemessen an dem legitimen Kummer und der Einsamkeit von Ruben Meyer. Sie hatten beschlossen, seiner Mutter die Wahrheit zu verheimlichen: Wohin sollten sie mit einer jüdischen Mutter, die vor Kummer außer sich war? Sie machten sie glauben, daß ihre Kinder an jenem Abend zu einer anderen Adresse gebracht worden seien. Jeden Tag klagte sie: »Aber sie können doch wohl einen Brief schreiben?« »Das ist viel zu gefährlich«, beschwor sie ihr Sohn, dem fast das Herz brach, »sie fangen ja auch Briefe ab. Keiner darf wissen, wo sie sind.« Er ging mit hängenden Schultern durchs Haus; daß er seine Mutter jeden Tag belügen mußte, ging über seine Kräfte.

Davids Vater kam mit einer Kassette unterm Arm vorbei. Obwohl er keine Nachricht mehr von seinem Sohn erhalten hatte, hatte er wieder etwas von der alten Zuversichtlichkeit, die den Ton seiner Lieder geprägt hatte, zurückgewonnen. »Wir wollen auch untertauchen«, sagte er, »ich habe hier etwas Krimskrams, ein paar... Sachen...« Er klopfte auf die Kassette. »Es würde uns leid tun, wenn sie verlorengingen. Hätten Sie etwas dagegen, wenn wir das bei Ihnen im Garten oder im Wald vergraben würden?« »Mich stört es nicht«, sagte Lottes Vater beiläufig, »aber bitte nicht im Garten, da brauchen wir jetzt jeden Quadratmeter.« Er meinte damit die Tabakpflanzen, die er gesät hatte und für die er, wäre seine Frau nicht eingeschritten, auch noch einen Großteil des Gemüsegartens geopfert hätte. Lotte lehnte sich über die Balkonbrüstung und sah die beiden Männer mit einem Spaten im Wald verschwinden – ohne zu wissen, warum, verspürte sie ein Unbehagen bei dem Anblick.

»Du bist noch immer wütend«, bemerkte Anna und musterte Lotte prüfend, »fast fünfzig Jahre hast du deine Wut aufgestaut. Laß sie endlich raus! Ich bin die richtige Person, ich biete mich an, ich habe in meinem Leben schon manchen Sturm durchgestanden. Du hast allen Grund, wütend zu sein!«

»Ich bin überhaupt nicht wütend«, Lottes Hände lagen zur Faust geballt auf dem Tisch, schnell spreizte sie die Finger. »Ich erzähle dir einfach, was geschehen ist.«

»Warum gibst du nicht zu, daß du wütend bist? Selbstverständlich bist du das, du projizierst nun schon seit Tagen deine ganze Wut auf mich.« Anna lehnte sich zufrieden zurück. »Ich biete mich an, mach mir ruhig Vorwürfe.«

»Das mache ich doch schon die ganze Zeit«, seufzte Lotte, »aber du gehst ja immer gleich in Abwehrstellung.«

»Das lasse ich jetzt sein, nur zu. Du mußt dich erst austoben ...«

Lotte sah sie skeptisch an. Kam jetzt die therapeutische Tour, in diesem Café mit großstädtischem Flair, inmitten von Geschäftsleuten und Hausfrauen, die gelassen an ihrem Kaffee nippten?

»Ich werde dir ein wenig helfen«, sagte Anna, »wir bestellen noch eine Tasse Kaffee, und dann erzähle ich dir etwas, für das ich mich noch immer zutiefst schäme.«

Martins Briefe kamen immer weiter aus dem Süden. Wenige hundert Kilometer vor dem Kaukasus erstarrte diese Beweglichkeit – er hatte sich eine gefährliche Darminfektion zugezogen, und die Briefe an Anna schrieben jetzt seine Kameraden. Sie ließ sich nicht täuschen durch ihre zu auffälligen Versuche, mit Anekdoten und Witzen zu verschleiern, wie ernst es um ihn stand; aus Angst stürzte sie sich verbissen in die Arbeit. Aber eines Tages stand seine Handschrift wieder auf dem Umschlag. Er hatte die Krise mit Hilfe einer Diät aus

Milch und Tomaten überwunden, und sie überquerten das Donez-Becken, um nach Taganrog zu gelangen. Anna erhielt kurz nacheinander mehrere Briefe, Lastwagenpannen verzögerten das Tempo, der Wagen war reisemüde, Rußland zu groß. Acht Tage zu spät erreichten sie die Stadt am Asowschen Meer. Von dort aus hätten sie zum großen Finale nach Stalingrad fliegen sollen, aber man hatte nicht auf sie gewartet, sondern sie als vermißt gemeldet. So fiel die Besatzung dieses Lastwagens aus dem Großen Plan – sie wurden offiziell in Urlaub geschickt. Ein Jahr nach der Generalprobe erhielt Martin endlich die Heiratserlaubnis.

»Anna, Anna, komm, hier ist ein Telegramm für dich!« Frau von Garlitz' Stimme hallte durch die Flure. Eine der Putzfrauen aus dem Dorf, die für die aufgeschobene Heirat immer eine fettgemästete Gans bereithielt, schlachtete hastig das Hauptgericht des Hochzeitsessens. Ein schweinslederner Koffer wurde mit Lebensmitteln vollgestopft, in einen anderen kamen das Brautkleid, die nötigen Papiere und Teile der Aussteuer. »Du glaubst doch wohl nicht, daß es diesmal klappt?« grinste Herr von Garlitz beim Abschied. Der Mond schien noch, als Ottchen, der alte Kammerdiener, sie mit dem einzigen Pferd, das übriggeblieben war, zum Bahnhof brachte.

Der überfüllte Zug war im Begriff abzufahren. Ottchen riß die Koffer vom Wagen und schob sie über die Bäuche der Soldaten, die auf der Plattform schliefen. »Zum Teufel mit doppeltem t!« protestierten sie. Anna entschuldigte sich ausgiebig und stieg vorsichtig zwischen ihnen hindurch. Sie bahnte sich einen Weg durch die verstopften Gänge, bis sie ein Eckchen in einem Abteil erster Klasse fand. Wie verrückt donnerte der Zug schon wieder durch die Nacht; im Protektorat Böhmen und Mähren hielt er an, Befehle wurden gebrüllt, dann ging es weiter bis kurz vor Wien, wo Fliegeralarm war und der Zug bis zur Entwarnung vier Stunden warten mußte.

Bei der Ankunft merkte sie, daß der schweinslederne Koffer verschwunden war. Ein Soldat erinnerte sich daran, daß in Böhmen jemand mit einem Koffer ausgestiegen war, vielleicht hatte er die Gans gerochen. Durch die Aufregung um den verlorenen Gegenstand wurde Anna gar nicht bewußt, daß es Martin war, der sie in Gesellschaft seines Vaters vorsichtig antippte. Sie wich zurück. Tausende von Kilometern lagen zwischen ihnen, wochenlang hatte er nur in der Handschrift seiner Kameraden existiert, war er der Punkt gewesen, auf den sich alle ihre Gefühle konzentrisch ausrichteten, ein Magnet für Angst und Sehnsucht... und da stand er nun, es hatte etwas Banales, sie begrüßten einander zurückhaltend – nicht hier, wo alle zusehen können. Unterwegs zur Wohnung seines Vaters, in der Straßenbahn, faszinierte sie sein glattrasierter Nacken, ein verletzlicher, rührender Nacken, so makellos trotz Schnee, Krankheit, Unwirtlichkeit, trotz des Krieges.

Sie heirateten in der Karlskirche. Der Bräutigam hatte einen letzten Versuch unternommen, die Zustimmung seiner Mutter zu erhalten und sie zu überreden, beim Fest zugegen zu sein. »Der Tag meines Lebens!« rief er und schüttelte sie. »Es ist der Tag meines Lebens!« Sie drückte die Fingerspitzen auf die Schläfen und kniff die Augen fest zu. So ließ er sie für immer zurück, in ihrer Domäne, wo sie als unterdrücktes Opfer nur noch sich selbst hatte. Überwältigt von der Großartigkeit und Pracht des Inneren der Kuppelkirche ließ sich Anna zum Altar führen. Säulen, Wandverkleidungen und Balkone aus altrosa, braunem, sandfarbenem, schwarzem Marmor. Hinter einer der Säulen, so vermutete sie, hatte sich ihre zukünftige Schwiegermutter unbemerkt postiert und wartete, mit viel Gefühl für Effekte, auf den großen Augenblick, um dann hervorzuspringen und ein tragisches Stück aufzuführen, neben dem die Bettszene von vor einem Jahr verblassen würde. Aber die Deckengemälde in der Kuppel lenkten Anna ab, ebenso wie die goldenen Strahlen, die aus einem Dreieck mit hebräischer Inschrift über dem Altar kamen, die Engel, die dort oben schwebten, ein Fenster mit goldfarbenem Glas, durch das eine bronzene Glut in den Raum fiel, die den kleinen Hochzeitszug umhüllte – irgendwo in den himmlischen Sphären mußte es eine höhere Organisation geben, einen geheimen, bis ins kleinste festgelegten Plan, in dem ihre Leben vorgezeichnet waren, von Augenblick zu Augenblick mit einem tieferen, unbegreiflichen Sinn. Sie schaute auf das Profil des Bräutigams neben sich – sein Adamsapfel ging auf und ab, als die mit Gold reich verzierte Orgel eine Hymne anstimmte.

Als die Zeremonie vorbei war, schwebten sie die Treppen hinunter, zwischen griechischen Säulen, Obelisken und zwei Engeln aus weißem Marmor hindurch, die ein Kreuz zum Himmel erhoben. Unwillkürlich blickte sich Anna nach ihnen um. Es waren weibliche Engelsgestalten, die rechte blickte voll innerer Ruhe zum Horizont, die linke schaute ein wenig unwirsch – um ihr Kreuz wand sich ja auch eine Schlange. Ein totgeglaubtes, durch die Feierlichkeit plötzlich zum Leben erwecktes Gefühl durchzog sie. Lotte. Nicht die fremde, die sie in Köln besucht hatte, sondern Lotte, wie sie damals war... dies war sie... wenn jemand auf der Hochzeit nicht fehlen durfte, dann war sie es... und warum sollte sie jetzt nicht in Gestalt eines Engels zugegen sein, sie selbst war dann der andere Engel, der mit der Schlange... mit Marmoraugen betrachteten sie die Welt, als begriffen sie etwas von ihr... Die Hochzeitsgesellschaft hatte die andere Seite des Karlsplatzes erreicht, der Wind erfaßte Annas Schleier – durch den feinen Tüll kam ihr die greifbare Wirklichkeit einen Augenblick lang wie etwas Verschwommenes und Unbestimmtes vor.

Sie zogen in die Wohnung von Martins verstorbener Großmutter, die Haare der Frau hingen noch in dem Kamm, der auf der Kommode zurückgeblieben war. Eine eigene Wohnung... mit einem unstillbaren Hunger suchte jeder die Nähe des anderen, als müßten sie Tausende von verlorenen Stunden nachholen. Die Stadt und ihre Umgebung waren eine passende Kulisse für ihre Flitterwochen – bis auf einen kleinen Schönheitsfehler, als sie im alten Zentrum in der Mölkerbastei auf eine Gruppe von Leuten mit einem gelben Stern auf dem Mantel stießen, die langsam die ausgetretenen Stufen hinabstiegen. Martin erstarrte. Aus einer seltsamen Pietät heraus zog er seinen Arm zurück, mit dem er sich bei Anna eingehakt hatte, und starrte die Leute, die schweigend vorbeigingen, fassungslos an. Mehr als über den Zug, der still etwas zum Ausdruck brachte, das neu für sie war und doch sofort klar, erschrak sie über Martins Betroffenheit. »Komm«, flehte sie und zog ihn am Ärmel, »schau nicht hin, bitte, komm mit.« Widerwillig ließ er sich mitziehen. Den ganzen Tag nahm sie es dem Zug übel, daß er auf ihrem Weg erschienen war, wie ein düsterer Fingerzeig.

Sie wollte leben, intensiv leben in den drei Wochen, die ihnen vergönnt waren – genug für ein ganzes Leben.

Als sie am Abend vor der Abreise lustlos ihren Koffer packte, ertönten aus dem angrenzenden Zimmer gedämpft die Stimmen von Martin und seinem Vater. »Hier, mein Junge, ich habe dir eine lange Unterhose gekauft, weil es dort so kalt ist, nimm sie mit.« »Nein«, protestierte Martin, »das ist nicht nötig.« »Warum nicht, Anna ist doch nicht bei dir?« Ein kurzes, trockenes Lachen. »Das ist es nicht...« »Was dann?« »Ach, Vater, die Kälte ist nichts gegen die anderen Gefahren, denen wir ausgesetzt sind.« »Aber die Fernmeldetruppen gehen doch kaum ein Risiko ein, ihr kämpft doch nicht an der Front?« Unverständliches Gemurmel, Anna hielt das Ohr ganz dicht an den Türpfosten. Überall lauerten Partisanen, hörte sie Martin sagen, vor allem dort, wo man sie gar nicht erwartete. Auch die Fernmeldetruppen seien verletzbar, wenn sie, in einer kleinen Gruppe, hinter der vorrückenden Front

Masten errichteten, Kabel legten, Leitungen zogen. Einmal hatte einer der Techniker, der gerade auf einen Mast geklettert war, seine Zange vermißt. »Warte«, rief Martin, der die Arbeiten leitete, »ich hol' sie eben.« Er ging zum Lastwagen, der hinter Tannen versteckt war. Während er suchte, hörte er von weitem kurzes, stakkatoartiges Schreien, auf das eine abrupte Stille folgte. Vorsichtig schlich er zurück und suchte dabei Deckung hinter den Bäumen. Wo noch kurz zuvor seine Kameraden mit Hämmern und Zangen gearbeitet hatten, lagen zwölf Körper mit durchschnittener Kehle zwischen reglosen Grashalmen. Die Täter hatten sich in Luft aufgelöst – eine fast geräuschlose Blitzaktion unter einem strahlend blauen Himmel.

Den Kommentar ihres Schwiegervaters hörte sie nicht mehr. Anna sank auf die Bettkante, neben den halb gefüllten Koffer. Das also war die andere Seite der blühenden Sonnenblumenfelder, des verstimmten Flügels in einem Bauernhaus, der Bücherkiste auf dem Markt. So geschah es, von einer Sekunde auf die andere, am Rand eines sanftgrünen Tannenwaldes zwischen blühenden Gräsern. Es war völlig gleichgültig, ob die Landschaft idyllisch war.

Für den Abschied fanden sie nicht die rechte Form. Sie standen unbeholfen auf dem Bahnsteig, und wenn sich ihre Blicke trafen, lächelten sie ermutigend. »Wir sehen uns bald wieder«, sagte er mit gespielter Unbekümmertheit, »mein Schutzengel weicht mir auch bei vierzig Grad unter Null nicht von der Seite.« Ich muß mir sein Gesicht einprägen, dachte sie, sein Gesicht, so wie es jetzt ist. Ich nehme es mit nach Hause und sehe es vor mir, wann immer ich will, was auch geschieht. Es war schmerzlich, wie sehr sie in der Kunst des Abschiednehmens versagten; keine Tränen, keine passenden Worte, höchstens eine gewisse Ungeduld auf beiden Seiten, von etwas erlöst zu sein, was für gewöhnliche Sterbliche zu groß war. Erst im Zug Richtung Norden brach mit Verspätung der Kummer los. »Mein Mann…«, entschuldigte sie sich gegenüber einem erstaunten Mitreisenden, »mein Mann ist zurück nach Rußland.« Zum erstenmal bezeichnete sie ihn mit diesem Wort. Es erfüllte sie mit wehmütigem Stolz, der gleich darauf durch die Assoziation »Witwe, Kriegerwitwe« übertäubt wurde.

Bei ihrer Rückkehr war der Park um das Schloß mit Kastanienblättern übersät. In den Nächten fror es. Aus der Schwärze funkelten Tausende von Sternen, die mit dem Krieg nichts zu tun hatten, ob man sie nun von Brandenburg oder von der Tundra aus sah. Dort war Martin, und hier waren hundert Russen und schliefen wie Schweine zusammengepfercht in den Ställen. Eines Tages gelang zwei von ihnen trotz der ständigen Bewachung die Flucht. Im Wald stießen sie auf einen alten Förster, der von seinem Hochsitz aus einen Hasen für Weihnachten schießen wollte. Bevor er sich mit seinem Jagdgewehr verteidigen konnte, hatten sie ihn schon erstochen. Die Flüchtlinge nahmen Gewehr und Munition mit. Noch am selben Tag wurde die Leiche gefunden und die Hungerration der achtundneunzig Russen halbiert. Zweitausend Soldaten von einem benachbarten Flugplatz riegelten den Wald ab und durchkämmten ihn. Die beiden Russen hatten sich eingegraben und mit Blättern getarnt; keiner in dem sich langsam zuziehenden Kreis entdeckte sie. Sie hatten es schon fast geschafft, als einer der Soldaten, der nicht nur seine Augen, sondern auch seine Poren weit offenhielt, zwei stechende Augen im Rücken spürte und sich umschaute.

Inzwischen hatte auch Herr von Garlitz von der Sache erfahren. Er stürmte ins Jagdzimmer und riß eine Karbatsche von der Wand. Während er durch die Flure tobte und mit den Riemen wild um sich schlug, verfluchte er alle slawischen Völker. »Einen alten Mann abschlachten, dieses Gesocks, ich schlage sie zu Brei, krepieren sollen sie!« Angewidert von diesem theatralischen Mannesmut ging Anna auf den Innenhof.

Gerade erschien der Zug, die beiden Gefangenen stolperten voran. Wutschnaubend wollte von Garlitz mit seiner Peitsche auf sie losgehen, aber zwei Offiziere hielten ihn in Schach und ermahnten ihn, Haltung zu bewahren. Primitive Rache sei nicht gestattet; sie müßten sich offiziell an die Regeln halten, die für Kriegsgefangene gälten. Einer von ihnen gab den Befehl, die Ausbrecher loszulassen – zögernd, ungläubig wollten sie zum Stall laufen. Im gleichen Augenblick erschoß er sie rücklings. Lautlos fielen sie nach vorn auf die Steine. Er drehte sich demonstrativ zu von Garlitz um: »Auf der Flucht erschossen.«

Der Vorfall verursachte Groll bei den russischen Gefangenen. Seitdem ließ Frau von Garlitz Anna und die anderen Angehörigen des Personals eskortieren, wenn sie durch den Wald gingen. Anna lehnte die Bewachung ab, sie hatte keine Angst. Was sie betraf, handelte es sich nur um ein schreckliches Mißverständnis: Durch einen absurden, sinnlosen Austausch waren nun russische Männer in Deutschland und deutsche in Rußland. Während die russischen Gefangenen passiv und frustriert abwarteten, führten ihre Landsleute irgendwo im Innern ihres Landes einen erbitterten Kampf, vor der Kulisse beschneiter Ruinen mit Eiszapfen in den ausgebrannten Fenstern – es wurde in großem Maßstab gestorben um den Besitz eines Hauses, einer Scheune, einer Mauer. Das Schicksal der ganzen Welt schien von dieser eisigen Schlacht in einer langsam kippenden Stadt abzuhängen.

Die Nachricht, daß Stalingrad gerettet war, drang schneller zu den Ställen als zum Schloß durch, wo die nackten Tatsachen euphemistisch verbrämt wurden: Wir ziehen uns zurück. Die große Wende hatte begonnen. Das Schloß, vom Dach bis zum Keller restauriert, schickte sich an, Gäste zu empfangen auf seinen glänzend gebohnerten Parkettböden, zwischen seinen weißgestrichenen Wänden, in der behaglichen Wärme der stets brennenden Kachelöfen: alter preußischer Adel, der auch einen Beitrag zur Geschichte leisten sollte. Anna, ohne jedes Interesse für strategische Entwicklungen und ohne politische Vorlieben, hatte nur einen einzigen, brennenden Wunsch: daß Martin unversehrt aus den Pulverdämpfen zum Vorschein kommen sollte.

Lotte starrte aus dem Fenster, ihr Blick glitt an den Granitmauern der Kirche ab. »Für Leute, die du nicht einmal ansehen wolltest, haben wir unser Leben aufs Spiel gesetzt...«, sagte sie ungläubig.

»Jetzt siehst du«, nickte Anna, »wie das damals gewesen ist. Ich bin um kein Haar besser, aber auch nicht schlechter als die meisten. Ein Jahr lang hatte ich voller Angst auf die Todesnachricht gewartet, und jetzt war er da, lebendig, drei Wochen lang. Danach sollte es wieder von vorne losgehen – ich hätte alles dafür hergegeben, das bißchen Leben zu retten, das uns vergönnt war... Aber wäre ich allein durch die Mölkerbastei gegangen, hätte ich sie bestimmt gesehen, das kannst du mir glauben. Wahrscheinlich hätte ich mir schmerzliche Fragen gestellt... aber das bißchen Glück, verstehst du, das war mir in diesem Augenblick wichtiger als alles andere.«

»Für euch selber findet ihr offenbar immer eine Entschuldigung«, sagte Lotte bitter, »aber gegenüber den Juden kanntet ihr kein Pardon.«

»Hör endlich auf mit diesem ›ihr‹... das bißchen Glück war alles, was ich bekommen habe, ich hatte ein Recht darauf, finde ich, ich mußte für den Rest meines Lebens damit auskommen.«

Die Sonne brach durch, ein winterweißer Strahl schien auf ihre Hände – auf ein bizarres Netz blauer Äderchen. Haut, Blutgefäße, Muskeln – zerbrechlich und sterblich.

»Ich glaube, jetzt sind wir beim Kern unseres Konfliktes...«, sinnierte Anna, »und bei der Ursache deiner Wut...«

»Hör bitte auf, meine Wut als etwas Konstruktives zu sehen,

das von selbst in Vergebungsbereitschaft übergeht, wenn ich mir erst richtig Luft gemacht habe.«

»Es geht mir nicht um Vergebung«, sagte Anna scharf, »ich habe nichts verbrochen.«

»Lassen wir das Thema besser«, seufzte Lotte, überwältigt von einem Gefühl der Vorhersagbarkeit, »die Dinge sind nun mal, wie sie sind. Du hast von Stalingrad gesprochen... ich kann mich noch gut erinnern, wie erleichtert wir waren... wie euphorisch... aber trotzdem wurde es erst danach wirklich schwierig...«

Väterchen Stalin ließ sich nicht einfach an die Wand drücken; die Alliierten hatten Nordafrika ausgekehrt und rückten in Italien vor. Eine Weile lebte man in der Illusion, daß es jetzt nur noch eine Frage von Abwarten und Durchhalten sei. Die Familie Frinkel war mit knapper Not zwei Razzien und achtundvierzig Katzen entkommen. Bei ihrer Rückkehr waren sie mit den Nerven am Ende. An jeder Mahlzeit hatten die Haustiere als vollwertige Tischgäste teilgenommen; die Damen Noteboom pflegten Stücke rohes Herz zwischen die Zähne zu nehmen, die sich die Katzen dann, indem sie possierlich auf den Hinterpfoten standen, holten. Durch die übertriebene Mutterliebe und Verhätschelung hatten sie sich zu gleichgültigen Nestbeschmutzern entwickelt, die im Chor losmaunzten, wenn Max und sein Sohn ihre täglichen Fingerübungen machten.

Seit sich Lotte als Mitglied des Rundfunkchors geweigert hatte, der Kulturkammer beizutreten, war es auch offiziell mit dem Singen vorbei, und sie wurde ein unentbehrliches Rädchen in dem vierzehnköpfigen Riesenhaushalt. Das Leben wurde immer schwieriger, nicht nur im praktischen Sinn, sondern auch im abstrakten – die Angst war nun ständig anwesend, schlummernd, unterschwellig. Plötzliche Stille, ein merkwürdiges Geräusch, beängstigend wogende Baumwipfel, ein dumpfes Grollen in der Ferne, ein vages Gerücht – eine Kleinigkeit reichte, sie auflodern zu lassen. Jeden Augenblick konnte es geschehen, kein einziger Moment war prinzipiell ungeeignet. Keiner konnte es sich vorstellen, und doch stellten sie es sich vor, sie strapazierten ihre Phantasie bis ins Undenkbare, Unerträgliche. Die Angst trieb die Meyers und die Frinkels bei blindem Alarm in den Wald, im Schlafanzug und einem schnell übergeworfenen Wintermantel. Stundenlang lagen sie in einem nassen Graben unter tief überhängenden Tannenzweigen, in der Ferne erklangen Stimmen und Hundegebell. Mevrouw Meyer biß in die Enden ihres durchweichten Fuchspelzes, Max Frinkel massierte sich die Fingerknöchel, damit die Feuchtigkeit nicht seine Gelenke ruinierte. Schließlich zimmerte der Hausherr in einem tiefen Wandschrank seines Schlafzimmers ein raffiniertes Versteck. Die Schranktür reduzierte er auf ein Loch in der Wand, vor das ein mannsgroßer Spiegel gehängt wurde, der mit Hilfe eines Drahtseils aufging und wieder zuklappte, wenn man von innen eine Luke schloß. Jeder konnte hinein, sie verschwanden durch das Loch in ihrem eigenen Spiegelbild, eine doppeldeutige Form von Sein und Nichtsein. Lottes Mutter schob ihre Frisierkommode davor, auf der violette und dunkelrote Parfümflakons verführerisch funkelten. Mevrouw Meyer wollte nur noch im Schrank schlafen; vom Bett aus hörten sie sie in einer fremden Tonart weinen und beten.

Es war nicht leicht, das stetige Wachsen des Haushalts aufzuhalten. So klingelte es beispielsweise an der Tür, Lotte war allein zu Haus – bis auf fünf unsichtbare, unhörbare Personen, die im ersten Stock Karten spielten; ein junger Bursche mit kurzgeschnittenem roten Haar stand draußen, die rechte Hand auf den Schultern eines kleinen, hochbetagten Mannes mit einem schwarzen Hut, der sein zerfurchtes Gesicht erwartungsvoll zu Lotte erhob. »Ich bringe den Schwiegervater von Mijnheer Bohjul, vom Schallplattenhaus«, erklärte der junge

Mann. Mijnheer Bohjul sei verhaftet worden, erzählte er, als seine Frau und seine Tochter gerade in Amsterdam waren. Jemand habe sie am Bahnhof abgefangen und davor gewarnt, nach Hause zu gehen. Bohjul habe aus der Polizeiwache die Nachricht herausschmuggeln können, daß sein Schwiegervater unentdeckt geblieben sei und noch auf dem Dachboden stecke. Er riet ihnen, den alten Mann zu einem guten Kunden von ihm zu bringen, mehr ein Freund eigentlich, der gewiß eine Lösung wüßte: Lottes Vater.

»Er ist nicht zu Hause«, sagte sie, »so etwas kann ich nicht allein entscheiden.« Sie hielt die Klinke immer noch in der Hand. Keiner sagte mehr etwas, sie sahen einander scheu an. Es schien, als wäre der alte Mann in seiner vollkommenen Abhängigkeit der einzige Überlebende einer Katastrophe – als hätte man ihn für zu klein und zu leicht befunden, um zusammen mit den anderen unterzugehen. Plötzlich schämte sie sich für ihre Zurückhaltung. »Sie können drinnen auf ihn warten«, sagte sie und öffnete die Tür weiter. Sie führte die beiden ins Eßzimmer. Der Alte wartete ergeben, den Hut auf den Knien, die weißen Augenbrauen kräuselten sich über seinen tiefliegenden Augen nach unten. Sein Begleiter sah sich gleichgültig um, als säße er in einem Wartezimmer. Als Lottes Vater heimkam, betrachtete er die beiden mit gerunzelter Stirn, bis der Name Bohjul fiel – ach so, der Besitzer des Plattenladens, der sein zweites Zuhause gewesen war – wie oft hatten sie nicht heiß diskutiert über bestimmte Aufnahmen. Tatsächlich – er hatte Herrn Bohjuls Schwiegervater, Opa Tak, manchmal durch den Laden schlurfen sehen. Natürlich würde er alles daransetzen, einen guten Unterschlupf für ihn zu finden. »Apropos«, sagte er und wandte sich erstaunt an den alten Mann, »ich verstehe das nicht, Ihr Schwiegersohn ist doch ein persischer Jude? ›Ich habe nichts zu befürchten‹, hat er noch kürzlich zu mir gesagt. ›Zwischen Deutschland und Persien ist ja kein Krieg, uns lassen sie in Ruhe.‹« »Fragen Sie mich nicht«, seufzte der andere, »bis 1914 konnte ein normaler Mensch die Welt noch verstehen... aber das ist jetzt ein alter Hut...« – er tippte an seinen schwarzen Hut, der jetzt plötzlich wie ein Corpus delicti, das den Verlust der alten Welt verursacht hatte, auf seinem Schoß lag.

Die Tbc-Laube wurde provisorisch hergerichtet. Weil Opa Tak nur vorübergehend blieb, durfte er nicht wissen, daß er nicht der einzige war, der sich hier versteckte. Wenn die Sonne schien, saß er auf einem alten Klappstuhl und träumte vor sich hin, eine Bernsteinpfeife im Mundwinkel. Lotte brachte ihm sein Essen, und er erzählte ihr von der Diamantschleiferei, vor langer Zeit, als man sich in der Welt noch heimisch fühlen konnte. Sein weißes Haar, um das die Sonne eine Aura besserer Zeiten spann, seine Mutlosigkeit, seine durchsichtige Haut – ihr war zumute, als sei er auf einen Sprung aus dem Jenseits gekommen, um einen erstaunten Blick auf das Chaos zu werfen, in der unerschütterlichen Gewißheit, jederzeit zurückgehen zu können, wenn er es wollte.

Sie konnten keine andere Adresse für ihn finden, denn jetzt tauchten neue Gruppen unter: Studenten, von Kriegsgefangenschaft bedrohte Soldaten, Männer, die dem Arbeitseinsatz in den deutschen Fabriken entgehen wollten. Theo de Zwaan gesellte sich zu den Untergetauchten – kurz darauf auch Ernst Goudriaan, dessen heldenhafte Versuche, seine Angst zu verbergen, so rührend waren, daß Lottes Mutter Mitleid mit ihm bekam. Er wurde bei Opa Tak untergebracht, vergrößerte die eher frivole als solide Tbc-Laube, durch die der Wind pfiff, mit einem stilvollen Anbau und baute darin Geigen, mit Ausblick auf ein Feld blühender Tabakpflanzen. Auch Koen, der inzwischen im dienstpflichtigen Alter war, mußte sich verstecken. Sein Temperament ließ es nicht zu, daß er einfach daheim blieb und wartete, bis der Krieg zu Ende war. Er schlüpfte aus dem Haus und ging auf die Straße, wurde aufgegriffen und nach Amersfoort gebracht. Am Rand einer Kolonne willkürlich aufgelesener Schicksalsgenossen ging er in der Dämmerung durch die alte Innenstadt, einem unbekannten Ziel entgegen. Die Straße war schmal, unbemerkt schob er sich seitwärts in ein Portal, preßte den Rücken an die Tür und klopfte mit den Knöcheln an das Holz. »Bitte aufmachen, aufmachen…«, flehte er. »Bist du katholisch?« erkundigte sich jemand hinter der Tür. »Nein…«, ächzte er. »Dann geh nur weiter«, sagte die Stimme.

Sie wurden in eine Kaserne in Assen gebracht, in der eine Läuseplage herrschte. Aus Ekel vor den Millionen wimmelnder Insekten konnte er nicht schlafen. Er schlich sich hinaus; an eine Wand gelehnt döste er ein. In aller Frühe schreckte er hoch; ein Postauto mit Holzvergaser fuhr durch das Kasernentor. Der Postbote kletterte heraus und leerte in aller Ruhe den Briefkasten; dann fuhr er mit rauchendem Schornstein wieder davon. Am nächsten Tag zog Koen in dem Moment, als sich der Mann wieder ans Steuer setzte, die Hecktüren auf und schwang sich zwischen die Postsäcke. Bei der Fähre über die Ijssel kam er zum Vorschein. Der Postbote wurde blaß. Obwohl er Koens Improvisationstalent durchaus anerkannte, hatte er nicht den Mut, das ungewöhnliche Paket auch noch über die Ijssel zu befördern. »Junge, das kann ich wirklich nicht machen«, klagte er, »das ist viel zu gefährlich.« »Versteck mich unter dem Brennholz«, schlug Koen vor. Angesichts von soviel Findigkeit gab sich der Postbote geschlagen. »Ich muß ganz schön verrückt sein«, brummte er, als er den blinden Passagier sorgfältig mit maßgerecht zersägtem Obstbaumholz bedeckte. Mit ungebrochenem Selbstvertrauen kehrte Koen nach Hause zurück. Seine Mutter schloß ihn nach zwei schlaflosen Nächten zitternd vor Müdigkeit und Erleichterung in die Arme; er löste sich aus ihrer Umarmung und unterzog seine Kleidung einer Blitzinspektion, um sicherzugehen, daß er nicht auch einen blinden Passagier aus der Kaserne mitgenommen hatte.

Während Opa Tak zwischen den Apfelbäumen und Tabakpflanzen Wurzeln schlug und unter ihrem Foto, das mit einer
verrosteten Reißzwecke an die Wand gepinnt war, von seiner
verstorbenen Frau träumte, waren seine Tochter und seine
Enkelin ständig unterwegs. Nach einer Odyssee von Unterschlupf zu Unterschlupf hatte sich die Enkelin zu ihrem Verlobten begeben, der irgendwo in De Beemster untergetaucht
war. Die Tochter kam in einem herausfordernden, taillierten
Kostüm an einem Sommerabend – keiner wußte, woher – ihren Vater besuchen. Lottes Mutter witterte sofort Unrat, ihr
Mann war schon beim ersten Anblick wehrlos. Hilflos gegenüber den durchschaubaren Verführungsmanövern, deren
stärkster Trumpf ein rotgeschminkter Schmollmund war,
ging er auf Mevrouw Bohjuls Bitte, bleiben zu dürfen, ein. Sie
bekam ein Bett im Zimmer von Jet und Lotte, die von da an in
Zigarettenrauch und im Duft exotischer Parfüms schlafen
mußten. Immer andere Kleider mit gewagten Dekolletés lagen auf Stühlen und Betten herum, eine Halskette nach der
anderen wurde aus einem Schmuckkästchen mit Perlmuttin-
tarsien hervorgezaubert. Wenn sie sich nicht genügend be-
achtet fühlte, brach sie zusammen, wurde sie bewundert,
blühte sie auf – allen ging es auf die Nerven, ihr um des lieben
Friedens willen immer geben zu müssen, was sie brauchte.
Kein einziger Zeitvertreib konnte sie länger als fünf Minuten
fesseln; wie ein eingesperrter Panther lief sie hin und her, das
Klacken ihrer hohen Absätze störte die anderen beim Lesen,
Kartenspielen, Kreuzworträtsellösen. Kaum zu glauben, daß
sie eine Tochter des Mannes im Obstgarten war, der in medi-
tativer Friedfertigkeit seine Pfeife schmauchte und auf einem
schmalen Streifen entlang der abgesackten Terrasse Kresse
zog.

Abends, wenn die Roßhaarvorhänge zugezogen waren, kamen alle nach unten, um an zwei langen Tischen zu essen –
Lottes Mutter gab sich trotz der Beschränkungen alle erdenk-

liche Mühe, koschere Gerichte auf den Tisch zu bringen. Manchmal spielte Max Frinkel nach dem Essen eine Hexerei von Paganini; sein Sohn revanchierte sich mit einem schmelzenden Zigeunerlied. Flora Bohjul sang, übertrieben jazzy, einen populären amerikanischen Song. Zum Schluß richteten sich alle Augen gewohnheitsmäßig auf Lotte, die sich auf die Lippen biß und den Kopf schüttelte. Zum Ausgleich deklamierte Mevrouw Meyer ein Gedicht; am beliebtesten war eine jambische Elegie über eine Mutter, die, um die Mägen zu füllen, ihre ganze Habe hatte verkaufen müssen – das einzige, was noch im Pfandhaus versetzt werden konnte, war die Puppe ihrer jüngsten Tochter, die sie Tag und Nacht bei sich hatte. Die Kinder waren ganz wild auf dieses Drama, die Erwachsenen hofften, daß es sich nicht als prophetisch erweisen würde.

Sie hörten Radio Oranje oder BBC. Seit Mai, als alle Radios abgeliefert werden mußten, behalfen sie sich mit einem Empfänger, den Lottes Vater zusammengebastelt hatte, ohne Gehäuse, aber mit glasklarer Wiedergabe – sie konnten die Königin in London während ihrer Reden atmen hören. Ständig herrschte Hunger nach zuverlässigen Informationen; illegale Zeitungen und Flugblätter gingen von Hand zu Hand, hin und wieder las jemand einen Artikel vor. »Was ist denn das…«, sagte Koen erstaunt, »hört mal zu…« Ohne nachzudenken las er einen Artikel aus *Het Parool* vor; darin war von Gaskammern die Rede, in die »die gefangenen Gegner« im Glauben, daß sie einen Duschraum beträten, nackt hineingetrieben und vergast würden – die Kapazität dieser Gaskammern solle seit kurzem von zweihundert auf tausend Personen vergrößert worden sein. Mevrouw Meyer brach in verzweifeltes Schluchzen aus, Ruben beugte sich über sie und drückte in einem unbeholfenen Versuch, sie zu trösten, fest ihre Hände. Lottes Mutter warf Koen einen vernichtenden Blick zu, und langsam dämmerte ihm, was er angerichtet hatte. Die Nachricht wurde sofort bagatellisiert, selbstverständlich war es nicht mehr als ein Sensationsbericht, der verdrehten Phantasie eines übereifrigen Journalisten entsprungen. Bram Frinkel warf seine Serviette auf den Tisch und ging, den Kopf zwischen die Schultern gezogen, zur Tür. Die Hand auf der Klinke drehte er sich um und sagte mit einem sarkastischen Grinsen zu Koen: »Vielleicht möchtet ihr die nächsten zweitausend Jahre mal das auserwählte Volk sein!«

6

Die wohltuende Wirkung der Mooranwendungen, der kohlensäurehaltigen Bäder und Unterwassermassagen machte sich allmählich bemerkbar. In der ersten Woche hatten die Kurgäste meist mit einer abgrundtiefen, an Depressivität grenzenden Mattigkeit zu kämpfen, weil sich die Blockaden in den Gelenken und die im Fettgewebe eingelagerten Giftstoffe lösten. Bei den beiden Schwestern kamen noch die Toxine hinzu, die während ihrer Gespräche frei wurden, neben den Blockaden in ihrer Beziehung und in ihren strapazierten Gedächtnissen. Danach aber trat in der Regel ein Umschwung ein. Der Patient litt nicht mehr bei jeder Bewegung unter Schmerzen, er bewegte sich lockerer, das Blut strömte freier, die Atmung wurde tiefer. Auch Anna und Lotte spürten etwas von dieser Wirkung, körperlich erholten sich beide, nur ihr Geist blieb noch zurück, aber der unterzog sich ja auch einer ganz anderen Kur, deren therapeutischer Erfolg viel ungewisser war. Nach einem Vormittag mit intensiven Anwendungen verließen sie das Thermalbad; bevor sie den riskanten Gang die Treppen hinunter antraten, blickten sie in den strahlend blauen Himmel über der grünen Kuppel des Hotels Heures Claires. Der Schnee war zu grauem Matsch geschmolzen. Die zwei steinernen Frauengestalten, die seit der Erbauung im Jahr 1864 den Eingang des Instituts bewachten – die eine mit einem Stab in der Hand und einem Fisch zwischen den Füßen, die andere mit einer kleinen Harfe und einem umgefallenen Krug neben sich, aus dem Wasser strömte –, sprangen von ihren Sockeln, stiegen leichtfüßig die Treppenstufen hinab und gingen über die Straße zum Place

Royale. Vor einem quadratischen Kiosk im Stil des Fin de
siècle blieben sie amüsiert stehen. Die eine hob den Stab und
richtete ihn auf eine der Seitenwände. Dort stand:

Quand il est midi à Spa il est:
13 heures à Berlin, Rome, Kinshasa
14 heures à Moscou, Ankara, Lumumbashi
15 heures à Bagdad
19 heures à Singapore
7 heures à New York

Die andere schlug ein paar Akkorde auf der Harfe an und
sang mit heiserer Stimme: »...das Mysterium der Simultanei-
tät... wenn man in Rom zu Mittag ißt, speist man in Singapur
zu Abend... während ein Bombenteppich auf Berlin fällt,
deckt man in New York den Frühstückstisch...« Die Worte
wurden zu Seifenblasen, die über den Place Royale davon-
schwebten, aus dem Steinkrug floß Mineralwasser, oder war
es Schmelzwasser – es strömte über die Rue Royale und die
Avenue Reine Astrid. Lotte und Anna hakten sich unter und
überquerten die nasse Straße, das Wasser drang in ihre
Schuhe. Sie kamen an einer einfachen Gaststätte vorbei und
beschlossen, einzukehren – wenn man in New York früh-
stückte, war es in Spa Zeit für den Lunch.

Martins Kompanie wurde aus Rußland zurückbeordert, um
die Luftverteidigung um Berlin aufzubauen. Nun verbrachte
er die Wochenenden bei Anna – endlich hatten sie so etwas
wie ein Eheleben. Sehnsüchtig wartete Anna auf die ersten
Anzeichen einer Schwangerschaft. Im Frühjahr hatte sie sich
operieren lassen; ob es gelungen war, den Schaden zu beheben, der in ihrer Jugend durch die Plackerei mit Mistkarren
und Schweinefutter angerichtet worden war, müßte sich jetzt
zeigen. Ein Kind schien ihr das einzige, das Allerwichtigste,

was ihr bis jetzt gefehlt hatte. Bei der Geburt eines Kindes würde sie selbst neu geboren werden, seine Kindheit würde sie die ihre vergessen lassen – ihrem Kind sollte es an nichts fehlen. Ein Kind würde auch die verlorene Schwester ersetzen, ein Kind würde sie mit allem versöhnen, was in ihrem Leben fehlgeschlagen war.

Im Wald war ein großer See. Am Ufer lagen Ruderboote in leuchtenden Farben, mit denen man zu einer ovalen Insel fahren konnte: Dort verbarg sich hinter Weiden und grauen Birken ein Holzhaus mit Spitzdach, das wie der See und die Wälder bereits seit Jahrhunderten zum Schloß gehörte. Frau von Garlitz gab Anna den Schlüssel. Wenn die Sonne schien, schlenderte sie mit Martin zum See, sie banden die Boote aneinander und ruderten mit der ganzen Flotte im Schlepptau zu der Insel, damit sie nicht von unerwartetem Besuch überrascht werden konnten. Sie schwammen, sonnten sich zwischen hohen Grasbüscheln und schliefen im Haus, das nach trockenem, sonnendurchwärmtem Holz roch und nach Sumpfgeistern, die nachts, wenn der Wind auffrischte, zwischen den Brettern ächzten und knarrten. Der Krieg war weit weg und unwirklich. Wind, Entengeschnatter und das Quaken der Frösche statt Fliegeralarm und Geplärr aus dem Volksempfänger. Wenn sie nachts auf seinen Atem lauschte, kam es ihr wie ein Wunder vor, daß er neben ihr lag. Eine unsichtbare Hand hatte ihn dreimal sicher durch Rußland gelotst und vor Meuchelmördern, Erfrierungen und tödlichen Krankheiten beschützt, weil er für sie geschont werden mußte. Ihr Beisammensein auf dieser Insel in Raum und Zeit erschien ihr wie etwas Heiliges, wie eine Form des Auserwähltseins. Durchs Fenster sah sie hinter wiegenden Weidenzweigen den Mond, der sich im Wasser spiegelte – die Insel trieb im See, die Zeit stand still. Am Sonntagnachmittag fuhr die Flotte wieder in die andere Richtung. Der Spaziergang zurück durch den Wald war das letzte, was sie teilten, dann trennten sich ihre Wege: Martin fuhr in die Kaserne, Anna kehrte durch das Tor wieder in ihr altes Leben zurück.

Das Schloß bekam fünf Hauswirtschaftsschülerinnen zugewiesen, die dort ihr Praktikum machen sollten. Sie wurden unter Annas Obhut gestellt. Seit der Metamorphose, die Schloß und Haushalt unter ihrer Regie erlebt hatten, brachte ihr Frau von Garlitz grenzenloses Vertrauen entgegen. Und wieder kam Martin bei allen gut an; wenn er ein Wochenende im Schloß verbrachte, banden die Praktikantinnen ihre schönsten Schürzen um. Als Anna merkte, daß ihr Koketieren mit seiner Anwesenheit zusammenhing, geriet sie außer sich. »Die Schürzen«, rief sie erbost, »sind nur zum Servieren. Wir haben nicht genug Seifenpulver, um sie zu waschen, wenn ihr sie auch zwischendurch tragt!« Feixend – mit weiblichem Instinkt hatten sie Annas eigentlichen Grund sofort durchschaut – banden sie die Schürzen ab.

Eines Sonntags sah Anna vom Küchenfenster aus, daß Martin, bevor er ging, einem der Mädchen im Garten offenbar ein Geschenk gab. »Was ist das«, fragte sie, nachdem sie ihm zum Abschied noch gewinkt hatte, »was du da von meinem Mann bekommen hast?« Das Mädchen warf ihr einen flüchtigen, schuldbewußten Blick zu. »Nun sag schon«, drängte Anna und faßte sie an den Schultern. »Ich darf es nicht verraten.« »Los, sag schon…« »Es ist… ein Geschenk für Sie, für Weihnachten…« »Jetzt? Im August?« Das Mädchen nickte. »Für den Fall, daß Ihr Mann Weihnachten irgendwo anders stationiert wird und nicht zu Ihnen kommen kann…« Anna blickte sie verdutzt an. In den Augen des Mädchens las sie Empörung und Verachtung, weil sie sie gezwungen hatte, das Geheimnis preiszugeben, und wegen der Verdächtigung, die dahintersteckte. Pikiert lief das Mädchen weg, und Anna stand mit ihrer ganzen Autorität da, voller Scham und Rührung, die die Scham noch größer machte: daß Martin bereits jetzt, mitten im Hochsommer, daran dachte, wie er sie ein halbes Jahr später, zu Weihnachten, trösten könnte.

Im Schloß ging es immer lebhafter zu. In den instandgesetzten Räumen übernachteten ständig Gäste – hohe Militärangehörige legten dort zwischen zwei Missionen eine kurze Erholungspause ein. Nach dem Abendessen zogen sie sich in die Bibliothek zurück, ihre Damen blieben im Salon unter der Obhut von Frau von Garlitz, die noch immer so freundlich, elegant und unterhaltsam war, als könnten der Krieg und die Eskapaden ihres Mannes ihr nichts anhaben. In den Fluren wurde gemunkelt, er habe ein Verhältnis mit Petra von Willersleben, der Tochter eines Industriellen, der eine Blitzkarriere in der Wehrmacht gemacht hatte. Seit er sich beim Polenfeldzug die Kniescheibe ausgerenkt hatte, bekleidete von Garlitz ein undurchsichtiges Amt im Generalstab, das ihn regelmäßig nach Brüssel führte. Anna konnte sich nicht vorstellen, daß man diesem Salonlöwen, der seine Fabrik in Köln verwaltete, indem er wie ein Husar um sie herum galoppierte, eine wichtige Funktion in der Heeresführung anvertraute – diesem Heini, der bei Licht besehen nichts konnte und zu nichts taugte, aber ständig den Eindruck erweckte, daß er großartig sei. Auf rätselhafte Weise schien es ihm zu gelingen, Kontakte auf hoher Ebene zu unterhalten. Herkunft und Geld, grollte sie in sich hinein, damit bringt man es in der Welt weiter als mit harter Arbeit.

Tollkühn wie er war, lud von Garlitz seine Geliebte offiziell zu einem Diner ein. Mit ihrem bedeutenden Vater als Alibi betrat sie sein Haus; sie trug ein gewagtes Kleid, um Frau von Garlitz einzuschüchtern. Anna und ihre Praktikantinnen servierten. Von den Gästen kannte sie nur Frau Ketteler, eine Tante des Herrn von Garlitz, die in der Nähe wohnte und regelmäßig zu Besuch kam. Ihr Alter war schwer zu schätzen; sie war unverheiratet und lebte mit einer Handvoll Personal in einer Villa, die durch hohe Tannen den Blicken entzogen war.

Vor dem Krieg habe sie einen berühmten Rennstall besessen, erzählten die Putzfrauen, und es sei eine ihrer Lieblingsbeschäftigungen gewesen, auf einem schwarzen Hengst im Galopp durch die Wälder zu preschen, ein Jagdgewehr auf dem Rücken. Seitdem die Pferde requiriert worden waren, lebte sie sich in langen Spaziergängen mit ihrem kräftigen Schäferhund aus, der nur ihr gehorchte. Ihren brachliegenden Mutterinstinkt hatte sie offenbar seit der Geburt ihres Neffen an diesem ausgelebt – sie betete ihn an, war blind für seine Schwächen und versuchte ihn noch immer aus dem Abseits zu bemuttern.

Während Anna mit Schüsseln und Gläsern hin und her lief, verfolgte sie bruchstückhaft die Entwicklung am Tisch. Herr von Garlitz, als Tischherr von Fräulein von Willersleben, unterhielt sich höflich mit ihr. Das Gespräch drehte sich um Malerei: über die Akte von Adolf Ziegler und Ivo Saliger. Sie erwähnte, daß sie in Berlin Kunstgeschichte studiert habe; er gab sich überrascht und erstaunt und fragte ihr regelrecht ein Loch in den Bauch, um seiner Frau an der anderen Seite der Tafel vorzutäuschen, seine Tischdame sei für ihn eine Wildfremde. Letztere spielte das Spiel gewandt mit – auf beide wirkte es erregend, fast war es so, als vollzögen sie über die Malerei vor Frau von Garlitz' Augen den Geschlechtsakt. Die Gräfin, die wie alle anderen bereits über die Affäre Bescheid wußte, sah sich das Schauspiel eine Zeitlang kühl an, bis sie die Rolle der naiven, betrogenen Ehefrau und Zuschauerin, die ihr angesichts eines Tisches voller Gäste aufgezwungen wurde, plötzlich satt hatte. Gelassen stand sie auf, hob ihr Glas, das Anna gerade mit Rotwein gefüllt hatte, als wollte sie eine Ansprache halten, und schüttete den Inhalt ihrem Mann ins Gesicht. Fräulein von Willersleben sprang mit spitzen Schreien erschrocken auf, weil sie befürchtete, ihr Kleid könnte etwas abbekommen haben. Zugleich stürzte Frau Ketteler vom anderen Ende des Tisches herbei, um mit ihrer

Serviette das Gesicht ihres Neffen abzutupfen und die Schande möglichst rasch zu tilgen. Anna atmete auf. Die quälende Spannung, die sie empfunden hatte, weil es von Garlitz offenbar nicht reichte, seine Frau zu betrügen, sondern es ihm auch noch ein perverses Vergnügen bereitete, sie damit zu demütigen und zu provozieren, verschwand. Sie mußte über die groteske Hilfsbereitschaft seiner Tante lachen und huschte mit einer leeren Schüssel aus dem Speisesaal.

Am selben Abend ließ sich Frau von Garlitz mit Pferd und Wagen zum Bahnhof bringen. Sie ging, ohne sich zu verabschieden, und ließ eine bestürzte Gesellschaft zurück. Unausgesprochene Vorwürfe bestürmten von Garlitz. Er hätte seine Frau, ihre Gastgeberin, die Mutter seiner Kinder, zur Ordnung rufen müssen – ein Mann seines Niveaus, mit seinem Hintergrund, seiner Funktion, mußte seine Gattin im Zaum halten können. Sie waren doch keine Zigeuner oder Slawen, die so liederlich waren, daß sie sich von ihren Gefühlen treiben ließen. Ein paar Tage später wurde er krank. Verletzter Stolz, Gewissensbisse, Scham? Nachts stieg das Fieber hoch an, schwitzend und phantasierend lag er in den durchnäßten Laken. Neben seinem Bett saß Anna, die nur zu gern die Rolle der Rachegöttin übernahm. Mit einem nassen Waschlappen befeuchtete sie ihm Stirn und Schläfen; sie gab ihm zu trinken und wisperte ihn mit beruhigenden Worten in den Schlaf. Aber als das Fieber sank, hielt sie ihm vor, was für ein Schwein er sei. »So eine Frau haben Sie überhaupt nicht verdient«, sagte sie voller Verachtung. Er hatte noch nicht die Kraft, etwas zu erwidern; wie ein sterbender Frontsoldat lag er in den Kissen, mit geschwollenen Augenlidern und einem Stoppelbart. Erbarmungslos machte sie weiter. »Eine Frau mit so viel Stil, Charme und Charakter! Denken Sie mal darüber nach, Sie haben ja jetzt Zeit genug.« Er starrte sie mit den fieberglänzenden Augen eines kranken Kindes an, dem ein grausames Märchen erzählt wird, mit dem Unterschied, daß von ihm erwartet wurde, sich mit dem Ungeheuer, dem Drachen, statt mit dem Helden zu identifizieren.

Zwei Wochen später kam Frau von Garlitz zurück, ein Muster an aristokratischer Selbstbeherrschung, freilich nicht ohne eine leise Spur von Zynismus. Jeder atmete erleichtert auf, es war nicht die Zeit für Ehekonflikte, die, mochten sie noch so leidenschaftlich sein, neben diesem einen gigantischen Konflikt verblaßten, in den das ganze Volk verwickelt war. Martin bemühte sich schon seit Monaten, einen längeren Urlaub zu bekommen, um mit Anna nach Wien fahren zu können und, sei es auch nur für ein paar Wochen, als Mann und Frau in der eigenen Wohnung zu leben, die sie nur aus den Flitterwochen kannten. Doch trotz seiner Hartnäckigkeit hatte er keinen Erfolg. Es gab nur eine Möglichkeit, für längere Zeit Urlaub zu bekommen: Er mußte sich bereit erklären, an einer kurzen Offiziersausbildung teilzunehmen. Obwohl ihm die Vorstellung zuwider war, in der Wehrmacht aufzusteigen, siegte schließlich die Sehnsucht nach Wien und nach einem Quentchen Freiheit: Wenigstens für kurze Zeit wollte er der militärischen Tretmühle entrinnen, die totale Verfügbarkeit und Selbstverleugnung von ihm verlangte wegen eines Krieges, der ihm gestohlen bleiben konnte. Er mußte sich in Berlin-Spandau zum Unteroffizier ausbilden lassen. Während des Lehrgangs war er von der Außenwelt abgeschnitten. An dem Tag, als die Ausbildung beendet war, wartete Anna mit einem Koffer in der Hand vor dem Tor auf ihn. »Wer sind Sie«, der Wachtposten trat rasch einen Schritt vor, »könnte ich bitte Ihre Papiere sehen?« »Ich hole meinen Mann ab, Martin Grosalie«, sagte Anna, beleidigt über so viel Mißtrauen, »er geht heute auf Urlaub.« Der Wachtposten wurde blaß: »O Gott, bitte gehen Sie nicht rein.« Sie stellte den Koffer ab und sah ihn herablassend an. »Sie müssen strafexerzieren«, flüsterte der Soldat und kratzte sich verlegen hinter dem Ohr. Nach einigem Zögern erzählte er ihr, was geschehen war. Die Gruppe hatte zum Aufbruch bereit im Innenhof gestanden, einen Fuß sozusagen schon vor dem Tor. Mit einem einstimmigen, begeisterten »Heil Hitler!« mußten sie sich verabschieden. Dem Kommandeur klang es jedoch zu schwach. »Lauter!« brüllte er. Noch immer ohne Überzeugung, aber mit etwas mehr Lautstärke wiederholte die Kompanie den obligatorischen Gruß. »Lauter!« brüllte der Kommandeur, als stünde neben der seines Führers auch seine eigene Ehre auf dem Spiel. »Heil Hitler…«, noch immer lag ein Grauschleier darüber, sie waren wie eine Schallplatte, die einfach nicht richtig in Gang kommen wollte. »Das wollen wir doch mal sehen, ob ihr heute nach Hause fahrt…!« Sie mußten sich ausziehen, ihre Kleidung ins Spind legen, den Schlüssel umdrehen. Dann wurden sie ins Freie gejagt, links, rechts, Kniebeugen, über den Boden robben, durch den Schlamm. Eine Lektion in Erniedrigung und Demut, die sie während des ganzen Krieges nicht mehr vergessen sollten. »Bitte«, flüsterte der Wachtposten, »kommen Sie in einer Stunde noch mal wieder und tun Sie so, als wüßten Sie von nichts. Sie schämen sich alle.« Anna warf einen Blick auf das nachdrücklich geschlossene Tor, hinter dem Martin durch den Berliner Schlamm robbte, den Schlamm des Tausendjährigen Reichs, für das er bereit sein mußte, sein Leben, das auch ihr Leben war, zu opfern. Sie nahm den Koffer und ging durch die erstbeste Straße, durch andere beliebige Straßen, die weder freundlich noch feindlich, sondern gleichgültig waren. Als sie zur Kaserne zurückkam, wartete er schon auf sie, untadelig gekleidet, strahlend, vergnügt – eine wundersame Tabula rasa. »Du kommst aber spät«, sagte er verwundert. Den Vorfall erwähnte er mit keinem Wort. Sie hatten inzwischen großes Geschick darin entwickelt, den Krieg zu ignorieren, wenn sie zusammen waren, als ginge er sie nichts an, taub für die Trommelwirbel, blind für das Wetterleuchten.

Nach ihrem Aufenthalt in Wien wurde er nach Dresden

versetzt. Inzwischen war es Herbst. Anna, die bereits einen
Koffer voll Babysachen genäht und gestrickt hatte, war immer
noch nicht schwanger – Hannelore schon. Sie hatte im Frühjahr geheiratet und wohnte seitdem in Ludwigslust in Mecklenburg; Anna und sie schrieben sich nostalgische Briefe.
Frau von Garlitz, der das Wohl und Wehe ihres Personals am
Herzen lag, schlug vor, der werdenden Mutter ein Paket mit
stärkenden Lebensmitteln zukommen zu lassen, und schickte
Anna damit nach Ludwigslust. Wieder saß sie mit einem Koffer im Zug nach Berlin. Unwillkürlich dachte sie an den Tag,
als sie mit Kutschermantel und Jägerhütchen nach Köln gefahren war, ihre Habseligkeiten in einem Pappkarton. Sie
schämte sich ein bißchen bei dem Gedanken an ihre provin-
zielle Naivität, den langen Weg, den sie damals noch vor sich
hatte – vom Schweinemist zum Tafelsilber auf Damasttü-
chern. Als der Zug jäh bremste und stehenblieb, schreckte sie
aus ihren Grübeleien auf; schließlich ging es weiter, doch der
Zug kam nur mühsam in Fahrt, unter Stockungen erreichten
sie Berlin. Draußen vor dem Abteilfenster erhob sich eine
graue, stählerne Mauer, ohne Anfang oder Ende, als würden
sie gleich durch einen Tunnel fahren. Aber die Mauer bewegte sich... jetzt sah Anna, daß sie aus Rauch, Staub und
Qualm bestand. Der Zug schien ein Stück zurückzuweichen,
um dann doch zögernd in den Bahnhof einzufahren. Noch an
die reine, neutrale Atmosphäre im Abteil gewöhnt, stieg Anna
aus.

In diesem Augenblick widerfuhr ihr das gleiche wie Hunderten von Mitreisenden: Sobald sie einen Fuß auf den Bahnsteig setzten, siegten ihre Reflexe; ohne sich auch nur einen
Augenblick zu orientieren, stoben sie auseinander, alles um
sie herum brannte, die Überdachung krachte, als würde sie jeden Moment einfallen. Jemand zog Anna unter herabstürzen-
dem Holz oder Stahl weg, der Qualm brannte ihr in den Augen und im Hals, Fliegeralarm, jemand schob sie in einen

Keller. Dort wurde sie Teil eines zitternden, schwitzenden Menschenknäuels, das zusammengekauert auf das Pfeifen und dumpfe Grollen horchte; der Boden vibrierte, das Knäuel bebte mit, Häuser, Züge, Menschen, alles würde zu Staub zerfallen, ein lächerlicher gemeinsamer Untergang, ohne Sinn. Für einen Koffer mit Wurst und Speck.

Drei Tage und drei Nächte brauchte sie, um vom Anhalter Bahnhof, wo sie angekommen war, Spandau im Westen zu erreichen. Drei Tage und drei Nächte in einem Inferno; manchmal wurde sie in letzter Sekunde von jemandem, dessen Gesicht sie nicht zu sehen bekam, in einen Luftschutzkeller gezogen. Irgendwer gab ihr etwas zu trinken, sie schleppte sich weiter, strauchelte über ein Stromkabel, irgendwo stürzte eine Mauer ein, sie zuckte zusammen, zu müde, um Angst zu haben. Dann war es wieder Nacht, heulende Sirenen, ein Keller, vor Erschöpfung einnicken, hochschrecken, wieder weiter durch das Bühnenbild einer Schreckensoper, jemand gab ihr etwas zu essen. Berlin-Spandau? Immer dieselbe Frage in dem Chaos – sie stand auf einem abbröckelnden Stadtplan, dessen Ränder zu Asche verbrannten. Existierte Spandau überhaupt noch, oder war sie unterwegs zu einem qualmenden Trümmerhaufen? Warum gingen die Bombardierungen Tag und Nacht weiter – sollte Berlin, sollte Deutschland vollkommen ausradiert werden?

Plötzlich fand sie sich mit ihrem angesengten Koffer auf dem Spandauer Bahnhof wieder. Es gab ihn noch, ein vollgestopfter Zug sollte gerade in Richtung Mecklenburg abfahren. Jemand hob sie hoch und pferchte sie durchs Fenster hinein, den Koffer hinterher. Der Zug fuhr sofort los, wie betäubt sank sie auf ihren Koffer, sie hatte es offenbar überlebt, es ließ sie gleichgültig. Sie machte die Fahrt halb bewußtlos – umfallen konnte sie nicht, sie wurde ja von anderen übermüdeten Körpern gestützt. Mitten in der Nacht erreichten sie Ludwigslust, wo sie als einzige ausstieg. Es war stockdunkel, als sie auf die schemenhafte Silhouette eines Hauses zuwankte. Mit Mühe fand ihre zitternde Hand die Klingel. Im Flur ging Licht an, die Tür wurde geöffnet, jemand erschien auf der Schwelle, sah, wer draußen war, und schlug die Tür erschrocken zu. Und wieder stand sie im Dunkeln, sie brach fast zusammen vor Erschöpfung. Es war kalt. Eine Urangst beschlich sie, noch schlimmer als bei den Bombenangriffen, direkt und erstickend – die Angst, abgelehnt zu werden, für immer ausgeschlossen zu sein wie der letzte Dreck, ein Wesen, das (eine Waise, die...) es nicht verdiente zu leben. Wie eine Gejagte trommelte sie an die Tür. »Ich komme aus Berlin, bitte...«, jammerte sie, »machen Sie doch auf, ich möchte nur schlafen, bitte...« Aber nichts geschah, das Haus wies sie ab. »Hier ist ein Mensch... ein anständiger Mensch... der nichts als schlafen möchte...!« Unter ihren hämmernden Fäusten wich die Tür zurück. Auf dem gefliesten Boden im Flur lag eine Decke. Sie stolperte ins Haus, fiel auf die Decke und schlief sofort ein, ohne einen Blick auf ihren Wohltäter zu werfen, der so schwer von Begriff gewesen war. Am nächsten Tag reichten ihre Kräfte gerade noch, um ihre Mission zu erfüllen. Fast unkenntlich durch all den Ruß und Staub, durch Schrammen und Schürfwunden übergab sie Hannelore den Koffer, die auf ihrer rosa Wolke der guten Hoffnung schwebte und von Bombardierungen nichts wußte. In ihrer makellosen Wohnung, die schon im Hinblick auf das bevorstehende Ereignis eingerichtet war, stellten die Würste, der Speck und die Schinken, die sie unbeschädigt aus dem Koffer nahm, ein perverses, animalisches Element dar – zu Ehren des neuen Lebens vom Tod besudelt. Anna brach bei dem Anblick in ein freudloses, überspanntes Lachen aus.

»Ach, Berlin...«, seufzte Anna. »Vor ein paar Jahren war ich noch einmal dort, mit einer Freundin. Wir fuhren gerade mit einem Bus durch die Stadt, da rief sie plötzlich: ›Schau, der

Anhalter Bahnhof!‹ Ich sah die baufälligen Reste einer Mauer, aber eine Sekunde später stand der ganze Bahnhof in Flammen. Er brannte vor meinen Augen... genau wie damals... und alles stürzte ein... ›Was hast du denn?‹ fragte meine Freundin. Mir war schwindlig, und ich hatte Ohrensausen. ›Er steht in Flammen...!‹ rief ich in Panik. Es war das erstemal, daß ich mich daran erinnerte – ich hatte nicht mehr daran gedacht, so schlimm war es. Fünfundvierzig Jahre lang hatte ich es verdrängt.«

»Wie ist es nur möglich«, sagte Lotte und deutete mit einem Stückchen Ardenner Schinken auf der Gabelspitze auf Anna, »daß man dich mit einem Koffer voll Wurst in eine brennende Stadt geschickt hat?«

»Frau von Garlitz wußte es nicht, keiner von uns hat es gewußt. Es waren die ersten großen Bombenangriffe auf Berlin, Ende November. Eure Befreier haben ihre Christbäume über der Stadt angezündet und ihre Bombenteppiche abgeworfen. Systematisch, kein Quadratmeter durfte ausgespart werden. Aber etwas bleibt immer übrig... ich zum Beispiel.«

Bei dem zynischen »eure Befreier« hörte Lotte auf zu kauen. Wie sehr sie sich auch bemühte, sich ein brennendes Berlin vorzustellen, immer schob sich Rotterdam davor oder London. Berlin blieb abstrakt, ein Punkt auf der Landkarte.

»Martin hat Frau von Garlitz dann einen Brief geschrieben: ›Ich verbiete Ihnen, meine Frau in einer solchen Lage irgendwohin zu schicken.‹« Anna lachte. »Aber die Zeiten waren so. Je länger der Krieg dauerte, desto wichtiger wurde das Essen.«

Lotte bejahte das mit vollem Mund; sie saß vor einem Salatteller, der so reich garniert war, daß jemand im Hungerwinter eine Woche lang davon hätte leben können.

Lotte war vom Moloch des Haushalts so völlig in Anspruch genommen, daß sie gar keine Zeit mehr hatte für Schuldgefühle. Endlos rührte sie in gargantuahaften Töpfen mit Buttermilchbrei; daneben standen dampfende Kessel mit Wäsche, zwei Meter weiter glühte das Bügeleisen. Lottes Mutter, die Seele der ständig wachsenden Familie, war krank; die Ärzte hatten eine Geschwulst in ihrer Gebärmutter entdeckt, die so schnell wie möglich entfernt werden mußte. Vor der Operation nahm sie drei ihrer Töchter – Marie, Jet und Lotte – beiseite: »Ihr müßt mir was versprechen... wenn bei der Operation etwas schiefgehen sollte... und ich plötzlich nicht mehr da bin... dann kümmert ihr euch um die Untergetauchten... Ich fürchte, Pa ist imstande und setzt alle auf die Straße, wenn er mal schlechte Laune hat. In letzter Zeit droht er immer damit... es wird ihm zuviel...« Eine nach der anderen sah sie ihre Töchter eindringlich, fast feierlich an. »Ich konnte ihn immer besänftigen... seine Wutanfälle vor allen verborgen halten... In ihrer Situation auch noch solche Spannungen, das wäre zuviel...«

Schockiert blickten sie sie an. Schon bei dem Gedanken daran blieb ihnen die Luft weg. Allen dreien war sofort klar, daß die Angst ihrer Mutter alles andere als unbegründet war. Schließlich kannten sie den Vater auch schon länger. In regelmäßigen Abständen suchte er Streit, am liebsten auf Kosten der Kinder, seiner größten Konkurrenten. Warum eines Tages nicht auf Kosten der Leute, die sich in seinem Haus versteckten? Natürlich waren sie auch seine Schützlinge, aber seine Haltung ihnen gegenüber war zwiespältig. Als sie damals bei ihrer Ankunft an seine Hilfsbereitschaft appelliert hatten, wäre es für ihn undenkbar gewesen, nein zu sagen. Hatte er nicht einen guten Namen zu verlieren? Als Musikliebhaber – die Frinkels, Opa Tak, Ernst Goudriaan? Als Kommunist – Leon Stein? Von einer blinden Tat des Herzens, einem inneren Zwang – wie bei ihrer Mutter – konnte bei ihm nicht die Rede sein, obwohl er natürlich seine sentimentalen Stimmungen hatte, vorausgesetzt, die richtige Hintergrundmusik half dabei nach.

Als die Patientin aus der Narkose erwachte, standen Jet, Lotte und der Vater um das Bett. Sie war blaß und wirkte so zerbrechlich, daß es ihnen angst machte; das kastanienbraune Haar, durch das sich graue Strähnen zogen, lag glanzlos auf dem Kissen. Ihr Blick war glasig, als weilte sie noch immer in den nebligen Sphären des Nichtseins. Mit unerwarteter Kraft ergriff sie die Hand ihres Mannes: »Sorge gut für… für sie alle«, flüsterte sie. Es war etwas zwischen einer flehentlichen Bitte und einem Befehl. Lotte ging um das Bett herum, stellte sich neben ihren Vater und nickte in seinem Namen; dabei kniff sie die Augen zu, als verbürge sie sich für die Sicherheit aller vor den berüchtigten Stimmungsschwankungen des Hausherrn. Der wartete gequält an der Bettkante, bis er ehrenvoll aus dem Krankenhaus entkommen konnte, diesem nach Äther stinkenden Totenpalast, den er nur unter größter Selbstaufopferung betrat.

Als die Mutter wieder nach Hause kam, war sie nur noch ein Schatten ihrer selbst. Sie war stark abgemagert; von ihrer ursprünglichen Vitalität, jener geheimnisvollen Urkraft, war nichts mehr übrig. Mit einem verkrampften Lächeln suchte sie ihren Weg durch das Zimmer und mußte sich dabei an Tischkanten und Sessellehnen festhalten. Hocherfreut, daß seine Eurydike doch aus der Unterwelt zurückgekehrt war, legte ihr Mann Glucks *Orfeo* für sie auf, aber das blieb auch sein einziger Beitrag zu ihrer Genesung.

Eefje hatte zum Geburtstag ein Stück blauen Samt für Puppenkleider bekommen und diesen Schatz in ihrem Schlafzimmer in der untersten Schublade versteckt. Als sie ihn eines Tages hervorholen wollte, griff sie ins Leere. Mit klopfendem Herzen durchsuchte sie die anderen Schubladen, das ganze Schlafzimmer, das Haus. Ungläubig und enttäuscht schluchzte sie, während sie durch das ganze Haus zog. »Habt ihr meinen Stoff gesehen?« wurde zu einer rhetorischen Frage, die alles symbolisierte, was ihnen in dieser Zeit des

Mangels fehlte. Schließlich warf sie die Zöpfe nach hinten und drückte die Klinke zu einem Zimmer herunter, das sie bis dahin nicht in ihre Nachforschungen einbezogen hatte, weil der Zugang schon seit Jahren, und das sogar im Krieg, streng verboten war: das elektrotechnische Heiligtum ihres Vaters. Von der Schwelle aus blickte sie verdutzt zu dem Stilleben auf der Werkbank hinüber. Zwischen Fassungen, Schrauben, Glühlampen, Stromkabeln und Sicherungen lag, verlockend wie ein Fasan auf dem Gemälde eines Meisters aus dem siebzehnten Jahrhundert, ein Päckchen Butter inmitten von frischem Brot, Käse und einigen Scheiben Leber. Völlig überrumpelt blickte ihr Vater auf und wischte sich die Krümel aus den Mundwinkeln. »Was fällt dir ein?« rief er mit vollem Mund. »Hier einfach hereinzuplatzen!« Hastig packte er Brot und Käse ein. »Aber ich suche meinen Samt!« jammerte sie. Genau ihr gegenüber hing eine Weltkarte an der Wand, auf der er mit Fähnchen das Vorrücken der Alliierten markiert hatte. Die Karte war auf einem blauen Stück Stoff festgesteckt, das mit Polsternägeln an die Wand gespannt war. »Mein Stoff, mein Stoff ...«, völlig verdattert zeigte sie darauf. Mit hochgezogenen Brauen folgte er ihrem zitternden Finger. War eine glanzvollere Bestimmung für ein Stück Stoff denkbar, als den Untergrund für die Siege der Alliierten abzugeben? Sie kehrte ihm den Rücken zu und rannte schluchzend nach unten. Vor Aufregung verhaspelte sie sich, als sie Jet und Lotte in der Küche erzählte, was sie gesehen hatte, ohne zu ahnen, daß das schlimmste Vergehen nicht der Diebstahl ihres Samtes war, sondern der heimliche Genuß von Broten mit guter Butter und Käse, während alle anderen hungerten.

Die Herkunft der Delikatessen klärte sich auf, als Lotte ihre Mutter zur nächsten Kontrolluntersuchung ins Krankenhaus begleitete. Der Arzt nahm sie beiseite und äußerte Verwunderung und Besorgnis über das extreme Untergewicht seiner Patientin – als ihr Mann sie abgeholt hatte, habe er doch eine

Bescheinigung über ihr Anrecht auf zusätzliche Lebensmittelkarten erhalten. Das zu wissen war fast unerträglich; Lotte vertraute es Jet an, hielt es jedoch vor allen anderen geheim. Beide waren wie gelähmt – sie hatten zwar immer gewußt, daß die Grenzen seines Egoismus flexibel waren und seismographisch auf seine Launen und Bedürfnisse reagierten, aber daß es offenbar überhaupt keine Grenzen gab, war eine so schockierende Entdeckung, daß sie es nicht fassen konnten.

»Ich hole die restlichen Karten«, sagte Lotte, »falls noch was übrig ist.« Zum erstenmal bekam ihre Selbstbeherrschung einen Knacks. In Ruhe nachzudenken und taktisch vorzugehen, war unmöglich geworden. Sie war sozusagen nicht mehr sie selbst, vielleicht aber wurde sie auch jetzt erst – endlich – sie selbst. Grimmig stiefelte sie die Treppe hinauf und drang ohne anzuklopfen in sein Heiligtum ein. Da saß er… er rauchte eine Zigarette Marke Eigenbau und sah verstört von einer Untergrundzeitung hoch, die aufgeschlagen auf der Werkbank lag. Unter ihrer Schädeldecke schienen zwei abgebrochene Drähte Kontakt zu bekommen… als ob sich einundzwanzig Jahre verflüchtigten… Sie sah eine dunkle Gestalt, die in der Tür eines Klassenzimmers stand, die schwarzen Flügel fest zusammengefaltet… »Wie können Sie es wagen…«, erschallte seine Stimme aus der Ferne, »…gegenüber zwei Kindern, die schwächer sind als Sie…« Es dauerte nur den Bruchteil einer Sekunde, ein Echo, das kam und wieder verschwand, aber ein starkes Gefühl hinterließ. »Wie kannst du…«, sagte sie mit zitternder Stimme, »gegenüber Mutter, die so schwach ist…«

»Jetzt geh erst mal raus und komm dann wieder«, sagte er, »aber vorher klopfst du gefälligst an.« Zwischen den beiden Drähten gab es einen Kurzschluß… sie trat einen Schritt vor und hielt demonstrativ die Hand auf. »Gib mir die Lebensmittelkarten für Mutter, die noch übrig sind…« Mit erhobener Stimme setzte sie hinzu: »Und zwar sofort!« Er lachte ungläubig. »Wovon redest du überhaupt...«, sagte er scheinheilig. »Du weißt genau, wovon ich rede.« Am liebsten hätte sie ihm eine Tracht Prügel gegeben, wie er da saß und sich dumm stellte – zu feige, dazu zu stehen. Noch größer als ihr Haß aber war ihre Verachtung. Die Sache mußte schnell und effizient erledigt werden, danach wollte sie nichts mehr damit zu tun haben. Hinter ihm hing die Landkarte, umrahmt von blauem Samt. Überall Fähnchen, stolz gesteckt, als hätte er persönlich gesiegt. Deutschland, fähnchenfrei, hatte anscheinend mit dem Krieg nichts zu tun. Deutschland war ein Vakuum, ein Loch, in dem ihr Blick verschwand. Wie viele Formen des Selbsthasses gab es?

Er lachte ihr ins Gesicht. »Gib die Marken zurück«, sagte sie eisig, »sonst erzähle ich allen, was für ein Schuft du bist.« Das Grinsen verschwand von seinem Gesicht. Er starrte sie an, als sähe er sie zum erstenmal, wie vom Blitz gerührt und noch nicht in der Lage, es zu glauben. Dann hatte er begriffen, sein Nacken lief rot an, wütend riß er eine Schublade unter der Werkbank auf, stöberte darin herum und zog einen größtenteils verbrauchten Bogen Lebensmittelkarten heraus. Drohend kam er damit auf sie zu. Lotte verzog keine Miene und rührte sich nicht von der Stelle – sie fühlte keine Spur von Angst; wenn er sich nicht vorsah, würde sie ihn zerquetschen wie eine Laus. Wutschnaubend drückte er ihr den Bogen Papier in die Hand. »Typisch Moffin...«, zischte er, »da sieht man's wieder, nach all den Jahren... noch immer eine echte Moffin.« Sie hatte gerade noch genug Kraft, um, nach außen hin beherrscht, in ihr Schlafzimmer zu gelangen. In dem aufdringlichen Duft nach Parfüm und teurer Seife ließ sie sich aufs Bett fallen. Das Herz schlug ihr bis zum Hals. Wie konnte er so schonungslos auf ihre empfindlichste Stelle zielen... vielleicht, weil er selbst eigentlich halb... Ihr war übel. Mit geschlossenen Augen blieb sie liegen, bis das Pochen in den

Schläfen nachließ und das Dröhnen englischer Bomber zu ihr durchdrang, die Richtung Osten flogen. Wie viele Formen des Selbsthasses gab es?

Als es niemand mehr erwartete, erschien der Friseur mit der Nachricht, für Opa Tak und seine Tochter sei ein Unterschlupf gefunden, bei einem Müller in einem abgelegenen Dorf im Polder. Wenn es nur um den alten Mann gegangen wäre, hätten sie das Angebot abgelehnt, aber bei dem Gedanken, die Tochter loszuwerden, die sich zu schön vorkam für diesen Planeten und alle denkbaren Welten, atmeten alle erleichtert auf. Am späten Abend brachte Marie sie mit dem Rad weg. Am Abend darauf folgte Lotte – der alte Mann, der federleicht war, saß auf dem Gepäckträger und umklammerte ängstlich ihre Hüften. Es fror, die bereiften Wiesen reflektierten das Mondlicht. Zu beiden Seiten des schmalen Pfades bildeten schiefe Kopfweiden eine Ehrenwache aus vor langer Zeit gestorbenen Greisen, die Opa Tak in ihren Reihen willkommen hießen. Aber der lebte noch und seufzte wehmütig: »Ach Lotte, du kannst mir glauben... wenn ich jung wäre, würde ich dich küssen, hier im Mondschein...« Lotte drehte sich lachend um, das Rad schwankte bedenklich. »Wenn Sie noch mehr solche frechen Sachen sagen«, drohte sie fröhlich, »landen wir im Graben.«

Nur ungern trat sie ihn dem Müller ab, der in seinem langen weißen Hemd wie ein Gespenst in der Tür stand. Es war eine unwirkliche, beunruhigende Transaktion. Opa Tak beugte sich vor und küßte ihr die klamme Hand. Das letzte, was sie von ihm sah, war sein Kahlkopf, der im Mondlicht glänzte, denn ein Samtkäppchen, wie es sein persischer Schwiegersohn zu tragen pflegte, hielt er für Mumpitz.

Was danach mit den beiden geschehen war, erfuhren sie auf indirektem Weg und nur bruchstückhaft. Eine Konstante gab es: die nur noch kurze Lebensdauer des alten Mannes. Seine Tochter litt in dem flachen, erfrorenen Niemandsland, in dem ihre Reize vergeudet waren, unter Klaustrophobie; die manikürten Nägel hatte sie sich bis aufs Blut abgebissen. Als der Müller Besuch von Verwandten aus einem benachbarten Dorf bekam, flehte sie diese an, sie vor dem Tod durch Langeweile zu retten und in die bewohnte Welt mitzunehmen. Weil sie so verzweifelt war, ließen die Verwandten sich erweichen. So landete sie in einer Dorfstraße – in verführerischer Pose setzte sie sich dort ans Fenster. Mindestens zehnmal am Tag forderten sie sie auf, sich nicht zu zeigen, weil sie damit nicht nur sich selbst, sondern eine Reihe von Leuten, die sich ihrer in der Vergangenheit erbarmt hatten, in Gefahr brächte. Von anderen gesehen zu werden, war jedoch eine Existenzbedingung für Flora Bohjul, lieber stellte sie sich und ließ sich in einem pikant gestreiften Häftlingsanzug von einem charmanten Kommandanten verhören, als daß ihr die Zeit zwischen Schrank und Wand in einer nach Kohl riechenden Anonymität durch die Finger rann. Sie schlüpfte aus dem Haus und meldete sich bei der Ortskommandantur, voller Vertrauen darauf, daß sie dank ihrer Ehe mit einem persischen Juden Immunität genösse. Als diese Nachricht den Müller erreichte, riß dieser aus Angst, daß sie ihn verraten würde, den Vater aus dem Tiefschlaf und setzte ihn mitten in der Nacht vor die Tür. Verstört irrte der alte Mann über die Wiesen. Wieder nahm ihn die Ehrenbrigade der Kopfweiden gastlich auf, aber er sah und hörte nichts – das einzige, wonach sein Organismus wahrscheinlich verlangte, war ein warmes Bett. Keiner wußte, wie lange seine Freiheit in dieser Nacht noch gedauert hatte. Irgendwann in der Morgendämmerung war er den Deutschen wohl erschöpft und durchgefroren in die Arme gelaufen. Um sich Formalitäten und die Mühe eines Transports zu ersparen, machten sie im Garten hinter der Villa, in der sie einquartiert waren, mit ein paar Kugeln seiner Müdigkeit für immer ein Ende.

Bei Lotte zu Hause waren alle entsetzt. Ein uralter Mann,

der kaum Platz auf diesem Planeten beanspruchte. Warum? Und wenn sie schon hier in diesem Land so willkürlich mit dem Leben eines Greises umsprangen, was stand dann wohl all jenen bevor, die auf die Transporte geschickt wurden? Für Lotte hatte das Entsetzen einen doppelten Boden – wer hatte ihn ordentlich bei demjenigen abgeliefert, der ihn später seinen Mördern entgegenschicken würde? Wer war, scheinbar in aller Unschuld, wieder einmal ein williges Werkzeug in den Händen des Besatzers gewesen? Nimm dich vor mir in acht! Ich bin noch schlimmer als die, die offen Krieg führen. Ich bin Freund und Feind zugleich. Ich? Es gibt kein Ich, nur ein zwiespältiges, verräterisches Wir, das sich in sich selbst betrügt… Mit masochistischer Hingabe ließ sie sich vom Haushalt absorbieren, ihr Ich – ihr verachtenswertes Ich – schaltete sie einfach aus.

Als paßten Krokusse und ausschlagende Zweige nicht zum Krieg, stellte sich der Frühling nur zögernd ein. Ed de Vries desertierte aus seinem Versteck, um die Kassette zu holen; er brauche ein paar Sachen daraus, war seine vage Erklärung. Lottes Vater nahm einen Spaten und grub ein riesiges Loch; obwohl er auch Erdverwerfungen und das Wachstum der Baumwurzeln einkalkulierte, kam die Kassette nicht zum Vorschein. Vielleicht hatten sie sich ja im Baum geirrt, also versuchten sie es an einer anderen Stelle. Je tiefer die Löcher reichten, desto größer wurde der Verdacht, den er auf sich lud. Das nahm er sich sehr zu Herzen, sein Ansehen in der Außenwelt stand auf dem Spiel. Seine Kinder mußten ihm helfen. Tagelang stocherten sie vergeblich mit langen Eisenstangen im Boden herum. Max Frinkel riet, einen renommierten Hellseher zu fragen; vor dem Krieg hatte es einen in der Curaçaostraat in Amsterdam gegeben. Lottes Vater, der gegen alles allergisch war, was mit Religion oder dem Übersinnlichen zu tun hatte, machte eine wegwerfende Geste. Seine Frau jedoch, die sich von ihrer Krankheit wieder so weit erholt hatte, daß sie gegen seine Vorurteile angehen konnte, schickte Lotte los – man konnte ja nie wissen.

Keine Glaskugeln oder Spielkarten, kein orientalischer Schnickschnack. Der Wahrsager sah wie ein Buchhalter aus; er trug einen grauen Anzug, und sein Büro war kahl und sachlich. Ernüchtert nahm Lotte vor seinem Schreibtisch Platz. Sie sah ihn erwartungsvoll an und wußte nicht, wie sie anfangen sollte. »Sie sind hier, weil etwas abhanden gekommen ist«, stellte er gelassen fest, »aber ich kann Ihnen versichern: Es liegt noch am gleichen Platz. Ein Weg, an dem Bäume stehen, parallel dazu ist noch eine Baumreihe...« Sie nickte verdutzt. »...Dort liegt es... beim fünften Baum... würde ich sagen...« Es war so, als ginge er mit ihr im Wald spazieren und zeigte ihr die Stelle en passant mit seinem Spazierstock. Und das ohne jedes Brimborium, ohne Zauberkünste oder Rituale. Er sprach in einem Tonfall, mit dem man sachliche Informationen weitergibt. Sie wußte nicht, was sie davon halten sollte, ein bißchen Hokuspokus hätte ihn vielleicht glaubwürdiger gemacht.

»Dann möchte ich Sie noch etwas fragen...«, sagte sie schüchtern und fischte eine Fotografie aus ihrer Tasche, »können Sie mir vielleicht etwas über... ihn... sagen?« Er nahm das Foto in die Hand. Sie sah ihm mit einer Ruhe zu, die sie befremdete – sie mußte seine Auskünfte ja nicht unbedingt ernst nehmen. Er blickte lange auf das Foto, warf einen Blick auf sie, auf das Foto, wieder auf sie – ohne sie zu sehen. Die Aufnahme begann zu vibrieren – als würde derjenige, der darauf abgebildet war, von sich aus lebendig. Aber es war die Hand, die zitterte, die Hand, die das Foto hielt. Der ganze Mann zitterte jetzt. Mit Augen, die nur noch Angst ausdrückten, starrte er wie hypnotisiert auf das Bild. Er lockerte seine Krawatte und wischte sich fahrig über die Stirn. »Ich... ich... kann es Ihnen nicht sagen...«, stieß er schwer atmend hervor und drehte das Foto gequält um, als könnte er den Anblick

nicht mehr ertragen. Verstohlen schob er es in ihre Richtung.
»...Aber können Sie denn... überhaupt... nichts sagen...?«
Lotte machte noch einen Versuch. Er schüttelte den Kopf und
preßte die Lippen zusammen. Sie steckte das Bild wieder in
ihre Tasche und stammelte eine Höflichkeitsphrase. Als sie
die Treppe hinunterging, schämte sie sich ein wenig, weil sie
ihn in diesem Zustand zurückließ.

7

Inzwischen war es ein vertrautes Muster: Müde vom Essen, Reden und Beschwören der Vergangenheit, müde vom Zuhören, zermürbt von den widersprüchlichen Wahrnehmungen, verließen sie ein Restaurant. Anna hakte sich bei Lotte ein, die es sich mit einer gewissen Gelassenheit gefallen ließ.

Sie befanden sich auf dem Place du Monument. Am Fuß des Mahnmals blieb Anna stehen und beugte sich vor, um den Text auf dem Sockel zu lesen.

»Cette urne renferme des Cendres provenant de Crématoire du Camp de Concentrations de Flossenburg et de ses commandos, 1940–1945.« Wie alle Ausländer artikulierte sie übertrieben.

Verärgert über so viel perverse deutsche Neugier zog Lotte sie mit.

»Menschenskind, leidest du noch immer unter einem schlechten Gewissen…?« rief Anna aus.

Nun wurde es ihr zu bunt. »Du drehst ja alles so, wie es dir paßt«, sagte Lotte gereizt. »Ich habe überhaupt kein schlechtes Gewissen, warum sollte ich auch? Daß ich damals die ganze Schuld bei mir suchte… ich war jung und egozentrisch, ich hielt mich für den Nabel der Welt, ich glaubte, das Schicksal anderer beeinflussen zu können. Der Hochmut der Jugend…«

»Da sagst du was…«, betroffen sah Anna sie an, »so war das auch bei mir, jung und egozentrisch, damit triffst du den Nagel auf den Kopf… mit ganzem Herzen dabei war ich nur, wenn es um den einen ging…«

Ärgerlich schüttelte Lotte den Kopf. Die Ichbezogenheit ihrer Jugend konnte man nicht einfach mit Annas auf eine Stufe stellen – da lag ein himmelweiter Unterschied dazwischen. Anna hatte die Angewohnheit, alles ganz raffiniert zu verdrehen. Sie seufzte. Sie fand nicht sofort die Argumente, um diese anmaßende Gleichsetzung zu entkräften. Wütend eilte sie davon.

»Warte… warte doch… Lottchen«, flehte Anna hinter ihr.

Das klang so wie vor langer Zeit, schon als Kind war sie schneller gewesen als ihre pummelige Schwester. Ein Hauch von sentimentalen Kindheitserinnerungen drohte in ihr hochzukommen.

»Hör doch mal, bitte warte… Ich möchte dir etwas erzählen, etwas, worüber du dich wundern wirst… warte doch…« Anna keuchte. »Weißt du, daß ich den Lauf der Geschichte hätte ändern können? Es hat einen Augenblick gegeben, da hätte ich…«

Müde drehte sich Lotte um. Diese Taktik kannte sie auch noch von früher, obwohl es schon so lange her war. Anna versuchte, sie zu verführen, indem sie sie neugierig machte: Ich hab' was zu naschen entdeckt, ich hab' Murmeln gefunden…

Anna holte sie ein. »Es hat einen Augenblick gegeben«, kicherte sie, »da hing der Krieg von einer harmlosen Haushälterin in Westpreußen ab, einer gewissen…«

»Anna Bamberg«, sagte Lotte lakonisch.

»Du glaubst mir nicht.«

Zusammen mit einer Kolonne von Flüchtlingen aus Berlin, das vermutlich schon nicht mehr existierte, kehrte Anna auf das Gut zurück. Frau von Garlitz erhielt einen Einquartierungsbefehl. Das Schloß füllte sich mit ausgebombten Städtern, die alle mit Essen und sauberer Kleidung versorgt werden mußten und auf Annas glänzenden Parkettböden versuchten, über das Trauma ihrer brennenden, einstürzenden Stadt hinwegzukommen.

Als bereits alle Räume im Schloß überfüllt waren, erschien noch die Frau eines hohen Offiziers mit einem Baby und einem quengelnden Kleinkind.

»Mein Mann ist Träger des Ritterkreuzes«, stellte sich Frau von Soundso vor und erwartete, daß sich ihr nun alle Türen öffneten. Wer viele Menschen umgebracht hatte, wußte Anna, bekam so ein Kreuz. Wenn im Radio gemeldet wurde, daß jemand diesen Orden bekommen hatte, sagte Martin immer: »Da kriegt wieder jemand Halsschmerzen«, weil die Auszeichnung straff um den Hals gehängt wurde. Anna hatte keine Ahnung, wo sie die Heldengattin unterbringen sollte. Grübelnd ging sie durch den Innenhof, als ihr Blick auf die Kutscherwohnung über den Pferdeställen fiel. Mit den Pferden war damals auch der Kutscher verschwunden. Er hatte eine geräumige Wohnung zurückgelassen: ein großes Wohnzimmer, zwei Schlafzimmer, ein Badezimmer und eine Küche. Hier können wir die hohe Frau wohnen lassen, ohne uns genieren zu müssen, beschloß Anna. Aber drei Tage später kam noch eine junge Mutter an, ebenfalls mit Baby und Kleinkind – die Frau eines Fabrikarbeiters ohne von und zu. Anna überlegte: Wenn ihr die adelige Dame ein Zimmer abträte und sie sich Badezimmer und Küche einvernehmlich teilten, könnten sie zusammen dort wohnen. Beiläufig – sie ging gerade die Treppe hinauf – bat sie Frau von Garlitz um ihre Zustimmung. »Was?« rief diese entrüstet. »Du kannst einer Dame von Stand doch nicht eine Frau Was-weiß-ich-wer aufhalsen.« »Sie ist einfach eine Mutter«, sagte Anna gleichmütig, »mit zwei Kindern, weiter nichts, und die andere ist ebenfalls eine Mutter mit zwei Kindern. Sie hätte dann ja immer noch zwei Zimmer für sich allein.« Frau von Garlitz sah sie an, als wäre sie eine gefährliche Irre, und schüttelte den Kopf: »Kommt gar nicht in Frage.« Krieg hin, Krieg her, durch eine eigensinnige Haushälterin ließ sie sich nicht einfach von ihrer Überzeugung abbringen, daß es verschiedene

Arten von Menschen gab, die seit ihrer Geburt – jeder auf seiner Stufe – ein unterschiedliches Schicksal hatten und deshalb in getrennten Welten lebten. »Dann gebe ich ihr eben mein Zimmer!« rief Anna. »Untersteh dich!« Ihr Wortwechsel schallte durchs Treppenhaus, alle konnten sich daran ergötzen. »Du bist ein Bolschewik!« warf ihr die Gräfin an den Kopf. »Gut, dann bin ich eben ein Bolschewik.« Anna kehrte ihr den Rücken zu und ließ sie einfach stehen. Unten an der Treppe wartete mit unwirscher Miene Ottchen, der sich von Kindesbeinen an vor seinen Lohnherren in den Staub geworfen hatte. »Wie wagst du es, vor der gnädigen Frau so einen Ton anzuschlagen!« zischte er. Anna baute sich vor ihm auf. »Otto, jetzt hör mir mal gut zu. Was ich ihr zu sagen habe, das sage ich ihr direkt ins Gesicht. Und wenn es sein müßte, würde ich mein Leben für sie geben. Du dagegen buckelst vor ihr, trägst aber ein Messer im Stiefel. Du sagst unterwürfig ›Jawohl, gnädige Frau‹, aber deine Augen funkeln dabei vor Haß. Ich hab's genau gesehen, mir machst du nichts vor.«

Für die Mutter, die nicht wußte, welche Stürme über ihrem Kopf wüteten, fand Anna schließlich ein zugiges Kämmerchen auf dem Dachboden, ohne Ofen, ohne Wasser, ohne Fenster. Diese Ungerechtigkeit nahm Anna jede Lust, noch entgegenkommend zu ihrer Arbeitgeberin zu sein. Sie hatte die Gewohnheit, sich morgens, wenn sie sie geweckt und die Vorhänge aufgezogen hatte, auf ihre Bettkante zu setzen und eine ungezwungene Morgenkonversation mit ihr zu führen. Frau von Garlitz war dieses Ritual lieb und teuer; es versöhnte sie mit dem x-ten Kriegstag in dem kaum noch beherrschbaren Chaos, unter dem das Landgut litt. Nun fauchte Anna nur noch geringschätzig einen Gruß, riß die Vorhänge auf und verschwand sofort wieder. Nach fünf Tagen hielt die Gräfin es nicht mehr aus. »Verdammter Dickschädel«, rief sie Anna wenig damenhaft aus ihrem Himmelbett entgegen, »kannst du nicht wenigstens guten Morgen sagen?« »Ich habe doch guten Morgen gesagt.« »Ja, ja«, sie setzte sich aufrecht in die spitzenbesetzten Kissen, »aber wie! Komm...«, sie klopfte mit den Fingern auf die Bettkante, »sei mir nicht mehr böse... setz dich. Hol ruhig die Frau und bring sie in die Kutscherwohnung... mach, was du willst... du verstehst von solchen Dingen sowieso mehr als ich...«

An einem Sonntag im März sollte eine jüngere Schwester der Gräfin heiraten. In aller Herrgottsfrühe fuhr Frau von Garlitz mit den Kindern zum Schloß ihrer Eltern, wo die Hochzeit gefeiert werden sollte; ihr Mann wollte mit dem Flugzeug aus Brüssel kommen. Deo gratias, dachte Anna, endlich habe ich das Reich für mich. Während sie sich noch einmal im Bett umdrehte, ging ihr ein populärer Schlager durch den Kopf: »Das ist mein Sonntagsvergnügen, bis zehn Uhr im Bette, dann kriegt mich so schnell keiner raus...« Aber um neun wurde ungnädig an ihre Schlafzimmertür gehämmert. Es war Ottchen, der vor lauter Aufregung nach Worten rang. Die Militärmaschine, die Herrn von Garlitz nach Berlin bringen sollte, war über Böhmen abgestürzt; keiner der Insassen hatte das Unglück überlebt. Anna hatte den Schock schnell überwunden, sie machte sich nicht vor, daß sie traurig war. Die einzige, um die sie sich sorgte, war Frau von Garlitz. Am frühen Nachmittag fuhr die Gräfin wieder durch das Tor, die Hochzeit war abgeblasen worden. Mit bewundernswerter, standesgemäßer Selbstbeherrschung – nur ihre Nasenflügel bebten leicht – erteilte sie Befehle. Vor allem bewahrte sie einen kühlen Kopf: Ein Staatsbegräbnis mußte vorbereitet werden.

Anna wurde in aller Eile zu Frau Ketteler geschickt, um ihr den tragischen Tod ihres herzallerliebsten Neffen mitzuteilen. Mit Pferd und Wagen fuhr sie rasch zu der abgelegenen Villa. Durch einen dunklen Tunnel von Nadelbäumen, die einen feucht-würzigen Geruch verströmten, ging sie zum Personaleingang. Sie stieß die Tür auf, keiner war da. Allerdings schrillte in regelmäßigen Abständen die elektrische Klingel, mit der, über ein Pedal neben dem Sessel der Dame des Hauses, das Dienstmädchen hereingerufen wurde. Verwundert durchquerte Anna den Flur. Wo war das Personal? Hatten sonntags alle frei? Aber warum ging dann die Klingel? Obwohl Anna sich in Frau Kettelers Villa nicht auskannte, war es nicht schwer, ihr Zimmer zu finden – sie brauchte nur die Quelle des Stakkatogeräuschs zu suchen. Die Tür stand einen Spalt offen. Sie blickte in das halbdunkle Zimmer, vor dessen Fenster sich Tannenzweige drängten. Auf einem Perserteppich vor dem Kamin, in dem ein fachmännisch angezündetes Feuer brannte, lag Herrn von Garlitz' Tante – auf dem Rükken. Sie ließ sich gerade von ihrem Lieblingsschäferhund bereiten, und beide waren in vollem Galopp. Das erklärte auch, warum die Klingel ständig läutete; die Hausherrin lag auf dem Pedal. Offenbar hatte sie sich nicht die Zeit genommen, es vor dem Ritt unter ihrem Rücken zu entfernen. Anna blieb die Luft weg. Sie hatte nie geahnt, daß das, was sich da im Schein des Kaminfeuers vor ihren Augen abspielte, überhaupt möglich wäre, und selbst jetzt, da sie es mit eigenen Augen sah, wollte sie es nicht glauben. Mit fasziniertem Abscheu starrte sie auf das rot angelaufene Gesicht der Tierfreundin – das war wohl nicht der richtige Augenblick, sie zu belästigen. Der Schäferhund blickte glasig in die Ferne. Plötzlich wurde Anna von der Angst ergriffen, er könnte ihre Anwesenheit wittern. Sie floh aus dem Haus; durch den antiseptisch wirkenden Tannenkorridor hindurch rannte sie der normalen Welt entgegen, in der ihr das Schauspiel schon bald wie ein bizarrer Traum erschien.

Im Schloß sagte sie, sie habe Frau Ketteler nicht angetroffen. Die Wahrheit brachte sie nicht über die Lippen – man könnte sie ja perverser Phantasien bezichtigen. Außerdem rätselten alle über das mysteriöse Flugzeugunglück – wie konnte die Militärmaschine über Böhmen abstürzen, so weit entfernt von der Route Brüssel–Berlin? An diesem Tag hatte es keine Bombenangriffe gegeben, vor denen man hätte ausweichen müssen. Man munkelte, daß vielleicht eine politische Notwendigkeit bestanden habe, Herrn von Garlitz aus dem Weg zu räumen; schließlich war es nicht das erste Mal, daß jemand verunglückte, der in Mißkredit geraten war. Anna blieb nüchtern. Sie hätte wirklich keinen Grund gewußt, warum das Leben dieses eingebildeten Pinsels die Opferung einer Militärmaschine wert gewesen sein sollte. Trotzdem war auch sie langsam davon überzeugt, daß sich hinter der allgemein akzeptierten vielleicht eine andere Wirklichkeit verbarg: die eines immer grimmigeren Krieges mit einer eigenen, unbegreiflichen Logik. So wie sich hinter der Fassade der Frau Ketteler etwas verbarg, das vollkommen, ja unvorstellbar anders war.

Ein paar Tage später wurde der Sarg mit den sterblichen Überresten gebracht und dem Gärtner anvertraut. Der sprach Anna hinter einer Hecke an und sagte, während er scheu um sich blickte: »Wußten Sie, daß der Sarg... vollkommen leer ist...« »Oh, nein...«, Anna wich zurück. Mit einer verwitterten Hand, die ein halbes Jahrhundert in der Erde gewühlt hatte, führte er sie am Ellbogen zu einem Nebengebäude, wo der Sarg im Halbdunkel auf Böcken stand. Er war zu klein, um einen erwachsenen Mann enthalten zu können. Sie hoben ihn hoch und merkten, daß er merkwürdig leicht war. Etwas rumpelte darin hin und her. »Was es ist, weiß ich nicht«, flüsterte der Gärtner, »jedenfalls kein vollständiger Mensch.« Frau von Garlitz darf es nicht merken«, sagte Anna gehetzt, »legen Sie vor der Beerdigung Steine hinein, damit der Sarg genausoviel wiegt wie ein Mensch. Das Ding wird ja getragen. Bedecken Sie den Sarg mit Fahnen, schmücken Sie ihn mit Blumen und frischem Grün...«

Bis tief in die Nacht hinein saß sie in ihrem Zimmer hinter der Nähmaschine und nähte aus einem schwarzen Abendkleid von Frau von Garlitz ein Trauerkleid für deren Tochter, die vierzehnjährige Christa. »Was machst du denn da, Anna?« ertönte plötzlich durch das Rattern der Maschine leise und tonlos die Stimme der Gräfin. »Christa hat kein Kleid für die Beerdigung«, murmelte Anna mit drei Nadeln zwischen den Lippen. Frau von Garlitz sank in ihrem Nachthemd auf einen Stuhl. Mit leerem Blick verfolgte sie Annas Tätigkeit. »Was würde ich nur anfangen ohne dich«, flüsterte sie, »soviel wie du hat noch niemand für mich getan.« Anna, die wenig Erfahrung damit hatte, Komplimente entgegenzunehmen, errötete bis unter die Haarwurzeln und kurbelte die Nähmaschine mit noch mehr Kraft an. Ihre Arbeitgeberin nickte immer wieder ein, blieb aber auf dem Stuhl mit der kerzengeraden Rückenlehne sitzen, als wäre Anna ihre einzige und letzte Zuflucht. Der Kopf sank ihr auf die Brust – ab und zu hob sie ihn mit einem Ruck, dann schien ihr jedesmal von neuem einzufallen, daß sie jetzt Witwe war. Anna schwirrte der Kopf, wenn sie an die Beerdigung am nächsten Tag dachte: Den Staatsgästen mußte ein ihrem Stand und ihrem Amt gemäßer Empfang bereitet werden, beim militärischen Zeremoniell durfte nichts ausgelassen werden… das ganze Theater zum Gedenken an eine Witzfigur mußte wie am Schnürchen klappen.

Als die Sonne aufging, war das Kleid fertig. Schlafen zu gehen hatte keinen Sinn mehr; Anna verspürte eine seltsame Klarheit, die stärker war als ihre Müdigkeit und sie am Schlafen hindern würde. Sie brachte Frau von Garlitz, die sich schwer auf sie stützte, zu Bett und eilte nach unten. Es wurde ein trüber, feuchtkalter Tag. Alle hielten sich an das Drehbuch, die offiziellen Gäste spielten ihre Rolle mit routinierter, abstrakter Würde, die vermuten ließ, daß Beerdigungen in ihrer Laufbahn ebensooft vorkamen und genauso selbstverständlich waren wie das Entwerfen von Strategien oder das Abschreiten der Front. Ganz vorn, gleich hinter dem fachmännisch unter Hakenkreuzfahnen und Blumengestecken begrabenen Sarg, schritt ein Abgesandter Görings, die Kiefermuskeln angespannt, breit und massiv wie ein Panzer. Frau von Garlitz, flankiert von ihren Kindern, schwebte wie ein schwarzer Engel hinterher, blaß und gefaßt und nicht von dieser Welt. Nachdem in den Trauerreden seine Verdienste um das Vaterland breit ausgewalzt worden waren und der Redeschwall zwischen den Kastanienbäumen verweht war, wurde der Verstorbene in der Familiengruft auf dem Landgut beigesetzt, wo er geboren war – nicht für lange, wie die Geschichte zeigen sollte.

Das Zermürbende am Krieg war, fand Anna, daß er wie selbstverständlich weiterging und man bei keiner einzigen Katastrophe oder Tragödie Zeit zum Nachdenken hatte. Ständig tauchten neue Probleme auf, die sofort gelöst werden mußten. Weiter, weiter, weiter, ein Zahnrad griff ins andere. Sie arbeiteten, schufteten, damit alles weiterlief, in der Erwartung… ja, was erwarteten sie eigentlich?

Es gab auch Personen, die sich gegen das vermeintlich Unabwendbare auflehnten. Einen Monat nach dem Tod ihres Mannes bekam Frau von Garlitz eines Abends seltsamen Besuch. Von ihrem Fenster im ersten Stock aus sah Anna mehrere Herren – diskret, aber zielstrebig, mit Aktentaschen unter dem Arm, gingen sie auf die Haustür zu. Einige von ihnen kannte sie, Offiziere in Zivil, die auch an der Beerdigung teilgenommen hatten. Die Gräfin empfing sie in der großen Halle direkt unter Annas Zimmer; ihr Gemurmel stieg durch den Wärmeschacht, der unten im Kamin anfing und in Höhe ihres Zimmers eine Öffnung hatte, nach oben.

Anna stellte das Tintenfaß auf den Tisch, schraubte die Kappe von ihrem Federhalter und beugte sich über einen Bogen hellblauen Briefpapiers. Aber in ihrem Kopf ordneten sich die Wörter nur mühsam zu Sätzen, weil sie von Gesprächsfetzen übertönt wurden, die von unten – offenbar saß

318

die Gesellschaft im Halbkreis vor dem Kamin – in ihr Zimmer drangen. Wiederholt war von Wolfsschanze und Bendler-straße die Rede. Einer der Anwesenden hatte offenbar an beiden Orten eine Mission zu erfüllen, die in allen Einzelheiten besprochen und in ihrem Ablauf auf die Sekunde genau festgelegt wurde. Aus dem beherrschten, rationalen Ton, in dem sie sprachen, hörte sie eine verhaltene Spannung heraus, die ihre Aufmerksamkeit erhöhte. Frau von Garlitz' Stimme war nicht zu hören; ihr einziger, typisch weiblicher Beitrag war es offenbar, den Rahmen für dieses Treffen zu schaffen. Wie sehr sich Anna auch bemühte zu ignorieren, was ihr zu Ohren kam, weil es nicht für ihre Ohren bestimmt war – als der Abend fortschritt und ihr eingetrockneter Füllhalter immer untätiger über dem Papier schwebte, drängte sich ihr die Bedeutung all dieser Worte mit einer Klarheit auf, als seien sie geradezu für sie bestimmt. Ihr wurde kalt – es begann bei den Füßen und kroch die Beine hinauf bis zur Taille. In ihrem Kopf aber herrschte das fieberhafte Bewußtsein, daß sie, als einzige auf der Welt, über einen atemberaubend tollkühnen Plan Bescheid wußte. Ein Plan, der tief in die Ordnung der Dinge eingreifen und Auswirkungen haben würde, die so ungeheuerlich waren, daß ihr bei dem Gedanken daran fast der Kopf zersprang. Dieses Wissen war zuviel. Aus einem plötzlichen Gefühl der Einsamkeit heraus überlegte sie, alles, was sie gehört hatte, dem blauen Papier anzuvertrauen, aber ihre Feder stockte bei der Vorstellung, daß es ja lebensgefährlich sein könnte, einen derartigen Brief der Post zu überantworten. Also blieb sie reglos sitzen, bis sich die Besucher verabschiedet hatten und eine unheimliche Stille im Schloß hinterließen, das in seinen Mauern nun außer dem Bett des glücklosen Kaisers auch ein Geheimnis barg, dessen Zeitzünder eingestellt war.

Wie von unsichtbarer Hand geleitet waren sie in der Konditorei mit den unvergleichlichen Merveilleux gelandet. An den
anderen Tischen löffelten soignierte Altersgenossinnen damenhaft ihre Törtchen und plauderten angeregt über alltägli-
che Dinge. Warum waren Lotte und Anna dazu verurteilt, in
ihrem Alter endlos in diesem Krieg zu wühlen, in einer Geschichte, die sich ohnehin nicht mehr umkehren ließ?

Über ihre leeren Kuchenteller hinweg blickten sie sich erwartungsvoll an. »Was ich damals durch den Schornstein gehört habe, wurde dann genauso ausgeführt«, brach Anna, wie
nicht anders zu erwarten, das Schweigen, »das habe ich ein
paar Jahre später gelesen – bis auf diesen einen, unvorherge-
sehenen Zufall natürlich. Sie hatten genug von dem Sonntagsmaler. Mit der Katastrophe von Stalingrad hatte es angefangen, damals kam es beim nationalistisch eingestellten
Adel zu einem Sinneswandel, denn auch ihre Söhne sind dort
gefallen. Es war aus mit dem großen Traum. Die Militärexperten unter ihnen hatten erkannt, daß der Krieg nicht zu gewinnen war, ihre Güter waren in Gefahr, wenn die Russen kämen, ihr ganzer Status war bedroht. So kam es zu der Verschwörung. Frau von Garlitz hatte ihnen, wahrscheinlich
unter dem Einfluß ihres Vaters – ein strammer Preuße von
der alten Garde mit entsprechenden Verbindungen –, ihre
Dienste angeboten. Und ich hockte in meiner Dienstboten-
kammer und hörte sie da unten reden, als wäre ich mitten unter ihnen! Alle Verschwörer waren da und planten das Attentat bis in die kleinste Einzelheit. Wenn sie nicht so schreckliches Pech gehabt hätten, wäre es ihnen gelungen. Im Bend-
lerblock in Berlin war alles vorbereitet – auf eine Parole hin
würden die Offiziere revoltieren, die Regierung verhaften,
eine Koalition bilden und sofort den Frieden anbieten. Schluß
mit dem Krieg! Wäre es gelungen, würde Martin noch leben
und mit ihm Millionen anderer, und viele Städte wären nicht
zerstört worden. Mein Leben hätte vollkommen anders aus-

gesehen. Ob es ein besseres Leben gewesen wäre, weiß ich nicht, interessanter sicherlich nicht – mein Gott, als Hausfrau in Wien! Aber das alles habe ich damals nicht gesehen. Ich war sehr erschrocken und wußte nicht, was ich machen sollte. Ich war obrigkeitsgläubig, auch wenn ich Hitler nicht mochte. Ich habe an die Notwendigkeit von Autorität geglaubt, daran glaube ich übrigens heute noch, schließlich war ich ja selber eine Autoritätsperson..., darin bin ich sehr deutsch, das gebe ich zu. Am Sonntag darauf kam Martin. Ich erzählte ihm, was ich gehört hatte. Er wurde ganz blaß um die Nase. ›Sag niemandem auch nur ein Sterbenswörtchen darüber‹, beschwor er mich, ›du hast nichts gehört. Überhaupt nichts. Gebe Gott, daß es gelingt!‹«

Lotte bestellte sich noch einen Tee. »Trotzdem, von heute aus gesehen tut es nichts zur Sache, ob du den Plan ausgeplaudert hättest oder nicht«, bagatellisierte sie Annas Geheimhaltung, »das Attentat ist ja sowieso mißglückt.«

Anna war anderer Meinung. »Wenn ich das Vorhaben in diesem Stadium verraten hätte, wäre vielleicht ein neuer Plan entworfen worden, der dann nicht gescheitert wäre. In diesem Fall hätte ich also besser nicht geschwiegen...«

Auf diese Spekulation folgte eine endlose Diskussion, in der sehr oft das Wort »wenn« vorkam. In selbsterdachten Varianten modelten sie sich den Lauf der Geschichte nachträglich zurecht, in einem aggressiven Ton, weil Lotte Anna vor allem widersprechen wollte. Müde von dem Geplänkel verließen sie schließlich das Café, Anna aufgeregt und erschöpft – anscheinend war es unmöglich, ihre Schwester von irgend etwas zu überzeugen (welches Geschütz sollte sie denn noch auffahren) – Lotte dagegen verärgert, weil sich Anna eine Schlüsselrolle in einer Sache anmaßte, die sich ganz ohne ihr Zutun vollzogen hatte.

8

»Wenn du jetzt einen Revolver in der Hand hättest und Hitler käme um die Ecke, würdest du ihn dann erschießen?« Leon Stein sah sie mit einem gequälten Lächeln an. Sie gingen durch den Wald, er war einen Kopf kleiner als Lotte. Am helllichten Tag schlenderte er kaltblütig durch die Buchenallee und reichte ihr den Arm, als wären sie verlobt. Diese Kaltblütigkeit gehörte zu seiner Überlebensstrategie – bisher hatte er alle Husarenstücke mit heiler Haut überstanden. Über seinen eigenen Tod machte er sich keine Gedanken, mit dem Leben anderer ging er sorgfältiger um. »Ich glaube ja«, sagte sie zögernd, »aber ich weiß nicht, ob ich es auch wirklich fertigbrächte.« Sie kamen an der Baumreihe vorbei, die, trotz der Voraussagen des Hellsehers, noch immer über das Geheimnis der Kassette wachte. Auf seine Hinweise hin hatten sie noch einmal ausgiebig gesucht, aber nichts gefunden; der Boden war inzwischen locker und uneben, als hätten sich Kolonien von Maulwürfen gegenseitig das Territorium streitig gemacht. »In der Nähe des fünften Baums« war ja auch eine sehr ungenaue Angabe.

»Ich schlage mich mit einem Problem herum...«, sagte Leon, »vor einem Monat haben wir eine jüdische Familie – Mann, Frau, Kinder – an drei verschiedenen Adressen untergebracht. Die Frau ist inzwischen verraten und festgenommen worden, aber nach ein paar Tagen hat man sie wieder freigelassen. Seitdem zeigt sie sich unbehelligt auf der Straße, und von unseren Leuten sind ein paar verhaftet worden: diejenigen, die ihr Lebensmittelkarten, einen Ausweis und einen Unterschlupf besorgt haben. Wir sind ihr gefolgt, wir können es beweisen. Du verstehst, daß wir jetzt nicht in aller Ruhe abwarten können, wer das nächste Opfer sein wird.« Er sah sie mit halb geschlossenen Augen an, wie in einem Dämmerzustand, während er mit ihr sprach. »Wir haben einen Entschluß gefaßt, sie wird liquidiert.« Sein Arm hakte sich noch fester in ihren. »Manchmal ist es notwendig, ein Leben zu opfern, um andere Leben zu retten.« Lotte sah ihn erschrocken an. »Um meine Familie zu retten, wäre ich auch zu vielem imstande, denke ich...« »Deshalb ja«, nickte er. »Wer muß es tun?« fragte sie nach langem Schweigen. Der kleine Mann, der es sich nicht erlauben konnte, auf große Fragen die Antwort schuldig zu bleiben, trat mit der Schuhspitze gegen eine Baumwurzel, die quer über den Weg verlief. »Das ist es ja gerade.«

Nachdem er ein paar Tage fort gewesen war, kehrte er gehetzt zurück; hinter seinen Brillengläsern funkelte es beunruhigend. Es war keine Zeit, ihn etwas zu fragen. »Eine Razzia«, er winkte in eine unbestimmte Richtung, »sie können jeden Augenblick hier sein.« Im Haus entstand das übliche Chaos. Diejenigen, die offiziell nicht existierten und keinen Quadratzentimeter des Globus beanspruchen durften, lösten sich in Luft auf. Das Kartenspiel, noch warm von ihren Händen, die verbotenen Bücher, die sie lasen, ihre ungemachten Betten – mit verblüffender Routine beseitigten sie alle Spuren ihres unzulässigen Daseins. Die ganz normale holländische Familie, die hier wohnte, widmete sich mit demonstrativem Eifer den täglichen Verrichtungen und hoffte, daß ihr ohrenbetäubendes Herzklopfen niemandem auffiel.

Sie gingen davon aus, daß sich auch Ernst Goudriaan wie immer im Versteck hinter dem Spiegel befand, bis er in einem langen Ledermantel, mit einem Seesack auf dem Rücken und beschlagenen Brillengläsern in der Küche erschien, wo Lotte der Form halber den Abwasch machte. »Ich komme mich verabschieden...« Er streckte eine zitternde Hand aus. Lotte wischte sich die Hände an der Schürze ab. »Verabschieden? Wieso?« »Ich... ich... halte es nicht mehr aus...«, stammelte er, nahm die Brille von der Nase und setzte sie wieder auf, »ich... diese Spannung... immer wieder... ich... ich gehe fort...« »Fort?« wiederholte Lotte und baute sich vor ihm auf, »du läufst ihnen regelrecht in die Arme! Was fällt dir ein – du verrätst uns alle!« Verlegen schüttelte er den Kopf. »Ich habe Arsen bei mir...«, beruhigte er sie. Ihr blieb der Mund offenstehen. »Arsen...«, sie betonte das Wort auf beiden Silben, »...du bist wohl nicht ganz bei Trost... gib mir sofort den Seesack und den Mantel...« Gebieterisch streckte sie die Hand aus. Reglos stand er ihr gegenüber. Ertönten in der Ferne Stimmen? Hundegebell? Motorengeräusche? Statt seiner Augen sah sie nur seine lächerlich beschlagenen Brillengläser, drumherum sein schmales Gesicht, weiß und starr vor Anspannung – vielleicht mußte er einmal kräftig durchgeschüttelt werden. Sie hypnotisierten einander, eine stille Kraftprobe, während die Geräusche immer näher kamen. »Komm...«, befahl Lotte. Sie zerrte an dem Seesack, half ihm aus dem Mantel – plötzlich ließ er sie gewähren, wie ein Hund, der sich, seinem Herrchen in blindem Gehorsam ergeben, gegen seinen Instinkt verhält. »Aber ich gehe auf keinen Fall mehr in den Schrank!« rief er trotzig. Ohne sich noch aufhalten zu lassen, drehte er sich um und stürmte kopflos in den Garten, geradewegs in seine Werkstatt; Seesack und Mantel ließ er einfach bei Lotte in der Küche liegen.

Ein Einsatzwagen der Polizei hielt vor dem Haus. Ein Dutzend Soldaten sprang heraus und verteilte sich nach einer strikten Regie, die grotesk anmutete. Einige postierten sich als makabre Wächter an strategisch wichtigen Punkten, um etwaige Fluchtwege abzuschneiden, andere durchsuchten das Haus und zeigten sich hinter den Fenstern, um zu kontrollieren, ob es versteckte Räume gab. Ein Offizier steuerte unter den Apfelbäumen hindurch die Tbc-Laube an. Im Elternschlafzimmer lotste die Herrin des Hauses einige von ihnen zum Fenster mit den drei Bogen und ließ sie die Aussicht über die Wiesen und den Waldrand bewundern. Der strahlend blaue Himmel und die Sonne, die durch die Zweige fiel, schienen jeden Gedanken an Gefahr ad absurdum zu führen. Lotte ging, gebannt durch die Stille und Regungslosigkeit um die Werkstatt, immer wieder zum Fenster, weil sie erwartete, daß Ernst Goudriaan mit erhobenen Händen und einem Gewehrlauf im Rücken herauskommen würde. Schließlich hielt sie es nicht mehr aus und folgte dem Offizier. Durch das Fenster an der Rückseite blickte sie wie zufällig in den Raum. Ernst, dem die Brille auf die Nase gerutscht war, hielt eine halbfertige Geige hoch und zeigte auf etwas; begeistert erklärte er alles mögliche. Der Offizier hatte seine Mütze auf die Werkbank gelegt und hörte fasziniert zu, hin und wieder nickte er und strich sich übers Kinn. Als Lotte die Tür öffnete, schauten beide zerstreut über die Schulter. Der Deutsche fuhr mit dem Mittelfinger liebkosend über das Holz einer Geige, die an der Wand hing: »Ein sehr schöner Lack...« »Den mache ich selbst, ohne Farbstoffe...«, sagte Ernst stolz. »Wunderbar, wunderbar...«, rief der andere euphorisch. Er straffte sich und atmete mit geschlossenen Augen tief ein: »Es riecht auch gut hier...«, bemerkte er, »herrlich...!«

Entgeistert zog sich Lotte zurück. Mit großen Schritten eilte sie mechanisch wieder in Richtung Küche. Aber noch bevor sie die Tür erreichte, durchströmte sie ein Gefühl des Triumphs: Noch vor einem Augenblick war er bereit gewesen, aus Angst vor dem Besatzer Gift zu schlucken, und nun weihte er ihn voller Begeisterung in die Geheimnisse des Geigenbaus ein. Eine wundersame, alchimistische Transformation, die sie jede Gefahr vergessen ließ. Sie wollte gerade ins Haus gehen, als hinter ihr Geigenmusik erklang. Eine inbrünstige, die Seele durchschneidende Passage aus dem Konzert von Beethoven stieg aus der Werkstatt auf und drang durch die hellblauen Bretterwände nach draußen. Die Soldaten verloren das Interesse an der Durchsuchung des Hauses und sammelten sich im Garten, um sich das musikalische Intermezzo des Offiziers anzuhören. Sie lauschten so diszipliniert, als gehörte auch das zur militärischen Zucht. Die Sonne ließ ihre Uniformknöpfe blitzen. Da die Razzia nun mit einem berühmten Konzert untermalt wurde, kam auch Lottes Vater nach draußen und lauschte, die Hände in den Hosentaschen. Als die letzten Klänge verstummt waren, wurde es stiller als je zuvor, bis eine Elster keckernd von einem Ast aufflog und der Offizier verträumt die Werkstatt verließ. Berauscht von der Musik schwankte er zwischen den Obstbäumen hindurch. Plötzlich fiel sein Blick auf seine Untergebenen; er strich sich mit der Hand durch die zerzausten Haare, setzte seine Mütze auf und machte ein Gesicht, das zum Krieg paßte. »So...«, sagte er barsch, »worauf wartet ihr...«

Die Motorengeräusche entfernten sich. Die, die nicht existierten, kamen verschwitzt und zerknittert zum Vorschein und äußerten ihr Erstaunen über die wundersame Intervention Beethovens, die sie sogar hinter dem Spiegel hatten hören können. Max Frinkel redete in einem fort von der Macht der Musik. Nur Ernst Goudriaan saß noch immer in seiner Werkstatt und glättete eine Decke. »Du hast den Kommandanten verführt...«, sagte Lotte begeistert und setzte sich zwischen die Hobelspäne. »Dank dir...«, grinste er. »...Sie macht einfach den Abwasch, sagte ich mir, als ich in die Werkstatt ging. Wenn die Verfolgten entdeckt werden, wird höchstwahrscheinlich die ganze Familie an die Wand gestellt, und trotzdem macht sie einfach den Abwasch. Warum, habe ich gedacht, sollte ich dann nicht auch einfach weiterhobeln? Wer in seine Arbeit vertieft ist, hat etwas Unantastbares, etwas Unverletzliches... als ob er damit außerhalb des Krieges steht...« Sie schwieg verlegen. Sein Lob ließ sie nicht gleichgültig. Daß sie nun zur Abwechslung das Schicksal eines anderen einmal positiv beeinflußt hatte, brachte sie in angenehme Verwirrung. »Und er hat auch noch ein Solo für dich gespielt...«, seufzte sie als Ablenkungsmanöver. Ernst nickte. »Ein begeisterter Amateur. Er hat gesagt: Wenn wir nicht mitten im Krieg wären, würde ich Ihnen diese Geige abkaufen.« Mit Handwerkerstolz wiederholte er: »Er wollte mir eine Geige abkaufen!«

Der Vorfall gab ihr neuen Auftrieb und brachte Soll und Haben wieder einigermaßen ins Gleichgewicht. Geläutert durch den Gedanken, daß dieser Untergetauchte eigentlich ihr gehörte, seit sie ihn von seinem Hang zum Arsen abgebracht hatte, ließ sie das Gefühl der Verliebtheit zu, das sie — eine scheinbar selbstverständliche Folge — durchflutete: Sie war in ihn und in alle Handlungen verliebt, die zum Bau einer Geige gehören: Sägen, Hobeln, Schmirgeln, Polieren, Lakkieren... Daß der Boden aus schön gemasertem jugoslawischem Ahorn war, der Hals dagegen aus Ebenholz, daß ein schlechter Lack den Klang beeinträchtigte, daß die Zargen mit Hilfe von Dampf gebogen wurden: Das alles löste zärtliche Gefühle bei ihr aus, und sie liebte sogar den Gestank des Knochenleims, den man brauchte, um aus den verschiedenen Teilen ein Ganzes zu machen. Aber das allerschönste an Ernst Goudriaan war wohl, daß er sie nicht im geringsten an ihren holländischen Vater erinnerte.

In einer Broschüre, die den Kurort Spa noch berühmter machen sollte, hieß es: »Die Kurgäste in Spa sollen den Alltag vergessen. Sie werden dazu angeregt, ihren Lebensrhythmus langsamer und regelmäßiger zu gestalten. Sie kommen in ein Ambiente, in dem sie umsorgt und behütet sind, in enger Zusammenarbeit mit der Welt der Medizin, einem Symbol für Vertrauen und Sicherheit.«

Die beiden Schwestern scherten sich nicht im geringsten um all diese guten Absichten. Aus einem »langsamen und regelmäßigen Lebensrhythmus« wurde nichts. Je mehr sie einander anvertrauten aus ihren so unterschiedlichen Lebensläufen, desto stärker wurde auch die Spannung und das Bewußtsein, daß die Vergangenheit unabänderlich war. Jetzt hatten sie die letzte Chance zu einer Annäherung und Aussöhnung. Die eine wollte aus einem tiefen Bedürfnis heraus nur allzugern – die andere sperrte sich aus einem mindestens ebenso tiefen Mißtrauen noch immer dagegen. Der Krieg überschattete ihre Kur. Sie beschworen Geister, und die Geister kamen... mit ihren zerfransten Seelen, in einer verwüsteten Landschaft, unter einem bleigrauen Himmel, in einem Nebel von Pulverdampf und Phosphor... eine einzige große Anklage gegen die Verramschung des Lebensrechts, der Freiheit, Menschlichkeit und christlichen Nächstenliebe... Werte, die einst eine Bedeutung hatten, Worte aus einer archaischen Sprache, ein Esperanto der Naivität. Die Geister zogen in Kolonnen vorbei und hinterließen tiefe Spuren.

Zwar ruhten Anna und Lotte im Salle de Repos auf ihren Liegen, aber sie hielten die Augen nicht geschlossen und lauschten auch nicht dem Gurren der Tauben. Weil sie an diesem Morgen die einzigen Patienten waren, setzten sie den Krieg einfach in horizontaler Lage fort.

»An den zwanzigsten Juli, den Tag, an dem Hitler nicht ermordet wurde«, sagte Anna, »erinnere ich mich, als wäre es gestern gewesen. Frau von Garlitz saß seit Mittag am Radio, sie wußte natürlich genau, wann es soweit war. Am späten Nachmittag kam eine kurze Meldung. ›Gott sei Dank!‹ rief sie außer sich vor Freude, ›das Schwein ist tot!‹ Es schallte durch die Flure und Treppenhäuser. Ich blieb stocksteif stehen. Gleich darauf erschien Ottchen leichenblaß und sagte: ›Der Führer lebt. Das Attentat ist mißglückt.‹ Oh, mein Gott, dachte ich, hoffentlich hat keiner Frau von Garlitz gehört. Das Haus war voll mit Fremden! Erst später erfuhren wir, was schiefgegangen war. Stauffenberg hatte die Aktenmappe mit der Sprengladung in der Nähe von Hitler abgestellt, aber irgend jemand muß sie weggeschoben haben. Die Verschwörer wurden noch am selben Tag verhaftet und von Stauffenberg mit drei Mitverschwörern kurz nach Mitternacht erschossen. Von den Herren, die damals mit ihren Aktentaschen vor unserer Tür gestanden hatten, unter ihnen ein Cousin von Frau von Garlitz, hat keiner überlebt. All die hohen Offiziere aus gutem Hause, die die Schweinerei nicht mehr wollten… die meisten von ihnen wurden in Plötzensee gehängt, an Fleischerhaken.«

»Zur Schau gestellt…«

Anna nickte. »Als abschreckendes Beispiel. Ihre Frauen und Kinder wurden in Lager eingeliefert. Sie haben sofort ein Großreinemachen veranstaltet und radikal alles, was ihnen suspekt war, verhaftet und ausgeschaltet.«

»Und Frau von Garlitz?«

»Niemand hat gewußt, daß sie etwas damit zu tun hatte.«

»Ich liege auf dem Rücken und sehe die Flugzeuge über mich hinwegfliegen«, schrieb Martin aus der Normandie. Er hatte zwei Fotos mitgeschickt. Auf dem einen saß er im Militärmantel auf den Felsen von Mont Saint Michel und blickte über das Meer nach England – das andere zeigte ihn, wie er auf der Tragfläche eines abgestürzten amerikanischen Flugzeugs mit einem Stern an der Seite saß. Eine Woche später rief er unverhofft an: »Ich bin ganz in der Nähe, in Stettin.« Seine Fernmeldeeinheit war aufgehoben worden, und sie sollten nun in einer Wehrmachtskaserne an der Ostsee eine kurze Ausbildung zum Infanteristen bekommen. Der findige Kompaniechef, der damals den illegalen Urlaub aus der Ukraine gedeichselt hatte, dachte sich eine neue List aus. Alle Ehefrauen bekamen ein Telegramm mit der Nachricht, daß ihr Mann ernsthaft erkrankt sei. Mit diesem offiziellen Papier in der Tasche, das sie zu einer Fahrt in den Norden berechtigte, stieg Anna in den Zug. Und wieder erhob sich am Ziel, als sich der Zug stark nach einer Seite neigte, eine steile graue Mauer. Was dahinter wohl wieder verborgen sein mochte, dachte Anna. Ihr fiel die Wunderwaffe ein, die im Radio in den höchsten Tönen gerühmt wurde, die Waffe, mit der Deutschland den Krieg gewinnen würde. Hinter dieser Mauer waren sicherlich V-2-Raketen stationiert! Aber dann sah sie Wellen in der riesigen Mauer, sie bewegte sich – als der Zug eine Schwenkung machte, kippte die Mauer um, und plötzlich sah Anna zum erstenmal im Leben eine unendliche graue Wasserfläche, auf der ein Schiff fuhr.

Der Zug hielt in einem Seebad. Auffallend viele junge Frauen mit zwei Koffern stiegen aus. Man konnte Gift darauf nehmen, daß der eine Koffer Kleidungsstücke enthielt und der andere Lebensmittel. Unschlüssig gingen sie auf dem kleinen Bahnhofsvorplatz auf und ab, bis sie entdeckten, daß sie ein gemeinsames Problem hatten: Wie kamen sie mit ihren schweren Koffern zum Hotel? Zwei braungebrannte Frauen mit einem nach Fisch stinkenden Handkarren blickten suchend in die Runde und gingen dann auf Anna zu. Sie hielten ein Hochzeitsfoto hoch. »Sind Sie Frau Grosalie?« »Ja«, sagte Anna verdutzt. »Ihr Mann hat uns geschickt, wir sollen Sie abholen und die Koffer mitnehmen.« Ohne ihre Reaktion abzuwarten, nahmen sie die Koffer und luden sie auf den Karren. Die anderen Frauen brachen in Schimpftiraden aus: Warum hatte ihr Mann nichts für sie geregelt? »Lieber Himmel«, rief Anna, »das macht doch nichts. Wir laden den Karren voll und schieben ihn alle zusammen!« Eine Traube von Frauen in Sommerkleidern mit Kriegsblümchen schob den schwer beladenen Wagen über das holprige Pflaster zum Strandhotel. Es stellte sich heraus, daß Martin am Abend zuvor am Strand einen Fischer getroffen und ihm sein Problem geschildert hatte – gegen ein paar Schachteln Zigaretten hatte der dann dafür gesorgt, daß Anna vom Bahnhof abgeholt wurde.

Das Hotel stand vorwitzig auf einer Düne und schien das Meer herauszufordern: Komm nur her! Die Kaserne befand sich drei Kilometer weiter; jeden Abend ging die Kompanie mit Erlaubnis des Kommandanten schwimmen. Sie ließen die Uniformen am Strand zurück, liefen die drei Kilometer in ihrer nassen Badehose und verbrachten die Nacht bei ihrer Frau im Hotelzimmer. An einem warmen Abend gingen Anna und Martin schwimmen wie damals im See. Kein Lüftchen kräuselte das Wasser, in dem sich das Mondlicht spiegelte. Mit ruhigen, gleichmäßigen Zügen schwammen sie nebeneinander, das nasse Element gab ihnen ein Gefühl der Freiheit, als machte der Krieg nur auf dem Land seine Rechte geltend. »Ich habe gerade im Radio gehört«, sagte Martin mit unverhohlener Freude in der Stimme, »daß die Russen schon in Ostpreußen stehen.« »Dann kann es ja nicht mehr lange dauern...«, Anna spuckte einen Schluck Meerwasser aus. Martin tauchte und kam ein Stück weiter wieder nach oben. »Wenn der blöde Krieg vorbei ist«, rief er prustend, »können wir endlich für immer nach Wien!« Aufgeregt und berauscht schwammen sie weiter, bis Martin sich umdrehte und erstaunt sagte: »Wir sind aber weit vom Strand.« Mechanisch sah sich Anna um. Ein unwirklicher weißer Streifen am Horizont war alles, was noch von der Küste übrig war. Sie wendeten und begannen in aller Seelenruhe zurückzuschwimmen. Als aber der Streifen offenbar keinen Millimeter näher kam, wurden ihre Stöße verbissener. Der Mond begleitete sie ungerührt. Martin blickte sich immer wieder um und ermunterte Anna durchzuhalten. Das Meerwasser war schwer, es schien, als müßten mit jedem Stoß Liter davon verdrängt werden. Anna war außer Atem; je verzweifelter sie sich bemühte, die Ruhe zu bewahren, desto größer wurde ihre Panik. Der Streifen Land hielt weiterhin vornehmen Abstand. »Martin...«, rief sie matt – sie ging unter, kam wieder nach oben, »laß mich nur...« »Ich helfe dir...« Obwohl seine Stimme von weit weg kam, spürte sie seinen Arm um ihre Schultern, »…wir können doch nicht so kurz vor dem Kriegsende ertr…«, klang es plötzlich viel näher. Sie vertraute sich ihm vollkommen an. Ihr Zeitgefühl war gestört. Sie wußte nicht, ob es Stunden oder Minuten waren, die verrannen, bis er nicht mehr genug Kraft hatte, sie beide über Wasser zu halten. Undeutlich nahm sie seine Hilferufe wahr, die über die Wasseroberfläche schallten. Sie hatte sich damit abgefunden, zusammen mit ihm zu verschwinden, vom Muttermeer verschluckt zu werden und niemals mehr etwas zu müssen. Unbemerkt und ohne Widerstand ließ sie sich in ein stilles Niemandsland schleusen.

Eine Ewigkeit später lag sie auf dem Rücken im noch warmen Sand, und jemand blies ihr seinen Atem ein. Mit dem wiederkehrenden Leben strömte zugleich ein Widerwille durch ihre Adern, der Übelkeit verursachte. Jemand rieb sie mit einem kratzigen Handtuch trocken und warm. Warum hatten sie sie nicht gelassen, wo sie war, es hatte ihr dort ausgezeichnet gefallen. Aber Martin saß neben ihr, blauweiß im Mondlicht, und achtete ängstlich auf die Rückkehr von Lebenszeichen unter den kundigen Händen ihres Retters, eines Unteroffiziers seiner Kompanie mit den Schultern und dem Bizeps eines Gladiators – Martin ließ sogar zu, daß er sie ins Leben küßte. Sie ahnte noch nicht, daß sie sich ein paar Monate später vor Kummer verzehren würde, wenn sie an diesen Abend dachte und an die Einmischung des eifrigen Unteroffiziers, der ihr nicht gegönnt hatte, sich zusammen mit Martin in Luft aufzulösen.

Am nächsten Tag fand der illegale Urlaub ein abruptes Ende: Die Waffen-SS hatte ein Auge auf die Gruppe der angehenden Infanteristen geworfen. Fassungslos rannten sie an diesem Abend ins Hotel. Sie hatten die Nase voll vom Krieg, der bevorstehende Frieden sang schon in ihren Köpfen, sie dachten gar nicht daran, dem Korps blinder Fanatiker beizutreten. Martin trommelte mit den Fäusten auf das Kissen.

Was konnten diese orthodoxen Militärs, diese Haudegen, in deren Vokabular das Wort Kapitulation nicht vorkam, anderes im Sinn haben, als sie auf den kollektiven Selbstmord vorzubereiten? Eingeschlossen durch die Engländer und Amerikaner auf der einen und die Russen auf der anderen Seite, würden sie nicht davor zurückschrecken, nach altgermanischem Brauch junge Krieger zu opfern, um doch noch die Gunst der Götter zu erlangen. Es war das erste und letzte Mal, daß er sich gegen etwas auflehnte. Anna wiegte ihn hin und her und versuchte ohne Überzeugung, ihn zu beruhigen. »Es gibt nichts, was wir dagegen vorbringen könnten...«, kapitulierte er schließlich flüsternd, »gar nichts.«

Die Kompanie zog nach Nürnberg. Von der Ostsee mitten durch das deutsche Reich in südliche Richtung, in Waggons, die für den Transport von Gütern oder Vieh bestimmt waren. Die Frauen fuhren bis Berlin mit – außer Anna, denn Martin ließ nicht zu, daß seine Frau so ohne jeden Komfort reiste. »Kommt gar nicht in Frage«, sagte er hochmütig, »es gibt keine Toilette und kein Wasser. Meine Frau fährt nicht in einem Viehwaggon wie ein Tier.« Ärgerlich stieg er ein. Sie sollte dann eben auf den nächsten Personenzug warten. Anna schob den Koffer mit Lebensmitteln hinter ihm her. »Was soll das?« Sein Blick glitt über den Koffer. »Lebensmittel«, sagte Anna. Er stellte den Koffer auf den Bahnsteig zurück. Anna hob ihn hoch und schob ihn wieder in den Zug: »Nimm ihn mit, ich bekomme genug zu essen.« Mit zusammengepreßten Lippen beförderte er das Ding wieder aus dem Waggon. Muß so unser Abschied sein, dachte Anna. Das Abfahrtssignal ertönte, Martin nahm ihr Gesicht fest zwischen die Hände und küßte sie schmerzlich. Händeringend blieb sie auf dem Bahnsteig zurück, links und rechts einen Koffer.

Die Nachricht, daß die Russen in Ostpreußen waren, flimmerte in der Sommerhitze und rief auf der einen Seite Angst, auf der anderen heimliche Freude hervor. Im und um das

Schloß blieb alles beim alten, die Landwirtschaft und der Haushalt liefen auf Hochtouren – ein vom Krieg in Gang gebrachtes Perpetuum mobile. Aber die russischen Kriegsgefangenen und die polnischen Zwangsarbeiter, berichtete Wilhelm flüsternd, befänden sich in ständiger Aufregung, die sie nur mit einem Übermaß an kollektiver Selbstbeherrschung vor ihren Bewachern verbergen könnten. Anna nickte, es konnte jetzt nicht mehr lange dauern. Sie standen im Gemüsegarten hinter einer hohen Rhabarberstaude. Er nahm ihre Hände und kam mit seinem zerfurchten Gesicht bis dicht an ihr Ohr, so daß sie schon dachte, er wolle sie jetzt küssen. »Warnen Sie die gnädige Frau... an dem Tag, an dem die Russen uns befreien, werden die Polen hier alles, was deutsch ist, töten. Sie sind Patrioten, sie wollen sich rächen für das, was ihrem Land angetan worden ist. Alle Leute hier werden ermordet, nur Sie nicht. Ihnen werden sie kein Haar krümmen, das haben sie uns versprochen. Die Russen beschützen Sie.« »Aber Wilhelm...«, stammelte Anna, »das kann doch nicht dein Ernst sein... Frau von Garlitz... und die Kinder... die haben doch nichts verbrochen...« Er schlug die Augen nieder, ließ ihre Hände los und ging mit hängenden Schultern, als zerrten Bleikugeln an seinen Armen. Anna starrte auf die kräftigen Rhabarberstengel, und die Assoziation mit »Barbaren« drängte sich ihr auf. Der gepflegte Gemüsegarten, der kurzgeschorene Rasen, das leuchtende Schloß, die blütenweiße Wäsche, die bewegungslos auf der Leine hing... die Möglichkeit, daß diese selbstverständliche Ordnung zerstört würde, überstieg ihr Vorstellungsvermögen. Die Seele dieser Ordnung, die Bewohner des Schlosses, die Familie, deren Name seit dem siebzehnten Jahrhundert mit diesem Ort verbunden war, das Faktotum Ottchen, die Mamsell, die Putzfrauen und Zimmermädchen, sogar die Flüchtlinge – all diese Menschen, mit denen sie jeden Tag zu tun hatte, würden büßen müssen? Was hatten sie denn getan? Zum ersten

Mal beschlich sie das Gefühl, daß die ersehnte Befreiung vielleicht überhaupt keine Befreiung sein, daß der Krieg einfach weitergehen würde – hinter einer anderen Maske. Sie setzte sich in Bewegung, rannte regelrecht zu Frau von Garlitz. Die reagierte weder erstaunt noch schockiert. Ihr war längst klar, daß die Horden aus dem Osten keine Befreiung bringen würden – ihr Evakuierungsplan war schon fertig.

Anna bekam einen Brief von Martin, einen SS-Brief aus einer SS-Kaserne. Die Russen nähern sich Westpreußen, schrieb er, gib deine Stellung auf und geh nach Wien – das ist sicherer, dort gehörst du hin. Eine sachliche, vernünftige Botschaft. Martin, der schon sechs Jahre wie ein Zigeuner durch Europa zog, redete über ihr Weggehen vom Gut, als handelte es sich um eine beliebige Ortsveränderung. Als müßte sie nicht – zum ersten Mal im Leben – Bindungen aufgeben. Die Bindung an ihre Arbeitgeberin, die beiden Kinder, das Personal – ihre Ersatzfamilie, dieses schwerfällige, bewährte, launenhafte Sammelsurium, an dem sie inzwischen hing. Das renovierte Schloß, ihre eigene Schöpfung, konnte keinen Tag ohne sie auskommen. Sollte sie das alles zurücklassen, es wem auch immer preisgeben?

Sie ließ alles zurück, und beim Abschied gab es Tränen und Versprechen. Frau von Garlitz war gerührt und gekränkt, als ließe ihre eigene Mutter sie im Stich, die Kinder klammerten sich wie Äffchen an Anna fest, die Putzfrauen schneuzten sich, Ottchen schnaubte laut, um seine Geringschätzung für Dienstboten zu zeigen, die ihr Amt nicht als Berufung fürs Leben ansahen. Mürrisch kletterte er auf den Bock. Mit Annas Abreise endete eine Epoche, das spürte jeder, und keiner wußte, was statt dessen kommen würde.

Anna hievte sich mit ihren unvermeidlichen Koffern hoch und fuhr mit roten Augen über die Schloßallee; am Tor winkte sie noch einmal. Als sie die friderizianische Dorfstraße entlangrollten, standen die ausgezehrten russischen Kriegs-

gefangenen in den zerschlissenen Anzügen Spalier und
schwenkten ihre blaukarierten Taschentücher. Ihre Bewacher schauten reserviert zu. Wilhelm stand ganz vorn und
grinste gequält übers ganze Gesicht. Sie wirkten wie die letzten Getreuen einer Königin, die aufs Schafott geführt wird.
Die Königin der Taschentücher, der Zahnpasta, der Kämme
mit den abgebrochenen Zinken brach in Tränen aus. Wilhelm trat einen Schritt vor und reichte ihr sein Taschentuch.
Das war das letzte, was sie vom Dorf sah, durch einen
Schleier, die Wächter beiderseits der Straße, die langsam ihre
Tücher schwenkten, ihre gezeichneten Gesichter – wer verschwand aus wessen Leben? Dann endete das Dorf, die Fel-
der begannen, und es gab nur noch die Einsamkeit – bis auf
Ottchen, der mit unergründlichem Blick auf das schaukelnde
Hinterteil des Pferdes starrte.

»Ja, sie haben mich sehr gemocht«, schloß Anna.

Lotte reagierte nicht darauf, diese ganze Beweihräuche-
rung durch die Russen paßte nicht in das Bild, das sie von
Anna hatte und das weniger schmeichelhaft war. Anna ro-
mantisierte die Vergangenheit. »Und…«, sagte sie gereizt,
»hat Wilhelm recht bekommen?«

»Alles ist so gekommen, wie er gesagt hat. Das Schloß
wurde geplündert, viele haben es nicht überlebt. Frau von
Garlitz ist mit den Kindern und ein paar Getreuen nachts über
die zugefrorene Oder in den Westen geflüchtet. Jahre später
habe ich durch Zufall die Mamsell getroffen, die hat es mir erzählt.«

»Und das Schloß, hast du das noch mal wiedergesehen?«
Lotte mit ihrem Faible für alte Häuser war trotz allem neugierig.

»Hör mir bloß davon auf!« Vor lauter Ärger saß Anna plötzlich kerzengerade. »Die Polen haben die gleiche Mentalität
wie damals die dicken Waschweiber, als ich auf dem Gut an-

kam. Arbeit ist für die doch ein Fremdwort. Das wird nie was, verlaß dich drauf.«

Das Ruhebett, das nicht eingerichtet war auf Kurgäste, die im Sitzen lebhafte Unterhaltungen führten, protestierte mit heftigem Knarren.

»Letzten Herbst war ich mit einer Freundin in Polen, mit dem Auto. Warszawa, Kraków, Auschwitz, Zakopane, Poznań. Ich hatte eine Idee. ›Laß uns zu dem Dorf fahren, wo ich im Krieg gearbeitet habe.‹ ›Aber das existiert doch nicht mehr‹, murrte meine Freundin. ›Natürlich existiert es noch‹, sagte ich, ›es heißt heute nur anders.‹ Wir machten uns auf die Suche, ohne Karte, in einem Gebiet mit polnischen Ortsnamen, die keinen einzigen Anhaltspunkt boten. Ich bin einfach nur nach dem Gedächtnis gefahren: ein knorriger Baum, eine alte Scheune, eine Weggabelung, die mir bekannt vorkam, waren meine einzigen Orientierungspunkte in dieser verlassenen Gegend. Plötzlich fuhren wir über eine lange, gerade Straße mit Kastanienbäumen – verfallene Gehöfte, Hühner mitten auf der Straße, angetrunkene Kerle vor dem Postamt, das zugleich Dorfkneipe war. Ich bin ausgestiegen und habe nach dem Dorf gefragt, unter dem alten Namen. Sie sahen mich nur gleichgültig an und schwiegen. Im Nieselregen wirkte alles noch ärmlicher. Ich ging die Dorfstraße hinunter und blieb vor einem kolossalen, verfallenen Haus stehen... das muß mal ein Gut gewesen sein, dachte ich. In den Dachrinnen wuchs das Gras, die Fensterläden, an denen die Farbe abgeblättert war, hingen schief in den Angeln, mehrere Fenster waren mit Brettern vernagelt, das Vordach über der Tür war nur notdürftig abgestützt, überall bröckelte der Putz – auf einer stoppeligen Wiese liefen Gänse herum, ein Stück weiter wühlte ein Schwein im Dreck, ein räudiger Kettenhund fletschte die Zähne. Ich dachte an die aufgeräumten Höfe bei uns in Deutschland. Sieh dir das an, sagte ich mir, so gehen die polnischen Bauern mit ihrem Betrieb um. Die können das einfach nicht. Ein alter Mann kam auf uns zu. Ich sprach ihn an, wieder ließ ich den alten Namen fallen. Er starrte mich durch seine dicken Brillengläser an, als wäre ich ein Gespenst, und nickte dann langsam. ›Jetzt Stockow…‹, sagte er in gebrochenem Deutsch. Ich nickte auch, plötzlich war ich ganz aufgeregt. ›Familie von Garlitz?‹ Er sagte kein Wort. ›Das Schloß, wo ist das Schloß geblieben?‹ Er lächelte – der arme Mann hatte nur noch Zahnstummel. ›Das Schloß…?‹ wiederholte er erstaunt, ›aber das ist doch hier… genau vor Ihnen…‹ Ich habe also davorgestanden und es nicht wiedererkannt. Stell dir das mal vor!«

Anna hatte einen roten Kopf bekommen. Die Wände des Salle de Repos schienen sich von der Empörung zu wölben, die sie um sich versprühte. Sie breitete die molligen Arme aus: »Früher war es von einer Mauer umgeben, und es gab einen Park mit alten Bäumen. Alles weg. Da stand das Schloß, schäbig, in erbärmlichem Zustand, drumherum Schlamm und hohes Gras. Ich kann dir gar nicht sagen, was ich bei dem Anblick empfunden habe. Es war, als ob ich den letzten Rest Vertrauen in die Menschheit – und das ist ohnehin schon nicht mehr viel – verloren hätte. Als ob alles, aber auch alles umsonst gewesen war. ›Darf ich einen Blick in das Haus werfen?‹ habe ich gefragt, ›ich habe dort gearbeitet, im Krieg.‹ Er nickte, aber ich wußte nicht, ob er mich verstanden hatte. Seit Kriegsende würden zwölf polnische Familien in dem Haus wohnen, erklärte er, und die Landwirtschaft würde in einer Kooperative betrieben.«

Sie rümpfte die Nase: »So 'ne Kolchose. Wir durften uns dann in einem Teil des Schlosses umschauen. Mein Gott, das war eine harte Prüfung. Zuerst sind wir in die Halle gegangen, wo sich damals die Verschwörer getroffen hatten. Wäscheleinen waren kreuz und quer gespannt, vergilbte Laken und Hemden hingen darauf. Die Wände waren grau, die Fliesen hatten Sprünge. Wir öffneten die Tür zum Speisesaal. Ich schlug die Hand vor den Mund. ›O Gott, mein Parkettboden!‹ rief ich. Da war er, mein ganzer Stolz, der Prunkfußboden, der unter meiner Aufsicht früher stundenlang mit Bohnerwachs eingerieben worden war – ausgetrocknet und gerissen, ganze Stücke fehlten sogar. An der Wand lehnten ein paar rostige Fahrräder, eine magere Katze mit fahlem, rötlichem Fell suchte mit eingeklemmtem Schwanz das Weite. Mir wurde schwindlig davon, das kannst du mir glauben. ›Laß uns gehen‹, habe ich meine Freundin angefleht, ›bitte.‹ Durch einen leeren, unheimlichen Flur – keine Läufer, kahle Wände ohne die Bilder mit den Jagdszenen – sind wir zur Hintertür gegangen; fast wäre ich über einen Eimer mit schmutziger Seifenlauge gestolpert. Draußen habe ich erst einmal tief Luft geholt. ›Der Friedhof‹, schlug ich vor, ›da müßte doch noch was von früher zu finden sein.‹ Der alte Mann schüttelte den Kopf. ›Alles kaputt‹, murmelte er. Ich ging zu der Stelle, wo wir Herrn von Garlitz oder das, was wir für ihn halten mußten, beerdigt hatten. Die alten Pfade gab es noch, aber da, wo die Gräber gewesen waren, klafften dunkle, von Efeu und Gundelreben überwucherte Löcher. Hier und da lag ein Brocken Marmor. Ausgewachsene Sträucher beugten sich mit ihren Zweigen darüber, als wollten sie die Scham bedecken. ›Nicht einmal die Toten haben sie in Frieden gelassen!‹ rief ich. ›Alles kaputtgemacht‹, sagte mein Begleiter ergeben. So war es, sie waren so rachsüchtig, daß sie nicht mal die Gräber, die teilweise noch aus dem siebzehnten Jahrhundert stammten, in Ruhe lassen konnten.«

»Aber das ist doch vollkommen begreiflich«, sagte Lotte über den Rand ihrer Decke, »sie hatten genug Gründe dafür.«

»Ja, ja«, sagte Anna ungeduldig, »aber als ich davorstand und in die klaffenden Löcher blickte, konnte ich es einfach nicht fassen.«

Es blieb kurz still. Dann sagte sie in einem Ton, als vertraute sie Lotte ein intimes Geheimnis an: »Ich habe eine Kastanie aufgehoben, eine große, glänzende Kastanie. Die trage ich immer bei mir, als Erinnerung an damals... als ich eigentlich sehr glücklich war... ohne es zu wissen.«

Wien. In Wien bist du sicher, hatte Martin geschrieben. Als Anna ankam, packte ihr Schwiegervater gerade den Koffer. »Ich fahre nach Nürnberg«, erklärte er, »die SS hat die Eltern eingeladen, sich das Ganze mal anzuschauen.« Ein paar Tage später kam er zufrieden wieder: »Um Martin brauchst du dir überhaupt keine Sorgen zu machen, es geht ihm ausgezeichnet. Es herrscht Ordnung und Kameradschaft, und sie sind mit nagelneuen Sachen ausgestattet worden. Alle sind freundlich und höflich.« »Du willst mir wohl einen Bären aufbinden«, sagte Anna mißtrauisch. »Nein, ich schwör's dir, er fühlt sich wie ein Fisch im Wasser.« »Aber er haßt doch die Nazis.« »Du kannst dich mit eigenen Augen davon überzeugen, demnächst laden sie auch die Ehefrauen ein.«

Sie erhielt eine Reiseerlaubnis und fuhr in der letzten Augustwoche für vierzehn Tage nach Nürnberg. Die Bombenangriffe hatten nicht viel von der Stadt übriggelassen, aber das von der SS in Beschlag genommene Pressehotel war noch unzerstört. Für die Ehepaare waren Luxussuiten reserviert – morgens mußten die Offiziere an der nicht besonders anstrengenden Ausbildung teilnehmen, über den Rest des Tages durften sie frei verfügen. Auch die Kaserne war eine Insel der Ruhe inmitten des Chaos. Alles war blitzsauber – es herrschte Respekt, sowohl vor den Menschen als auch vor den Dingen. Ihr Schwiegervater hatte nicht übertrieben: Martin, der so viel von guten Manieren, von Ordnung und Anstand hielt, wurde in dieser Hinsicht nicht enttäuscht. Sie kosteten das unverhoffte Beisammensein aus, es waren fast Flitterwochen – die Heeresleitung verhätschelte ihre jüngsten Sprosse. Ab und zu fiel eine Bombe, ein Schönheitsfehler, der sie schon längst nicht mehr aus der Fassung brachte. Sie entwickelten die Manie, sich gegenseitig zu fotografieren: Martin, gutgelaunt, in seiner Uniform – Anna in einem cremefarbenen, zum Kostüm umgeschneiderten ehemaligen Tennisdreß von Frau von Garlitz.

All die Frauen, die sie von dem Ostseeabenteuer kannte, waren auch hier. Mit fatalistischem Lebenshunger genossen sie jeden Tag, jede Nacht, die ihnen geschenkt wurden – bis auf eine Frau, die Anna in einem verzweifelten Weinkrampf anvertraute, ihre Eltern hätten ihr verboten, von einem Mann schwanger zu werden, der vielleicht bald tot sein würde. »Jeden Abend muß ich ihm die kalte Schulter zeigen«, schluchzte sie. Anna, die noch immer sehnlichst auf die Anzeichen einer Schwangerschaft wartete, sprach ihr Mut zu. »Wenn er fallen sollte, ist es doch ein gewaltiger Trost, wenn du wenigstens noch ein Kind von ihm hast... aber was reden wir denn, der Krieg ist ja fast vorbei! Dann kommen sie nach Hause, wir leben mit ihnen zusammen unter einem Dach und...«, lachend drohte sie mit dem Finger, »dann geht es mit dem Krieg erst richtig los, Liebchen.«

Martins Sorge um Annas Wohl nahm zuweilen groteske Züge an. Eines Morgens hatten sich die Frauen im Schwimmbad des Hotels verabredet. Während sich Anna auf dem Rücken treiben ließ, kam eine von ihnen angerannt: »Raus, raus, da kommt ein Trupp Soldaten!« Hastig stemmten sie sich aus dem Wasser und flohen in die Umkleidekabinen. Anna schaute sich erstaunt um und schwamm entspannt weiter, ohne auf den Gesang in der Ferne zu achten, der allmählich lauter wurde. Erst als die Offiziere im Begriff waren, ins Wasser zu springen, hatte sie das Gefühl, ihre Gegenwart im Schwimmbecken könnte unerwünscht sein. Mit langsamen Zügen schwamm sie zum Rand. In einem dezenten schwarzen Badeanzug, der ihre üppigen Formen zwar bedeckte, aber nicht dem Auge entzog, ging sie zwischen den Offizieren hindurch zu den Umkleidekabinen. Im Vorbeigehen sah sie Martin; er hatte die Lippen zusammengepreßt, und seine Augen sprühten Funken. Mittags polterte er los, was sie sich eigentlich dabei gedacht habe, sich als einzige Frau all den Männern im Badeanzug zu zeigen. Sie zuckte die Achseln. »Gar nichts, ich war gerade beim Schwimmen.« Tief gekränkt schüttelte er den Kopf. »Meine Frau... zwischen den ganzen Männern.« »Das Schwimmbassin ist doch für alle da«, lachte sie harmlos. »Meine Frau macht so etwas nicht.« »Offenbar doch.« Ihre Ansichten über das, was sich schickte, waren unvereinbar. »Ich möchte nicht, daß sie Witze über dich machen, ich kenne die Kerle doch.« Ihr wurde beklommen zumute. »Wenn du so weitermachst, lasse ich mich scheiden«, platzte sie heraus, um ihn zum Schweigen zu bringen. Er bekam einen solchen Schreck, daß er rührend wirkte und sie ihm von Reue und Mitleid überwältigt um den Hals fiel. Wie albern, sich wegen Lappalien zu zanken, wo die Zeit ohnehin viel zu kurz war.

In der letzten Nacht erwachte sie zitternd und zähneknirschend. Martin, der auch im Schlaf auf ihre Stimmungen reagierte, öffnete die Augen und zog sie an sich. »Du hast Angst...« Seine Stimme klang dunkel vor Müdigkeit. Sie legte den Kopf auf seine Brust. »Ich weiß nicht, was es ist.« Er drückte sie fester an sich. »Wir müssen darüber reden«, sagte er ruhig. »Ich glaube, jetzt ist der richtige Augenblick. Hör zu. Millionen fallen in diesem Scheißkrieg, bis jetzt bin ich mit knapper Not davongekommen. Wer garantiert, daß mir das bis zum Ende gelingt? So viele sind schon gestorben – warum nicht ich? Für mich ist es nicht schlimm zu sterben, es geht ganz schnell, mach dir keine Sorgen. Schlimm finde ich nur, daß ich dir dann nicht mehr helfen kann. Ich weiß, was dann mit dir passiert, ich weiß es ganz genau. Du bist so zerbrechlich wie Porzellan, aber keiner weiß das. Du spielst immer die Starke und Robuste, aber in Wirklichkeit bist du empfindsam und verletzbar und brauchst mich. Aber auch, wenn ich nicht mehr da bin, mußt du leben. Versprich mir eines: Setz deinem Leben kein Ende. Wenn du Selbstmord begehst, sehe ich dich nicht mehr an! Ich grüße dich nicht mehr!«

Es war still im Zimmer, bis auf sein Herzklopfen an ihrem Ohr. Undenkbar, daß dieses Herz von einem zum anderen Augenblick aufhören könnte zu schlagen – daß es einen Zusammenhang geben könnte zwischen den Dingen, auf die er anspielte, und dem ihr so teuren Klopfen dieses Herzens und dem warmen, atmenden Körper, der nicht nur der Armee, sondern auch ihm und ihr gehörte. Das Wohl und Wehe dieses Körpers war so eng mit dem ihres eigenen verbunden, daß sie nicht hören wollte, was er sagte, aber es grub sich doch tief in ihr Gedächtnis ein, Wort für Wort.

»Ich möchte auch nicht, daß du den Rest deines Lebens Trübsal bläst. Auch wenn ich tot bin, möchte ich eine schöne Frau haben. Versprichst du mir das? Ich werde dir sagen, was du tun mußt. Du stehst es nur durch, wenn du anderen hilfst, denen es noch schlechter geht. Arbeite in einem Lazarett oder so, nur dann überlebst du es, ich kenne dich doch...« Statt bei ihr Trost und Mut zu suchen für den Fall, daß er so kurz vor dem Frieden noch fallen sollte, gab er ihr in aller Seelenruhe einen Leitfaden für ihr weiteres Leben. An die Stelle der Angst trat Abwehr und schließlich eine unermeßliche Ruhe – er hatte einen Kokon der Sicherheit und Unverwundbarkeit um sie gesponnen, eine friedliche, vertraute Stille herrschte darin –, in der Leben und Tod auf natürliche Weise ineinander übergingen. Engumschlungen schliefen sie ein, engumschlungen wurden sie am nächsten Morgen wach.

Es war strahlendes Wetter. Martin hatte noch nie so gut ausgesehen: braungebrannt, lebhaft und guter Dinge. Anna beugte sich aus dem Fenster des anfahrenden Zuges, er rannte mit und winkte. »Auf Wiedersehen in Wien, diese Scheiße ist sowieso bald zu Ende!« rief er fröhlich. Sie erstarrte – aus dem Mund eines SS-Offiziers war eine solche Zurschaustellung von Optimismus unverzeihlich. Und das hatte über den ganzen Bahnsteig geschallt! Sie kniff die Augen zusammen und erwartete bang, daß er jetzt verhaftet würde. Das Herz schlug ihr bis zum Hals. Aber er stand noch immer da und winkte, und keiner tat ihm etwas.

So sicher war Wien nicht. Um den deutschen Truppen im Balkan den Rückweg abzuschneiden, warfen die Amerikaner einen breiten Bombengürtel ab, der quer durch Wien verlief. Weil sie sich nachts nicht über die Alpen wagten, flogen sie nur am Tag. Die Fensterscheiben der neuen Wohnung sprangen, Anna nagelte Karton davor. Die Sirenen heulten, sie rannte zum nächsten Luftschutzraum und sah unterwegs eine alte Frau, die sich in einen Hauseingang drückte. »Was machen Sie denn da...«, rief Anna und riß sie am Arm mit, »kommen Sie, schnell in den Keller.« Es war proppenvoll. »Steh mal auf«, sagte sie zu einem Jungen, »hier ist eine alte Dame.« Der Blockwart, verantwortlich für den Schutz der Bürger bei Luftangriffen, kam auf sie zugestiefelt. »Was fällt Ihnen ein?« »Wieso?« fragte Anna, »was habe ich denn getan?« »Wissen Sie, wen Sie da mitgebracht haben?« Sie schaute auf die Frau, die sich zusammenkauerte wie ein Vogel im Winter. »Das ist mir egal, sie ist halt eine alte Frau.« »Eine Halbjüdin!« blaffte er. »Na und...«, sie zuckte die Achseln, »da drüben sitzt ein Hund, darf eine arme alte Frau dann nicht herein?« Von allen Seiten wurde sie mit angsterfüllten Augen angestarrt – was für eine Tollkühnheit, es mit einem Blockwart aufzunehmen. Seine Kiefermuskeln spannten sich. Sie sah ihn herausfordernd an, er schlug die Augen nieder und trollte sich in eine andere Ecke des Kellers, als wäre seine Anwesenheit dort dringend erwünscht.

Den ganzen Monat wartete sie vergebens auf einen Brief. Anfang Oktober schrieb sie an Martin: »Ich sitze hier mit dem

Füller in der Hand, aber ich habe das Gefühl, daß ich ins Leere rede.« Um sich zu trösten, kaufte sie einen Strauß Astern. Mit den Blumen in der Hand stieg sie zu ihrer Wohnung hinauf und begegnete auf der Treppe ihrem Nachbarn, der sie sonst immer laut mit wienerisch rollendem R grüßte, jetzt aber schüchtern an ihr vorbeihuschte. Sie schloß die Tür auf, und zu ihrer Überraschung wartete im Wohnzimmer ihr Schwiegervater auf sie. »Ach, wieder keine Post«, seufzte sie mit einem Blick auf den leeren Tisch. »Doch«, sagte er und deutete mit dem Kopf auf das Buffet, »diesmal ist Post gekommen.«

Es war ein Päckchen. Sie beugte sich darüber und las: *Nachlaß-Sache.* Hastig riß sie es auf. Obenauf lag ein Briefumschlag. Mit fliegenden Fingern zog sie den Brief heraus. »Liebe Frau Grosalie… Als Kompaniechef habe ich die Pflicht, Sie vom Heldentod Ihres Mannes zu benachrichtigen…« Fieberhaft las sie weiter. »…In der Eifel… Granatfeuer…« Der Brief schloß: »Im Glauben an den Endsieg und an die gerechte Sache dieses Krieges verbleibe ich mit… Heil Hitler! SS-Hauptsturmführer, Kompaniechef…« Die Astern fielen zu Boden. »Es ist nicht wahr«, leugnete sie in ruhigem Ton den Inhalt des Briefes. Sie begann im Kreis zu gehen, um den Tisch, um ihren Schwiegervater, immer schneller, immer aufsässiger, immer wieder rief sie: »'snichwa, 'snichwa…«, als könnte sie durch eine rituelle Ablehnung der Wirklichkeit die Tatsachen ungeschehen machen. Mechanisch wiederholte sie immer dieselben Worte, bis es ihrem Schwiegervater gelang, sie zum Sofa zu führen. An der Wand darüber hing ein eingerahmtes Porträt von Martin. Sie riß es herunter und wiegte sich mit dem Foto auf dem Schoß hin und her. Was für ein geschmackloses Paradox – das Unerträgliche mußte auf irgendeine Weise doch ertragen werden. Sie schleppte sich durch die Wohnung, wollte etwas Dunkles anziehen, sah eine abstoßende Fremde im Spiegel – die Locken ihrer Dauerwelle waren schlagartig verschwunden. So, die Haare starben bereits ab, jetzt noch der Rest.

Sie hatte ihm nicht versprochen, daß sie essen würde! Tagelang aß, trank, schlief, weinte sie nicht. Nachts irrte sie durch verwüstete Wohnviertel, als suchte sie dort etwas. Sie wollte nur noch dahin, wo er war, sonst nichts. Ihr beherrschter Schwiegervater, der im Auftrag seiner Frau bei ihr in der Wohnung blieb, versuchte ihr Verhalten als eine normale Phase im Trauerprozeß zu sehen. Er brachte ihr einen langen Witwenschleier mit für die Totenmesse in der Karlskirche. Wo sie vor zwei Jahren im weißen Schleier durch den Mittelgang zum Altar geschritten war, trug sie jetzt, abwesend, einen schwarzen. »Die Deutsche weint keine Träne...«, hörte sie in den Kirchenbänken flüstern. Wie eine Taubstumme ließ sie die Klänge des Requiems über sich ergehen.

Nach einer Woche hörte ihr Schwiegervater auf, sie ständig im Auge zu behalten. Weil er es allein nicht schaffte, ihren Hungerstreik zu beenden, mußte sie ihm versprechen, am nächsten Sonntag vorbeizukommen. Vielleicht könnte seine Frau sie ja dazu bewegen, etwas zu essen. Zögernd ging sie aus dem Haus. Die Welt kümmerte es nicht, daß er tot war, in seiner Stadt blieb nicht mal ein Schatten von ihm übrig. Sie war allein, in einer fremden Stadt, es war Krieg – das waren die Fakten. In dieser Konstellation war kein Platz für sie, wie auch in ihrem Leben kein Platz für die Fakten war. Wie eine Schlafwandlerin ging sie ins Zentrum, über den Ring, den prächtigen Ring, an Theater, Hofburg und Oper vorbei. Sie ging hinter sich selbst her in Richtung Karlskirche, aus einem vagen Bedürfnis nach religiösem Halt, aber vor allem in der verzweifelten Hoffnung, daß Gott ihr ein Zeichen geben würde, eine Bestätigung seiner Allgegenwart – einen Beweis, daß es ihn gab. Nur mit großer Mühe bekam sie die schwere Tür auf. Die Sonntagsmesse hatte gerade angefangen. Die

Stimme des Pfarrers hallte durch die Kuppel, das barocke Gold vibrierte mit. Zuerst war sie nicht imstande, den Inhalt seiner Worte aufzunehmen – geschwächt vom Fasten schob sie sich in eine Bank. Endlich in den ihr aus der Jugend so vertrauten Mauern der Mutterkirche drohte sie einzunicken – eine Folge des langanhaltenden Schlafmangels. Aber plötzlich schreckte sie aus ihrem Schlummer hoch. »Jeder Tote an der Front…«, drohte die Stimme, »…und jedes zerstörte Haus… ist eine Strafe für unsere Sünden…« Eine Strafe? Wie konnte er so etwas behaupten, dieser Idiot! Das war die verlogenste, die grausamste Botschaft, die sie jemals von der Kirche erhalten hatte. Aus Protest stand sie auf. Sie schaffte es, an den Reihen entlang nach hinten zu gehen. Trotz ihrer Schwäche hatte sie gerade noch genug Kraft, die schwere Tür mit einem demonstrativen Knall zufallen zu lassen. Zitternd vor Wut ging sie die Treppen hinunter. Reflexartig sah sie sich um: Links und rechts standen wie eh und je die beiden Engelsgestalten, jede trug ihr eigenes Kreuz und starrte ahnungslos vor sich hin über die Welt.

Sie ging weiter. Die Hitlerjugend marschierte mit nagelneuen Fahnen begeistert über den Ring. Anna mit ihrem schwarzen Schleier stolperte an ihnen vorbei. Einer der Jungen versperrte ihr den Weg: »Heil Hitler!« Sie starrte schweigend vor sich hin. »Können Sie die Fahne nicht grüßen!« schnauzte er sie an. Er war sicher einen Kopf größer als sie. Sie tippte ihm auf die Brust: »Jetzt werde ich dir mal was sagen. Für diese Fahne ist mein Mann gerade gestorben.« Sie schob ihn beiseite und ging weiter. Er lief ihr nach und entschuldigte sich tausendmal. Anna sah ihn gar nicht mehr, sie war so aufgelöst, daß sie für die Schamgefühle eines anderen Menschen unempfänglich war.

Sie wußte nicht mehr, wie sie zum Haus ihrer Schwiegereltern gelangt war. Als die Tür geöffnet wurde, brach sie auf der Schwelle zusammen. Schon die ganze Zeit war sie einer Ohnmacht nahe gewesen, aber ihr Organismus hatte dezent einen geeigneten Augenblick abgewartet. Sie legten sie auf das Sofa. In ihrem Dämmerzustand nahm sie noch wahr, wie im Nebenzimmer gestritten wurde. »Du hast dich nicht um sie gekümmert...«, ertönte die Stimme ihrer Schwiegermutter, »du hast Martin versprochen, dich um sie zu sorgen, und jetzt klappt sie hier unter unseren Händen zusammen.« Anna wurde es wieder schwarz vor Augen. Eine Kanne echter Bohnenkaffee wurde gekocht und eine Tasse davon vor Annas Nase geschwenkt. Annas Ich reagierte nicht darauf; es waren primitive Lebensgeister – von diesem unwiderstehlichen Reiz herausgefordert –, die sie dazu brachten, den Mund zu öffnen und einen Schluck zu trinken. Ebenso mechanisch aß sie ein Stück Kuchen. So wurden die Selbstmordgedanken ganz banal mit Kaffee und Kuchen vertrieben, um Platz zu machen für normales Unglücklichsein. Das kannte sie noch, das war ihr jahrelang vertraut gewesen.

Jetzt mußte sie noch die andere Hälfte des Versprechens einlösen. Vor dem mit Kartons geflickten Haus, wo sie die Ehe allein fortsetzte, hielt ein schwarzer Mercedes mit SS-Standarte. Die SS sorgte gut für ihre Leute. Der SS- und Polizeichef des Donaukommandos kondolierte der Witwe; er war freundlich, wußte mit großer Sicherheit die Worte des Trostes zu finden, die sie sich in der Karlskirche vergebens erhofft hatte, und fragte, ob er etwas für sie tun könne. »Ich möchte gern in einem Lazarett arbeiten«, sagte Anna tonlos, »das habe ich ihm versprochen. Aber in meinem Arbeitsbuch steht ›Haushalt‹, deshalb kann ich nicht in der Krankenpflege eingesetzt werden.«

»Kommen Sie in unser Büro, dann geben wir Ihnen eine amtliche Bescheinigung«, versprach er und drückte ihr voller Anteilnahme die Hand.

Nach dem hohen Besuch, den alle Nachbarn mitbekommen hatten, war Anna für die Straße nicht mehr »die Deutsche«, sondern »die SS-Tante«. Je heftiger die Bombenangriffe wurden und je mehr Terrain Hitler verlor, desto offener wurde sie stigmatisiert. So ist das eben, versuchte sie sich Mut zu machen, solange es gutgeht, rufen sie hosianna, und wenn es schiefgeht, heißt es: Kreuzige ihn! Sie meldete sich im Arbeitsamt. Dort lagen die erforderlichen Papiere schon bereit. »Frau Grosalie ist Waise und kinderlos und möchte, nachdem ihr Mann gefallen ist, als Rotkreuzschwester eingesetzt werden. Ich bitte Sie um Freistellung und darum, ihrem Arbeitseinsatz beim Deutschen Roten Kreuz keine Hindernisse in den Weg zu legen. Oberscharführer Fleitmann.«

Beim Chalet du Parc, zu dem sie vom Thermalbad aus gingen, stand eine Frau aus Stein; von Soldaten umringt versuchte sie, ein Bajonett abzuwehren. Es gab keine Inschrift, nicht einmal eine Auflistung von Namen. Anna und Lotte, beide mit hochgestelltem Kragen, blieben stehen.

»Wo liegt… Martin eigentlich begraben?« fragte Lotte.

»In Gerolstein, auf einem Soldatenfriedhof. Aber zuerst in …«

»Haben sie ihn denn nicht nach Hause überführen lassen?«

»Bist du verrückt? Er ist in der Eifel von einer Artilleriegranate zerfetzt worden. Sie haben ihn aufgelesen und verscharrt. Glaubst du, sie hätten die Toten nach Hause gebracht, 1944, wie viele Tote gab es da! In Rußland, in Frankreich, in den Ardennen, überall lagen sie herum, hier der Rumpf, dort die Beine. Hör bloß auf. Es ist schon ein Wunder, daß sie mir geschrieben haben, wo er lag.«

Lotte schwieg gekränkt. Anna schlug ihr gegenüber einen Ton an, als wäre sie vollkommen naiv. Anna glaubte wohl, ein Monopol auf diesen Krieg zu haben, weil ihr Mann darin gefallen war.

»Er hat es vorhergesehen«, sagte Anna nachdenklich, »damals, in jener Nacht in Nürnberg. Statt sich vor dem Tod zu fürchten – denn er war es doch, der sterben würde –, hat er sich Sorgen um mich gemacht. Ein Mann von sechsundzwanzig, so reif und ausgeglichen, als hätte er die geistige Entwicklung eines ganzen Lebens im Zeitraffer durchgemacht. In dieser Nacht hat er schon alles gewußt.«

9

Die jüngeren Kinder, ein Risikofaktor, waren gut instruiert; ebenso gut wie das kleine Einmaleins hatten sie gelernt, niemals, unter gar keinen Umständen, darüber zu sprechen. Wenn sie unangemeldet einen Schulfreund mitbrachten, riefen sie schon aus dem Wald: »Mama, toll, was, Pietje ist mitgekommen!« Mit anderen Worten: Sorg dafür, daß sich alle nach oben verziehen. Der Krieg hatte sie mißtrauisch und erfinderisch gemacht. Bart wurde einmal im Wald von der Gärtnersfrau des angrenzenden Gutes angesprochen: »Sag mal, wer ist eigentlich die Frau, die bei euch an der Nähmaschine sitzt?« Er schaltete sofort – sie mußte Mevrouw Meyer gesehen haben, die gelegentlich etwas nähte oder flickte. »Ich wollte mir eigentlich von deiner Mutter Zucker leihen«, sagte sie, »aber bei euch war niemand zu Hause, nur die Frau im Eßzimmer.« »Ach«, improvisierte er beiläufig, »Sie meinen meine Tante, eine Schwester von meiner Mutter, die näht manchmal Sachen für uns.«

Lottes Mutter hatte wieder die Regie übernommen. Sie backte Kartoffelplätzchen und riesige Brote – die untergetauchten Mitbewohner mahlten abwechselnd in der Kaffeemühle das Getreide. Zwischendurch hastete sie nach oben, um einen Streit unter den Klaberjaß-Spielern zu schlichten. Ihr Mann, ein fanatischer Spieler, war ein schlechter Verlierer, und Mevrouw Meyer pflegte zu mogeln, wenn ihre Chancen schlecht standen. Die Frinkels waren in einen Fernkursus Englisch vertieft, weil sie nach Amerika emigrieren wollten, sobald der Krieg vorbei war. Sobald der Krieg vorbei war! Ein geflügeltes Wort, ein Trinkspruch, eine hoffnungsvolle Erwartung, zumal die Alliierten nun in Frankreich waren und sich keiner über die englischen Bomber wunderte, die Tag für Tag in Formation ostwärts flogen – keiner zweifelte daran, daß der Frieden leider nur durch Zerstörung erreicht werden konnte. Inzwischen waren noch zwei Verfolgte bei ihnen untergetaucht. Ein Saboteur, der bei der Post arbeitete und alle an den Sicherheitsdienst gerichteten Briefe las, hatte entdeckt, daß der Zufluchtsort von Sammy Goldschmidt und seiner Frau verraten worden war. Sie mußten sofort ein neues Versteck finden. Ohne ein Wort darüber zu verlieren, wurden zwei Betten dazugestellt, und alle rückten noch enger zusammen.

Zwei große Besen kamen langsam näher, einer aus dem Osten, einer aus dem Süden. Besen mit langen Borsten, die die Deutschen wie Unrat auf einen Haufen fegten. Überall wartete man ungeduldig. Am Abend des vierten September, einem Montag, berichtete Radio Oranje: »Wie aus niederländischen Regierungskreisen verlautet, haben die alliierten Armeen Breda erreicht.« Die Untergetauchten umarmten einander lachend und weinend, der Hausherr stiftete eine Flasche Genever aus seinem Kriegsvorrat. Aber schon wenige Tage später wurde die Meldung richtiggestellt. Die Alliierten hatten lediglich einen verwundbaren Korridor befreit, der mitten durch Brabant verlief. Durch diese Schneise marschierten sie in den Norden; in einer Blitzaktion hatten sie mehrere Brücken erobert, waren aber bei der Rheinbrücke vor Arnheim gescheitert. Der Vormarsch war zum Stillstand gekommen, und Lottes Vater mußte ein paar vorschnelle Fähnchen zurückziehen.

In der hellblau gestrichenen Werkstatt ließ sich Lotte alles über die millimeterfeine Stärke des Holzes erklären; Ernst Goudriaan nahm dabei die Brille ab und kam mit seinem Gesicht ganz nah an den Corpus – als wäre er in eine geheimnisvolle Verschwörung mit der Violine verwickelt, die unter seinen Händen entstand. Er vergaß, seine Brille wieder aufzusetzen, als er Lotte unbeholfen umarmte zwischen den Hobeln und einer Büchse Knochenleim, die zu Boden fiel und sofort einen penetranten Fäulnisgeruch verbreitete. Vielleicht war es Liebe, vielleicht benutzten sie einander als Gegengift gegen den Krieg, der sein Nervenkostüm und ihr Gewissen zu sehr auf die Probe stellte. Unbewußt erlöste er sie von ihrer besudelten Herkunft und ihren frühesten Erinnerungen, die zu einem vorigen Leben gehörten. Tabula rasa – mit ihm und durch ihn wurde sie zu einer waschechten Holländerin.

Sie gingen am hellichten Tag durch den Wald; mit ihr an seiner Seite forderte Ernst Goudriaan kaltblütig das Schicksal heraus. Auf dem Stamm einer umgestürzten Eiche ruhten sie sich aus. Über seine Schulter hinweg entdeckte sie an einem der dicken Äste einen Leberpilz, einen zungenförmigen, rotbraunen Lappen, der an der Rinde festsaß. Sie lösten ihn vorsichtig vom Baum. Abends briet Lotte ihn kurz von beiden Seiten und achtete darauf, daß das Blut nicht auslief. Der Fleischschwamm wurde als *Pièce de résistance* aufgetischt, und alle bekamen ihren Teil von diesem Geschenk der Götter, denn alle hatten wie immer Hunger.

Die Lebensmittelknappheit wurde ein immer größeres Problem. Abwechselnd gingen sie zu der Garküche im Dorf und schleppten einen Kessel wäßrigen Eintopf nach Hause. Auf das Gerücht, daß in Barneveld Gänse verkauft würden, zogen Lotte und Koen, der es immer noch nicht zu Hause aushielt, mit dem Rad los. Kurz vor Amersfoort kam ihnen eine Karawane Evakuierter aus Arnheim entgegen; zwei kleine Mädchen mit einer Katze an einem Strick konnten kaum noch die Füße heben. Ein Stück weiter sprangen alle zur Seite, als ein Bus mit Blitzmädeln in voller Fahrt vorbeiraste. »Fledermäuse«, sagte Koen verächtlich, »zur Hölle mit diesen Weibern.« In dem Gestank, den der Bus hinterließ, radelten sie weiter. Es begann zu regnen. Ein Flugzeug flog so tief über die Straße hinweg, daß die Vögel in den Bäumen verschreckt aufflogen. Eine Sekunde später erschraken sie über einen gewaltigen Knall – vor ihren Augen explodierte in der Ferne der Bus. Eine Feuersäule schoß hoch, der Rauch verflüchtigte sich in den Regenwolken. Koen, perplex, daß sein Wunsch so schnell in Erfüllung gegangen war, starrte mit offenem Mund auf die Szene und wußte nicht recht, ob er das Ganze phantastisch oder beängstigend finden sollte. Lotte, in einem Impuls, einem ärgerlichen Reflex, für den sie nicht verantwortlich war, mußte an Anna denken. Gerade hatten sie noch existiert, wie ein Vogelschwarm waren sie in ihren blitzsauberen, grauen Uniformen an ihnen vorbeigeschossen – der Krieg wurde auf eine bizarre Weise sichtbar, hier, zwischen den Wiesen im Nieselregen. Angenommen, Anna hätte in dem Bus gesessen, dann hätte Lotte soeben eine Schwester verloren. Dann wäre sie jetzt wirklich endgültig frei. Dieser Gedanke weckte kein einziges Gefühl in ihr. Anna war schon so sehr zu einem Trugbild geworden, daß es Lotte egal war, ob sie sich direkt vor ihren Augen in Rauch aufgelöst hatte oder nicht. Trotzdem radelte sie mit leichtem Widerwillen weiter, bis einer der Evakuierten sie anhielt und ihnen außer Atem erzählte, daß der Bahnhof von Amersfoort bombardiert worden sei und alle Güterzüge lichterloh brannten. Es sei ein Ort, den man nicht wegen einer Gans durchqueren sollte. Sie hoben die Räder über den Straßengraben auf das Weideland und umfuhren die Stadt in einem Halbkreis; der Wind wehte apokalyptische Geräusche zu ihnen herüber. Sie fanden ihre Gans. Mit dieser und einer Tasche voller Holzwolle, in der frische Eier in sicherem Abstand voneinander verstaut waren, fuhren sie auf Schleichwegen wieder nach Hause.

Das Getreide wurde knapp. Sara Frinkel erinnerte sich an einen Gutsbesitzer in der Nähe von Deventer, der vor dem Krieg ein glühender Bewunderer von Max' Kapriolen auf der Geige gewesen war. Sie bestand darauf, mitzukommen; ihr könne nichts geschehen, sie hätte einen einwandfreien Ausweis auf den Namen einer arischen Zuschneiderin aus Arnheim. »Ohne mich«, tat sie die Einwände von Lottes Mutter ab, »wird er euch nichts geben.« An einem regnerischen Herbsttag fuhren Sara und Jet mit dem Zug nach Deventer, bewaffnet mit zwei leeren Taschen und dem alten Kinderwagen von Bart. Max Frinkels Ruhm war noch nicht verblaßt: Mit vollem Magen und einem bis obenhin bepackten Kinderwagen verließen sie den Gutshof. Auf dem Rückweg fanden sie in einer herrschaftlichen Villa an der Ijsselkade in Deventer eine Herberge für die Nacht. Am nächsten Tag fiel Sara noch eine andere Adresse ein. Sie war ehrgeizig: Dieses eine Mal, wo sie ihr Versteck verließ, wollte sie mit Proviant beladen zurückkommen – die Taschen mußten noch gefüllt werden. Sie ließen den Kinderwagen unter Aufsicht zurück und verließen die Stadt. In der Nacht hatte es einen Sturm gegeben, die Straße war übersät mit abgerissenen Ästen. Heftige Herbstschauer schlugen ihnen ins Gesicht. Unterwegs hielt ein deutsches Polizeiauto neben ihnen, und die Scheibe wurde heruntergekurbelt. »Wohin gehen Sie?« Herausfordernd nannte Sara den Namen des Dorfes. »Steigen Sie ein«, befahl der Fahrer jovial, »zwei schöne Frauen in so einem Sauwetter, das geht doch nicht!« Sie saßen vorn, zwischen dem Fahrer und einem Soldaten mit starrem, angespanntem Gesicht. Schweigend fuhren sie weiter. Obwohl sich der Fahrer konzentrieren mußte, um das Auto bei dem starken Wind auf der Straße zu halten, lächelte er ihnen unterwegs schalkhaft zu. Der andere warf hin und wieder einen verstohlenen Blick neben sich, dabei entdeckte er eine der berühmten Nasen der Familie Rockanje, das Gütezeichen für die Echtheit. »Sie sind eine Jüdin...«, rief er schockiert, »...halt... halt...!« Der Fahrer bremste. Zitternd fischte Jet aus einer Innentasche ihren Ausweis. Mit dessen harmlosem Inhalt gab er sich nicht zufrieden. »Trotzdem bist du eine Jüdin«, sagte er eigensinnig. »Jetzt hören Sie mal«, sagte Sara höhnisch auf hochdeutsch, »wenn sie eine Jüdin ist, bin ich ganz bestimmt eine!« »Laß sie doch in Ruhe…«, sagte der Fahrer. Der Regen prasselte aufs Dach und schuf eine intime, beklemmende Atmosphäre im Auto. »Ich gehe jede Wette ein, daß sie eine Jüdin ist…«, beharrte der andere, »das sieht doch jedes Kind.« Weil er nichts beweisen konnte, riß er wütend die Tür auf: »Raus, alle beide.« »Ihr solltet besser aussteigen«, sagte der Fahrer und warf ihnen einen defätistischen Blick zu. So schnell sie konnten stiegen sie aus. Als der Wagen hinter einem Regenschleier verschwunden war, fielen sie sich um den Hals. Obwohl es immer noch in Strömen goß, spürten sie den Regen nicht, so naß waren sie vom Angstschweiß. Der Elan, jetzt auch noch die Taschen zu füllen, war verschwunden – für den Rückweg mit dem bleischweren Kinderwagen am nächsten Tag mußten sie ihre Kräfte schonen.

Aber soweit kam es nicht. In der Nacht wurde die Stadt bombardiert. Sie flohen in einen Keller, dicht zusammengedrängt warteten sie in dem feuchten Halbdunkel ab. Offenbar wurde der Angriff intensiviert, Boden und Wände schwankten so heftig, daß sie nicht mehr wußten, wo oben und unten, links oder rechts war. Voller Entrüstung und Unglaube schrie Jet: »Gleich stürzt der ganze Mist über uns ein…« Zusammengekauert, die Hände auf den Ohren, tobte sie kopflos weiter; die Angst verlieh ihrer Stimme ein solches Volumen, daß sie das Dröhnen des Luftangriffs übertönte. Vergeblich versuchte Sara sie zu beruhigen. Noch Stunden später war Jet völlig außer sich – starr und verschlossen hockte sie auf dem Boden und war nur bereit, den Keller zu verlassen, wenn sie mit dem ersten Zug wieder nach Hause führen. »Und der Kinderwagen…«, sagte Sara. Jet warf ihr einen vernichtenden Blick zu.

Alle Gedanken kreisten ums Essen. Ein Kinderwagen voll Getreide, das waren soundso viele Brote, davon konnten soundso viele Menschen soundso viele Tage essen. Diese einfache Logik trieb Lotte nach Deventer, wo Sara den Kinderwagen schweren Herzens zurückgelassen hatte. Mit einem Herrenrad ohne Reifen, aber voller Packtaschen fuhr sie los, an den Füßen viel zu große Schuhe von Ernst Goudriaan und zerschlissene Socken, die durch die Heimarbeit von Mevrouw Meyer zusammengehalten wurden. In Deventer lud sie den Inhalt des Kinderwagens in die Packtaschen um. Das größte Hindernis war die Brücke über die Ijssel, deshalb erkundete sie die Lage erst einmal ohne Rad. Am Anfang der Brücke stand ein Holzhäuschen, und WA-Leute kontrollierten dort den Verkehr; mitten auf der Brücke befand sich ein Schilderhäuschen, dort wiederholte ein deutscher Wachtposten die Prozedur. Der Deutsche sah sie und winkte. »Möchten Sie Lebensmittel über die Brücke schaffen?« fragte er leise. »Wenn das möglich wäre«, flüsterte sie. Sie sei nicht die erste, der er helfen würde, sagte er, er habe sich ein System ausgedacht, um die Leute unbemerkt an den Holländern vorbeizuschleusen, die alles Eßbare beschlagnahmten. Die Brücke war in zwei Bereiche unterteilt, einen für den motorisierten Verkehr und einen für die Fußgänger. Dazwischen war eine hohe Mauer, die durch sein Schilderhaus unterbrochen wurde. Wenn sie das beladene Rad durch die Ruinen im Sperrgebiet lavierte und geduckt im Fußgängerbereich bis zur Hinterseite seines Schilderhauses ginge, würde er dort die Getreidesäcke von ihr übernehmen. Dann müsse sie zurückgehen und mit den leeren Packtaschen den offiziellen Weg an den Niederländern vorbei benutzen. Zum Schluß würde er ihr dann die Taschen wieder vollpacken. Sie befolgte seinen Rat. Samt Fahrrad mußte sie in das holländische Holzhäuschen kommen – ein Schlaraffenland voll beschlagnahmter Eßwaren, Kartoffeln, Brote, Butter, Käse, Speck. Der Wachtposten schielte in die leeren Taschen, sah in ihrem Paß, daß sie weit weg von zu Hause war, und sagte gutmütig: »Wir geben dir ein bißchen Brot mit.« Er nahm ein Brot von dem riesigen Stapel und schob es ihr in die Tasche. Sie durfte weiter und schob das Rad zu dem deutschen Wachtposten. Wie ein Gewitter aus heiterem Himmel schwenkte eine Staffel Spitfires über die Brücke. »An die Wand, schnell…!« rief jemand. Sie warf das Rad hin und drückte sich an die Trennwand. Die Brücke wurde unter schweren Beschuß genommen, trotz des Höllenlärms hörte man sie ächzen. Lotte sah aus den Augenwinkeln, daß einer ihrer Säcke getroffen war, wie eine Kolonne Ameisen rieselte das Getreide heraus. Ihr stockte der Atem: Während die Granaten herumflogen, kroch der Deutsche zu dem Sack und band mit einer Sorgfalt, als würde er einen verwundeten Soldaten verbinden, das Loch mit einem Stück Bindfaden zu. Die Spitfires kreisten noch einmal über der Brücke und verschwanden; sie hinterließen eine unheimliche Stille. Unter der Brücke floß die Ijssel gleichgültig weiter. Zerknautscht rappelte sich Lotte auf – sie lebte noch, und alles ging einfach weiter. Der Deutsche füllte das Getreide in die Packtaschen um. Seine Hilfsbereitschaft brachte sie so in Verwirrung, daß sie sich in seiner eigenen Sprache bei ihm bedankte. »Sie erinnern mich an meine Frau«, sagte er wehmütig, »wir haben zwei kleine Kinder… Ich warte mit Sehnsucht und Angst darauf, daß der Krieg endlich zu Ende ist… Hamburg ist schwer bombardiert worden, ich weiß nicht, ob sie noch leben…«

Das Getreide, das Getreide… nur das Getreide war wichtig. Sie fuhr weiter. Neben der Straße von Apeldoorn nach Amersfoort flammten zwischen dem Immergrün der Tannen die Laubbäume orange und gelb auf. Die Sonne stand tief und warf ein klares, unbarmherziges Licht auf die farblosen, in alte Mäntel gehüllten Fußgänger, die mit allem, was Räder hatte, über die Straße zuckelten – erschöpft, hungrig und ständig auf der Hut, weil sie Angst hatten, daß ihnen im letzten Augenblick noch jemand die kümmerlichen Vorräte raubte, die sie im Tausch gegen einen Ring oder eine Brosche, die noch von ihrer Urgroßmutter stammte, ergattert hatten. Zwischen ihnen ging Lotte und schleppte ihre Kriegsbeute mit sich. Direkt vor ihr stolperten zwei Männer mühsam voran; der Kontrast zwischen ihrer Erscheinung und den Herbstfarben beiderseits der Straße war erschütternd. Sie machten den Eindruck, als kämen sie aus feuchten Kerkern und hätten jahrelang kein Tageslicht gesehen. Ihre Mäntel sahen angeschimmelt aus, ihre Hände und Füße waren mit schmutzigen Binden umwickelt. Lotte wollte die beiden gerade überholen, als ein ohrenbetäubender Krach losbrach. Schatten von Bombern glitten über sie hinweg, im Gebüsch ertönten Explosionen, deutsche Soldaten sprangen aus den Sträuchern hervor. Verstört sahen sich die beiden Männer um. »Kommt, helft mir schieben«, schrie Lotte, um ihnen für den Fall einer plötzlichen Kontrolle ein Alibi zu geben, »schieben!« Der eine nahm den Lenker, der andere faßte an den Gepäckträger. Ganz in der Nähe detonierte eine Bombe, sie sprangen zu dritt die Böschung hinunter und verkrochen sich in einem Erdloch. Langsam dämmerte ihnen, daß die Bahnlinie, die parallel zur Straße verlief, und Militärtransporte das Ziel waren. Verborgen in der Erde, einen grauen Schleier auf den mageren Gesichtern, erzählten ihr die Männer mitten im Pandämonium stockend die Geschichte ihrer Flucht aus Deutschland. Als Kriegsgefangene in einem Stahlwerk waren sie beim Morgenappell gezwungen worden, wie Zirkusartisten hochzuspringen, weil die Aufseher zu ihrer Belustigung mit Peitschen unter ihren Füßen hindurchschlugen. Getroffene Füße begannen zu eitern, und wegen der chronischen Unterernährung heilten die Geschwüre nicht. Als die Fabrik bombardiert wurde, waren sie im Chaos geflohen; tagsüber hatten sie geschlafen und sich nachts durch die Wälder nach Westen durchgeschlagen. Ihre Familien wohnten in Den Haag; sie bezweifelten, ob sie es noch bis dahin schafften, ihre Fußsohlen waren völlig vereitert, und durch den ständigen Hunger waren sie mit ihren Kräften am Ende.

Es wurde stiller ringsum, nur noch das leise Prasseln und Rauschen brennender Eisenbahnwaggons war zu hören. Das Dröhnen der Bomber verstummte, wie bösartige Insekten verschwanden sie hinter dem Horizont und hinterließen eine leere Straße, die sich schon bald wieder mit all jenen bevölkerte, die weitermußten. In einem Dorf tauschte Lotte etwas Getreide gegen Roggenbrot, weil sie hoffte, die Willenskraft der Flüchtlinge damit ein wenig stärken zu können. Obwohl sie ihretwegen langsamer vorankam, brachte sie es nicht übers Herz, sie ihrem Schicksal zu überlassen. »Setzen wir uns doch…«, jammerte der eine. Lotte, die befürchtete, er würde nicht wieder hochkommen, war unerbittlich: »Weiter… weiter.« »Es ist aus«, seufzte er drei Kilometer weiter, »ich kann nicht mehr…« »Nur noch ein Stück, ein kleines Stück noch… Sie sind fast da.« Es war bereits dunkel, als sie sich Amersfoort näherten. Lotte zeigte ihnen den Weg zum Krankenhaus – es war bekannt, daß dort die Türen immer und für jeden offenstanden: »Dort wird man Sie bestimmt aufnehmen.« Aber sie klammerten sich an ihren Talisman. »Lassen Sie uns nicht allein…«, flehten sie, »ohne Sie werden wir verhaftet.« Sie schüttelte den Kopf. »Ich kann nicht mitkommen, mit dem ganzen Getreide.« Das Getreide, das Getreide… sie hatte schon so viel Zeit verloren, vor der Sperrzeit mußte sie mit dem Getreide aus der Stadt sein.

Gehetzt verschwand sie mit dem schwer beladenen Fahrrad aus dem Blickfeld der beiden Männer. Sie ging jetzt wieder schneller. Es war einer jener seltenen Abende ohne Mond und ohne Wolken, an denen absolute Schwärze herrschte, die durch die verdunkelten Fenster noch verstärkt wurde. Sie bekam immer mehr das Gefühl, daß sie sich verlaufen hatte. Ein Mann mit einem Anhänger hinter seinem Fahrrad kam vorbei, und sie sprach ihn an. Ja, sie sei auf der richtigen Straße, aber warum legte sie ihre Sachen nicht in seinen Anhänger, dann brauchte sie sich beim Schieben nicht mehr so anzustrengen. Er hätte Licht, er könne sie ein Stück begleiten. Dankbar ging sie auf sein Angebot ein; er radelte im Schritttempo neben ihr her, beide schwiegen – worüber sollte man schon reden, nach der Ausgangssperre, mit einem unsichtbaren Fremden. Plötzlich bemerkte sie, daß die Bewegung neben ihr schneller wurde – ihr Begleiter beschleunigte seine Fahrt, kaltblütig radelte er fort aus ihrem stillen Beisammensein. Flackernd wie ein Irrlicht im Moor verschwand er in der Dunkelheit und ließ sie mit leeren Taschen im Nichts zurück. Sie hörte nur noch den Mechanismus ihres Herzens, das weiterpumpte, ansonsten herrschte eine nachdrückliche Geräuschlosigkeit. Jetzt holte die Angst sie doch noch ein. Auf der Brücke über die Ijssel war ihr das nicht gelungen, bei den Bombenangriffen auf die Bahnlinie nicht – in Ruhe hatte sie gewartet, bis ihre Zeit gekommen war. Lotte begann zu kreischen. Aus der stockfinsteren Nacht gellte ihr lautes Schreien, für niemanden bestimmt, durch die Sperrzeit hin. Das Volumen, mit dem sie früher den Wasserturm bis auf die Fundamente hatte erbeben lassen, gab ihrer Stimme eine außergewöhnliche Tragweite. Ein Streifenwagen kam angefahren, und ein Polizist packte sie bei den Oberarmen, um sie zu beruhigen. Bruchstückhaft berichtete sie, was vorgefallen war. Er schob sie ins Auto und nahm die Verfolgung auf, die Scheinwerfer bohrten einen Tunnel in die Nacht. Lottes Aufregung ging in eine seltsame Apathie über; es war ihr egal, ob sie ihn einholten; die sonst deutlich voneinander abgegrenzten Begriffe Freund und Feind verschwammen ineinander, das Unternehmen war außer Kontrolle geraten, es war nicht mehr ihre Sache, offenbar hatten andere die Regie übernommen. Sie holten ihn ein, zwangen ihn zum Anhalten und beschimpften ihn. Vielleicht warteten bei ihm zu Hause zwölf ausgehungerte Kinder auf die Ausbeute des nächtlichen

Raubzugs. Ohne jedes Interesse blickte sie auf die Gestalten im Scheinwerferlicht. Das Getreide wurde zum x-ten Mal umgeladen – es würde noch verschleißen.

Die beiden Schwestern hatten sich im Chalet du Parc niedergelassen. Wieder einmal vertieften sie sich in eine Speisekarte – sie ließen es sich wirklich gutgehen. Ihre Arthrosekur vollzog sich hauptsächlich in der Abgeschlossenheit des Thermalbades, der Restaurants, der Konditoreien und Lokale, weil es Januar war und sie die Wärme des Moorbades den ganzen Tag festhalten wollten – vor allem aber, weil sie sich besser unterhalten konnten mit einer Mahlzeit, einem Stück Torte, einer Tasse Kaffee als Blitzableiter.

»Tja…«, grübelte Lotte, »hättet ihr unser Land nicht ausgeraubt, dann hätten sich bei uns nicht solche Szenen abgespielt.«

»Bei uns waren die Lebensmittel auch rationiert…«, sagte Anna kleinlaut.

Lotte runzelte die Brauen. »Ihr wart die Kornkammer Europas.«

Pikiert ließ Anna die Karte sinken. »Nach dem Krieg haben sich die Franzosen gerächt. In der französischen Zone haben sie uns ausgehungert.«

»Ach…«, seufzte Lotte. Immer diese Relativierung. Immer dieses: Aber wir haben es auch nicht leicht gehabt.

»Was nimmst du?« fragte Anna. Von den ganzen Geschichten über Lebensmittelknappheit hatte sie Appetit bekommen.

»Ich denke…«, Lotte zögerte, »Entrecôte Marchand du Vin… Oder soll ich die Truite à la Meunière nehmen…?«

Anna bekam ihr Lazarett. Es wurde von Nonnen geleitet; in ihrem Eifer, Martin nicht zu enttäuschen, lernte sie schnell. Sie war für zwei Stationen zuständig, eine für Soldaten und eine für Offiziere – sie alle hatten an der immer kürzer werdenden Front einen Arm oder ein Bein verloren. Jeden Morgen um zehn gab es Alarm: feindliche Bomber im Anflug! In aller Eile mußten die Verwundeten in den Keller gebracht werden, auf speziellen Tragbahren mit Rädern an der einen und zwei Griffen an der anderen Seite. Über der Treppe lagen Holzschienen. »Schwester Anna, Beeilung!« rief eine der Nonnen. Vollkommen überflüssig, Anna hastete schon die Treppe hinunter, die in der Mitte einen scharfen Knick machte – ein heikler Moment für die Amputierten. Angetrieben durch die Sirenen lief sie hin und her, bis der letzte Patient in Sicherheit war; wenn schon die ersten Bomben fielen, hetzte sie wieder nach oben und holte noch die Prothesen. Von den Nonnen konnte sie keine Hilfe erwarten – die waren vollauf damit beschäftigt, die Monstranz in Sicherheit zu bringen. Sie beteten und sangen und trugen den lieben Gott in eine kleine, improvisierte Kapelle, damit er nicht von den Bomben getroffen werden konnte. Zeit zum Verschnaufen bekam Anna nicht, das Tagesprogramm lief trotz der Bombardierungen mit munterer Schonungslosigkeit weiter: waschen, Medikamente austeilen, Verbände wechseln. Von seinem sicheren Platz im Himmel aus konnte ihr geliebter Marionettenspieler sehen, daß sich seine Vermutungen bestätigten. Den Patienten fiel auf, daß Anna, getrieben von einer Motivation, die nicht von dieser Welt war, kaum zum Essen oder Schlafen kam, und sie machten sich Sorgen. Eines Tages bereiteten ihr diejenigen, die sich mit Hilfe von Prothesen schon einigermaßen bewegen konnten, in einer Ecke des Kellers mit Mänteln, Pullovern und Kissen eine fürstliche Lagerstatt. Unter Protest, das Thermometer noch in der Hand, ließ sie sich dorthinschieben und mit brüderlicher Fürsorge zudecken – um gleich darauf in einen abgrundtiefen Schlaf zu fallen.

In einer anderen Station lag ein Patient mit einem inoperablen Splitter dicht am Herzen. Er durfte sich nicht rühren und auch nicht bewegt werden. Bei Luftalarm mußte er in seinem Bett verharren, ohne in Panik zu geraten – Aufregung war eine größere Bedrohung für sein Leben als eine Bombe. Zusammen mit dem Arzt hielten die Schwestern abwechselnd bei ihm Wache. Auch Anna saß regelmäßig als lebende Schießscheibe an seinem Bett beim Fenster und plauderte zwanglos über harmlose Themen. Ihr gegenüber, an der anderen Seite des Bettes, saß der überarbeitete Arzt mit einem Luftschutzhelm auf dem Kopf. Ihr Geplapper wirkte auch auf ihn. Sie sah, wie seine Augenlider und sein Kopf immer schwerer wurden. Er war gerade noch so weit bei Bewußtsein, daß er den Helm abnahm und auf den Schoß legte, bevor er eindöste. Wenn in der Nähe eine Bombe einschlug, fuhr er hoch und setzte den Helm reflexartig auf, und alles begann wieder von vorn. Anna war nicht unempfänglich für diesen Slapstickeffekt, so daß sie sich mit Mühe das Lachen verkneifen mußte, des Splitters wegen.

Auf der Suche nach einer der Nonnen verirrte sich Anna einmal in dem weiträumigen Krankenhauskomplex. Sie öffnete die nächstbeste Tür, die zu einem großen Saal führte, und erstarrte auf der Schwelle. Nur mit großer Mühe unterdrückte sie den Impuls, sofort durch das Labyrinth der Korridore ins Freie zu laufen. Es war ein Saal ohne Betten – auf der Erde lagen Soldaten, die alle Gliedmaßen verloren hatten. Die Wunden waren verheilt; man hatte ihre Rümpfe in Leder gewickelt, damit sie wie Babys über den Boden rollen konnten. Das Licht der Herbstsonne streifte über das, was von ihnen übrig war. Sie konnten nur noch reden und rollen. Brüsk schloß Anna die Tür. Dies war verbotenes Terrain, sie hatte etwas gesehen, was es nicht gab – die Kehrseite der militärischen Größe, des Säbelrasselns und der Orden, der heldenhaften Worte. Welcher Soldat, der in den Krieg zog, wurde davor gewarnt, daß ihm außer dem Heldentod auch diese Nebenrolle beschieden sein konnte?

Abends ging Anna durch die verdunkelte Stadt nach Hause, ein Weg voller Überraschungen, denn durch die Verwüstungen tagsüber änderte sich das vertraute Stadtbild ständig. Mit Mühe stieß sie die Haustür auf – wieder einmal waren zwei Scheiben zersprungen, ein eisiger Herbstwind hatte die Feldpostbriefe, die sie am Vorabend noch einmal gelesen hatte, durch die Wohnung gewirbelt. Als sie sich zur Kommode tastete, um eine Kerze anzuzünden, griff sie in ein Loch und verlor fast das Gleichgewicht – die Kommode lag unten auf der Straße. Am nächsten Tag fiel im Treppenhaus, vor ihren Augen, eine Frau in Ohnmacht. Anna erkannte das blasse Gesicht. Die Frau hatte ihr kurz nach Martins Tod auf der Treppe kondoliert: »Ich finde es so schlimm für Sie«, hatte sie mit gesenktem Kopf geflüstert, »wahrscheinlich glauben Sie, Ihnen ist das Allerschlimmste passiert, aber es gibt was, das ist noch schlimmer...« Weinend war sie in ihre Wohnung im obersten Stock gegangen, und Anna hatte gerätselt, was sie mit ihrer Anspielung wohl meinte. Mit einem nassen Lappen brachte Anna sie wieder zu Bewußtsein. »Ich bringe sie um!« rief die Frau und fuhr hoch. »Nur ruhig Blut...«, Anna versuchte sie zu beschwichtigen. »Ich werde sie aufspüren, wenn der Krieg vorbei ist, ich werde ihr Blut trinken, das schwöre ich...«, tobte die Frau, und der Ausbruch brachte wieder etwas Farbe auf ihre Wangen. Anna faßte sie an den Schultern: »Was ist denn eigentlich los...?« Plötzlich fiel die Frau wieder in ihre Lethargie zurück und vertraute Anna mit dumpfer Stimme an, daß ihr Mann vor ein paar Monaten verhaftet worden sei. Sie hätten ihn festgenommen, als er die Armbanduhr ihrer Tochter, die Krankenschwester war und sogar aus voller Überzeugung die braune Tracht trug, in der Uhrmacherwerkstatt eines alten Bekannten reparieren lassen wollte. Ohne zu wissen, daß der Uhrmacher kommunistischer Aktivitäten verdächtigt wurde, war ihr Mann zu Unrecht für einen von ihnen angesehen worden. Man hatte ihn zum Tode verurteilt, und nun war er im Gefängnis, angekettet, ohne sich bewegen zu können. Jede Minute, Tag und Nacht, fiel ein Wassertropfen auf seinen Kopf. Der Gedanke daran trieb sie zum Wahnsinn. »Aber dann haben sie ja einen schrecklichen Irrtum begangen!« rief Anna entrüstet. Daß ein Unschuldiger verurteilt worden war, daß sie mit so wenig Sorgfalt vorgingen, konnte sie mit ihrem Gefühl für Gerechtigkeit und ihrer ordnungsliebenden, effizienten Einstellung schon nicht begreifen, aber daß sie den armen Schlucker obendrein auf eine raffinierte Weise, die sich nur ein Gestörter ausgedacht haben konnte, einen endlos langsamen Foltertod sterben ließen, fand sie so unerhört, daß sie sofort etwas tun mußte. Sie legte der Frau den Arm um die Schulter. »Überlassen Sie das nur mir...«, sagte sie grimmig.

Der Gauleiter residierte in dem alten Parlamentsgebäude der Donaumonarchie, das im Dritten Reich als Gauhaus der Ostmark diente. Anna marschierte spornstreichs dorthin, sie ging die Treppen zu dem historischen Gebäude hinauf, das von einem überwältigenden Reichtum zeugte, durch eine Säulenhalle und einen langen Gang, in dem alle zehn Meter, reglos, als wäre er ausgestopft, ein SS-Mann mit einem Gewehr stand. Obwohl sonst niemand unangekündigt in dieses Heiligtum eindrang, waren sie über die Erscheinung einer vorbeifegenden Rotkreuzschwester zu verblüfft, um einzugreifen. Anna litt weder unter Angst noch Bescheidenheit, ihre Schritte hallten auf dem Marmorboden wie eine Bestätigung dafür, daß sie im Recht war. Als sich zwei Flure kreuzten, geriet sie kurz aus dem Konzept. Schließlich versperrte ein Wachtposten ihr den Weg: »Wohin wollen Sie?« »Zum Gauleiter.« »Warum?« »Ich will zum Gauleiter!« Zwei andere Posten kamen hinzu, sie sahen sich fragend an: Was hatte eine hysterische Krankenschwester hier zu suchen? »Mein Mann war bei der Waffen-SS, er ist vor kurzem gefallen«, hochmütig hielt sie ihnen den Kondolenzbrief des Obersturmführers unter die Nase. Darauf wußten sie nichts zu sagen; sie eskortierten sie bis zu ihrem Ziel, als wäre sie eine Diplomatin.

In ihrer Phantasie hatte der Gauleiter monströse Ausmaße angenommen. In Wirklichkeit saß in einem protzigen Saal, der einst das Arbeitszimmer des Kaisers gewesen sein mußte, hinter einem überdimensionalen Schreibtisch ein gemütlicher alter Herr mit langem Bart – eine Art Weihnachtsmann. Er nickte ihr erstaunt und ermutigend zu. Sie holte tief Luft und tischte ihm den skandalösen Irrtum auf: »Ich kenne die Leute, es sind Nationalsozialisten, die Tochter ist eine Braune Schwester! So etwas kann der Führer doch nicht zulassen! Er weiß nicht, daß hier ein Fehler gemacht worden ist, man muß ihn davon in Kenntnis setzen!« Der Gauleiter nickte wie ein müder Großvater, der seiner Enkelin keinen Wunsch abschlagen kann. »Tun Sie mir einen Gefallen«, sagte er langsam, »gehn Sie nach Hause, und sorgen Sie dafür, daß die Frau einen Brief schreibt, ein Gnadengesuch. Und diesen Brief bringen Sie mir dann persönlich.«

Als Frucht von Annas Bemühungen kehrte vierzehn Tage später ein Mann heim, der nur noch im Flüsterton erzählen konnte, welche Form von Unterhaltung man sich für ihn ausgedacht hatte, um ihm die Zeit bis zur Exekution zu verkürzen. Er hatte verlernt zu essen, und jede Bewegung schmerzte und erschöpfte ihn. Mit letzter Kraft schleppte er sich ins Bett und stand nicht mehr auf, zu schwach zum Leben und zum Sterben. Seine Frau mußte tagsüber zur Arbeit. So war sie nicht zu Hause, als Ende März eine Bombe auf den Wohnblock fiel und ein zehn Meter breites Loch schlug. Als Anna nach Hause kam, sah sie statt ihrer eigenen Wohnung nur die Wohnungen dahinter. Der Trümmerhaufen hatte ungefähr die Höhe des nicht mehr vorhandenen ersten Stocks – unter den Trümmern hatte man, im Schlafanzug, den zum Tode Verurteilten gefunden, erzählte ein Nachbar. Aus dem Schutt wehte ihr der Staub ins Gesicht. »Gott, du bist ein Sadist!« rief Anna. Der Wind flüsterte ihr ins Ohr: Glaubst du immer noch an Gerechtigkeit, du Närrin? Sie biß die Zähne aufeinander. Über das hier konnte sie sich nicht beim Gauleiter beklagen... sie mußte sich an eine höhere Instanz wenden... in unwirklicheren Gauen...

Derselbe Wind brachte auch den Geruch von getrocknetem Schlamm mit – die Russen waren im Anmarsch. In einer Dienstbesprechung wurde den Schwestern gesagt, sie müßten das Krankenhaus binnen zwei Stunden räumen. Auf der Donau läge ein Lazarettschiff bereit, zu dem alle Verwundeten transportiert werden müßten. Anna entfernte sich unbemerkt, um sich von ihrem Schwiegervater zu verabschieden; in aller Eile drückte sie ihm die zusammengebundenen Feldpostbriefe in die Hand, die sie seit der Bombardierung der Hauswand zusammen mit ihren in zwei Koffer gestopften Habseligkeiten im Keller des Lazaretts aufbewahrt hatte. »Bitte verbrenn sie«, sagte sie gehetzt, »sonst werden sie noch in der *Iswestija* veröffentlicht.«

Als sie zurückkam, standen mehrere Busse vor dem Lazarett. Kaum hatte sie den Patienten ihrer Station hineingeholfen und sich, flankiert von ihren Koffern, nach vorn gesetzt, da zog sie jemand an der Schürze wieder heraus: »Warten Sie mal, so einfach geht das aber nicht, Schwester!« Ehe sie sich's versah, hatten die zurückbleibenden Nonnen ihr, der Rotkreuzschwester à l'improviste, die Medikamente und die Krankenblätter aller Verwundeten, hundertsechzig an der Zahl, übergeben und sie in einen Bus mit unbekannten Schwerverwundeten geschoben, der sofort losfuhr. Sie hoffte, daß ihre Koffer nachkämen. Der Bus legte ein hohes Tempo vor, als wollte er den drohenden Tod der Fahrgäste von sich abschütteln – leider mußte er auf halber Strecke anhalten, weil eine Unterführung zu niedrig war. Ein anderes Fahrzeug wurde bestellt; in der Zwischenzeit lud Anna mit dem Fahrer die Verwundeten aus und legte sie auf Bahren an den Straßenrand. Es wurde dunkel – die Russen kamen – sie warteten noch immer und blickten auf die Unterführung, als wäre sie die letzte Verbindung zu der Welt der Lebenden. In der Dunkelheit tauchte ein anderer Bus auf, mit geeigneteren Abmessungen. Die völlig durchgefrorenen Patienten wurden hineingeschoben, und es ging weiter zum Ufer der Donau.

Hundertsechzig Verwundete wurden ins feuchte Gras gelegt, hastig zusammengetrommelte Sanitätssoldaten trugen sie nacheinander über einen schmalen Steg in das Schiff. Anna wurde von einem Ehepaar angesprochen, das vom Regen durchnäßt gewartet hatte: »Der Soldat, der da gerade hineingetragen wird, ist unser Sohn. Er hat eine Pistole bei sich. Wir haben Angst, daß er sich etwas antut, er kann sich nicht damit abfinden, daß wir den Krieg verlieren...« Sie versprach ihnen, daß sie ihn im Auge behalten würde, und ging auf die Suche nach ihren Koffern. Schon von weitem hörte sie, wie im Sprechchor ihr Name skandiert wurde: »Schwester Anna von Station vier, wir sind hier!« Es klang ihr in den Ohren wie eine Missa solemnis, deren Klänge in Fetzen vom Wind herangetragen wurden – kreuz und quer zwischen den Verwundeten hindurch rannte sie in die Richtung, aus der die Rufe kamen, und fand ihre Patienten wieder, die sich geweigert hatten, ohne sie auf das Schiff zu gehen. Sie saßen mit ihren Prothesen in einem großen Kreis im Gras und bewachten Annas Koffer. Ihre Schwester, ihre Patienten – in den letzten Monaten hatten sich gegenseitige Besitzansprüche entwickelt, sie waren eine große Familie, die nur gemeinsam das Schiff betrat.

Nachdem sie ihren Auftrag erledigt hatten, verschwanden die Sanitätssoldaten und ließen Anna auf einem übervollen Schiff zurück. Fünf in aller Eile zum Arbeitseinsatz verpflichtete Zivilistinnen ohne Ausbildung oder Erfahrung in der Krankenpflege mußten ihr bei der Versorgung der Verwundeten helfen, die ohne jegliches System herumlagen. Man verpaßte ihnen eine Schürze und eine Haube; nur weil sie Frauen waren, setzte man bei ihnen gleich auch ein Naturtalent zur Krankenpflege voraus. Aber schon bald sollte sich zeigen, daß ihre Talente auf ganz anderer Ebene lagen und sie eine recht eigenwillige Auffassung von ihren Pflichten hatten. Wenn Anna sie beim Austeilen von Urinalen, Medikamenten oder Essen brauchte, fand sie sie nach langem Suchen in den Armen eines Soldaten. Den ganzen Krieg über waren sie Strohwitwen gewesen, nun holten sie das Versäumte unter dem karitativen Vorwand nach, den armen Teufeln, die im Kampf ums Vaterland verwundet worden waren – vielleicht sogar dem Tod geweiht: ein besonderer Nervenkitzel – eine göttliche Medizin zu verabreichen.

Notgedrungen zerriß sich Anna in hundertsechzig Teile – der eine wechselte die Verbände, der andere assistierte bei der Darmentleerung, ein dritter maß das Fieber – alles im Zeitraffertempo eines Stummfilms. Nachts konnten alle diese Fragmente nicht zueinanderfinden, sie machten einfach weiter mit ihren Tätigkeiten. Nach zwei Tagen konnte Anna sich kaum noch auf den Beinen halten, vor Müdigkeit hatte sie rote Augen. Keiner bemerkte es, außer Herrn Töpfer, einem hohen SS-Offizier auf ihrer Station, der an der ungarischen Front ein Bein verloren hatte. »Sie fallen ja fast um«, stellte er fest und drückte sie auf einen Stuhl, »setzen Sie sich erst mal.« Auf seine Krücke gelehnt blickte er wie ein Feldherr in die Runde und hielt mit erhobener Stimme eine Ansprache an seine Offiziere: »Ich habe euch etwas zu sagen. Schwester Anna ist mit ihren Kräften am Ende. Sie benötigt dringend Schlaf. Wir brauchen ein paar mobile Freiwillige, die ihre Arbeit übernehmen, sie hat eine Liste und kann euch sagen, wo die Leute liegen – es ist nur eine Frage der Organisation.« Seine Zuhörer nickten zustimmend. »Zweitens«, fuhr Töpfer fort, »in meiner Kabine ist ein Bett frei. Ich biete es Schwester

Anna an. Wenn einer von euch dabei Hintergedanken hat, soll er das jetzt sofort sagen. Wehe demjenigen, von dem ich das erst morgen früh zu hören bekomme, den erschieße ich. Habt ihr das verstanden?«

Er brachte sie in die Kabine und deckte sie liebevoll zu. Anna schlief sofort ein; als sie erwachte, lag der fürsorgliche Töpfer neben ihr. Er hatte sich ganz an den Rand zurückgezogen und hielt sich sogar im Schlaf an der Bettkante fest, damit er nicht gegen sie rollte. Sein eigenes Bett hatte er einem Sterbenden überlassen, der unverständliche Flüche röchelte.

Am nächsten Abend legten sie in Linz an. Wie eine undurchdringliche Festung ragte das Priesterseminar, ein gewaltiges, dunkles Gebäude, das als Notlazarett eingerichtet werden sollte, im Regen vor ihnen auf. Als Herr Töpfer, der, von Anna gestützt, humpelnd mitgekommen war, die Waffe seiner Stimme einsetzte, öffnete sich die Tür einen Spalt. Ein dicker, schläfriger Mann in einem Seidenpyjama und übergeworfener Uniformjacke erschien in der Tür und sah sie unwillig an. Ach ja, das Schiff mit Verwundeten… er kratzte sich am Kopf… aber müßten die denn nicht erst zur Entlausung? »Verdammtes Schwein«, rief Töpfer, außer sich über soviel Dummheit und Inkompetenz, »hoffentlich hast du keine Läuse, wir haben jedenfalls keine, wir kommen aus einem ordentlichen Lazarett. Wenn du uns nicht auf der Stelle Betten verschaffst…!« Zitternd öffnete der Mann die Doppeltür.

Drinnen war alles vorbereitet; in den ehemaligen Seminarräumen, großen, kahlen Sälen, standen Holzpritschen mit Strohsäcken. Endlich hatten die Verwundeten wieder ein Bett. Nachdem das Schiff entladen war, legte es sofort wieder ab, die Hilfsschwestern fuhren, gesättigt von ihren Überstunden, mit und ließen Anna als Schwester Oberin der Verwundeten allein zurück. Alle versuchten zu schlafen, sie auch, an einem großen Tisch mitten im Krankensaal, den Kopf auf den verschränkten Armen. Mitten in der Nacht wurde Töpfer wach. »Was machen Sie denn hier? Sie können uns ruhig allein lassen, alle schlafen! Gehen Sie doch ins Bett!« »Aber wo ist es denn, mein Bett…«, gähnte Anna. Was? Seine Decken kamen in Bewegung, er griff nach seinen Krücken und humpelte empört aus dem Saal. Der Seidenpyjama wurde aus dem Bett gebrüllt: »Wenn Sie nicht augenblicklich…!« »Jajaja…«, rief der hastig. Irgendwo fand er ein Bett für Anna, es war noch warm, weil jemand es für sie hatte räumen müssen, aber Anna stellte sich keine Gewissensfragen mehr.

Sie hatten beide die Forelle – leicht verdaulich – mit Butterkartoffeln bestellt. Lotte mußte an Schuberts Lied *Die Forelle* denken, das sie einmal einstudiert hatte, und an den traurigen Schluß »…das Fischlein zappelt dran…« Das Bild eines hilflos an der Angel zappelnden Fisches, der nur aus Rumpf und Kopf bestand, weckte in ihr die Assoziation der vierfach Amputierten aus dem Wiener Lazarett. »Ich habe noch nie daran gedacht«, sagte sie, »daß jemand alle Gliedmaßen verlieren könnte… gräßlich…«

Anna legte ihre Gabel hin. »Und die Männer waren noch jung. Ich habe mich oft gefragt, was wohl aus ihnen geworden ist. Nie habe ich in einer Zeitung, einer Illustrierten oder einem Buch ein Wort über sie gelesen. Sie haben doch noch gelebt! Wo sind sie geblieben?«

Schweigend aßen sie weiter, jede ihren eigenen Spekulationen ausgeliefert.

»Die Briefe von deinem Mann, aus Polen, aus Rußland, aus der Normandie…«, bemerkte Lotte, »sind die wirklich verbrannt worden?«

Anna fuhr hoch. »Ich könnte mich heute noch ohrfeigen… jetzt wären sie eine wunderbare Erinnerung, ein Dokument. Leider hat mein Schwiegervater brav getan, worum ich ihn gebeten habe, und alles verbrannt. Die Propaganda war daran schuld: Wenn die Russen kommen, nehmen sie alles mit, was sie brauchen können. Wenn ihnen die Briefe in die Hände fallen, hatte ich mir überlegt, von denen ja die meisten in Rußland geschrieben worden sind, finden sie das sicher sehr aufschlußreich und drucken sie in ihrer kommunistischen Zeitung ab. So haben wir damals gedacht.«

Lotte lachte herablassend. »Als ob sie sich dafür interessiert hätten! Ein Soldatenleben hat den Russen nichts bedeutet... ein Menschenleben war unter Stalin überhaupt nichts wert...«

»Man hat uns doch einer Gehirnwäsche unterzogen! Das ging noch bis zum Kriegsende so. ›Das kann der Führer doch nicht zulassen...‹, habe ich zum Gauleiter gesagt. Stell dir das mal vor! Das habe ich wirklich so gemeint. Obwohl ich ihm niemals nachgelaufen bin und wie jeder andere gewußt habe, daß er den Krieg nicht gewinnen konnte, war ich immer noch so gutgläubig. Ich konnte mir einfach nicht vorstellen, daß unter seiner Verantwortung Unschuldige zum Tode verurteilt und gefoltert würden. Und das Ende 1944! Mein Gott, was war ich naiv...«

Vor lauter Zorn vergaß sie weiterzuessen, ihre Forelle wäre fast kalt geworden.

Es war das zweite atheistisch-jüdische Weihnachtsfest, das sie miteinander feierten. Alle hatten an Gewicht verloren, der Eintopf aus der Garküche war inzwischen so dünn, daß man ihn trinken konnte. Lottes Vater, der dem Arzt, dem Spirituosenhändler und befreundeten Bauern heimlich Strom lieferte, war mit einem pervers großen Stück Schweinefleisch und einer Flasche Genever nach Hause gekommen. Seine Frau verschwand damit in die Küche und beträufelte das Fleisch, während es langsam in der Kasserolle schmorte; Lotte holte das Geschirr aus dem Schrank. Alarmiert durch den ungewöhnlichen Duft nach Schweinebraten mit gemahlenen Nelken kam Mevrouw Meyer nach unten. »Äh... wir dürfen das nicht essen«, sagte sie mit einem griesgrämigen Blick in die Kasserolle. »Was bist du lieber«, erkundigte sich die Köchin trocken, »eine tote orthodoxe Jüdin oder eine quicklebendige Sünderin?« Mevrouw Meyer kapitulierte – gegen so viel gesunden Opportunismus kam sie nicht an.

Der Tisch war gedeckt, die Kerzen angezündet, und alle versammelten sich zum Essen. Lotte und Ernst waren noch in der Küche, um eine zweite Portion Pellkartoffeln zu schälen, als sie in der Ferne das Dröhnen eines Flugzeugs hörten, das sich schnell näherte. Sie erstarrten mit dem Schälmesser in der Hand. Ein lauter Knall, als hätte der Blitz eingeschlagen, ließ den Boden unter ihren Füßen und die Scheiben in den Fensterrahmen zittern. Eine Druckwelle warf sie auf den Boden zwischen die wegrollenden Kartoffeln. »Wir sterben!« gellte die Stimme von Mevrouw Meyer. Die ganze Gesellschaft floh aus dem Eßzimmer mit dem verwundbaren Erker in die Küche im Innern des Hauses. Dort kauerten sie auf dem Boden – Mevrouw Meyer, in der Hoffnung, daß die Jugend unsterblich sei, hatte Eefje umarmt, die unerschrocken aufrecht saß. Dann trat eine absurde Stille ein, und einer nach dem anderen richtete sich mißtrauisch auf. Im Eßzimmer trafen sie auf Sara Frinkel, die in der Zwischenzeit das verunglückte Festmahl mit großem Appetit allein fortgesetzt hatte. »Ich lasse meine Kartoffeln nicht kalt werden«, gab sie mit vollem Mund durch Zeichen zu verstehen. Alle Fensterscheiben waren gesprungen, das Glas hing wie feine Spitze in den Gardinen. Sara deutete mit einem Stückchen Fleisch an der Gabel auf das Weideland: »Ich habe eine riesige Stichflamme gesehen...« »Es hat sich angehört, als ob ein Flugzeug abstürzt...«, sagte Bram. »Wenn der Pilot abgesprungen ist, können wir uns auf eine große Suchaktion gefaßt machen...«, bemerkte Ernst Goudriaan mit zunehmender Panik in den Augen. Er hielt noch immer das Schälmesser in der Hand, als glaubte er, sich damit verteidigen zu können. Erschrocken blickte er im Zimmer umher: »Die Juden... die Juden müssen nach oben...!« »Was heißt hier ›Juden‹«, rief Sammy Goldschmidt pikiert, »damit hat alles angefangen... daß sie uns alle in einen Topf geworfen haben.« »Du hast ja recht...«, schuldbewußt hob Ernst die Hände, »aber was soll ich denn sonst sagen...« »Untergetauchte«, sagte Sara würdevoll, »bist du nicht selbst ein Untergetauchter?«

Während man oben hinter dem Spiegel verschwand – wer sich mit seinem Spiegelbild deckte, neutralisierte sich und hörte auf zu existieren –, erkundete Lottes Vater die Lage; aufgrund seines Amtes durfte er auch nach der Sperrstunde das Haus verlassen. Als erstes merkte er, daß die Haustür verschwunden war; er fand sie unbeschädigt auf der Wiese wieder. Für den Fall einer Hausdurchsuchung mußten die übrigen Familienmitglieder den Anschein eines normalen Weihnachtsfestes erwecken. Die Teller der Versteckten waren abgeräumt. Niedergeschlagen saß die Familie vor den kaltgewordenen Kohlrabi, die Kerzen flackerten und tropften in der Zugluft. Ein rauher Wind blies durch die Vorhänge, hin und wieder fiel eine Glasscherbe zu Boden. Sie saßen um den Tisch wie Schauspieler, die darauf warten, daß sich der Vorhang hebt. Lotte fiel auf, daß sie zum erstenmal seit langer Zeit unter sich waren – es schien, als hätten sie verlernt, wie sie sich dabei verhalten sollten. Verstohlen blickte sie zu ihrer Mutter hinüber. Die war noch immer die Seele des Ganzen. Sie saß kerzengerade... noch immer trotzte sie erhobenen Hauptes dem Wolf und schützte ihre Welpen vor seinem Rachen... Aber die Kastanienglut war aus ihrem hochgesteckten Haar verschwunden, sogar der Schildpattkamm war stumpf geworden. Irgendwann im Krieg hatte sie die ersten grauen Haare bekommen, ihre Unverwüstlichkeit begann zu bröckeln. Ein starker Windstoß blies alle Kerzen aus: Die Tür wurde aufgestoßen, ihr Vater kam herein. »Sie können alle wieder runterkommen«, sagte er, »es war nur eine Bombe.

Wo ist der Genever?« Nachdem er sein Glas in einem Zug geleert hatte, berichtete er, eine verirrte Bombe habe einen tiefen Krater in den Rasen eines benachbarten Landhauses gerissen. Das klassizistische Portal des Hauses aus dem achtzehnten Jahrhundert war samt Säulen in den Salon geschoben worden; die Hausherrin, die sich ans Fenster gestellt hatte, um zu sehen, woher der Lärm kam, war schreiend, die Augen voller Glassplitter, weggebracht worden.

Das Leben reduzierte sich aufs Überleben – die Atmosphäre bei den immer häufigeren Hamstertouren wurde von Mal zu Mal teuflischer. Wie Hausierer mit Wäsche, Ringen, Perlenketten, Uhren und Broschen klapperten Lotte und Jet oder Marie und Lotte das obere Nordholland ab, von Gehöft zu Gehöft, und meist war ihnen schon etwas schwindlig vor Hunger. An einem Zaun stand ein Schild: »Wir geben kein Wasser.« Ein Hund wurde auf sie gehetzt. Irgendwo wurde Getreide gedroschen – ungebetene Zuschauer warteten geduldig, bis ein paar Körner danebenfielen. Ein schneidender Polarwind jagte über die gefrorenen Felder, in Gräben und Kanälen knirschte das Eis. Direkt beim Abschlußdeich führte die Straße an einer Stellung der Deutschen entlang. Um die Horden vorbeistolpernder Hungerleider mit dem Versprechen einer besseren Welt zu trösten, einer Welt des Überflusses, hatten die Soldaten den Eßtisch nach draußen gestellt und saßen demonstrativ vor ihren dampfenden Tellern, auf die sie Eintopf und Wurst gehäuft hatten – die Knöpfe sprangen von ihren Uniformen. Lotte betrachtete das Schauspiel mit trockenem Mund. Mit Hilfe eines komplizierten seelischen Manövers wandelte sie die aufflammenden Haßgefühle in Verachtung um, die mit leerem Magen eher zu ertragen war.

Es gab auch barmherzige Bauern, die den Vorübergehenden etwas zu essen und zu trinken gaben und ihnen Strohsäcke in den Stall legten. Nachts blieben die größten Zyniker wach, um ihre schlafenden Schicksalsgenossen zu berauben; Lotte wickelte die Schmuckstücke routiniert in einen Pullover, den sie als Kopfkissen benutzte. Als sie schon jede Hoffnung aufgegeben hatten und wieder auf dem Heimweg waren, füllte ihnen eine Bäuerin in De Beemster die Taschen mit Kartoffeln und weigerte sich, etwas dafür anzunehmen. Mit vollen Taschen nach Hause zu kommen war der einzige Triumph, der auf Erden noch zu erreichen war. In Amsterdam nahmen sie die Fähre über das Ij; ein dichter, feuchtkalter Nebel hing über dem Wasser. WA-Leute tauchten auf und durchsuchten die Taschen der Passagiere. Jet und Lotte machten sich klein – mit den Kartoffeln hätte man ihnen auch ihre Seele genommen. Ein etwa achtjähriger Junge stand an der Reling, seine zerschlissene Hose schlotterte ihm um die Beine, das scharfgeschnittene Altmännergesicht unter der Mütze hatte einen Ausdruck der Resignation. Er hatte einen Karren dabei, dessen Ladung von einem Stück Segeltuch bedeckt war; trotzdem schien ihn die bevorstehende Kontrolle nicht zu kümmern. Er starrte über das Ij in den Nebel, aus dem kreischende Möwen auftauchten; selbst als sich die beiden Uniformen vor ihm aufpflanzten, sah er keinen Grund, damit aufzuhören. »Junger Mann«, sagte der eine ironisch, »würdest du bitte so freundlich sein, die Plane hochzuheben? Wir wüßten nämlich gern, was du geladen hast.« Der Junge starrte gleichgültig vor sich hin und rührte sich nicht. »Er ist wohl ein bißchen taub.« Sie wurden ungeduldig. »Heb die Plane hoch!« Die Wut schnürte Lotte die Kehle zu. Er ist ein Kind, laßt ihn in Ruhe, hätte sie am liebsten gerufen, aber der Gedanke an die Kartoffeln lähmte ihre Zunge. »Los, mach jetzt, was ich sage, du Lümmel!« Steif beugte sich der Junge vor, ein dünnes Handgelenk kam aus dem zerfransten Ärmel zum Vorschein, als er einen Zipfel der Plane ergriff und sie feierlich zurückschlug. Darunter lag, mit hochgezogenen Beinen, ein toter Mann – ausgemergelt, mit tiefen Augenhöhlen und weit abstehenden Ohren an dem knochigen Schädel. Der Körper war auf seltsame Art verrenkt, irgendwie in der Mitte geknickt. »Wer ist das…?« fragte der Kontrolleur und bemühte sich vergebens, seine Frage wie einen Befehl klingen zu lassen. »Mein Vater«, sagte der Junge tonlos. Er zog die Plane zurück und starrte wieder übers Wasser. Bruchstücke aus *Der Erlkönig* schossen Lotte durch den Kopf. Der Junge verkörperte das umgekehrte Bild: ›…es ist das Kind mit seinem Vater… in seinen Armen der Vater war tot…‹

Eine Woche später schneite es. Die Misere versteckte sich unter unberührter Weiße, dank des Schnees schien der besetzte Norden – aus der Vogelperspektive – mit dem befreiten Süden eins zu sein. Der mit feuchtem Reisig beheizte Kanonenofen verbreitete in der Werkstatt mehr schwarzen Qualm als Wärme. Ernst starrte krampfhaft durch die rußigen Brillengläser und versuchte mit seinen klammen Fingern den Hobel unter Kontrolle zu halten. »Und dabei habe ich zu Hause in Utrecht noch mehrere Säcke Anthrazit«, murrte er. Lotte bot ihm an, sie zu holen; überzeugt, daß sie unverwüstlich sei, erklärte er sich einverstanden. Sie zog los und bahnte sich mit dem Rad, das sie schieben mußte, einen Weg durch den Schnee; hin und wieder machte sie eine Pause und nahm ein paar Bissen von dem Rübeneintopf, den ihre Mutter ihr in einem kleinen Gefäß mitgegeben hatte. Von Zeit zu Zeit schneite es. Sie kam nur langsam voran, die kleinen Flocken stachen ihr ins Gesicht. Nach vorn gebeugt schob sie das schwere Fahrrad, und ihr ganzes Denken richtete sich auf jenen einen Punkt am Horizont, wo strahlend der Anthrazit aufleuchtete und schon jetzt Wärme in ihrem Geist verbreitete. Ringsum herrschte nur weiße Leere, absolute Verlassenheit. Ihre Hände und Füße waren kalt; von den Extremitäten aus drang die Kälte nach innen und verwandelte sich dort in eine nicht unangenehme Schläfrigkeit. Sie hatte keine Ahnung, wie lange sie schon unterwegs war und wie weit sie

378

noch mußte. Jedes Zeitgefühl zerfloß in der Abstraktheit all-
gegenwärtiger Weiße – ein wohliges Gefühl der Ruhe durchströmte sie. Schneeklumpen setzten sich an ihren Schuhen
fest; durch ein feines Netz von Kristallen, die an ihren Wimpern hafteten, zeichneten sich verschwommen die Konturen
eines massiven, eckigen Forts in einer beschneiten Eisfläche
ab. Von einem Baum mit weißen Zweigen wie auf dem Nega-
tiv eines Fotos ging eine unwiderstehliche Verlockung aus:
nur ganz kurz ausruhen. Sie lehnte das Rad an den Baum-
stamm und ließ sich in den Schnee fallen, eine weiche Decke
unter und schon bald auch über sich. Keinen einzigen Gedanken dachte sie noch zu Ende – wie weiße Schmetterlinge flatterten sie durch ihr schwindendes Bewußtsein. Alle Gegensätze und Unversöhnlichkeiten lösten sich in ein wattiges
Nichts auf, und sie erinnerte sich vage an ein ähnliches Gefühl vor langer Zeit, als sie auf dem Eis eingebrochen war und
wenige Sekunden zu einer Ewigkeit wurden. Sie vergaß, daß
sie einen Körper hatte. Das Geräusch von fallendem
Schnee... das war ihr letzter Gedanke, ehe sie in ein erbar-
mungsloses, wunderbares Vergessen sank.

»Komm... wenn du da liegenbleibst, ist das dein Tod...«
Grob zerrte sie jemand am Arm in die Wirklichkeit zurück.
Der Schnee glitt von ihr ab, sie war schon zu entrückt, um sich
zu wehren. Jemand drückte ihr das Rad in die Hände: »Ich
komme mit...« Sie bewegte sich wie eine Aufziehpuppe, neben ihr ging ein Mann in einem langen schwarzen Mantel
und mit einem beschneiten Hut. Er atmete schwer – das einzige Geräusch, das zu hören war, während sie sich voran-
kämpften. Er fragte nichts und erzählte auch nichts, sondern
beschränkte sich darauf, sie anzuspornen, wenn sie langsamer wurde: »Weitergehen...« Sie hatte das Gefühl, auf der
Schwelle einer wichtigen Erinnerung zu stehen, die nur nicht
durch die Mauer ihrer Apathie hindurchbrechen konnte. Es
war schon dunkel, als sie die Stadt erreichten und durch leere

Straßen ins Zentrum trotteten. Auf dem Fischmarkt verabschiedete er sich plötzlich, indem er den Hut lüftete, von dem kleine Schneeklumpen herunterfielen... wieder war es, als fiele der Schatten einer Erinnerung über sie, während den Mann eine dunkle Straße verschluckte.

Erst jetzt wurde sie sich bewußt, daß der Mann, dem sie hinterherstarrte, ihr das Leben gerettet hatte. Wie ein Deus ex machina war er aus dem Nichts aufgetaucht – und als sei er nur eine Halluzination gewesen, hatte er sich wieder in Luft aufgelöst. Es schneite nun nicht mehr. Die Stadt war menschenleer, bis auf ein paar Tote, die im Schutz einer Mauer im Schnee lagen. Der Hunger hatte deutliche Spuren in ihren Gesichtern hinterlassen. Eine verdutzte Vermieterin ließ Lotte ein. Ernsts Zimmer war noch unverändert, seine Besitztümer – hauptsächlich Bücher über Geigenbau und Familienfotos, die sie betrachtete, während sie sich langsam aufwärmte – warteten gelassen seine Rückkehr ab. Das einzige, was von seinen Sachen fehlte, war der Anthrazit. Die Wirtin, die das Zimmer auch putzte, verriet sich durch ihr übertriebenes Leugnen. Anthrazit? I wo, wenn hier irgendwo Anthrazit gelegen hätte, müßte sie das doch wissen. Lotte konnte nichts beweisen; sie löffelte die letzten Reste Rübeneintopf und kroch in das schmale, klamme Bett.

10

Œufs-en-neige ist der poetische Name einer Nachspeise, die im Krieg ein Mittel war, den Hunger mit Luft zu bekämpfen. In dieser Zeit bekam Lotte ein lahmes Handgelenk, wenn sie mit zwei Eiweiß das Wunder von sich unendlich vermehrendem Eischnee vollbrachte.

»Das habe ich im Hungerwinter für die Kinder gemacht«, sagte Lotte und löffelte eine der Inseln aus der Vanillesauce, »um das leere Gefühl in ihrem Magen zu vertreiben.«

Anna seufzte. »Ich wußte gar nicht, daß ihr so schlimmen Hunger gelitten habt.«

»Er war eine bessere Waffe als die V 1«, sagte Lotte spitz.

Anna wechselte geschickt das Thema. »Daß du fast eingeschneit warst... dieses Gefühl absoluter Einsamkeit inmitten der Natur, die im Grunde gleichgültig ist, kenne ich auch... und die Todessehnsucht, die einen dann überfallen konnte... vor dem Hintergrund des Krieges...«

Am Tag nach ihrer Ankunft im Priesterseminar trafen auch die Ärzte und Krankenschwestern ein, und der normale Betrieb konnte aufgenommen werden. Herr Töpfer, der sich schon in der Phase der Rehabilitation befand, bat offiziell um die Erlaubnis, daß Schwester Anna ihn bei seinen Gehübungen im Garten begleiten dürfe. Schritt für Schritt gingen sie in der kraftlosen Sonne zwischen Schneeglöckchen und blühenden Haselsträuchern umher. Auf einer bemoosten Bank ruhten sie sich aus. »Schwester, mit uns ist es vorbei«, stellte Töpfer schonungslos fest, »bis jetzt ist das Pendel noch immer ein bißchen hin und her geschlagen, nach Osten, nach Westen, aber jetzt bleibt es in der Mitte stehen – sie kommen von allen Seiten und werden uns vernichten.« »Aber wir haben doch noch die V 2 ...«, gab Anna zu bedenken. »Daran glauben Sie doch nicht im Ernst, Schwester. Nein, es ist vorbei. Meine Eltern, meine Frau, meine Kinder – alle hoffen sie auf meine Rückkehr, aber wenn die Russen kommen, werden sie alle SS-Leute erschießen.« Anna nickte mechanisch – die Grausamkeit der Russen war sprichwörtlich. Die Männer von der SS waren auch ohne Uniform erkennbar, weil sie ihre Blutgruppe in den Arm eintätowiert hatten. Sie schaute umher, bald würden die Schneeglöckchen von russischen Stiefeln zertreten werden. Zum erstenmal empfand sie Angst, wenn sie an das Ende des Krieges dachte, Angst nicht um sich, sondern um die Verwundeten, denen sie über den Berg zu helfen versuchte und für die sie ihre Nachtruhe opferte. »Ach, Schwester ...« Der düster gestimmte Töpfer faßte sie beim Kinn und sah sie traurig an: »Wir hatten so schöne Träume ...«

Das Gefühl heraufziehenden Unheils ließ sie nicht mehr los, es war schwer, in Ruhe abzuwarten und doch nicht zu warten. In Ruhe auf den Zusammenbruch des Dritten Reichs zu warten, war auf jeden Fall nichts für den jungen Soldaten mit der Pistole. Anna behielt ihn im Auge und wartete auf eine Gelegenheit, ihm die Waffe abzuluchsen. Hin und wieder setzte sie sich auf seine Bettkante und hörte ihm zu, wenn er im Fieberwahn Pläne schmiedete, die von der Unfähigkeit herrührten, dem Fiasko seiner Ideale ins Auge zu sehen. Er war schon bei der Hitlerjugend gewesen, als diese noch illegal war, und hatte in einem Straßenkampf mit kommunistischen Jugendlichen ein Auge verloren. Mit seinem Elan hatte er es zum Wehrmachtsoffizier gebracht, und obwohl er nun mit zertrümmertem Knie im Lazarett lag, war es für ihn ausgeschlossen zu kapitulieren! Anna zog ihm eines Nachts, als er schlief, vorsichtig die Pistole unter dem Kissen weg und warf sie erleichtert in die Donau. Am nächsten Tag setzte sie sich mit unschuldiger Miene zu ihm. Er griff nach ihrer Hand, sein Auge funkelte. »Schwester«, schlug er in verschwörerischem Ton vor, »kommen Sie doch mit zum Werwolf!« Sie schüttelte den Kopf. Er erregte ihr Mitleid mit seinen naiven Phantasien über die Aktion Werwolf, eine Gruppe von Desperados, die sich angeblich in die Alpen zurückgezogen hatten, um dort bis in den Tod weiterzukämpfen. »Junge, du spinnst, es ist vorbei«, sagte sie leise. »Wenn Sie recht bekommen, schieße ich mir eine Kugel in den Kopf«, rief er trotzig, »mich kriegen sie nicht lebend!« Um zu demonstrieren, daß es ihm damit ernst war, griff er unter sein Kopfkissen. Die Leere, auf die er dort stieß, brachte ihn zur Raserei – wo war der Dieb, der ihm das Recht gestohlen hatte, über sein eigenes Leben zu verfügen! Er rollte sich aus dem Bett und humpelte mit heißem Kopf und geballten Fäusten durch den Krankensaal; das Bein mit dem zertrümmerten Knie zog er nach. Anna versperrte ihm den Weg: »Hören Sie auf zu schreien! Die Pistole liegt in der Donau. Ich habe sie Ihnen weggenommen, niemand anders. Ihre Eltern haben mich darum gebeten, ich habe es ihnen versprochen!« Mit seinem einen Auge sah er sie fassungslos an, er erstarrte mit geballten Fäusten, sie konnte die zitternd unterdrückte Spannung in seinem Körper nicht mit ansehen – dann brach er in Tränen aus, seine Kampflust fiel in sich zusammen, er duckte sich, als hätte sie ihm eine Tracht Prügel gegeben – auf sie gestützt ließ er sich willig wieder zum Bett führen.

Inzwischen überstürzten sich die Ereignisse. Die Front war nur noch fünfundzwanzig Kilometer von Linz entfernt, und für alle Patienten, die sich einigermaßen fortbewegen konnten oder die transportfähig waren, wurde ein nächtlicher Transport nach Deutschland improvisiert. Alle meldeten sich, bis auf zwölf Patienten mit schweren Rückenverletzungen, die nur auf dem Bauch liegen konnten. Anna bekam den Auftrag, in dieser Nacht bei ihnen zu wachen. Tief bewegt sagte sie ihren alten Patienten aus Wien Lebewohl. »Öffnen Sie die mal«, befahl Herr Töpfer und zeigte mit seiner Krücke auf eine Kassette. Anna machte sich an dem Schloß zu schaffen und fand obenauf ein Päckchen. »Nehmen Sie das heraus, und verschließen Sie die Kassette bitte wieder.« Gewissenhaft führte sie seinen Auftrag aus. Ihr Herz klopfte – es kam ihr so vor, als hätte er die ganze Zeit über sie gewacht, und nun ging er fort. »Kommen Sie«, winkte er, »kommen Sie mit.« In einer Nische des langen, kalten Korridors öffnete er das Päckchen. Seine Hände zitterten: »Hören Sie gut zu, das schenke ich Ihnen, es ist Schokolade, die hatte ich für meine Frau aufbewahrt, aber ich glaube, Sie können sie jetzt besser gebrauchen. Wir gehen alle fort, heute nacht sind Sie ganz allein, essen Sie dann diese Schokolade, Sie werden sie brauchen.«

Er sollte recht bekommen. In dieser Nacht, als sich das Priesterseminar geräuschlos leerte, saß Anna im Kerzenlicht bei den zwölf Verwundeten, die sie nicht an ihren Gesichtern, sondern an ihren Verletzungen erkannte. Sie führte Töpfers letzten Befehl aus: Bis zum Delirium tat sie sich an seiner Schokolade gütlich, damit ihr nicht zu Bewußtsein käme, daß alle getürmt waren. Gegen Morgen erwachte sie aus der Betäubung. Vor Müdigkeit schwankend verließ sie den Krankensaal; ihr war übel. Das Priesterseminar war genauso ausgestorben wie in der Nacht ihrer Ankunft: Die Ärzte waren verschwunden, die Schwestern mit dem Verbandszeug und den Medikamenten, sogar der Hausmeister mit dem Seidenpyjama hatten das sinkende Schiff verlassen. In allen Räumen herrschte eine feierliche, fast gottesfürchtige Stille – war das die Stille vor dem schließlich stattfindenden Gemetzel, so wie die drückende, explosive Stille vor den Böen, die ein Gewitter ankündigen? Was machte sie an diesem gottverlassenen Ort, so weit von zu Hause? Weit von zu Hause? Sie besaß kein Zuhause, es gab keinen Ort, nach dem sie Heimweh hatte, keinen Herd, keinen Garten mit Apfelbäumen... niemanden, der sie sehnsüchtig erwartete. Sie hörte das Echo ihrer Schritte auf den Fliesen, als würde sie von sich selbst verfolgt. Jeder leere Saal, den sie betrat, betonte ihr Alleinsein... ein Haus mit leeren Zimmern aus einem Traum, jeder Raum ging in einen anderen leeren Raum über... »Schwester...« Das Stöhnen der Patienten, die ihr wie todkranke Babys ausgeliefert waren, trieb sie in den Krankensaal zurück. Aber sie konnte weder ihre Schmerzen lindern noch ihre Wunden reinigen – sie hatte nichts als ein paar Papierfetzen, um den Eiter wegzuwischen, während sie sie mit hohlen Worten beruhigte. Gedanken, Ideen, Sinneseindrücke gingen durch sie hindurch, ohne eine andere Gefühlssaite anzuschlagen als die trübsinniger Langmut. Der Tag schleppte sich durch sie hindurch, allmählich ging er in den Abend über, aber niemand erschien, um sie abzulösen. Hatte man sie vergessen, kamen sie in keinem Plan, keinem einzigen Schema vor, waren ihre Namen schon durchgestrichen? Nachdem vor einer Woche der Strom ausgefallen war, hatten sie sich mit Kerzen beholfen – aber auch die Kerzen waren mitgenommen worden. Sie blieb im Dunkeln auf ihrem Posten, man hätte meinen können, sie seien alle gestorben. Auch wenn sie zu dreizehnt waren, so war doch jeder allein und kämpfte auf seine Art gegen die Verzweiflung an. Es war offensichtlich, daß sie am Ende ihrer Irrfahrten angelangt war, hier war der Punkt, auf den alle Linien zuliefen. Ihre Seifenblase platzte und hinterließ eine Leere, in der nur der Geruch sterbender Soldaten hing.

Aber sie war nicht allein. Ein altbekannter Kumpan tauchte auf, ihm konnte sie vertrauen, von ihm ging eine Verführung aus, die genau auf die Umstände abgestimmt war. Er belästigte sie nicht mit zweifelhaften Lebensstrategien, er lachte über all das sinnlose Streben, er fragte nichts, und er forderte nichts... nur eines verlangte er von ihr: daß sie sich nicht gegen ihn wehrte. Ohne sich umzuschauen verließ sie den Krankensaal und nahm den Koffer, der mit Babysachen gefüllt war. Wie hypnotisiert ging sie hinaus, hinunter zum Fluß. Die Donau war schwarz; sie zögerte: Wenn sie vom Ufer aus ins Wasser ging, würde sie sich nicht bezwingen können und schwimmen. Sie betrat die Barockbrücke und blieb in der Mitte stehen. Ich habe dir versprochen, es nicht zu tun, murmelte sie, verzeih mir. Die Worte lösten sich im Rauschen des Regens auf. Da war die Brücke und darunter das Wasser und die Verheißung der Ruhe, die von ihm ausging. Sie hob den Koffer auf das steinerne Brückengeländer, das ihr bis zu den Schultern reichte, und versuchte sich hochzuziehen. Aber sie fand keinen Halt an dem bemoosten Rand, der naß und glitschig war, und hatte plötzlich keine Kraft mehr in den Armen, die seit jeher doch so gestählt waren. Sie versuchte es noch einmal, und noch einmal... sie kletterte ein Stück hoch und rutschte wieder zurück... Sie wollte sich nicht damit abfinden, daß es ihr nicht gelang... daß bei einer Frage von Leben und Tod so etwas Banales wie ein Brückengeländer im Weg sein sollte. Frustriert nahm sie den Koffer und warf ihn in die Tiefe. Was der Koffer konnte, konnte sie auch. Aber das Geländer war überall gleich hoch und glitschig. Dort droben lachte man sie wegen ihrer komischen Versuche aus: daß Anna, die immer so entschlossen und effizient war, bei ihrem eigenen Selbstmord so jämmerlich unbeholfen vorging!

Sie gab es auf und trottete von der Brücke, den Hang hinauf zurück ins Priesterseminar. Es war vorbei, sie hatte ihr Leben zurückgelassen, in die Donau geworfen, in dem Köfferchen schwamm es weg – nur ihr Körper war noch da, ihr blieb nichts anderes übrig, als ihn die Handlungen verrichten zu lassen, die von ihm erwartet wurden. Sie ging in den Saal zurück und wartete resigniert darauf, daß das Warten ein Ende haben würde. Aber nur der Regen hörte irgendwann auf; gleichgültig blickte sie aus dem Fenster und sah, ohne es bewußt zu registrieren, daß der Himmel langsam aufklarte. Sie hatte jedes Zeitgefühl verloren. Irgendwann in dieser endlosen Nacht wurde an die Tür gehämmert. Schlaftrunken schlurfte sie in den Flur. Man schien in Eile zu sein, die Türen flogen auf. »Wo ist das Lazarett?« riefen ungeduldige SS-Sanitäter. »Was für ein Lazarett«, sagte Anna. »Hier soll doch ein Lazarett sein!« »Ich weiß nicht, ob das hier noch ein Lazarett ist…«, sagte sie zögernd, »ich sollte abgelöst werden, aber dann ist keiner ge…« Sie hatten keine Zeit, ihr zuzuhören, die Front war ganz nah, sie mußten ausladen und wieder zurück. In großer Hektik legten sie die Verwundeten zu beiden Seiten des Korridors nieder; die Tragbahren nahmen sie für die nächsten Opfer wieder mit, ebenso die Decken. Ehe sie sich's versah, waren die Sanitäter wieder verschwunden; rastlos lief sie zwischen den Reihen Schwerverletzter – sicherlich hundert – hin und her. Junge Burschen, die noch vor wenigen Stunden quicklebendig gewesen waren und gekämpft hatten, lagen nackt auf dem Schachbrettmuster des Steinfußbodens, reduziert auf einen Zettel, auf dem stand, was man bei ihnen operiert hatte. Durch die hohen gotischen Fenster fiel das Mondlicht auf die bewußtlosen Körper, die erbärmlich jung waren. Der romantische Mond, Schutzpatron der Liebespaare, beschien mitleidlos in einer perversen Ästhetik die nackten Körper. Anna ging gequält von einem zum andern, sie konnte nichts weiter tun, als Zeuge ihres Todes zu sein. Mit jedem Soldaten, der starb, wurde ihr Abscheu vor dem Phänomen Krieg größer – das war es also; alles, was sie bisher erlebt hatte, war nur ein Vorspiel gewesen. Das war es – alle Zuwendung, Fürsorge und Aufopferung anonymer Mütter, alle Träume und Hoffnungen, alles wurde zunichte gemacht durch einen stupiden, vorzeitigen Tod… der Sohn, Verlobte, Vater nicht mehr als ein nackter, durchgefrorener, überflüssig gewordener Gegenstand, ein Name auf einem Kärtchen.

Einer der Soldaten kam zu sich. »Schwester…«, röchelte er. Anna beugte sich über ihn. Er ergriff ihren Arm, seine Augen glänzten. »Schwester, wir schaffen es doch!« »Ja, mein Junge«, nickte Anna. Er wollte noch etwas sagen, entzückt öffnete er den Mund, aber im gleichen Augenblick geschah etwas Unsichtbares in seinem Körper. Das Ungesagte erstarb auf seinen Lippen, sein Körper wurde steif – der gefrorene Ausdruck trotziger Begeisterung war so unerträglich, daß sie ihm schnell die Augen zudrückte.

Und dann brach der Tag an, die Toten waren grau im fahlen Morgenlicht. Wieder wurden die Türen aufgestoßen, Ärzte und Sanitäter platzten herein. Sie sahen sich flüchtig um, schienen aber nicht erstaunt zu sein über den Anblick, der sich ihnen bot; nur Annas Gegenwart irritierte sie offenbar, sie starrten sie an, als sei sie ein Gespenst. »Was machen Sie denn hier…?« rief einer der Ärzte und strich sich verdutzt über den rotblonden Schnurrbart. »Sind Sie verrückt geworden, die Russen können jeden Augenblick hier sein!« »Na und…?« sagte sie gleichgültig.

Einen Tag später wimmelte es von emsigen Rotkreuzschwestern. Woher sie kamen, wußte Anna nicht, sie hatte es längst aufgegeben, etwas verstehen zu wollen. Plötzlich war wieder die Rede von Organisation, jeder erfüllte seine Pflicht – aber sie glaubte nicht mehr daran, es war nicht mehr als ein Deckmantel für das Chaos, das jeden Augenblick erneut die Oberhand gewinnen konnte. Es gab auch wieder Versammlungen. Der Stab rief alle Ärzte, Sanitäter und Schwestern zusammen, damit sie die Anordnungen des Gauleiters entgegennahmen. »Der Gau Oberdonau hält stand«, verkündete er, »wir bleiben auf dem Posten, komme, was da wolle. Auch die Schwestern. Sie haben keinen Grund, sich vor den Russen zu fürchten, Ihre Sicherheit in diesem Lazarett ist gewährleistet.« Anna, die inmitten einer Gruppe von Schwestern stand und seine beruhigenden Worte mit Skepsis zur Kenntnis nahm, trat einen Schritt vor und rief: »Aber eure eigenen Frauen und Töchter habt ihr schon weggeschickt, oder?« In einer Reflexbewegung zogen die anderen Schwestern sie in die Gruppe zurück, so daß sie wieder zu einer Tracht unter Trachten wurde. »Wer war das?« fragte der Gauleiter scharf. Er beauftragte seinen Adjutanten, es herauszufinden; der Reihe nach wurden alle Schwestern gefragt, wer diese Worte gerufen hatte, aber keine antwortete – sie bildeten einen geschlossenen Block.

Nach der Versammlung nahm der Arzt mit dem Schnauzbart Anna beiseite. »Hören Sie mal zu, Schwester«, sagte er in vertraulichem Ton, »ich habe hier vier Verwundete, die nur den Arm verbunden haben und noch laufen können. Ich möchte Ihnen und zwei anderen Schwestern einen Marschbefehl nach München geben, damit Sie die Soldaten begleiten.« Anna nickte mechanisch. Selbstverständlich, sie tat noch immer, was ihr aufgetragen wurde, sogar wenn es etwas Angenehmes war, wie das Priesterseminar zu verlassen. »Ganz nebenbei«, er kratzte sich mit seinem Stift hinterm Ohr, »haben Sie das gestern auch gehört, als eine Frau gerufen hat: ›Aber eure Frauen und Töchter habt ihr schon weggeschickt?‹« Er sah sie mit einem so listigen, aber auch treuherzigen Hundeblick an, daß Anna in einem Tonfall, der ein Geständnis enthielt, einräumte: »Ja, ich habe es gehört.« Plötzlich wurde ihr klar, weshalb er sich den Marschbefehl nach München ausgedacht hatte. Weil sie sich nicht vor allen anderen bei ihm bedanken konnte, gab sie ihm durch ihren Blick zu verstehen, daß sie wußte, daß er wußte, daß sie wußte.

»Es kommt mir so vor, als wäre das alles in einem früheren Leben passiert...«, sinnierte Anna.

Lotte starrte sie an. Zum erstenmal hatte sie das Gefühl, hinter dem Gesicht ihr gegenüber das der jungen Frau zu sehen, die Anna gewesen sein mußte – auf einer Steinbrücke im Regen, in einem Korridor mit sterbenden Soldaten. Es nahm sie mehr mit, als sie sich eingestehen wollte. Sie strengte sich an, ihre Stimme sachlich klingen zu lassen, und fragte: »Wie ist es möglich, daß sie all die Schwerverwundeten zurückgelassen haben?«

»Du mußt dir vorstellen: Die Front ist ganz nah...«, Anna gestikulierte, »die Sanitätssoldaten holen die Verwundeten aus dem Gefecht und bringen sie ins Feldlazarett. Dort werden die allernötigsten Eingriffe vorgenommen, es wird was aufs Papier gekritzelt – das und das ist gemacht worden –, und dann laden sie sie in ein Auto und geben einen Befehl: dorthin, da hinten ist ein Lazarett. Dort kippt man sie ab, denn die Sanitäter müssen ja sofort zurück. Es war SS, alles, was bis zur letzten Sekunde gekämpft hat, gehörte zur Waffen-SS, die jüngsten, die gesündesten Männer. Einer nach dem anderen starb in dieser Nacht vor meinen Augen. Keiner war da, der ihnen helfen konnte. Dieser lange, schreckliche Korridor. Ich war ganz allein und konnte nichts machen. Jahrelang habe ich diese Nacht verdrängt, ich konnte nicht darüber reden. Es gibt ein Lied: *Eine Mondnacht im April*, daran muß ich immer denken.«

Sieben unscheinbare Figuren bewegten sich unter einem dunklen Himmel mühsam fort. Anna schleppte ihre Habe in einem prallen Lederkoffer mit sich. Hin und wieder schliefen sie in einer Schule oder einer Kirche – wenn sie den Marschbefehl vorzeigten, waren die Dorfbewohner gezwungen, ihnen eine Unterkunft zu stellen. Einer der Soldaten entdeckte irgendwo einen Handwagen, auf den sie ihr Gepäck legen konnten; sie zuckelten weiter, Tag und Nacht, immer weiter, bis sie zu einem Knotenpunkt mehrerer Eisenbahnlinien gelangten; durch Bombenangriffe war er fachkundig in eine mit dem Tod ringende Mondlandschaft verwandelt worden, aus den Kratern ragten glänzende Stücke verbogener Schienen. Sie manövrierten den Karren hindurch, die Räder knarrten bedenklich. Plötzlich bemerkte Anna, daß ihr Koffer nicht mehr auf dem Wagen lag. Sie rannte zurück, stolperte und blieb mit dem Bein in einem Loch stecken. War das ihr Koffer, dieses glänzende Ding, das da in einem Kratersee schwamm? Sie fischte den Koffer heraus, nun war er erst richtig schwer. Als sie ihn wieder auf den Wagen legte, brach ein Rad, und sie ließen den Karren bei den umgestürzten Waggons zurück.

Anna blieb stehen und schüttete das Wasser aus ihrem Schuh. Die Sohlen waren völlig durchlöchert, bei jedem Schritt quatschten ihre Füße in dem durchweichten Leder. Einer der Soldaten gab ihr seine Ersatzstiefel und trat ihr zum Schutz gegen den Regen auch seinen Helm ab. Immer noch nicht zufrieden, nahm er schließlich mit seinem gesunden Arm den Koffer, und sie trug dafür sein Gewehr. Im Laufe des Abends klarte es auf, der Mond lugte zwischen dahinjagenden Wolken hindurch auf die Reisegesellschaft, die sich mühsam weiterschleppte. Zwei Wachtposten tauchten aus dem Nichts auf und versperrten ihnen den Weg. »Mensch Meier, kiek mal…«, rief der eine verblüfft, »der Soldat hier ist ja ein Weib!«

Die Realität bestand nur noch aus der Notwendigkeit, einen Fuß vor den anderen zu setzen, jeder Meter bedeutete, einen Meter näher an München, einen Meter weiter von den Russen weg zu sein. Eines Abends, als ihnen schon jeder Schritt zu viel war, brachte sie jemand zu einem alten Gymnasium. Dort standen zweistöckige Pritschen. Willenlos vor Müdigkeit ließ sich Anna einen Schlafplatz zuweisen. Mit letzter Kraft zog sie sich nach oben – vollkommen erschöpft, den Helm noch auf dem Kopf, fiel sie auf das Bett. So. Aber das Holzgestell konnte so viel Müdigkeit nicht tragen, sie brach durch und landete samt Strohsack auf ihrem Nachbarn in der unteren Etage. Der wälzte die Last ohne aufzuwachen von sich; mit einem Plumps purzelte sie auf den Boden und schlief sofort ein. Früh am Morgen öffnete sie ein Auge – ein zwergenhafter Greis mit einem verhutzelten Gesicht über einem schmalen, eingefallenen Brustkorb sah von seinem Bett aus schockiert auf sie herab. »Jesus, Maria und Josef... was für ein Dragoner ist denn da heute nacht auf mich gefallen! Da muß ich ja Gott danken, daß ich noch lebe!«

Auch auf der anderen Seite der Grenze mußte jeder Kilometer zu Fuß erobert werden. Stiche im Knie warnten Anna, daß es nicht mehr lange dauern durfte, das Gelenk war bis zum Stiefelschaft geschwollen. Besiegte Truppeneinheiten zogen sich ins Zentrum Deutschlands zurück; Autos und Lastwagen, proppenvoll mit Frauen, Soldaten und Offizieren, brausten vorbei. Der kleine Fußtrupp versuchte ein Auto anzuhalten, aber keines blieb stehen – das Gespenst der Niederlage saß den Soldaten im Nacken. Annas Schmerzen wurden unerträglich – zum erstenmal weigerte sich nun auch ihr Körper. Sie schleppte ihren Koffer in die Mitte der Straße; mit einem Schwung, als wollte sie den Verkehr grüßen, nahm sie den Helm ab und setzte sich breitbeinig auf ihr Gepäckstück. »Sind Sie verrückt geworden«, riefen ihre Reisegefährten entsetzt, »das ist lebensgefährlich!« Anna lachte geringschätzig. »Mir doch wurst, ob sie mich mitnehmen oder überfahren!«

Ein Lastwagen näherte sich. Die blinde mechanische Kraft, die sich nicht an Lebewesen störte, hatte etwas Beruhigendes – mit herausforderndem Lächeln erwartete Anna den Wagen: Mach's kurz und schmerzlos. Die panischen Rufe der Zurückgebliebenen klangen wie entfernter Chorgesang. Mitten auf der Schnellstraße traten die Gesetze alter Märchen in Kraft: Wenn sich die Jungfrau voller Hingabe dem Ungeheuer zuwandte, verwandelte es sich in einen Prinzen. Der Lastwagen hielt in höflichem Abstand. Ein junger Offizier stieg aus; nicht ohne militärischen Respekt vor ihrer Kaltblütigkeit forderte er sie auf einzusteigen. Mit stoischer Gelassenheit stand sie auf, winkte die anderen heran, und alle stiegen ein.

Den Empfang im Lazarett hatten sie sich nach dem mühse-

ligen Weg anders vorgestellt. »Was wollen Sie denn hier?«
wurden die Schwestern angeschnauzt. »Wir können Sie hier
nicht brauchen!« Nur die verwundeten Soldaten durften bleiben. Die drei Rotkreuzschwestern bekamen einen neuen
Marschbefehl: zurück in die bayrischen Alpen, in ein Lazarett
am Chiemsee. Wieder standen sie am Straßenrand, und alles
fing von vorn an. Abwechselnd hoben sie lustlos die Hand.
»Wir brauchen euch nicht…«, echote es in Annas Kopf. Jetzt
ist mir auch klar, dachte sie bitter, wie es kommt, daß hundert
Soldaten in einem kalten Korridor sterben und keine Schwestern da sind, die sie pflegen: Hier sind zu viele.

Ein Militärauto hielt an. Der Fahrer streckte den Kopf heraus: »Weiß einer den Weg nach Traunstein?« »Ich!« rief
Anna. Sie waren auf dem Hinweg dort vorbeigekommen, es
war nicht weit vom Chiemsee. Anna mußte sich auf den Bei-
fahrersitz setzen, der Fahrer fuhr langsam und aufmerksam
weiter. Auf der Motorhaube saß ein Soldat, der mit einem
Fernglas den Himmel absuchte. »Wonach hält er eigentlich
Ausschau?« fragte Anna. »Jagdbomber«, grinste ihr Nachbar.
Seine Mundwinkel waren noch verzogen, als der Soldat draußen schrie: »Raus! Jabos!« Blindlings sprangen sie aus dem
Auto, über ihren Köpfen beschrieben die Flugzeuge bedrohliche Kreise. Sie duckten sich in einen tiefen Graben, Annas
Koffer stürzte auf sie herab. Im gleichen Augenblick explodierte der Wagen, der sie näher zum Chiemsee hatte bringen
sollen. Es war, als würde er wieder und wieder getroffen – in
einer Kettenreaktion löste eine Explosion die nächste aus,
und auf Annas Koffer regnete es Trümmer. Erst als nichts
mehr zu hören war, krochen sie aus ihrem Versteck. Zaghaft
traten sie in die Stille nach der Bombe – alle waren noch unversehrt. Pulvergeruch hing in der Luft. »Es ist…«, sagte der
Fahrer, »es war ein Munitionswagen.« Die rußgeschwärzten
Reste schwelten noch, hinschauen nützte auch nichts, also zogen sie alle zusammen weiter, und an jedem nagte der Ge-

danke, daß er nur knapp dem Tod entronnen war. Ein Lastwagen von Hitlers Bauorganisation Todt hielt neben ihnen, man winkte. »Nur die Schwestern«, rief der Fahrer barsch. Als befürchtete er, durch Sprechen die erzürnten Götter droben zu reizen, brachte er sie, ohne ein Wort zu verlieren, direkt zu dem Lazarett am Chiemsee, das in einem ehemaligen Hotel untergebracht war. Es kündigte sich schon eine Weile vorher an: Große weiße Kreise mit einem roten Kreuz darin waren – im Hinblick auf dieselben Götter – auf die Straße gemalt.

Am Straßenrand saßen zwei Männer im Rollstuhl, beide ohne Unterschenkel. Sie sahen zu, wie der Wagen der Organisation Todt statt Baumaterial Krankenschwestern ablud, und sie sahen auch, wie Anna mit ihrem unmöglichen Koffer in die Knie ging und auf dem Asphalt landete. Das konnten sie nicht mitansehen: Der eine rollte flink herbei, half ihr auf und setzte sie auf seinen Schoß, der andere nahm ihren Koffer. In raschem Tempo überbrückten alle zusammen die paar hundert Meter zum Zimmer des Chefarztes, wo die ehemaligen Kämpfer Anna, nicht ohne Stolz auf die ausgleichende Kraft in ihren Armen, auf einer Bank im Flur zurückließen. Ein anderer Soldat, der gerade vorbeikam, meldete ihre Ankunft. »Du kannst doch nicht einfach so hereinplatzen…«, hörten die Schwestern den Arzt hinter der Tür poltern, »wir brauchen niemanden! Übermorgen ist der Krieg zu Ende, wir haben nichts zu essen, sie müssen eben sehen, wo sie bleiben.« Anna ließ den Kopf auf die Brust sinken. Eingehend musterte sie ihre Fingernägel, die schwarz waren, als hätte sie Kartoffeln ausgebuddelt. Alle ihre Gefühle waren verbraucht, das Gebrüll des Arztes konnte sie nicht beeindrucken. Eines war sicher: Sie rührte sich nicht mehr vom Fleck, notfalls würde sie auf dieser Bank direkt vor seiner Tür Wurzeln schlagen, um ihn an ihre Existenz zu erinnern. »Die armen Frauen«, hörte sie den Soldaten klagen, »wir haben doch noch Betten frei, warum können wir ihnen die denn nicht geben? Und die Ration von drei Kartoffeln können wir auch entbehren…« Der Arzt ließ sich erweichen – sich die Argumente des Soldaten noch länger anzuhören, war anstrengender, als ihm zuzustimmen. An diesem Abend lagen die Rotkreuzschwestern in einem richtigen Bett, zwischen glatten, weißen Laken. Anna fühlte sich vage an den ersten Eindruck von ungekanntem Luxus vor langer, langer Zeit erinnert, als sie in Köln im Haus ihres Onkels angekommen war.

Obwohl der Chefarzt niemanden brauchte, entdeckte Anna am nächsten Tag bei ihren Streifzügen durch das Lazarett einen Saal, dessen Boden mit Matratzen übersät war. Kleine Kinder lagen darauf, mit einem großen Verband an der Stelle, wo ihnen ein Arm oder ein Bein fehlte, oder mit einem Verband um den Kopf, aus dem die Augen starr zur Zimmerdecke blickten. Anna, die dachte, in der Nacht mit den sterbenden Soldaten das Allerschlimmste erlebt zu haben, die sich mit dem Koffer voll Babysachen von allem befreit zu haben glaubte, was mit Kindern zu tun hatte, ging verstört zwischen den Matratzen umher. Sie kniete sich zu dem einen oder anderen Kind, das reglos dalag und sie mit mutloser Ergebenheit ansah. Keines der Kinder spielte oder lachte, es herrschte eine beklemmende Stille, als befänden sie sich alle in einem anhaltenden Schockzustand und warteten geduldig darauf, daß ihre Mutter oder ihr Vater käme, um dem Schrekken mit einem Kuß ein Ende zu machen. Aber es gab weder Mütter noch Väter, und es gab auch keine Märchenerzähler, die sie hätten ablenken können. Sie lagen einfach da, einer gemeinsamen Verlassenheit ausgeliefert, als müßten sie für etwas büßen, das sie nicht getan hatten. Eine absurde Nebensächlichkeit wurde Anna erst allmählich bewußt: Die Kinder waren ausnahmslos hellblond und hatten blaue Augen. Wohlgenährt wie sie waren erinnerten sie an mollige Engelchen, die ein Misanthrop, dessen Haß sich bis in den Himmel erstreckte, von ihren daunenweichen Wolken geschossen hatte. Obwohl der Chefarzt niemanden brauchte, machte sich Anna einfach an die Arbeit.

»Was war denn passiert mit diesen Kindern?« Lotte sah sie gespannt an. Ein Flöckchen Eischnee klebte an ihrer Oberlippe, so daß sie ein wenig lächerlich aussah und es Anna leichterfiel, von den beklemmenden Bildern, die sie heraufbeschworen hatte, Abstand zu bekommen. »Sie stammten aus einem Kinderheim auf dem Obersalzberg«, sagte sie nüchtern, »die Amerikaner hatten es bombardiert. Es waren Lebensbornkinder, der Zuchtnachwuchs des Nationalsozialismus. Eigens ausgewählte blonde Männer und Frauen wurden zusammengebracht – sozusagen zur Insemination. Wenn dann ein Kind zur Welt kam, schenkten sie es dem Führer.« »Und was sollte er damit?« »Nachdem er die Juden fein säuberlich beseitigt hatte, sollte die edle Herrenrasse ihren Platz einnehmen und die Welt regieren. Diese Kinder wurden, vor der Außenwelt gut verborgen, auf dem Obersalzberg erzogen. Nach der Bombardierung wurden sie heruntergeholt und in das Notlazarett am Chiemsee gebracht – und dann behauptete der Chefarzt, er bräuchte keine Schwestern.«

Lotte wurde schwindlig. Es war zu viel, zu komplex, zu makaber. »Ich denke, ich werde jetzt mal zahlen, ich bin plötzlich so müde. Das kommt sicher vom üppigen Essen und vom Alkohol.« Demonstrativ schob sie ihr noch halbvolles Weinglas zur Seite. »In unserem Alter verträgt man nicht mehr soviel«, sagte Anna doppeldeutig, »daran wird man immer wieder schmerzlich erinnert.« Als Lotte wieder im Hotel war, rief ihre älteste Tochter an, die sich »auch im Namen der anderen« erwartungsvoll erkundigte, wie ihr die Kur bekäme. Mit vorgetäuschter Fröhlichkeit vermittelte ihr Lotte ein geschöntes Bild. Ich muß es ihr erzählen, hämmerte es ihr zugleich durch den Kopf. Aber was sollte sie sagen? Ich habe meine Schwester wiedergefunden, eure Tante? Und dann? Das unbegreifliche, unglaubliche, unerquickliche Drama in x Akten? Wie sollte sie das je erklären? Sie ließ die Ratschläge ihrer Tochter über sich ergehen – laß dir Zeit, genieß es, entspann dich, grüble nicht, hast du schon nette Leute getroffen – und beendete das Telefonat. Ich muß aufhören mit diesen Gesprächen, sagte sie sich wütend, den Hörer noch in der Hand. Es laugt mich viel zu sehr aus – die Kinder erwarten, daß ich wie neugeboren zurückkehre, sie haben ein Recht darauf, es ist ihr Geschenk, es hat sie eine ganze Stange Geld gekostet.

Aber am nächsten Tag verließ sie das Kurhaus doch wieder zusammen mit Anna – schließlich war die Befreiung in Sicht. Ihr ganzes Beisammensein war ein Film; sie hatte das Kino nicht rechtzeitig verlassen, und nun wollte sie auch den Schluß noch sehen. Die Sonne schien, die Welt sah trügerisch liebenswert aus. Sie bummelten ein wenig durch den Ort, bis sie in den Parc de Sept Heures kamen und ihnen der Geruch von Pommes frites in die Nase stieg. Anna schnupperte mit geschlossenen Augen. »Darauf habe ich jetzt Appetit!« sagte sie aus tiefstem Herzen. Obwohl Lotte eine Aversion gegen Imbißstuben hatte, weil »der Geruch dann so in der Kleidung hängt«, folgte sie ihr mechanisch. Kurz darauf saßen sie mit ihrer Papptüte auf einer Bank im Park, umringt von aufdringlichen Tauben. Der Krieg, das Wohl und Wehe der Menschheit, heikle Gewissensfragen – alles verblaßte neben dem pubertären Genuß einer Tüte Pommes frites in der Winterkälte, lange, feste, knusprige, goldgelbe Fritten. Fettige, salzige Finger. Aber der Gedanke, daß das Leben eigentlich sehr einfach war, hielt nur so lange, bis die Tüte Fritten leer war. Dann wischten sie sich Mund und Hände ab, und der Krieg forderte wieder seine Rechte ein.

Lottes Vater hatte nicht mehr genug Fähnchen, um die Siege der Alliierten zu markieren; seine Frau, die in ihrem Leben zu viele Kriegsromane gelesen hatte, schauderte bei dem Gedanken an das strategische und moralische Vakuum, mit dem Machtwechsel normalerweise einhergingen – ein Zeitabschnitt, in dem der Feind seine Enttäuschung über die bevorstehende Niederlage blind abreagierte mit Brandstiftung, Vergewaltigung, Verwüstung und Mord. Was sollten sie machen, wenn ihr Haus zufällig im Schußfeld lag? Seit dem Beginn des Krieges war das die erste Angst, die sie laut äußerte. Die Lage wurde immer beklemmender. Die zunehmende Spannung entlud sich bei Ernst in einem schüchternen Heiratsantrag. Durch seine Unbeholfenheit gerührt, ließ Lotte sich nicht lange bitten. Dabei war es nicht nur die Liebe zu ihm seiner unmännlichen Schwächen wegen, zu denen er sich offen bekannte, insgeheim hatte sie auch Angst vor dem normalen Leben, das nach dem Krieg wieder seinen Lauf nehmen und doch nie wieder so sein würde wie davor. Dank der Heirat müßte sie nicht miterleben, wie der riesige Clan von Familienmitgliedern und Untergetauchten auseinanderfiel, ein Mikrokosmos, der ihr in gewissem Sinne lieb geworden war, und sei es auch nur, weil sie inzwischen süchtig war nach der Angst; dank der Heirat hoffte sie der Leere zu entkommen, die die anderen hinterlassen würden, und dem plötzlichen Zuviel an Zeit, um sich unbequeme Fragen zu stellen. Sie würde auch ihrem Vater entrinnen, dessen Nähe sie in Friedenszeiten nicht mehr würde ertragen können.

Eine Hochzeitsfeier konnten sie sich nicht erlauben; ihre ganze Habe hatten sie in Lebensmittel umgesetzt. Sie beschlossen, noch vor Kriegsende zu heiraten – ein guter Vorwand, das Fest in aller Stille zu begehen. Trotzdem wurde diese Stille im entscheidenden Augenblick durch Tiefflieger taktlos gestört. Auf dem Weg zum Rathaus mußte sich die bescheidene Gesellschaft – das Brautpaar, Lottes Eltern und zwei eilig herbeigerufene Zeugen – ständig ins Farnkraut ducken. Da der Bräutigam ja in der Illegalität lebte, hatten sie einen unauffälligen Weg durch den Wald gewählt; aus dem gleichen Grund wurden sie vom stellvertretenden Bürgermeister getraut, der zuverlässig war: Lottes Vater, außerhalb des Familienkreises immer sehr charmant, hatte so seine Beziehungen. Ohne jede Feierlichkeit wurden die Formalitäten abgewickelt, die Worte des stellvertretenden Bürgermeisters gingen im Dröhnen der Spitfires unter. Während Lotte hier und da ein Stückchen Farn von ihrem braunen Kostüm zupfte, fuhr ihr durch den Kopf, daß in der Weltgeschichte sicherlich noch nie eine so freudlose Hochzeit stattgefunden hatte. Nach der Zeremonie eilten sie auf demselben Weg nach Hause, wo der Bund fürs Leben durch eine Schale Roggenplätzchen und eine Flasche Genever – die allerletzte – doch noch ein wenig Glanz bekam.

Als Lotte und Anna die Avenue Reine Astrid überqueren wollten, wurde ihre Geduld durch eine Kolonne von Militärfahrzeugen auf die Probe gestellt – die gleiche Kolonne, die vor ein paar Tagen in Richtung Westen gefahren war, kehrte nun in den Osten zurück. Panzer mit Soldaten in Kampfanzügen, Jeeps, Sanitätswagen, alles senffarben. Mit grimmiger Miene betrachtete Anna den Zug. »Da siehst du, es hört einfach nicht auf«, grummelte sie. »Solange die Wirtschaft von der Waffenindustrie abhängig ist, wird es immer neue Brandherde geben, und wir werden weiterhin alle bis an die Zähne bewaffnet sein.« Lotte ging nicht darauf ein. Wieder so eine Generalisierung, die die Schuldfrage in eine ungefährliche Richtung lenkte. Wenn Bewaffnung eine weltweite Gesetzmäßigkeit war, dann war Deutschland für den wirtschaftlichen Aufschwung in den dreißiger Jahren – dank der Rüstungsindustrie – und für alles, was daraus erwachsen war, nicht verantwortlich. Aber sie war es leid, Annas Theorien zu widerlegen, also schwieg sie und blickte mit gemischten Gefühlen auf die schlammbespritzte Kolonne. So war der Besatzer – so waren die Befreier in ihr Land eingerückt.

TEIL 3

Frieden

Après le déluge
encore nous

1

Der Führer war tot, es war nur noch eine Frage von Tagen. Der Abend vor der Kapitulation verflog in einem kollektiven Alkoholrausch. In den Kellern des ehemaligen Hotels lagerten unter Spinnwebschleiern Alkoholvorräte aus der Vorkriegszeit. Aus Angst, daß die Amerikaner damit eine Orgie veranstalten und sich zum Rhythmus ihrer perversen Jazzmusik an den Schwestern vergreifen würden, verteilte die Lazarettleitung die Flaschen an das Personal. Anna saß in einem der Schwesternzimmer auf dem Boden und unterhöhlte ihr Gefühl für die Wirklichkeit voll bitterem Vergnügen mit rotem Martini. Sie setzte die kneifende Schwesternhaube ab und kämmte sich summend die blonden Haare. »Na, guck mal...«, die anderen starrten sie überrascht an, »wie hübsch du eigentlich aussiehst! Warum versteckst du deine Haare unter der Haube, zeig dich doch so, wie du bist!« Anna setzte wieder die Flasche an; sie hatte keine Lust zu erklären, daß »hübsch aussehen« das letzte war, auf das sie jetzt Wert legte. Alles, was mit Eitelkeit und Koketterie – was für eine Perversität gegenüber den Toten – zu tun hatte, konnte mit ihrer Verachtung rechnen. Am späten Abend wurde sie schwankend und kichernd an der Aufnahme vorbei in den Schlafsaal geführt.

Am nächsten Tag begrüßte sie den nagelneuen Frieden mit bohrenden Kopfschmerzen: Ein endloser Zug abgemagerter, erschöpfter Soldaten schleppte sich über die Autobahn, angetrieben von wohlgenährten Amerikanern, die von Selbstgefälligkeit und Verachtung strotzten. Anna kletterte die Böschung hinauf und sah an diesem sonnigen Befreiungstag eine Masse an sich vorüberziehen, die alle Illusionen verloren hatte — graue Gesichter, vor Trockenheit rissige Lippen. Zum erstenmal begegnete sie auch einem schwarzen Amerikaner. Kaugummikauend drehte er sich auf seinen dicken Gummisohlen zu ihr um. »Hello Baby...«, grinste er lässig. Beleidigt drehte sie sich um und rannte die Böschung hinunter, schnurstracks zur Küche. Außer Atem platzte sie herein: »Unsere Soldaten kommen aus der Alpenfestung... mein Gott... sie können nicht mehr...!«

Alle, die sich von der Arbeit freimachen konnten, füllten einen Krug mit Limonade und hasteten damit zur Straße. Aber sobald drei, vier Soldaten etwas getrunken hatten, kam einer dieser Typen aus dem Wilden Westen und jagte die Schwestern mit Stößen und Tritten die Böschung hinunter. Sie rappelten sich schnell wieder auf und kletterten erneut nach oben, um Limonade auszuschenken. Die Landser tranken gierig und stopften ihnen heimlich Zettel in die Taschen der gestärkten Schwesternschürzen. »Bitte, bitte... schreiben Sie meiner Frau, daß ich noch lebe«, flehten sie im Vorübergehen, »sagen Sie meiner Mutter, daß Sie mich gesehen haben...« Im Lazarett leerten die Schwestern ihre Taschen und füllten die Kannen; unermüdlich besetzten sie von neuem die Stellungen am Straßenrand. Obwohl sie hinuntergeworfen und mit Gewehrkolben bedroht wurden, kamen sie hartnäckig wieder, bis der letzte Soldat vorbei war. Zurück im Lazarett sortierten sie die Post. Jemand hatte Anna ein Päckchen zugeworfen, ohne Adresse, ohne Brief. Als sie es öffnete, fand sie dunkelblauen Wollstoff für eine Offiziersuniform darin — ein Geschenk? Als die Postämter wieder arbeiteten, schrieb sie Dutzende von Briefen: »Von Heinz, für meine liebe Hertha... für Mutti von Gerold... über Anna Grosalie.«

Am selben Tag kam eine Wachablösung. Geländewagen fuhren vor, in aller Ruhe übernahmen die Amerikaner das Militärkrankenhaus. Soldaten, die genesen waren, wurden als Kriegsgefangene abtransportiert; Ärzte, Sanitäter und Schwestern mußten ihre Arbeit unter Bewachung fortsetzen. Auf dem Gelände um das Spital wurden riesige, rundschwenkende Scheinwerfer aufgestellt, um Waghalsige mit Fluchtträumen zu entmutigen. Unter den Verwundeten waren überzeugte Nationalsozialisten, die Fotos von Hitler und andere Naziattribute bei sich trugen. Gerade noch rechtzeitig hatten die Schwestern diese Devotionalien eingesammelt und aus Angst, die Amerikaner in Mißstimmung zu bringen, in den Chiemsee geworfen. Einer der Soldaten, der sich von seinen Orden, vor allem dem Eisernen Kreuz, und seinem Hitlerfoto nicht trennen konnte, hatte unbemerkt alles zurückbehalten. Nach ein paar Tagen sprach er Anna an. »Schwester, könnten Sie mir einen Gefallen tun und diese Sachen für mich verstecken?« »Aber wo?« fragte Anna skeptisch. »Im Wald gleich hinterm Krankenhaus. Vergraben Sie sie, markieren Sie die Stelle, und zeichnen Sie einen Plan, wo sie genau angegeben ist. Wenn alles vorbei ist, hole ich die Sachen.«

Anna konnte ihm die Bitte nicht abschlagen. Am Abend schlich sie geduckt über das Gelände – jedesmal, wenn das Lichtbündel gerade vorbei war, ein Stück – und sah sich dabei ständig um. Zwischen zwei Birken grub sie ein Loch und amüsierte sich dabei über sich selbst: Sie sah sich in der Erde buddeln wie ein Hund, der einen Knochen vergräbt. Nachdem sie im Mondlicht eine Lageskizze angefertigt hatte mit einem Kreuz an der Stelle, wo der Führer begraben war, kehrte sie zurück, wie sie gekommen war, und verfluchte dabei die Amerikaner wegen der lächerlichen Machtdemonstration ihrer Scheinwerfer – obwohl Frieden war, konnte man sich im eigenen Land nicht frei bewegen.

Es dauerte nicht lange, da entdeckten die Amerikaner den Charme des ursprünglichen Hotels: Im Chiemsee konnte man schwimmen und segeln. Sie beschlagnahmten das Haus für ihren Generalstab. Das Lazarett wurde aufgelöst, die SS-

Leute aussortiert und auf den Transport geschickt, die Rotkreuzschwestern als Gefangene in eine Wehrmachtskaserne im benachbarten Traunstein gebracht. Dort war von der berühmten deutschen Ordnung wenig übriggeblieben. Offenbar hatten die Kommandanten, als die Amerikaner so nahe waren, daß man schon den gebratenen Bacon riechen konnte, den Untergang des Dritten Reichs mit Gelagen besiegelt – die Schwestern bekamen den Befehl, den Schweinestall auszumisten, den die Militärs hinterlassen hatten. Sie fühlten sich gedemütigt durch die Gefangennahme, die den Grundsatz der Neutralität des Roten Kreuzes verletzte, und durch die schmutzige Arbeit, die so himmelweit von ihrer Berufung entfernt war. Aber das war noch gar nichts im Vergleich zu der täglichen Ration, die aus einer Tasse schwarzem Muckefuck, einer Schnitte trockenem Brot und einem Teller wäßriger Suppe bestand. Ihnen war flau vor Hunger, während sie die Flure schrubbten; nach einer Woche konnte Anna nur noch Eimer tragen, die zu einem Viertel gefüllt waren.

Eines Tages durchbrach eine der Schwestern die Solidarität der leeren Mägen und tauschte sich selbst bei den Amerikanern für einen Teller Essen ein. Von Selbsthaß erfüllt kam sie wieder; Tränen liefen ihr über das Gesicht wegen des Unwiederbringlichen, als sie den Scheuerlappen auswrang. Der Reihe nach versuchten die anderen sie zu trösten, aber sie weigerte sich störrisch, ein Almosen anzunehmen von einer, deren Selbstachtung noch intakt war. Schwester Ilsa war mit ihr befreundet und wußte, daß sie in dieser Woche Geburtstag hatte. »Wir müssen ihr eine Freude machen«, sagte sie zu Anna. Die nickte matt – wenn sie den Kopf zu schnell bewegte, wurde ihr schwindlig. »Auf der anderen Seite der Straße wachsen Margeriten...«, schlug sie zögernd vor, »aber wie kommen wir an dem Wachtposten am Tor vorbei...« »Überlaß das nur mir«, sagte Ilsa, »ich spreche ein bißchen Englisch.«

Nach langen Unterhandlungen in einem charmanten englisch-deutschen Kauderwelsch konnte Ilsa den Wachtposten erweichen. Das Tor öffnete sich – die Schwestern mußten sich beherrschen, um nicht wie ausgelassene Kälber auf die Wiese zu rennen, sondern sie statt dessen mit der zerstreuten Distanz von bevorzugten Gefangenen zu betreten. Durch blühendes Gras gehen, Margeriten, Butterblumen, Sauerampfer... sich mitten hinein legen und aufhören zu existieren! Während Anna Blumen pflückte, strichen die Halme des Weidelandes an der Lippe wieder an ihren Waden entlang, und sie roch von neuem den prickelnden, grünen Duft, der so unvergleichlich war. Daß ein Stück weiter amerikanische Armeezelte standen, störte sie nicht; genauso hatte sie vor langer Zeit die Nähe des Bauernhofs ignoriert, wo ihre Tante neue Schikanen ausbrütete. Vom ständigen Bücken überkam sie ein Taumel, ein berauschendes Gefühl – mitten in den arkadischen Wiesen die Sinne verlieren und alles vergessen.

Plötzlich flog ihnen eine Tafel Schokolade vor die Füße, und noch eine, und ein Brot, und noch etwas, und noch etwas. Schlagartig war sie wieder im Hier und Jetzt. »Verdammte Schweine...«, schnauzte sie. Sie dachte nicht daran, etwas davon anzurühren. Auch Ilsa tat so, als merke sie nicht, daß aus den Zelten anonyme Leckerbissen zu ihnen herüberflogen. Unbeirrt pflückten sie weiter. Einer der Wachtposten rief von der anderen Seite: »Mein Gott, hebt es doch auf, sie schenken es euch einfach so!« Ilsa war unschlüssig. »Wenn wir es mitnehmen würden«, flüsterte sie, »hätten wir alle was davon... dann wird es erst eine richtige Geburtstagsfeier...« So hatte Anna die Sache noch nicht betrachtet. Sie nahm ihre Rotkreuzschürze an den Zipfeln, bückte sich und lud alles hinein. Schließlich richtete sie sich mit übervoller Schürze auf und rief hochmütig: »Danke schön!« Nie mehr im Leben sollte das Geburtstagskind ein Blumenbukett bekommen, das es mit dem überschwenglichen Margeritenstrauß aufnehmen konnte. Die Schwestern setzten sich in einen Kreis, jede hatte ein Häufchen amerikanische Mildtätigkeit vor sich, das Geburtstagskind bekam den Löwenanteil und verteilte das meiste natürlich wieder.

An der anderen Seite von Traunstein befand sich ein Militärkrankenhaus. Nachdem die Braunen Schwestern verhaftet und abtransportiert worden waren, herrschte dort Personalmangel. Einer der SS-Ärzte, der seine Arbeit unter Bewachung verrichtete, machte die Amerikaner auf die Rotkreuzschwestern in der Kaserne aufmerksam. Im Geleitschutz von zwei Soldaten wurden sie abgeholt und zum Lazarett gebracht. Anna war nicht in der Lage, ihren Koffer zu tragen – jemand legte ihn auf einen Handkarren. Nur das Päckchen mit dem blauen Offiziersstoff klemmte sie sich unter den Arm. So zogen sie an den Blicken der Einwohner vorbei in geschlossener Formation durch Traunstein. Sie atmeten auf: Nicht nur, daß sie wieder ihre gewohnte Arbeit in einer saubern Umgebung aufnehmen konnten, wo noch immer die vertraute SS-Ordentlichkeit herrschte, überdies bekamen sie auch wieder zu essen. Der Chef der Buchhaltung, ein SS-Oberfeldwebel, der in Traunstein geboren und aufgewachsen war, hatte seine Beziehungen im Hinterland. Während die Amerikaner das Tor bewachten, schoben die Bauern an der Rückseite Speck, Wurst und Kartoffeln durch die Fenster, und die Traunsteiner gruben einen Tunnel zum Keller, um die Vorräte wieder aufzufüllen – drei Tage lang stopfte sich Anna voll.

Sie hatten jedoch noch immer den Status von Gefangenen. Es war Hochsommer, das Voralpenland erstreckte sich verlockend vor ihnen, aber sie durften das Haus nicht verlassen. Mit einem Gefühl der Klaustrophobie starrte Anna vom Fenster ihres Schlafzimmers aus sehnsüchtig ins Paradies. Freie Zivilisten spazierten über einen idyllischen Feldweg, der sich den Hügel hinaufschlängelte, bis er vom Wald geschluckt wurde. Zwei anachronistische Soldaten patrouillierten auf demselben Weg und riefen jedem Rock, der vorbeikam, »Hello Baby!« zu – machten sie das in der Prärie auch? Sie beschloß, ihr Recht selbst in die Hand zu nehmen. Sie streifte ihre Rotkreuztracht ab und fischte ein zerknittertes Jackenkleid aus dem Koffer, der so viel miterlebt hatte. Als harmlose Spaziergängerin getarnt zwängte sie sich aus dem Fenster; hinter jedem der vereinzelten Sträucher blieb sie kurz hocken und erreichte so unbemerkt den Wald. Es war ein gewöhnlicher Wald, in der Einfachheit seiner tausendfachen Erscheinungsformen. Eine Buche war eine Buche, eine Eiche eine Eiche, nicht mehr und nicht weniger – sie begrüßte die Buche, umarmte die Eiche, rannte von einem Baum zum andern, sog den Humusgeruch ein, kletterte auf eine umgestürzte Kiefer und stimmte völlig überdreht ein Lied an, das mittendrin in einen Weinkrampf überging. Unter ihr wippte der Stamm im Rhythmus ihres Schluchzens – es war ein Weinkrampf wie eine Naturerscheinung, ein Wolkenbruch, der den Staub von den Blättern spült. Es war nicht allein eine Frage von Kummer, ihr ganzer Körper weinte bis in die Haarwurzeln, alles krampfte sich zusammen und öffnete sich weit – das Weinen sang sich frei von den Ursachen, bis es in eine selbständige, flüchtigere Form überging, die sich langsam auflöste.

Es dämmerte bereits, als Anna sich aufraffte, Zweigstückchen aus den Haaren zupfte und den Pfad suchte. Der Rückweg wurde von zwei Soldaten versperrt, die in ein Gespräch verwickelt waren. Sie kauerte sich hinter einen Baum und wartete ab. Schließlich schlenderten die beiden in die Abenddämmerung, und Anna konnte ein Stück über die öffentliche Straße gehen wie ein freier Mensch. Sie kam an einem Bauernhof vorbei – sieh an, dachte sie verwundert, dort sitzen Leute beim Abendbrot, es fallen keine Bomben, das Licht brennt! Ihr wurde bewußt, daß sie seit 1939 keinen Abend mehr ohne Verdunkelung erlebt hatte; inzwischen war ihr das

Abnormale so vertraut, daß sie voller Befremden das Normale wiedererkannte.

Von einem auf den anderen Tag wurde auch das Lazarett in Traunstein aufgehoben. Die Patienten wurden abtransportiert, die Bewacher verschwanden, die Ärzte und Schwestern überließ man ihrem Schicksal – keiner von ihnen kam auf die Idee, zu türmen. Zwei Tage später fuhr ein Lastwagen mit einem Amerikaner am Steuer vor. Sie kletterten alle auf die Ladefläche und sangen aus voller Kehle: »I am a prisoner of war…« – ein Chirurg dirigierte die Mannschaft mit seinen empfindsamen Händen. Die Sonne schien, Äpfel hingen an den Bäumen, kein Schuß fiel, kein Auto explodierte, es gab keine geschwollenen Kniegelenke. Verwunderung und Ungewißheit waren in Fatalismus übergegangen, der in einen gemeinsamen Übermut umschlug. Wie auch immer, der Krieg war vorbei – langsam, langsam drang es zu ihnen durch.

Singend ließen sie sich von neuem in Gefangenschaft führen, diesmal nach Bad Aibling bei München, wo auf einem ehemaligen Flugplatz ein riesiges Kriegsgefangenenlager errichtet worden war. Die Frauen, Krankenschwestern und Blitzmädel, waren in Hangars untergebracht, die Wehrmachtsführung in den übrigen Gebäuden. Etwas abseits, unter freiem Himmel und von den anderen getrennt, lagerten Tausende von SS-Leuten auf der Erde, bei Sonne und Regen, streng bewacht von Soldaten mit Maschinengewehren. Anna und Ilsa gingen in den Waschraum, um sich den Staub von unterwegs abzuspülen. Vor den Spiegeln über den Waschbecken drängelten sich Frauen; sie schminkten sich die Lippen und machten sich schön. Im Hintergrund schallte leichte Musik durch die Hangars, zwischen zwei Nummern richtete ein Discjockey mit gräßlichem Akzent Sabine Grüße von Wolfgang aus und gratulierte Hans im Namen von Uschi zum Geburtstag. »Was, um Himmels willen, ist hier los«, sagte Anna, »sind die übergeschnappt?«

Schon bald offenbarte sich der Zweck der kosmetischen Bemühungen. Draußen vor den Hangars flanierten die hohen Tiere der Wehrmacht in ihren Uniformen mit Orden und Generalsstreifen – an ihrer Seite die aufgedonnerten Frauen, eine schöner als die andere. Die Amerikaner, die sogar Tausende Meilen von ihrer Heimat entfernt noch versessen auf Show waren, sorgten für Musik und spielten die Platten ab, die sie sich zu Hause auch anhörten. Jeden Tag von fünf bis sieben gab es dieses große Balzfest für die Spitze der Wehrmacht, für jene, die Tausende und Abertausende in den Tod geschickt hatten – während außerhalb des Bereichs mit den Lautsprechern und schönen Frauen die SS-Soldaten, die es überlebt hatten, wie Kühe auf der Weide lagen. Anna und Ilsa staunten mit offenem Mund über das groteske Schauspiel. Die Generäle, die hohen Offiziere, die im Krieg weit vom Schuß geblieben waren, paradierten als Ehrengefangene im Takt der Musik ihrer Sieger. Anna schaute zu, hörte sich mit zusammengebissenen Zähnen die einfältige Amerikanermusik an und wußte sich keinen Rat mit der Wut, die in ihr aufflammte. Wut auf all diese selbstgefälligen Pinsel, ohne deren Befehle der Krieg gar nicht hätte geführt werden können, ohne deren Mitwirkung Hitler flügellahm gewesen wäre. Wut auf die selbstgefällige Cowboydummheit der Amerikaner. Wut auf ihre eigene Machtlosigkeit – es fehlte gerade noch, daß sie Beifall klatschte oder sich auch die Lippen anmalte.

Eine Woche später war es mit der täglichen Parade plötzlich vorbei. Keine Musik mehr, keine Grüße, keine Generäle, keine Frau schminkte sich mehr. Die Frauen lagen seufzend im Bett. Eine Weile gab es fast nichts zu essen, bis der Bischof von München zu Besuch kam und als Vermittler zwischen Gott und seinen Sündern eine Aufbesserung der täglichen Rationen zuwege brachte. Zwischendurch wurden die Frauen auf Geschlechtskrankheiten untersucht und, abhängig vom Ergebnis, nach und nach aus der Gefangenschaft entlassen. Auch Ilsa ging und machte sich auf die Suche nach Respektspersonen, die sich für die Freilassung ihres Verlobten einsetzen konnten, der als SS-Mann draußen auf der Wiese lagerte. Anna wurde noch festgehalten; eine Entzündung hatte in den Labors der Amerikaner Verwirrung gestiftet. Als sich herausstellte, daß vor allem ihre Abwehrkräfte stark geschwächt waren, wurde auch sie vor die Tür gesetzt.

Der Spaziergänger im Zentrum von Spa bewegt sich von der Gesundheit über das Kapital und den Glauben zum Krieg – in wechselnder Reihenfolge, abhängig von den Gebäuden und Denkmälern, an denen er vorbeikommt: das Kurhaus, das Kasino, die Kirche, die Ehrenmale für die Gefallenen. Es fällt schwer dort, in den neunziger Jahren des zwanzigsten Jahrhunderts zu sein, alles atmet den Geist der Vergangenheit.

Die Schwestern blieben vor einem Schaufenster stehen, in dem Zubehör aus dem Zweiten Weltkrieg verlockend ausgestellt war: Soldatenmäntel, Helme, Seesäcke, kunstvoll bestickte Taschentücher der amerikanischen Marine, Dosen mit Emergency Drinking Water, das Klapprad eines englischen Fallschirmspringers, ein Plakat, auf dem ein kleines Mädchen mit einer Puppe im Arm abgebildet war, unter dem Motto: »*That she may never know the horrors of dictatorship, let's all pull together for a victorious, prosperous America.*«

»Ich hasse diese Sprache«, sagte Anna im Brustton der Überzeugung, »ich wollte sie nie lernen. Dieses blöde Volk, einer dümmer als der andere. Hello Baby... sind mit ihren fetten Hintern zu uns gekommen und haben so getan, als würden sie uns die Kultur bringen. Sie hielten sich für die Herren der Welt.«

»Sie waren unsere Befreier«, sagte Lotte trocken.

Anna lachte heiser und deutete mit dem Finger auf das Schaufenster. »Diese Idioten werden noch immer als Helden verehrt, du siehst es ja, so viele Jahre nach dem Krieg, alles amerikanische und englische Sachen, keine deutschen natürlich. Mir tun die Füße weh, können wir uns nicht irgendwo reinsetzen?«

Sie ließen sich im nächsten Lokal, mit Aussicht auf den Pouhon Pierre-le-Grand, nieder. Lotte fühlte sich unbehaglich.

»Ich verstehe nicht«, sagte sie zögernd, »warum du so einen Groll auf die Amerikaner hast. Sie haben dir doch nichts getan.«

Anna seufzte ungeduldig. »Weil sie miese Hunde waren. Weil sie uns imponieren wollten. Du darfst nicht vergessen, was wir hinter uns hatten. Dann kommen diese Boys daher... die im Grunde keinen Schuß Pulver wert sind, die wir einfach hätten umpusten können, wenn wir gewollt hätten... jeder von uns, jeder verwundete Soldat war mehr wert als sie... es war schrecklich für uns...«

»Das verstehe ich nicht«, beharrte Lotte, »sie haben doch dem Krieg ein Ende gemacht.«

»Ach, hör doch auf, diese Kaugummiboys, direkt importiert aus dem finstersten Texas!«

»Vielleicht sind sie in der Normandie gewesen...«, sagte Lotte scharf.

»Ach, die? Die paar Amerikaner, die dort was geleistet haben. Ganz am Ende haben sie geholfen, den Krieg zu gewinnen. Die Engländer, die Franzosen, die Russen – denk mal daran, was die alles getan haben.«

»Aber es sind doch viele Amerikaner gefallen.«

»Ach Gott«, Anna lehnte sich spöttisch zurück, »mir kommen die Tränen. Was bedeuten ein paar tausend Amerikaner, wenn Millionen umgekommen sind?«

»Es geht nicht um die Zahl.«

»Ihr Holländer seht das anders. Wir haben es so gesehen. Das mußt du akzeptieren. Wir haben sie verabscheut. Wir hatten sechs Jahre Krieg hinter uns, zwölf Jahre Diktatur.

Dann kamen diese Bengels, die von nichts eine Ahnung hatten, diese Analphabeten, direkt von ihrer Ranch. Diese arroganten, aufgeblasenen Wildwestboys. Durch das Gold groß geworden. Was sind das eigentlich für Menschen? Seit dreihundert Jahren hocken sie dort – nachdem sie die Indianer ausgerottet haben. Das ist doch alles, oder? Habe ich nicht recht?«

»Kein Volk ist schlechter oder besser als ein anderes«, sagte Lotte mit zitternder Stimme, »das müßtest du als Deutsche doch inzwischen wissen.«

»Aber sie sind einfach dümmer«, rief Anna aus, »sie sind unkultiviert!«

»Es gibt auch dort Intellektuelle.«

»Nur eine kleine Schicht. Schau dir doch mal die Masse an.«

»Die ist wie die Masse bei uns und auch bei euch. Ursprünglich sind es alles Engländer, Deutsche, Holländer, Italiener...«

»Aber es war doch Abschaum, was dahin ausgewandert ist. Schau doch, wie sie sich entwickelt haben!«

»Es waren arme Emigranten, die in Europa keine Zukunft hatten!«

»Gut, gut, du hast recht...«, Anna hob resigniert die Hände, »und ich meine Ruhe...«

Sie saßen sich wie aufeinander gehetzte Hunde in einer Kampfpause gegenüber. Lotte schaute an Anna vorbei nach draußen – plötzlich ertrug sie den Anblick dieses Gesichts nicht mehr. Ein brennendes, unerträgliches Gefühl von Feindschaft lähmte ihre Zunge. Ihre eigene Kritik an den Amerikanern – die Kommunistenjagd in der McCarthy-Zeit, der Ku-Klux-Klan, das Vietnamabenteuer, die Art und Weise, wie sie ihren Präsidenten wählten – veränderte sich chamäleonartig in eine absolute, heilige Notwendigkeit, sie mit Feuer und Schwert zu verteidigen. Aber sie brachte kein Wort mehr heraus. Ein Gefühl der Mutlosigkeit überkam sie. Zwei verschiedene Planeten, sagte sie sich, zwei verschiedene Planeten.

Anna entging nicht, daß ihre Heftigkeit genau das Gegenteil von dem bewirkte, was sie erreichen wollte. Sie verabscheute sich selbst, weil sie so aufgebraust war. Um die Schärfe ihrer Äußerungen abzumildern, sagte sie: »Du bist eine Holländerin, das ist ganz was anderes. Ich wollte nichts mit diesem vollgefressenen Volk zu tun haben. Unsere Soldaten waren ausgezehrt, krank, sie hatten kein Vaterland mehr, nichts mehr, sie waren meine Kameraden. Das verstehst du nicht, du bist nicht zusammen mit deutschen Soldaten im Lazarett gewesen, im Dreck. Wenn du das erlebt hättest, würdest du es genauso sehen.«

Das war der Gnadenstoß – von vornherein mundtot gemacht, konnte Lotte nun nicht einmal mehr protestieren. Und es ging immer so weiter, Anna war unerbittlich wie eine Lehrerin, die einem minderbegabten Schüler mit grenzenloser Geduld immer wieder dasselbe erklärt.

»Aber sie haben euch doch von der Nazidiktatur befreit…«, wandte Lotte mit letzter Kraft ein.

»Ha…« Mit einem zynischen Lachen beugte sich Anna über den Tisch, »du glaubst doch wohl nicht im Ernst, daß sie gekommen sind, um uns zu retten? Sie haben unsere Wissenschaftler eingesackt und mit nach Amerika genommen: Chemiker, Biologen, Atomphysiker, Militärexperten. Gestapoleute wie Barbie hat sich die CIA geholt. Und da sagst du, ich müßte in ihnen die Befreier sehen. Adolf Hitler und seine SS-Armee haben sie zum Sündenbock gemacht – die Wehrmachtsgeneräle mit ihren Streifen, die den Tod von Millionen Soldaten auf dem Gewissen haben, sind nie bestraft worden. Die wurden als Gentlemen angesehen. Wer einen Krieg ordentlich erklärt und eine Armee anführt, ist ein Gentleman. Und denk mal an die Richter, die die Todesurteile unterschrieben und die die Menschen in Konzentrationslager geschickt haben – die meisten von ihnen sind nie bestraft worden!«

»Und was ist mit Eichmann?«

»Dafür haben Simon Wiesenthal und der Staat Israel gesorgt. Und dann gab es noch die Nürnberger Prozesse, aber da ist nur eine Handvoll durch die Alliierten verurteilt worden.«

Lotte hörte ihr zu und hörte doch nicht zu. Diese Argumentation kam ihr bekannt vor; ein befremdliches Déjà-vu-Gefühl lenkte sie ab. Wo hatte sie das alles schon einmal gehört, dasselbe und doch anders? Hinter Annas Stimme versuchte sie jene andere Stimme zu hören. Plötzlich wußte sie es: Ihr Vater hatte mit demselben Grimm auf die Amerikaner geschimpft. Jahrelang. Gleich nach dem Krieg hatte es begonnen, anfangs noch beflügelt durch das Charisma von Väterchen Stalin, und als der dann entlarvt war, vollkommen eigenständig. Die Yankees!

Die Befreiung: nicht nur von den feindlichen Armeen, sondern auch der Angst. Die ständige Angst, Tag und Nacht, wurde erst durch den Kontrast spürbar, in dem Moment, als sie verschwunden war. An ihre Stelle trat eine allgemeine Euphorie, die jedoch nicht lange anhielt, denn die Angst machte hin und wieder noch einen letzten Ausfall.

Um die einrückenden Kanadier und Engländer willkommen zu heißen, die wahrscheinlich direkt zu den Rundfunkstudios fahren würden, hatte sich im Zentrum von Hilversum eine Menschenmenge versammelt, über der die rot-weiß-blaue Fahne der Niederlande ausgelassen flatterte. Obwohl seit der Invasion der alliierten Streitkräfte in der Normandie jeder ihre Vorstöße und Rückschläge aufmerksam verfolgt hatte, war das Heldentum der Alliierten abstrakt geblieben – jetzt wollte man sie sehen, umarmen, vor Freude drücken. Lotte und Ernst standen am Rand dieses Kraftfeldes und warteten auf das Erscheinen der ersten Panzer. Aber statt dessen krachten mitten in den Überschwang der Begeisterung Schüsse, abgefeuert aus einem Haus auf der anderen Straßenseite. Die Menge stob auseinander, Ernst zog Lotte am Arm in eine Nebenstraße. Die Kapitulation war zwar eine Tatsache, aber kapitulierte auch jeder? Im Krieg erschossen zu werden war traurig, aber nach dem Krieg das Opfer eines frustrierten Soldaten zu werden, war eine lächerliche, sinnlose Tragik. Sie beschlossen, wieder nach Hause zu gehen, und verpaßten deshalb das in allen Kinos gezeigte Schauspiel, wie die Befreier mit großem Jubel empfangen wurden, inmitten von Frauen und halbwüchsigen Jungen, die scharenweise auf die Panzer kletterten – eine durch Zigaretten und Schokolade symbolisierte Befreiung.

Ein paar Tage später sah Lotte eine Kolonne entwaffneter Deutscher an sich vorbeiziehen – ihr Gefühl der Erleichterung bekam durch den stumpfen, geschlagenen Anblick, den die Gefangenen boten, einen Dämpfer. Vom Straßenrand aus wurden sie ausgebuht, Schimpfwörter explodierten zwischen ihnen wie Granaten; fünf Jahre Angst und Haß entluden sich über den Köpfen der Besiegten. Ein vages Gefühl von Mitleid flackerte in ihr auf, aber sie ertappte und zensierte sich sofort.

Die untergetauchten Juden waren nicht mehr zu halten. Sie wollten nach Hause, und sie wollten ihre Familienangehörigen suchen. Angestaute Ungeduld und bange Vorahnungen trieben sie hinaus, in die Freiheit, die für niemanden und gewiß nicht für sie jemals wieder dieselbe sein würde wie vor dem Krieg. Sie wurden gewarnt: Noch sind nicht alle Deutschen entwaffnet, nicht alle NSB-Leute gefaßt. Zehn lange Tage äußerster Selbstbeherrschung blieben sie noch im Haus. Nur Ruben konnte es nicht aushalten. Er wollte sein Elternhaus wiedersehen, die Nachbarn überraschen: »Was werden sie froh sein, mich zu sehen!« Er schlug alle Warnungen in den Wind und machte sich mit einem klapprigen Fahrrad unbeholfen auf den Weg. Besorgt starrten sie ihm nach.

Scheinbar unversehrt kam er zurück. Schweigend ließ er sich auf einen Stuhl fallen und war ganz starr, nur seine Augen flackerten heftig hinter den Brillengläsern. Schließlich sank sein Kopf auf die Brust, und sie merkten, daß er weinte. Das war ungewohnt, alarmierend, nachdem er jahrelang tapfer gewesen war und keine Träne vergossen hatte. Ohne den Kopf zu heben erzählte er, wie das Wiedersehen abgelaufen war. Als die Nachbarin auf sein Klingeln die Tür geöffnet hatte, war sie mit einem Blick voller Entsetzen und Abscheu zurückgewichen. Ihr erster Reflex war, die Tür wieder zu schließen, aber da stand er schon in der Wohnung. Wie früher war er gleich ins Wohnzimmer gegangen, sein Blick war sofort auf den Stuhl gefallen, auf dem er als kleiner Junge so oft ein Glas Limonade oder warmen Kakao getrunken hatte. Aber sie bot ihm keinen Stuhl an. Sie ging gereizt auf und ab und hielt ihm vor, sie sei die ganze Zeit davon überzeugt gewesen, daß die gesamte Familie nach Deutschland gebracht worden sei. »Mutter lebt auch noch«, erzählte er ihr, »sie wird sich freuen, daß Sie all die Jahre so gut auf ihre Sachen aufgepaßt haben.« Er deutete zerstreut auf die Perserteppiche und Gemälde, die seine Eltern bei ihr in Verwahrung gegeben hatten. »Dein Vater hat mir die Sachen geschenkt«, verbesserte sie ihn scharf, »ich habe noch im Ohr, wie er gesagt hat: »Liesbeth, du kannst die Sachen ruhig behalten, wir brauchen sie jetzt nicht mehr, für uns sind sie nur Ballast.« Ruben starrte auf das Ölgemälde mit seinem Großvater, der ihn durch ein Monokel geringschätzig ansah. »Das besprechen Sie besser mit Mutter...«, flüsterte er diplomatisch. »Ich habe nichts mit deiner Mutter zu besprechen«, sagte sie herablassend. Die Knöchel ihrer Finger, die sich um die Tischkante klammerten, waren weiß. »Jetzt hör mal zu«, herrschte sie ihn an, »in eurer Wohnung leben seit Jahren andere Leute. Die

Welt hat sich verändert, wir mußten uns alle anpassen, und jetzt steht ihr wie vom Himmel gefallen da und glaubt, alles wird wieder wie früher…« »Sie haben recht…« Wie in einem Traum ging Ruben zur Tür. »Sie haben recht… bitte entschuldigen Sie, daß ich Sie belästigt habe…«

Nach und nach löste sich die durch provisorische Überlebensstrategien zusammengehaltene Gemeinschaft auf – einer nach dem anderen verließen sie die Arche von Lottes Mutter. Als die Maschinerie der ineinandergreifenden Tätigkeiten stehenblieb und es um die Mutter herum still geworden war, geriet ihr Körper in einen Krampfzustand. Sie lag im Bett und krümmte sich – bald kniff sie die Augen zu vor Schmerz, bald riß sie sie vor Staunen weit auf. Im Schlafzimmer hing ein bitterer Geruch, ständig mußten ihre durchgeschwitzten Laken gewechselt werden. Nachdem der Hausarzt verzweifelt nach einer Diagnose gesucht hatte, ließ er einen Rettungswagen kommen. Welch eine Ironie: Diejenigen, die sie über all die Jahre am Leben erhalten hatte, waren einfach auf ihren beiden Beinen durch die schmale Allee an den Wiesen entlang fortgegangen, während sie von Krankenpflegern weggebracht werden mußte. Auf der neurologischen Station des Krankenhauses fand man die Ursache: eine plötzliche Entspannung der Nerven, die jahrelang das Signal »Gefahr« empfangen und weitergeleitet hatten, ohne dem dazugehörigen Reflex »Flucht« nachgeben zu können…

Für ihren Mann lagen die Schwerpunkte anders. Er wetterte auf die Engländer, die Kanadier, die Amerikaner; er zog gegen die neue Regierung vom Leder; er wehrte sich gegen den Freudentaumel und die Verherrlichung der Westalliierten, während die gewaltige Kraftanstrengung des Ostens mit keiner Silbe erwähnt wurde. »Ohne Stalingrad, ohne die Ostfront, ohne die Millionenverluste der Sowjetarmee, ohne die Unbeugsamkeit und Schläue Stalins«, argumentierte er, »hätte die Westfront nicht die geringste Chance gehabt. Aus dem Osten kam die eigentliche Gefahr, das hat Hitler sehr gut gewußt, das haben alle Deutschen gewußt – warum schweigen jetzt alle darüber, warum wird es von der Presse vertuscht?« Wenn er seine Brandreden schwang, war er so großmütig, die Antwort selbst zu geben: »Aus Angst vor den Bolschewiken! Ha! Nicht der Faschismus, sondern der Kommunismus ist ihr eigentlicher Feind!« Er setzte noch eine Prophezeiung hinzu: »Diese Angst wird sie alle vereinen.« Zitternd vor Empörung legte er eine Schallplatte auf. Nur die großen Komponisten konnten ihn beruhigen – bis auf Wagner, der von nun an in die unterste Schublade verbannt war.

2

Vor langer Zeit hatten sie zusammen in einer Badewanne gesessen, jetzt lagen sie getrennt in pastellfarbenen Badezimmern und dachten über die bizarre, schmerzliche Verwandtschaft nach, von der sie sich angezogen und zugleich abgestoßen fühlten. Jeden Tag begegneten sie sich in den leeren Gängen, auf dem Weg vom Moorbad zur Unterwassermassage oder zum Kohlensäurebad. Am späten Vormittag, wenn sie das unermüdlich aus dem Hahn fließende Quellwasser leid waren, führte sie das Verlangen nach einer Tasse Kaffee im Aufenthaltsraum zusammen. Den Hang zum Kaffee hatten sie jedenfalls gemeinsam, konnte so etwas wohl in den Genen stecken? Sie fanden sich unter Leda mit dem Schwan wieder und tranken ihren Kaffee in kleinen Schlucken. In der Regel war es Anna, die die Trägheit und Wohligkeit des *après-bain* vertrieb, indem sie wieder »davon« anfing.

Anna stand mit ihrem Koffer vor dem Tor. Es war Ende September, es regnete, es war Frieden, sie hatte niemanden, zu dem sie gehen konnte. Nur einen Menschen gab es, nach dem sie sich sehnte; entschlossen, ihn aufzuspüren, hatte sie sich einen Plan zurechtgelegt, um so dicht wie möglich in seine Nähe zu gelangen.

Die erste Etappe war Bad Nauheim in Hessen, wo sie Ilsa treffen wollte. Sie konnte auf der offenen Ladefläche eines Lastwagens mitfahren, auf der dichtgedrängt sechzig freigelassene Wehrmachtssoldaten standen. Der Wind pfiff durch Annas durchnäßte Schwesterntracht. Fröstelnd und zähneklappernd klammerte sie sich an der Seitenwand fest. »Setzen

Sie sich doch nach vorn, Schwester, zum Fahrer«, drängte einer der Landser, »wenn er handgreiflich wird, rufen Sie uns, dann machen wir kurzen Prozeß mit ihm.« Einer von ihnen klopfte an die Kabine, der Wagen hielt an, und der Soldat erklärte in gebrochenem Englisch, worum es ging. »Of course«, nickte der schwarze Amerikaner und öffnete Anna höflich die Tür. In der Fahrerkabine war es warm und gemütlich. Brüderlich teilte er seine Brote mit ihr. Jeder in seinem Kauderwelsch, verständigten sie sich auf einer unbekannten Wellenlänge. »Wohin gehen Sie?« fragte er. »Ich habe niemanden«, erklärte sie, »mein Mann ist tot, und ich bin ausgebombt. Ich habe mich in Bad Nauheim mit jemandem verabredet, der mir vielleicht zu Arbeit verhelfen kann.« Erschrocken über ihre Offenherzigkeit blickte sie auf seine gelenkigen braunen Finger, die lose das Steuer hielten. Wer war er, wer war sie? Woher kamen sie, wohin gingen sie? Ein ehemaliger Sklave aus Afrika, über Amerika nach Deutschland gekommen – ein ehemaliges Dienstmädchen aus Köln, über Österreich zurück in Deutschland, als entlassene Kriegsgefangene in Gesellschaft eines ehemaligen afrikanischen Sklaven, der kurz vorher noch für ein potentieller Vergewaltiger gehalten wurde. Als spürte er ihre Verwirrung, lächelte er ihr freundlich zu.

In Bad Nauheim schleppte sie sich mit ihrem Koffer ab und suchte die Adresse, die Ilsa ihr gegeben hatte. Amerikaner schlenderten vorbei und sprachen sie an. Verwundert, daß Anna sie ignorierte, schauten sie ihr nach; die meisten Frauen leisteten ihrem Lockruf keinen Widerstand. Sie flanierten nur allzugern an ihrem Arm durch die Stadt und rauchten ihre Zigaretten. Anna war voll und ganz damit beschäftigt, ihre Unnahbarkeit zu demonstrieren, und merkte deshalb erst nach einer ganzen Weile, daß sie sich längst in der gesuchten Straße befand. Die Hausherrin ließ sie ein und drückte ihr mit einer diskreten Geste, als ginge es um ein Staatsgeheimnis, einen Brief von Ilsa in die Hand: Sie war schon zu ihren Eltern in Saarburg weitergefahren und bat Anna, auf eigene Faust nachzukommen. »Wie soll ich das denn machen…«, seufzte Anna. Saarburg lag in der französischen Zone. Nur die ursprünglichen Bewohner, im Besitz der richtigen Papiere, hatten das Recht zurückzukehren. Als Wienerin sah Anna für sich nicht die geringste Chance. »Uns wird schon was einfallen«, flüsterte die Frau und ließ sie in einem properen Schlafzimmer zurück.

In derselben Wohnung war ein amerikanischer Offizier einquartiert, ein Rechtsanwalt aus Chicago. Am nächsten Morgen wurde sie ihm vorgestellt und entdeckte, daß das riesige, von einem zum anderen Ozean reichende, mit Planwagen, Lasso und Gewehr eroberte Reich aus Versehen gelegentlich einen kultivierten Bürger hervorbrachte, der obendrein Annas eigener Sprache mächtig war. »Ich finde es so schrecklich«, sagte er mitfühlend, »was die Nazis dem deutschen Volk angetan haben…« »Mir haben die Nazis nichts angetan«, sagte Anna schroff, »amerikanische Artillerie hat meinen Mann umgebracht, amerikanische Bomben haben unser Haus in Grund und Boden gebombt, Amerikaner haben mich gefangengenommen.« Aber er ließ sich nicht aus dem Feld schlagen, geduldig kam er mit immer neuen Argumenten, um sie zu einer anderen Ansicht zu bekehren. Seine Lektionen in Politik und Konfliktforschung waren zugleich eine Form der subtilen Verführungskunst – Anna entging der erotische Unterton nicht, aber sie verstand es, ihn in diesen Tagen des notgedrungenen Wartens mit höflichen Einwänden auf Abstand zu halten. In Bad Nauheim wimmelte es von deutschen Soldaten, die einen Arm oder ein Bein verloren hatten; schweigend saßen sie auf Bänken und Mäuerchen und starrten mit erloschenem Blick auf die vorbeigehenden Amerikaner, die mit ihrem Vaterland zugleich auch ihre Frauen erobert hatten. Anna erkannte Martin in ihrer Mitte – es tat ihr in der Seele weh, die Männer so zu sehen.

Eines Abends lud sie der Amerikaner zu einer Party ein. »Was ist das?« fragte sie. »Tja…«, er rieb sich über das glattrasierte Kinn, »das ist ein bißchen essen, ein bißchen trinken, ein bißchen fröhlich sein…« »Und dann?« fragte sie argwöhnisch. »Tja, und dann…? Es würde Ihnen guttun, Sie sind jung, Sie können nicht ewig traurig sein…« »Danke, nein«, sie schüttelte den Kopf, »wie so eine Party endet, kann ich mir bestens vorstellen.« »Ich bin auch nur ein Mann«, entschuldigte er sich. »Und ich nur eine Frau«, ergänzte sie, »und mein Mann ist vor einem Jahr gestorben. Verzeihung, aber Sie glauben doch nicht im Ernst, daß ich zu einer Party mitkomme…« Sie sprach das Wort aus, als hätte sie eine Bittermandel im Mund. Ergeben senkte er den Kopf. Einer solchen Unbeugsamkeit war er weder als Soldat noch als Mann, noch als Wortkünstler gewachsen. Am nächsten Tag wurde er versetzt. Ein Bote brachte Anna einen riesigen Strauß roter Rosen, die von frivoler Verschwendungssucht in dieser Zeit des Mangels zeugten. Zwischen den Blättern steckte ein Kärtchen: »Für die erste deutsche Frau, die nein sagt.«

Inzwischen war eine Transportmöglichkeit für sie arrangiert. Ein Spediteur aus Bad Nauheim, der eine Genehmigung hatte, die Zonengrenze zu passieren, war bereit, sie nach Koblenz zu schmuggeln. Er kam mit Pferd und Wagen vorgefahren, und sie mußte sich mit ihrem Koffer auf den mit einer Plane bedeckten Boden legen; Säcke mit unbekanntem Inhalt wurden auf sie gestapelt und nur ein Luftloch ausgespart. Die leichtsinnigen Amerikaner ließen den Wagen ohne Kontrolle durch, die Franzosen jedoch machten Stichproben und stachen mit ihren Bajonetten in die Säcke – haarscharf an Anna vorbei, die ohne jegliche Angst den Geruch des Segeltuchs einatmete. Vielleicht wurde sie nur geschont, weil sie sich heimlich nach dem Tod sehnte und das Schicksal Opfer bevorzugte, die sich heftig sträubten. Der Mann auf dem Kutschbock hatte schwitzend Stoßgebete zum Himmel gesandt, wie er später zugab, als er ihr vor dem Koblenzer Bahnhof beim Aussteigen half.

An diesem Abend fuhren keine Züge mehr. Eine Schar gestrandeter Reisender schlief im Bahnhof. Anna legte sich auf den Boden neben einen alten Mann mit einem geflickten Militärmantel über den gebeugten Schultern. Er setzte eine Weinflasche an den Mund und ließ sie dann gastfreundlich in seiner nächsten Umgebung kreisen, während er dicke Weißbrotscheiben mit Butter bestrich und nach allen Seiten verteilte. Anna schlug sein Angebot aus, aber er drückte ihr mit einer Geste, die keinen Widerspruch duldete, die Flasche in die Hand. »Ich hab' noch viel mehr davon«, kicherte er unbekümmert und zeigte mit zitterndem Finger auf seine Tasche. Sie zögerte nicht länger, die ausgelassene Stimmung um den freigebigen Greis war ansteckend. Einstimmig pries man die Weinberge an den Hängen der Mosel, und als Probe aufs Exempel gingen die Flaschen von Mund zu Mund. Anna streckte sich auf dem Boden aus, den Kopf an ihren Koffer gelehnt, und döste langsam ein. Am nächsten Morgen wurde sie mit Wein geweckt – das Frühstück bestand aus den gleichen Zutaten wie das Abendbrot. Alle vergaßen ihre Kümmernisse, sie sangen, die Herbstsonne schien, und sogar der Zug nach Trier zuckelte in den Bahnhof ein. Im Abteil gingen die Festlichkeiten weiter, mit dem zerknautschten Gastgeber als strahlendem Mittelpunkt.

Mitten auf freier Strecke mußte der Zug anhalten, weil über einen Abschnitt von mehreren Kilometern die Schienen fehlten. Sie gingen zu Fuß weiter, tranken und sangen Wanderlieder, und die Sonne glitzerte im Engelshaar des wilden Hopfens, der am Bahndamm wuchs. Ein anderer Zug wartete bereits auf sie. Nichts konnte die ausgelassene Stimmung trüben. »Was ist denn das für eine Gesellschaft«, brummte ein Priester, der am Fenster saß, »die Sauferei und das Gelalle.« Ärgerlich nahm er sein Brevier und begann zu beten, um der

Sittenlosigkeit ringsum etwas entgegenzusetzen. »Möchten Sie auch etwas?« Lachend bot ihm Anna die Flasche an. Er preßte die Lippen zusammen und schüttelte den Kopf. In Bernkastel-Kues stiegen alle aus, und sie blieb allein in Gesellschaft des Priesters zurück. Sie sah aus dem Fenster, um dem zerknitterten Philanthropen, der so viel Fröhlichkeit um sich verbreitet hatte, zum Abschied zu winken. Der schwankte über den Bahnsteig, wo ihn seine Frau erwartete; schon von weitem registrierte sie mit Adlerblick, daß die Tasche leer war. »Wo ist das Brot…«, keifte sie, »wo ist die Butter, wo ist…!« Das zusammenzuckende Männchen hob die Arme zum Himmel. »Im Paradies…«, ächzte er.

Der Zug setzte sich wieder in Bewegung. Das weinselige Hochgefühl schlug in Trübsal um. Während Anna auf die immer kleiner werdende Gestalt starrte, tropften sentimentale Tränen auf das heruntergeschobene Fenster. Sie sank wieder auf ihren Sitz, der Priester schaute verdutzt von seinem Brevier auf. Eingedenk seiner Christenpflicht erkundigte er sich aus frommer Höhe, warum sie weine. »Weil die Freude auf dem Bahnsteig zurückgeblieben ist.« Sie erklärte ihm, warum die Male, daß sie fröhlich gewesen sei, seit Oktober 1944 an den Fingern einer halben Hand abzuzählen seien. Außerdem sei es nicht mehr eine unbekümmerte Fröhlichkeit wie früher, sondern eine, die in Verzweiflung wurzle. Vertraut mit derartigen Paradoxa – leiden um der Erlösung willen war auch so eines – nickte er.

Es wurde bereits dunkel, und sie waren immer noch nicht in Trier. »Haben Sie eine Unterkunft für die Nacht?« fragte er sachlich. »Den Bahnhof«, sagte Anna lakonisch. Er sah sie mißbilligend an. »Was glauben Sie, warum ich so aussehe…«, sie zeigte auf ihre verschmutzte Tracht. Er schwieg und schien sich etwas zu überlegen. »Wenn ich Sie nun zu den Nonnen bringen würde, ins Kloster? Würden Sie mitkommen?« »Du lieber Himmel!« rief sie aus. »Existiert so etwas noch?« »Ja, natürlich.« »In dieser Zeit?« »Ja«, sagte er gekränkt. »Selbstverständlich gehe ich mit.«

Als sie in Trier ankamen, hatte Anna längst das Stadium des Nachdurstes erreicht. Wie gerädert stieg sie aus. »Folgen Sie mir«, sagte der Gottesmann barsch; zielstrebig marschierte er in die dunkle Stadt. Sie schleppte den schweren Koffer wie einen Hund an der Leine hinter sich her über das Kopfsteinpflaster. Aus Angst, sich zu kompromittieren, ging er zehn Schritte vor ihr, ohne sich umzuschauen. Sie hatte ihn in Verdacht, weniger von Nächstenliebe als von der Sorge um einen Platz im Himmel getrieben zu sein: »Was ihr dem geringsten meiner Brüder getan habt, das habt ihr mir getan.« Keuchend folgte sie der schwarzen Soutane zwischen den dunklen Fassaden. Jeder Schritt war ein Schritt weiter in vergangene Zeiten – bis zu den Römern, von denen noch die Porta Nigra zeugte, die in ihrer düsteren Massigkeit drohend über Anna aufragte. Der Gesandte der Kirche bog nach rechts ab und blieb vor einer schweren Holztür mit Eisenbeschlägen stehen. Er klopfte, murmelte drei Worte und war weg, ohne ihr die Hand zu reichen, ohne Gruß – kein einziges Zeichen von Menschlichkeit entschlüpfte dem Diener Gottes.

Gottes Dienerinnen hatten eine vollkommen andere Auffassung von ihrer Auserwähltheit. Bei Annas Anblick schlugen sie die Hände über dem Kopf zusammen und begannen sofort mit der Rehabilitation. Sie füllten eine Badewanne mit warmem Wasser und nahmen ihr die schmutzigen Kleider ab; während Anna ein Bad nahm, füllte sich das Kloster mit nächtlichen Aktivitäten. In ein keusches Badetuch gehüllt brachte man sie in ein Gästezimmer, wo sie zwischen saubere, glatte Laken schlüpfte und mit dem Bild einer verzückt lächelnden Nonne vor den Augen einschlief. Als sie die Augen öffnete, lag ihre hellgrau gestreifte Schwesterntracht wie neu aus dem Laden auf dem Tisch und leuchtete in der Morgensonne auf – gewaschen, gestärkt und gebügelt.

Als adrette Rotkreuzschwester kam sie in Saarburg an. Die Geschichte wiederholte sich: Ilsa, Fürsprecherin ihres Verlobten, der noch immer festgehalten wurde, war wieder einmal weitergereist – gehetzt durch die unangenehme Aussicht auf den bevorstehenden Winter. Arbeit gab es dagegen für Anna genug: Eine selten unappetitliche Aufgabe hatte die ganze Zeit geduldig auf sie gewartet. Als Rache für die fünf Kriegsjahre waren die Luxemburger über die Grenze gekommen und hatten in einer Blitzaktion ihren Mißmut an den Besitztümern der Dorfbewohner ausgelassen. Die Mauern und Fenster des Fachwerkhauses von Ilsas Eltern waren mit Fäkalien beschmiert, die Wäsche aus den Schränken gerissen und verdreckt – mit schmalem Mund vor verhaltener Wut erzählte die Frau, wie die Leute sich einfach hingehockt und das Mittel ihrer Rache vor ihren Augen fabriziert hatten: »Die Retourkutsche, verstehen Sie, ein widerliches Volk, diese Luxemburger.« Sie war zu kränklich, um das Großreinemachen selbst in die Hand zu nehmen, während ihr Mann von morgens bis abends in seinem Sägewerk arbeitete.

Anna krempelte die Ärmel hoch und legte los. Vor zehn Jahren war sie aus einem Schweinestall weggelaufen, jetzt war sie wieder in einem gelandet – was machte das schon. Aber als ein Lastwagen des Sägewerks sie ein Stück in die richtige Richtung bringen konnte, warf sie Scheuerlappen und Bürsten in die Ecke – sie hatte nun genug Umwege gemacht. Ilsas Mutter, die wußte, was ihre emsige Putzfrau in diese Gegend verschlagen hatte, mußte sie ziehen lassen. Durch dichten Nieselregen fuhr der Wagen bis nach Daun in der Eifel. Zu Fuß ging sie weiter, durch endlose Tannenwälder, die sich in einem Nebel feiner Tröpfchen auflösten. Es war kühl, die Nässe drang durch ihre Schuhsohlen, aber die Gewißheit, daß sie ihrem Ziel immer näher kam, machte sie gleichgültig für die Unbilden. Diese verlassene Straße, die sich hügelan und hügelab zwischen schwermütigen Tannen hindurchschlängelte, war genau das, was man von einem Pilgerpfad in die Unterwelt erwarten konnte. Sie hatte keine Angst, das Ende der Reise kam in Sicht, danach gab es nichts mehr, was sie sich wünschte, danach... es gab kein danach. Die Kälte kroch an ihr hoch bis zur Taille, sie kam immer langsamer voran, ihre Schuhsohlen waren durchgelaufen, ein paar lose Stücke klappten bei jedem Schritt zurück. Sie sah nur noch schimmernde schwarze Baumstämme und tropfende Äste – obwohl ihr Körper zunehmend Zeichen von Unwillen zeigte, hielt ihr Geist trotzig durch. Aber irgendwann konnte er es nicht mehr mitansehen und griff persönlich ein. Hör mal, Liebes, sagte er mitleidig, mach doch, daß du nach Hause kommst. Was willst du, ich bin doch dort überhaupt nicht... So redete er auf sie ein; anfangs ignorierte sie ihn, aber als er es – fürsorglich wie immer – so arrangierte, daß ihr aus dem Nebel langsam ein Auto entgegenkam, kapitulierte sie. Heute gewinnst du, gab sie sich geschlagen, aber ich komme... in einem geeigneteren Augenblick...

Zurück in Saarburg widmete sie sich wieder dem Hausputz. Das Gezeter über die Luxemburger nahm kein Ende, es verfolgte sie in alle Zimmer wie ein durch Groll angetriebener Drillbohrer – auch eine alte Dame hörte ihn, die im hinteren Trakt des Hauses mehrere Zimmer bewohnte. »Wie halten Sie es hier nur aus«, sagte sie, während sie Anna bei ihrer Schinderei zusah, »Sie wollen doch wohl nicht in alle Ewigkeit hier so weitermachen?« »Was soll ich denn sonst tun«, verteidigte sich Anna, »ich warte auf Ilsa.« »Mein Gott, da können Sie lange warten, wer weiß, wann sie jemanden findet, der ihr hilft. Hören Sie mal, ich mache Ihnen einen Vorschlag. Ich habe eine Bekannte in Trier, eine pensionierte Studienrätin. Die sucht jemanden für den Haushalt... nicht irgend jemanden, verstehen Sie. Das wäre doch vielleicht was für Sie.« Anna nickte langsam – ihr Leben bestand schließlich aus Improvisationen.

Sie erkannte die Kaiserstraße in Trier von ihrem nächtlichen Gang im Kielwasser des Priesters wieder und lernte einen neuen, spannenden Menschentyp voll rätselhafter Widersprüche kennen: Therese Schmidt, eine schmale, knochige Frau mit schütterem grauen Haar, das von einer Haarnadel zusammengehalten wurde – knauserig, sofern es um irdische Dinge ging, aber freigebig und hilfsbereit, soweit es den Intellekt betraf. Man sah ihr nicht an, daß sie sich jeden Tag auf dem Bauernhof ihres Bruders etwas außerhalb der Stadt mit Brot, Fleisch und Käse vollstopfte. Ungeniert ließ sie sich groß und breit darüber aus – nie wäre es ihr in den Sinn gekommen, etwas für Anna mitzunehmen, die mit zwei Schnitten Brot, ein paar Kartoffeln und einer Tasse Zichorienkaffee am Tag auskommen mußte – der von den Franzosen als Antwort auf den Hunger, den sie selbst gelitten hatten, zugeteilten Ration. Der merkwürdige Geiz von Frau Schmidt ließ sich schwer mit ihrem täglichen Kirchgang, ihrem Bibelstudium und den inbrünstigen Gebeten vereinbaren – noch nie hatte Anna so viel bigotten Glaubenseifer aus der Nähe erlebt.

Im Haus gab es viele Bücher, und zwischen den Haushaltspflichten kehrte ihr früherer Lesehunger zurück. Als die Studienrätin nach einem ihrer täglichen Besuche auf dem Bauernhof Anna mit einem Buch in der Hand antraf, zog sie sich ganz erstaunt einen Stuhl heran. »Sie sind nicht dazu bestimmt, Ihr Leben zwischen Herd und Spüle zu verbringen, das habe ich auf den ersten Blick gesehen… was möchten Sie eigentlich werden?« »Ich habe keine Ahnung…«, stammelte Anna, verwirrt durch das plötzliche Interesse. Ihre Zukunftspläne reichten nicht weiter als bis zum Abschluß dieser einen Mission. »Gibt es denn nichts, was Sie immer schon gern gemacht hätten?« Anna runzelte die Brauen. Dante rutschte von ihrem Schoß, aber Frau Schmidt fing das Buch im letzten Augenblick mit ihrer schmalen Hand auf. Die Vorstellung, einen

Beruf frei wählen zu können, war so revolutionär, daß sie ihr Denken lähmte. Sie mußte ihr Weltbild dafür aufgeben, in dem Frauen ganz selbstverständlich in drei Kategorien unterteilt waren: eine breite Unterschicht, die Bäuerinnen und Dienstmädchen hervorbrachte, eine kleine Oberschicht privilegierter Frauen, die die dekorative Funktion hatten, eine kultivierte, elegante Gastgeberin zu sein, und eine Restkategorie unverheirateter Frauen, die als Lehrerin oder Krankenschwester arbeiteten oder im Kloster lebten. Keine hatte sich bewußt für eine dieser Möglichkeiten entschieden, man landete ganz von allein dort – durch Geburt oder die äußeren Umstände. Frau Schmidt wiederholte ihre harmlose Frage. »Tja…«, seufzte Anna. Ihr war etwas flau, sie wußte nicht, ob es vom Hunger oder von der heiklen Fragestellung kam. Kreuz und quer schossen ihre Gedanken zurück in die Vergangenheit, auf der Suche nach Vorbildern, nach Identifikationsmöglichkeiten, nach jemandem, der ihr die Antwort in den Mund legen konnte – so landete sie in einem dunklen, bedrückend kleinen Zimmer, wo es nach Schweißfüßen roch und ein toter Soldat an der Wand hing, der geboren war, um für sein Vaterland zu sterben – auch wieder solch eine unabwendbare, selbstverständliche Bestimmung. Vor ihr stand eine Frau, die resolut mit dem Gesäß die Tür zuschob und liebevoll die Arme ausbreitete: »Komm mal her…«

»Die Kinderfürsorge…«, entfuhr es Anna, »…ich glaube, das habe ich schon immer gewollt.« »Aha… und warum machen Sie das dann nicht?« »Das ist doch unmöglich«, sagte Anna heiser, »dazu braucht man ja die höhere Schule…« Frau Schmidt lachte sie aus: »Wenn's weiter nichts ist!« Sie trieb einen Lehrer auf, den sie aus ihrer Vergangenheit als Studienrätin kannte und der bereit war, Anna für die Begabtenprüfung zu trimmen. Es gab bereits eine Frau, die bei ihm Unterricht nahm, Anna konnte sich ihr anschließen. Von nun an ging sie – über ihren abgetretenen Schuhen abgetretene

Überschuhe aus Gummi – jeden Nachmittag durch die jahrhundertealten Straßen zu seinem Haus, an Trümmerhaufen vorbei und Menschen, die vor Hunger umfielen. »Merken Sie sich, Sie brauchen nichts zu verstehen«, schärfte ihr der Lehrer ein, »Sie müssen nur die richtigen Antworten geben können in der Prüfung. Lernen Sie den Stoff auswendig!« Schon damals, als Anna an der Seite ihres stolzen Vaters *Das Lied von der Glocke* aufgesagt hatte, waren alle über ihr Gedächtnis verblüfft gewesen; jetzt war es der Lehrer, dem die Luft wegblieb bei dem Tempo, mit dem sie seinen Ratschlag befolgte. Er hetzte sie durch die Grammatik, durch die Grundlagen der Mathematik, durch die Geschichte, die Geographie, die deutsche Literatur. Nach zwei Wochen sagte er: »Ich arbeite hier mit zwei ungleichen Pferden. Sie galoppieren wie eine Wahnsinnige vor, Ihre Kollegin kann da nicht mithalten. Ich muß Sie wohl trennen.«

Annas Kopf war vollkommen leer – sie hatte den Krieg tief weggesperrt und den Schlüssel absichtlich verloren. Es gab Platz genug für die schwindelerregende Menge an Wissen, das so angenehm neutral war in seiner Eigenschaft als Kulturgut. Sie paukte und paukte, obwohl sie ab und zu fast zusammenbrach unter der hohen Tourenzahl. »Ist Ihnen schwindlig?« fragte der Lehrer. »Ja…«, sagte sie benommen. »Was haben Sie denn heute gegessen?« »Zwei Kartoffeln…« »Sapperlot, warum haben Sie das nicht eher gesagt!« Er kochte ihr einen Teller Haferbrei. »Machen Sie sich keine Gedanken, ich bekomme Lebensmittelpakete aus der englischen Zone.« Von nun an begann der Unterricht jeden Tag mit einem Teller Brei: zuerst der Körper, dann der Geist, war die Auffassung des Lehrers. Er bemerkte auch, daß ihre Überschuhe fast auseinanderfielen. Ihre Arbeitgeberin, die mindestens zehn Paar Schuhe in der gleichen Größe herumstehen hatte, kam nicht auf die Idee, ihr eins davon abzugeben. Der Lehrer tauschte zwei Flaschen Schnaps gegen solide Lederschuhe. Als Anna begeistert damit nach Hause kam, zog Frau Schmidt gleichgültig die Brauen hoch: »Na und…?«

Am Tag vor Weihnachten holte sie sich bei ihrem Bruder einen Vorschuß auf das Festessen. Wenn sie zurückkäme, sagte sie, wolle sie baden – um den Körper zu reinigen, bevor sie sich in der Christmette um ihr geistiges Wohl kümmern würde. Anna mußte alles vorbereiten und auf dem Kohleherd in der Küche einen großen Kessel Wasser aufsetzen. Es dunkelte schon, als unerwartet jemand klingelte. Vor der Tür stand eine Frau, die ein weinendes, in Tücher gewickeltes Baby an sich drückte und vor Erschöpfung fast zusammenbrach. Anna fing sie auf, brachte sie in die Küche und nahm ihr das Kind ab, das stank, als hätte es seit Wochen keine neuen Windeln bekommen. Aus den Augenwinkeln sah sie den dampfenden Kessel und die Wanne – alles war bereit für die gnädige Frau. Ohne zu überlegen füllte sie die Wanne und pellte das Kind aus den stinkenden Lumpen, die sie in den Flur warf. Nachdem sie das Baby gebadet hatte, hüllte sie es in ein Flanelltuch. Danach gab sie der Mutter ein Butterbrot, eine gekochte Kartoffel und eine Tasse schwarzen Kaffee. Beide schwiegen, alles geschah in einer gehetzten Abfolge selbstverständlicher Handlungen – unter der ständigen Drohung des Phantoms von Frau Schmidt, die jeden Augenblick nach Hause kommen konnte. Was nun, fragte sich Anna fieberhaft, wohin sollte die Mutter mit dem Kind jetzt gehen? Das Kloster! Die Nonnen, die Engel der Selbstlosigkeit! Sie schlüpfte in ihren Mantel und brachte die beiden zu den Ursulinen, die sich ihrer freudig erbarmten. Auf dem Rückweg überkam sie ein zufriedenes Gefühl der Synchronizität: Es war Heiligabend, und in der Herberge war kein Platz! Über den Trümmerhaufen von Trier war der Himmel mit Sternen übersät, darunter ging sie in ihren neuen Schuhen. Alles war im Gleichgewicht – für einen Moment.

Anna kam zur gleichen Zeit wie ihre Arbeitgeberin nach

Hause. Als die Lehrerin sah, daß statt eines warmen Bades eine Wanne mit schmutzigem Wasser auf sie wartete, geriet sie außer sich. Mit einer grotesken Gebärde hob sie die Arme und überschüttete Anna mit einem Schwall von Vorwürfen. »Einen Augenblick«, zwängte sich diese dazwischen, »ich setze einen neuen Kessel Wasser auf den Herd und räume alles auf, es ist gleich erledigt.« Frau Schmidt beruhigte sich erst, als die Ordnung wiederhergestellt war und das Bild in der Küche mit dem Bild übereinstimmte, das sie im Kopf gehabt hatte, als sie, rosig und satt, nach Hause spaziert war.

In der Christmette saß sie, duftend nach Seife und Stärke, in der Kirchenbank, sang, jubilierte und betete, daß es eine Lust war. Mit derselben Stimme, die sich so gut auf Schimpftiraden verstand, legte sie sich ins Zeug, als gehörte sie zu den himmlischen Heerscharen. Anna beobachtete sie stoisch. Auf dem Heimweg sagte Frau Schmidt: »Ich begreife immer noch nicht, wie Sie so eine verdreckte Frau und so ein schmutziges Kind in meine Wohnung holen konnten.« Anna blieb stehen, sah ihr direkt in die Augen und zitierte andächtig, was der Pastor kurz zuvor gesagt hatte: »...und im Stall gebar Maria ihren erstgeborenen Sohn, wickelte Ihn in Windeln und legte Ihn in eine Krippe, weil in der Herberge kein Platz für sie war...« »Sie ziehen sich mit einem Wortspiel aus der Affäre...«, sagte die Lehrerin und stapfte grantig weiter. Trotzdem bekam Anna ein kleines Weihnachtsgeschenk. Keine warmen Strümpfe, keine Strickjacke, keine Milch und auch kein Fleisch, sondern ein lateinisches Meßbuch: die Sacramentaria, das Lectionarum und das Graduale – ein stummer Wink, daß Anna auf dem Gebiet des Christentums noch viel zu lernen hatte.

Frau Schmidts Selbstlosigkeit entfaltete sich mehr im didaktischen Bereich. Die Suche nach einer Fachschule für Fürsorgerinnen wurde ihr nicht leichtgemacht. Alle von den Nazis indoktrinierten Ausbildungsstätten waren aufgelöst

434

worden; was übrigblieb, war ein gediegenes katholisches Institut in Nordrhein-Westfalen. Die Direktorin antwortete sofort auf ihren tadellosen Brief: Im März würde sie dem Seminar in Trier einen Besuch abstatten und bei dieser Gelegenheit beurteilen, ob Frau Schmidts Schützling für die Ausbildung geeignet sei.

Annas Kopftuch, ein Schutz gegen den Staub, der aus den Trümmerhaufen hochwehte, flatterte im Wind. Je näher sie dem Seminar kam, desto mehr schlug ihr die Prüfungsangst auf den Magen. Die Direktorin, hochmütig und kurz angebunden, unternahm nichts, um sie zu beruhigen, sondern unterzog sie einem Kreuzverhör. »Warum möchten Sie Fürsorgerin werden?« fragte sie in einem zynischen Ton, als wäre ihr ein so unbescheidener, dreister Plan noch nie zu Ohren gekommen. »Ich möchte den Menschen helfen«, erklang es leise. »Warum?« »Weil ich den Menschen helfen will«, wiederholte Anna mit erhobener Stimme und vergaß alle Manieren und Höflichkeitsphrasen. Ein bedrückendes Schweigen trat ein. Ich hab's verpatzt, dachte sie, das ist jetzt schon sicher. Warum bloß behandelt sie mich wie einen Hund? Aber einem Hund streichelt man noch über den Kopf, man sagt: Du bist ein guter Hund. Schließlich brach sie reumütig das Schweigen: »Ich war selbst einmal ein Kind, das Hilfe brauchte.« Wieder dieses Schweigen und der spöttische, bohrende Blick der Autorität, die über ihr Schicksal bestimmte. »Sie können gehen«, sagte die Frau schroff. Niedergeschlagen kam Anna nach Hause. Frau Schmidt stürzte auf sie zu: »Na, wie war's?« »Das kann ich vergessen, da wird nichts draus.« Die Lehrerin schnaubte ungläubig. Sie hatte ihre eigenen Kanäle, um an objektive Informationen zu gelangen; ein paar Tage später meldete sie triumphierend: »Sie haben sie tief beeindruckt. Die weiß wenigstens, was sie will, hat sie zum Abt gesagt...« Anna blickte müde auf. Sie wollte nichts mehr davon hören, die Lehrerin fabulierte ja nur. Aber die Post gab ihr recht. Ein abgegriffenes und beschädigtes Telegramm wurde gebracht: Beginn erstes Semester am 1. September.

Adieu Frau Schmidt, Studienrätin! Aber bevor sie nach Nordrhein-Westfalen ging, mußte sie einen zweiten Versuch wagen. Diesmal hatte sie feste Schuhe an, die Sonne schien, und ein Postauto nahm sie mit bis in den Ort. Auf dem Dorfplatz stieg sie aus und fragte nach dem Weg. Mit einem Armvoll Blumen, die sie unterwegs gepflückt hatte, schob sie das quietschende schmiedeeiserne Tor auf. Es gab einen Mittelgang wie in der Kirche und Gräberreihen zu beiden Seiten. Ganz vorn waren die ältesten Gräber: bemooste, durch Regen und Frost verwitterte Namen aus der Gegend auf schiefgesackten Steinen und geborstenen Grabplatten. Dazwischen beschnittener Taxus und Koniferen und eine nachdrückliche, nur durch Vogelgezwitscher durchbrochene Abwesenheit von Geräuschen. Weiter hinten waren die neueren Gräber. Eines davon sprang ihr sofort ins Auge, weil es quadratisch statt rechteckig war und drei dilettantisch zusammengebaute Holzkreuze darauf standen, die sich zueinander neigten, als suchten sie eine Stütze. Während sie intuitiv in diese Richtung ging, beschlich sie eine unerklärliche, plötzliche Angst: die Angst, daß er doch noch recht bekommen würde und überall wäre außer an diesem einen Ort... daß er sie aus allen Himmelsrichtungen wegen ihrer Naivität auslachte. Aber es gab kein Entkommen: Seit ihrer Entlassung aus dem Lager der Amerikaner war sie zu diesen armseligen zwei Quadratmetern unterwegs. Also näherte sie sich voller Scheu, Schritt für Schritt, ihrer Ernüchterung. Auf jedem der Kreuze war in keilschriftartigen Buchstaben ein Name eingekerbt – das mittlere trug den seinen. Die Erde darunter war mit frischem Tannengrün bedeckt, auf dem weiße Rosen lagen. Von wem, für wen waren diese Blumen? Sie kniete nieder, legte ihren Blumenstrauß dazu und starrte auf seinen Namen in der

Hoffnung, etwas von seiner Anwesenheit würde sich dadurch bekunden, aber das einzige, was sie vor sich sah, war der braungebrannte Soldat, der ihr auf dem Bahnhof in Nürnberg frohgemut zum Abschied gewinkt hatte: »...diese Scheiße ist sowieso bald zu Ende.« Wenn er irgendwo lebte, dann in ihr selbst, es gab keinen Ort auf Erden, an dem das so deutlich war wie hier...

»Was machen Sie an meinem Grab?« zerschnitt hinter ihr eine Frauenstimme die Stille. Anna erstarrte. Ohne sich umzudrehen, sagte sie würdevoll: »Wenn es irgend jemand auf der Welt gibt, der ein Recht auf dieses Grab hat, dann bin ich das. Hier liegt nämlich mein Mann.« Von einer Konifere stieg indiskret der Gesang einer Amsel auf, in den sich ein gedämpftes Schluchzen mischte. Anna drehte sich um. Eine junge Frau starrte sie mit geschwollenen Augen an. Während das Grab seinem sprichwörtlichen Schweigen alle Ehre machte, drängte sich Anna ein Verdacht auf, der zu schlimm war, um gedacht zu werden. Zwei andere liegen ja auch noch da, beruhigte sie sich selbst. »Sind Sie Frau Grosalie...«, sagte das Mädchen mit belegter Stimme. »Ja, ja...«, sagte Anna kurz angebunden, »ich bin Frau Grosalie, aber was haben Sie mit meinem Mann zu tun...?« Hilflos schaute die andere in den Himmel, als wartete sie auf ein Zeichen. Keine einzige harmlose Deutung wollte Anna einfallen. Flüchtig begegneten sich ihre Blicke.

»Ich werde es Ihnen erklären«, murmelte das Mädchen. Sie räusperte sich. »Er war bei unseren Nachbarn einquartiert... über den Zaun hinweg haben wir seine Bekanntschaft gemacht, meine Mutter und ich... er war uns sofort sympathisch... uns beiden...« So begann sie schüchtern ihre Geschichte. Durch dieses Mädchen, das letzte weibliche Wesen, das er vor seinem Tod gesehen hatte, trat Martin auf unorthodoxe Weise mit Anna in Kontakt – durch sie setzte er seine Frau über die Einzelheiten ins Bild. Jetzt erst wurde sein abstrakter Tod – »der Heldentod Ihres Mannes« – etwas, was ihm in einem bestimmten Moment an einem bestimmten Ort widerfahren war. Den einen Augenblick lebte er noch und konnte sehen, hören, riechen, reden, lachen – wenige Sekunden später wurden seine sterblichen Überreste zusammengelesen. Mit dumpfer Stimme ließ das Mädchen die Ereignisse an jenem bewußten Tag im September 1944 Revue passieren. Das Büro in Prüm, wo sie arbeitete, war geschlossen, weil die gesamte Gegend Frontgebiet geworden und jeglicher Verkehr zum Erliegen gekommen war. Notgedrungen blieb sie zu Hause. Sie saß auf der Gartenbank in der Sonne, als der Offizier zum Gruß winkte und ihr zurief, er habe den Befehl, mit seinen Soldaten zum Westwall zu fahren und in einem Fernmeldebunker Posten zu beziehen. Sie fuhr von der Bank hoch: »Könnten Sie mich bis Prüm mitnehmen?« fragte sie spontan. »Ich habe eine Tasche mit Sachen im Büro stehenlassen.« Er schüttelte nur den Kopf: »Die Straßen sind nicht sicher, die Amerikaner beschießen uns von allen Seiten.« Aber als sie nicht lockerließ, gab er nach. »Na ja, wenn Sie so darauf bestehen.«

Sie fuhren los, der Lastwagen schaukelte über einen Waldweg; in der Ferne hörte man ab und zu eine Detonation, Blätter und Beeren zitterten in der Luft, dann wurde alles wieder still. »Ach du lieber Himmel«, rief sie plötzlich in Panik, »ich hab' den Schlüssel vergessen!« Martin spielte die Sache herunter: »Sie brauchen sowieso keinen Schlüssel, Sie werden sehen, in dem Haus ist kein Fenster mehr heil, Sie können bestimmt so hineinklettern ...« »Das ist zwar gut möglich«, sagte sie störrisch, »aber ich hole doch lieber den Schlüssel.« Sie wollte aussteigen, er hielt sie zurück: »Es ist lebensgefährlich, allein zurückzugehen.« Aber sie war nicht mehr zu halten, ein unerschütterlicher Glaube an die Unentbehrlichkeit des Schlüssels zwang sie, auf der Stelle umzukehren. Sie verabschiedete sich, stieg aus und ging den Weg zurück, den sie gekommen waren.

Am frühen Nachmittag kehrten die Fernmeldetechniker ins Dorf zurück. Drei von ihnen in Tücher gewickelt wie Mumien, sechs andere unverletzt. Die Dorfbewohner strömten zusammen; das Mädchen stand erschüttert unter ihnen und fragte die Überlebenden in beschuldigendem Ton nach einer Erklärung, ohne zu ahnen, daß sie schon schwer an ihren Schuldgefühlen zu tragen hatten. Mit hängendem Kopf hatte ihr schließlich einer von ihnen erzählt, was passiert war. Der Lastwagen näherte sich einem Dorf, Martin hatte – wie sie wußte – vorn zwischen dem Fahrer und einem Soldaten gesessen. Die anderen riefen von hinten: »Halt mal an, wir wollen eben ein paar Äpfel pflücken.« An einem Abhang standen Obstbäume, rote Äpfel glänzten verlockend in der Sonne. »Das geht nicht«, hatte Martin gesagt, »wenn wir anhalten, sind wir eine Zielscheibe für die Amerikaner.« Aber die Soldaten quengelten »nur ganz kurz«, und gutmütig wie er war, ließ sich Martin schließlich erweichen. »Aber dann fix!« kapitulierte er. Sechs Soldaten sprangen aus dem Wagen und rannten wie Lausbuben in den Obstgarten. Für ein paar Minuten vergaßen sie den Krieg, sie schüttelten die Äste und sammelten Äpfel, bis sie durch eine Explosion unten auf der Straße aufgeschreckt wurden. Vor ihren Augen flog die Kabine mit den drei Zurückgebliebenen, von Granatfeuer getroffen, nach allen Seiten auseinander.

Das Mädchen hörte ihm sprachlos zu, starrte auf die drei prosaischen Pakete und sah die Männer vor sich, zwischen denen sie noch vor wenigen Stunden geschwisterlich gesessen hatte. Das Gepäck der Opfer wurde zusammengelegt; in Martins Koffer lagen, zwischen Büchern, ein Paar hellblaue Babyschuhe und ein silbernes Abendtäschchen. Beim Anblick seiner persönlichen Habe wurde ihr die Katastrophe erst in vollem Umfang bewußt. Sie brach in Tränen aus und kehrte der Szene den Rücken zu. Inzwischen machte sich jemand das Gedränge zunutze – als sie wieder zu sich gekommen war und sich umdrehte, waren Kinderschuhe und Abendtasche verschwunden.

Anna nickte langsam. »Der Heldentod Ihres Mannes...« Gestorben für eine Handvoll Äpfel. Ein anderer Apfel fiel ihr ein, ein Apfel, der Unheil über die Menschheit gebracht hatte. Martin war durch die Steppen Rußlands und die Felder der Ukraine gezogen, er hatte die Kälte überlebt, einen Partisanenüberfall, eine tödliche Krankheit – den ganzen Krieg hatte er heil überstanden, um am Rand eines Bauerndorfes in der Eifel für eine Handvoll Äpfel zu sterben. Wie sinnlos und absurd dieser Tod auch scheinen wollte, er paßte zu ihm: Er starb, als er anderen einen Gefallen tat. Darin erkannte sie ihn wieder... in dem Bericht über seinen Tod war er ihr plötzlich sehr nahe. »Sind die Blumen von Ihnen?« fragte sie leise. »Meine Mutter und ich«, bestätigte das Mädchen, »haben die Rosen in Trier gegen Butter und Eier eingetauscht.« Anna schaute umher; zwischen den verwahrlosten Gräbern mit überwucherten Grabplatten war das Quadrat mit den drei Kreuzen eine liebevoll gepflegte Insel.

Das Mädchen bestand darauf, Anna ihrer Mutter vorzustellen. Die schüttelte ihr ergriffen die Hand. »Ihr Mann war so ein guter Mensch...«, seufzte sie und schneuzte sich die Nase. Dann bereitete sie der Witwe einen Empfang, als wäre sie eine seit langem erwartete Verwandte aus Amerika. Alles, was in Haus und Garten an Eßbarem zu finden war, wurde, mit würzigen Kräutern zubereitet, aufgetischt. Anna begriff, daß es sowohl ein Gedenk- als auch ein Festessen war. Martin war tot, aber das Mädchen lebte – dank ihrer geradezu paranormalen Besessenheit für einen Schlüssel. »Was ich nicht verstehe...«, sagte die Mutter beim Abschied, »die SS hat sie begraben und die Kreuze aufgestellt, aber unser Pastor hat sich geweigert, sie zu segnen, weil sie SS-Leute waren. Und das will ein Christ sein...«

»Du hattest wenigstens noch ein Grab, zu dem du gehen konntest«, sagte Lotte frostig. Sie hatte keine Lust, sich durch die Geschichte von Annas Wallfahrt zum Grab eines SS-Offiziers mitreißen zu lassen.

Gedankenverloren sah Anna sie an. »Wieso?«

»In Mauthausen gab es keinen Friedhof.«

Anna streckte ihre schmerzenden Beine aus. Durch den mildernden Einfluß der Bäder hatte sie sich ein paar Tage in dem Glauben gewiegt, daß die Schmerzen zurückgegangen seien, aber nun waren sie plötzlich wieder so heftig wie vorher. »Vor ein paar Jahren bin ich in Auschwitz gewesen...«, sagte sie, »jeden Tag wurden dort sechstausend Menschen vergast. Ich habe da gestanden, wohin sie alle gegangen sind, und mich an den herrlichen Sommer von 1943 erinnert: Martin kam, wir gingen im See schwimmen, wir zogen uns auf die Insel zurück, wunderschöne Wochenenden für uns allein – ich wußte nicht, daß es das Letzte war, das mir vergönnt wurde. Daß in dieser Zeit, in der ich das bißchen Glück meines Lebens erlebte, Millionen Menschen diesen Weg gegangen waren... das konnte ich nicht verkraften, es war so schrecklich...« Sie massierte sich die Knie. »Aber ob ich nun glücklich war oder nicht... helfen konnte ich ihnen damit nicht...«

Das war eine Binsenweisheit. Lotte schwieg.

»Zuerst habe ich es nicht geglaubt«, fuhr Anna fort. »In den fünfziger Jahren sah ich zum erstenmal die Bilder im Fernsehen. Weißt du, was ich gedacht habe? Die Amerikaner hätten die Leichen aus den Städten, die sie bombardiert haben, gesammelt und in dem Konzentrationslager auf einen Haufen geworfen. Ich konnte es einfach nicht glauben.«

»Wann hast du es denn endlich kapiert?« sagte Lotte scharf.

»Den Anstoß bekam ich in einer großen Ausstellung: ›Die Juden in Köln seit der Römerzeit‹. Da ist die Wahrheit langsam zu mir durchgedrungen. Versteh das doch bitte: Politik hat mich nicht interessiert. Ich wurde ganz von meiner Arbeit in Beschlag genommen, etwas anderes gab es nicht.«

»Wir haben es nicht gewußt, wir hatten etwas anderes zu tun!« höhnte Lotte.

»Ja... nein...«, sagte Anna gereizt, »im Alltagsleben hat man nichts von den Juden gehört, ich kann mich nicht erinnern, daß irgend jemand je etwas davon gesagt hätte.«

Überfallen von der dumpfen Gewißheit, daß es hoffnungslos war, stand Lotte auf. Eine Schwester kam herein und bat die beiden Frauen, sich anzuziehen. Sie würden in Kürze schließen, das Personal wolle nach Hause.

Die unentrinnbaren Familienbande forderten weiter ihre Rechte, ob die Schwestern wollten oder nicht. Irgend etwas zwang sie, immer weiter gegen den Strom zu rudern, zueinander hin – die eine in aktiver Eroberungssucht, die andere als willenloses Opfer einer ärgerlichen Form von Anziehungskraft, gegen die sie keinen Widerstand leisten konnte.

Am Abend aßen sie zusammen in einem kleinen Restaurant an der Avenue Reine Astrid. Es war Samstag, am nächsten Morgen brauchten sie sich nicht in aller Herrgottsfrühe im Kurhaus zu melden. Auf der Suche nach ein wenig Samstagabendgefühl gingen sie ins Relais de la Poste und machten es sich auf den Ledersofas aus den dreißiger Jahren bequem, einer Zeit, als sie noch jung waren und nicht wußten, was ihnen bevorstand. Sie tranken Kaffee mit Grand Manier, die Musikbox erfüllte den Raum mit samtigen Evergreens aus den fünfziger Jahren.

»Das Leben geht weiter, heißt es immer...«, Anna nippte an ihrem Glas, »wenn wir einen großen Verlust erlitten haben, klopft uns jemand auf die Schulter und sagt: Kopf hoch, das Leben geht weiter. Ein Klischee und zugleich eine bittere, universelle Wahrheit. Unsere Städte lagen in Schutt und Asche, unsere Soldaten waren tot, verkrüppelt, ihrer Illusionen beraubt, wir bekamen kollektiv als Volk die Schuld am größten Massenmord in der Geschichte der Menschheit, wir waren wirtschaftlich und moralisch bankrott... und doch ging das Leben irgendwie weiter. Ich habe mich ins Studium und in meine Arbeit gestürzt. Alle machten sich an die Arbeit, mein Gott...« Sie leerte das Glas in einem Zug und schmunzelte: »Der ganze Wiederaufbau war eine einzige große Arbeitstherapie!«

Lotte starrte abwesend in ihr Glas. Erinnerungen an den trostlosen Frieden zogen vorbei. Sie wollte nicht daran denken, und gerade deshalb dachte sie daran.

Auch Ernst arbeitete. Er war in die Dienste eines Geigenbauers in Den Haag getreten, der wegen Rheumatismus in den Händen gezwungen war, ihm immer mehr Arbeit zu überlassen. Lotte und er zogen in eine kleine Wohnung hinter der Werkstatt – Ernst bekam, wie so viele in der Nachkriegszeit, nur einen Hungerlohn. Wie besessen von seiner neuen Verantwortung als Ehemann und zukünftiger Familienvorstand trieb er sich zu unermüdlicher Leistung an: Fünf Tage in der Woche reparierte er Geigen, am Wochenende baute er neue, die er verkaufte. Sieben Tage in der Woche war Lotte allein mit den Gedanken, von denen die Ehe sie hatte erlösen sollen. Aus ihrer Familie herausgerissen – ein schmerzliches Déjà-vu-Erlebnis –, ging sie im Zimmer auf und ab. Wohin war sie geraten, hatte sie das so gewollt? Sie träumte von einem großen, alten Haus mit hohen Zimmern, einem Haus, das sie mit der Einsamkeit der Ehe versöhnen würde, einem Haus, das sie in ein Zuhause verwandeln könnte. Der Traum trieb sie durch ein Labyrinth von Straßen und Grachten. Es wurde Herbst, Winter, die dunklen Häuserfronten wiesen sie ab, die beleuchteten Zimmer schlossen sie aus – nur noch die Streichhölzer fehlten. Es war, als büßte sie nachträglich, indem sie für immer umherirrte, ohne Heimat, ohne Angehörige – der wohlverdiente Lohn für jemanden, der weder das eine noch das andere ganz war, sondern eine Hybride, eine Verräterin nach zwei Seiten.

Vielleicht war es die Musik, die fehlte. Wo war Amelita Galli-Curci geblieben? Das *Exultate Jubilate?* Die *Matthäuspassion?* Sie fand eine Gesangslehrerin, aber bereits in der ersten Stunde zeigte sich, daß von ihrer Stimme nicht viel übrig war. Vor der Lehrerin erging sie sich in Entschuldigungen – sehnsüchtig zählte sie auf, was sie früher alles gesungen hatte, aber als sie den Zweifel in den Augen der anderen sah, begann sie selbst auch zu zweifeln. Was war mit ihrer Stimme geschehen, die doch früher mühelos den Wasserturm von den Fundamenten bis zum Dach erfüllt hatte? Ihre Stimmbänder waren wie vertrocknetes Gummi, das zwischen den Fingern zerbröselt.

Wenn sie Musik hören wollte, mußte sie ihre Eltern besuchen. Doch dort schimmerte hinter der Fassade eines normalen Familienlebens die Zerrüttung durch. Ihre Mutter, die mit gekünstelter Fröhlichkeit den Laden zusammenhielt, entwikkelte eine Eßsucht, um den Hunger und alles andere zu vergessen. Mit den untergetauchten Juden hatten sie auch fast alle ihre Kinder verlassen. Zwischen Jet und Ruben hatte sich heimlich etwas entwickelt, seit Jet mit einer Gehirnerschütterung im Bett gelegen und er ihr zum Zeitvertreib stundenlang vorgelesen hatte. Theo de Zwaan hatte schon vor längerer Zeit Maries Aschenputtelherz erweichen können. Mies hatte kurz vor dem Krieg eine Wohnung über dem Hutgeschäft bezogen. Alle waren verheiratet und wohnten für sich. Koen war auf Brams Einladung nach Amerika gegangen, das seit dem *D-Day* eine fast mythische Popularität als Land der unbegrenzten Möglichkeiten genoß. Die beiden Jüngsten, die noch zu Hause waren, konnten sich in der Schule nicht konzentrieren und waren zapplig und widerspenstig.

Lotte ertrug es nicht, mit anzusehen, wie aufgekratzt ihr Vater war, seit er seine Frau wieder fast für sich alleine hatte.

Auf der Straße hatte ihn ein älterer Herr angesprochen und verblüfft angestarrt. »Daß Sie noch leben! Sie sind doch Herr Rockanje?« Er nickte argwöhnisch. »Ich habe Ihnen damals eine Injektion gegeben…«, rief der andere begeistert, »direkt ins Herz – eine Verzweiflungstat, ich hatte Sie ja schon aufgegeben!« Lottes Vater, der sich an nichts erinnern konnte und alles über sein Krankenlager aus zweiter Hand erfahren hatte, bedankte sich verdutzt über den beherzten Eingriff und ging beschwingt nach Hause. Er fühlte sich, als sei ihm das Leben zum zweiten Mal geschenkt worden, und beschloß, daß ihn diesmal nichts und niemand davon abhalten konnte, es wirklich zu genießen. – Die große Desillusionierung sollte erst später kommen: Noch war Väterchen Stalin ein unbescholtener Mann.

Der Krieg brodelte noch einmal giftig auf; nur Sara Frinkels energischem Auftreten hatte Lottes Vater es zu verdanken, daß sein Leumund keinen häßlichen Sprung bekam. In der jüdischen Gemeinde fand ein Diner statt; die Familie Frinkel, die noch nicht nach Amerika gegangen war, wurde auch eingeladen. Beim Essen hatte Ed de Vries – in der lauten Art des Sängers und Entertainers, mit der er die Aufmerksamkeit auf sich zu ziehen wußte – behauptet, die Familie Rockanje habe ihm eine in Verwahrung gegebene Kassette mit kostbaren Dingen im Wert von einer halben Million entwendet. Empört hatte Sara Frinkel über den Tisch gerufen: »Wie kannst du es wagen! Nimm das sofort zurück, du alte Ratte! Was fällt dir bloß ein, du hattest keinen Cent! Daß ich nicht lache, du mit deiner halben Million in einer Kassette, von der du sagst: Ich möchte ein paar Sachen vergraben. Jetzt wird mir alles klar: Du versuchst, von der Versicherung etwas dafür zu kriegen. Das ist deine Sache, aber hüte dich davor, die Familie Rockanje in den Dreck zu ziehen!«

Hin und wieder nahm Lotte eines der Starfotos in die Hand, die Theo de Zwaan direkt vor dem Krieg von Jet und ihr gemacht hatte. Wie selbstbewußt und herausfordernd blickten sie doch in die Linse – als läge ihnen die Welt zu Füßen. Was für ein Übermut, was für eine Unwissenheit! Mit Bitterkeit und Nostalgie dachte sie an das Leben vor dem Krieg zurück. Obwohl die Familie gegen Gott und Ministerpräsident Colijn war, hatte sie, angeführt von der Mutter, romantische Ideale wie Gerechtigkeit, Menschlichkeit und Schönheit gehegt. Wenn an Sommerabenden Beethoven durch das offene Fenster nach draußen schwebte und sie alle zusammen in Korbsesseln zu den Sternen und zum dunklen Waldrand blickten, hatten sie gedacht: Wenn es so herrliche Musik gibt, muß das Leben, im innersten Kern, auch herrlich sein. Jetzt schämte sie sich dieser großen Gefühle. Beethoven war ein Deutscher, Bach auch, Mendelssohn war ein Jude; die Nazis hatten mit ihren deutschen Komponisten kokettiert und die jüdischen verboten – sie würde nie mehr Musik hören können, ohne auch daran zu denken, ganz zu schweigen von den *Kindertotenliedern.* Alles war besudelt.

Anna und Lotte hatten gar nicht gemerkt, daß das Lokal inzwischen voll geworden war. Ältere Ehepaare hatten sich an den Tischen niedergelassen, die Herren in Anzug und gebügeltem Oberhemd mit Krawatte, ihre Damen – frisch vom Coiffeur – in einem Kleid mit Plisseerock und Lackgürtel. Das Zeitalter der Jeans und T-Shirts war noch nicht bis hierher vorgedrungen. Ein beliebter Evergreen setzte ein, und einige Paare wagten sich auf die improvisierte Tanzfläche in der Mitte des Raums. Ein schmalziger Louis Prima entführte sie, routiniert drehten sie ihre flotten Runden... *buona sera signorina... buona sera...*

»Wie schön...«, seufzte Anna, »daß sie sich in ihrem Alter noch so amüsieren können.«

Mit einem mißbilligenden Zug um die Mundwinkel verfolgte Lotte die grauen Köpfe. »Findest du es nicht ein bißchen peinlich«, sagte sie verdrossen, »dieses verliebte Getue, in dem Alter.«

»Mensch, sei doch nicht so streng... zu dir selbst. Hast du denn mit deinem Geigenbauer nie getanzt...?«

Das »mit deinem Geigenbauer« kränkte Lotte. Und die Vorstellung, sie hätten so miteinander getanzt wie diese geschniegelten Senioren, fand sie schlichtweg abstoßend. »Mein Geigenbauer ist schon seit Jahren tot...«, sagte sie scharf und erwartete, daß Anna sich jetzt schämte.

Aber die merkte überhaupt nichts. Ein rüstiger Alter bot sich dar. Er knöpfte sein Jackett zu und verbeugte sich leicht ironisch vor Anna. Die stand mit einem belustigten Lächeln auf, zwängte sich zwischen den Tischen durch und verschwand für kurze Zeit aus Lottes Blickfeld. »*Oh, mon papa...*«, schluchzte die Musikbox.

Anna schwebte über die Tanzfläche, als hätte sie, seit die Nonnen ihr im Schatten des Zitzewitz-Schlosses das Tanzen beigebracht hatten, nichts anderes getan. Schmunzelnd dachte sie an den Tumult um das Lied *Was machst du mit dem Knie, lieber Hans* zurück, aber der Casanova in Spa benahm sich untadelig. Er führte sie souverän, ohne zu ahnen, daß er eine Person in den Armen hielt, die sich schon längst nicht mehr, von wem auch immer, führen ließ. Ja, er erkühnte sich sogar, seine eigene Version des Tangos mit ihr zu tanzen, mit einem steif vorgestreckten Arm und plötzlichen Drehungen um hundertachtzig Grad. Dann brachte er sie ritterlich wieder zu ihrem Platz.

Anna war ganz außer Atem. »Wer hätte das gedacht«, lachte sie heiser, »ein Moorbad mit anschließendem Tanz...«

Spät am Abend, nachdem Anna sich von ihrem schweigsamen Partner noch zweimal auf die Tanzfläche hatte locken lassen, verließen sie das Lokal. Wie ein Mastodon warf das Kurhaus seinen Schatten auf die Straße. Schwindlig vom Grand Marnier bogen sie nach rechts ab.

»Wer tanzt, hält den Tod auf Abstand...«, kicherte Anna und stieß wankend gegen Lotte. »Schau mal, was für ein klarer Himmel! Morgen haben wir bestimmt gutes Wetter, da können wir einen schönen Spaziergang machen. Was hältst du davon, Schwesterlein? Die Schmerzen sind weg, stell dir mal vor, verschwunden... fffft...« Sie hakte sich bei Lotte ein.

Durch den Alkohol und die unwirklichen Szenen, die sie die ganze Zeit in sich aufgenommen hatte, war auch Lotte nicht mehr ganz so reserviert. »Du, Anna...«, sagte sie, »vorhin, als ich dich auf der Tanzfläche herumwirbeln sah, ist mir blitzartig etwas von früher eingefallen...«

»Du meinst von ganz früher?«

»Ja... du bist durch die Vorhalle getanzt, wild, stürmisch, übermütig – oder vielleicht hast du nicht getanzt, sondern Fangen gespielt mit... ein Junge war dabei...«

»Der Sohn des Hausmeisters«, ergänzte Anna spontan.

»Das kann sein... ihr habt euch auf den Treppen gebalgt, euer aufgeregtes Kreischen hallte durch die Korridore... Plötzlich hast du unten an der Treppe gelegen und geschrien... es war was mit deinem Arm... ich hatte Angst und habe auch geschrien. Was dann passiert ist, weiß ich nicht... ja doch, warte mal...« Vor Aufregung begann sie lauter zu reden. Die Erinnerung, einmal in Gang gekommen, war nicht mehr zu bremsen. »Sie haben dich ins Krankenhaus gebracht, und du bist mit einem Gipsarm in der Schlinge wiedergekommen. Ich war neidisch auf dich... alles, was du hattest, wollte ich auch haben... deine Schmerzen und auch deinen Gipsarm. Sie haben dann meinen Arm in ein Geschirrtuch oder so etwas gehängt... als Trost.«

»Jetzt, wo du es sagst...«, Anna blieb stehen, »jetzt, wo du es sagst... ja... ich hatte es ganz vergessen... ich hatte mir den Arm gebrochen... ich glaube sogar, an zwei Stellen... Daß du das noch weißt! Na siehst du!«

Sie wollte noch etwas sagen, aber statt dessen fiel sie Lotte um den Hals. Der Alkohol und die Rührung verbanden sich in einem gefährlichen Gärungsprozeß. Ihre Körper schwankten auf dem Asphalt beängstigend hin und her, als klammerten sie sich auf einem Schiff im Sturm aneinander. Vor Annas Augen schaukelte das Athenée im Hintergrund mit, vor Lottes Augen die Apfelsinen und Zitronen im Schaufenster eines Gemüseladens. Schritt für Schritt gingen sie weiter, die Quellenstadt Spa bewegte sich angenehm hin und her, als hätte sie es selbst mit dem Grand Marnier übertrieben. Mitten auf der Brücke über die Bahngleise blieb Anna stehen – während sie schwer auf dem Geländer hing, machte sie eine ausladende Geste zu den Sternen, die über der Silhouette der Dächer und der umliegenden Berge funkelten, und rief ihnen pathetisch zu:

>>*Zum Sehen geboren,*
Zum Schauen bestellt,
dem Turme geschworen,
gefällt mir die Welt.

Ich blick' in die Ferne,
ich seh' in der Näh'
den Mond und die Sterne
den Wald und das Reh...

äh ... wie ging es denn noch weiter ...«, rief sie kläglich, »mein Gott, ich hab's vergessen...« Noch immer hatte sie die Arme zu den Sternen erhoben, nun aber in einer leeren Geste.

»Komm«, sagte Lotte und zog sie am Ärmel weiter.

3

Mit Hilfe einer Wanderkarte hatte Lotte eine Route mit dem idyllischen Namen »Promenade des Artistes« ausgewählt. Ihre Sentimentalität vom Vorabend bereute sie. Eine gemeinsame Erinnerung war kein Grund zur Verbrüderung – seltsam, daß es nicht auch das Wort »Verschwesterung« gab. Sie blieb sorgfältig auf Distanz und hatte die Hände tief in den Taschen ihres Wintermantels vergraben. Die Sonne schimmerte fahl durch die Zweige; neben dem Weg schlängelte sich silbrig ein kleiner Bach.

Anna freute sich bei jedem Schritt, wie geschmeidig ihre Gelenke plötzlich waren – die Moorbäder zeigten eine erste Wirkung! Sie atmete die würzige Waldluft ein und glaubte zu spüren, wie der Sauerstoff bis tief in ihre Lunge drang. Ihr Schwung drückte sich schon bald in Gesprächigkeit aus. Sie schmunzelte in sich hinein: »Das rätst du nie, Lotte, wer mich in Salzkotten besucht hat.«

Das Institut für Wohlfahrtspflege war im obersten Stock eines Franziskanerinnenklosters untergebracht. Der Studienerfolg hing zum großen Teil vom Improvisationstalent ab. Hefte oder Schreibblöcke gab es nicht; wer eine Tapetenrolle oder einen Bogen Packpapier ergatterte, konnte sich Notizen machen. Die Dozenten, aus dem ganzen Land zusammengekratzt, kamen aus den Ruinen ihrer Städte nach einer abenteuerlichen Reise über ein weitgehend zerstörtes Schienennetz in das Institut. Sie wohnten im Kloster und traktierten ihre Studenten zwei Wochen lang mit Psychologie oder Soziologie. Der Botschaft des Nazareners eingedenk teilten die

Nonnen ihre Armut mit den Studenten, und als es Winter wurde, saßen sie freiwillig in der Kälte, damit der Unterrichtsraum geheizt werden konnte.

Es war eine ironische Nebensächlichkeit – einen Steinwurf von Salzkotten lag das Dorf an der Lippe, wo Annas Vater geboren und ihr Großvater gestorben war; das Dorf aus dem Märchen von der Schweinehirtin – allerdings ohne Prinz. Daß ihre Irrfahrten und Geschicke sie, wie ein Element im unentrinnbaren Kreislauf der Natur, ausgerechnet an diesen Ort verschlagen hatten, darüber wollte sie lieber nicht nachdenken. Daß jene Unheilsstätte so nahe war, ignorierte sie, nicht einmal das schönste Wetter konnte sie zu einem Spaziergang in diese Richtung verlocken. Aber Salzkotten mit seinem Wochenmarkt war der Mittelpunkt der umliegenden Dörfer. Eines Tages begegnete sie einer ehemaligen Klassenkameradin aus dem Dorf; überrascht über das Wiedersehen tauschten sie alles Wissenswerte aus.

Dieses zufällige Treffen zog eine sehr viel weniger zufällige Begegnung nach sich. Ein paar Tage später klopfte es an Annas Tür. »Du hast Besuch«, sagte eine Mitstudentin betreten, »du möchtest bitte ins Sprechzimmer kommen.« »Ich und Besuch«, rief Anna, »das kann nicht sein, ich habe niemanden auf der ganzen Welt. Wer ist es denn?« »Tja, eine Dame ist es nicht… Irgend so eine Frau, die behauptet, mit dir verwandt zu sein.« Nichtsahnend ging Anna nach unten. Auf der Türschwelle erstarrte sie. Der schlicht eingerichtete Raum wurde von der Gestalt, die dort auf sie wartete, vollkommen in Beschlag genommen; allein ihre Anwesenheit war ein Sakrileg. Sie war massiv und feist, ihre fettige Haut glänzte, Augen und Haare waren schwärzer denn je, ihre vulgäre Selbstgefälligkeit stand in schroffem Gegensatz zu den erbaulichen biblischen Darstellungen an den Wänden. »Mein Gott«, sagte die Frau mit einer der Umgebung angepaßten, schleppenden Stimme, »was machst du denn hier, wirst du jetzt Nonne?«

Anna wahrte einen angemessenen Abstand; es bedurfte außerordentlicher Selbstbeherrschung, den Quälereien und Demütigungen, die ihr wie ein dunkles, teuflisches Fluidum entgegenkamen, die Stirn zu bieten. Nein… oh, nein…, dachte sie abwehrend, nur nicht das… Auf eine allgemeine, unpersönliche Art erklärte sie, warum sie sich im Kloster aufhielt. »Ach, so ist das…«, seufzte die Besucherin, noch immer unendlich neugierig, »hör mal, wenn du was brauchen solltest – Butter, Käse, Eier –, dann mußt du es sagen…« Ein solches – aus diesem Mund tollkühnes – Angebot brachte Anna in einen Zwiespalt. Ihr schwirrten die Drohungen durch den Kopf, die Tante Martha vor zehn Jahren ausgestoßen hatte: »Du wirst noch mal angekrochen kommen und um Brot betteln…« Auf der anderen Seite gab es einfach den Hunger, unter dem jede im Kloster litt, und die alten Schulden, die noch offen waren: Was diese Tante ihr nicht alles schuldig geblieben war – es stand ihr einfach zu. »Großartig«, hörte sie sich hochmütig sagen, »darüber würden wir uns alle freuen, du kannst es ja an der Pforte abgeben.« Ihre Tante nickte, nicht ganz zufrieden, und Anna dachte auf einmal, daß es nicht etwas Teuflisches war, was von ihr ausging, sondern eine Primitivität, der jede Form von Moral, Selbstbesinnung und Gewissen fremd war. Als sie sich nichts mehr zu sagen hatten, zog Tante Martha in ihrer ganzen Breite ab, zutiefst erfüllt von ihrer Rolle als liebenswürdige Tante, die aus Besorgtheit ihre hungrige Nichte bei den Nonnen besucht. Anna blieb verdattert zurück. Was führte Tante Martha in das Kloster? Nächstenliebe konnte es nicht sein. Versuchte sie, das Schaf, das vor zehn Jahren ihrer Aufsicht entkommen war, wieder in den Pferch zurückzuholen? Brauchte sie noch immer eine billige Arbeitskraft, jemanden, an dem sie ihre destruktiven Neigungen ausleben konnte?

An der Pforte wurde nie etwas abgegeben. Allerdings traf Anna ab und zu Dorfbewohner, die sie bruchstückhaft über den unersprießlichen Lebenswandel ihrer Tante ins Bild setzten. Während Onkel Heinrich an der russischen Front kämpfte, hatte sich seine Frau zur berüchtigtsten Schwarzhändlerin weit und breit entwickelt. Den Flüchtlingen aus den Städten hatte sie, unbehelligt von Mitleid, für ein Ei, ein Stück Brot ihre letzten Besitztümer abgeknöpft: ein Schmuckstück, Tafelsilber, eine Tabaksdose, ein Porträt in einem vergoldeten Rahmen. Jedes Stück Brot ließ sie sich vierfach bezahlen. In weitem Umkreis war sie gefürchtet und respektiert; Hunger war stärker als Angst. Und der einzige, der sie hätte bremsen können, war jetzt in russischer Kriegsgefangenschaft.

Die letzte Neuigkeit, die Anna erreichte, war so bizarr, daß sie zuerst in Hohngelächter ausbrach. Aber schon bald schlug das Lachen in eine unchristliche Wut um, die mit der Friedlichkeit in den Klostermauern schmerzhaft kontrastierte. Tante Martha posaunte überall herum, daß sie ihrer Nichte das Studium an der Wohlfahrtsschule finanziere. Wenn man glaubte, so ungefähr alles erlebt und durchschaut zu haben, wurde man sofort für seine Naivität bestraft. Die Windungen eines perfiden Geistes – wieder war es der Tante gelungen, Annas mühsam wiedergewonnenen Seelenfrieden zu stören, es ging einfach weiter, als wäre sie nie fortgewesen.

Aber die dazwischenliegenden Jahre machten ihren Einfluß geltend. Mit ausgreifenden Schritten durchwanderte Anna die weite Landschaft ihrer Jugend – keine Hügel oder Berge, sondern Felder und Weideland, so weit das Auge reichte. Sie litt nicht unter Wehmut oder Nostalgie – ihre Unerschütterlichkeit schloß alle anderen Gefühle aus. Sie übersah den Holunderstrauch und den Marienbildstock bei der Brücke, die über den Fluß führte; das Wiedersehen mit dem Gehöft und den halbwüchsigen Kindern brachte sie nicht aus dem Gleichgewicht. Unangekündigt stand sie plötzlich in der Küche und packte ihre verdutzte Tante mit beiden Händen an der Bluse, in Höhe des Busens. »So, du finanzierst also mein Studium!«

»Bitte, bitte, ich weiß gar nicht, wovon du redest…« Tante Marthas Pupillen verengten sich vor Angst wie bei einer falschen Katze, die beim Nackenfell gegriffen wird. »Was bezahlst du, wieviel, seit wann? Na?« Der gierige Mund ihrer Tante klappte auf, zu und wieder auf. Worte kamen nicht heraus, nur unzusammenhängende Proteste. Anna machte unbeirrbar weiter, ohne Mitleid, ohne Triumph. »Weißt du, wieviel Lohn du mir schuldest? Du schuldest mir meine Jugend, alles schuldest du mir! Aber gezahlt hast du nichts! Ich werde dich anzeigen. Wenn du die Lüge, die du überall verbreitest, nicht offiziell in der Zeitung zurücknimmst, schicke ich dir die Polizei auf den Hals!« »Bitte… bitte…« Sie wand sich los, kopfscheu geworden suchte sie einen Ausweg. »Papier!« ordnete Anna an, »bring mir einen Füllhalter und Papier.« Mit abstoßender Unterwürfigkeit brachte ihr Tante Martha, was sie verlangte. Anna strich das Papier auf dem Küchentisch glatt, drückte ihr den Füller in die Hand und diktierte in nachdrücklichem Hochdeutsch: »Ich, Martha Bamberg, nehme die von mir gemachten Äußerungen über das Studium meiner Nichte, Anna Grosalie-Bamberg, in Salzkotten zurück. Mit meiner Behauptung, daß ich ihr Studium finanziere, habe ich die Unwahrheit gesagt.« Anna kontrollierte den Text, verbesserte ein paar Schreibfehler und befahl ihrer Tante, den Widerruf in der Lokalzeitung zu veröffentlichen. Obwohl sie aus den Augenwinkeln den Spülstein und den Herd wahrnahm, zwei der festen Eichpunkte aus ihrer Jugend, der Zeit ihrer Leibeigenschaft, würdigte sie die ganze Küche keines Blickes. Sie schlug die Tür hinter sich zu und verließ, ohne sich umzuschauen, den Hof.

Die Hände zu Fäusten geballt marschierte sie über die Felder zurück. Sie ließ sich nichts mehr gefallen, Anna Grosalie, Kriegerwitwe, Rotkreuzschwester, in der Ausbildung zur Sozialarbeiterin beim Kinderschutz. Das armselige Geschöpf, das längst an Tuberkulose, Krebs oder einem Bombenangriff hätte zugrunde gehen müssen, ließ sich nichts mehr gefallen – sie studierte Fächer, deren Namen Tante Martha nicht einmal aussprechen konnte.

Aber die Trommelwirbel verhallten, denn im Gewisper der Pappeln über ihrem Kopf hörte sie das heisere Klagelied einer Zwölfjährigen. Sie ging langsamer. Ihr wurde bewußt, daß sie trotz der Süße ihrer Rache, trotz der Zahl der Kinder, denen sie in Zukunft helfen würde, das Kind, das sie selbst gewesen war, nachträglich nicht mehr beschützen konnte. Dieses Kind war unwiderruflich und für immer der Willkür von Tante Martha ausgeliefert, die bis in alle Ewigkeit frei über es verfügen könnte. Der Gedanke der Vergeltung war lächerlich gegenüber einer zurückgebliebenen Seele, die nie in Begriffen von Gut und Böse würde denken können – sie war höchstens imstande, anzuerkennen, daß Anna jetzt die Stärkere war. Ein Pyrrhussieg.

Neue Lehrer trotzten den Widrigkeiten der öffentlichen Verkehrsmittel, um das Grüppchen Auserkorener des Instituts an unbekannte Fachgebiete wie das Vormundschaftsrecht heranzuführen. Annas Gedanken gingen unwillkürlich zu den Handlangern der Sterilisierungsaktion und zu der Mündelakte zurück, in der Onkel Heinrich jahrelang angegeben hatte, sie sei »leicht schwachsinnig und zart«. Was für ein Richter war das eigentlich gewesen, der nie auf die Idee gekommen war, einen Kontrolleur zum Bauernhof zu schicken? Um das herauszufinden, sprach sie beim Landgericht vor. Sie erfuhr, daß der Richter von damals gleich nach dem Krieg durch einen neuen ersetzt worden war, einen jungen Mann, der mutlos an seinem Schreibtisch saß, als hätte man ihn im Innern einer Pyramide eingeschlossen und er müßte nun den Ausgang finden.

»Wie ist das möglich«, seufzte er, als Anna ihm die Geschichte vortrug. »Das frage ich Sie«, sagte sie, »wie ist das möglich? Und warum, bitte schön?« Der Richter spielte mit seinem Füllhalter herum. »Das Gesetz, auf das Sie anspielen…«, sagte er grübelnd, »sollte in jener Zeit verhindern, daß Erbkrankheiten weitergegeben werden, und dafür hat man gesorgt, indem die betreffenden Personen sterilisiert wurden. Ein Richter in der Nazizeit, auf diesem Stuhl…«, er kam ins Stocken, »…mußte beweisen, daß er ein Nationalsozialist war, indem er aktiv mitwirkte. Wenn er sagte: In meinem Bezirk gibt es keine Schwachsinnigen, machte er sich verdächtig. Nun bot sich so ein Fall an, ein armes Kind, noch dazu eine Waise – da hatte er Gott sei Dank etwas, schwarz auf weiß.« Er lächelte beschämt. »Dürfte ich die Akte einmal sehen?« fragte Anna. »Selbstverständlich«, sagte er, »sie muß irgendwo im Archiv sein. Ich lasse sie heraussuchen und schicke Ihnen eine Kopie.«

Wie sich jedoch herausstellte, war die Akte spurlos verschwunden. Vierzehn Tage später bekam Anna einen Brief: Die Akte, die der ihren voranging, war noch genau da, wo sie hingehörte, die folgende Akte auch – nur ihre fehlte. Wer die Dokumente hatte verschwinden lassen, wann und warum, war nicht mehr festzustellen. Falls Onkel Heinrich Rußland überlebte, würde sie nicht zu ihm gehen und ihm die Akte unter die Nase halten können. Die Wahrheit über ihre Jugend, einschließlich der Lügen, war jetzt nur noch im Archiv ihres Papageiengedächtnisses zu finden, aus dem niemals etwas aus unerklärlichen Gründen verschwand.

Tante Marthas Widerruf erschien tatsächlich, deutlich lesbar stand er in der Zeitung. Annas Genugtuung verging schnell inmitten der meterlangen Tapetenbahnen, der Qumran-Rollen der Sozialarbeit, die sie sich für die Abschlußprüfung einprägen mußte. Sie machte Bekanntschaft mit Freud und der Bedeutung der ersten sechs Lebensjahre. In diesem Zusammenhang dachte sie zum erstenmal seit langer Zeit

456

wieder an ihren Vater: an seinen Husten, das Klopfen seines Stocks auf dem Straßenpflaster, seinen schwarzen Mantel, seinen Hut, seinen Stolz auf jede Leistung seiner Töchter, seine unterdrückte Trauer, als er sie nicht mehr auf den Schoß nehmen durfte. Die Erinnerungen kamen in Wellen, ihr unbestechliches Gedächtnis schonte sie nicht. Sie mußte sich nun auch an Lotte erinnern. Gemeinsam im Bett, gemeinsam in der Badewanne. Die selbstverständliche Unzertrennlichkeit, als würde es immer so bleiben. Abends im Bett tuschelten sie, am Tag kämpften sie um die Aufmerksamkeit des Vaters – er konnte sie nicht beide zugleich liebevoll oder tadelnd anschauen. In diesem Wettbewerb um ihren Vater hatte jede ihre besonderen Talente und Charaktereigenschaften entwickelt. Anna ihr sagenhaftes Gedächtnis in der Vortragskunst, ihr Einfühlungsvermögen, als sie auf der Bühne des Kasinos die Rolle des armen Mädchens spielte (eine gute Übung für später), und ihre unerschöpfliche Lebendigkeit: rennen, springen, fallen, plappern, schreien. Dieser ganzen Quirligkeit setzte Lotte ihren Gesang entgegen. In kindlicher Anbetung ihrer eigenen Stimme sandte sie ihre Lieder zu dem Deckengewölbe in der Halle empor und lauschte erstaunt dem beeindruckenden Nachhall. Wenn sie nicht sang, war sie still und folgsam – ihre Art, die besondere Gönnerschaft des Vaters zu gewinnen, so daß Anna in ihrer Eifersucht noch schneller lief, sprang, fiel. Je mehr sich Anna wieder ins Gedächtnis rufen konnte, um so größer wurde ihr Interesse. Diese beiden Menschen, die ihre nächsten, ihre engsten Angehörigen gewesen waren, erweckten eine akademische Neugier in ihr. Oder war es Sehnsucht, eine tiefe, unreflektierte Sehnsucht, jetzt, da sie nachdrücklicher als je zuvor spürte, daß sie allein zurückgeblieben war?

Alte Bekannte sprachen sie auf der Straße an und erzählten ihr, daß Onkel Heinrich zurückgekommen sei; jeder beschrieb ihr in seiner eigenen Rhetorik, welche Auswirkungen

Rußland auf ihn gehabt hätte. Er war wieder da, er lebte! Eine unsinnige, zwiespältige Aufregung überkam sie: Sie wollte ihn nicht sehen, sie wollte ihn sehen. Vor ihrem geistigen Auge erschien wieder Onkel Heinrich, wie er von der Veranstaltung auf dem Bückeberg zurückgekommen war: schokkiert, sprachlos, voller Angst und Abscheu. Das großgermanische Erntedankfest, perfekt in Szene gesetzt, die Begeisterung der Masse, die aufpeitschende, hypnotisierende Sprache des Führers – bei Onkel Heinrich hatte das Visionen des Kommenden heraufbeschworen. Er hatte es gewußt, aber nicht verhindern können, daß er im Rahmen derselben Inszenierung nach Rußland geschickt wurde. Es war so himmelschreiend, daß sich ihr Herz zusammengekrampft hätte, wäre da nicht all das andere gewesen. Sie wollte ihn nicht sehen, sie wollte ihn sehen. Sie wollte ihn wegen der Mündelakte um Aufklärung bitten. Sie wollte ihm sagen: Mein Mann war auch in Rußland. Sie wollte Lottes Adresse haben, die sie verloren hatte, und die Bücher ihres Vaters, eine Reihe gebundener deutscher Klassiker – das einzige, was er ihr hinterlassen hatte. Sie wollte zeigen: Schau, das schwachsinnige, zarte Kind lebt noch, es ist nicht kleinzukriegen – wir haben uns doch verstanden, damals, oder habe ich mir das eingebildet?

Als ihr klargeworden war, daß sie es nie durchhalten würde, nicht hinzugehen, lieh sie sich ein Rad und fuhr los. Bewußt hatte sie den Sonntagmorgen gewählt. Tante Martha, die sich sonst den Teufel um Gott und Gebot scherte, versäumte nie ein Hochamt. Anna hatte richtig getippt, das Haus war leer bis auf das kleine Wohnzimmer, wo sie ihren Onkel antraf, in dem Sessel beim Ofen, in dem sein Vater langsam, jeden Tag ein wenig mehr, gestorben war, unter dem Bild des gefallenen Soldaten. Sie war darauf gefaßt, daß er abgemagert war, aber was sie an diesem schicksalhaften, mit ihrer Familiengeschichte beladenen Ort antraf, war ein ausgemergelter alter Mann, der sie mit hohlem, erloschenem Blick anschaute, ohne sie zu sehen. Aus seinem Hemdkragen ragte ein dünner Hals, aus seinen Jackenärmeln kamen knochige Handgelenke, seine Finger hingen geknickt über der Sessellehne. Sein strohiges blondes Haar war ergraut, und der Schädel schimmerte hindurch. In nichts war mehr der junge Onkel zu erkennen, der muskulöse Bauernsohn, der in Köln Weihnachtslieder verballhornt hatte. Sie grüßte scheu. Spürte sie in dem unmerklichen Nicken des schweren, runzligen Kopfes eine Erwiderung? Der nächstliegende Schritt wäre es gewesen, zu fragen, wie es ihm ging – eine Frage, die, wie ihr jetzt klar war, von grober Gefühllosigkeit zeugen würde. Ein säuerlicher Geruch erfüllte das stickige Zimmer; wie früher bekam sie das Gefühl, dort nicht atmen zu können. Er sagte kein Wort, es wollte sogar so scheinen, als nähme er ihr etwas übel. Die Dinge, die sie hatte sagen wollen, blieben ihr im Hals stecken. Sie befeuchtete ihre Lippen: »Onkel Heinrich…«, fing sie an. Er reagierte nicht, was sollte sie jetzt machen? Von der Akte zu reden war unter diesen Umständen unmöglich, Rußland war ein schmerzliches Thema, Lotte tabu. Das einzig Greifbare, Ungefährliche, das ihr einfiel, war die Reihe Klassiker. »Vaters Bücher…«, sagte sie hastig, »du weißt doch: Schiller, Goethe, Hofmannsthal… die würde ich gern mitnehmen.« Ein Wunder geschah: Der Kopf bewegte sich von einem imaginären Endpunkt des Horizonts zum anderen. »Warum nicht…?« flüsterte Anna, aber es folgte keine nähere Begründung. Er sah sie an, und sein Blick sagte: Raus – sie erstickte fast in dem niedrigen Raum, zwischen den zusammengedrängten Wänden, zwischen zwei Toten und einem Scheintoten. Sie wandte sich zur Tür um und floh.

In rasendem Tempo radelte sie zurück, hin- und hergerissen zwischen Empörung und Mitleid. Man hätte meinen sollen, Rußland hätte das Loslassen gelehrt – was bedeutete Besitz, wenn man unter Hunger, Durst, Schmerzen litt. Aber sie korrigierte sich: Siehst du denn nicht, daß er kaputt ist, ein

Stück Eis aus der Tundra? Siehst du nicht, daß er nur noch
nein sagen kann, ein großes, achtkantiges Nein, zu allem und
jedem? Diesen Mann, diesen Schatten eines Mannes, würde
sie nie mehr zur Verantwortung ziehen können, geschweige
denn jemals Frieden mit ihm schließen.

Einen Tag später dachte sie anders darüber. Wenn ihr jeder
Mensch genommen wurde, blieb nur noch das Materielle übrig. Die Bücher, die einzige greifbare Erinnerung an ihren Vater, wollte sie unbedingt haben. Wieder ging sie zum Gericht.
Sie bekam eine amtliche Verfügung mit, eine schriftliche An-
weisung, die Bücher an sie herauszugeben. Zum letztenmal
unternahm sie die Wallfahrt zum Bauernhof. Drinnen hatte
sich nichts verändert. Wenn er auch nicht sprach, so konnte
der Onkel doch noch lesen. Respekt vor Obrigkeiten war ihm
zuerst von seiner tyrannischen Frau, dann vom Militär und zuletzt von der Lagerleitung eingedrillt worden. Als er den offiziellen Bescheid in seinen schwachen Fingern hielt, verstand
er sehr gut, worum es ging. Diesmal bewegte er den schweren
Kopf von der niedrigen Fachwerkdecke zu den Holzdielen
und wieder zurück. Anna nahm die Bücher vom Regal über
dem Buffet. Sie preßte den Stapel an ihre Brust und sah ihn
noch einmal über die Klassiker hinweg an. Ganz oben, sah sie,
lag der *Faust.* Sie blickte auf die trostlose Gestalt am Ofen.

Während Anna das Wort führte, verloren Lotte und sie Zeit
und Entfernungen aus den Augen. Schon zweimal hatten sie
einen Knick im Plan passiert, als Anna mitten in einem Satz
stehenblieb, sich mit einer fast theatralischen Gebärde ans
Herz griff und nach Luft schnappte. Geduldig stand Lotte daneben. Es kam ihr bekannt vor. Zuerst rennen und springen,
dann ein gebrochener Arm oder eine zerbissene Lippe – zuerst die andere mit einem Wortschwall überschütten, dann
Atemnot.

»Laß uns… zurückgehen…«, stieß Anna hervor.

Lotte nickte. Sie reichte ihrer Schwester wahrhaftig den Arm; Schritt für Schritt gingen sie über den Schlängelweg zurück, im Takt von Annas schaukelndem Körper und rasselndem Atem. Lotte hatte das Gefühl, daß sie für den Rückweg eine Ewigkeit gebraucht hatten, als sie Anna in die Lounge ihres Hotels bugsierte. Kaffee... gab Anna durch eine Geste zu verstehen, starker Kaffee. Kaffee hatte sie schon einmal ins Leben zurückgeholt. Mit verkrampftem Lächeln ließ sie sich in einen Sessel fallen und wedelte sich mit der Hand Kühlung zu. Ihr blasses Gesicht glänzte von Schweiß, mit geschlossenen Augen wartete sie, bis ihr Atem wieder ruhiger ging. Lotte saß arglos daneben, ohne sich Sorgen zu machen: Anna hatte sich in ihrer Lebensgeschichte als unverwüstlich erwiesen, als ein Mensch, der noch den Tod in die Flucht schlagen würde, indem er ihm die Wahrheit unumwunden ins Gesicht sagte. Und tatsächlich, Anna kam langsam zu sich; sie öffnete die Augen und sah Lotte schon wieder munter und scharfsinnig an.

»Entschuldigung, ab und zu ist mein Körper ein Spielverderber... wir sitzen hier ja sehr bequem... bitte, bestell dir auch was... weißt du noch...« Sie unterzog sich der Mühe, sich zu Lotte zu beugen und ihre Hand auf die ihrer Schwester zu legen. Indem sie sorglos über ihren hin und wieder streikenden Körper hinwegging wie über einen umgefallenen Baum, der quer über dem Weg liegt, sagte sie: »Weißt du noch, Lotte, wie ich dich in Den Haag besucht habe?« Lotte gefror. Anna walzte einfach weiter, es schien tatsächlich, als wäre sie in Eile.

»Aber zuerst bin ich nach Köln gefahren... ich hatte gehofft, Onkel Franz würde noch leben, der einzige, der deine Adresse hatte...«

Anna bestellte eine zweite Tasse Kaffee. Zwei Hotelgäste kamen vorbei, die mit Befremden auf die alte Dame mit der lauten Stimme schauten. Lotte glaubte Ablehnung, ja Feindseligkeit in ihrem Blick zu erkennen.

»Köln…«, sagte Anna versonnen, »ich werde nie vergessen, wie ich am östlichen Rheinufer gestanden habe und durch die ganze Stadt hindurch in den Westen sehen konnte, wo sich die Schornsteine der Braunkohlefabriken vom Horizont abhoben. An den beiden Türmen des Doms, die wie durch ein Wunder verschont geblieben waren, hat man gesehen, daß es Köln war. Hier und da stand noch eine Mauer, dazwischen war Leere. Ich stand am Ufer zwischen anderen Leuten – wir schauten hin, trauten aber unseren Augen nicht, denn zwischen dem Rhein und den Braunkohlefabriken war immer die Stadt gewesen. Alle Brücken waren zerstört. Wir standen da und wollten auf die andere Seite, und auf einmal kam, wie schon vor tausend Jahren, ein Ruderboot angefahren, um uns überzusetzen. Am anderen Ufer wartete bereits jemand mit einem Handkarren für das Gepäck, und dann begann eine Wanderung über Trampelpfade zwischen den Trümmerhaufen hindurch und über die Trümmerhaufen hinweg, und irgendwo in einem Keller oder hinter den Resten einer Hauswand wohnten Leute…«

Lotte hörte voller Unbehagen zu. Sie verspürte einen starken Drang, in ihr Hotel zu gehen. Einmal für kurze Zeit nicht zuhören, auf nichts reagieren müssen – sich einem trägen Sonntagnachmittagsgefühl hingeben, weiter nichts.

»Ich wollte dich wiedersehen, darum ging es mir eigentlich… Ich wollte natürlich auch wissen, ob mein Onkel und meine Tante noch lebten. Sie hatten Glück gehabt, das Krankenhaus war verschont geblieben – sie litten keinen Hunger, die Engländer versorgten die Klinik reichlich mit Lebensmitteln. Das einzige, was ich nach der Überraschung des Wiedersehens hervorbringen konnte, war: ›Ich habe Hunger.‹ Sie kochten mir einen Topf Milchreis, und ich aß, bis ich nicht mehr konnte. Von ihnen habe ich die Adresse von Tante Elisabeth bekommen… und so bin ich dann schließlich bei dir gelandet… Gott im Himmel, das werde ich nie vergessen!«

Während Anna auf eine Nachricht von ihrer Großtante in Amsterdam wartete, von der sie nur wußte, daß sie Lotte vor langer Zeit mit chirurgischer Präzision aus der symbiotischen Zweiheit entfernt hatte, beschlich sie plötzlich die Angst, auch Lotte könnte nicht mehr leben. Sie erinnerte sich an die erfolgreiche Bombardierung Rotterdams zu Beginn des Krieges – ansonsten hatte sie nicht die leiseste Ahnung, was der Krieg in Holland angerichtet hatte.

Ein paar Wochen später sah es rosiger aus. Lotte erwartete sie; in einem kryptischen Brief hatte sie sich mit Annas Besuch einverstanden erklärt. Beim Blick aus dem Zugfenster hatte Anna nicht den Eindruck, daß der Krieg in den Niederlanden sehr viel zerstört hatte. Die Wiesen waren glatt und gemäht, das Vieh stand wie wohlgenährt auf einer Ansichtskarte mit kleinen Brücken und Kirchtürmen. In der Straßenbahn in Den Haag dagegen konnte Anna kein Panorama genießen. Alle Plätze waren besetzt, in jeder Kurve wurden die Fahrgäste im Mittelgang gegeneinandergeworfen. Ein Herr mittleren Alters stand höflich für Anna auf. Mit ihrem unvermeidlichen Requisit, dem Lederkoffer, ließ sie sich auf den Sitz fallen und seufzte »Danke schön.« »Was…«, rief der Mann schockiert, »Sie sind Deutsche! Stehen Sie sofort auf!« Anna, die nur halb verstand, was er sagte, schoß hoch. Alle Gesichter wandten sich mit beschuldigenden Blicken in ihre Richtung. »Ich verstehe Sie sehr gut«, entschuldigte sie sich unbeholfen, »ich verstehe sehr gut, daß Sie nichts mit uns zu tun haben wollen. Aber ich war kein Nazi, ob Sie mir glauben oder nicht. Ich bin eine ganz normale Frau, mein Mann ist gefallen, ich habe niemanden mehr. Etwas anderes kann ich Ihnen nicht sagen…« Ringsum herrschte vielsagendes Schweigen, man wandte sich mißbilligend ab. Anna hing schief an der Halteschlinge und spürte zum erstenmal, was es künftig bedeuten würde, eine Deutsche zu sein. Für schuldig befunden zu werden von Leuten, die nichts von einem wußten. Nicht ein Individuum zu sein, sondern Musterexemplar einer Art, weil man »danke schön« sagte und nicht »dank u wel«.

Aber eine unerschütterliche Solidarität mit ihrer eigenen Geschichte und das Fehlen eines politischen Bewußtseins schützten sie vorläufig noch vor der Schizophrenie kollektiver Schuld und individueller Unschuld. Für sie, Anna Grosalie, war dies ein historischer Tag. Sie war weniger eine Deutsche als vielmehr jemand, der, allein auf der Welt zurückgeblieben, die Geborgenheit der ersten Kinderjahre suchte. Die Bande des Blutes, für die meisten Menschen etwas Selbstverständliches, auf das man immer zurückgreifen konnte, waren für sie etwas, das zurückerobert werden mußte. Sie stieg aus, hielt einen Passanten an und zeigte ihm wortlos den Brief mit der Adresse. Sie hütete sich davor, ihre eigene Sprache zu benutzen – vielleicht schickte er sie dann absichtlich in die falsche Richtung.

»Das sind so Sachen, die man sein Lebtag nicht vergißt«, sagte Anna.

»Du vergißt nichts«, stellte Lotte düster fest.

»Was für eine Enttäuschung war das, dieser Besuch bei dir... Du hast dich geweigert, Deutsch zu sprechen, ich konnte nur über deinen Mann mit dir in Kontakt treten – soweit man überhaupt von Kontakt reden konnte. Die brave Seele – was ich gesagt habe, hat er alles übersetzt, und deine knappen Antworten.«

»Ich brachte kein Wort Deutsch mehr über die Lippen. Diese Sprache sagte mir nichts mehr, du hättest ebensogut Russisch sprechen können.«

»Aber das ist doch nicht möglich, deine Muttersprache! Du sprichst sie ja sogar heute noch fließend.«

»Trotzdem war es damals so.«

»Es war natürlich psychisch. Du wolltest nichts mit mir zu tun haben und hast dich hinter dem Niederländischen verschanzt...« Anna wurde jetzt heftig. »Du hast keine Ahnung, wie schlimm das für mich war. Du warst die einzige, die ich noch hatte, ich wollte dich kennenlernen, ich wollte mich entschuldigen für mein Verhalten, als du mich besucht hast. Ich wollte dir zeigen, daß ich mich geändert hatte. Aber du warst nur mit deinem Baby beschäftigt. Ein Baby, das machte alles noch schlimmer! Du hast das Baby gebadet, das Baby gefüttert, das Baby gekämmt... Mich hast du wie Luft behandelt. Was ich auch tat, um dein Interesse zu wecken: Du hast mich einfach übersehen. Deinem Mann war es peinlich, er hat versucht, es so gut wie möglich auszugleichen... Warum hast du mir nicht einfach mal ordentlich die Meinung gegeigt und mich nach Strich und Faden beschimpft, dann hätte ich mich verteidigen können. Aber dieses Ausweichende... für dich habe ich gar nicht existiert.«

Lotte hielt aufgeregt Ausschau nach jemandem, bei dem sie ihren Kaffee bezahlen konnte. Sie wollte fort, so schnell wie möglich. Das wurde ihr allmählich zu bunt – jetzt sollte sie sich auch noch rechtfertigen. Die Welt stand auf dem Kopf. »Ich hatte dich nicht um deinen Besuch gebeten, du hast mich nicht interessiert.«

»Das stimmt, ich habe dich nicht interessiert... du hattest dein Baby...«

»Das Kind war meine Rettung«, fauchte sie Anna an, »es hat mich mit meinem Leben versöhnt... meine Kinder sind mein ein und alles.«

Anna seufzte mutlos. Ihre Schwester war noch immer unerreichbar hinter der Festung ihrer Nachkommenschaft und sie noch immer allein und kinderlos, trotz der Hunderte von Kindern, denen sie in ihrem Leben geholfen hatte. Sie spürte einen unbestimmten Schmerz in der Brust... von der Aufregung... Dumm, dumm, dumm. Wie dumm zu glauben, sie könnte noch etwas richtigstellen.

»Lotte, geh jetzt nicht«, sagte sie zerknirscht, »das ist alles schon so lange her. Laß uns... laß uns zusammen essen, ich lade dich ein. Es ist doch ein Wunder, daß wir uns wiedergefunden haben, hier in Spa, wir sollten das feiern, solange es noch möglich ist...«

Lotte ließ sich erweichen. Worüber regte sie sich eigentlich auf, es war Sonntagabend, sie hatte nichts vor. Sie gingen in den Speisesaal und bestellten einen Aperitif.

»Ich habe meine Schwester mitgebracht«, rief Anna stolz. Der Kellner lächelte förmlich. Lotte spürte ihren Ärger wie Juckreiz hochkriechen.

»Wann ist dein Mann eigentlich gestorben«, fragte Anna, »er war mir sehr sympathisch. Er war ernsthaft, kultiviert... vergeistigt hätte ich fast...«

»Vor zehn Jahren«, unterbrach Lotte sie verstimmt.

»Woran?«

»Ein Herzinfarkt... er hat zu viel gearbeitet, all die Jahre...«

»Gehst du manchmal zu seinem Grab, oder ist er...?«

»Manchmal...« Hierüber verweigerte Lotte ihr jede Auskunft. Sie hatte keine Lust, in diesem Punkt in Konkurrenz zu treten... mit einem gefallenen SS-Offizier.

»Ich bin zweimal im Jahr hingefahren, zu Allerseelen und im Frühjahr, mit einem Kreuz und einer Kerze.«

Zweimal im Jahr wurde sie von Mutter und Tochter gastfreundlich aufgenommen, zum Gedenken an den tragischen Tod und das Wunder des Überlebens. Daß das Grab nicht gesegnet war, nagte an ihr; sie beschloß, den rigiden Pastor darauf anzusprechen. Nach der Messe, in deren Mittelpunkt die göttliche Lebensregel »Liebet eure Feinde« gestanden hatte, paßte sie ihn ab. Er war noch in vollem Ornat. »Herr Pfarrer«, sprach sie ihn an, »einer der drei Soldaten auf dem Friedhof war mein Mann. Wir sind katholisch, mein Mann und ich, darum bitte ich Sie, sein Grab zu segnen.« Er lachte abfällig.

»Es ist mir egal, ob Sie katholisch sind oder nicht, es waren SS-Leute.« »Aber vorhin…«, brachte Anna ihm in Erinnerung, »haben Sie doch noch gepredigt: Liebet eure Feinde.« Er zog eine seiner beiden buschigen schwarzen Augenbrauen hoch, was ihm selbst etwas von einem Mephisto gab, und schnaubte: »Ich segne kein Grab von einem SS-Mann.« »Er war doch nur vierzehn Tage bei der SS«, rief sie, »er hatte überhaupt keine Wahl!« Als Antwort auf diesen emotionalen Ausruf warf ihr der Pastor einen vernichtenden Blick zu, bevor er sie stehenließ und in ein halbdunkles Seitenschiff eilte.

Eingesegnet oder nicht, von dem ersten Geld, das sie in den Diensten der Stadt Köln bekam, sparte sie einen Grabstein zusammen; in ein Sandsteinkreuz waren alle drei Namen eingemeißelt. Ein Jahrzehnt lang stand dieser Stein zwischen Taxus und Koniferen, und das Grab wurde von den drei Frauen gepflegt, bis Ende der fünfziger Jahre das Gerücht kursierte, die drei Soldaten sollten zu einem neu angelegten Soldatenfriedhof bei einem Nachbardorf überführt werden. In diesem Fall, dachte Anna, hole ich Martin lieber nach Köln. Es gelang ihr, von der Stadtverwaltung die Erlaubnis zu bekommen, ihn auf dem Kölner Soldatenfriedhof beisetzen zu lassen. Bewaffnet mit dieser Erlaubnis suchte sie von neuem den Pastor auf – der Friedhof fiel unter die Hoheit der Kirche. Nachdem sie ihn, förmlich und neutral, über ihre Absicht informiert und ihm die Genehmigung gezeigt hatte, hinterließ sie ihre Anschrift bei ihm mit der Bitte, sie zu benachrichtigen, wenn das Grab geräumt würde.

Wieder war Allerseelen, und Anna unternahm ihre rituelle Reise. Dichter Nebel hing über der Erde, es roch nach nassem Laub und Chrysanthemen. Routiniert drückte sie das quietschende Tor auf. Sie schritt zwischen Gräbern mit brennenden Kerzen hindurch, deren Flammen reglos in der feuchten Luft standen. An der Stelle, wo ihr Weg sonst mit dem Niederlegen eines Kranzes und einem Gebet endete, fand sie ein unpersönliches, quadratisches Rasenstück vor, auf dem vertrocknetes Herbstlaub lag. Verstört schaute sie sich nach allen Seiten um, war sie falsch gegangen? Mein Grab, dachte sie in Panik, wo ist mein Grab? Über den bemoosten Mittelgang näherte sich, in Nebel gehüllt, eine Prozession. Vorneweg der Pfarrer in seiner Kasel, gefolgt von den Dorfbewohnern mit ihren Kerzen. Da ging ihr ein Licht auf. Dort schritt er, der unerbittliche Vertreter der Mutterkirche, in seinem feierlichen Meßgewand, das an ihm aussah wie ein Harlekinkostüm. Da ging der herzlose Pharisäer, unter dessen Anführung man für das Seelenheil bevorzugter Verstorbener betete. Vielleicht würde er irgendwann einmal zur Rechenschaft gezogen, aber sie hatte keine Lust, in aller Ruhe darauf zu warten: Mit großen, rachsüchtigen Schritten ging sie ihm bis zur Mitte des Weges entgegen und baute sich vor ihm auf, die Hände in die Hüften gestemmt. Die buschigen Augenbrauen hoben sich. »Wo ist mein Grab«, schleuderte sie ihm ins Gesicht, »wo ist mein Mann, wo ist mein Grabstein? Ich habe Ihnen doch meine Anschrift gegeben, Sie sollten mich benachrichtigen!« Die Dorfbewohner starrten sie bedrückt an, sie wußten genau, wovon sie sprach: Anna war ihre Kriegerwitwe. Der Pfarrer sagte kein Wort, er verlagerte sein Gewicht von einem Bein aufs andere und schaute sie mißbilligend an, als hätte er eine Hysterikerin vor sich. »Nichts ist mehr da…«, rief sie, »nichts…« Sie spürte ein Rauschen in den Ohren, der Klang ihrer eigenen Stimme verschwand im Hintergrund. Von Schwindel überfallen wankte sie zur Seite und sank respektlos auf eine verwitterte Grabplatte nieder – den Kopf in den Händen, den Kranz verloren neben sich im Gras. Während die Prozession weiterschritt, löste sich eine alte Frau aus dem Zug, kniete sich neben sie und flüsterte: »Sie sind ausgegraben und nach Gerolstein gebracht worden, auf den Ehrenfriedhof.«

Wieder bei Sinnen, fand sie ein paar Stunden später in Gerolstein keinen idyllischen Friedhof mit bemoosten Grabsteinen und efeuumrankten Kreuzen vor, sondern eine nagelneue, in geometrisch exakte Rechtecke unterteilte Fläche. Parallel laufende Streifen weißen Sandes, dazwischen aufrechtstehende Bretter mit einer Nummer darauf. In der Mitte des Friedhofs legte sie ihren Kranz nieder. Verzeihung, Martin, entschuldigte sie sich, der Kranz ist jetzt für euch alle.

»Später wurden Kreuze auf die Gräber gestellt. Die drei Soldaten liegen noch immer nebeneinander.« Anna lachte: »Weil sie damals zu dritt im Auto zurückgeblieben sind, statt Äpfel zu stibitzen, sind sie jetzt für alle Ewigkeit miteinander verbunden. Auf vielen Kreuzen steht ›Unbekannter Soldat‹. Ich fahre noch immer dorthin, meistens im Frühjahr. Der Friedhof liegt auf einem Hügel, am Rand der Welt, vergessen. Es ist ruhig da. Manchmal gehen Mütter mit kleinen Kindern dort spazieren, weil es ein friedlicher Ort ist. Ich sitze auf einem Mäuerchen direkt am Grab; wir wechseln ein paar Worte, sie fragen, woher ich komme, warum. Dann sage ich: Ich besuche hier meinen Mann. Darüber erschrecken sie, sie können damit nichts mehr anfangen, es ist so lange her. Ich selber eigentlich auch nicht. Die letzten Jahre habe ich mich oft gefragt: Was mache ich eigentlich hier?«

Lotte nickte benommen. Sie trank mehr Wein, als gut für sie war, das Thema behagte ihr nicht. Und Anna hörte gar nicht mehr davon auf, immer neue Aspekte kamen so ans Licht. Daß der Heldentod solch ein Nachspiel haben konnte.

»Jetzt frage ich dich«, Anna war unbeirrbar, »warum glauben wir eigentlich, daß die geistige Existenz des Verstorbenen noch an diesen einen Ort gebunden ist? Warum gehen wir dorthin? Aus Nostalgie? Und wer verdient daran? Die Blumenhändler, die Gärtner, die Steinmetze – eine ganze Industrie ist damit verknüpft. Es ist ihr tägliches Brot, und deshalb gehen wir immer wieder hin. Möchtest du begraben werden?«

»Ich?« Lotte schrak hoch. »N… natürlich…«, stotterte sie.
Mit einer unpassenden Frivolität, die aus ihrem Unmut her-
rührte, sagte sie: »Ich möchte ein Grab mit blühenden Wild-
pflanzen… ich habe fünf Kinder und acht Enkelkinder, die es
pflegen können.«

»Wenn ich sterbe, bleibt nichts von mir übrig«, gab Anna
Kontra, »dann gibt es keinen Schrebergarten, den man besuchen kann und für den jemand Geld bezahlen muß, damit
Blumen hingestellt werden. Wer sollte das für mich tun? Wer
interessiert sich dafür? Dann bin ich dort doch längst nicht
mehr?«

Lotte schob ihre leere Kaffeetasse beiseite und stand mühsam auf. »Jetzt muß ich aber wirklich gehen«, murmelte sie.
Mit einem Gefühl, als hätte der Alkohol das ganze Gewicht zu
ihrem Kopf hin verlagert, verließ sie den Speisesaal; Anna
hörte nicht auf zu reden und kam hinterher.

Schwer atmend griff Anna Lotte bei der Schulter: »Erinnerst du dich noch an den Tag, als… Mutter… beerdigt
wurde?«

»Nein, überhaupt nicht.« Auf gut Glück tastete Lotte nach
ihrem Mantel. Keine Friedhöfe mehr, flehte sie insgeheim.

»Den Sarg hatten sie aufs Sofa gestellt. Wir sind draufge-
klettert, weil wir vom Erker aus gucken wollten, ob sie schon
nach Hause kam. Die Füße hatten wir auf der Fensterbank.
Weil das Warten so lange dauerte, haben wir mit unseren
Lackschuhen um die Wette gegen das Fenster getrampelt.
Wir hofften, sie würde es hören und sich beeilen. Die empörten Verwandten haben uns dann vom Sarg gehoben. Erst
heute ist mir klargeworden, daß wir auf ihr gesessen haben…«

»Tja…«, sagte Lotte unbewegt. Für sie gab es nur eine
Mutter: die andere. Sie knöpfte ihren Mantel zu und schaute
müde umher.

»Ich begleite dich hinaus«, sagte Anna. Unter der grellen

470

Deckenleuchte sah sie im Gesicht ihrer Schwester einen Ausdruck zwischen Ergebenheit und Ärger. Sie erinnerte sich, daß ihr Vater in den letzten Tagen seiner Krankheit genau den gleichen Blick gehabt hatte. Daß ein Gesichtsausdruck erblich sein konnte! Sie traute sich nicht, ihre Entdeckung laut auszusprechen. Lotte hatte es so eilig, und dafür konnte es nur einen Grund geben: Anna war ihr wieder viel zu anstrengend gewesen.

Mit der ganzen Kraft, die eine beschwipste alte Dame in sich sammeln konnte, zog Lotte die schwere Tür auf. Unschlüssig blieb sie vor dem Haus stehen. »Gute Nacht«, sagte sie leise zu der rundlichen Gestalt, die die Türöffnung füllte und noch immer eine unbezähmbare Heftigkeit ausstrahlte.

»Tut mir leid, daß ich heute wieder kein Ende finden konnte...«, schuldbewußt schlang Anna die Arme um Lotte. »Morgen, das verspreche ich dir, zeige ich mich von meiner ruhigen Seite. Gute Nacht, meine Liebe, schlaf gut und träume süß...«

In dieser Nacht gelang es Anna nicht, sich leichten Herzens dem Schlaf zu überlassen. Bilder von Beerdigungen und Friedhöfen verdrängten sich gegenseitig. Wenn sie auf ihr Leben zurückblickte, war es mit Todesfällen gespickt, so wie bei einem Querschnitt bestimmte Erdschichten an die Eiszeit erinnerten – wie oft hatte der Tod ihrem Leben jäh eine grausame Wendung gegeben. Sie war von einer seltsamen Aufregung erfüllt, als stünde etwas Festliches bevor. Was könnte das wohl anderes sein als die Apotheose des Annäherungsprozesses, der nun schon ein paar Wochen in Gang war? Es wurde Zeit für eine richtige, laut ausgesprochene Versöhnung mit ihrer Schwester, die sich hartnäckig dagegen sträubte. Wenn sie beide, zur gleichen Zeit von derselben Mutter geboren, vom selben Vater geliebt, es nicht schafften, dumme, von der Geschichte errichtete Barrieren zu überwinden, wer sonst sollte dann dazu imstande sein? Wie sah die Zukunftsperspektive der Welt aus, wenn nicht einmal sie beide, die doch im Alter Milde zeigen sollten, ihr Scherflein dazu beitragen konnten?

Sie bekam Beklemmungen, schlug die Decken zurück und drehte sich auf die Seite. Erst gegen Morgen schlief sie endlich ein. Ihr Traum war mit allen möglichen Engeln bevölkert. Die meisten erkannte sie sofort, manche erst nach einigem Nachdenken. Bis auf eine Ausnahme operierten sie alle zu zweit. Die Engel beiderseits der Treppe zur Karlskirche verließen ihre Sockel und flogen, das Kreuz an die Brust gedrückt, mit kräftigem Flügelschlag und rauschenden Gewändern über die grüne Kuppel in die Wolken. Die anmutigen Bewacherinnen des Thermalbades stiegen von ihrem Podest auf und schwebten hinterher. Darüber, auf einer Wolke mit Goldrand, lagen die beiden nackten Frauen, die sonst lang ausgestreckt auf einem muschelförmigen Sims in der Halle ruhten – noch immer versuchte die eine nachdrücklich den Blick der anderen auf sich zu ziehen, die – absichtlich – versonnen an ihr vorbeisah. Auf allen Gesichtern lag ein rosa Widerschein der untergehenden Sonne. Dahinter, wo sich die Nacht in tiefem Violett ankündigte, schwebte plötzlich aus großer Höhe ein Mensch in weitem schwarzem Mantel im Gleitflug nach unten. Mit einer Hand drückte er sich den Hut auf den Kopf, mit der anderen hielt er seinen Spazierstock umfaßt. Wie Radrennfahrer nutzten zwei mollige Kinder, die rittlings auf einem Fisch saßen, die Windstille hinter seinem breit wehenden Mantel und folgten ihm. Anna meinte sich dunkel zu erinnern, ihn während eines Spaziergangs schon einmal gesehen zu haben, auf einem Denkmal zu Ehren der Berühmtheiten, die Spa im Laufe der Jahrhunderte besucht hatten: Zu beiden Seiten einer in den Stein gemeißelten Namenliste saß ein Putto auf einem Fisch, dessen Kopf einen bösartigen Ausdruck hatte.

Dann wurde es Nacht. Nichts flog vorbei, das Ablenkung

bot, außer einem unerwartet im Mondschein aufleuchtenden Engel, nein Adler. Wie ein Blitzstrahl durchschnitt er die Schwärze, die so tief und absolut war wie die verdunkelten Nächte im Krieg. Anna warf sich auf die andere Seite, und abrupt war sie ihrer Träume beraubt – und von ihnen befreit.

4.

Über der elegant geschwungenen kupfernen Badewanne hing eine Kordel mit einem Griff, auf dem in vier Sprachen das Wort »Ziehen« stand. Wenn zum Zeichen, daß die vorgeschriebene Zeit um war, ein Wecker läutete, konnte der Kurgast durch einen kurzen Ruck am Seil eine Frau in weißem Kittel rufen, die ihm beim Aussteigen und Abtrocknen behilflich war.

Lottes letzte Woche hatte mit einem Moor- und einem Kohlensäurebad angefangen. In eine Decke gehüllt ruhte sie sich aus, auch von innen spülte sie sich mit Gläsern edlen Spa-Wassers. Es herrschte eine Stille wie in einem Raum mit gepolsterten Wänden. Kein Laut aus der Außenwelt drang herein, als läge der Komplex von Badezimmern in Höhlen tief unter dem Hohen Venn, da wo die Quellen hervorsprudelten.

Aber diese Stille wurde unsanft gestört. Irgendwo, ganz in der Nähe, fluchte jemand: »Mon Dieu!« Eilige Schritte im Gang. Ein Schrei, der sofort gedämpft wurde. Die Tür flog auf, die Frau im weißen Kittel stand händeringend auf der Schwelle. »Madam, madame... Sie waren doch immer zusammen... venez... votre amie...«

Lotte schlüpfte schnell in ihre Schlappen und folgte der Frau in eines der benachbarten Badezimmer, dessen Tür weit offenstand. Drinnen wurde nach einem Arzt gerufen, jemand rannte blindlings los und stieß fast mit Lotte zusammen. Sie machte zwei Schritte auf dem gefliesten Boden. Zuerst sah sie nur den breiten Rücken der Frau vor ihr, aber diese ging demonstrativ zur Seite, damit Lotte sehen konnte, was jene nicht über die Lippen brachte.

Aus einem Moorbad starrte Anna sie mit glasigen Augen an – es sah so aus, als wäre sie enthauptet, als sei ihr Körper für immer tief in dem braunen Morast versunken, während ihr Kopf weiterhin auf der Torfmasse schwamm. Sie starrte Lotte mit einem Blick an, der keinerlei Gefühl ausdrückte; Aufregung, Ärger, Spott, Wut, Kummer... eine vollkommene Abwesenheit all dieser Stimmungen, die einander zwei Wochen lang kaleidoskopartig abgewechselt und zusammen die Komplexität gebildet hatten, die Anna hieß. Am beklemmendsten war, daß sie so überdeutlich schwieg... daß sie, entgegen ihrer Gewohnheit, nicht mit vielen Worten und Gesten erklärte, was ihr widerfahren war. Verwaist schaute Lotte umher. Es war ein Badezimmer wie alle anderen, warm und feucht – hatte Anna Atembeklemmungen bekommen? Die hellblauen Kacheln endeten an der oberen Kante in einer Zierleiste mit Muschelmotiven – dies war das letzte, was Anna gesehen hatte, hatte es sie an die Ostsee erinnert, in der sie fast ertrunken wäre, zusammen mit ihrem Mann... in der sie, rückblickend, lieber ertrunken wäre... Dies war das letzte, was Anna gesehen hatte... soeben hatte sie noch gelebt und war vital wie immer ins Bad gestiegen. Es war ein makabrer, geschmackloser Witz... Gleich würde sie sich wieder bewegen: Mein Gott, was ist das für ein lächerlicher Zustand...!

Ein Arzt stürzte herein, gefolgt von einem Hilfsteam. »Was macht sie denn hier...«, protestierte jemand, »das ist doch kein Augenblick, um einen Kurgast hereinzulassen.«

»Aber sie ist ihre Freundin...«, stammelte die Schwester, die Lotte alarmiert hatte.

Lotte zog sich zurück – fort von diesem leeren, hohlen Blick, von dem nur noch ein herzzerreißendes Nichts ausging, fort von dieser unerwarteten, allerletzten Intimität, in die Anna sie ungebeten einbezog.

Die Schwester kam im Laufschritt hinter ihr her: »Excusez moi madame... ich dachte, daß Sie ein Recht darauf hätten, es sofort zu wissen... Vielleicht... vielleicht können sie ihr noch helfen... Wiederbelebungsversuche wirken manchmal Wunder... Wir müssen abwarten... wohin gehen Sie?«

»In den Salle de Repos«, sagte Lotte mit belegter Stimme, »ich... glaube, ich muß mich mal kurz hinlegen.«

»Natürlich... je comprends... ich werde Sie auf dem laufenden halten...«

Außer den Büsten zweier Professoren, die viel zur Entwicklung der heilkräftigen Bäder beigetragen hatten, und einer einsamen Frauengestalt in einer menschenleeren Landschaft auf einem großformatigen Gemälde, das den ganzen Saal beherrschte, war niemand im Ruheraum. Lotte sank auf das nächstbeste Bett. Zu spät, zu spät, summte es in ihrem Kopf. Ihr wurde bewußt, daß sie immer von der Luxusannahme ausgegangen war, noch alle Zeit der Welt zu haben. Und nun, mir nichts, dir nichts an einem Montagmorgen, an dem sie noch eine Woche vor sich gehabt hätten, entzog Anna sich diesem Szenarium. Wie war es möglich... Anna, die unverwüstliche Anna, die beim Reden nie ein Ende fand und schon deshalb das ewige Leben zu haben schien... So wie Schmuel und Moische in dem Witz, mit dem Max Frinkel im Krieg die Moral hochhielt: Schmuel und Moische, die einzigen Überlebenden eines Schiffbruchs, antworten auf die Frage »Wie habt ihr das geschafft?« lebhaft gestikulierend: »Wir haben uns einfach weiter unterhalten.«

Draußen gurrten die Tauben, wie immer. Alles war wie immer, nur fehlte jetzt etwas Wesentliches. Vor vierzehn Tagen hat sie für mich noch nicht existiert, dachte Lotte, und jetzt soll ich sie vermissen? Ja, brüllte die Stille im Salle de Repos, gesteh es dir nur ein! »Morgen, das verspreche ich dir, zeige ich mich von meiner ruhigen Seite«, hatte Anna gesagt. Dieses unbekümmerte Versprechen geriet nun in ein bitteres, unheilvolles Licht. Ob sie die Augen öffnete oder geschlossen hielt, immer sah Lotte dieses eine eingefrorene Bild vor sich.

476

Sie hatte nicht einmal Abschied nehmen können. Ich wollte ihr noch so viel sagen, dachte sie mit einem langsam zunehmenden Gefühl der Reue. Ach so, und was, rief eine zynische Stimme, was hättest du ihr denn gesagt, wenn du gewußt hättest, was geschehen würde? Etwas Nettes, etwas, aus dem Anteilnahme gesprochen hätte, etwas Tröstliches vielleicht? Hättest du ihr jemals sagen können, was sie eigentlich hören wollte, das, worum es ihr die ganze Zeit ging? Hättest du es wirklich geschafft, diese drei Wörter herauszupressen: »Ich verstehe es…?«

Diese drei Wörter, anscheinend so einfach, für Lotte so revolutionär, drängten sich in ihrer Kehle, als wollte sie sie doch noch – nun, da es zu spät war, zu spät, zu spät – hinauslassen. Statt dessen begann sie zu weinen, lautlos und diskret, vollkommen in Übereinstimmung mit der Atmosphäre im Salle de Repos. Warum hatte sie die ganze Zeit in ihrer ablehnenden Haltung verharrt, die sie schon am Anfang eingenommen hatte? Obwohl sie allmählich immer mehr Verständnis für Anna aufbringen konnte und zunehmend Sympathie für sie empfunden hatte, war sie mutwillig, halsstarrig in Unnahbarkeit steckengeblieben. Aus unangebrachter, nicht einmal auf Anna gemünzter Rache? Aus Solidarität mit den Toten, ihren Toten? Oder aus einem tief eingeschliffenen Mißtrauen: Hüte dich vor der Entschuldigung »Wir haben es nicht gewußt«, hüte dich davor, Verständnis aufzubringen – sogar einen Henker kann man verstehen, wenn man seine Hintergründe kennt.

Ihr Unvermögen strömte ihr über die Wangen… zu spät, zu spät. Das Gurren der Tauben klang ihr immer mehr wie Spott in den Ohren. Unwiderruflich zu spät. Um sich selbst zu entfliehen, hob sie das Rollo hoch und schaute auf den grauen Innenhof, der sich dahinter verbarg, die Domäne der Tauben. Während sie durch die Fensterscheibe blickte, drängte sich ihr die Erinnerung auf, die Anna am Abend zuvor im letzten

Augenblick mit ihr hatte teilen wollen. Mit einer Intensität, als wäre es erst einen Tag her, sah sie sich und ihre Schwester auf einem Sarg sitzen, der auf dem Sofa stand, und mit den Schuhen gegen den Fensterrahmen trampeln... ein Tam-Tam, das ihre Mutter zur Eile mahnen sollte. Sie sah zwei Paar kräftige Beine, weiße Söckchen, Schuhe mit Riemchen. Anna und sie trommelten exakt im Takt, als hätten sie zusammen nur ein Paar Beine – nicht nur, um ihre Mutter herbeizurufen, sondern auch, um das Stimmengewirr hinter ihrem Rücken zu übertönen und all die fremden Leute und eine unerträgliche Wirklichkeit auf Abstand zu halten. Sie blickte zur Seite auf den blonden Kopf und sah Anna, die die Lippen entschlossen zusammenpreßte und ihr mit glühenden Augen einen verschwörerischen Blick zuwarf.

Zu spät! Lotte ließ das Rollo los. Im gleichen Augenblick öffnete sich die Tür, und die Frau mit dem weißen Kittel, ihr privater Todesengel, schlüpfte auf Zehenspitzen ins Zimmer.

»Leider...«, sie schlug die Hände zusammen, »sie konnten nichts mehr für sie tun. Das Herz, tja. Wir wußten... in ihrem Krankenblatt stand, daß sie ein schwaches Herz hatte und ihr Bad nicht zu warm sein durfte... Wissen Sie, ob sie Verwandte hat? Jemand muß die Überführung nach Köln regeln und die Beerdigung... wir wissen nicht... Sie waren schließlich ihre Freundin...«

»Nein...«, sagte Lotte und richtete sich auf. Ihr Blick fiel auf die Flaschen Mineralwasser und den Turm aus ineinandergestapelten Plastikbechern. Noch immer hörte sie Anna in Schulfranzösisch fragen: »C'est permis... daß wir von diesem Wasser trinken?« Und wieder hörte sie sich antworten, aus einer Intuition, deren Folgen sie erst jetzt akzeptierte: »Ja, Sie können das Wasser ruhig trinken.«

»Nein...«, wiederholte sie und sah die Frau herausfordernd an, »ich bin... sie ist meine Schwester.«

INHALT

Teil 1
Zwischen den Kriegen
7

Teil 2
Krieg
183

Teil 3
Frieden
Après le déluge
encore nous
401